LE PARDON ET LA GRÂCE

Susan Howatch

LE PARDON ET LA GRÂCE

Roman

Traduit de l'anglais par
Sabine Boulongne

UNE ÉDITION DU CLUB QUÉBEC LOISIRS INC.
© Avec l'autorisation de Les Éditions JC Lattès
© 1997, Leaftree Ltd
Titre original: A Question of Integrity
© 1998, Éditions Jean-Claude Lattès pour la trad. Française
Dépôt légal — Bibliothèque nationale du Québec, 1999
ISBN 2-89430-397-1
(publié précédemment sous ISBN 2-7096-1921-0)

Imprimé au Canada

Première Partie

ALICE

LE RÊVE ROMANTIQUE

« La vie est un pèlerinage, une quête de la
santé. C'est aussi un voyage qui s'effectue
à la faveur de la santé dont nous jouissons
tout au long du périple, toujours partiellement, imparfaitement, toujours conjointe-
ment à la maladie qui est son contraire ou
la marque de ses imperfections. »

Christopher Hamel Cooke
« Health and Illness, Pastoral Aspects »,
Dictionary of Pastoral Care

1.

Nous avons tous nos mauvaises habitudes
dont nous dépendons dans les périodes de
stress. Pour vous, c'est la nourriture alors
que pour d'autres, cela peut aller de certaines substances chimiques au besoin de
dépenser de l'argent ou d'être en contact
permanent avec autrui afin d'éviter à tout
prix la solitude.

Gareth Tuckwell et David Flagg
A Question of Healing

I

Je me souviens précisément du moment où les miracles ont débuté. C'est quand j'ai rencontré Nicholas Darrow
et que je suis tombée amoureuse de lui. Puis-je m'exprimer
ainsi sans passer pour une écolière romantique ? Non, alors
reprenons. Je ne suis pas une écolière et ça ne sert à rien
d'être romantique. Je me demande souvent ce que le
romantisme a fait pour moi et la réponse est toujours la
même : nada !

Écartons donc toute formule aux relents de romantisme et écrivons plutôt : je me souviens précisément du
moment où ma vie a commencé à changer du tout au tout.
Cela date du jour où j'ai fait la connaissance de Nicholas

Darrow et entrevu du même coup un mode de vie qui m'était inconnu jusqu'alors.

C'est mieux. Plus proche de la vérité, et la vérité compte beaucoup. Je suppose qu'en définitive, tout est une question d'intégrité.

Ma rencontre avec Nicholas fut on ne peut plus fortuite. Les gens qui ont la foi parleraient à coup sûr de divine providence, mais je n'étais pas religieuse — surtout depuis que je m'échinais à prendre soin de ma tante. J'aurais pu me demander ce que Dieu avait fait pour moi, et la réponse aurait toujours été la même : nada !

C'était en mars 1988. J'essayais de dénicher un emploi permanent parce que j'avais besoin d'un salaire plus conséquent pour couvrir les factures médicales, mais j'additionnais les postes intérimaires depuis tant de mois que mon curriculum vitae avait fini par perdre tout son vernis, et quand je parlais de ma tante à mes employeurs potentiels, je voyais bien qu'ils se disaient : problèmes familiaux, on ne peut pas compter sur elle, oublions-la ! Cependant, si je voulais qu'elle échappe à l'hôpital gériatrique, elle devait être prise en charge par une phalange d'infirmières issues d'un organisme privé et je devais gagner le plus d'argent possible, non pas pour joindre les deux bouts, c'était impossible, puisque les soins coûtaient si cher, mais au moins pour retarder le jour fatidique où les économies de ma tante arriveraient à épuisement et où je n'aurais plus d'autre solution que de la confier à l'un des dépotoirs de la sécurité sociale.

Le matin de mars en question, j'avais tenté sans succès d'amadouer la responsable des ressources humaines sadique avec laquelle j'avais eu un entretien. En émergeant, le pas lourd, de l'immeuble hideux qui l'abritait, j'étais d'humeur à me jeter dans la Tamise du haut du pont de la Tour.

Je me trouvais dans la City — un kilomètre carré au cœur du quartier financier de Londres qui me fait toujours l'effet d'appartenir à une autre planète que ce que j'appelle le Londres touristique : les avenues du West End regorgeant de monuments à la gloire de notre passé impérial, les grands magasins envahis par une clientèle frénétique. Parvenue au London Wall, ce boulevard morne situé juste au sud du Barbican, je m'arrêtai pour déterminer où se trouvait la station de métro la plus proche, mais l'envie de dévorer un déjeuner ultra-calorifique (quiche aux champignons, biscuits aux pépites de chocolat, glace au rhum et aux raisins) m'obsédait déjà tellement que je n'étais même plus capable d'une pensée cohérente. Pour aggraver les choses, le ciel s'ouvrit à cet instant ; il se mit à pleuvoir à verse et je me rendis compte que j'avais oublié mon parapluie dans le bureau de la sadique. Je regardai autour de moi à la recherche d'un abri, mais il n'y avait pas une boutique en vue ; rien que des immeubles de bureaux. Pas de bus ; rien que des taxis et je n'avais pas les moyens. Je me précipitai vers la rue transversale la plus proche, mais je tombais sur une autre rangée d'immeubles de bureaux plus vieux et sinistres les uns que les autres au lieu du bar à sandwichs où j'aurais pu trouver refuge. La chaussée était étroite et pavée, je dérapais sur les horribles talons que j'avais mis pour mon rendez-vous ; l'instant d'après, je me tordis la cheville. Ce fut alors qu'en m'adossant au mur le plus proche pour soulager mon pied endolori, je jetai un coup d'œil au bout de la rue et aperçus une église.

Propre. Étincelante. Sereine. Une oasis au milieu du désert. Sans réfléchir, je me dirigeai vers elle en boitillant sur les pavés.

Je ne l'avais jamais remarquée auparavant, mais devinai qu'il devait s'agir d'une des innombrables églises de la City dessinées par l'architecte C. Wren. À mesure que je m'en approchais, le grondement de la circulation dans London Wall se dissipa. J'entendis des oiseaux chanter dans le cimetière et vis des jonquilles en fleur parmi les vieilles tombes.

Soudain, j'oubliai toute l'angoisse de cette matinée, l'acariâtre chef du personnel, ma hantise à l'idée que, de nos jours, toutes les places de cuisinières d'entreprises bien rémunérées au sein de la City étaient attribuées d'office à des filles qui s'appelaient Caroline ou Sophie, petites amies d'employés de banques d'affaires propriétaires de Porsche, ressemblant à la princesse de Galles et vivant aux alentours de l'élégant quartier de Sloane Square. Je cessai même de sentir les trombes d'eau qui me cinglaient le visage. Je repensais au jour où ma tante m'avait emmenée visiter plusieurs églises de la City, il y avait des années de cela. Elles avaient des noms étranges tels que St Andrew-by-the-War-drobe, St Botolph Aldgate et St Lawrence Jewry, et celle que j'avais devant moi, je venais de le découvrir, s'appelait St Benet's-by-the-Wall. J'avais juste eu le temps de le lire en trébuchant devant l'écriteau peint à l'entrée. Le portail extérieur était grand ouvert ; je plongeai sous l'abri du porche, profondément soulagée d'avoir échappé au déluge. À bout de souffle, je lissai mes cheveux dégoulinants, frottai à la hâte les verres de mes lunettes et me préparai à me réfugier dans ce que je supposais être un lieu paisible et désert.

Je poussai la porte intérieure et m'immobilisai aussitôt. L'église était bourrée de monde. J'en restai bouche bée. Je pensais qu'il ne se passait plus jamais rien dans les églises de la City réduites à l'état de musées religieux conservés pour leur intérêt architectural. Durant toutes ces années où j'avais occupé des emplois temporaires dans ce quartier, je ne m'étais jamais rendu compte que ces lieux de culte vivaient encore... Évidemment, à cause de mon métier, je n'étais jamais libre à l'heure du déjeuner pour assister à un tel phénomène.

Cette église en particulier était manifestement on ne peut plus active ; l'édifice tout entier semblait animé de pulsations. Machinalement, je me mis sur la pointe des pieds pour essayer de voir quelque chose au-delà de la multitude de costumes-cravates, mais j'étais trop petite. Personne n'allait me faire croire que les hommes allaient encore à la messe ! Peut-être avait-on loué ce site pour un rassemblement de yuppies. J'imaginai un gourou américain chantant les louanges du capitalisme avant de présider à un buffet dans la crypte (vin californien, brochettes cuites au barbecue, poulet pané, coleslaw dans des bols géants).

Je venais de réaliser que j'en avais oublié ma faim dévorante quand plusieurs personnes entrèrent derrière moi, me propulsant à côté d'une jolie dame brune d'une quarantaine d'années portant un badge sur lequel je lus : FRANCIE. ST BENET. Je marmonnai une excuse en me heurtant à elle, mais elle se contenta de me chuchoter « Bienvenue ! » en me souriant, une réaction qui m'étonna tellement que du coup, j'eus l'audace de lui demander ce qui se passait.

— Un office de guérison se tient ici tous les vendredis, m'expliqua-t-elle. Ça vient juste de commencer. Suivez-moi. Je vais vous conduire derrière les fauteuils roulants pour que vous puissiez mieux voir.

Je n'avais aucune envie d'assister à un service religieux, et encore moins à quelque chose d'aussi singulier qu'une messe de guérison, mais comme elle était très aimable, je ne voulais pas me montrer impolie. Je lui emboîtai donc le pas tandis qu'elle se frayait un passage à travers la cohue. Lorsque je me retrouvai finalement derrière un fauteuil roulant, je pris soin de murmurer un remerciement, mais elle était déjà repartie pour s'occuper des nouveaux arrivants. Je me tournai vers l'autel et m'absorbai dans la vision que j'avais sous les yeux.

L'intérieur de l'église différait totalement du plan caractéristique de C. Wren, les stèles se faisant face de part et d'autre de la nef. J'en conclus que l'espace avait dû faire l'objet d'un réaménagement récent. L'allée centrale divisait des rangées de chaises disposées en arc-de-cercle et destinées à accueillir une assemblée bien plus importante que Wren l'aurait envisagée. L'autel, lointain, datait apparemment d'un autre siècle, mais la chaire et le lutrin, sculptés dans le même bois clair que les chaises, étaient d'un style résolument moderne. Les fenêtres étaient claires ; le Blitz avait dû souffler les anciens vitraux. La teinte crème, lumineuse, des murs faisait ressortir les lambris d'un somptueux brun sombre qui s'élevaient à près de quatre mètres du sol. Les plaques commémoratives en cuivre étincelaient. En dépit du temps maussade, on avait une impression générale de clarté, et d'espace, malgré la foule. À contre-cœur, je devais bien admettre que j'étais pour le moins intriguée.

Au-delà du lutrin, face à l'assemblée, deux pasteurs étaient assis : l'un, les cheveux argentés, l'autre, rouquin, mais mon regard glissa sur eux sans s'arrêter parce que j'avais fini par prendre conscience que quelqu'un disait, d'une voix agréable, désinvolte, dénuée de tout accent dramatique, exactement ce que ce public muet et médusé avait envie d'entendre.

Je levai les yeux vers la chaire et ce fut alors que je vis Nicholas Darrow.

II

Quiconque s'imagine que je m'apprête à décrire le physique époustouflant, version années quatre-vingt, d'un monument de la séduction masculine, va être déçu. D'un autre côté, ceux qui pensent que le clergé de l'Église d'Angleterre se compose de mauviettes en soutanes ne vont pas manquer d'être surpris. Je me souciais comme d'une guigne des membres du clergé que je considérais depuis longtemps comme un ramassis d'hypocrites aux mains moites, de sorte que je ne m'attendais vraiment pas à voir ladite chaire occupée par une vedette de cinéma modèle ecclésiatique, mais il n'empêche qu'à l'instant où j'aperçus Nicholas Darrow, je sentis mon estomac se tordre d'une manière qui me rappela tout ce que j'avais toujours désiré dans la vie et que j'avais été à des lieues d'obtenir.

Il était difficile de juger de sa taille depuis en bas, mais il n'avait certainement rien d'un nain. Sa soutane disparaissant sous un surplis, il était tout aussi malaisé d'évaluer sa corpulence, mais je sentis qu'il était bien proportionné, mince sans être maigre. J'étais trop loin pour voir des rides sur son visage, mais je devinais qu'il devait avoir une quarantaine d'années. Il émanait de lui une assurance et une autorité naturelles que l'on acquiert généralement à un âge plus avancé. Il avait des cheveux bruns, raides, coupés court et soigneusement peignés. Ses yeux clairs devaient être bleus ou verts. Sa peau était tendue sur ses pommettes saillantes et la ligne dure de sa mâchoire. Il n'y avait pas moyen de le décrire comme un homme d'une beauté classique, ni de le taxer de quelconque laideur. Tandis qu'il continuait son discours avec une grâce discrète, aisée, je remarquai ses mains élégantes qui reposaient avec légèreté sur la balustrade en bois sculpté.

Il y avait un crucifix sur le mur derrière lui et il parlait du Christ, mais je n'arrivais pas à me concentrer sur ce qu'il disait parce que je n'avais pas vraiment envie de l'entendre. Je n'avais que faire de toutes ces balivernes bibliques. Ce dont j'avais besoin, c'était d'argent, en quantité, assez pour payer des légions d'infirmières pour ma tante et une kyrielle de cures d'amaigrissement pour moi (à moins qu'on puisse perdre vingt-cinq kilos instantanément en se faisant faire une liposuccion dans une clinique chic ?). Et puis quand je serai mince, je m'achèterai une splendide maison à Chelsea avec une grande cuisine et une chambre luxueuse dotée de mètres de placards contenant des tonnes de tenues de designers taille 42 (bon, 44, soyons réaliste !). J'aurai aussi une somptueuse Mercedes et un mari séduisant qui m'aimera et quatre enfants magnifiques (pas nécessairement dans cet ordre, bien sûr) et oh oui, un chat élégant, plein de poils, qui se déplacera avec nous dans un panier fait sur mesure de notre résidence de Chelsea à notre maison de campagne dans le Gloucestershire qui, inévitablement, se situera à un jet de pierre des retraites rurales de la famille royale...

Je venais de me rendre compte avec dégoût que je m'étais enlisée jusqu'au cou dans le rêve romantique le plus pathétique qui soit, on ne peut plus inopportun pour une femme de trente-deux ans qui n'avait pas d'autre solution que d'être d'un réalisme inaltérable, quand le sermon s'acheva. Je m'aperçus alors que l'accueillante Francie était de nouveau à côté de moi.

— Qui était-ce ? chuchotai-je et elle me répondit fièrement en chuchotant elle aussi :

— C'est le père Darrow.

Quand il descendit de la chaire, l'un des deux autres, pas le jeune rouquin, mais le plus âgé aux cheveux argentés, s'approcha du lutrin en boitillant et commença à lire, mais je me détachai de nouveau mentalement. Je pensais à l'agilité avec laquelle le pasteur se mouvait, qui me faisait songer aux acteurs que j'avais vus sur les scènes du West End à l'époque où j'étais lycéenne, quand ma tante m'emmenait voir des pièces de Shakespeare. Mais cela n'était peut-être pas une comparaison élogieuse. Aucun pasteur respectable ne serait flatté qu'on l'assimile à un acteur, néanmoins... Je méditais toujours sur l'impressionnante technique de scène de Nicholas Darrow quand la lecture prit fin et Francie se pencha vers moi en me disant :

— Voulez-vous vous approcher ?

— Pardon ?

— Souhaitez-vous bénéficier de l'imposition des mains ?

— Les mains de qui ? Vous voulez dire... qu'il touche les gens ?

— Les trois prêtres le font. Ce n'est pas un problème, c'est absolument admis, les chrétiens ont une longue tradition de...

— Non merci, dis-je. Je ne suis pas malade. Je vais très bien...

À mon grand soulagement, elle n'insista pas et me gratifia d'un sourire chaleureux avant de tourner son attention vers les occupants des fauteuils roulants voisins. Je savourais encore mon soulagement quand quelqu'un marmonna : « S'il vous plaît. » Je fus propulsée de côté tandis qu'une file de gens me dépassait pas à pas. Je me retrouvai collée contre le mur, le nez sur une pancarte couverte de requêtes de prières. « Pour mon papa qui a le cancer... Priez pour Jim qui a le sida... Pour Sharon qui a disparu depuis deux mois... Pour la famille de Jill décédée la semaine dernière... »

Une voix dans ma tête s'exclama tout à coup : « Priez pour ma tante qui se meurt à petit feu », mais je la fis taire honteusement. Je ne croyais pas à la prière, j'avais horreur de tous ces trucs-là et en particulier de ce qui était en train de se dérouler dans cette église. Je ne savais pas pourquoi j'éprouvais une telle répulsion, mais le fait était que j'abhorrais tout ça, tout le monde. Ce brusque déferlement de rage, la rage que j'avais toujours réprimée avec une efficacité telle que j'en étais à peine consciente, était si violent que j'avais une envie furieuse de m'emparer d'une mitrailleuse et de faucher tous ceux qui se trouvaient dans mon collimateur — à l'exception de cet homme séduisant, bien sûr. Mais non, pourquoi l'épargnerais-je ? Je détestais tous les hommes séduisants. À vrai dire, à cet instant, j'avais le sentiment de haïr tous les hommes, séduisants ou pas, pour la bonne raison qu'aucun d'entre eux ne m'avait jamais manifesté le moindre intérêt. Dans ces conditions, pourquoi est-ce que je ne les abattrais pas un à un ? Et puis après je retournerais l'arme contre moi parce que la vie était si nulle, si atroce, un tel enfer, que même quand ma tante mourrait, je n'aurais toujours aucun espoir de bonheur parce qu'il n'y aurait plus d'argent et que personne ne voudrait m'embaucher et...

Quelqu'un me demanda si je me sentais bien.

— Parfaitement bien, répondis-je. Aucun problème.

L'orgue se mit à jouer doucement, et à travers mes larmes, je vis pour la première fois à quel point l'assemblée était disparate. Outre les hommes d'affaires en costume-cravate, il y avait là des jeunes femmes avec leurs enfants, des vieilles dames aux joues ridées, d'élégantes employées de bureau, des femmes s'habillant dernier cri dans quelque boutique coûteuse du West End. Je remarquai aussi la présence de plusieurs touristes armés d'appareils photo, loin des sentiers battus, et même d'un yuppie avec une bouteille de champagne calée sous le bras comme si, à l'instar de moi, il avait été détourné sur le chemin de son déjeuner. La plupart des gens restaient sur la touche, certains manifestement admiratifs, d'autres plus réticents, mais tout aussi incapables les uns que les autres de s'arracher à ce spectacle tandis qu'une minorité s'acheminait lentement vers l'autel. La femme assise dans le deuxième fauteuil roulant avait eu une attaque comme ma tante et la moitié de son visage était paralysée. Je la suivis des yeux avec une incrédulité croissante. Qu'espérait-elle ? S'imaginait-elle qu'elle allait se lever d'un bond et se mettre à gambader ? J'étais hors de moi. Je décidai aussi que c'était la scène la plus embarrassante à laquelle j'avais assisté de ma vie et que je voulais ficher le camp au plus vite.

Mais je n'en fis rien. Quelque chose me forçait à continuer à fixer Nicholas Darrow, si calme, si grave, si digne tandis qu'il effectuait sa mystérieuse besogne. Il posait ses mains fines aux longs doigts sur la tête de ceux qui s'agenouillaient devant la table de communion, les traits tendus par la concentration, tout son être exsudant une intégrité que je reconnus instantanément et qui, pour je ne sais quelle raison, par quelque force énigmatique, me clouait sur place. J'aurais pu m'en aller si j'avais eu affaire à un charlatan. En revanche, je ne pouvais tourner le dos avec mépris à quelqu'un d'honnête.

Mon regard s'embua à nouveau et ce coup-ci, je me mis à sangloter, aussitôt épouvantée par mon manque de contrôle. Qu'aurait dit ma tante, du temps où elle avait encore l'usage de la parole, elle qui m'avait appris qu'il ne fallait jamais manifester ses émotions en public ?

L'image de ma tante m'emplit soudain l'esprit.
Qu'avait-elle jamais fait pour moi, serait tenté de demander
quelqu'un qui ne me connaissait pas, et la seule réponse
que je ne pourrais jamais donner serait : « Nada ! » Elle
m'avait prise sous son aile et élevée — c'était ma grand-
tante à vrai dire, la tante de mon abominable mère qui
n'avait pas voulu de moi. Seigneur, quel désastre mon
enfance avait été ! Mais ma tante était intervenue, cette
vieille fille au visage en lame de couteau, jadis institutrice.
Quelqu'un de quelconque. Une de ces teignes autoritaires
capable d'être aussi brutale que rasoir, mais il n'empêche
que cette vieille teigne avait été là quand on avait eu besoin
d'elle et maintenant c'était elle qui avait besoin de moi et il
fallait à tout prix que je sois là pour elle comme elle avait
été là pour moi. Ce n'était que justice, non ? Je lui devais
bien ça. C'était une question de principe. Je veux dire qu'il
faut avoir des principes. Et même si je n'étais pas suffisamment intelligente pour tirer parti de mon éducation, même
si j'étais tellement grosse et laide que je devais prendre mon
bain dans le noir (ce que je pouvais avoir tous ces bourrelets en horreur !), même si j'étais une ratée, incapable de se
marier ou même de perdre sa virginité, en dépit de tous ces
faits aussi abominables qu'indéniables, je n'étais pas complètement nulle parce que j'essayais, j'essayais, j'essayais de
toutes mes forces de faire en sorte qu'elle meure dignement
sous son propre toit. Certes, je commençais à la prendre en
grippe parce qu'elle mettait tant de temps à mourir. J'en
étais consciente. Mais c'était parce que le manque de sommeil m'épuisait. Était-ce la vraie raison ? Peut-être avais-je
seulement peur qu'en définitive, on n'ait plus d'argent et
qu'elle se retrouve en gériatrie, auquel cas mon obstination
n'aurait servi à rien. Oh mon Dieu, mon existence était une
véritable catastrophe ! Mais cela ne servait à rien non plus
de dire « Oh mon Dieu ! ». Comme si L'invoquer pouvait y
changer quelque chose. La situation ne pouvait qu'empirer
et puis après tout, qu'est-ce que Dieu avait jamais fait pour
moi ? Nada !
   Je me répétai qu'il fallait que je fiche le camp avant de
me mettre à hurler de désespoir, mais avant que je puisse
bouger d'un millimètre, je vis Nicholas Darrow effleurer la
tête grise et inclinée de la femme atteinte d'hémiplégie dans

son fauteuil roulant. La voix dans ma tête s'écria instantanément : « Qu'elle se lève et marche ! » Évidemment, il ne
se produisit rien de tel et bien sûr, j'étais folle de m'imaginer qu'une chose pareille soit possible. La pauvre femme
n'avait pas changé d'un iota. Ce fut tout au moins ce que je
crus jusqu'au moment où l'on pivota son fauteuil qui s'en-
gageait dans l'allée en sens inverse. Alors je vis qu'au contraire, elle avait beaucoup, beaucoup changé. Ses yeux
foncés brillaient de joie et son vilain visage asymétrique
rayonnait. Malgré sa bouche tordue, elle avait réussi à
sourire.

Bon sang de bonsoir ! pensai-je, et l'instant d'après, les
larmes m'inondaient carrément les joues. Brusquement,
Francie, l'amie inconnue m'offrant du réconfort en terre
étrangère, se retrouva à côté de moi et je sentis qu'elle four-
rait un petit tas de Kleenex dans ma main tremblante.

À ce stade, je perdis le fil de la cérémonie pendant quelque temps. Je ne pouvais rien faire d'autre que de réduire
les mouchoirs en une boule molle informe en me répétant
intérieurement encore et encore : « Et merde ! » Quand
Francie me demanda si je voulais m'asseoir, je secouai la
tête tout en sachant que ce n'était pas la plus sage des
réponses. Le monde était devenu chaotique, dévastateur.
J'avais l'impression que quelque chose avait fendu la
coquille protectrice de mon esprit et libéré les horreurs
indicibles tapies dans l'obscurité primitive tout en dessous.

Finalement, je me rendis compte que l'office touchait à
sa fin. Les fidèles entonnaient un hymne. Cela me rappelait
l'époque où, à l'école, nous chantions des hymnes à l'assemblée du matin, et ce souvenir me fit penser une fois de plus
à ma tante, dépensant son argent sans se plaindre afin de
m'envoyer dans une petite école privée à Kensington.

L'hymne s'acheva. En essuyant une dernière larme,
j'entendis le pasteur aux cheveux argentés annoncer que lui
et ses collègues se tenaient à la disposition de tous ceux
qui souhaitaient des conseils. Ceux qui en avaient besoin
pouvaient s'adresser soit aux « prêtres » (ma tante aurait
détesté le recours à ce terme catho), soit aux bénévoles portant un badge de St Benet qui dirigeaient chaque personne
vers l'assistant le mieux qualifié. Je jetai un coup d'œil
autour de moi à la recherche de Francie, mais elle était

occupée avec quelqu'un d'autre. Quel soulagement ! Je n'avais plus qu'une seule envie : filer au plus vite et me perdre dans la foule qui arpentait les rues de la City à l'heure du déjeuner.

L'ecclésiastique grisonnant s'arrêta de parler. Nicholas Darrow donna la bénédiction. L'orgue se remit à jouer, et l'instant d'après, je vis les trois pasteurs remonter l'allée centrale en direction du fond de l'église afin de se mêler aux fidèles sur le départ. Je me tapis contre le mur. Il n'était évidemment pas question que je lui parle ; ma fierté m'interdisait absolument de faire un étalage aussi pathétique de ma personne. De toute façon, je n'en aurais jamais eu le courage (et s'il tressaillait de dégoût en me voyant !). Au moins je pouvais rester à l'écart et regarder.

La vague déferlante des conversations ne tarda pas à noyer la musique. Nicholas Darrow s'était arrêté près de la porte qui s'ouvrait sur le porche. Il serrait les mains avec désinvolture, souriant, trouvant les mots justes pour chacun. « Buvez un verre à la santé de St Benet quand vous déboucherez cette bouteille ! » l'entendis-je dire d'un ton amusé au yuppie cramponné à son champagne. Une seconde plus tard, il parlait des problèmes des logements sociaux de Tower Hamlets avec une jeune mère.

À ce stade, je regrettais de ne pas avoir le cran de lui adresser la parole, mais que lui dire ? Je me voyais mal en train de lui déclarer : « Je ne crois pas en Dieu, ni à la messe, ni à toutes ces sornettes, mais j'ai foi en vous. Je suis convaincue que vous avez quelque chose de si spécial que lorsque vous touchez des gens gravement handicapés, ils sont métamorphosés intérieurement. Je crois en ce que je viens de voir de mes propres yeux et c'est la raison pour laquelle je vous demande instamment de venir chez moi. Parce que je sais que vous avez le pouvoir de transformer ma tante. » Si je disais tout ça, je passerais pour une folle en le mettant qui plus est dans une position délicate consistant à trouver un moyen de se débarrasser de moi. Je devais donc agir convenablement, intelligemment, comme je l'avais toujours fait dans le monde existant au-delà des murs de cette église, ce qui signifiait la fermer, rentrer chez moi et faire comme s'il ne s'était rien passé d'inhabituel.

Cependant cet autre monde, où je m'étais toujours

comportée convenablement, intelligemment, sans jamais me ridiculiser en pleurant en public, me paraissait à cet instant aussi lointain que la face cachée de la lune. Je m'aperçus tout à coup que je n'étais plus plaquée contre le mur. J'avançais vers Nicholas Darrow. Je ne voyais toujours pas comment j'arriverais à lui parler, mais cela n'avait plus d'importance parce que j'étais sûre maintenant que si seulement je pouvais le toucher, ne serait-ce que brièvement, je pourrais par magie faire mienne une partie de sa force extraordinaire et la transmettre à ma tante.

Quelle chimère ! À cet instant pourtant, cela me semblait une idée lumineuse, le plan le plus génial qu'il était possible d'imaginer. Je progressais petit à petit, un centimètre après l'autre, et pendant tout le temps où je me faufilais furtivement parmi la foule, je m'armais de courage en me disant : « Il ne le saura jamais ! »

Quand finalement je l'atteignis, il était en train de serrer les mains d'une exubérante femme d'âge mûr. J'aperçus son visage illuminé par l'adoration, mais l'instant d'après, il disparut pour la bonne raison que je me retrouvais juste derrière le pasteur. Il était tout près, si près que je distinguais quelques cheveux blancs parmi les bruns au creux de sa nuque. Le moment était venu. Je pris une profonde inspiration, levai la main et posai mon index doucement, pour une fraction de seconde, entre ses omoplates.

Ce fut la catastrophe ! À peine l'avais-je effleuré qu'il se mit à trembler convulsivement, comme si je lui avais administré un coup de couteau, et fit volte-face avant que j'aie le temps de reculer.

— Qui était-ce ? demanda-t-il d'une voix impérieuse qui fit taire la foule. Qui m'a touché ?

Et comme nous nous trouvâmes enfin face à face, je vis que ses yeux n'étaient ni bleus ni verts, mais d'un gris lumineux.

III

— C'était vous, n'est-ce pas ?

— Je vous demande pardon, pardon, pardon...

— Ce n'est pas grave.

— Je vais m'en aller. Je ne reviendrai pas. Je ne recommencerai jamais, je vous le promets.

Je bafouillais comme une dame respectable surprise en train de voler à l'étalage. J'avais les joues en feu. J'essayai de reculer pas à pas, mais on aurait dit que tous les gens autour de moi s'étaient transformés en piliers ; j'étais cernée. Les larmes m'inondaient à nouveau le visage ; j'avais beau les essuyer aussitôt à tâtons, j'étais mortifiée. Que m'arrivait-il ? Je n'y comprenais rien. Je savais seulement que je devais donner l'impression d'un marsouin en train de se noyer. Dès que cette pensée révoltante me traversa l'esprit, mon sentiment d'humiliation devint intolérable.

— Je me déteste, sanglotai-je. Je me déteste, je me déteste...

Il m'interrompit en me saisissant les poignets de ses longs doigts fermes et me disant d'un ton grave :

— Ça va aller, croyez-moi. Tout va s'arranger.

Je commençai à avoir des picotements dans les bras. Puis je tombai dans les pommes.

IV

Quand je repris connaissance, une femme était penchée sur moi. Plutôt jeune, blonde, le visage carré, des yeux doux.

— Tout va bien, me dit-elle quand mon regard se posa sur elle. Je suis médecin. Vous vous êtes évanouie.

— Quelle horreur ! fis-je distinctement avant de faire disparaître le monde en refermant les yeux.

Je l'entendis parler à quelqu'un non loin de nous :

— Stacy en met un temps à rapporter ce verre d'eau. À croire que je lui ai demandé d'aller creuser un puits...

Tiens, revoilà Nick. Elle va mieux, Nick, mais ne la laissez pas filer. Il faut qu'elle reste encore assise quelques minutes.

— Entendu..

Ses doigts déplièrent doucement ma main et j'ouvris instantanément les yeux.

Il était agenouillé près de moi, son visage à quelques centimètres du mien.

— Vous avez besoin d'une bonne tasse de thé bien fort, dit-il d'un ton si pragmatique que je sentis qu'un retour à la normale était non seulement possible, mais imminent. Pensez-vous que vous soyez suffisamment remise pour vous asseoir ?

Le jeune ecclésiastique aux cheveux roux était finalement revenu avec le verre d'eau. Je me mis sur mon séant pour boire une gorgée. L'église s'était vidée. J'étais soulagée de ne plus avoir un vaste public, je n'en restai pas moins muette de honte.

— Comment vous appelez-vous ? me demanda Nicholas Darrow avec désinvolture, sans une once de condescendance ou d'agacement.

— Alice, répondis-je, comme Alice au pays des Merveilles. Quand il est impossible de prendre la fuite, on peut toujours se réfugier derrière un masque facétieux.

Il sourit. Je m'enhardis finalement à croiser son regard et aperçus les ridules aux coins de ses yeux. Je remarquai aussi qu'il avait des dents régulières, sans tache de nicotine.

— Je crains de ne pas pouvoir vous offrir le pays des Merveilles, riposta-t-il d'un ton amusé. Je ne suis ni faiseur de miracles ni magicien. En revanche, je peux vous proposer un fauteuil confortable dans mon bureau pendant que vous buvez le thé que je vous ai prescrit. Pensez-vous que vous puissiez vous lever à présent ?

Ignorant les mains tendues du médecin et du rouquin, je me mis debout avec peine et le suivis.

V

Il me conduisit à travers la sacristie, puis en bas d'un escalier dans un endroit qui avait dû être la crypte. À mon grand étonnement, je me retrouvai dans une vaste salle brillamment éclairée ; on aurait dit la réception d'un cabinet médical. La décoration était dans des tons pastel, très reposants, et chaque meuble en teck semblait avoir été conçu pour l'espace qu'il occupait.

— Qu'est-ce que c'est que ça ? m'exclamai-je, ébahie.

— Le Centre de guérison par la foi de St Benet. Je me spécialise dans le rituel chrétien de la guérison, ce qui signifie que je travaille en étroite collaboration avec la médecine traditionnelle. Val, la doctoresse qui s'est occupée de vous tout à l'heure, a un cabinet conventionné ici même et nous avons également notre propre psychologue.

Pendant qu'il parlait, je notai d'autres détails. Je me rendis compte que nous avions pénétré dans le centre par un accès réservé au personnel et que les portes battantes en verre face à moi constituaient l'entrée officielle. Elles donnaient sur un escalier qui menait dans la cour de l'église. Un foisonnement de plantes me fit prendre conscience de l'excellent apport de lumière naturelle dont bénéficiait la réception. Les fenêtres, tout en haut des murs, se situaient au niveau du rez-de-chaussée. Des pancartes indiquaient aux visiteurs différentes destinations, mais en dehors de l'intrigante flèche précisant THÉRAPIE MUSI-CALE, je n'en enregistrai aucune. J'étais trop occupée à passer en revue les fauteuils confortables, la table où s'empilaient des magazines et la réceptionniste grisonnante qui buvait son café à petites gorgées derrière son bureau.

— Je vous présente Pauline, me dit Nicholas. Le vendredi, elle a la paix à l'heure du déjeuner dans la mesure où tout le monde est à l'office de guérison, d'autant plus que je n'ai jamais de rendez-vous tout de suite après. Je préfère garder du temps libre pour voir les gens qui viennent à la messe et s'attardent ensuite.

Après m'avoir mise à l'aise ainsi en me laissant entendre que je n'interrompais pas inopinément son emploi du temps, il pria Pauline de nous préparer une tasse de thé.

De l'autre côté de l'entrée, il y avait une porte marquée SALLE DE CONSULTATION N° 1. Je suivis Nicholas à l'intérieur et me retrouvai dans un environnement plus austère. Des rayonnages bas longeaient tout un mur. Sous la haute fenêtre, on avait disposé un bureau et un fauteuil pivotant ; une petite table ronde flanquée de deux fauteuils rembourrés occupait un coin de la pièce ; et deux autres fauteuils similaires faisaient face au bureau.

— Asseyez-vous, me dit-il en refermant la porte.

— Où voulez-vous que je me mette ?

— Où vous vous sentirez le plus à votre aise.

Je choisis l'un des sièges rangés devant le bureau.

— Où voudriez-vous que je m'assoie ? me demanda-t-il à mon grand étonnement

— Oh ! Derrière le bureau, répondis-je sans hésiter. Dans le fauteuil pivotant.

J'avais déjà réfléchi qu'une fois que nous serions installés tous les deux, le bureau dissimulerait à son regard le bas de mon corps.

En prenant place, je remarquai au-dessus de la bibliothèque le portrait à l'huile d'une jolie blonde aux yeux bleus foncés et à la bouche magnifique ; il était peint avec délicatesse, mais suggérait des émotions puissantes dissimulées sans peine.

— Quel tableau intéressant ! dis-je après l'avoir fixé si longtemps qu'un commentaire s'imposait. J'avais instantanément deviné de qui il s'agissait, bien évidemment.

— Mon épouse dit qu'une photographie l'aurait représentée plus fidèlement, dit-il, mais personnellement, je trouve que l'artiste a saisi l'essence de sa personnalité. Cette essence est parfois difficile à percevoir, ajouta-t-il après coup. De fait, il arrive qu'elle soit totalement masquée par l'apparence physique...

En dessous du niveau du bureau, ma main gauche s'efforçait de repousser le bourrelet qui m'enrobait le ventre et je m'imaginai soudain l'impression que j'avais dû lui faire lorsque j'étais inconsciente. Cette pensée m'horrifia tellement que sa dernière phrase m'échappa et je dus me résigner à le prier de répéter.

— Je vous demandais pourquoi vous m'aviez touché à l'église.

Je lui fis la réponse la plus évidente.

— Comment saviez-vous que je vous avais touché ?

Il sourit et, bien qu'il détournât les yeux, je ne pensais pas qu'il fût embarrassé. Je sentis qu'il se concentrait simplement sur la tâche qui consistait à m'expliquer cette prise de conscience surnaturelle en des termes aussi prosaïques que possible. En définitive, il se borna à me dire :

— J'ai senti les forces s'activer.

Cette formulation avait une résonance curieusement familière, comme si je l'avais déjà entendue il y a long-temps, dans un tout autre contexte, mais je refusais de me laisser distraire par un souvenir incertain.

— Quelles forces ? demandai-je, intriguée.

— Les forces de la guérison. Elles ne viennent pas de moi. Je ne suis qu'un canal, même si ce terme a une connotation trop passive. Il serait sans doute plus juste de dire que tous les êtres humains disposent d'une certaine énergie thérapeutique susceptible d'être mise en action par la source principale de ce pouvoir.

— Quelle est cette source principale ?

— Dieu.

— Oh !

Nous sombrâmes dans le silence. Je comprends main-tenant qu'il voulait m'inciter à lui révéler ma position vis-à-vis de la religion ; mon absence de commentaire avait été aussi éloquente qu'un laïus de cinq minutes.

— Les chrétiens tels que moi n'ont rien à voir avec les magiciens, reprit-il finalement d'un ton serein. Les magi-ciens se plaisent à croire qu'ils sont les détenteurs de pou-voirs curatifs, qu'ils peuvent mettre la nature sous leur joug à volonté.

— Et vous ?

— Oh, dans notre cas, il n'y a pas de place pour les excès d'amour-propre ou le culte de la personnalité. Notre vocation nous appelle à servir et non à dicter et contrôler.

— Oh, fis-je à nouveau, mais cette fois-ci avec davan-tage de respect.

Il parlait d'intégrité, une chose que j'étais capable de comprendre et même si sa vision religieuse m'était étran-gère, je partageais sa conviction selon laquelle l'orgueil et l'arrogance étaient des forces destructrices tandis qu'une humilité lucide nous contraignait à demeurer honnête avec nous-mêmes.

— Si je vous dis tout cela, ajouta-t-il, c'est parce que les nouveaux venus à St Benet sont souvent bouleversés par l'office de guérison, même si nous nous élevons farouchement contre toute exubérance et sensationnalisme. Ils s'imaginent souvent, à tort, qu'il y a quelque chose de magique dans tout ça. C'est juste que ce rite peut déclencher des réactions émotionnelles inhabituelles, en particulier lorsqu'on ravive de vieilles blessures.

— Vous voulez dire que...

— Je dis que même si cela a dû être aussi embarrassant que désagréable de vous évanouir en public, vous n'avez aucun reproche à vous faire. S'il faut blâmer quelqu'un, c'est moi.

— *Vous !*

— Mais bien sûr ! C'est moi qui ai fait un scandale en attirant du même coup sur vous l'attention de tout le monde ! Rien d'étonnant à ce que le choc vous ait fait perdre connaissance !

— Oui, mais... je suis désolée. Je ne comprends toujours pas ce qui s'est passé. Pourquoi avez-vous réagi comme ça ?

— J'étais éreinté. L'office de guérison m'épuise toujours et me met les nerfs à vif, de sorte que ma conscience est magnifiée. Je pense que lorsque vous m'avez effleuré, j'ai ressenti votre besoin désespéré tout en réalisant que je n'avais plus la force nécessaire pour vous aider, ce qui a provoqué à son tour une réaction de panique.

— Mais comment pouviez-vous savoir que j'étais désespérée ? m'exclamai-je, stupéfaite.

— En faisant appel à mon bon sens. Si vous ne l'aviez pas été à ce point, vous m'auriez pris à part pour me demander un entretien. Dans les circonstances, vous étiez tellement accablée par votre problème, quel qu'il soit, que vous n'étiez même plus apte à l'exprimer verbalement.

— Je ne m'étais pas rendu compte que c'était si grave que ça.

— Cela prouve que vous vivez avec votre problème depuis tellement longtemps que vous en êtes arrivée à le considérer comme une partie intégrante de votre existence.

Allez-vous me dire ce dont il s'agit maintenant ? Après avoir gâché les présentations, il me semble que le moins que je puisse faire pour me racheter, c'est de vous écouter si vous avez envie de parler !

Je m'efforçais toujours de trouver les mots justes pour le remercier quand la réceptionniste arriva avec mon remède, une tasse de thé fort.

VI

— Mettez une cuillerée de sucre dedans, me dit-il dès que nous fûmes à nouveau seuls. Vous récupérerez plus vite.

J'en aurais volontiers pris deux, mais je ne voulais pas paraître trop gourmande. En me limitant à une, je dis d'un ton soucieux :

— Je ne voudrais pas vous ennuyer si vous êtes fatigué.

— Je me sens mieux maintenant. L'adrénaline coule à nouveau dans mes veines.

— Mais quand même, je devrais probablement continuer à porter mon fardeau par moi-même...

— C'est à vous de décider, bien sûr, mais souvenez-vous que vous êtes dans un endroit où les gens peuvent poser leur fardeau et prendre un peu de répit.

Cette formule réveilla aussi de vieux souvenirs.

— Vous paraphrasez une citation ou une autre, dis-je. J'ai déjà entendu ça il y a longtemps, quand j'étais écolière. Je suis allée dans une petite école privée à Kensington que je détestais, mais je devais faire comme si ça me plaisait parce que ma tante avait fait un énorme sacrifice financier pour m'envoyer là. J'avais une tante, enchaînai-je rapidement, enfin une grand-tante. C'est elle qui m'a élevée. Elle enseignait l'histoire dans un autre établissement au sud de la Tamise, mais je n'ai pas pu passer l'examen d'entrée pour y aller, je n'étais pas suffisamment intelligente. Cela l'a terriblement déçue, mais il n'était pas question que je fasse mes études dans le lycée voisin. Elle n'aimait pas les lycées. Il y avait une foule de choses qu'elle n'aimait pas : les étran-

gers, le parti travailliste, les catholiques, la presse à sensation, les mauvaises manières, les oreilles percées, les
hommes aux cheveux longs, les pantalons patte d'éléphant,
Coronation Street, le Concorde, les policiers barbus, les
détritus, les hamburgers et la cruauté envers les animaux.
C'était un vrai dragon ! Elle ne fréquentait pas l'église. Elle
disait que l'Église d'Angleterre, ce n'était pas mal pour les
rites de passage dans la mesure où il fallait respecter la
Tradition, mais en dehors de ça, on perdait son temps en
allant à l'église. Au fond, l'Angleterre était sa religion à elle,
je suppose, et il ne restait plus de place pour autre chose.
Elle ne croyait pas en Dieu, mais elle avait foi en l'éducation chrétienne parce que...

Je m'interrompis soudain, ayant finalement identifié le
souvenir qui me hantait :

— Attendez une minute, c'est le Nouveau Testament
que vous citez à tout bout de champ.

— Un réflexe professionnel, j'en ai peur. Pourquoi
votre tante croyait-elle en l'éducation chrétienne ?

— Elle disait que cela faisait partie de la culture britannique et que ceux qui l'ignoraient finiraient incultes.
Elle croyait aussi en la morale et affirmait que l'amour libre
avait été conçu par les hommes afin de déposséder les femmes de leurs droits. Elle ne mâchait pas ses mots. À dire
vrai, il lui arrivait d'être brutale avec moi, mais je sais que
tout était de ma faute parce que je l'avais cruellement
déçue. Je n'étais pas le genre d'enfant, jolie, intelligente,
susceptible de l'intéresser. « Tu n'as aucun charme ! » me
dit-elle un jour où j'étais déprimée. J'avais tellement honte
de lui avoir fait faux bond après tous les efforts qu'elle avait
déployés pour moi. Elle m'a envoyée dans l'une des meilleures écoles de cuisine pour que j'obtienne mon *Cordon Bleu*.
Elle s'efforçait toujours de tirer le meilleur parti de moi,
elle devait penser que c'était son devoir moralement parce
que je ne vois pas pour quelle autre raison elle se serait
donné tant de peine. Elle parlait beaucoup d'obligations
morales, et d'intégrité. C'est pour ça qu'elle détestait voir
les obséquiosités des hommes politiques à la télé. « Ils n'ont
aucune intégrité ! disait-elle. Ils ne reconnaîtraient pas le
mot "égalité" même s'il était affiché au néon à Piccadilly
Circus ! Pour ce qui me concerne, en tout cas, elle s'en est

tenue à son devoir moral, je ne peux pas dire le contraire. Elle était féroce, mais tout d'une pièce et elle mettait certainement en pratique ce qu'elle prêchait.

Nicholas se contenta de me demander :

— Quand est-elle morte ?

— Il y a un mois, après sa dernière attaque, sauf qu'elle n'est pas morte physiquement parce que son cœur continue à battre. Elle est encore vivante, poursuivis-je, désespérée en pressant mes poings serrés contre mes yeux pour contenir mes larmes.

VII

Je lui parlai de la succession d'attaques qui l'avaient minée progressivement. Je lui parlai des bagarres avec les services sociaux pour obtenir une assistance minimale pendant la journée afin que je puisse continuer à travailler à mi-temps et m'acquitter des notes. Je lui expliquai que le capital de ma tante, qui n'avait jamais représenté une grosse somme, diminuait à vue d'œil, surtout depuis que j'avais dû abandonner mon emploi permanent pour m'occuper d'elle.

— Après sa dernière attaque, poursuivis-je, je me suis retrouvée dans une situation impossible. Je ne pouvais pas faire face aux soins supplémentaires devenus nécessaires — il faut maintenant la tourner toutes les deux heures — et j'étais si fatiguée à cause du manque de sommeil que je n'avais plus la force de travailler, même à mi-temps. Je me suis donc vue dans l'obligation de faire appel à des infirmières de nuit, mais elles sont tellement chères qu'il faut à tout prix que je retrouve une place à plein temps — ce qui signifie que je dois aussi dénicher des infirmières pour la journée afin de compléter les soins fournis par les services sociaux, et je doute que je puisse gagner assez d'argent pour payer tout ça. En fait, je sais que je ne peux pas, c'est une bataille perdue d'avance, un cauchemar sans fin, mais je ne peux pas l'abandonner. C'est impossible. Il faut que je la soutienne comme elle l'a toujours fait pour moi...

— Vous avez bien entendu envisagé la possibilité d'une hospitalisation et d'une prise en charge gratuite.

— Il n'en a jamais été question. Elle a horreur des services de gériatrie. Une de ses amies est morte là-dedans et je lui ai promis il y a longtemps, après sa toute première attaque...

— Je comprends. Que disent les médecins ?

— Plus grand-chose maintenant. Ils pensent probablement que je suis folle d'essayer de la garder à la maison.

— C'est un problème à double tranchant, n'est-ce pas ? Comment faire pour permettre à votre tante de vivre sous son toit jusqu'à la fin de ses jours tout en allégeant cet énorme fardeau qui pèse sur ses épaules ?

— Exactement.

Je me sentais tellement soulagée qu'il ait accepté sans sourciller mon obstination, pour ne pas dire mon refus stupide de revenir sur ma parole que je m'enhardis à dire :

— Vous n'allez pas me conseiller de la laisser tomber ?

— Je doute qu'un tel conseil vous soit utile.

— À cause du problème moral qui se pose quand on rompt une promesse ?

— La morale n'a rien à voir avec les décisions de bon sens quant à la façon d'assumer les conséquences de nos actions ! La vérité est qu'après la mort de votre tante, vous devrez vivre avec le souvenir de la manière dont vous avez fait face à cette ultime période de sa vie et vous n'aurez aucune envie que vos souvenirs incluent une culpabilité mortifiante qui empoisonnera votre avenir.

— Si je comprends bien, vous me dites...

— Je préfère que vous soyez honnête avec vous-même plutôt que d'essayer de vous conformer à l'avis des autres, et cela sous-entend respecter une décision qui reste valide à vos yeux. En définitive, seuls les proches savent quand ils n'ont plus la force de faire face et s'il ne reste plus une seule possibilité d'aide inexploitée... Quel est le pronostic des médecins exactement ?

— Déplorable, mais je l'accepte et je n'espère pas un remède-miracle. Je voudrais juste qu'elle redevienne ce qu'elle était avant sa dernière attaque. Dans ce cas, je pourrais m'en tirer de nouveau seule avec l'appui des services sociaux.

— Je crains qu'il y ait malheureusement peu de chances qu'une amélioration physique se produise et je vous induirais gravement en erreur si je vous donnais des motifs d'attendre autre chose. Cependant, ici à St Benet, nous faisons toujours la distinction entre remède et guérison. Même s'il n'existe aucun remède, une guérison peut avoir lieu.

— Je ne comprends pas.

— Un remède permet à une personne handicapée de se lever de son lit et de marcher. En cas de guérison, cette même personne accepte son manque de mobilité, transcende sa colère et son chagrin et devient alors une inspiration pour tous ceux qui l'entourent.

— Ma tante est bien trop atteinte pour que cela soit possible.

— La guérison peut prendre des formes innombrables... Souhaitez-vous que j'aille la voir pour lui imposer les mains ? Si elle a une forte aversion envers les catholiques, je pense que je m'abstiendrai de lui administrer l'extrême-onction, mais l'imposition des mains n'appartient pas à une confession particulière et n'est même pas limitée aux guérisseurs chrétiens.

J'étais tellement reconnaissante que j'arrivais à peine à trouver les mots pour le remercier, mais aussitôt après, une pensée désagréable me vint à l'esprit.

— Son incroyance risque-t-elle d'empêcher sa guérison ?

— Pas nécessairement.

— Mais si elle est hostile à...

— Je préférerais évidemment une patiente conciliante, mais son hostilité n'est peut-être qu'un sentiment superficiel sans fondement véritable en dessous duquel brûle avec une intensité d'autant plus forte le désir de se remettre, indissociable de la condition humaine... Votre tante est-elle en mesure de parler ?

— Non.

— Comprend-elle encore ce qu'on lui dit ?

— Les médecins affirment que non.

— À votre avis ?

— Je pense qu'elle revient de temps en temps, répondis-je avec difficulté. Parfois il me semble qu'elle est encore là.

Nous restâmes un moment en silence. Finalement je murmurai, osant à peine croire qu'il était disposé à m'aider :

— Quand viendrez-vous la voir ?

Ce à quoi il répondit sans hésiter :

— Ce soir. Donnez-moi l'adresse.

VIII

Cinq heures plus tard, j'étais au chevet de ma tante et j'attendais l'arrivée de Nicholas. J'avais décommandé l'infirmière de nuit de peur qu'elle nous gêne en s'agitant autour de nous.

Nous habitions une maisonnette dans Dean Danvers Street, à un jet de pierre de l'abbaye de Westminster et du Parlement. Elle n'appartenait pas à ma tante ; elle l'avait eue en location pour une bouchée de pain en signant un bail pendant la guerre, qui lui permettait de continuer à payer un prix dérisoire tout en étant à l'abri d'une éventuelle expulsion à l'initiative des propriétaires. Pendant un moment, j'avais espéré hériter du contrat en application d'une des lois sur la location, mais son notaire m'avait dit que des difficultés d'ordre juridique rendaient ce rêve impossible.

Notre demeure se situait au cœur du petit réseau de rues datant de l'ère géorgienne à proximité du Smith Square. C'était un quartier agréable, mais passé de mode. Non loin de là, à Pimlico, les yuppies faisaient monter les prix de l'immobilier à une cadence vertigineuse, tandis que les grosses fortunes s'ingéniaient à remettre Belgravia à neuf, mais Westminster, toujours constitué essentiellement de HLM, de foyers pour épaves et de pied-à-terre pour parlementaires, n'était pas vraiment l'endroit choisi pour faire étalage de sa richesse ou de sa renommée.

Les cloches de Big Ben se mirent à sonner tandis que j'étais assise au bord de ma chaise, près du lit de ma tante.

Le plus souvent inaudible dans la journée, quand la circulation était à son comble, le carillon paraissait étonnamment fort la nuit. Parfois, durant les heures sombres qui précédaient l'aube, j'avais même l'impression d'entendre les cliquetis du gigantesque mécanisme d'horlogerie.

— Un prêtre va venir te voir, dis-je à ma tante, mais ne t'inquiète pas, il n'a rien d'un fanatique. Je l'ai rencontré par hasard aujourd'hui.

Je marquai un temps, mais son regard resta fixé au plafond, ses yeux bleus vides. Jadis grande et robuste, elle était toute maigre et ratatinée à présent, avec des mains comme des griffes, sa peau dissimulant à peine son crâne.

— Il dirige une église de la Guilde dans la City, poursuivis-je en agitant sous son nez la brochure que Nicholas m'avait donnée avant que je sorte de son bureau. Tu te souviens des églises de la Guilde et de leurs ministères spéciaux mis en place au lendemain de la guerre ? Elles sont fermées le week-end, mais ouvertes pendant la semaine au profit des gens qui travaillent dans la City. Je désignai du doigt la photographie en première page de la brochure. Cette église s'appelle St Benet's-by-the-Wall. Elle a été construite par Christopher Wren, endommagée durant le Blitz et totalement réaménagée à l'intérieur, il y a quelques années, quand on a converti la crypte en un centre de guérison par la foi. Elle se trouve dans Egg Street, juste au sud du Barbican.

Pas de réaction. Rien du tout. J'étais vaguement en train de me demander si j'avais des chances d'en obtenir une en hurlant que je voulais sauter dans un lit avec Nicholas et faire l'amour avec lui du crépuscule à l'aube, quand la sonnette retentit. Aussitôt mon cœur se mit à battre d'une manière qui n'était pas sans rappeler les trépidations de Big Ben. Tout en ajustant ma robe-sac, je vérifiai mon maquillage dans la glace avant de descendre précipitamment dans l'entrée.

Il n'était pas seul. J'eus un pincement au cœur, mais une seconde plus tard, je me reprochais déjà ma stupidité. Qu'espérais-je ? Une petite conversation intime face à ma tante pour ainsi dire réduite à l'état de cadavre ? Pathétique ! En me ressaisissant, je fis de mon mieux pour les accueillir avec le sourire d'autant plus que je venais de constater que son accompagnatrice n'était autre que la jeune femme aux cheveux blonds cendrés qui avait pris soin de moi lorsque je m'étais évanouie.

— J'aurais dû vous prévenir que nous travaillons toujours en équipe quand nous faisons des visites, me dit-il après l'échange de salutations préliminaires, et dans ce cas précis, votre tante étant gravement malade, il m'a semblé judicieux de venir avec un médecin.

— Val Fredericks, m'informa la blonde en me serrant la main à la hâte avant de le précéder dans l'entrée. Je suis l'associée de Nicholas, en application de l'*Acorn Trust*.

— Qu'est-ce que c'est que ça ?

— Une organisation qui incite prêtres et médecins à travailler en tandem, m'expliqua Nicholas en franchissant le seuil à son tour avant de refermer la porte derrière lui, mais cela n'a pas d'importance pour le moment. Bon, avant de commencer, je souhaiterais éclaircir un certain nombre de points avec vous et Val voudrait voir la patiente. Voyez-vous un inconvénient à ce qu'elle tienne compagnie à votre tante pendant que nous parlons ?

— Je n'ai pas l'intention de l'examiner, s'empressa-t-elle d'ajouter. Je n'entends pas empiéter sur un terrain déjà exploré par les médecins, mais cela me serait utile de l'observer quelques minutes.

Comme je n'avais pas d'objection, je conduisis Nicholas au salon avant d'emmener Val à l'étage.

— Voici le docteur Fredericks, dis-je à ma tante. C'est une collègue de l'ecclésiastique dont je t'ai parlé.

Comme ma tante restait inerte, j'ajoutai sur un ton plein de défi à l'étrangère qui m'accompagnait :

— Je lui présente toujours les visiteurs.

— Bien sûr, répondit Val comme s'il était parfaitement normal de supposer qu'un être dans l'état de ma tante se soucie des mondanités, après quoi elle prit place sur la chaise près du lit.

Je redescendis.

Cet après-midi-là, j'avais passé plus d'une heure à faire le ménage dans le salon et j'étais contente que mes efforts soient manifestes en dépit du papier peint fané et noirâtre et du tapis élimé. L'essentiel du joli mobilier de ma tante avait déjà été vendu, mais j'avais réussi à conserver ses trois

meubles favoris : la vieille pendule, le bureau et la bibliothèque, bien briqués, qui étincelaient dans la douce lumière
des lampes. En rentrant de la City, j'avais acheté une poignée de jonquilles au marché de Strutton Ground, que
j'avais disposées dans le plus beau vase en cristal Waterford
de ma tante. Les fleurs font toujours une telle différence
dans une pièce tristounette, et Nicholas n'avait pas manqué
de les remarquer. Il effleura quelques pétales et les jonquilles semblaient se tendre vers lui comme s'il émanait de lui
une lumière invisible. Sur la table, près du vase, il y avait
la photographie préférée de ma tante : celle de son chat
roux, mort maintenant. Les doigts de Nicholas passèrent
des fleurs au cadre.

— Jolie bête ! commenta-t-il en replaçant le cliché sur
la table.

— C'est Orlando, le jour de son douzième anniversaire. Il a vécu jusqu'à l'âge de dix-huit ans, seulement il
avait des problèmes de reins et... Mais vous n'êtes pas venu
pour parler de ça. Excusez-moi. Asseyez-vous, je vous en
prie.

Il me gratifia d'un sourire rassurant, s'installa dans le
plus grand des deux fauteuils qui flanquaient la cheminée
et sortit un carnet de sa poche.

— Notre entretien de tout à l'heure m'a été utile, dit-il,
mais j'ai besoin de quelques précisions. Pour commencer,
comment s'appelle votre tante ?

— Beatrice Harrison.

— Quel âge a-t-elle ?

— Quatre-vingt-deux ans.

— A-t-elle été mariée ?

— Non, elle était trop quelconque. Elle disait que la
banalité courait dans la famille et que les femmes banales
ne se marient jamais.

Nicholas leva un sourcil.

— Jamais ?

— En tout cas, elle est restée vieille fille, et moi aussi.
Et donc pour elle, les femmes banales ne trouvaient pas de
mari.

— Cela me rappelle le fameux syllogisme à propos des
chiens et des chats : « Mon chien a quatre pattes. Votre chat
a quatre pattes. Donc mon chien est un chat. »

— Je ne vois pas vraiment...

— Il s'agit de recourir à la logique pour démontrer une absurdité. Mais parlez-moi plutôt de votre famille. Vos parents sont-ils morts ?

— Mon père peut-être. Il nous a quittés pour partir au Canada il y a plus de trente ans et je n'ai plus jamais entendu parler de lui. Ma mère aussi m'a abandonnée, mais elle est encore en vie, se porte comme un charme et habite à Manchester avec son deuxième mari.

— La voyez-vous de temps de temps ?

— Oh mon Dieu, non ! Mais j'ai son adresse et je lui écrirai le jour où ma tante mourra... Au fait, quel rapport toutes ces questions ont-elles avec ma tante et sa maladie ?

— Ces informations générales me permettent d'avoir une vision plus claire de ce pour quoi je dois prier. Le médecin de votre tante est-il aussi le vôtre ?

— Oui.

— Vous l'aimez bien ?

— Pas particulièrement. Pour être honnête, j'évite autant que possible d'avoir affaire à lui.

— Ça ne me paraît pas très satisfaisant. Quel est son problème ?

— Ce n'est pas lui qui a un problème, mais moi. Chaque fois que je vais à son cabinet, il me tanne pendant des heures à propos des dangers de l'obésité, au point que, quand je rentre chez moi, je suis tellement mal dans ma peau que je m'empiffre pour me calmer les nerfs.

— S'il ne se rend pas compte qu'il vous met dans un état pareil, il me semble que vous êtes loin d'être la seule à avoir un problème.

— Vous voulez dire que...

— On me demande souvent d'aider des gens qui manifestent leur détresse en abusant de la nourriture ou d'une substance quelconque, et je peux vous affirmer qu'on perd en général son temps en adoptant une attitude autoritaire et en faisant des longs discours. Mais revenons-en à votre tante. Lui avez-vous parlé de moi ?

— Oui, mais elle n'a pas réagi. Monsieur Darrow — je pris une profonde inspiration — si tout se passe bien, que peut-il arriver à votre avis ? Je veux dire quelles sont les possibilités ?

— Eh bien, on peut toujours imaginer qu'elle nous stupéfie en se dressant sur son séant pour nous annoncer qu'elle est guérie. J'ai assisté à des scènes tout à fait extraordinaires depuis le début de mon ministère, mais comme je vous l'ai laissé entendre plus tôt, bien qu'un rétablissement soit possible, j'en doute fort en l'occurrence. Ce que j'espère toujours, lorsque j'ai affaire à des patients en phase terminale, c'est d'avoir l'occasion d'évacuer les vestiges de ressentiments qui oppressent non seulement le mourant, mais aussi ses proches. Si votre tante ne peut plus parler, cela complique les choses, mais il arrive que d'importants messages soient transmis sans l'usage de la parole.

— Je suis terrifiée à l'idée que vous n'obteniez aucune réaction.

— Si cela se produit, je vous propose que nous recommencions la semaine prochaine. D'après ce que vous m'avez dit, toutefois, je pense avoir encore une chance d'entrer en contact avec elle.

— Mais je me trompe peut-être en affirmant qu'elle est encore là de temps en temps...

— C'est possible, oui, mais je vais partir du principe que vous avez raison... Je vais aussi supposer qu'elle m'entend puisque l'ouïe est souvent le dernier des sens à s'émousser, et finalement je vais présumer qu'elle est saine d'esprit chaque fois qu'elle reprend momentanément conscience.

— Ça fait beaucoup de suppositions, notai-je, au bord du désespoir.

— Mais ce n'est en aucun cas un scénario impossible. Pensez à un pianiste enfermé dans une pièce avec un piano à queue saccagé. Il se souvient parfaitement de la « Sonate au clair de lune », mais l'instrument ne produit plus les sons adéquats.

— Et si le piano n'est pas réparable...

— Peut-être qu'une ou deux notes sonnent encore juste. Il faut encourager le musicien à les chercher.

— Comment s'y prend-on ?

— Laissez-moi faire. Il vous suffit de me soutenir. Ne vous inquiétez pas si vous ne croyez pas en une chose portant le nom de code de « Dieu ». Si vous vous sentez incapable de prier sincèrement, essayez plutôt de faire appel à l'amour que vous éprouvez pour votre tante et enveloppez-la dedans comme s'il s'agissait d'un manteau très coûteux et qu'elle souffrait d'hypothermie...

— D'accord, mais...

— Si votre tante est entourée d'affection, alors Dieu sera présent. Non ! Ça ne fait rien si vous ne pouvez partager ce sentiment. L'important est que vous croyiez que j'y crois et que vous m'apportiez votre appui tout du long. Tant que vous serez une présence positive, il n'y a aucun risque que les choses tournent mal.

— Comment pourraient-elles mal tourner ?

— Chaque situation a une face obscure. Je pense que vous aimez sincèrement votre tante, mais je vois aussi que tout n'est pas rose dans votre relation avec elle. Si ces aspects néfastes refont surface, ils occulteront l'amour et ces émotions nuisibles obstrueront le canal de la guérison.

— Mais c'est vous le canal, pas moi !

— Pas vraiment. C'est une association. Souvenez-vous de ce que je vous ai dit plus tôt à propos du désir de se rétablir, indissociable de la condition humaine. Cette volonté existe semble-t-il au niveau de la conscience où tous les êtres se retrouvent et c'est à ce niveau que nous opérerons quand nous tenterons d'aider votre tante. Nous sommes tous des guérisseurs en puissance, capables de mettre notre énergie particulière au service de la guérison et de nous lier à l'énergie suprême de notre Créateur — si tant est que le canal reste ouvert.

— Mais le guérisseur professionnel, c'est vous. Je ne suis qu'une profane !

— Dans l'optique temporelle des choses, oui. Mais en tant qu'êtres humains, nous avons le même accès à Dieu. Dans la mesure où nous sommes égaux devant Lui, cela ne sert à rien d'ergoter sur notre statut individuel. Le véritable défi consiste non pas à devenir ce que le monde qualifie de professionnel, mais à exploiter convenablement notre énergie et à maintenir le canal libre.

— Existe-t-il des techniques pour y parvenir ?

— Tous les guérisseurs, qu'ils soient religieux ou laïcs, ont leurs techniques. La mienne consiste à essayer de suivre l'exemple du Christ, le plus grand guérisseur qui ait jamais vécu sur cette terre. Je n'arrive jamais à sa hauteur, bien évidemment, mais si j'arrête d'essayer, je suis fichu.

— Pourquoi ?

— Eh bien... je suppose qu'au fond, tout est une question d'intégrité.

La force de sa personnalité était telle que j'eus brusquement le sentiment de pouvoir croire à tout ce en quoi il croyait — Dieu, le Christ, le Saint-Esprit. Tout le bazar de la Sainte Trinité. Et en dépit de ses mises en garde quant à l'absurdité d'attendre une guérison-miracle, j'étais convaincue qu'il pouvait résoudre mes problèmes rien qu'en effleurant ma tante du bout de l'index.

J'ai honte à présent de penser à quel point j'étais naïve.

Ce qui se produisit était bien plus extraordinaire que ça.

IX

— Ma tante, voici monsieur Nicholas Darrow, dis-je d'une voix trop forte dès que nous fûmes à son chevet. Je t'ai déjà parlé de lui tout à l'heure. Il vient de la paroisse de St Benet's-by-the-wall.

Nicholas prit une de ses mains et la serra en murmurant quelques mots de présentation. Puis il s'assit sur la chaise que Val venait de libérer en me faisant signe de prendre place de l'autre côté du lit où ma tante gisait, inerte. Val s'était mise un peu à l'écart.

Sans aucune trace de tension, il s'adressa clairement à ma tante :

— Alice m'a parlé aujourd'hui. J'ose dire qu'en temps normal, elle n'aurait jamais confié ses inquiétudes à un ecclésiastique — Je notai avec soulagement l'omission du terme catho de « prêtre », qui n'aurait pas manqué de taper sur les nerfs de ma tante, surtout de la part d'un ecclésiastique de l'Église d'Angleterre[1] —, mais sa situation n'est pas

---

1. L'Église d'Angleterre, ou anglicanisme, est née au XVIe siècle du refus de la papauté d'accepter le divorce du roi Henri VIII. D'abord nationale, elle a essaimé dans tout le monde anglo-saxon, notamment les États-Unis. Ayant adopté une position médiane entre le catholicisme et le protestantisme, l'anglicanisme est divisé en plusieurs tendances dont les principales sont la *High Church*, ou anglo-catholicisme, plutôt hiérarchique, ritualiste et conservatrice,

tout à fait normale, reconnaissons-le, et elle est tellement anxieuse de vous aider au mieux qu'elle peut.

Il s'interrompit, mais il n'y eut aucune réaction

— J'ai l'habitude de la maladie, reprit-il sans se laisser démonter, pour la bonne raison que je travaille dans un centre de guérison, en collaboration avec des médecins, mon ministère ayant reçu l'approbation de l'Église ainsi que celle du Conseil de l'ordre britannique des médecins. Soyez donc assurée qu'Alice n'a pas fait une bêtise en louant les services de quelque obscur faiseur de miracles sans références véritables. Sachez aussi que si elle s'est ouverte à moi, ce n'était pas pour cancaner ou se plaindre du mauvais tour que le sort vous a joué à toutes les deux, mais parce qu'elle cherchait de l'aide à l'intention d'un être qui lui est très cher.

Il marqua une nouvelle pause. Toujours pas de réaction.

— Pendant que je l'écoutais parler, reprit-il, inébranlable, plusieurs pensées me sont venues à l'esprit. La première : quelle merveilleuse chose vous avez faite en la prenant ainsi sous votre aile ! Cela n'a pas dû être facile pour vous, célibataire, plus toute jeune, d'élever un enfant, d'autant plus que vous exerciez déjà une profession exigeante. Ensuite j'ai pensé que vous aviez dû connaître des périodes de grand stress et rencontrer d'innombrables difficultés avec lesquelles vous n'étiez pas familiarisée, qu'il vous a fallu surmonter sans l'aide de personne. En troisième lieu, je me suis dit que vous aviez été héroïque en vous ingéniant à cacher toutes vos angoisses à Alice — mais elle les a quand même senties, n'est-ce pas, et du coup, elle avait le sentiment de vous décevoir. Oh, cela a bien dû être le cas quelquefois. Rares sont les enfants qui n'offrent que des satisfactions à leurs parents ou tuteurs. Mais le problème ne découlait-il pas du fait que vous redoutiez de saboter cette tâche colossale que vous aviez entreprise ? Ne redoutiez-vous pas par-dessus tout de ne pas satisfaire aux normes très élevées que vous

---

et la *Low Church*, ou évangélique, plutôt démocratique, socialement engagée et libérale. Qu'il s'agisse des dogmes — l'eucharistie —, des pratiques — l'ordination des femmes — ou des mœurs — divorce, homosexualité —, ces deux tendances ont des positions divergentes, voire opposées.

vous étiez fixées ? Se pourrait-il que, loin d'être désappointée par Alice, vous étiez terrifiée à l'idée de ne pas être à la hauteur vous-même ? Peut-être craigniez-vous de ne pas tenir le coup et de devoir la confier à quelqu'un d'autre ?

Il s'arrêta pour la troisième fois, mais ma tante ne broncha toujours pas. Elle resta immobile, le regard rivé au plafond.

En revanche, mon visage à moi, je le sentais, exprimait maintenant la plus profonde émotion. J'étais consciente de mes lèvres entrouvertes par la stupéfaction tandis que ma respiration s'accélérait. Les implications du monologue de Nicholas tourbillonnaient dans ma tête et je me tournai vers lui pour le dévisager.

Il m'ignora.

— C'est la raison pour laquelle je tiens à vous dire que vous avez élevé Alice avec succès, dit-il à ma tante. Elle s'imagine qu'à vos yeux, elle est bourrée de défauts, mais elle se trompe, n'est-ce pas ? Vous n'avez que faire des petites failles comme nous en avons tous parce que ce qui compte pour vous, c'est qu'elle soit une femme intègre, comme vous l'êtes vous-même. Eh bien, vous avez eu ce que vous vouliez et maintenant Alice a pris sur elle de vous épauler comme vous l'avez toujours épaulée. Elle vous aime et veut que justice vous soit rendue — ce qui explique ma présence ici ce soir. La douleur et la souffrance ont régné suffisamment longtemps dans cette maison. Il est temps de les remettre en question.

Il se tut. Aucun mouvement en provenance du lit, mais je n'espérais plus rien de cet ordre-là. J'étais assise droite comme un piquet au bord de ma chaise, les poings serrés.

— Je vais demander de l'aide à Dieu, mais je ne vais pas m'adresser au faux Dieu en qui tant de gens croient encore, celui qui n'est qu'un tyran brutal jouissant d'une retraite anticipée dans le Ciel. Je vais invoquer le Dieu travailleur, celui qui crée encore le monde et souffre avec nous, celui qui ne veut jamais la douleur, mais trime pour la racheter. Pendant que je Lui parle, s'il vous plaît, pensez à Alice qui vous aime assez pour souhaiter que justice vous soit rendue et songez à ce que vous lui diriez si vous pouviez encore parler.

Il se pencha en avant. Il avait tenu la main de ma tante

durant tout ce discours, mais à présent il se servit de ses deux mains pour l'encercler avant d'ajouter :

— Je vais réciter trois courtes prières. Puis je garderai le silence un moment afin que chacun d'entre nous ait le temps de réfléchir et de formuler ses propres souhaits. Quand je reprendrai la parole, nous nous tiendrons tous par la main et j'invoquerai directement Dieu pour qu'Il nous vienne en aide.

Il entama la première prière, mais mes pensées étaient si chaotiques que j'étais incapable de me concentrer. J'essuyai la buée qui brouillait mes lunettes. À l'instant où je les remis sur mon nez, je fus à nouveau distraite parce que je pouvais maintenant voir son visage avec netteté. Je remarquai même la manière dont ses pommettes réfléchissaient la lumière quand il se rapprocha de ma tante, prisonnière de son corps endommagé devenu si fragile.

Lorsque commença la deuxième prière, je me souvins qu'il avait requis mon appui. La culpabilité me piqua au vif car je savais que j'aurais dû m'en rappeler plus tôt. Pour me faire pardonner, je hurlai intérieurement : « Allez, Nicholas, allez ! » comme s'il affrontait quelque formidable adversaire sur le court central de Wimbledon, mais dès qu'il cessa de prier à haute voix pour faire place au silence, l'image de Wimbledon se dissipa et je ne pensai plus qu'à ma tante, me sauvant des années plus tôt et multipliant les sacrifices pour s'assurer que justice soit rendue. Je me remis à crier en mon for intérieur, à l'intention du Dieu en qui Nicholas avait foi : « Aidez-la, aidez-la, je vous en supplie, je vous en supplie... » et comme les mots résonnaient dans mon esprit, je compris à quel point j'aimais profondément cette vilaine dragonne pleine de préjugés et combien je rêvais de lui prouver que je valais toute la peine qu'elle s'était donnée pour m'élever. Alors j'ajoutai à l'adresse du Dieu de Nicholas : « Faites que tout aille mieux ! » et à ce moment précis, mes pensées confuses furent balayées comme Nicholas se remettait finalement debout.

Il conserva la main de ma tante dans sa main droite et en tendant la gauche à Val. Celle-ci se tourna vers moi et je saisis l'autre main de ma tante pour compléter le cercle.

Quand toutes nos mains furent ainsi réunies, Nicholas dit d'une voix limpide, sans fioritures ni mélodrame : « Au nom de Jésus-Christ... » Mais ma concentration se brisa une fois de plus avant qu'il eût achevé sa phrase. Je regardais ma tante et le mot « GUÉRIS » faisait écho dans mon esprit. Pourtant elle demeurait inerte. Aucun changement. En proie à une vague de désespoir, je détournai les yeux et fixai mon attention sur Nicholas. Instantanément, ma détresse s'évapora. Je savais pourquoi. Parce que je l'aimais et l'amour était plus fort que tout sentiment négatif cherchant à pénétrer notre cercle. Je ne cessai de lui répéter sans bruit, encore et encore : « Je crois en toi, je te soutiens, je t'aime », et comme j'orientais ce raz-de-marée de vérité vers lui, il eut un geste infiniment souple et gracieux, libérant ses mains pour les presser sur la tête de ma tante.

Pendant plusieurs secondes, il resta immobile, les yeux clos, tout son corps vibrant apparemment sous l'effet de la concentration, mais finalement, il retira ses mains et se signa avant de dire une ultime prière : « Par la grâce de notre Seigneur Jésus-Christ et l'amour de Dieu... » Je perdis à nouveau le fil. J'essayai de puiser en moi le courage d'affronter la vue de ma tante, immobile et inchangée en dépit de tous nos efforts.

— Amen, conclut-il.

Je réussis à la regarder. Il ne s'était rien passé. Tout cet exercice avait été un gaspillage de temps et maintenant je me sentais non seulement très gênée, mais incroyablement fâchée. En relâchant sa main, je pensais : « Quelle folie de supplier Dieu de rendre justice ! Tout le monde sait que la justice véritable n'existe pas sur cette planète, tout le monde ! La vie a toujours été si ignoblement injuste. »

— Alice.

Je bondis. Troublée par ma rage, je pensais d'abord que Val s'était adressée à moi, mais je ne voyais pas pourquoi elle chuchoterait.

Je me tournai vers elle, mais elle était silencieuse. Elle ne me regardait même pas. Elle fixait bouche bée le lit de ma tante, et une seconde plus tard, quand le choc me frappa telle une balle entre les deux yeux, je compris brusquement ce qui se passait.

2.

« Vous avez besoin d'aide et de soutien si
vous vous résolvez à voyager avec votre
douleur plutôt que de l'anesthésier à intervalles réguliers...Les relations clés jouent
alors un rôle crucial. »

Gareth Tuckwell et David Flagg
A Question of Healing

I

En un éclair, Nicholas me rejoignit.

— Elle est aveugle, me dit-il. Reprenez-lui la main.

Je tombai à genoux à côté du lit, saisis la main de ma
tante et me penchai sur elle de manière à ce que mon visage
se trouve à quelques centimètres du sien. « Je suis là, dis-
je. Je suis là. »

Elle chuchota à nouveau mon nom, mais ne pus rien
dire d'autre.

— Restez où vous êtes, me dit Nicholas. Il tendit la
main pour caresser doucement, du bout des doigts, les cheveux clairsemés et ternes de ma tante. Prenez votre temps,
lui dit-il. Alice vous écoute. Elle ne va pas s'en aller.

Le visage de ma tante changea finalement.

Ses yeux n'étaient plus vides. Il y avait de l'anxiété dans
son regard. Je vis des tressaillements aux commissures de

ses lèvres. Sa respiration si faible s'accéléra dans son agitation.

Je me mis à bredouiller sans pouvoir m'en empêcher :

— Je te demande pardon pour toutes les fois où je t'ai déçue parce que je n'étais ni intelligente ni jolie. Je suis désolée de ne pas avoir été à la hauteur de tes espérances et de t'avoir obligée à me supporter toutes ces années, mais au moins, j'ai tout fait pour tenir ma promesse et t'éviter l'hôpital et...

Je m'interrompis, incapable de continuer, mais elle ne me prêtait pas la moindre attention. Elle concentrait toute sa volonté sur la tâche de parler et dès que je me tus, elle murmura une troisième fois : « Alice. » Je vis des veines saillir sur son front quand elle produisit ce formidable effort. Puis, dès que Nicholas posa délicatement un doigt sur le muscle frémissant au coin de sa bouche, elle prononça deux mots de suite : « Chère Alice. »

Tout bascula. Passé, présent, futur furent précipités dans un creuset et quand ils en émergèrent, le passé avait été réécrit, le présent transformé et l'avenir redessiné.

— C'est ce que vous vouliez, n'est-ce pas, mademoiselle Harrison ? lui dit Nicholas. Vous vouliez tellement parler à Alice une dernière fois.

Elle resserra son étreinte autour de ma main. Je crus d'abord que c'était un spasme involontaire, mais ce n'était pas le cas, car la pression se prolongea. Elle faisait appel à toutes ses forces pour me tenir la main et prononcer un autre mot.

— Je n'ai pas compris, dis-je frénétiquement à Nicholas. Qu'a-t-elle dit ?

— Pardonne.

— Tu veux dire que tu me pardonnes, dis-je à ma tante. Tu me pardonnes de ne pas avoir été l'enfant que tu désirais ?

Elle s'agita davantage. Sa respiration se fit haletante et son visage se crispa d'un côté.

— Je crois que c'est à vous, Alice, qu'on demande de pardonner, murmura finalement Nicholas.

— Oh mon Dieu... J'enlevai brusquement mes lunettes en sanglotant et les jetai sur le lit. Allons, vieille sotte, qu'y a-t-il à pardonner ? Tu m'as prise en charge, tu t'es occupée de moi et...

Je coupai court car je venais de me rendre compte qu'elle essayait encore de dire quelque chose. « Pardonne », répéta-t-elle et cette fois-ci, je reconnus immédiatement le mot.

Finalement, je sus ce qu'il convenait de faire. En me cramponnant étroitement à sa main, je dis d'une voix aussi ferme que possible :

— Bien sûr que je te pardonne. Je te pardonne parce que je t'aime. Tout va bien. Tout va bien. Tu n'as plus aucun souci à te faire.

Aussitôt, une force inexplicable l'envahit. Elle chuchota clairement, si clairement que toute méprise était impossible : « La plus gentille des filles. Une telle bénédiction ! Quelle chance j'ai eue ! »

Puis, comme si on l'avait brusquement privée du don de la parole, je sentis qu'elle s'échappait, en paix finalement, vers le vaste océan inexploré qui la séparait encore de la mort.

II

Val s'était précipitée pour lui prendre le pouls. En m'essuyant les yeux de nouveau, je dis d'une voix blanche :

— Est-elle morte ?

— Non. Elle reposa la main inerte sur le drap avec délicatesse. Le pouls est rapide, mais c'est normal après tous ces efforts. Il n'y aura probablement aucun changement important pendant quelque temps, mais son médecin devrait l'examiner.

Soudain elle me prit dans ses bras et dans la seconde avant que je me remette à pleurer, je vis Nicholas s'affaler, à bout de forces, sur la chaise la plus proche.

Je me dégageai de l'étreinte de Val et courus en titubant à la salle de bains où je découvris mon maquillage ravagé, sans espoir de récupération. Je me débarbouillai et fus surprise de m'apercevoir que je ne tremblais pas. Un grand calme m'avait envahie. « *Bon voyage* », dis-je à haute voix à ma tante, et dans mon esprit, je vis cet océan obscur s'étendant jusqu'à la lumière brillante au-delà de l'horizon. Dans les récits d'expériences de vie après la mort que j'avais lus dans les journaux, il y avait toujours une lumière intense au bout du tunnel. Ma tante soutenait que c'était une hallucination due au manque d'oxygénation du cerveau, mais je trouvais tout de même bizarre que tant de gens aient les mêmes hallucinations.

— Ça va aller maintenant, dis-je en regagnant la chambre. Je vais rester auprès d'elle jusqu'à ce que ça soit fini.

— Cela risque de prendre encore du temps, me répondit Val. Si vous voulez que j'appelle une infirmière...

— Je préfère attendre seule.

— Mais vous appellerez son médecin ? Je pense vraiment...

Nicholas l'interrompit en posant la main sur son bras.

— Alice va très bien se débrouiller, dit-il. Elle est en mesure de prendre les décisions qui s'imposent désormais.

— Alice est guérie, dit ma voix. Je passai le revers de ma main sur mon front brûlant, stupéfaite de ne pas avoir compris plus tôt. C'était moi la patiente, n'est-ce pas ? Vous saviez depuis le début que vous ne pouviez plus faire grand-chose pour ma tante, mais vous aviez compris que pour moi, en revanche, il y avait beaucoup à faire.

Nicholas se contenta de répondre :

— La guérison est un long processus. Nous en avons tous besoin continuellement, mais chaque phase de guérison nous rend plus apte au voyage.

Il caressa les cheveux de ma tante pour la dernière fois avant de lui dire au revoir. Puis, d'un pas mal assuré, tant il était fatigué, il descendit au rez-de-chaussée.

III

— Je sais qu'il n'a pas guéri votre tante, me dit Val avec douceur, mais il l'a aidée. Maintenant elle peut lâcher prise et mourir en paix.

— Je suis désolée. J'ai eu tort de sous-entendre qu'il ne pouvait rien pour elle. Bien sûr c'est un miracle qu'elle ait réussi à parler...

— Oh, cela n'avait rien d'un miracle ! C'était un événement inhabituel qui m'incite à me demander si la perte de la parole n'est pas due plus au choc de sa dernière attaque qu'à une défaillance cérébrale, mais j'ai vu d'autres patients s'exprimer dans des circonstances peu probables, si la motivation est assez forte. Non, le vrai miracle — et Nick déteste ce mot —, c'est qu'elle et vous ayiez pu régler ce qu'il y avait à régler entre vous.

— Val ! cria Nicholas depuis l'entrée.

— Il faut que j'y aille, dit-elle en me glissant sa carte de visite dans la main. Appelez-moi si vous changez d'avis à propos de l'infirmière ou simplement si vous avez envie de parler.

Je la remerciai et la précédai en bas. Incapable de trouver les mots pour remercier Nicholas, je serrai étroitement sa main en signe de gratitude.

« Nous parlerons plus tard », fut tout ce qu'il me dit. Quelques secondes plus tard, il avait disparu.

IV

Je restai assise au chevet de ma tante tandis que le jour déclinait, Big Ben marquant tous les quarts d'heure le passage du temps. Je pensais toujours à Nicholas. En dehors de ma tante, qui, au début tout au moins, n'avait tenu à moi que par sens du devoir, il était la seule personne qui se fût jamais comportée avec moi comme si j'avais un intérêt quelconque en tant qu'être humain. Quand je songeai à la foule de gens qu'il devait connaître, à ses innombrables obligations, à la vie trépidante qu'il menait au cœur de Londres, je n'arrivais pas à croire qu'il n'ait pas hésité à consacrer une bonne partie de sa soirée à quelqu'un que l'on taxait continuellement d'obésité et de nullité.

Cela me rappela à quel point j'étais nulle à chaque entrevue professionnelle. Du coup, je me remis à envisager l'avenir avec crainte. J'allais perdre la maison et hériterais probablement d'une misère. Je serais obligée de prendre une place de cuisinière nourrie logée au sein d'une institution tellement désespérée de trouver de l'aide qu'elle irait jusqu'à embaucher une nullité adipeuse incapable de conserver un travail à plein temps. Mais je savais que j'aurais déjà de la chance d'être logée gratuitement, aussi sinistres que soient les circonstances, alors je dis à ma tante : « Ne t'inquiète pas. Je me débrouillerai. »

Sa respiration changea peu avant l'aube. Je faillis appeler le médecin, mais me ravisai en me disant qu'il serait sans doute fâché d'être tiré si tôt de son sommeil alors qu'il ne pouvait strictement rien faire. Je tins la main de ma tante à la place. Je n'avais pas peur. La mort venait en amie. Elle était désirée, bienvenue. Ma tante était prête à présent.

Son souffle se fit encore plus étrange. Je sus alors que la fin était proche. Ce bruit rauque a un nom ; j'en avais entendu parler quelque part ; probablement dans la rubrique médicale d'une revue ou d'un journal. Ma tante prenait toujours *The Times*, mais les journaux étaient tellement chers de nos jours que j'avais décidé que le *Daily Mail* lui-même était une folie que je ne pouvais plus me le permettre.

La mort vint, et à mon grand étonnement, ma tante changea après. Elle avait été réduite à l'état de cadavre depuis si longtemps que je m'étais imaginée qu'aucun autre changement physique n'était possible, mais, bien que je sentisse toujours sa présence dans la chambre, je vis que son corps avait été abandonné. Ce n'était plus qu'un ensemble de matière ayant inexplicablement perdu son aspect familier.

Pas de larmes. Pas de sommeil non plus. Je n'étais plus fatiguée. J'avais l'impression de planer, comme si j'avais pris une drogue. Une sensation très particulière, mais le cerveau ne produisait-il pas naturellement de la morphine dans certaines circonstances ? Ça aussi, je l'avais lu dans je ne sais quelle rubrique médicale. J'aimais bien la médecine. Si je n'avais pas été aussi stupide, j'aurais voulu être doctoresse — comme Val, et travailler en tandem avec Nicholas à St Benet's-by-the-Wall.

À huit heures, je téléphonai au médecin de ma tante.

En attendant son arrivée, j'appelai Val pour lui faire part de ce qui était arrivé. Elle fut très gentille. Après m'avoir dit tout ce que j'avais besoin d'entendre, elle ajouta : « Nick n'est jamais en ville le week-end, mais je vais joindre son collègue, le père Hall. Je suis sûre qu'il voudra vous contacter.

J'avais oublié qu'on était samedi et que les églises de la City étaient fermées en fin de semaine. Je me demandais où Nicholas allait. Je l'imaginais dans une splendide maison de campagne avec son élégante épouse. Que faisait-il de ses week-ends ? Jardinait-il ? Jouait-il au cricket ? Lisait-il des romans ? Emmenait-il les enfants en promenade ? (Il avait bien sûr des enfants.) Je ne pouvais pas l'imaginer menant une vie de famille aussi banale. De toute façon, cela ne servait à rien de rêver de lui. Je me remis à penser à ma tante.

Après sa première attaque, j'avais trouvé son testament dans son secrétaire ; j'allai le chercher et brisai le sceau de l'enveloppe. Je savais qu'elle m'avait tout légué, mais je voulais savoir si elle avait laissé des consignes relatives à son enterrement. Effectivement. Cette mécréante invétérée qui méprisait les ecclésiastiques avait écrit sur une note agrafée au document officiel :

> Je souhaite être incinérée après un *bref* office conduit selon les rites de l'Église d'Angleterre. Tout sujet britannique, quelles que soient ses convictions religieuses, devrait observer la coutume tribale qui consiste à être enseveli par ladite Église. C'est ce que signifie l'appartenance à notre Grande Race insulaire (Churchill l'avait parfaitement compris).
>
> NOTE : Les lectures doivent toutes être extraites de l'Évangile selon saint Jean, une œuvre d'un extraordinaire mérite littéraire, et il n'y aura *pas de chant*. (Sans un chœur de tout premier ordre, le chant est superflu.) Sous aucun prétexte, il ne sera fait lecture de cet horrible passage au demeurant populaire tiré des écritures du chanoine Henry Scott Holland et, sous aucun prétexte non plus, quelqu'un ne prononcera un discours ridiculement élogieux à mon égard. Pour faire référence à moi, le pasteur s'en tiendra à Miss Harrison au lieu de Béatrice ou — que Dieu nous en préserve ! — Béa !

Cela me semblait clair comme de l'eau de roche, mais je me demandais ce que le pasteur du crématorium en penserait.

La sonnette de la porte annonça l'arrivée du médecin.

V

À onze heures ce matin-là, après que les employés des pompes funèbres eurent emmené la dépouille de ma tante, alors que je commençais à réaliser tout ce qu'il y avait à faire après un décès, on sonna à nouveau. Cette fois-ci, je trouvai le collègue de Nicholas sur le seuil. C'était le pasteur aux cheveux argentés qui avait fait la lecture lors du service de guérison. Sur le moment, je l'avais pris pour un vieux monsieur digne en col clérical parmi d'autres, mais dès que je le vis de près, je compris que j'avais commis une erreur.

Pour commencer, ses cheveux étaient hirsutes et il avait des rouflaquettes broussailleuses qui lui donnaient un air négligé. Il avait aussi des dents jaunes (il empestait la nicotine) et des petits yeux noirs qui auraient fort bien convenu à un gangster. En un effort héroïque pour compenser cette apparence peu avenante, il s'était enchâssé dans un habit ecclésiastique exquisement coupé, mais cela avait pour seul effet de lui donner l'allure d'un acteur désespérément mal choisi pour son rôle.

— Mademoiselle Fletcher ? dit-il d'un ton bourru. Je suis Lewis Hall, l'assistant de Nicholas Darrow à St Benet. Vous préférez peut-être que je repasse un peu plus tard ? Si c'est le cas, n'hésitez pas à me le dire. Je disparaîtrai et ne craignez pas de m'offenser car je ne suis pas susceptible.

Je trouvai sa franchise tout à fait rafraîchissante. L'affreux médecin avait dissimulé sous des propos mielleux son soulagement en découvrant qu'il pouvait rayer ma tante de sa liste de patients.

— Merci, mon père, dis-je. Entrez, je vous en prie.

En le suivant dans le salon, je remarquai à nouveau qu'il boitait fortement. Il accepta la tasse de thé que je lui

proposai et découvrit ses dents jaunes en un sourire bienveillant quand je mentionnai le mot « gâteau ! ».

— J'ai toujours été fidèle à la tradition du petit en-cas
de onze heures.

La veille, j'avais fait un gros cake à la banane et si l'essentiel avait déjà été consommé, il en restait assez pour
deux généreuses parts. Le père Hall en engloutit une bouchée avant de me demander :

— Vous l'avez acheté chez Harrods ?

— Non, je l'ai fait moi-même. Je suis cuisinière. C'est
mon métier.

— Je suppose que vous travaillez à Buckingham
Palace.

En lui souriant, reconnaissante de sa gentillesse, je me
rendis compte tout à coup qu'il me traitait lui aussi comme
une vraie personne et non pas comme une grosse dondon.
Je me sentis moins intimidée.

— Mais je dois arrêter de m'extasier devant cette pâtisserie, dit-il brusquement. Parlons plutôt de vous. Avant
toute chose, laissez-moi vous présenter mes condoléances.
La mort, même attendue depuis longtemps, peut être très
pénible lorsqu'elle survient finalement. Ensuite, permettez-
moi de vous offrir mon assistance pour faire face à toutes
les démarches désormais nécessaires. Si j'ai bien compris,
vous n'avez pas d'autre famille.

— C'est très gentil de votre part, mais...

— À St Benet, nous avons une équipe baptisée les
Bénévoles. Leur tâche consiste surtout à écouter les gens
qui ont des ennuis, mais de temps à autre, ils jouent un
rôle plus actif, en particulier quand une personne en deuil
se retrouve seule. Vous avez parlé avec Francie hier à
l'église, si je ne me trompe pas ?

— Comment le savez-vous ? demandai-je, stupéfaite.

— C'était dans les notes de Nicholas. Quand vous avez
perdu connaissance, elle lui a dit qu'elle avait échangé quelques mots avec vous plus tôt. Nous demandons souvent à
Francie de donner un coup de main dans des situations
telles que la vôtre. Vous resterez maîtresse de la situation.
Elle interviendra autant, ou aussi peu que vous le souhaitez, et si elle vous tape sur les nerfs, vous n'aurez qu'à lui

dire d'aller se faire voir. En attendant elle pourrait vous être très utile.

Cette proposition me paraissait tentante. Je me souvenais de la gentillesse avec laquelle Francie m'avait souri quand j'avais refusé d'approcher de l'autel pour l'imposition des mains en évitant d'en faire toute une histoire.

— Outre les problèmes matériels, il y a également des questions d'ordre spirituel à prendre en considération, reprit-il d'un ton résolu après avoir marqué une nouvelle pause pour planter ses dents dans le gâteau. Avez-vous besoin d'un prêtre pour l'enterrement ?

— Oh non, pas un prêtre, répondis-je machinalement. Ma tante n'était pas catholique.

Il s'excusa aussitôt en m'expliquant que s'il appartenait à l'aile anglo-catholique de l'Église d'Angleterre, il respectait le fait que ladite Église fût une vaste organisation chapeautant au même titre catholiques et protestants.

— Votre tante allait-elle au temple ? me demanda-t-il entre deux gorgées de thé.

— Non, répondis-je, mais j'étais tellement rassurée par sa volonté de tolérer les protestants que je décidai de lui montrer les consignes laissées par ma tante concernant ses funérailles. La mention du chanoine Holland le fit rire.

— Votre tante devait être un sacré personnage, commenta-t-il, amusé.

Du coup, je me mis à lui parler du passé. J'en vins même à évoquer mon abominable mère qui vivait à Manchester et mon père disparu sans laisser d'adresse qui, s'il vivait encore quelque part au Canada, devait être aussi abominable, et pendant tout ce temps-là, il m'écouta en hochant la tête et en me regardant gentiment avec ses petits yeux noirs brillants. Finalement il me vint à l'esprit que j'avais dû prendre plus de temps qu'il ne comptait en consacrer à cette visite et je mis aussitôt fin à mon interminable monologue par une conclusion hâtive.

— ... et voilà, fis-je vaguement, sans trop savoir à quoi je faisais référence, et l'instant d'après, je me rappelai que je n'avais toujours pas répondu à la question de savoir si j'avais besoin de quelqu'un pour célébrer la messe d'enterrement.

— Ne vous inquiétez pas pour la messe, m'empressai-

je d'ajouter. Les gens du crématorium ont une liste d'ecclésiastiques, non ? Je prendrai celui qui est de service ce jour-
là.

Fort occupé à construire une pyramide avec les miettes
de son gâteau, le père Hall me dit alors avec désinvolture :

— Nicholas serait prêt à s'en charger si vous le souhaitez.

J'étais surprise, mais parvins néanmoins à répondre
d'un ton neutre :

— Je n'oserais jamais l'importuner davantage alors
qu'il a déjà tant fait pour moi.

Sa main s'immobilisa au-dessus de sa pyramide de
miettes et en le voyant me dévisager d'un air intrigué, je
compris qu'il était en train de me jauger. Je songeai alors
que la plupart des femmes auraient sans doute réagi différemment à une offre aussi généreuse de la part de Nicholas
Darrow.

— Vous êtes pleine d'égards, dit-il finalement sur un
ton agréable, mais simplifiez-vous donc les choses ! Je suis
moi-même disposé à célébrer cette messe si vous le désirez.

Et comme j'hésitai, très tentée par sa proposition, mais
redoutant encore de l'ennuyer, il ajouta gentiment :

— Réfléchissez et donnez-moi votre réponse plus tard.
Par ailleurs pensez à ce que je vous ai dit au sujet de
Francie.

Après quoi il me demanda si je souhaitais qu'il dise une
prière avant de partir.

— Non merci, répondis-je de but en blanc, mais ce
refus catégorique me parut affreusement grossier, d'autant
plus qu'il avait été tellement aimable avec moi. Je suis ravie
que vous soyez venu, m'empressai-je d'ajouter. Je vous en
prie, ne me prenez pas pour une ingrate.

Il sourit, pas le moins du monde rebuté, et, prenant
une carte dans son portefeuille, il écrivit au verso :
Mme Francine Parker (Francie). Une série de chiffres suivit : le numéro de téléphone.

— Je suis content d'avoir fait votre connaissance,
mademoiselle Fletcher, dit-il en posant la carte sur le plateau à côté de la théière, et s'il vous plaît, n'hésitez pas à
me passer un coup de fil, soit au centre de guérison, soit
au presbytère si vous avez besoin de quoi que ce soit.

Je le remerciai, puis le raccompagnai à la porte d'entrée. Je le suivis du regard tandis qu'il s'éloignait clopin-clopant en direction du parcmètre au bout de la rue. Il avait une Volkswagen Golf d'un rouge poussiéreux qu'il conduisait comme s'il était au volant d'une Porsche. J'entendis le moteur gronder et les pneus crisser lorsqu'il vira à toute allure à l'angle de Smith Square.

Un homme d'église comme il y en a peu !

Je regagnai machinalement la cuisine et entrepris de préparer un autre cake à la banane.

VI

À l'évidence, ma *guérison* n'avait pas eu la moindre incidence sur ma boulimie. À quoi m'attendais-je ? À éprouver le désir irrésistible de me contenter de mille calories par jour ? Je rêvais peut-être de perdre vingt-cinq kilos et de me trouver un mari idéal, mais au fond de moi, je savais que ce n'était qu'une chimère parfaitement irréaliste. Je me sentais tout de même un petit peu mieux maintenant que je savais que ma tante tenait véritablement à moi, mais comment pouvais-je avoir une meilleure opinion de ma personne alors que j'étais toujours grosse comme une vache et certaine de le rester ? Le stress me poussait toujours à m'empiffrer et si je n'avais plus à m'occuper de ma tante, je devais désormais faire face à la perspective angoissante de me construire une nouvelle vie.

J'avais besoin d'aide, incontestablement, mais je répugnais quand même à appeler Francie, comme le père Hall me l'avait conseillé. J'avais mis un orgueil malsain à me débrouiller toute seule pendant de longues années ; ce combat m'avait au moins valu un certain amour-propre, et puis j'avais horreur d'enquiquiner les gens ou de peser sur eux en prenant le risque de contacts humiliants. Beaucoup plus jeune, j'avais eu l'espoir de me faire des amis, mais il ne semblait pas y avoir de place dans l'univers des sveltes pour quelqu'un comme moi, et j'avais fini par me réfugier dans la solitude. C'était pénible, mais tranquille au moins, loin des rires sournois et des commentaires désobligeants. J'avais l'habitude d'être seule maintenant. Je considérais mon isolement comme un choix et n'étais consciente que de temps en temps de ma tristesse.

Dans un moment comme celui-ci, cependant, je regrettais vivement de ne pas avoir d'amis. Je pris la carte du père Hall et regardai fixement le numéro de Francie en me disant qu'elle n'aurait sûrement pas envie d'entendre parler d'une nullité obèse qui croulait de surcroît sous les ennuis, mais le souvenir de son comportement à l'église me revint à l'esprit. À l'instar de Nicholas et de Lewis Hall, elle m'avait traitée avec respect, comme si j'étais normale, et je songeai alors que si le père Hall me l'avait recommandée, il y avait peu de risques qu'elle me refuse son assistance.

J'achevai de me convaincre en me disant que si je ne saisissais pas cette perche que me tendait la vie, il se pouvait bien que je devienne l'une de ces encombrantes névropathes qui multipliaient les fausses tentatives de suicide afin d'attirer l'attention sur elle, et un peu de chaleur humaine. Pathétique ! Quoi qu'il arrive, je devais rester saine d'esprit et cela signifiait agir intelligemment au lieu de se tapir bêtement dans un coin.

Pour finir, je décrochai le combiné et composai le numéro.

VII

— Ah c'est bien ! s'exclama chaleureusement Francie après que je lui eus dit qui j'étais. J'espérais que vous appeleriez. J'ai parlé avec Lewis Hall ce matin juste avant qu'il vienne vous voir.

Je marmonnai bien quelque chose au sujet de son week-end que je ne voulais pas gâcher, mais elle ignora ma remarque en me disant qu'elle était désolée du décès de ma tante et certaine que je n'aurais pas téléphoné à moins de me sentir très mal. Cela me ferait-il plaisir si elle venait tout de suite ? Elle adorait prouver qu'elle était à la hauteur de la situation, surtout en cas d'urgence, et non, ce n'était pas du tout un problème, ses enfants étaient en pension et son mari en voyage d'affaires à Tokyo et elle repassait une nappe, rien de plus. Où habitais-je ? Dean Danvers Street, à proximité de Smith Square ? Parfait. Elle serait là dans une demi-heure.

Épuisée après tant de civilités, mais très soulagée que quelqu'un soit prêt à m'aider à remettre un peu d'ordre dans le chaos de mon existence, je commençai mon déjeuner par de la glace aux raisins et au rhum, mais j'avais à peine mangé un peu plus de la moitié du pot quand la sonnerie du téléphone retentit.

C'était Nicholas Darrow.

VIII

— Je viens de parler avec Val, me dit-il, tandis que je restais muette de surprise. Elle m'a annoncé la nouvelle. Ça n'a pas été trop difficile à la fin ?

Je cherchai désespérément les mots justes. Heureusement qu'il m'avait posé la question sans détour. Les années passées auprès de ma tante m'avaient appris à résister au discours direct, mais à fléchir face aux sinuosités de la diplomatie. Finalement je réussis à bredouiller :

— Non. Tout à coup, sa respiration a changé, puis elle s'est arrêtée. Elle n'a pas souffert.

— Bon. Et vous, comment allez-vous ?

— Affreusement mal, dis-je, découvrant avec horreur que j'étais incapable de passer de la franchise aux circonvolutions au nom des bonnes manières et de l'effacement. Mais ce n'est pas grave. Ça ira mieux tout à l'heure. Francie va arriver.

— Elle est très chaleureuse et extrêmement efficace, mais n'omettez pas de lui dire quand vous en avez assez et que vous souhaitez être seule. Voulez-vous que j'officie le service religieux ?

J'essayai de faire comme si n'importe quel bon vieil ecclésiastique m'irait très bien, mais dis tout autre chose :

— Volontiers, mais je ne voudrais pas être une plaie et vous détourner de votre travail.

— Les enterrements font partie de mon travail et me demander de présider à la cérémonie funèbre ne fait pas de vous une plaie. Nous parlerons de cela plus en détail lundi à mon retour. Entre-temps, si vous continuez à vous sentir mal fichue, même après avoir vu Francie, ne vous gênez surtout pas pour appeler mon collègue, Lewis Hall. Il aime bien recevoir des coups de fil le week-end quand la City est déserte et le centre de guérison fermé.

Après que je l'eus remercié, il conclut en me disant qu'il était désolé que je passe par un moment si difficile, que le deuil était l'une des grandes épreuves de la vie et qu'il continuerait à prier pour moi.

Puis il raccrocha.

Je retournai à la cuisine dans un état d'hébétement, me laissai à nouveau tomber sur une chaise devant la table et oblitérai tous mes rêves romantiques plus humiliants les uns que les autres en finissant la glace.

IX

Francie fut merveilleuse. Elle prit rendez-vous avec les pompes funèbres pour parler de l'organisation de la cérémonie et téléphona au médecin afin de savoir où faire enregistrer le certificat de décès (il me l'avait dit, mais je n'avais pas écouté). Elle dressa une liste des personnes à prévenir (les notaires, le propriétaire, la banque et divers secteurs de la bureaucratie gouvernementale) et rédigea une notice des plus impressionnantes à l'intention de la rubrique nécrologique du *Times*. Elle proposa même d'appeler ma mère, mais j'estimais que ce n'était pas nécessaire ; nous n'avions jamais communiqué par téléphone, ma mère et moi. J'avais bien réussi à lui écrire un petit mot de trois lignes, mais cela me mit dans un tel état de fatigue que Francie suggéra alors de me laisser me reposer, une initiative qui, à mon avis, témoignait d'un comportement irréprochable de la part d'une bénévole.

Elle revint me voir le lendemain, dimanche, en m'apportant des fleurs de son jardin d'Islington et offrit de m'emmener dans sa paroisse. Je déclinai ; elle n'insista pas, se contentant de me demander de déjeuner avec elle à la place. Je refusai aussi en m'excusant, alléguant ma lassitude, et elle ne fit pas d'objection non plus. Au lieu de cela, elle se surpassa une nouvelle fois en me laissant seule après m'avoir promis d'être là pour le rendez-vous avec le responsable des pompes funèbres.

Nous le reçûmes donc ensemble, comme prévu, le lundi matin, et dans la soirée, Francie réapparut, accompagnée cette fois-ci de Nicholas afin d'achever les préparatifs. Nicholas me parla du service religieux et Francie du traiteur. J'étais tellement épuisée après coup que j'eus tout juste la force de m'empiffrer. Je commençai aussi à m'inquiéter des frais que tout cela supposait, mais résolus de repousser toute considération sur ma situation financière précaire jusqu'à après les funérailles.

Plusieurs amis de ma tante étaient encore de ce monde et nombre de ses anciens élèves se souvenaient sans doute d'elle, mais durant sa longue maladie, dès lors qu'elle n'avait plus été en mesure d'écrire, la plupart d'entre eux avaient fini par couper les ponts. Une trentaine de personnes à peine se présentèrent au crématorium et ils étaient moins d'une vingtaine à m'accompagner à la maison où j'avais passé de nombreuses heures thérapeutiques à préparer un copieux buffet. J'avais hésité pour le choix des boissons. Francie m'avait dit que je ne devais pas me sentir obligée de servir de l'alcool, mais du thé et du café me semblaient insuffisants pour ranimer les gens après la tristesse du crématorium et à la fin, je m'étais laissée aller à acheter du *vin blanc de pays* au supermarché. La pensée de laper l'excédent après le départ de mes invités m'avait considérablement ragaillardie. La seule raison pour laquelle je ne me soûlais pas régulièrement, j'en étais sûre, tenait au fait qu'en temps normal, je n'avais pas de quoi me permettre ce vice.

À mon grand soulagement, ma mère avait décidé de ne pas assister à l'enterrement, mais elle avait gâché cette sage résolution en envoyant la plus vulgaire des couronnes agrémentée d'un message odieux (« Très chère tante Bea — En gratitude éternelle pour toutes tes gentillesses envers Alice chérie — Tout mon amour, le souvenir de ta bonté ne s'effacera jamais de ma mémoire... », etc, etc.) Les abîmes sentimentaux dans lesquels les gens n'hésitent pas à plonger quand leur conscience les tracasse sont décidément révoltants.

Pour ma part, j'avais commandé un petit bouquet de fleurs coupées, car je savais que ma tante aurait réprouvé toute dépense excessive, considérée comme une faute de goût. Sur le ruban liant les tiges ensemble, j'avais épinglé une carte où il était écrit : « À la mémoire d'une femme intègre. A. » Je ne voyais pas la nécessité de radoter à propos d'amour et de gratitude. Ma tante avait toujours détesté les gens qui se gargarisaient d'évidences. Elle détestait tant de choses, cette vieille teigne, mais elle aurait aimé le bref service, digne, serein, qui marqua sa mort. Au final, l'Église d'Angleterre lui avait fait honneur en lui offrant précisément la version du grand rite tribal britannique qu'elle prisait tant.

Au début de la cérémonie, Nicolas lut plusieurs phrases tirées de l'Évangile selon saint Jean, et plus tard il en cita un extrait plus long. Il l'avait choisi lui-même et je lui avais donné mon approbation sans me donner la peine de le lire parce que j'étais certaine qu'il ferait le bon choix. Ce fut la raison pour laquelle je fus si ébranlée quand j'en écoutai finalement la lecture : « Ne laissons pas notre cœur se troubler, *ne le laissons pas avoir peur* », et tandis que ces paroles résonnaient dans la chapelle, je vis que son regard limpide était braqué sur moi. Je m'aperçus alors que je n'avais plus peur bien que je n'eusse ni travail ni argent et que je n'allasse pas tarder à me retrouver sans toit. Je ne redoutais plus l'avenir parce que Nicholas était là à présent, et dès que je compris cela, je me mis à penser tristement : « Si seulement il pouvait être là aussi à l'avenir ! » Mais ce n'était encore qu'un de ces rêves futiles, je le savais pertinemment, tout comme je savais que je me laissais bercer par cette espérance parce que je trouvais Nicholas si séduisant, si irrésistible que j'arrivais à peine à admettre que bientôt, je ne le verrais plus.

Il se donna beaucoup de mal ce jour-là. En plus de me conduire au crématorium et de me raccompagner chez moi ensuite, il prit la peine de s'arrêter un moment à la maison pour se mêler à mes convives. À l'aller, nous n'échangeâmes pas deux mots, mais à mon grand étonnement, je trouvai le silence confortable sans éprouver le besoin angoissé de le rompre. Au retour, ce fut moi qui parlai, tenant des propos qui n'avaient ni queue ni tête, tant j'étais soulagée que mon épreuve fût terminée, mais à la fin, je trouvai le cran de couper court à cette diarrhée verbale en demandant : « Y a-t-il vraiment une vie après la mort ? »

— Toute mon expérience suggère que le contraire est trop invraisemblable.

— Mais si ma tante est désormais réduite en cendres, comment peut-on parler de résurrection du corps ?

— Le « corps » dans ce contexte est probablement un mot de code pour toute la personne. On ne parle pas vraiment de chair et de sang, mais du réseau complexe d'informations exprimé par l'amalgame chair-sang.

Je m'efforçai de décrypter son explication.

— Vous voulez dire que la chair et le sang sont sans conséquence ?

— Non, certainement pas sans conséquence. Nos corps ont un impact considérable sur notre développement en tant qu'individus. Ils contribuent au réseau d'informations. De fait, nous ne serions pas des individus sans eux. Mais une fois que nous ne sommes plus confinés par le temps et l'espace, chair et sang deviennent superflus et le réseau peut être téléchargé ailleurs... Avez-vous des notions d'informatique ?

— Non.

— Bon, oubliez tout ça. Pensez à Michel-Ange plutôt. Dans la chapelle Sixtine, il a exprimé une vision en créant, par le biais de la peinture, des schémas de couleurs. La peinture est d'une importance vitale, mais en définitive, c'est le schéma qui compte et ce schéma peut être reproduit sous une autre forme, un livre par exemple ou un film.

J'essayai de déterminer comment ma tante aurait répondu. Elle avait toujours soutenu que la notion de vie après la mort n'avait aucun sens.

— Certains prétendent que la religion a pris naissance parce que les gens avaient tellement peur de mourir qu'ils avaient besoin d'un prétexte pour croire que la vie continuait après la mort, me hasardai-je à dire avec prudence.

— Oh ce mythe a été réduit en pièces par les intellectuels modernes ! Il s'avère que la religion existait longtemps avant l'émergence du concept de la vie après la mort.

J'étais tellement surprise que je m'exclamai :

— Dieu merci, ma tante ne l'a jamais su. Elle ne supportait pas d'avoir à revenir sur ses opinions !

— Mais en tant que femme intègre, ne s'intéressait-elle pas à la vérité ?

— Oui, mais elle ne pensait pas que la vérité eût quoi que ce soit à voir avec la religion.

— Nous avons tous nos propres religions, souligna Nicholas. Nous avons tous une manière à nous d'appréhender la réalité de manière à donner un sens au monde qui nous entoure. Ne m'avez-vous pas dit que la religion de votre tante était l'Angleterre ? Ou plutôt le patriotisme britannique du dix-neuvième siècle ?

Je ris avant de protester :

— Mais l'Angleterre est bien réelle ! On peut la toucher, la mesurer. Ma tante ne croyait pas en ce qui n'était pas palpable, mesurable ni scientifiquement vérifiable.

— Le patriotisme est-il quantifiable et scientifiquement vérifiable ? Et la justice ? Et toutes ces autres valeurs auxquelles votre tante croyait éperdument ?

Je n'avais pas la moindre idée de la manière dont elle aurait réagi à cela. Aussi me contentai-je de répliquer d'une voix faible :

— Mais la science est importante !

— Très importante, certes, mais ce n'est pas la seule ouverture sur la réalité.

Je m'aperçus brusquement qu'il était en train de se garer. Il éteignit le moteur et je vis avec effroi que nous étions de retour à Dean Danvers Street. Il s'était tu et tourné vers moi. Sa main droite, toujours posée sur le volant, était parfaitement immobile, ses longs doigts détendus. Sa main gauche reposait nonchalamment sur sa cuisse gauche alors qu'il me faisait face, la cuisse en question, enveloppée de noir, étant orientée de telle manière que son genou se trouvait à quelques centimètres du mien. Quand je sentis que je ne pouvais plus soutenir son regard, je baissai les yeux sur l'espace qui nous séparait, consciente qu'il symbolisait un fossé qui ne pourrait jamais être comblé nonobstant la gentillesse qu'il choisissait de manifester à mon égard.

— Venez donc me voir un jour à St Benet, me dit-il sur un ton désinvolte, si vous souhaitez que je vous aide à trouver un médecin plus compatissant que le vôtre. Je trouve dommage que vous ayez une aussi piètre relation avec lui.

— Oh, mais je n'ai pas vraiment besoin d'un docteur, protestai-je aussitôt. Je n'ai aucun problème de santé qu'un bon régime ne suffirait à résoudre.

— Bon, oublions le médecin. Venez tout de même. Nous parlerons de votre alimentation. Si cela se trouve, vous n'avez pas du tout besoin de vous mettre à la diète.

— Comment pouvez-vous dire une chose pareille ? m'exclamai-je, stupéfaite.

— Il vous suffirait peut-être de modifier votre style de vie. Il marqua un temps avant d'ajouter : Réfléchissez-y. J'aimerais vous aider si c'est possible.

— Mais je n'ai pas les moyens de...

— Cela ne vous coûtera pas un centime. Nous sommes financés par une œuvre de bienfaisance et des dons.

Pendant un long moment, le rêve romantique me consuma et j'imaginais un futur qui me garantissait des visites régulières à St Benet. Puis le fossé infranchissable me revint en mémoire et je compris que je ne pouvais pas aller plus loin. Je devais lutter pour ne pas me laisser piéger par une gentillesse bien intentionnée dans un monde où il serait toujours inaccessible. Mieux valait être reconnaissante pour ces quelques instants précieux, puis continuer ma route seule. Je ne voulais pas finir en pathétique *groupie*, traînant mes basques aux abords de St Benet en devenant une sangsue. Je ne tenais pas davantage à avoir une relation médecin-patient avec lui. Ce que j'éprouvais était trop fort ; je savais que je risquais de m'attacher à lui à l'excès. Soit je le voyais en égale dans son monde à lui, soit je ne le voyais plus du tout — et dans la mesure où l'idée même d'être son égale était ridicule, il ne restait plus qu'à l'effacer immédiatement de mon esprit.

— C'est très gentil à vous de vouloir continuer à m'aider, dis-je poliment, et je vous suis très reconnaissante, mais je dois me débrouiller toute seule. Et dans le but de détourner notre attention d'un sujet aussi délicat, j'ajoutai d'un ton léger : Est-ce que tous les gens de St Benet se comportent comme si la personne la plus insignifiante qui soit avait de la valeur ?

— Je l'espère bien, me répondit-il d'un ton espiègle en retirant sa main du volant pour ouvrir sa portière. Nous sommes censés suivre l'exemple d'un homme qui considérait chaque individu comme un être spécial, y compris ceux qui se trouvent en marge de la société et se sentent méprisés et ignorés.

Sur ce, il sortit de la voiture pour aller glisser des pièces dans la fente du parcmètre.

Des larmes m'emplirent les yeux. Sans savoir pourquoi, à cet instant je me haïssais de ne pas être capable de contrôler mes émotions. Ma tante aurait été épouvantée. Après m'être furtivement essuyé les yeux avec ma manche, j'extirpai ma masse du siège du passager, agrippai mes clés dans mon sac et réussis Dieu sait comment à ouvrir la porte.

X

En définitive, je surmontai cette crise de stupidité aiguë, bien sûr, j'avais tant à faire : sortir les plats du frigidaire, déboucher les bouteilles, parler aux gens. Je n'avais pas le temps de m'abandonner au tourbillon de mes émotions. Il s'agissait de sauver les apparences, voyons, de me comporter comme ma tante aurait souhaité que je le fasse, de m'assurer que tout se déroulait comme il se devait. Quoi qu'il en soit, je remis vite les pieds sur terre quand je découvris, en ouvrant la première bouteille, que le vin avait un goût de décapant. Ça commençait mal. Je remarquai que Nicholas n'en avait bu qu'une gorgée et n'avait mangé que deux des canapés que j'avais eu tant de plaisir à préparer. Quand il en refusa un troisième, j'eus la bêtise de demander : « Ils ne sont pas bons ? », alors que je savais pertinemment que ce n'était pas le cas puisque les autres invités s'étaient jetés avec bonheur sur le buffet et que j'en avais déjà englouti au moins six moi-même. « J'ai bien peur qu'il soit dans mes habitudes de ne jamais manger ou boire grand-chose quand je suis de service, » me répondit-il, ce qui me parut une excellente excuse, blâmer la bienséance, mais je n'en restais pas moins oppressée par un sentiment d'échec.

Il partit une demi-heure plus tard, mais pas sans m'avoir laissé un souvenir de St Benet. Quand je gagnai l'entrée pour prendre congé de lui, il me surprit en sortant de la poche de son imperméable un exemplaire de la revue mensuelle publiée par son église.

— L'encre est à peine sèche ! me dit-il avec un sourire. Je vous l'ai apportée parce qu'il y a une annonce susceptible de vous intéresser en dernière page. Quelqu'un cherche une cuisinière.

Avant que j'eus le temps de faire un commentaire, il me souhaita bonne chance et disparut.

XI

À deux heures, tout le monde était parti et je me retrouvai seule dans la cuisine avec la dernière assiette de canapés et plusieurs bouteilles de décapant. Je fis une nouvelle tentative pour le boire — m'enivrer pour atténuer la douleur provoquée par le départ de Nicholas me paraissait une excellente idée, mais le vin était tellement mauvais que j'y renonçai et décidai plutôt de faire un sort à la nourriture. Quand je m'arrêtai finalement de manger pour lire la brochure de St Benet, j'eus envie d'une douceur après tous ces trucs salés, mais il ne restait plus un gramme de glace aux raisins et au rhum. À la place, j'ouvris un paquet de biscuits à la mélasse et entrepris de feuilleter la revue jusqu'aux petites annonces figurant en dernière page.

« Peintre-décorateur, expérimenté, bonnes réf..., « Charpentier, même menus travaux... » D'où sortaient donc tous ces artisans à la petite semaine dans l'opulente

Cité qui couvrait à peine plus d'un kilomètre carré ? Ils vivaient probablement dans Tower Hamlets, le quartier défavorisé situé plus à l'est, ou bien à Islington, au nord, plus métissé socialement... Je parcourus rapidement la colonne. « CHAT PERDU, près de Clerkenwell, habitué du jardin de St James... » Je soupirai, en pensant simultanément à ce pauvre chat et à notre bel Orlando. « CHERCHE LOGEMENT... » Je sautai cette rubrique pour concentrer mon attention sur « EMPLOIS À POURVOIR », mais la première annonce ne me convenait vraiment pas : « Dame semi-handicapée cherche jeune chrétienne employée à demeure. Cuisine légère, autres tâches ménagères prises en charge... J'étais certaine de ne pas cadrer dans le profil « chrétienne » et « cuisine légère » ne défierait guère mes talents de Cordon Bleu. Voyons la suivante : « Cherche cuisinière à demeure, non fumeur, quartier SW1. Doit être capable de préparer de délicieux plats basses calories en plus d'une cuisine élaborée pour dîners. Références indispensables, salaire négociable. Non diplômées Cordon Bleu s'abstenir...

J'étais si intriguée que j'en oubliai mes biscuits et nettoyai mes verres pour m'assurer que j'avais lu l'annonce correctement. Je vivais dans le quartier SW1, à la lisière est, qui, en dehors de la petite enclave géorgienne autour de Smith Square, n'était pas vraiment considéré comme un quartier huppé de la City of Westminster. Cependant, en dehors des HLM de Page Street et des logements sociaux aux abords de Perkin's Rents, au-delà du marché de Strutton Ground et de l'église de Rochester Row, s'étendait Pimlico, où les yuppies faisaient désormais ronfler leurs Porsche, suivi, plus au nord de la magnificence crème et blanche de Belgravia, la partie la plus chic de SW1. Une personne qui pouvait se permettre d'avoir une cuisinière à domicile — pas une gouvernante-cuisinière, juste une cuisinière ! — et exigeait impérativement un diplôme de Cordon Bleu (ce qui voulait dire que le salaire serait plus que convenable) ne vivait certainement pas à Perkin's Rents et ne faisait sûrement pas ses courses à Strutton Ground. Elle vivait à coup sûr à Belgravia, probablement même dans un des Eaton — Eaton Place, Eaton Terrace, voire Eaton

Square ! — et achetait ses provisions dans les rayons alimentation de chez Harrods.

Je me ferais un plaisir de vivre à Belgravia, mais avais-
je le moindre espoir de décrocher la timbale ? En temps
normal, je n'aurais même pas songer à poser ma candidature pour un poste aussi haut de gamme. Je m'étais toujours dit que les gens beaux et riches se refuseraient à
employer quelqu'un qui ne serait pas le reflet de leurs
splendeurs. Pourtant... Je pris le temps d'analyser ce pré-
jugé. Une personne qui passait une annonce dans une brochure paroissiale ne pouvait pas être quelque riche harpie.
Peut-être était-elle convaincue elle aussi que tout être
humain avait une valeur, qui qu'il soit. En outre... Nicholas
m'aurait-il parlé de cette place s'il avait pensé que je n'avais
pas la moindre chance de l'obtenir ?

Une seconde plus tard, il me vint à l'esprit que s'il souhaitait vraiment que je présente ma candidature, c'est qu'il
ne voyait aucune raison pour qu'elle soit rejetée. Sans
doute pensait-il que je collais au profil demandé ? Mais
non, je me laissais entraîner par le rêve de vivre à un jet de
pierre du rayon alimentation de Harrods. Il fallait à tout
prix que je remette les pieds sur terre.

À ce stade, j'étais dans un tel état d'excitation que je
fus obligée de manger encore quelques biscuits. Presque
aussitôt après, je payais le prix de tout ce que j'avais
englouti ce jour-là. Après avoir vomi, je me traînai au premier, m'effondrai sur mon lit et, à bout de forces, sombrai
dans le sommeil.

XII

En me réveillant une heure plus tard, je savais que je
devais appeler la personne de l'annonce immédiatement,
avant que la peur me pousse à me gaver de nouveau. Je
descendis l'escalier d'un pas décidé, m'emparai de la brochure, saisis le combiné et composai le numéro.

Une voix féminine me répondit dès la première sonnerie. J'imaginais une femme allongée sur un sofa dans un

somptueux salon en train de boire du thé à petites gorgées
— du Lapsang Souchong, dans une tasse Crown Derby. Au-
delà des grandes baies vitrées, les arbres d'Eaton Square
devaient se balancer dans une brise délicieusement
délicate.

« Allo ! » Une voix aristocratique, à n'en point douter,
soprano, assurée, et son ton se révéla tout aussi aristocratique, agréable mais ferme, ce qui m'incita à me demander
si ce charme n'était pas superficiel. S'ensuivit une conversation courtoise, conduite avec aisance par ma redoutable
interlocutrice. Il était difficile de deviner son âge. Elle pouvait avoir une trentaine d'années, mais la facilité avec
laquelle elle dirigea l'interrogatoire me fit soupçonner
qu'elle était considérablement plus âgée.

— Quels sont vos liens avec St Benet ? me demanda-
t-elle brusquement après les questions d'usage relatives à
mes qualifications.

— Le père Darrow a officié les funérailles de ma tante
ce matin même.

Il ne fut pas question de condoléances bien sûr. Qui
était ma tante pour elle ? Elle ne me connaissait pas et
l'idée qu'elle aurait pu faire un effort pour observer les conventions bourgeoises de la politesse ne lui serait même pas
venue à l'esprit. À la place, elle s'exclama avec plaisir :

— Ah, alors vous connaissez Nick ! et pour la première
fois, je perçus une certaine chaleur dans sa voix. Très bien,
s'empressa-t-elle d'ajouter, voilà la situation. J'ai une maison à Easton terrace, du côté d'Eaton Square. Il y a un
tout petit appartement au sous-sol pour une employée à
domicile. Juste une chambre, un salon, une salle de bains,
une cuisine. J'ai une femme de ménage admirable, un vrai
trésor qui vient presque tous les jours. Ce qui veut dire
qu'en dehors de la popote, vous n'aurez rien à faire à part
ranger la cuisine et briquer le petit logement du sous-sol,
bien entendu. Je reçois beaucoup, mais en dehors de ces
dîners, je suis seule. Mon mari est décédé et mes enfants
sont grands. Je m'absente de temps en temps. Pendant mes
déplacements, j'attendrais de vous que vous vous occupiez
de tout. C'est la raison pour laquelle j'ai mis cette annonce
dans la brochure de Nick. Il me faut quelqu'un sur lequel
je puisse absolument compter, même sans supervision. J'ai

décidé que la meilleure solution pour moi consistait à jeter mon filet au sein d'une communauté chrétienne et de demander à un prêtre son opinion sur les éventuels poissons pris dans les mailles. Nick ne m'a pas parlé de vous, d'ailleurs, quand je lui ai transmis le texte de mon annonce la semaine dernière.

— Nous venons juste de faire connaissance.

— Peu importe, il vous aura jugée tout de suite. Il est médium. Où en étais-je ? Ah oui, la maison. Il y a un système d'alarme, et puis j'ai un chien, Mortimer, mais il me suit partout de sorte qu'il ne sera pas là pour vous garder lorsque vous serez seule. Pensez-vous que vous risquez de paniquer si vous êtes seule la nuit dans la maison ?

— Pas le moins du monde.

— Bon. Je vous rétribuerai au tarif en vigueur et vous aurez droit aux congés réglementaires, mais nous parlerons de tout cela plus tard si vous me semblez convenir. Quand pouvez-vous venir me voir ?

— Eh bien...

— Que diriez-vous de demain, à l'heure du déjeuner ? J'ai un rendez-vous le matin, mais je serai de retour chez moi à onze heures et demie. Midi ?

— Demain midi... oui... merci.

Elle m'indiqua son adresse.

— Apportez-moi vos références, ajouta-t-elle, et votre certificat de Cordon Bleu. Je ne laisse jamais rien au hasard. Ne vous imaginez pas que j'ai l'intention de me fier exclusivement aux pouvoirs surnaturels de Nicholas. Bon, tout est bien clair ?

— Oui, merci, madame...

Je marquai un temps en attendant l'ultime renseignement qu'elle devait me donner.

— Lady Cynthia Aysgarth, répondit-elle d'un ton vif. A-Y-S-G-A-R-T-H, comme la ville dans le Yorkshire. À demain, mademoiselle Fletcher.

Sur ce, elle raccrocha alors que je n'avais toujours pas fini de gribouiller ce nom du Nord que j'entendais pour la première fois de ma vie.

XIII

Je m'assis sur le canapé, mon cerveau imprimant automatiquement toutes les données répertoriées, accumulées là depuis le jour où j'avais inspiré ma première bouffée d'air britannique plus de trente-deux ans plus tôt. Lady Cynthia Aysgarth n'aurait pas mentionné son prénom dans ces circonstances particulières, à moins que cela ne fît partie d'un titre de noblesse. Elle ne s'était pas présentée simplement comme étant « Lady Aysgarth », ce qui signifiait qu'elle n'était pas une pairesse à vie, ni la femme d'un baron, d'un baronnet ou d'un chevalier. « Lady Cynthia Aysgarth », qu'il convenait d'appeler « Lady Cynthia », devait être la fille d'un comte ou d'une marquise, ou peut-être celle d'un duc. Je n'avais jamais rencontré une telle créature de ma vie, mais ce n'était pas le moment de se laisser intimider par les classes supérieures.

Le lendemain, je passai en revue mes références. Le chef du personnel de la dernière entreprise où j'avais occupé un poste à temps plein témoignait généreusement de mes compétences de cuisinière, l'agence d'emploi temporaire qui m'avait donné du travail se portait garante de mon sérieux, et le vieux notaire de ma tante proclamait que j'étais sobre, propre, courtoise et que je n'avais pas de casier judiciaire. Jusque-là, tout allait bien. Restait le principal problème à affronter : mon apparence !

À six heures du matin, je m'étais lavé les cheveux et j'avais coupé toutes les fourches. Après quoi, je passai une demi-heure à me maquiller avant d'enfiler ma tenue la plus seyante : veste et jupe bleu marine portées sur un chemisier à pois bleus sur fond blanc, chaussures et gants du même ton (ma tante tenait beaucoup aux gants). Après m'être contemplée dans une glace en pied, je décidai que je n'avais rien d'éclatant, mais rien de repoussant non plus. Personne ne douterait de ma respectabilité en tout cas.

3.

« Incidemment, la boulimie n'est pas seulement de la voracité même si vous vous
en faites continuellement le reproche. Un
boulimique peut très bien contrôler d'une
main de fer d'autres facettes de son existence, et se montrer très discipliné dans
des domaines susceptibles de poser des
problèmes à autrui, l'usage du temps et de
l'argent par exemple. »

Gareth Tuckwell et David Flagg
A Question of Healing

I

Lady Cynthia était une élégante quinquagénaire dotée
d'une foison de cheveux brun doré, soignés, coupés en
dégradé, teints, permanentés et parsemés de mèches blondes. Elle avait une peau de velours, des yeux verts de chat
et des pommettes saillantes. Ses cils généreusement épais-
sis au mascara étaient si longs que je me demandai s'ils
étaient faux, mais elle me paraissait assez âgée et distinguée pour être de celles qui pensent que les faux cils font
vulgaire. Sa mâchoire sculptée laissait supposer un lifting
de toute première classe, mais les liftings étaient peut-être
considérés eux aussi comme vulgaires et cette finesse de

traits était sans doute le résultat exclusif d'une alimentation saine. Je présumais que dans sa jeunesse, elle avait dû être la coqueluche des photographes de la haute société, talonnée, qui plus est, par des hordes de jeunes prétendants.

Elle portait une robe moutarde magnifiquement bien coupée, mais pas de bijoux en dehors d'un ou deux diams. Elle avait des manières de femme d'affaires, sans rien de prétentieux. De fait, elle devint de plus en plus aimable au fil de notre entretien. Loin de la rebuter, mon apparence parut la rassurer. Les grosses n'avaient pas de petits amis qui semaient la zizanie et, si elles ne s'exprimaient pas trop mal et s'habillaient à peu près convenablement, il y avait des chances qu'elles sachent aussi se tenir.

Lady Cynthia était ravie que je vive si près de Smith Square, un petit coin si agréable de Londres, et ne connaissais-je pas ses amis très chers, les... qui habitaient dans Lord North Street... Non, je n'en avais jamais entendu parler, ce qui ne nous surprit ni l'une ni l'autre, et l'honnêteté me contraignit à lui dire que ma tante n'était que locataire.

— Mais quel endroit divin pour être locataire ! s'exclama-t-elle obligeamment, ignorant que ma tante avait signé un bail pendant la guerre pour un prix dérisoire, à une époque où l'église de Smith Square était une ruine et personne ne voulait vivre dans un coin aussi sinistré de Westminster.

Après ce déploiement d'amabilité, Lady Cynthia en vint à nos affaires. Elle inspecta mes références et me soumit à un contre-interrogatoire musclé. Elle me dévoila le salaire (un peu léger, mais je ne devais pas oublier que j'étais logée gratuitement), puis fit un bref survol des questions d'ordre administratif à régler, émaillé de vagues remarques sur les contributions à l'assurance nationale, de commentaires acides sur la jungle de la législation de l'emploi, outre un éloge dithyrambique de son avoué « divin » qui lui disait toujours exactement ce qu'il fallait faire chaque fois qu'elle avait maille à partir avec l'Hôtel des impôts. Après quoi, elle m'annonça qu'elle me laisserait me servir de sa voiture pour faire les courses. Avais-je mon permis de conduire ? Oui, mais je me sentis obligée de lui préciser que la voiture de ma tante avait été vendue il y a plusieurs années et je n'avais pas conduit depuis.

— Vous êtes donc un peu rouillée, commenta-t-elle sans se laisser démonter par mon aveu. Ça n'a aucune importance. J'ai vendu la Bentley après la mort de mon mari, de sorte que si vous deviez avoir un accrochage, ça ne serait pas bien grave. À présent je conduis une charmante petite auto baptisée Polo. C'est tellement plus facile à garer que la Bentley.

Ce commentaire conclut notre conversation à propos de la conduite, mais je sentis que Lady Cynthia avait noté ma franchise avec satisfaction. Je perçus également qu'à ce stade de notre entretien, elle avait décidé de m'embaucher.

Elle m'emmena inspecter la cuisine, vieillotte mais encore acceptable. À mon grand soulagement, il n'y avait pas de fourneau en fonte ; on ne sait jamais ce que l'on risque avec ces mastodontes tant prisés ; personnellement, je préfère les fours électriques avec une plaque au gaz, qui se trouvaient l'un et l'autre à disposition dans la cuisine de Lady Cynthia. Ces fourneaux démodés me rappellent toujours les bons vieux chiens de berger : ils sont encombrants, chaleureux et adorables, mais je peux fort bien m'en passer.

Ensuite, je découvris l'appartement du sous-sol que Lady Cynthia avait qualifié de « minuscule ». Or c'était un véritable palais pour quiconque courait le risque de se retrouver dans un studio. Peu importait que la pièce de devant, enfouie nettement en dessous du niveau du trottoir, fût sombre, que la pièce de derrière fût sinistre et nettement en dessous du jardin. La cuisine sentait le moisi et la salle de bains l'humidité. Après la disparition récente de l'ancienne cuisinière, morte de sa belle mort, le petit logement avait été repeint à neuf et je n'avais pas vu une seule crotte de souris. Il y avait peu de meubles, ce qui signifiait que je pourrais caser les antiquités de ma tante. Pas trace de chauffage central, mais je remarquai la présence de plusieurs radiateurs à huile, branchés, et puis de toute façon, j'avais l'habitude de mettre plusieurs couches de pull-over, l'hiver, afin d'économiser sur les notes de chauffage.

— J'interdis formellement les radiateurs à gaz Calor et les poêles à pétrole, m'annonça Lady Cynthia d'un ton ferme. Les risques d'incendie sont trop importants. Il y a un chauffe-eau électrique et une ligne de téléphone est à votre disposition si vous souhaitez vous faire installer un poste. Si vous décidez de vous en passer, je vous en prie, souvenez-vous que vous ne devez jamais vous servir du mien sans ma permission. Parmi les autres règles que j'impose : pas de dîners, pas plus de trois invités à la fois. Tous les visiteurs doivent emprunter l'entrée du sous-sol... À présent, le moment est venu pour vous de faire la connaissance de Mortimer.

Je compris tout à coup que tout mon avenir dépendait du chien de Lady Cynthia. M'approuverait-il ou non ? Tandis qu'elle montait dans sa chambre le chercher, j'en étais réduite à espérer fébrilement qu'il était d'humeur conciliante.

Elle me présenta une petite chose qui ressemblait à un rat enrubanné.

— N'est-il pas adorable ! s'exclama Lady Cynthia en le berçant dans ses bras, son regard brillant d'admiration rivé sur lui.

— Seigneur ! fis-je, tout à fait incapable de concocter un seul mensonge susceptible de passer pour un compliment, avant d'ajouter bêtement : Il est vraiment petit !

— J'ai horreur des gros chiens patauds, me confia-t-elle, prenant apparemment mon « Seigneur ! » pour un cri de ravissement.

Tandis qu'elle continuait à couver Mortimer des yeux, je la vis finalement non plus comme une aristocrate, pas même comme une femme distinguée et sûre d'elle, mais comme quelqu'un de vulnérable ayant choisi de déverser toute son affection sur un petit animal facile à contenter, parce que ses relations avec les humains, plus complexes et exigeants, s'étaient souvent révélées par trop embrouillées et douloureuses... Pour la première fois, je me demandai comment elle était entrée en contact avec St Benet et où Nicholas et elle avaient bien pu se rencontrer.

— Eh bien, je vérifierai vos références, bien sûr, me dit Lady Cynthia, mais si je les trouve satisfaisantes, je souhaiterais vous proposer ce poste. J'espère que vous avez le sentiment que cette place vous conviendrait.

J'eus de la peine à ne pas hurler : « OUI ! » en brandissant un poing triomphant, mais réussis à dire d'une voix contenue : « Certainement. Merci, Lady Cynthia. »

— Quand serez-vous prête à prendre vos fonctions ?
Oh, attendez une minute. Vous devez vous occuper des
affaires d'une défunte, n'est-ce pas ? Quelle plaie ! Il vous
faudra au moins deux semaines pour tout régler. Supposons que vous vous installiez ici le trente et un et commen-
ciez votre travail le 1ᵉʳ avril ?

— Oui, je suis sûre que j'y arriverai, fis-je sans savoir
si j'en serais capable ou non.

— Parfait ! Me voilà soulagée d'un grand poids. Il faut
que je téléphone à Nick sur-le-champ pour lui annoncer la
bonne nouvelle ! J'ai déjà parlé de vous avec lui, bien sûr,
ajouta-t-elle en ouvrant la porte d'entrée. J'aurais annulé
notre entrevue s'il m'avait donné un avis défavorable, mais
il m'a assuré que vous étiez une femme intègre.

J'eus la sensation que mon cœur se décrochait pour
faire la culbute avant de reprendre sa place, le tout en l'espace de trois secondes. Il me fut difficile de trouver les mots
qui convenaient pour prendre congé, mais quelques secondes plus tard, je gambadais sur le trottoir de Eaton Terrace
avec la perspective d'un poste assuré, d'un revenu garanti
et d'un toit sur la tête. En moins de vingt-quatre heures,
ma vie avait de nouveau pris un tournant inattendu.

Je devenais complètement accrochée aux miracles.

II

Le lendemain, Francie réapparut sur mon pas de porte.
À son grand étonnement, j'avais fermement repoussé son
offre lorsqu'elle avait proposé de m'accompagner à l'enterrement (elle ne pouvait évidemment pas savoir à quel point
je rêvais de passer un petit moment tranquille avec Nicholas), mais elle était de retour, toujours aussi ravie de me
voir apparemment. Cette fois-ci, le jeune ecclésiastique
rouquin l'accompagnait. Elle me le présenta : le révérend
Eustace McGovern, vicaire de St Benet. « Mais personne ne
porte un nom pareil de nos jours, me dit-il avec un fort
accent de Liverpool, alors tout le monde m'appelle Stacy. »
(Par la suite, il m'expliqua que ses parents venaient de

Dublin et il donnait toujours l'impression d'être plus Irlandais qu'Anglais.) Il était presque beau, mais la vraie beauté masculine est rare et Stacy passait juste à côté à cause des taches de rousseur qui criblaient sa peau claire. Je ne lui trouvais rien de sexy. Il était tellement grand qu'on aurait dit qu'il débordait du fauteuil que je lui avais offert et faillit renverser la table ronde en allongeant les jambes.

— Allons, Stacy ! gronda Francie qui le traitait comme un vilain garnement.

Elle portait un tailleur en tweed brun. Ses cheveux bruns, ébouriffés par la brise de mars, s'ingéniaient encore à onduler dans la bonne direction, mais lorsque je sortis un instant de la pièce pour aller faire du café, je vis qu'elle extirpait furtivement de son sac à main un petit poudrier pour réparer les dégâts. Si elle n'avait pas été aussi gentille, elle m'aurait intimidée parce qu'elle était vraiment très jolie. Toutefois, je savais à présent qu'elle était plus âgée qu'elle n'en avait l'air. Alors que nous parlions cuisine lors d'une de nos précédentes rencontres, elle m'avait révélé qu'elle avait fréquenté une école d'arts d'agrément à la fin des années cinquante, ce qui, je l'avais calculé, la situait autour des quarante-cinq ans.

Entre-temps, j'avais aussi obtenu davantage de renseignements sur ses activités à la paroisse ; elle faisait partie de l'équipe de bénévoles rompus aux techniques de l'écoute et chargés de recevoir ceux qui venaient à St Benet demander de l'aide. Si une oreille attentive ne suffisait pas, le bénévole envoyait le visiteur à Nicholas, Lewis Hall, ou encore à Val le médecin, Robin le psychothérapeute ou Daisy, l'assistante sociale chargée de la liaison avec les autorités locales. Au début, Francie ne travaillait que trois matinées par semaine, mais à présent, elle était là à plein temps.

— Francie est notre bénévole en chef, m'expliqua Stacy ce matin-là après qu'elle m'eut dit qu'elle avait été tellement ravie d'apprendre que j'avais trouvé un si bon *job* qu'elle avait pensé qu'elle devait à tout prix venir en personne me féliciter. Elle assisterait le diable lui-même si on lui en donnait l'occasion, ajouta-t-il.

— Comment pouvez-vous dire une chose pareille, Stacy ! s'exclama-t-elle, sincèrement choquée. Si Lewis était là, il sauterait au plafond.

Stacy rougit et s'excusa, mais on voyait bien qu'il ne comprenait pas du tout pourquoi Francie faisait tant d'histoires. Anglaise jusqu'au bout des ongles, elle avait pris sa formule littéralement. Comme tout Irlandais qui se respecte, Stacy s'en tenait rarement à la lettre.

— Comment va le père Hall ? m'empressai-je de demander pour tâcher d'alléger l'atmosphère.

— Comme tout martyr de l'arthrite, il est de moins en moins mobile, ma chère. Je ne comprends vraiment pas pourquoi il ne se fait pas opérer de la hanche.

— Il tient peut-être à rester en un seul morceau pour le jour de la Résurrection, lança Stacy en m'adressant cette fois-ci un clin d'œil pour me signaler qu'il n'était pas sérieux, mais Francie, scandalisée à nouveau, se contenta de s'exclamer : « Stacy, je vous en conjure ! » Je compris alors qu'en dépit de ses innombrables vertus, Francie souffrait d'un regrettable manque d'humour.

— Stacy remplace Lewis ce matin, m'expliqua-t-elle dès qu'elle se fut remise de cette ultime bourde. En fait, il remplace aussi Nick. Vous représentez le clergé de St Benet ce matin, n'est-ce pas, Stacy ? ajouta-t-elle, inutilement, sur un ton plein de sous-entendus destiné à lui rappeler ses obligations professionnelles.

— Ouais, fit Stacy en engloutissant un de mes biscuits aux pépites de chocolat. Ouah, c'est délicieux, Alice !

— Prenez-en un autre, dis-je, ravie, en lui tendant le plat. C'est moi qui les ai faits.

— Génial !

Il recommença à s'empiffrer. Quel âge pouvait-il bien avoir ? Vingt-cinq ans ? Il avait l'air d'un adolescent.

— La cuisine de ma mère me manque, ajouta-t-il en soupirant.

Je lui demandai s'il avait des frères et sœurs.

— Trois ravissantes sœurs, répondit-il sur-le-champ, manifestement enchanté qu'on lui pose la question. Toutes plus âgées que moi. Siobhan et Sinead sont mariées depuis quelque temps déjà, mais Aisling s'est mariée l'autre jour et je n'arrive toujours pas à croire qu'elle est partie. Elle va tellement me manquer...

— Où est-elle partie ?

— Oh, à une centaine de mètres de chez maman, mais ce n'est plus jamais la même chose une fois qu'elles sont mariées. Ça me déprime...

— Stacy, s'exclama Francie d'un ton de reproche, Alice a son propre chagrin à assumer. Elle n'a pas besoin du vôtre.

— Mais justement je voulais lui faire oublier un instant l'enterrement en lui montrant ma plus jolie photo d'Aisling le jour de ses noces !

— Quoi qu'il en soit, je suis sûre que Nicholas dirait...

— À propos de Nicholas, m'exclamai-je en une nouvelle tentative héroïque pour détourner son attention, j'ai été tellement préoccupée par mes problèmes que je n'ai même pas pensé à vous demander comment vous l'aviez rencontré. Quand êtes-vous allée à St Benet pour la première fois ?

— Oh, je connaissais déjà Nick longtemps avant qu'il vienne travailler à Londres, dit-elle, mordant à l'hameçon. J'étais à l'école d'arts d'agrément avec sa femme, Rosalind. Ils se sont mariés en 1968.

— Oh ! Je vois... Se connaissaient-ils depuis longtemps quand ils se sont mariés ?

Je posai la question pour satisfaire ma curiosité grandissante, mais aussi pour permettre à Stacy de manger tranquillement le troisième biscuit qu'il venait d'enfourner.

— Des siècles ! Ils étaient déjà amis à la maternelle de sorte que c'était follement romantique lorsqu'ils ont finalement convolé.

— Ils ont deux fils qui portent des noms de saints, bafouilla Stacy quand il eut fini de mâchonner, et habitent une superbe maison dans le Surrey. C'est une vieille ferme rénovée, pleine de poutres en chêne et de meubles anciens, avec un jardin qui donne l'impression d'avoir été dessiné par des anges au Paradis. Mme Darrow est une femme charmante et elle est capable de faire pousser une fleur rien qu'en lui envoyant un baiser.

— On ne le croirait pas à entendre la description de Stacy, reprit Francie d'un ton acide, mais Rosalind est une remarquable femme d'affaires. Elle a monté un bureau de conseils en décoration florale spécialisé dans les mariages qui a pris beaucoup d'ampleur et, avant de vendre son affaire à la fin de l'année dernière, elle gérait une chaîne de fleuristes à Guildford, Kingston et Epsom... Mais Alice, ma chère, nous ne sommes pas venus ici pour cancaner. C'est de vous dont nous voulons parler. Donnez-nous vite un compte rendu détaillé de votre entrevue avec Lady Cynthia !

Je m'embarquai dans un bref résumé. Fort heureusement, Francie était tellement captivée qu'elle ne remarqua pas Stacy zieutant le dernier biscuit comme s'il ne pouvait pas supporter de le voir si seul dans son plat.

— Lady Cynthia vient-elle souvent à St Benet ? demandai-je dès que j'eus achevé mon récit, et comme Francie détournait la tête un instant pour prendre sa tasse de café, j'adressai un rapide hochement de tête à Stacy. Le biscuit en question disparut en un éclair.

— Elle visite le centre de guérison de temps en temps, répondit Francie du bout des lèvres, mais tout cela est confidentiel, bien sûr.

— Ah !

— Incidemment, elle aussi connaît Nick depuis des lustres. Il s'est lié avec la famille de son mari au début des années soixante. Norman Aysgarth était juriste ; il donnait des cours au King's College de Londres et son père et celui de Nick étaient tous les deux pasteurs dans le même diocèse.

Après avoir reposé sa tasse dans sa soucoupe, elle se leva.

— Bon, nous ne devons pas abuser de votre hospitalité. Stacy, souhaitez-vous dire quelque chose à Alice avant que nous partions ?

— Eh comment ! fit-il. Merci pour ces biscuits, Alice. Ils étaient vraiment délicieux.

— Je vais vous en donner pour emporter chez vous, dis-je, toute contente, et, laissant Francie, les lèvres pincées, dans le salon, j'entraînai Stacy à la cuisine.

— Elle propose que je dise une prière, me chuchotat-il alors que j'ouvrais la boîte des biscuits. Cela vous ferait-il plaisir, Alice ? Ce sera court et charmant, je vous le promets. Comme ça je pourrais vous brancher avec Dieu au cas où vous voudriez lui parler plus tard.

Je fus tellement désarmée par cette vision d'un Dieu sociable attendant au Ciel, plein d'espoir, un téléphone dans la main, que je répondis aussitôt :

— Entendu. Priez autant que vous le voulez !

Pour la première fois, Stacy prit un air sérieux et bien élevé. Il se signa, joignit les mains, inclina la tête et ferma les yeux en disant avec une irrécusable sincérité :

— Seigneur tout-puissant, prenez soin d'Alice dans sa détresse, et par le pouvoir du Saint-Esprit, permettez-nous, vos serviteurs à St Benet, de nous occuper d'elle aussi. Au nom de Jésus-Christ notre Seigneur, amen.

Je laissai passer un temps de répit respectueux avant de dire poliment : « Merci. C'était très bien », puis je fis glisser le reste des biscuits dans un sac en plastique.

— Stacy ! cria Francie depuis l'entrée.

— Revenez vite à St Benet, me dit Stacy d'un ton encourageant, je vous montrerai les photos du mariage de ma sœur et je ferai du café pour aller avec.

Sur ce, il fila sans attendre de réponse en penchant un tableau de côté au passage d'un coup d'épaule et bondit hors de la maison.

— Il n'y a pas très longtemps qu'il est à St Benet, me dit Francie en guise d'excuse. J'ai peur qu'il soit un peu trop nature.

— Je l'ai trouvé adorable, fis-je en toute franchise.

— Ma chère Alice, répondit Francie en soupirant, apparemment admirative pour de vrai, c'est toujours un plaisir de vous voir ! Elle m'étreignit à la hâte avant d'ajouter : Mais je ne peux pas partir sans vous offrir une aide supplémentaire. Vous allez avoir énormément à faire, entre les rangements ici et votre emménagement à Eaton Terrace. Voudriez-vous que je vienne demain ? Je ne pourrai sans doute pas m'échapper du centre durant la journée, mais j'ai toutes mes soirées de libres parce que Harry doit aller à Singapour depuis Tokyo.

J'avais déjà commencé à me demander comment j'allais me débrouiller pour être prête à entamer une nouvelle vie à Easton Terrace à la fin du mois.

— Merci, Francie, dis-je, résolue à ravaler ma fierté en acceptant sa proposition. C'est très gentil de votre part.

III

Comment aurais-je fait pour m'en sortir sans Francie au cours des jours qui suivirent, je n'en ai pas la moindre idée. Même si je n'avais pas à m'occuper de la vente de la maison, il fallait quand même trier tout le bric-à-brac, vider le grenier et se débarrasser du surplus de meubles. Pour finir, elle prit sur son emploi du temps au centre pour m'aider à faire face aux déménageurs, brocanteurs et marchands de meubles d'occasion, et quand je m'installai finalement dans le sous-sol d'Eaton Terrace, ce fut elle qui donna un pourboire aux déménageurs, acheta des fleurs pour égayer le petit salon avant de m'emmener dîner dans un bistrot de Chelsea sur un coup de tête. Entre-temps, je m'étais tellement attachée à elle que j'étais triste à la pensée que nos chemins risquaient de ne plus jamais se croiser.

— Bien sûr que nous nous reverrons bientôt, déclarat-elle au moment où nous prenions congé l'une de l'autre. À St Benet.

Mais j'étais plus que jamais convaincue que je devais couper les ponts avec Nicholas. Chaque fois que Francie avait évoqué « Nick et Ros » en passant dans la conversation, sans s'en rendre compte bien sûr, elle m'avait démontré à quel point j'aurais tort de m'impliquer davantage avec lui.

— Nous sommes toutes un peu amoureuses de lui, je suppose, m'avait-elle confié à un moment donné. Il est si attirant, n'est-ce pas ? Quel charisme, comme on disait dans les années soixante. Mais il a une vie privée bien calme. Les lundis, mardis, mercredis, jeudis et vendredis, il trime à St Benet et ne sort jamais. Puis, le vendredi soir, tard, il disparaît dans le Surrey pour passer le week-end avec Ros. Il y va systématiquement, rien ne saurait l'en dissuader et il est évident qu'à la fin de la semaine, il brûle d'impatience de la revoir...

Après ces révélations, je passai un moment à être jalouse de Rosalind la Femme Idéale, à l'évidence l'une de ces créatures exceptionnelles qui ont « tout pour elles » — un mari merveilleux, une splendide maison, une carrière brillante et (inévitablement) des enfants adorables, mais j'étais tellement reconnaissante d'avoir un toit et un emploi qu'il me parut bientôt ridicule de l'envier pour la simple raison qu'elle avait eu l'intelligence de tirer le meilleur parti de sa vie dans un monde qui ne serait jamais le mien. Je résolus de l'oublier — et cela sous-entendait évidemment oublier Nicholas en même temps. Les informations fournies par Francie m'avaient au moins épargné le tourment de me demander quand Lady Cynthia l'inviterait à dîner. Indisponible durant la semaine, il serait loin tous les week-ends.

Avec un admirable déploiement de bon sens, je décidai de me consacrer entièrement à mon étonnant travail à Belgravia.

IV

Au départ, j'étais tellement dépassée par ma nouvelle vie que je ne pouvais pas faire grand-chose dans la soirée, après avoir rempli le lave-vaisselle, à part me goinfrer de glace au rhum et aux raisins et bayer aux corneilles devant la télévision (Lady Cynthia avait adjoint un magnétoscope à la télévision — une prime des plus généreuses !). Cependant, je finis par me détendre suffisamment pour prendre l'initiative de dresser un magnifique tableau de menus-régime en faisant ressortir les repas hypocaloriques dans des tons pastel. Je collai ce chef-d'œuvre sur la porte de mon réfrigérateur, après quoi je me sentis positive et pleine d'espoir.

Dans l'intervalle, je m'étais habituée à la Polo, j'avais trouvé le supermarché dans Kings Road, maîtrisé les appareils ménagers à la cuisine et apprivoisé ce monstre de Mortimer, dont la nourriture était livrée spécialement toutes les semaines par Harrods. L'œil triste, tyrannique, aboyant furieusement, il ne tarda pas à réaliser que Lady Cynthia se fâchait chaque fois qu'il me confondait avec ses rations Harrods, de sorte qu'après quelques affrontements désagréables, il cessa de me mordre. Sa maîtresse, Dieu merci, supervisait ses repas. Je n'avais qu'à laver son écuelle et m'assurer que son bol d'eau était toujours plein. Une semaine après mon arrivée, je préparai mon premier dîner (soupe aux poires et au Stilton, mulets et tarte aux poivrons rouges, crème brûlée aux kiwis) ; les onze invités de Lady Cynthia dévorèrent le tout avec une gloutonnerie flatteuse. Le lendemain, je l'entendis dire à quelqu'un au téléphone : « J'ai trouvé une cuisinière. Une vraie perle ! Vous ne devinerez jamais comment je l'ai dénichée. Par le biais de la brochure de Nick Darrow. On peut lui faire confiance pour opérer des miracles... »

Je mourais d'envie de savoir pourquoi Lady Cynthia se rendait au centre de guérison « de temps en temps », selon la formule de Francie, et j'espérais en avoir bientôt le cœur net grâce à son « trésor », Mrs Simcock, qui venait quatre fois par semaine faire le ménage, la lessive et le repassage ; elle surveillait aussi le laveur de carreaux durant ses visites, apportait des tasses de thé à l'ouvrier que la compagnie de jardinage envoyait pour nettoyer le jardin et promenait Mortimer autour de Eaton Square avant de rentrer chez elle.

Mrs Simcock était d'une nature nerveuse, perpétuellement aux aguets ; elle était snobinarde mais entièrement dévouée à Lady Cynthia, Mme Thatcher et la Reine. Elle arrivait en tailleur haute couture (rebut de Lady Cynthia), talons aiguilles, lunettes à monture en faux diamants, mais enfilait toujours un survêtement et des tennis avant de se mettre au travail, en gardant ses lunettes. M'ayant jugée sans prétention, elle multipliait les confidences à l'heure de la pause-thé de onze heures.

J'appris ainsi que le mari de Lady Cynthia était mort cinq ans plus tôt (« D'alcoolisme », précisa-t-elle avec délice) et que son fils aîné, Billy, autiste, vivait dans une institution (« Maboul », déclara-t-elle avec l'indicible cruauté de quelqu'un qui n'avait jamais eu affaire à la maladie mentale et s'attendait à ce qu'il en soit toujours ainsi). J'appris également que son cadet, Richard, qui travaillait pour une compagnie pétrolière à Aberdeen, venait d'épouser une Écossaise (« Pas assez bien pour lui, nota Mrs Simcock avec regret. Elle a un accent et les gens bien de là-haut n'ont pas d'accent. Songez à la Reine Mère ! »). Je suggérai bien que Lady Cynthia n'espérait probablement pas que son fils épouserait une Bowes-Lyon, mais Mrs Simcock me rétorqua : « Et pourquoi pas, je vous le demande ? Elle peut tout se permettre ! » Je découvris alors que Lady Cynthia était effectivement la fille d'un duc et non pas d'un simple comte ou marquis. Mais sa grande erreur, m'informa-t-on d'un ton sinistre, était qu'elle avait fait une mésalliance en conséquence d'une passion fougueuse à un âge où elle ne savait pas encore ce qu'elle faisait.

— C'était le fils cadet d'un pasteur, m'expliqua-t-elle avec un dégoût consommé. En plus son grand-père était drapier et originaire du *Yorkshire* ! (Je ne voyais pas très bien pourquoi cela aggravait tellement les choses, mais je supposais que Mrs Simcock, née au sud du pays, méprisait tout ce qui se situait au-dessus de la brèche de Watford.)

Toujours avide d'élucider le lien entre Lady Cynthia et St Benet, je dis dans ce but bien précis :

— Je suppose que Lady Cynthia a commencé à s'intéresser à l'Église lorsqu'elle a épousé un pasteur.

— Oh mon Dieu, non ! Son mari était athée et il rêvait de bazarder l'Église. Une catastrophe ambulante, cet homme-là ! Séduisant, mais une catastrophe quand même. Quand il était encore de ce monde, ils habitaient Flood Street — après le décès du comte, j'entends, lorsque Lady Cynthia hérita de sa part du butin. Avant cela, le docteur Aysgarth et elle vivaient quelque part dans Fulham Road. Je ne la connaissais pas à l'époque, mais à Flood Street, je travaillais déjà pour elle. Quand le docteur a cassé sa pipe, elle est venue s'installer ici.

— Mais comment en est-elle venue à s'intéresser à l'Église ? insistai-je, pas le moins du monde concernée par toutes ces adresses chic et désespérant de remettre mon enquête sur la bonne trajectoire.

— Eh bien, je suppose qu'elle s'est mise à croire en Dieu, ma chère, comme cela arrive à certaines personnes. Curieux, n'est-ce pas ? Je n'y suis jamais arrivée moi-même. Notez que si j'avais eu un mari alcoolique et athée, je serais là à tambouriner à la porte de l'église la plus proche en demandant à cor et à cri qu'on me laisse entrer, ne serait-ce que par rancune. Lady Cynthia, elle, n'a jamais rien de vindicatif, c'est une sainte ! Mon Dieu, quand je pense à tout ce qu'elle a dû endurer avec ce bonhomme. Et elle a été si loyale envers lui, toujours à ses côtés...

— La foi a dû lui donner la force de le supporter, je présume.

— Les filles de ducs n'ont pas besoin de la religion pour cela, très chère ! Elles ont une force innée. Mais je dirais tout de même, à la décharge de l'Église, qu'au moins elle lui permettait d'avoir un peu de répit, loin de son mari, chaque dimanche. Elle allait à la paroisse de St Luc, à Chelsea, quand elle habitait à Flood Street, mais maintenant elle fréquente St Pierre, sur Eaton Square, et si vous voulez mon avis, ils ont sacrément de la veine de l'avoir.

Je vis que je tenais ma chance.

— Et cette église dans la City, St Benet ?

— Oh, celle-là ! Oui, elle est administrée par un de ses vieux amis. Je le connais bien. Il venait souvent en visite à Flood Street à l'époque où le docteur Aysgarth achevait de foutre son foie en l'air. Darrow, il s'appelle. Un type curieux, dit-elle d'un air songeur, mais gentil. Il lui donne encore un coup de main pour Billy Maboul. Une fois par an, elle emmène Billy à une messe spéciale à St Benet. Ça ne l'a jamais guéri, bien évidemment, mais elle, elle se sent mieux du coup. Drôle de chose que la religion...

Je méditai cette information et en conclus que cela n'expliquait sans doute qu'en partie ses rapports avec St Benet. Francie m'avait certainement donné l'impression que Lady Cynthia y faisait plus d'une apparition par an.

J'ignore si les récits de Mrs Simcock relatifs aux tragédies de la vie de Lady Cynthia déclenchèrent l'explosion de pensées affligeantes qui, comme je le vois maintenant, s'étaient accumulées dans mon inconscient depuis la mort de ma tante. Toujours est-il que le lendemain de mon premier dîner, je plongeai dans la dépression et me mis à sangloter aux toilettes, au supermarché, cédant ainsi d'une manière générale à un état émotionnel que ma tante aurait eu en horreur. Lors d'une crise de cafard aiguë, je déchirai mon projet de régime et me confectionnai une forêt-noire. Cette rechute ne fit qu'accroître ma mélancolie et le lendemain matin, lorsque je fus à deux doigts d'esquinter la Polo, je réalisai que le moment était venu d'affronter les dures réalités de l'existence. Supposons que je perde mon travail, ma maison et toute ma nouvelle sécurité... Il fallait que je règle le problème en urgence et que je trouve de l'aide sur-le-champ.

À contrecœur, peu encline à rétablir le contact, mais faute d'une autre solution, je téléphonai au centre de guérison de St Benet et demandai à parler à Francie Parker.

V

— Ne vous inquiétez pas, me dit-elle, il est tout à fait normal que vous ayez une réaction à ce stade. Venez tout de suite. Je vous attends avec un café.

En frémissant de soulagement, je courus à la station de métro Sloane Square.

Dès mon arrivée au centre, Francie me conduisit dans une pièce très petite et privée et me fournit café sur café pendant que je réduisais en miettes plusieurs Kleenex en réfléchissant tristement à mon humiliante incapacité à me dominer, tout en multipliant les tentatives infructueuses pour réprimer mes larmes.

— ... j'ai même déchiré mon programme de régime ! beuglai-je, sombrant finalement dans le ridicule. Il était absolument parfait. J'avais tout calculé, à une calorie près. J'ai lu pleins de livres merveilleux sur la cuisine diététique. Lady Cynthia fait très attention à ce qu'elle mange quand elle ne reçoit pas. Et maintenant j'ai tout gâché parce que toute ma volonté s'est envolée et je ne suis plus capable d'une seule chose : me goinfrer de forêt-noire et de glace au rhum et aux raisins...

— Hé, cela a vraiment l'air de vous mettre dans tous vos états.

Francie resta sérieuse comme un pape une fois de plus, prouvant par la même occasion qu'à certains moments, ne pas avoir d'humour pouvait être un atout.

— Je suis vraiment désolée pour vous, Alice.

Je versai encore quelques larmes tandis qu'héroïque, elle continuait à me manifester sa sympathie, mais ayant laissé libre cours au plus profond de ma misère, je me sentais finalement à même de me ressaisir.

— Bon, fis-je, je me sens mieux maintenant que j'ai vidé mon sac. Ça va aller. Merci de m'avoir écoutée.

— Attendez une minute, s'empressa-t-elle de dire en me voyant me lever. Puisque vous êtes ici, que diriez-vous d'un petit entretien avec Nick ?

— Oh non, répondis-je aussitôt. Il est hors de question que je l'embête.

— Mais c'est son travail d'être embêté quand les gens sont dans des situations aussi ardues que la vôtre, Alice ! Quel que soit son emploi du temps, il ne vous en voudra pas. Voyons si...

— Non ! Absolument hors de question ! m'exclamai-je en empochant une poignée de Kleenex pour le trajet du retour.

— Comme vous voulez, riposta-t-elle à la hâte, stupéfiée par ma détermination, mais au moins restez en contact avec moi et tenez-moi au courant de la suite des événements.

— Certainement. Merci encore, vous avez été fantastique, dis-je, anxieuse de lui manifester ma gratitude. Il faut que j'y aille à présent. Je dois faire les courses, préparer le dîner, et puis je vous ai fait perdre assez de temps comme ça.

Après avoir quitté précipitamment le petit bureau, je fonçai dans le couloir en direction de la réception et me retrouvai nez à nez avec Nicholas Darrow, en train d'extraire son gobelet de café de la machine.

VI

— Tiens, vous voilà ! dit-il d'un ton désinvolte. J'espérais bien vous voir ici un de ces jours. Auriez-vous une minute à m'accorder pour me dire comment ça se passe avec Mortimer ?

Je pouvais difficilement l'envoyer promener. C'eût été grossier et puis... quoi qu'il en soit, toutes mes belles résolutions s'étaient envolées. Exactement comme quand j'ouvrais la porte du congélateur et que je voyais la glace au rhum et aux raisins dedans. Je savais qu'après quelques cuillerées, je me sentirais à coup sûr beaucoup mieux.

Naturellement, il n'y avait pas moyen de lui cacher mon état de nerfs. Je n'avais aucun mal à imaginer mes yeux rougis et mon visage bouffi, et tandis que je hochai la tête pour montrer que j'acceptais son invitation, il me vint à l'esprit que même une morue morte sur l'étal du poissonnier aurait eu une bouille plus séduisante.

Quelques secondes plus tard, je me laissai à nouveau tomber sur la chaise qui me permettait de dissimuler la moitié de mon corps derrière son bureau. Il ferma la porte de son cabinet de consultation.

— J'ai eu une réaction à tout ce stress ce matin, dis-je, me sentant obligée d'expliquer ma ressemblance avec une morue, mais Francie a été merveilleuse. Je me sens beaucoup mieux.

Il ne releva pas, se contentant de dire :

— Je suis content que vous ayez senti que vous pouviez compter sur elle. Comment va votre travail ?

— Très bien. J'ai préparé un dîner pour douze personnes hier soir. Je me suis bien amusée.

— Mortimer est-il toujours nourri par Harrods ?

— On est livrés chaque semaine.

— Si j'étais vous, je lui glisserais un biscuit pour chiens de supermarché de temps à autre pour donner à la pauvre bête un peu de répit.

Je souris, et quand je hasardai finalement à lever les yeux vers lui, je vis qu'il souriait lui aussi. Il portait une chemise bleue, impeccable et repassée à la perfection — une de ces chemises ecclésiatiques modernes dont le col n'est qu'une bande de plastique blanc symbolique, à peine visible — ainsi qu'un jean, remarquai-je avec étonnement. Lors de nos précédentes rencontres, il était vêtu de manière si classique que je l'avais classé d'office parmi le clergé traditionnel en dépit de son ministère inhabituel, mais maintenant je me dis qu'il était peut-être aussi hors du commun que son collègue, Lewis Hall — pas vraiment rebelle et certainement pas dévoyé, mais original sûrement et peut-être même excentrique. D'un autre côté, que savais-je sur les ecclésiastiques ? Peut-être que de nos jours, la plupart d'entre eux portaient des jeans quand ils ne célébraient pas l'office. Je pouvais aisément imaginer ma tante déclarant que l'Église d'Angleterre signait son arrêt de mort en tolérant un tel manque de formalisme et mes yeux s'emplirent de larmes à son souvenir.

J'enlevai mes lunettes et entrepris de les frotter.

— Je pense continuellement à ma tante, expliquai-je à Nicholas que je voyais maintenant tout flou, mais ce sont des pensées positives. C'était tellement merveilleux à la fin. Grâce à vous.

Après avoir posé mes lunettes sur le bureau, je fouillais dans mon sac à la recherche d'un mouchoir.

— Je suis heureuse qu'elle ait pu mourir en paix. Cela me fait du bien d'être soulagée de l'inquiétude et de la tension, insoutenables au cours de ces derniers mois. Mais elle me manque. De même que ma jolie maisonnette de Dean Danvers Street, le marché de Strutton Ground, Big Ben égrenant les heures, la tombe d'Orlando dans le jardin...

— Ah oui, ce chat magnifique...

— Nous lui avions fait une si jolie tombe... J'avais planté un rosier... (Le mouchoir était déjà trempé. En serrant les poings, je l'imaginais réduit en bouillie dans le creux de ma main.) Mais je ne dois pas être sentimentale. Ma tante n'avait que du mépris pour le sentimentalisme. Et je ne voudrais pas être ingrate alors que j'ai tant de raisons d'être reconnaissante — Lady Cynthia, un nouveau toit, un nouveau travail. Oh, je me rends compte que j'ai eu une chance incroyable, croyez-moi. Ma tante détestait les gens qui n'étaient pas capables de reconnaître les bienfaits de l'existence.

— J'ai le sentiment de connaître d'une manière très précise l'avis de votre tante sur tout un tas de choses, remarqua Nicholas d'un ton taquin, mais vous, Alice, que pensez-vous de tout ça ? Maintenant que vous êtes libre de prendre votre vie en main, quels territoires envisagez-vous d'explorer et quelle forme prendra votre voyage ?

— Je ne peux rien explorer du tout tant que je n'aurai pas perdu du poids. Mais ce n'est pas grave, je m'en occuperai quand je serai installée. Je n'ai pas besoin d'aide pour ça. Je me débrouille.

Il hocha la tête, mais ne fit aucun commentaire et nous restâmes silencieux pendant quelques instants. Je fus étonnée de me sentir à l'aise en dépit de notre mutisme. On aurait dit qu'on me caressait l'esprit, mais cela me rappela toutes les fois où j'avais caressé la fourrure dorée d'Orlando et je ne tenais pas du tout à me remettre à pleurer. En expédiant le mouchoir trempé dans la corbeille à papier, je chaussai mes lunettes.

— Il faut que j'y aille, dis-je. C'était gentil de votre part de me recevoir. Merci.

— Envisageriez-vous de venir régulièrement à St Benet pendant quelque temps ? Il me semble qu'un rendez-vous hebdomadaire serait profitable afin que vous puissiez me tenir au courant des nouvelles étapes de votre voyage.

— Je vous remercie beaucoup, mais non merci.

— J'espère que vous ne refusez pas parce que vous avez l'impression que vous me feriez perdre mon temps.

— C'est plus compliqué que ça. J'hésitai, consciente de m'engager sur une pente glissante. Pour finir, j'ajoutai : Je ne tiens pas à me mêler aux gens d'ici. Je ne tiens pas à me lier avec qui que ce soit, où que ce soit, tant que je suis grosse, parce que l'obésité signifie qu'on est toujours dans une position d'inégalité et qu'aucune relation n'est possible. Prenez le cas de Francie, par exemple. Elle a été merveilleusement gentille avec moi, mais en dépit du fait qu'elle s'est toujours comportée en parfaite chrétienne, je sais bien que, dans le fond, elle me considère comme un cas lamentable, quelqu'un qui inspire la pitié plutôt que l'amitié. Quand je serai mince, évidemment, tout sera différent et je pourrais nouer des liens avec elle d'égale à égale, mais pour le moment... enfin, peu importe. Oublions tout ça. C'est sans conséquence.

— Je pense que cela compte beaucoup au contraire. Je pense que *vous* comptez, Alice. Je vous sous-estimerais si j'essayais d'aller à l'encontre d'une décision que vous êtes parfaitement habilitée à prendre, mais n'oubliez pas... la porte est toujours ouverte si vous souhaitez revenir.

Ce fut le moment où je faillis perdre les pédales en lui déclarant que si je revenais, je ne connaîtrais plus un instant de répit tant que je n'aurais pas la possibilité de le voir tous les jours, du lundi au vendredi (même si j'admettais

que je devais le céder à Rosalind le week-end). Un abominable monologue me traversa l'esprit : « Je sais, bien sûr, que
vous ne m'aimerez jamais, mais ce n'est pas grave car je ne
m'attends pas à être aimée. Je ne le mérite pas. Les gens
dont je souhaite me faire aimer s'en vont toujours. C'est
pour ça que c'est moins douloureux de ne pas s'impliquer,
mais malgré tout, je voudrais continuer à vous voir, vraiment, parce que vous êtes le premier homme qui m'ait
jamais traitée comme une vraie personne et je vous suis
infiniment reconnaissante et puis, oui, d'accord, je le reconnais, je suis amoureuse de vous, mais ce n'est qu'une tocade
pathétique, je vous aime parce que je sens que, quelque part
dans le fond, nous sommes similaires, comme si le fondement de nos personnalités était fait du même matériau,
comme si... » J'interrompis brusquement ce torrent muet
d'inepties lorsque je m'aperçus que Nicholas avait repris la
parole.

— Laissez-moi simplement ajouter que je comprends
très bien ce que vous sous-entendez, dit-il en se levant, sans
me regarder. Vous sentez, d'une manière difficile à exprimer verbalement, que le type de relation que je vous propose vous mettrait mal à l'aise, n'est-ce pas, et que, de ce
fait, si vous veniez ici en tant que patiente, nos rapports
contiendraient toujours un élément qui sonnerait faux. Si
c'est ce que vous ressentez effectivement, alors vous avez
raison de refuser de me revoir. C'est une question d'honnêteté, pas vrai ?

Nous étions debout l'un en face de l'autre. Ses yeux
gris, qui reflétaient sa chemise, étaient presque bleus. Je
détournai le regard.

— Nous serions en porte-à-faux, m'entendis-je dire. Je
suis si vulnérable ici et vous tellement puissant. Il y aurait
des illusions... des problèmes... Je ne pourrais pas faire
face.

— Entendu. Je l'accepte, mais je trouve cela dommage.

J'étais trop anéantie émotionnellement pour répondre.
En m'échappant de son bureau à toute allure, je quittai le
centre de guérison pour retrouver ma collection de glaces
à Belgravia.

VII

Dix déjeuners, trois cocktails et cinq dîners plus tard, au plus fort de l'été, quand les fraises anglaises étincelaient dans le rayon alimentation de Harrods, que les fleurs s'épanouissaient dans les luxuriants jardins d'Eaton Square et le tennis de Wimbledon faisait effervescence — par intervalles : le temps était épouvantable ! — à la télévision, Lady Cynthia me fit venir dans son salon privé qu'elle appelait son boudoir pour me faire part de ses projets en matière d'hospitalité.

J'avais eu le temps de me familiariser avec son mode de vie. Elle savait incontestablement s'occuper ; on pouvait difficilement l'accuser de faire partie des riches oisifs. Elle prenait une part active dans les affaires de sa paroisse et de plusieurs œuvres de bienfaisance au profit des handicapés mentaux, appartenait à divers comités, organisait des collectes de fonds et cultivait tout un cercle de gens susceptibles de l'aider pour ses bonnes causes. Ce qui voulait dire que ses réceptions étaient inspirées principalement, non pas par le besoin égocentrique de fuir l'ennui, mais par le désir d'être utile à des êtres moins fortunés qu'elle. J'admirais beaucoup cela, surtout que j'avais acquis la conviction qu'elle devait se sentir seule la plupart du temps. Elle parlait très peu de sa famille, mis à part son fils cadet qui vivait en Écosse, à des centaines de kilomètres d'elle, et, bien qu'elle eût une foule d'amis, personne ne venait la voir régulièrement. Mon hypothèse selon laquelle une femme riche et encore belle aurait au moins un prétendant à ses pieds s'était avérée erronée.

— Elle se méfie des hommes, m'affirma Mrs Simcock d'un ton grave. On ne saurait l'en blâmer, elle qui a eu un mari alcoolique !

Au cours de cet été, pourtant, peu de temps avant que Wimbledon se taillât la part du lion à la télé, Lady Cynthia avait attiré l'attention d'un VIP lors d'une réception à l'Ambassade américaine, et quand j'entrai dans son boudoir, ce matin-là, avec son calepin, je la trouvai dans un état d'excitation inhabituelle.

— Je voudrais inviter quelques personnes dimanche à

déjeuner, m'informa-t-elle alors que je m'asseyais. Un repas dominical traditionnel, de ceux qui incitent un Américain à déclarer, en rentrant chez lui à Boston, que la nourriture anglaise, convenablement apprêtée, est tout bonnement divine.

— Du roastbeef, dis-je machinalement. Du Yorkshire pudding. Des pommes de terre rôties.

J'en avais déjà l'eau à la bouche. Je trouvais que j'avais préparé trop de plats français ces derniers temps et j'avais besoin d'un peu de répit.

— ... Une sauce au raifort, un bon jus de viande, trois variétés de moutardes...

— Exactement.

— Des petits pois, des carottes à la crème, de la salade, et des pommes de terre nouvelles pour faire pendant aux rôties....

— Parfait !

Je soupirai d'aise à la pensée du plaisir que j'allais avoir.

— Souhaitez-vous une entrée, Lady Cynthia, ou préfé-rez-vous passer directement au roastbeef ?

— Voyons. Pas de soupe en tout cas. Peut-être quelque chose de léger et rafraîchissant...

— Des asperges à la sauce hollandaise ? Du crabe de Cornouailles farci ? De la terrine d'anguille fumée ?

Lady Cynthia se tâtait.

— Des asperges me semblent divines, mais nous allons déjà avoir tellement de légumes avec le plat principal... Du crabe farci, aussi, quelle riche idée ! Mais tout le monde sert ça de nos jours, nous devrions essayer d'être plus origi-nales... Que suggérez-vous ? De l'anguille fumée ?

— De l'anguille anglaise ! C'est délicieux. Accompa-gnée de poivrons verts coupés en tout petits dés, ou de champignons de Paris blanchis, ou bien je pourrais faire une salade...

— Une salade ! s'exclama-t-elle en s'attardant avec soulagement sur ce mot. Les Américains adorent les salades.

— Entendu. Et comme dessert ? Du crumble aux pom-mes, une tarte à la mélasse...

— Je ne pense pas que nous voulions quelque chose de chaud. Mais les fraises à cette saison sont un tel cliché...

— Un sabayon, une tarte aux groseilles, un flan, un pudding aux fruits rouges...

— Un pudding aux fruits rouges ! Excellent ! Avec de la crème anglaise ou du fromage blanc, au choix !

Lady Cynthia, qui prêtait tant d'attention aux calories d'ordinaire, était assurément en train de succomber au péché de gourmandise. Je me demandais si sa nouvelle joie de vivre y était pour quelque chose.

— Nous serons six, reprit-elle avec animation. Cinq convives et moi. L'invité d'honneur est un Américain que je souhaite convertir aux splendeurs de la gastronomie anglaise. Il se nomme Walter P. Woodbridge III (vous devez l'écrire en chiffres romains sur la carte). Il est venu en Europe au début du mois avec le président Reagan et est resté en Angleterre après que celui-ci eut briefé Mrs Thatcher sur le sommet de Moscou. Il se charge actuellement de contrôler l'OTAN ou je ne sais quoi de terriblement important, mais tout cela est secret de sorte que je m'abstiens de poser des questions.

— Comme c'est intéressant, mais une pensée effroyable vient de me traverser l'esprit. Et s'il était au régime ? Les Américains le sont souvent.

— Walter n'a pas besoin de faire un régime, me répondit-elle d'un ton joyeux. Il est mince et en pleine forme.

Ce fut alors que je compris qu'elle était tentée de tomber amoureuse, mais s'efforçait de garder la tête froide. J'aurais pu décrire Nicholas à un tiers compréhensif en des termes similaires, avec le même ton de voix.

Je passai un moment agréable à organiser ce festin dans les moindres détails, mais le vendredi qui précédait le déjeuner, tout changea quand Lady Cynthia revint de Wimbledon dans un état de grande agitation. La pluie avait à nouveau interrompu la partie et elle n'avait pas attendu la finale Becker-Lendl. À peine de retour, elle vint me trouver dans la cuisine où j'étais en train de lui préparer un dîner allégé (poivrons farcis, salade verte et pomme bouillie sans sucre).

— J'ai pris une initiative que je vais regretter, m'avoua-t-elle en se laissant tomber sur la chaise la plus proche.

Mortimer se colla contre elle en quête de réconfort. D'ailleurs je le regrette déjà. Nous allons avoir une invitée de plus dimanche.

— Très bien. Aucun problème.

— C'est le pire problème que l'on puisse imaginer. Je ne sais vraiment pas comment j'ai pu être aussi stupide. J'étais là en train de boire une coupe de champagne avec Walter sous l'une de ces effroyables tentes-refuges quand quelqu'un derrière moi a hurlé : « Cynthia darling ! » À ma grande horreur, je me suis retrouvée nez à nez avec quelqu'un que j'essaie d'éviter pour la bonne raison, qu'à dire vrai, elle dépasse un peu les bornes. Nous appartenions au même cercle dans les années soixante et elle était très liée avec le frère aîné de mon mari, mais elle a fait un mariage désastreux et s'est laissée aller. Bref, quand je me fus remise du choc de la voir, j'ai dit : « Quelle surprise, ma chérie ! » et de fait, surprise, je l'étais car elle était presque présentable, juste un peu éméchée et quand elle s'est exclamée : « Comme c'est extraordinairement original de la part de Richard d'avoir épousé une Écossaise ! », j'ai eu ni plus ni moins un élan de tendresse envers elle parce que tant de gens ont mal pris cette alliance et ont fait des remarques désagréables à propos des kilts. De sorte que, sur un coup de tête, je lui ai dit : « Venez donc boire un verre à la maison un de ces jours, darling ! » et elle s'est écriée : « J'en serais enchantée. Quand ? » J'étais coincée, mais je me suis dit que ça irait peut-être si elle avait quelque chose à manger et ne faisait pas que boire. Alors je l'ai invitée à déjeuner dimanche. Cependant, quand elle a hurlé « Houppi ! » avant de siffler une coupe de champagne d'une traite, mon sang n'a fait qu'un tour ! Mes autres convives vont penser que j'ai perdu la tête.

— La connaissent-ils ?

— Trop bien ! Tous, à part Walter, bien sûr, qui la rencontrait aujourd'hui pour la première fois. Seigneur ! Que faire ? Walter m'a dit de ne pas m'inquiéter, qu'il s'occuperait d'elle, mais il ne mesure pas l'ampleur du désastre. Quand elle perd les pédales, elle est capable de se déshabiller devant tout le monde.

— Mon Dieu ! Je n'ai jamais vu ça, à part à la télévision.

— Mon seul espoir, reprit Lady Cynthia, trop inquiète pour se rendre compte de mon émoi, est de convier quelqu'un d'autre susceptible de l'emmener à la hâte si elle perd toute maîtrise d'elle-même... Nicholas Darrow serait parfait, mais il n'est jamais en ville le week-end.

Immédiatement, comme pour détourner immédiatement le cours de mes pensées, je suggérai :

— Et le père Hall ?

— Lewis — bien sûr !

Cette idée lui fit un effet tel qu'elle faillit lâcher Mortimer. Mais elle hésita.

Il n'aura peut-être pas envie de venir, dit-elle finalement d'un ton incertain. Nous ne nous voyons pas socialement, mais peut-être dans ce cas ferait-il une exception. Voyant mon air déconcerté, elle ajouta brusquement : J'ai une relation particulière avec Lewis et vais le voir une fois par mois. Il est mon directeur de conscience.

Plutôt que de demander : « Qu'est-ce que c'est que ça ? », je murmurai d'un ton encourageant :

— Je suis sûre qu'il serait ravi de voler à votre secours.

J'avais finalement élucidé le mystérieux rapport entre Lady Cynthia et le centre de guérison, songeai-je au passage.

— En tout cas, il est bien placé pour dompter une pocharde de la haute société, dit-elle d'un ton sarcastique. Son épouse en était une.

— J'ignorais qu'il était veuf.

— Il n'est pas veuf, mais divorcé. Depuis longtemps. Il ne s'est jamais remarié. Ce qui est merveilleux chez lui, poursuivit-elle, se détendant enfin à mesure qu'elle s'enthousiasmait pour ce nouveau sujet, c'est qu'il est extrêmement ouvert de sorte qu'aucun comportement décadent ne saurait le surprendre, et si *au fait* des origines sociales de cette femme qu'il ne se gênera pas pour la museler si elle devenait impossible. Son père était à Eton avec le mien, ajouta-t-elle d'un air détaché, comme si elle exhibait l'atout qui prouvait que l'on pouvait avoir une confiance absolue en Lewis pour triompher de tout ce qui risquait de se révéler un tant soit peu louche, et puis la famille de sa mère est propriétaire de cette somptueuse demeure dans le Sussex baptisée Hampton Darcy, désormais entre les mains du

National Trust. Après avoir lâché ce petit renseignement, elle me congédia afin de passer le crucial coup de fil. Ce fut seulement plus tard que j'eus l'occasion de lui demander :

— Lady Cynthia, quel est le nom de cette encombrante vieille connaissance ?

— Venetia Hoffenberg. Permettez-moi de dire simplement, ma chère, que je considère le mot *encombrant* comme un chef-d'œuvre de la litote.

« On va bien s'amuser pendant ce *lunch* », pensai-je.

Je n'aurais jamais pu deviner que ce drame inévitable ouvrirait la voie à un troisième miracle.

4.

I

J'allai chez Harrods acheter le roastbeef et l'anguille,
chez Mark & Spencer pour les légumes et les fruits, chez
Sainsbury pour les ingrédients plus ordinaires. Cette tournée mit la Polo en train et me permit de faire quelques
expériences de créneaux intéressantes.

De retour à Eaton Terrace, j'organisai le repas qui
approchait à grands pas, tel un général planifiant une campagne militaire. La règle d'or de la gastronomie anglaise est
la suivante : ne jamais trop cuire les légumes. Elle n'est pas
facile à appliquer quand plusieurs légumes figurent sur le

menu, et le dimanche matin, j'étais tellement accaparée par les défis représentés par ce déjeuner que j'en oubliai presque de programmer le magnétoscope pour enregistrer la finale hommes de Wimbledon (je m'étais un peu entichée d'Edberg). En définitive, je n'aurais pas dû me donner cette peine. Le temps était tellement épouvantable que le match fut ajourné. En attendant, dans la cuisine, je n'allais certainement pas me plaindre de la fraîcheur de l'air. Lorsque j'eus achevé de bichonner chaque mets afin qu'il atteigne au paroxysme de la saveur, j'avais l'air d'avoir rôti dans le four avec le roastbeef, mais au moins la sueur ne grésillait pas sur mon front.

Comme j'avais disposé la terrine d'anguille fumée accompagnée d'une salade de poivrons rouges dans les assiettes pendant que tout le monde buvait du champagne au salon, je n'eus pas l'occasion d'inspecter les convives jusqu'à ce que Lady Cynthia me sonne un peu plus tard pour desservir. Monsieur Walter P. Woodbridge III, je le découvris, était un grand et bel homme aux yeux bruns mélancoliques qui me rappelèrent ceux de Mortimer. À la différence du chien, toutefois, il avait des cheveux gris fer, magnifiquement coupés, et une dentition américaine, impeccable et bien nettoyée au fil dentaire. Lorsqu'il me sourit en m'adressant un « merci » courtois, comme je lui présentais le premier plat de légumes, je décidai même qu'il était assez bien pour Lady Cynthia — pour lui servir d'escorte, j'entends. Naturellement, je n'avais aucune envie qu'il l'épouse en me laissant à la rue, mais comme Lady Cynthia se méfiait des hommes, je supposais que mon avenir était probablement assuré.

Un autre invité avait été désigné pour découper le rôti, Lady Cynthia redoutant de confier cette tâche suprêmement britannique à Walter P.W. III : monsieur Robert Welbeck, un de ses vieux amis, fils d'un chevalier et non d'un baronet, un malheur qui signifiait qu'il n'avait pas de titre (Lady Cynthia se faisait un devoir de me préciser tous ces détails pour être sûre que je saurais placer les convives du premier coup). De surcroît, ce pauvre monsieur Welbeck, qui devait avoir une cinquantaine d'années, était chauve et rondouillard. Bien qu'il fût bedeau de la paroisse de St Mary à Mayfair, et vraisemblablement chrétien, il me traitait comme si je n'avais strictement aucune valeur à ses yeux, de même que sa femme, une abstinente maigre comme un clou qui refusa de prendre des pommes de terre (je déteste les gens qui ont autant de volonté).

Les deux invités suivants devaient être Lord Todd-Marshall (pair à vie, conservateur, titre non héritable, d'origine bourgeoise, profession : « quelque chose à la City », passe-temps : siéger dans des organismes autonomes de l'État) et son épouse, Lady Todd-Marshall (titre acquis par mariage, également d'origine bourgeoise, profession : magistrat à titre bénévole, passe-temps : organiser tout ce qui lui tombe sous la main). Lady T-M, mieux élevée que Mrs Welbeck, émit un petit grognement de reconnaissance quand elle eut fini de se servir de tous les légumes, y compris les deux variétés de pommes de terre. Je décidai que son mari et elle étaient du bois dont on fait le parti conservateur, lui corpulent, en gris, elle sévère, en bleu marine, ni l'un ni l'autre prêts à gagner un prix d'originalité.

Après les avoir jugés sans détour, je tournai mon œil critique vers les deux derniers convives : Lewis Hall (sans titre, mais originaire de la classe supérieure, divorcé, profession : pasteur, passe-temps : diriger les consciences — enfin ce qu'il faisait avec Lady Cynthia une fois par mois) et la Dame Louche (fille d'un baron, titre : Honorable, veuve, profession : ne doit pas être mentionnée, passe-temps : semer la zizanie).

Lewis, vêtu avec sobriété d'un costume ecclésiatique taillé sur mesure, classique, n'en donnait pas moins l'impression d'un démagogue menaçant ses paroissiens des feux de l'enfer et de la damnation du haut de sa chaire, tout en flirtant avec l'un et l'autre dans les coulisses. À ce stade, j'étais convaincue que cette impression était des plus trompeuses, mais je restai intriguée par sa verve intarissable. Bien évidemment, il eut un comportement irréprochable ; quand nos regards se croisèrent, il s'exclama : « Bonjour, Alice ! Quel festin vous nous avez préparé ! », puis il sourit, me traitant comme un être en chair et en os et non comme une esclave-robot, avant que je tende le plat à la Lady Louche.

L'Honorable Mrs Venetia Hoffenberg était grande ; elle avait des cheveux fantastiques, teints noir de corbeau et coiffés de manière à s'élever vers le ciel en une bosse noueuse retenue excentriquement par une variété d'épingles de chapeaux en diamants. Elle avait des yeux verts, des faux cils, des lèvres écarlates et une voix rauque rendue plus rauque encore par une toux de fumeuse. On la sentait capable de séduire six hommes avant le petit déjeuner et de descendre une bouteille de champagne en compagnie du septième. Apparemment en pyjama, elle arborait aussi un nombre suffisant de chaînes en or pour être admise instantanément à Fort Knox.

— Oh mon Dieu, qu'est-ce que c'est que toutes ces horreurs ? s'exclama-t-elle d'un ton dédaigneux quand je lui présentai mon magnifique plat de légumes. Enlevez-moi ça et donnez-moi quelque chose à boire. Quel vin rouge allez-vous nous servir avec cet amas de vache morte, Cynthia darling ?

— Du Saint-Estèphe, ma chérie. 85.

— Bon sang, je ne bois jamais un vin rouge qui a moins de dix ans. Je préfère encore du Beaujolais !

— En êtes-vous sûre ? intervint Lewis en se tournant brusquement vers elle avec son plus charmant sourire. Personnellement je ne résiste jamais à un Saint-Estèphe, quelle que soit l'année, même si je dois reconnaître que j'ai un penchant particulier pour les millésimes des années soixante. Avez-vous goûté au 63 récemment ?

— Ne me parlez pas de 63 ! s'écria Mrs Hoffenberg d'un ton dramatique. Ça a été la pire année de ma vie quand j'ai été martyrisée par un monstrueux bourreau des cœurs et que je me suis retrouvée mariée avec un foutu ecclésiastique !

Elle le toisa de la tête aux pieds comme pour évaluer son aptitude à être foutu.

— Êtes-vous marié ?

— Oui et non, répondit-il avec ruse, l'intriguant suffisamment pour qu'elle le laisse évoquer sa rencontre avec son ex-épouse dans un abri pendant la guerre.

Après avoir fait passer les légumes, je circulai avec la sauce au raifort pendant que Walter P.W. III, chargé par Lady Cynthia de s'occuper du vin, commençait, en retard, à servir le vin rouge. J'en déduisis qu'il avait pensé si fort à Lady Cynthia qu'il en avait oublié les carafes jusqu'au moment où la réclamation de Mrs. Hoffenberg lui avait rafraîchi la mémoire.

De retour dans la cuisine, je recouvris les légumes restants avec une feuille d'aluminium, les glissai à l'entrée du four pour qu'ils restent chauds et engloutis un sandwich au fromage pour calmer les douleurs de la faim. Quelques secondes plus tard — ce fut tout au moins mon impression — la sonnette retentit de nouveau. Abandonnant la tranche de fromage supplémentaire que je venais de me couper, je courus dans la salle à manger avec les légumes pour découvrir, à ma grande satisfaction, que les hommes avaient repris du roastbeef.

— Je n'avais pas aussi bien déjeuné depuis le dimanche où j'ai emmené mon petit-fils au Dorchester pour fêter ses douze ans, déclarait Lewis.

— Au Dorchester ? Je préfère éviter les grands hôtels de nos jours, à part le Claridge, renchérit Mrs Hoffenberg dont la voix était devenue râpeuse.

Elle fumait entre les plats comme les Américains — bien que le seul Américain présent à la table n'en fît rien. Il semblait aussi qu'elle eût escamoté l'une des carafes. Celle-ci se trouvait à deux centimètres de son verre et elle avait glissé une de ses chaînes en or autour du goulot, tel un explorateur réclamant un territoire en y plantant un drapeau.

— J'ai estimé que le Dorchester devait faire partie de son éducation, continua Lewis, même si j'admets que je ne suis jamais contre une petite escapade au Claridge.

— Hep, moi non plus, mon petit cœur ! riposta Mrs Hoffenberg, soudain résolue à se comporter comme Mae West dans un de ses célèbres rôles. Pourquoi est-ce qu'on n'irait pas y faire un petit tour ensemble un de ces jours ? Même si vous avez largement passé la soixantaine, je parie que vous n'avez pas encore dit votre dernier mot !

Les autres convives, qui avaient assisté à cet échange avec des expressions de désapprobation polie, se raidirent brusquement, bouche bée sous l'effet de l'horreur, pareils à un groupe de poissons rouges repérant un chat en train de faire fond sur leur fragile bocal. Lady Cynthia avait rosi ; cela lui allait à ravir. Je n'avais jamais vu une femme aussi resplendissante alors qu'elle était ravagée par la gêne et je surpris son Walter lui décochant un coup d'œil brûlant, le genre de regard qu'un gentleman de la vieille école adresse à sa bien-aimée quand il est prêt à tout pour la protéger contre ce qui pourrait souiller sa pureté. Je présentais le plat de légumes à Mr Welbeck qui ne s'en rendait même pas compte. La vision de Lady Louche vampant un ecclésiastique était trop merveilleuse pour qu'il loupe ça — un comportement ignominieux, certes, et tout à fait inadmissible, mais non moins fascinant. Du coin de l'œil, je vis son épouse s'agiter sur sa chaise, et lorsqu'il fit un bond quelques secondes plus tard, je compris qu'elle avait réussi à lui envoyer un coup de pied dans les tibias. Il s'empressa d'essayer d'attraper une pomme de terre.

— Si vous êtes assez généreuse pour me faire ce genre de compliment, je suis sûr que vous aurez la bonté de partager votre carafe avec moi ! enchaîna Lewis, plein de ressources, après quoi il enleva la chaîne en or et plaça le vin de l'autre côté de son assiette, hors de la portée de sa voisine.

— Rabat-joie ! lança Mrs Hoffenberg. Cynthia ma chérie, envoyez un autre litron de Saint-Estèphe !

— Il n'en reste plus, ma chérie. Alice, pourriez-vous aller chercher un peu d'eau de Malvern, je vous prie ?

Je réussis in extremis à m'arracher au spectacle, filai à la cuisine, saisis au vol deux bouteilles de Malvern (une pétillante, l'autre plate) et rentrai en trombe dans la salle à manger juste à temps pour entendre Mrs Hoffenberg déclarer : « ... et le problème avec les hommes d'église, c'est qu'ils sont obnubilés par Dieu, ce qui les rend impuissants. »

— Vraiment ? s'étonna Lewis sans sourciller en prenant un air innocent. Avez-vous mené une enquête sérieuse susceptible d'étayer cette thèse fort préoccupante ?

Mrs Welbeck était rouge cerise, Lady Todd-Marshall presque violette et tous les hommes, à l'exception de Lewis, retenaient leur souffle aussi farouchement que s'ils luttaient contre le hoquet.

— Je n'ai pas besoin de faire une enquête, darling. Je le sais, proclama Mrs Hoffenberg d'un ton autoritaire. J'ai été mariée à un ecclésiatique et... vous l'avais-je précisé, je ne m'en souviens plus ?

— Plusieurs fois, oui.

— Eh bien, mon chou, laissez-moi vous dire que ce n'était pas seulement les poignets qu'il avait mous.... Hep, repassez-moi la carafe. Je ne vois vraiment pas pourquoi vous me l'avez chouravée !

— Je suis vraiment navré. Où avais-je la tête ? répondit Lewis du tac au tac, remplissant son verre avant de lui tendre la carafe vide.

— Eh ben dis donc, quel sagouin ! Vous avez tout sifflé !

— Oh mon Dieu, oui ! Je vous avais bien dit que je ne pouvais jamais résister à un Saint-Estèphe...

— Salopard !

— Venetia, intervint Lady Cynthia, ayez l'obligeance de vous taire. Il y aura du porto tout à l'heure avec le fromage, je vous le promets... Alice, vous pouvez emporter le roastbeef à présent.

Je forçai mes pieds à m'emmener à la cuisine.

Quand je revins, appelée par la sonnette pour débarrasser après que les hommes eurent fini leurs deuxièmes portions, Mrs Hoffenberg boudait en silence et la conversation portait sur la récente prophétie de Mrs Thatcher selon laquelle nous connaîtrions un âge d'or durant une bonne partie des années quatre-vingt-dix. Mr Welbeck s'extasiait sur le fait que désormais, les classes moyennes elles-mêmes avaient la possibilité d'adhérer à la Lloyd et de vivre à jamais dans l'opulence, mais Lady Todd-Marshall rétorqua que cela ne servait à rien de se vautrer dans l'opulence si tout le monde mourait du sida ou assassiné par des psychopathes. Et que dire de cette pauvre femme enceinte qui s'était fait trucider sur l'autoroute ! Les hommes n'en avaient que faire et, après avoir marmonné d'un ton apaisant que le gouvernement tenait mordicus au maintien de l'ordre, ils bavèrent de plus belle sur la Dame de fer et ses liens privilégiés avec Ronnie, l'ami de Walter P.W. III.

Déçue, je me retirai dans la cuisine et disposai sur un plateau le pudding aux fruits rouges, la crème anglaise et le fromage blanc. Le Stilton était déjà sur la desserte dans la salle à manger, ses émanations sous contrôle grâce à une cloche.

En apercevant le pudding, Mrs Hoffenberg s'exclama d'un air écœuré :

— Oh mon Dieu, y a rien que du pudding aujourd'hui. Yorkshire pudding et maintenant ça ! Eh bien, je vais me passer de nourriture à partir de maintenant. Où est ce fichu porto ?

— Venetia, intervint Lady Cynthia, furieuse cette fois-ci, vous ne faites pas exactement honneur à la nurse qui vous a appris les bonnes manières !

— Fichtre, je ne fais honneur à personne ! Bon, si vous n'avez pas l'intention de nous servir du porto d'ici dix minutes, je veux bien un cognac pour garder la forme. Disons un double !

— Le porto est sur la desserte. Servez-vous. Et j'espère que cela vous clora le bec. On en a assez de vous entendre parler de boisson, reprit Lady Cynthia d'une voix chevrotante.

Je compris instinctivement que tous les souvenirs douloureux de son alcoolique d'époux lui revenaient en mémoire, et j'étais certaine que Lewis le savait lui aussi car il se pencha aussitôt vers elle en chuchotant : « Cynthia, auriez-vous la gentillesse de m'excuser si je saute le dessert ? » Et sans attendre sa réponse, il ajouta à l'adresse de Mrs Hoffenberg :

— Il a cessé de pleuvoir, on dirait. Prenons nos verres de porto et allons inspecter le jardin.

— Enfin ! cria-t-elle. Un ecclésiastique qui a l'esprit d'initiative ! Un ecclésiastique qui a du chien ! Un ecclésiastique qui a des...

— Je ne vous le fais pas dire ! interrompit Lewis avant qu'elle puisse achever un mot qui avait l'air de commencer par un « c ». N'oubliez pas de me mentionner dans votre enquête.

En boitillant jusqu'à la desserte, il versa une rasade de porto dans un verre et le lui tendit, mais elle le repoussa d'un geste.

— Il me faut un minimum d'un décilitre, déclara-t-elle. Je mérite bien ça après ce vin rouge ignoble et ce repas sans intérêt.

Sur ce, elle vida le contenu de son verre à eau dans les fleurs, s'empara de la carafe de porto et emplit le verre à ras bord.

— Ignoble, marmonna Mrs Welbeck.

— Voulez-vous que je vous serve ? chuchotai-je à ma patronne qui n'arrivait pas à se servir du dessert, mais elle réussit à dire :

— Non, ça ira, Alice. Passez la crème et le fromage blanc.

Les portes-fenêtres donnant sur le balcon s'ouvrirent pour livrer passage à Lewis suivi de Mrs Hoffenberg, puis se refermèrent. Ils disparurent en bas des marches conduisant au patio. Un silence mortel s'ensuivit, tout le monde attendant que j'aie fini mon travail et disparu. À peine me fus-je éclipsée, la tentation s'empara de moi. Je collai imprudemment l'oreille aux panneaux de la porte fermée, mais il n'était pas difficile d'entendre l'explosion d'outrage qui suivit.

Mr Welbeck décréta que Mrs Hoffenberg avait « atteint un nouveau degré d'abaissement » en faisant preuve d'une « attitude abjecte ». Son épouse renchérit en disant qu'une femme ivre était nettement plus répulsive qu'un homme dans le même état (pourquoi ? elle ne daigna pas l'expliquer). Lady Todd-Marshall déclara d'un ton lugubre que Mrs Hoffenberg était mûre pour être jugée pour ivresse et conduite contraire aux mœurs. Son mari, pour sa part, fit une remarque typique de la classe moyenne en soulignant que le numéro de Mrs Hoffenberg était le type de comportement qui incitait les gens à parler de la « décadence de l'aristocratie », bien s'il s'empressât d'ajouter en se souvenant sans doute de son hôtesse, qu'il savait pertinemment que la majorité de ladite aristocratie menait une existence on ne peut plus décente. En d'autres termes, tout le monde s'empressa de juger, laissant à Lady Cynthia, la personne la plus atteinte par les agissements de vieille soûlarde de son invitée, la mission de mettre sa fureur de côté en disant : « C'est tellement triste. Elle est manifestement très malheureuse. C'est facile de la critiquer, n'est-ce pas, et tellement plus difficile de lui offrir une aide constructive. » Je sentis une vague d'admiration monter en moi lorsqu'elle s'exprima en ces termes et songeai que Nicholas aussi l'aurait admirée.

Je m'enfuis sur la pointe des pieds pour aller préparer le café.

Lady Cynthia entra en coup de vent dans la cuisine au moment où je disposais les tasses sur le plateau.

— Alice, me dit-elle sans préambule, Lewis va raccompagner Venetia chez elle, mais il souhaite la présence d'une femme auprès de lui au cas où... enfin au cas où elle aurait besoin d'une aide qu'un prêtre ne pourrait lui fournir. Voudriez-vous... pourriez-vous...

— Bien sûr. Le café est presque prêt. Voulez-vous que...

— Ne vous inquiétez pas. Je m'en occupe. Merci beaucoup, ma chère. Oh, et ne prenez pas à cœur les propos désobligeants que Venetia a pu tenir concernant ce délicieux déjeuner. Tous les autres s'accordent à reconnaître que vous avez produit un véritable tour de force...

Chère Lady Cynthia, si douce, si généreuse, si compréhensive ! J'espérais plus que jamais que Walter P.W. III se retiendrait de l'emmener avec lui en Amérique. Je retirai mon tablier, m'emparai au passage d'une tranche de roast-beef pour me restaurer et courus en bas chercher un cardigan.

Quand je gagnai l'entrée, la porte était ouverte, la Volkswagen écarlate de Lewis se trouvait déjà devant, le moteur tournait et le bon prêtre était occupé à fourrer Mrs Hoffenberg sur le siège du passager tandis que Lady Cynthia rôdait nerveusement à proximité. En se tournant vers moi, elle me dit à voix basse : « C'est tellement gentil de votre part, Alice », alors qu'en fait, comme je le savais pertinemment, cela n'avait strictement rien de gentil. J'étais motivée non pas par la vertu mais par le puissant désir de voir la Vie, avec un V majuscule. Isolée par mon poids, enfermée par un complexe d'infériorité et ensevelie pendant des années avec une vieille demoiselle, je m'étais habituée à ce que la vie me passe sous le nez. Pourtant j'étais sur le point de chaperonner un prêtre, de prendre soin d'une aristocrate décadente et de promener dans Londres dans une voiture étrangère au son de crissements de pneus. J'avais de la peine à cacher mon extase.

Dès que je me fus calée sur la banquette arrière, nous nous mîmes en route.

Aussi surprenant que cela puisse paraître, Mrs Hoffenberg était encore consciente, mais très nébuleuse. Tandis que nous remontions l'avenue en direction d'Eaton Terrace, elle se mit à chanter des bribes d'une chanson *country* que je ne reconnus pas. Des fragments de paroles flottèrent jusqu'à moi, accompagnés de forts effluves de porto. Sa voix, râpeuse et tragique, évoquait l'atmosphère de night-clubs entrevus dans les séries télévisées, de bas-fonds où la brigade des stupéfiants faisait inévitablement des descentes.

L'air qu'elle avait entonné parlait apparemment de la douleur endurée par la chanteuse à cause d'un bourreau des cœurs, un faiseur de rêves, un amant qui ne cessait de jouer avec le feu. Cependant, la chanteuse en question avait trouvé quelqu'un d'autre pour prendre la place de l'ingrat — combler le vide, en conséquence de quoi son cœur ne serait plus jamais brisé.

J'étais en train de me demander si Mrs Hoffenberg avait l'intention de pousser la chansonnette tout le reste du trajet quand elle y renonça brusquement et déclara à Lewis avec une surprenante lucidité :

— C'est une des premières chansons d'Elvis. Aimez-vous Elvis ?

— Je suis trop vieux.

— Oh, ne soyez pas si ringard ! Je suis sûr que vous avez brisé des cœurs dans votre jeunesse.

— N'importe quel égocentrique peut briser des cœurs. Aujourd'hui, je prends mon pied en consolant les cœurs meurtris.

— C'est pas vrai ? Vous consolez les cœurs meurtris ?

— Les cœurs, les âmes meurtries, les blessures, récentes ou plus anciennes...

— Dans ce cas, dites-moi une chose : pensez-vous que le meilleur moyen de soigner un cœur meurtri consiste à combler le vide, comme dit la chanson, en s'embarquant avec quelqu'un d'autre ?

— Cela revient à boire un verre pour faire passer une gueule de bois. Ça soulage peut-être pendant un moment, mais ça ne règle pas le problème.

— Je ne vous parle pas d'alcool, bon sang, mais de cul ! Est-ce que vous couchez à droite et à gauche ?

— Non, je ne vois pas l'intérêt d'exploiter les gens. J'ai choisi un mode de vie alternatif.

— Mais chéri, je donnerais n'importe quoi pour être

exploitée par vous ! Renvoyez l'esclave en taxi chez Cynthia et optez pour mon style de vie à moi pour le restant de l'après-midi.

— Vous seriez extrêmement déçue. Ma hanche arthritique me joue un vilain tour aujourd'hui.

— Pour l'amour du ciel ! Vous n'avez qu'à vous la faire remplacer !

— Pas le temps. Je suis trop occupé à réparer des cœurs brisés par un mode de vie tel que le vôtre.

— Très spirituel ! dit-elle, furibarde avant d'ajouter avec une admiration contenue : Vous êtes sacrément bizarre, mais je vous aime bien quand même.

Puis elle ferma brusquement les yeux et se mit à ronfler.

— Ça va, Alice ? me demanda finalement Lewis.

Je lui assurai que tout allait bien.

— On est presque arrivés.

La maison, située dans une allée paisible de Chelsea, était très jolie avec ses murs tapissés de lierre, ses parterres de fleurs sous les fenêtres, illuminés de roses écarlates, mais un désordre indicible régnait à l'intérieur, le salon sens dessus dessous, jonché de pages des journaux du dimanche, la cuisine encombrée de verres sales, des mouches s'agglutinant sur les assiettes à moitié pleines empilées ici et là.

— Bordel ! marmonna Mrs Hoffenberg, suffisamment réveillée pour gagner son logis sans qu'on la porte. Ce qui ne l'empêcha pas de s'affaler sur le canapé en regardant autour d'elle d'un air chagriné. Quel chambard ! Ça fait rien, la femme de ménage vient demain. En attendant, je vais boire un petit coup de VC pour oublier tout ça. Allez me chercher ça, voulez-vous ? ajouta-t-elle d'un ton impérieux à mon adresse. Y en a une bouteille dans le frigidaire.

— Qu'est-ce que c'est que du VC ? demanda Lewis.

— Du Veuve Cliquot, imbécile ! Que voulez-vous que ce soit ?

— Alice, auriez-vous l'obligeance d'aller chercher un verre d'eau pour Mrs Hoffenberg ?

— Je n'en ai rien à foutre de votre verre d'eau ! J'veux...

— Laissez tomber. Il est hors de question que je vous laisse abuser de vous-même sous mes yeux. On s'arrête là.

— Espèce de vieille brute sans cervelle...

— Exactement. Tout à fait moi. Vous m'avez finalement percé à jour. Maintenant arrêtez de boire, allongez-vous sur ce canapé et dormez un petit coup.

— Mais je risque de m'étouffer dans mes vomissures. De me retrouver raide morte.

— Je ferai en sorte de vous caler dans la bonne position pour que cela n'arrive pas. Alice... Il m'arrêta à la porte avant que j'eus le temps d'aller chercher le verre d'eau. Venez un instant, je vous prie, et tenez-vous près de moi. Maintenant, Venetia, regardez bien Alice. Vous vous souviendrez d'elle. Vous vous rappellerez qu'elle était là et que vous et moi n'avons pas bu de champagne ou quoi que ce soit d'autre. Et pour finir, et non des moindres, vous vous souviendrez de mon mode de vie alternatif, que je travaille pour la paroisse de St Benet avec Nicholas Darrow et que je serai toujours disposé à vous aider là-bas si vous vous décidez à faire réparer votre cœur.

Mais elle ne l'écoutait plus. Elle était en train de glisser du canapé à terre, et une seconde plus tard, elle gisait inconsciente au milieu du désordre, de la crasse et des immondices.

II

— Montez, Alice, me dit Lewis d'un ton brusque, trouvez sa chambre et descendez des oreillers et un duvet. S'il n'y a pas de duvet, apportez-moi au moins deux couvertures. Je suis désolé, je le ferais moi-même, mais j'ai tellement mal à la hanche que je doute de pouvoir monter l'escalier.

Je m'exécutai pendant qu'il débarrassait tout ce qui encombrait le canapé. Pour finir, nous soulevâmes le corps inerte de Mrs Hoffenberg et la déposâmes sur les coussins avant de l'envelopper dans le duvet. Les coussins servirent à la caler dans une position où elle ne risquait rien. J'ajoutais la touche finale en lui enlevant ses souliers et en remettant ses pieds sous le duvet quand Lewis dit :

— Prenons cinq minutes de plus pour rendre cet

endroit un peu moins sordide. Si je me réveillais avec la gueule de bois et découvrais ce chaos, j'aurais envie de me jeter sur la première bouteille que je trouve.

Nos efforts entrèrent dans une nouvelle phase. Je remplis le lave-vaisselle, jetai tous les restes à la poubelle et passai un coup de chiffon sur les plans de travail de la cuisine. Pendant ce temps-là, Lewis empila les journaux, vida les cendriers qui débordaient et dénicha l'aspirateur dont je me servis pour nettoyer les tapis. Il trouva aussi deux bouteilles vides de VC, une par terre dans un coin, l'autre oubliée sur un rebord de fenêtre.

Au moment où je mettais l'aspirateur en marche, je vis qu'il examinait de plus près la forme inanimée allongée sur le sofa.

— Alice, que font ces épingles à chapeaux en diamants dans ses cheveux ? Vous croyez qu'elle porte une perruque ?

— Les perruques n'ont pas de racines blanches.

— C'est vrai. Bon alors elles sont décoratives, mais pourraient être dangereuses si elles se détachent. Pourriez-vous les lui enlever ?

Je les retirai avec précaution, mais le monticule de cheveux s'effondra d'un seul coup, pareil à un nid d'oiseaux qu'on aurait vandalisé. À la suggestion de Lewis, j'allai ensuite chercher le verre d'eau qu'il m'avait priée d'apporter plus tôt ; il glissa une de ses cartes dessous au moment où je le posai sur la table basse. Je me souvins qu'il en avait laissée une semblable chez moi et j'eus soudain la sensation d'entendre un signal répétitif, énigmatique, provenant d'une source à la fois lointaine et à portée de main. En levant les yeux, je découvris son regard perçant, rusé, posé sur moi.

— Vous vous en êtes très bien sortie, dit-il. Je vois à présent que vous êtes aussi intelligente qu'efficace. Vous ne paniquez pas, vous êtes trop maline pour poser des questions inutiles. En plus vous cuisinez divinement ! Je n'oublierai pas l'aide que vous m'avez apportée aujourd'hui, Alice. Merci.

Je fus si émue par cet éloge que je parvins tout juste à le remercier en retour. Je commençai à me dire que je n'étais peut-être pas condamnée à regarder la vie passer

depuis les coulisses. Si la société au sens large me considérait peut-être comme quantité négligeable, il existait peut-
être un autre monde dont je pouvais faire partie.

— J'ai bien aimé quand vous avez parlé de mode de
vie alternatif, lui dis-je timidement.

— Ah bon ! ? Après coup, j'ai trouvé que ça faisait un
peu contre-culture, et ce n'était pas du tout ce que je voulais
dire.

— Quelle est la différence ?

— Une contre-culture fait scission avec le courant cul-
turel dominant et le rejette ; elle forme un petit univers à
part. Alors que tout l'intérêt du mode de vie alternatif réside
dans le fait qu'il existe au cœur même de la culture domi-
nante et se mêle à elle.

Tout en parlant, il considérait le corps allongé sur le
canapé, et si ses yeux étaient graves, il n'y avait pas une
ombre de mépris dans son regard.

Soudain, je m'entendis dire :

— Pourquoi boit-elle autant alors qu'au fond d'elle-
même, elle doit savoir que ça ne résoud rien ?

— Elle cherche sans doute désespérément des solutions. Le désespoir l'a rongée et a créé un vide en elle, à
l'origine d'une souffrance telle que boire lui semble la seule
chose à faire pour l'effacer.

— Je croyais que c'était le bourreau des cœurs qui
avait creusé un vide en elle !

— Il y a sans aucun doute contribué, mais je suppose
que son problème est plus profond que ça. Après tout, des
tas de gens ont vécu un chagrin d'amour sans aller aussi
loin.

— Loin de quoi ?

— De la réalité. Venetia est séparée de son être véritable et de la vie qu'elle était supposée mener. Elle a perdu
tout contact avec le fondement même de sa personnalité.

Il se détourna brusquement et se dirigea vers la porte
en me lançant par-dessus son épaule :

— Je vous raccompagne.

— Elle viendra peut-être à St Benet, dis-je quelques
instants plus tard, dans la voiture.

— Peut-être, mais j'en doute.

— Vous pensez qu'elle se sentira trop gênée à cause de ce qui s'est passé aujourd'hui ?

— Je suppose qu'elle réprimera la gêne que quelqu'un comme vous ressentirait. Il y a de fortes chances qu'elle m'en veuille, surtout à moi, d'avoir repoussé ses avances.

— Mais vous êtes un homme d'église !

— Elle n'a pas une très haute opinion de mes collègues, comme vous avez pu le constater.

— Mais tout de même... Les ecclésiastiques n'acceptent pas les avances des femmes entreprenantes.

— Certainement pas ! Mais il peut toujours y avoir une pomme pourrie dans le meilleur panier de reinettes.

Il rétrograda tout en parlant, et je m'aperçus que nous étions arrivés.

— Je vais entrer quelques instants pour faire mon rapport à Cynthia, dit-il en arrêtant le moteur. Merci encore de votre aide, Alice.

Et lorsqu'il me tapota gentiment le bras en signe d'approbation, je m'aperçus que je ne pensais plus du tout à Mrs Hoffenberg, qui avait dû avoir une enfance facile et privilégiée, mais au père dont je ne pouvais me souvenir et à tout l'amour que je n'avais jamais connu.

J'éprouvai aussitôt le besoin de manger à tel point que j'en tremblais. Je ne voyais plus que l'image de Mrs Hoffenberg réclamant du champagne, et en un éclair d'effrayante lucidité, je compris pourquoi elle me fascinait et me dégoûtait en même temps. C'était parce qu'en la regardant, je voyais mon propre « vide intérieur », le désespoir qui m'avait aliénée du reste du monde, l'épave vieillissante et sans amour que j'étais devenue. Machinalement, je luttai pour comptabiliser les bienfaits de mon existence, comme ma tante m'obligeait à le faire, mais il me semblait à ce moment que les seuls bienfaits dignes d'être répertoriés étaient précisément ceux que je n'avais pas à mon actif. J'ouvris la bouche pour bredouiller à l'adresse de Lewis : « Le fondement de notre être est l'amour, n'est-ce pas ? », mais avant d'avoir eu le temps de formuler ma question, je m'aperçus qu'il avait tellement mal à la hanche qu'il ne parvenait même pas à s'extirper de la voiture. Je me précipitai sur sa portière pour essayer de l'aider, mais, entre-temps il avait renoncé au projet de faire son rapport.

— Il faut que je rentre, souffla-t-il. Dites à Cynthia que je l'appellerai.

— Allez-vous arriver à conduire ?

— Espérons-le, répondit-il abruptement, avant de démarrer, blême de douleur, en prenant la direction de Pimlico Road.

J'entrai dans la maison. Tous les invités étaient partis à l'exception de Walter P. Woodbridge III qui consolait Lady Cynthia de son déjeuner gâché. En pénétrant dans le salon pour lui transmettre le message de Lewis, je les trouvai pelotonnés l'un contre l'autre.

De retour dans la cuisine, je m'efforçai de ranger tous les restes sans y toucher, mais ma volonté me trahit. J'achevai le roastbeef et le dessert, parfaitement consciente de ne pas valoir mieux que l'ivrogne ronflant dans son immonde résidence de Chelsea. « Je veux maigrir, me répétai-je au désespoir. Je veux moins manger. Mais je n'y arrive pas. Je fais ce que je n'ai pas envie de faire et je ne fais pas ce que j'ai envie de faire. »

À cet instant, je me détestais. Plus tard, je pleurai tout en vomissant dans les toilettes, mais je savais qu'avant la fin de la journée, j'aurais entamé une nouvelle glace au rhum et aux raisins.

Si quelqu'un m'avait dit à ce moment que l'heure la plus sombre précède toujours l'aube, je l'aurais étranglé, mais un troisième miracle — mon troisième grand miracle de l'année 1988 — n'allait pas tarder à rendre mon existence méconnaissable.

III

Dans un premier temps, la cour assidue que Mr Woodbridge faisait à Lady Cynthia s'intensifia. Il ne fait aucun doute qu'une fois que les Américains se lancent dans une mission, il n'y a plus moyen de les arrêter ; en un clin d'œil, ils sont partout avec leurs costumes clairs et leurs teints hâlés. Dans mon petit sous-sol obscur, tandis que je cirais les meubles préférés de ma tante, arrosais mon bataillon de plantes vertes garanties de prospérer dans la pénombre et époussetais la photographie d'Orlando dans son cadre argenté, je ne cessais de me demander de quel sursis je disposais. J'essayais d'être philosophe en me disant que j'avais toujours su que cette vie-là était trop belle pour durer, mais en vérité, j'avais espéré rester là des années et j'étais cruellement déçue.

Je savais que Lady Cynthia me traiterait équitablement, quoi qu'il arrive, et ne me départis jamais complètement de la certitude, semée dans mon esprit par Nicholas le jour de l'enterrement de ma tante, que je devais garder l'espoir et ne pas avoir peur. Néanmoins, c'était pénible de s'attendre à tout moment à ce que le couperet tombe. Au départ, j'avais espéré que Lady Cynthia aurait juste une aventure amoureuse, mais je suppose qu'en fait, je me doutais dès le départ que ses principes religieux l'empêcheraient de nouer des liens sérieux à moins qu'ils n'aboutissent au mariage. La question essentielle était désormais de savoir : allaient-ils convoler ou non ? Mrs Simcock, ses lunettes diamantées jetant des éclairs, me chuchota à l'oreille durant la pause-thé matinale que Lady Cynthia avait connu suffisamment de tragédies dans sa vie sans filer avec un étranger qui se révélerait peut-être impuissant. Plus tôt elle le testerait au lit, mieux ce serait. Elle aimait bien monsieur Woodbridge, mais ne pouvait se résoudre à lui pardonner de ne pas être né en Angleterre, au sud de la brèche de Watford.

Tandis que j'attendais, en proie à un suspense de plus en plus insoutenable, j'étais bien obligée de continuer à manger pour me calmer les nerfs. Je songeai d'innombrables fois à aller chercher un soutien à St Benet — non pas auprès de Nicholas, que je devais continuer à éviter à tout prix, mais de Lewis qui avait regardé Mrs Hoffenberg avec tant de compassion après qu'elle eut sombré dans l'inconscience. Cependant, je ne cessais de me répéter que si je mangeais autant, c'était parce que j'étais inquiète pour mon avenir ; je m'améliorerais par moi-même dès que je serais stabilisée.

Francie me téléphonait tous les quinze jours, ce qui était très gentil de sa part, mais je me défilais toujours lorsqu'elle proposait qu'on se voie. J'avais encore grossi et redoutais qu'elle s'en aperçoive. Lady Cynthia, elle, ne s'en rendait pas compte parce qu'elle avait trop à faire avec Mr Woodbridge et Mrs Simcock non plus parce qu'elle était trop occupée à les observer en quête du premier indice d'une liaison, mais moi, je le remarquais parce que ma plus belle robe-sac me serrait sous les aisselles et ne tombait plus bien.

Le grand choc se produisit au mois d'août. Convoquée par Lady Cynthia dans son boudoir, j'appris qu'elle avait accepté d'épouser Mr Woodbridge. Comme ni l'un ni l'autre ne tenaient à des fiançailles prolongées ou un grand mariage, ils avaient décidé de se marier à la mi-septembre, date à laquelle la mission de Mr Woodbridge à Londres prendrait fin, et de s'embarquer aussitôt pour l'Amérique à bord du *Queen Élisabeth II*.

Lady Cynthia était resplendissante et avait l'air très heureuse. Je ne pouvais pas lui en vouloir de son bonheur, mais j'étais ravagée par cette nouvelle. J'avais espéré qu'ils attendraient au moins le printemps pour convoler.

— Évidemment des tas de gens vont marmonner : « Mariée trop vite, tu le regretteras ensuite », me disait-elle d'un ton enflammé, mais il m'a fallu des années avant de rencontrer l'homme qui me convenait, et maintenant que je l'ai trouvé, je ne veux pas traînasser car, qui sait, l'existence est si incertaine ! Nous n'avons peut-être pas beaucoup de temps devant nous.

— Cela me semble on ne peut plus judicieux, Lady Cynthia.

— Ma chère Alice, la vie a été une véritable bénédiction depuis votre arrivée ! À ce propos, cessons de parler de moi. Venons-en à vous. Écoutez, ma chère, voilà où nous en sommes. Je vous donnerai bien entendu les meilleures références possibles et je dirai naturellement à tous mes amis combien vous m'avez été précieuse. De fait, je n'aurai de cesse que vous soyez sûre d'avoir trouvé une place satisfaisante ! Et votre prochain logis, je n'en doute pas, sera bien plus agréable que l'horrible petit antre souterrain que vous avez si noblement toléré.

Je serrai les dents pour ne pas pleurer. Si Lady Cynthia m'avait jetée à la rue, je n'aurais pas été si émue, mais sa générosité, sa gentillesse, son sourire affectueux conjugués eurent raison de ma maîtrise de moi-même de sorte que je fus incapable de la remercier comme il se devait.

Elle projetait de conserver un pied-à-terre à Londres, m'expliqua-t-elle, mais pour des raisons de sécurité, elle avait décidé d'acheter un appartement et de se débarrasser de la maison. Bien évidemment, elle serait régulièrement de retour en Angleterre pour rendre visite à Billy (elle avait résolu de ne pas l'envoyer dans une institution en Amérique parce qu'il était très bien où il était), et bien sûr elle reviendrait pour voir Richard, qui ne resterait pas éternellement en Écosse et risquait fort de se retrouver dans la capitale, voire à New York... Le monde était tellement petit de nos jours, n'est-ce pas, et voyager si facile. De fait, la seule difficulté résidait dans le fait que Mortimer ne pourrait pas l'accompagner lors de ses déplacements à cause des problèmes de quarantaine.

— Ses petits plats de chez Harrods vont lui manquer, dis-je.

Elle me répondit d'un ton allègre qu'il s'adapterait.

Pauvre Mortimer ! Dans mon petit logis, ce soir-là, je soupirai longuement en pensant au changement drastique qu'on nous imposait à tous les deux, mais la sonnerie du téléphone annonciatrice du troisième miracle retentit avant que j'eusse le temps de sombrer dans la mélancolie...

IV

J'étais seule dans la maison, Lady Cynthia étant sortie dîner avec son fiancé, et mangeai de la glace aux noix de pécan (j'avais fini celle au rhum et aux raisins) en regardant *Brookside* à la télévision.

— Allo ? fis-je en baissant le son. J'imaginai que ce devait être Francie puisque personne d'autre ne m'appelait. Je savais maintenant que j'avais gaspillé de l'argent en me faisant installer le téléphone, mais au début, je m'étais imaginée que j'allais vite maigrir et mener une vie sociale trépidante.

— C'est vous, Francie ?

— Pas cette fois-ci.

Je laissai tomber le pot de glace.

— C'est Nicholas Darrow, Alice. Est-ce que je vous dérange ?

— Donnez-moi une seconde. Je ramassai la glace et la posai sur la table. Puis j'éteignis la télévision et inspirai bien fort à trois reprises avant de reprendre le combiné en disant : Désolée. Non, vous ne me dérangez pas du tout.

— Bon, parce que j'ai quelque chose d'important à vous dire. Cynthia a annoncé à Lewis que vous n'alliez pas tarder à vous retrouver sur le marché du travail et je me demandais... Je me doute que vous pensez à un autre emploi à Belgravia, mais je me demandais quand même si... Est-ce que cela vous intéresserait de travailler parmi des gens qui ont un style de vie différent ?

J'entendis de nouveau le signal répétitif que j'avais vaguement perçu en voyant la carte de Lewis, mais cette fois-ci, ce n'était pas une trépidation à peine audible, mais un coup de trompette. Mentalement je vis se former une corde à plusieurs brins, souple et résistante, qui, peu à peu, m'encerclait comme un lasso lancé d'une main experte. J'en fus tout ébranlée au point que je perdis l'usage de la parole. Je ne pouvais que me laisser aller tandis qu'elle me traînait, centimètre par centimètre, des coulisses jusqu'au centre de la scène, d'une existence avortée à une vie d'abondance, réelle, celle dont j'avais toujours rêvé et je compris alors que je finirais par combler ce vide intérieur qui me torturait et mettre un terme à cette faim aussi insatiable qu'avilissante.

— Je voudrais que vous envisagiez de vous joindre à notre équipe en travaillant au presbytère comme cuisinière, disait Nicholas, et je peux vous assurer que nous ne serons pas en porte-à-faux...

V

Il n'avait pas fini, mais j'arrivais tout juste à saisir ce qu'il me disait. Quand je raccrochai finalement, je ne pouvais penser qu'une seule chose : c'était le miracle le plus stupéfiant de tous.

Il ne me vint même pas à l'esprit que cette proposition

pouvait être la suite logique d'une combinaison de circonstances. Plus tard, Nicholas m'expliqua pourquoi je semblais
la meilleure candidate pour ce poste et je vis clairement
que ce miracle n'était en fait qu'une conséquence naturelle
et prévisible, mais sur le moment, j'en restai abasourdie. Je
me disais que j'allais enfin faire partie d'une famille. Lewis
serait mon père d'adoption, Stacy mon petit frère et Nicholas... Bref, la seule chose qui comptait, c'était qu'il ne serait
pas mon thérapeute et moi, sa pathétique et masochiste
patiente lui avouant mes monstrueuses habitudes. J'allais
appartenir à une équipe, je serais estimée, respectée en faisant le travail que j'adorais. J'allais enfin m'intégrer quelque part.

La glace aux noix de pécan était toujours sur la table.
Je me levai résolument et allai la jeter dans la poubelle.

Ce geste me donna un sentiment de puissance au point
que l'euphorie me gagna. Des pensées romantiques commencèrent à affluer dans mon esprit, mais je me mis sévèrement en garde contre le risque de me comporter comme
une imbécile incapable de contrôler ses émotions. Personne ne saurait jamais combien j'aimais Nicholas. Je pré-
serverai son intégrité coûte que coûte, et puis de toute
façon, je ne demandais pas grand-chose. Je savais qu'il ne
m'aimerait jamais, alors je n'allais pas me torturer en espérant un avenir impossible. Je demandais juste à faire partie
de son équipe et à être traitée comme une vraie personne.
Je ne méritais pas plus que ça. Après tout, qui étais-je ? Une
grosse dondon qui savait cuisiner, rien de plus. Et comme
j'avais eu plus de chance que n'importe quelle grosse dondon était en droit de l'espérer, je n'allais pas gâcher cette
occasion extraordinaire de bonheur en jouant les écervelées
en mal d'amour.

Il n'y eut soudain plus l'ombre d'un doute dans mon
esprit qu'une fois au presbytère, je serais guérie de toute
souffrance, de toute anxiété et libre de vivre heureuse à
jamais dans un monde serein et sans entrave.

Je me croyais tellement réaliste, mais, aujourd'hui, en
y réfléchissant, il est évident que je me perdais encore dans
la plus périlleuse des utopies romantiques.

DEUXIÈME PARTIE

LEWIS

LA VÉRITÉ SANS FARD

« Le conseiller psychologique a pour souci principal le bien-être temporel de son patient. Il s'efforce de l'aider à reintégrer son environnement normal en y étant à la fois utile et satisfait. Le conseiller chrétien a ce même dessein en vue, mais il pose une question plus essentielle : À quoi sert ce bien-être temporel ? La vie n'est-elle pas un voyage ? Comment un homme peut-il être déterminé s'il ne sait pas où il va ?

Un homme qui ignore tout de son objectif ultime et de sa destinée n'est pas bien du tout, au sens chrétien du terme. »

Christopher Hamel Cooke
Healing is for God

Mercredi 17 août 1988

Nicholas a perdu la boule à propos d'Alice Fletcher, cette fille merveilleuse dont la cuisine est à se damner ! Après la messe du matin, alors que nous regagnons le presbytère, il me dit : « J'ai eu une idée géniale. » Il y avait des chances que ce soit vrai, alors je prends un air intéressé. Cela lui arrive effectivement de temps en temps, même si la plupart des idées qui germent dans son esprit sont de la folie pure. Il m'incombe toujours de l'aider à faire la distinction entre les deux.

— J'ai parlé avec Cynthia hier soir, s'exclame-t-il avec animation. Elle m'a dit qu'elle comptait annoncer officiellement ses fiançailles aujourd'hui, en commençant par Alice et la femme de ménage. Dès qu'elle a mentionné Alice, j'ai pensé que nous devions absolument profiter de l'aubaine. J'y ai encore réfléchi ce matin, j'ai prié et je suis cent pour cent convaincu maintenant...

Il veut embaucher Alice Fletcher comme cuisinière. Il est complètement zinzin. Toute femme occupant ces fonctions doit forcément être une vieille bique mais aussi une lesbienne invétérée.

Je lui réponds calmement, sur un ton raisonnable et rassurant à la fois :

— Non, Nicholas. Pas Alice. Non.

— Mais, après le déjeuner de Cynthia, vous ne tarissiez pas d'éloges sur elle !

Il est sincèrement abasourdi par ma réaction. C'est étrange comme cet homme intelligent, capable et très talentueux à maints égards peut être aussi aveugle qu'une chauve-souris (avec arrogance et la certitude trompeuse qu'il peut faire face à n'importe quelle situation) et bête comme un âne (avec cette complaisance absurde qui découle d'une trop grande confiance en soi). Est-ce mon imagination ou ces moments se multiplient-ils ?

J'aboie :

— Nicholas ! Cette fille est hétérosexuelle, vierge et prête à tomber éperdument amoureuse de vous — si ce n'est pas déjà fait ! Il est hors de question que vous viviez sous le même toit qu'elle.

Il s'arrête au pied des marches du perron et me regarde comme si j'étais à enfermer. J'ai envie de lui rappeler que les dix années que j'ai passées à l'hôpital psychiatrique de Barwick, j'étais aumônier et non pas aliéné.

— Le problème avec vous, me dit-il, c'est que pour ce qui est des femmes, vous êtes incapable de faire la différence entre un diamant et du verre ciselé. Je vous parle d'Alice. *Alice !* Vous ne vous êtes pas encore aperçu qu'elle n'avait rien à voir avec les groupies auxquelles nous avons affaire d'habitude ?

— Je suis prêt à admettre que c'est une enfant charmante, bien élevée, très douée pour la cuisine, mais...

— Elle a trente-deux ans !

— D'accord, ce n'est pas une enfant, c'est une femme. Mais reconnaissez tout de même qu'elle manque de maturité ! À vrai dire, c'est exactement le genre de fille romantique et en manque d'amour qui est le plus à même de succomber au charme d'un homme en soutane, charismatique et...

— Écoutez, oubliez tout ça un moment et efforcez-vous de voir, au-delà de vos idées préconçues, le parcours inhabituel qu'elle a suivi ces derniers mois. Alice a été mise sur notre chemin. Elle ne cesse de ressurgir dans nos vies, alors qu'elle a toujours répugné à accepter notre aide. Par ailleurs, nos rencontres avec elle ont permis d'établir que (a) c'est une fille intègre, (b) elle est intelligente et ne perd pas son sang-froid en situation de crise, (c) c'est une remarquable cuisinière. En combinant ces données, n'est-il pas évident que (a) c'est la femme idéale pour un emploi à plein temps au presbytère, (b) la seule que nous connaissons en qui nous puissions avoir pleinement confiance pour occuper ce poste, (c) et par conséquent la candidate idéale.

— Auriez-vous la gentillesse de cesser de me décliner l'alphabet et d'entrer dans la maison ? Je souhaiterais prendre mon petit déjeuner avant de tomber d'inanition !

— Mais, sérieusement, Lewis...

— Vous faites exprès de me balancer cette idée absurde quand je suis trop affamé pour penser clairement !

— ... Sérieusement, je suis sûr que c'est un plan judicieux. Et je ne pense pas seulement à nous, mais aussi à Alice. Elle a d'énormes qualités, mais le rejet de ses parents, sa tante incapable d'admettre ses émotions et son problème de poids qui l'a isolée socialement l'ont retardée dans son développement. Ce qu'il lui faut pour réaliser son potentiel, c'est une place au sein d'une communauté où elle se sente estimée et respectée. Dès lors, elle progressera rapidement, se construira une nouvelle vie et viendra à bout de sa boulimie...

— Je suis tout à fait d'accord pour qu'elle fasse tout ça, dis-je, me hissant en haut des six marches du perron en regrettant que les humains n'aient pas été dotés de hanches en plastique les mettant à l'abri de l'arthrose, mais je pense qu'elle devrait le faire ailleurs que sous notre toit.

Mais Nicholas est intarissable. Cela lui arrive de temps en temps quand ses dons de médium lui ont permis d'avoir une révélation qu'il croit d'inspiration divine. Je lui ai pourtant appris, il y a des années, à faire preuve d'humilité quand il essaie de discerner la volonté de Dieu, il est toujours capable de se prendre pour un gourou surtout lorsqu'il s'emballe pour une idée particulièrement douteuse. Raison de plus pour que ma présence lui soit précieuse. En plus de lui dire sans détour que tel ou tel projet est irréalisable, je le ramène sur terre quand il décolle un peu trop. Mon rôle consiste toujours à lui présenter la vérité sans fard, mais ce matin, ça n'a pas été facile.

— Je sais que j'ai raison, me lance-t-il d'un ton grandiloquent. Vous êtes obnubilé par le sexe, comme d'habitude.

Et fonçant dans la maison en me passant sous le nez, il se rue vers la cuisine sans même me jeter un coup d'œil par-dessus son épaule.

J'atteins enfin la dernière marche et souffle un peu

pour juguler la douleur avant de m'élancer derrière lui en boitillant, prêt à reprendre la bataille.

Dans la cuisine, je trouve Stacy qui s'est hâté de rentrer avant nous pour préparer le petit déjeuner, en train de mettre un bazar de tous les diables pour brouiller des œufs et faire frire du bacon. De la fumée s'échappe du grille-pain et on dirait que le percolateur est sur le point de pondre un œuf. Si trois hommes avaient besoin d'une cuisinière efficace, c'étaient bien nous !

— Si vous pouviez penser à autre chose qu'au sexe pendant un moment, me dit Nicholas, passant aussitôt à l'offensive tout en débranchant le toasteur et en secouant le percolateur avant de prendre en charge la préparation des œufs et du bacon, vous vous apercevriez tout de suite qu'Alice est parfaite.

— C'est absurde. En moins de vingt-quatre heures, elle vous vouera un culte de tous les diables, dis-je de ma voix la plus limpide.

— Aucun homme n'est un héros aux yeux de son valet ! cite Nicholas, un sourire amusé sur les lèvres, et il eut même le culot d'ajouter qu'il ne voyait pas de meilleur moyen d'empêcher Alice de m'idolâtrer que de l'inviter à vivre au presbytère afin qu'elle se rende compte à quel point il était ordinaire.

— Vous ? Ordinaire ? s'exclama Stacy, en s'arrêtant un instant de pêcher des braises au fond du grille-pain. Ne me faites pas rire ! Mais qu'est-ce que c'est que cette histoire à propos d'Alice ? Elle va vivre ici ! Quelle bonne idée ! Elle fait les meilleurs biscuits aux pépites de chocolat du monde.

Désespérant.

Je suis tellement furibard que je remplis mon assiette à ras bord, j'attrape une tasse de café au vol et file manger dans ma chambre. Assis sous le crucifix, j'imagine sombrement le Diable rôdant autour de nous, humant la possibilité d'un divertissement agréable et s'approchant déjà pour y regarder de plus près...

COMMENTAIRE

J'ai réagi trop fort. Je méritais certes le reproche affectueux de Nicholas : « Espèce de vieux bougre acariâtre ! »

quand il est venu faire la paix dix minutes plus tard, mais même si, de guerre lasse, je consens à son projet d'engager Alice, je continue à penser qu'elle représente un danger. (ai-je vraiment raison ? Se pourrait-il qu'à ma manière, je sois encore plus arrogant que Nicholas ? Pire encore, se pourrait-il que je projette mon arrogance sur Nicholas parce que je ne peux pas supporter de l'admettre moi-même ? Triple damnation !)

Mais non. Une fois calmé, je me mets à réfléchir rationnellement et je crois plus que jamais, en toute honnêteté, qu'embaucher Alice est un risque que nous ne devrions pas prendre. Puis-je compter sur Rosalind pour prendre mon parti et dire à Nicholas qu'une fille hétérosexuelle et vierge n'est pas le type de bonne qu'il faut choisir pour un homme qui provoque systématiquement une adoration béate chez les femmes vulnérables ? Non. Rosalind ne verra qu'une seule chose : Alice pèse au moins trente kilos de trop et qu'étant donné ce physique ingrat, elle n'aura aucun intérêt sexuellement aux yeux de Nicholas. Je présume en tout cas que telle sera sa réaction, mais Dieu seul sait ce qui se passe dans la tête de cette dame ! Je déteste ce type de blonde douceâtre qui se comporte à tout moment comme si elle briguait un rôle de dame de glace à la pantomime. Je ne serais pas étonné que sous la partie visible de l'iceberg...

Non. Halte là ! Voilà que je recommence avec ma misogynie et mes obsessions. Le pire, c'est que ce n'est pas la première fois ces temps-ci que je m'égare dans ce terrain miné. Que se passe-t-il dans le gouffre de mon inconscient ? Se pourrait-il que je rêve secrètement de coucher avec une femme dont je refoule l'identité parce que ce serait trop absurde ? Eh bien, une chose est certaine en tout cas : il ne s'agit pas de Rosalind !

Il est temps de discuter de ce problème avec mon directeur de conscience.

Jeudi 18 août 1988

Nicholas m'informe qu'Alice viendra mardi prochain au presbytère pour une entrevue. Il ne sert à rien d'espérer qu'elle repartira en courant après avoir jeté un coup d'œil à notre cuisine désuète.

Plus tard, dans la journée, je téléphone à Cynthia pour lui demander ce qu'elle pense du projet de Nicholas, mais elle ne répond pas. Cela n'a guère d'importance car je suis certain qu'elle approuverait, sachant qu'Alice serait traitée gentiment. Je prends le temps de méditer quelques instants sur le cas de Cynthia. Je me suis toujours identifié avec elle car, comme elle, j'ai été marié à une personne alcoolique, mais à cet instant, ce sentiment est atténué dans la mesure où j'ai cédé à l'envie de lui en vouloir. Je me dis que tout le problème avec Alice vient d'elle. Après tout, si elle n'avait pas perdu la boule elle aussi et proposé de faire don de sa maison au centre de guérison, nous ne serions pas en mesure de nous permettre une cuisinière. Et si son Yankee ne déraisonnait pas autant qu'elle au point de lui dire qu'elle pouvait nous faire cadeau de tout le quartier de Belgravia si cela lui chantait, nous n'en serions pas là. Seulement, c'est un multimillionnaire qui peut se permettre d'ignorer les bénéfices de la vente d'une des rares propriétés foncières libres de Eaton Terrace, Cynthia est déterminée à faire ce geste insensé pour nous remercier de l'aide que nous lui avons apportée par le passé, et Nicholas, en dépit de mes mises en garde contre les cadeaux extravagants de femmes fortunées, ne voit aucune raison de ne pas se rendre complice de cette « folie à deux » en se pliant aux moindres caprices de Cynthia.

Il m'arrive de penser que Nicholas est trop désinvolte dans ses relations avec les femmes. Je le trouve trop empressé à accepter ce don d'une femme présentement déséquilibrée par l'amour. Je suis heureux, bien sûr, qu'elle ait enfin déniché l'homme qu'il lui fallait et crois sincèrement que ce mariage était la meilleure chose qui puisse survenir dans sa vie, mais, tout de même, quand je vois une femme éprise à ce point, je ne peux pas m'empêcher de me demander si la classification juridique des femmes parmi les déments, en vigueur au dix-neuvième siècle, ne se justifiait pas au fond.

Mais je devrais rayer cet ultime commentaire puisque, de nos jours, tout le monde, y compris Mrs Thatcher, opine du bonnet quand on parle de l'ordination des femmes, puisque ces cinglés de la Conférence épiscopale de Lambeth en viennent même à évoquer l'éventualité d'évêques du sexe faible (et puis quoi encore ?), cela ne se fait pas de railler, même en plaisantant, une portion de la race humaine à l'exception des hommes blancs d'origines anglo-saxonnes. Cela ne me plaît pas du tout, et pas seulement parce que j'appartiens à la catégorie sus-mentionnée. Cela ne me plaît pas pour la bonne raison que cette attitude a pour effet de flanquer une calotte à la vérité et d'imposer la censure sous prétexte de protéger les opprimés. Dieu merci, dans ce journal au moins, je peux dire ce que j'ai envie de dire tant que je l'écris en quête de la VÉRITÉ avec un V majuscule.

COMMENTAIRE

Voyons les choses en face : la page qui précède me montre sous mon jour le plus sexiste, selon la formule de Val. Sous le couvert de promouvoir la vérité, j'ai sous-entendu que toutes les femmes sont essentiellement dérangées en faisant, qui plus est, des remarques désobligeantes à l'encontre des évêques de la Conférence Lambeth. Que se passe-t-il à la fin ? Il ne fait plus aucun doute maintenant que je suis la proie d'un regain de misogynie, mais je ne sais toujours pas ce qui a provoqué ce nouvel accès.

Bon, essayons d'en avoir le cœur net. Chaque fois que j'ai une crise d'anti-féminisme, c'est la preuve qu'une petite faille a fait son apparition sur la surface plane de ma vie de célibataire. Quand a-t-elle surgi ? Le plus étrange, c'est que, si c'est aujourd'hui seulement que j'en ai pris suffisamment conscience pour consigner ce malaise ici dans mon journal, j'ai l'impression qu'il dure en réalité depuis plusieurs semaines. Peut-être davantage, quoique je l'aie refoulé.

Saloperie ! Ce sont les pires choses que l'on refoule. Que m'arrive-t-il, bon sang ? Se pourrait-il qu'au fond de moi, je rêve de séduire Cynthia et de liquider Woodbridge ? Non. Elle n'est pas mon genre. Pas assez peau de vache. Pas peau de vache du tout en fait. Il est vrai qu'elle est absolument superbe en ce moment et c'est une femme après tout... Mon Dieu, j'ai raison, mon problème est d'ordre sexuel. Sacrebleu ! (Je ne dois pas compliquer le problème en sombrant dans le blasphème.) Cessons de radoter, ce qui peut être un signe de sénilité précoce. Quand j'y pense, elle n'aurait rien de précoce. Enfer et damnation ! Je déteste la vieillesse. (Incidemment, devrais-je revoir mes habitudes et classer cette imprécation parmi les blasphèmes ? Non. Pas en 1988. Je vais continuer à m'autoriser à écrire ce mot quand je suis sous pression.)

Bon, que faut-il conclure de tout ça ? J'ai déterminé que j'avais un problème sexuel, ce qui est de mauvais augure étant donné que, pour commencer, mon directeur de conscience est nul dans ce domaine. Je ferais peut-être bien de me débarrasser de lui ou de prendre rendez-vous à la London Clinic pour me faire castrer. Ou de tomber raide mort. Mais je ne me remarierais, jamais, jamais, jamais ! J'ai toujours dit que je ne me remarierais jamais tant que Diana est en vie. Et quelle excuse parfaite cela m'a donnée pour éviter de m'engager de nouveau ! Mais en tant qu'anglo-catholique, j'estime sincèrement qu'un prêtre divorcé ne devrait pas convoler une deuxième fois.

Sincèrement ?

Oh, damnation, damnation, damnation !

Bon, calme-toi. L'explication la plus simple, c'est que Cynthia et Woodbridge réveillent en moi des souvenirs de ma vie sexuelle avec Diana. Mais alors pourquoi ce nouvel accès de misogynie aurait-il surgi bien avant que Cynthia m'annonce ses fiançailles ? Cette nouvelle a peut-être provoqué une prise de conscience du malaise en me faisant penser au sexe, mais je suis prêt à parier une forte somme qu'il ne vient pas de là.

Autre explication : se pourrait-il que ce malaise soit l'expression voilée d'un titillement prémonitoire, une perception extrasensorielle m'informant d'un danger imminent ? (Je projette peut-être ce péril inconnu sur les femmes en en faisant des démons.) Non, la seule chose qui me provoque des titillations, c'est ma fichue hanche, et puis de toute façon, dans le ministère de la guérison, le danger rôde toujours, c'est normal. Un seul faux pas, et le Diable fiche tout en l'air en un temps record. C'est précisément la raison pour laquelle on doit se connaître à fond et affronter la vérité afin de comprendre ce qui se passe ; plus on en sait, moins on court de risques de faire une erreur et de passer à la trappe.

Je continue à aimer le danger de ce ministère, bien sûr, cela me stimule même. Je n'oublierai jamais lorsque je faillis mourir d'ennui du temps où j'étais marié et travaillais dans une paroisse ordinaire... Damnation, voilà que je recommence à penser à Diana, à mon mariage, au sexe ! Quelle ironie quand je songe maintenant que, dans ma jeunesse, je m'imaginais que, passé soixante ans, un homme ne s'intéressait plus le moins du monde à la copulation...

En tout cas, il est clair comme de l'eau de roche que je ne peux plus retarder l'instant fatidique. Le moment est venu de lâcher le morceau à mon directeur de conscience.

Vendredi 19 août 1988

Je vais devoir jeter mon directeur de conscience. Simon est très doué pour la prière et il m'a donné un sérieux coup de main durant ce passage à vide l'automne dernier. Il apprécie les mêmes textes de dévotion classiques que moi. Il se rend compte du combat acharné que je mène contre mes fantasmes et fait preuve de tolérance quand je deviens pédant et me mets à radoter à propos de mon grand-oncle Cuthbert. Pour ce qui est du sexe, en revanche, il est vraiment nul. Bon sang, il pense que je rêve inconsciemment de coucher avec Alice et que c'est la raison pour laquelle je prends une suée quand on me parle de l'embaucher ! Je lui réponds froidement (je ne peux pas me permettre d'être en colère ou il pensera qu'il est en plein dans le mille) : « Merci, mais les vierges de la classe moyenne n'ont jamais été mon genre. » Il s'abaisse alors à des niveaux d'idiotie sans précédent en commentant : « C'est probablement regrettable. »

Désespérant ! J'ai envie de lui flanquer une baffe. Mon grand-oncle Cuthbert l'aurait probablement fait, il a toujours aimé gifler les gens, mais, évidemment, il a vécu à une ère plus coriace où les gens que l'on frappait ne se mettaient pas automatiquement à hurler : « Sadique ! » avant de se précipiter chez l'assistante sociale la plus proche. Qu'aurait-il pensé de cet ultime fiasco spirituel ? En un sens, tout est de sa faute. Je ne cesse de me débarrasser de mes directeurs de conscience parce qu'ils ne comprennent jamais aussi bien que lui. Quel drôle d'oiseau c'était ! Je me demande ce qu'il pensait vraiment du sexe en dépit de ses sermons ronflants sur le sujet.

Sapristi ! Voilà que je recommence à rabâcher sur le sexe ! Pourquoi est-ce que je n'arrive pas à me reprendre en main ?

Après avoir traîné à la maison dans un état de déprime profond, je fais mes confidences à Nicholas. Il me décoche un de ses regards limpides et graves en me disant : « Le moment est peut-être enfin venu pour vous d'envisager de choisir un directeur de conscience de l'autre sexe. »

Je hurle : « Il n'est pas question que je parle de ma vie sexuelle à une foutue femme ! », mais ma phrase à peine achevée, je sais que je suis dans les fantasmes jusqu'au cou et furieux, je beugle : « Bordel de merde ! » avant de regagner ma chambre en quatrième vitesse. Ignoble ! Que faire ? Je suis désespéré.

Nicholas arrive. Il m'étreint une seconde, puis s'assoit à côté de moi et attend. C'est là qu'il est vraiment doué. Il peut communiquer énormément de choses en restant simplement là — inquiétude, soutien, compassion, camaraderie, solidarité fraternelle. Tout. J'ai tellement de chance de l'avoir dans ma vie. Ça m'est égal maintenant de ne pas avoir de fils. Je ne me serais probablement pas entendu avec lui si j'en avais eu un et il n'aurait certainement jamais pu m'apporter autant que Nicholas. Il m'épaule quand je vais mal, s'occupe de moi quand je suis perdu, me pardonne quand je fais preuve d'une impardonnable stupidité. J'ai décidément plus de chance qu'un vieux bonhomme grincheux mérite d'en avoir.

— C'est ma hanche, dis-je finalement. Elle me fait souffrir aujourd'hui.

Il ne me dit pas de me la faire remplacer. Il se contente de hocher la tête et attend.

— Bon, j'ajoute, ce n'est pas ma hanche. Je ne me suis pas encore remis de mon nouvel accès de misogynie, d'autant plus que je n'arrive pas à situer l'incident qui l'a déclenché. Je suis certain que les fiançailles de Cynthia n'ont rien à voir là-dedans, et quoi qu'en pense Simon, rien à voir non plus avec Alice. Même si je reconnais que je continue à m'inquiéter à l'idée qu'elle s'installe au presbytère...

— Bon, arrêtez-vous là et essayons d'analyser votre angoisse sous un autre angle. Si l'explication psychologique de Simon vous paraît superficielle, qu'est-ce qui vous rend anxieux précisément au sujet d'Alice ?

Encouragé par cette réprobation du diagnostic de mon directeur de conscience, je réponds sans hésiter :

Je suis sûr qu'en un rien de temps, elle s'attachera beaucoup trop à vous, auquel cas toutes ses émotions réprimées tourbillonneront alentour au niveau psychique et empoisonneront l'atmosphère. Alice est une merveilleuse jeune femme, aussi admirable que vous le dites, mais si ses sentiments pour vous ne sont pas absolument neutres, le Diable peut se servir d'elle comme d'un cheval de Troie pour s'introduire dans St Benet et détruire notre ministère.

— C'est vrai.

Nicholas tient à me signaler qu'il prend mon objection très au sérieux. Il ne réagit même pas à mon jargon religieux vieux jeu qui exprime à mon avis la réalité bien mieux que le psycho-bla-bla-gnangnan qui tourne autour du pot, si populaire parmi les ecclésiastiques libéraux de nos jours. Il marque une pause pour me laisser le temps de prendre la mesure de son sérieux, puis me dit d'un ton raisonnable :

— Croyez-vous vraiment que je n'y avais pas pensé ? Écoutez, si j'ai l'impression qu'elle ne peut pas faire face à la situation, je lui trouverai une autre place sans difficulté — pour son bien, comme pour le nôtre. Et si les choses vont de travers, nous le saurons bien assez tôt.

Je commence à me sentir mieux. À dire vrai, je me sens tellement mieux que je parviens même à dire : « Mais si Alice n'y est pour rien dans mon dernier accès de misogynie, qu'est-ce qui a bien pu le déclencher ?

— Simon vous a-t-il fait part de ses théories ?

— Non, il n'y connaît rien dans le domaine du sexe. C'est une horreur ! Il est pathétique. Totalement inutile.

— Ce n'est pourtant pas la première fois que vous abordez la question avec lui !

— Si. Depuis deux ans que je le consulte, j'ai réussi à me maintenir en équilibre de sorte que je n'ai pas eu à le mettre à l'épreuve.

— Dans ce cas, êtes-vous sûr qu'il est si inadéquat ? Il me semble curieux qu'un directeur de conscience expérimenté soit nul dans un domaine aussi vital. Il a quatre-vingts ans, d'accord, et il est célibataire, mais...

— Croyez-moi, Nicholas...

— Il est nul. Entendu. Je vous reçois cinq sur cinq.

Nicholas réfléchit un moment. Je sens qu'il veut prendre le risque d'essayer de m'aider à débrouiller l'écheveau, mais il est sur une pente glissante, car nous savons l'un et l'autre que nous sommes trop proches pour nous conseiller mutuellement ; Nicholas sait aussi très bien qu'il ne doit pas usurper le rôle joué par Simon, mais il est tout de même très tenté de plonger une sonde filiale — ou plutôt fraternelle — dans mon âme. Nicholas me considère toujours comme un frère plutôt que comme un père. Tant mieux. Cela me force à rester à ma place et fait échec à toute velléité que je pourrais avoir de me comporter comme un vieux sentimental qui n'a jamais eu de fils. Mon grand-oncle Cuthbert a cédé au sentimentalisme avec moi à la fin, et ça ne m'a pas plu du tout. Tous ces sermons m'enjoignant à lui emboîter le pas dans l'existence en me faisant moine ! Pas étonnant que je me sois rué sur la première fille sur laquelle j'ai pu mettre la main dans un abri anti-aérien.

— Nous devrions peut-être aborder ce mystère sous un angle totalement différent, dit-il pour finir d'un ton circonspect. Quand vous êtes-vous dit pour la dernière fois : « Je refuse de me faire mettre une prothèse de la hanche » ?

— Vous débloquez ! Mais je sais qu'il a raison. Faiblement, je bredouille : Je ne vous parle pas de ma foutue hanche.

— Entendu. Mais Simon vous a-t-il jamais posé la question ?

— Quelle question voulez-vous qu'il me pose ? fis-je en m'efforçant de me calmer et de répondre avec désinvolture. Cette hanche m'agace, mais il n'est pas question que je me fasse mettre une prothèse. Dans les hôpitaux, on attrape toutes sortes d'infections et on a une chance sur deux d'en ressortir les pieds devant.

— Vous ne le croyez pas vraiment ?

— Oh, allez vous faire voir ! dis-je avec un manque de gratitude évident, mais il m'a énervé. Vu que mon motif pour refuser une prothèse est tellement pathétique de la part d'un prêtre chrétien, une telle preuve de manque de confiance en Dieu, que j'ai profondément honte. Cela me regarde !

— Entendu, répond Nicholas d'un ton toujours aussi calme, mais cela me fait de la peine de vous voir souffrir et de constater que votre travail pâtit à cause d'un pépin de santé que vous pourriez aisément régler. Et puis j'ai l'intuition...

— Je n'en doute pas. Vous êtes le roi des intuitions, et certaines sont de la folie pure...

— Et d'autres en plein dans le mille ! Vous n'arrivez même pas à me parler de la dernière fois où vous vous êtes dit : « Je refuse d'avoir une prothèse » !

— Je ne me souviens pas de me l'être dit récemment.

— Pas même il y a cinq ou six semaines ?

Je le dévisage. Il fixe à son tour sur moi un regard doux qui ne révélait rien de ses sentiments.

— Eh bien, je l'ai peut-être pensé après le déjeuner chez Cynthia, avouai-je d'un ton bourru. Et alors ? Ça n'a rien à voir avec mon malaise. Nous avons déjà établi que je n'avais aucune envie de coucher avec Cynthia.

— Je dois être sur la mauvaise piste dans ce cas, hein ! dit-il d'un ton vague, après quoi il se glisse hors de la pièce en me laissant plus déconcerté que jamais.

COMMENTAIRE

Nicholas m'a certainement asticoté l'âme. Je sais que j'ai le devoir d'être aussi en forme que possible afin de servir Dieu au mieux de mes capacités ; je sais aussi que je devrais faire remplacer cette fichue hanche. Mon grand-oncle Cuthbert ne pouvait pas bénéficier de cette intervention, le pauvre vieux ! mais je vis à la fin du vingtième siècle, et non pas au début, et la médecine a fait des progrès considérables dans le domaine de l'arthrose. Je n'ai pas à supporter non plus la réputation d'acariâtre que j'ai acquise à mesure que la douleur s'est intensifiée. De fait, si je me fais mettre une prothèse, il se pourrait même que je devienne un vrai saint rayonnant de douceur et de lumière ! Quelle pensée agaçante — certainement moins agaçante que d'imaginer ce que je serais capable de faire si j'étais tout à fait mobile, sans l'entrave de la souffrance et bondissant gaillardement comme un homme de dix ans mon cadet.

La vérité, que je n'ai pas été capable de consigner par écrit jusqu'à présent, est que mon handicap physique actuel m'a servi de ceinture de chasteté ! Au lieu de jouer franc jeu avec Dieu, comme un prêtre devrait le faire, en comptant sur Sa grâce pour me maintenir discipliné, heureux et productif, je me cache tristement derrière mon arthrose — comme Nicholas n'a pas manqué de le noter. Et puis est-ce que je pense sérieusement qu'une vie de célibataire réussie a quoi que ce soit à voir avec le fait de refouler ainsi mes problèmes en me retrouvant du même coup physiquement handicapé, mentalement mal à l'aise et spirituellement dans la panade ? Non. Une vie de célibat accomplie est une affaire de sublimation, et non de répression, à des lieues l'une de l'autre. La répression revient à refuser de penser au sexe, en étouffant ses impulsions sexuelles et en étant perpétuellement fatigué — pour ne pas dire névrotique ! — parce que cela prend une énergie mentale considérable de se convaincre que personne n'a d'appareil génital. En revanche, la sublimation consiste à affronter la question, à admettre sans détour nos impulsions sexuelles et à trouver, par la grâce de Dieu, un moyen de dépenser toute cette énergie créativement, de manière productive, d'une façon ou d'une autre, ailleurs que dans une chambre à coucher.

Ajoutons, histoire de se remonter un peu le moral, que, dans le passé, j'ai connu de nombreuses années de célibat parfaitement sereines, en harmonie féconde avec Dieu, ce qui m'a permis d'accomplir efficacement la mission qui est la mienne. Je ne me sentais certainement pas tourmenté par le sexe à l'époque — ni même vaguement aiguillonné. J'étais en faveur du sexe, bienveillant même, sans être tenté. Pourtant je vois clairement maintenant que mon bel équilibre s'est peu à peu effrité et ma sublimation est prête à tomber dans la répression. Correction : *est tombée*. Une fois que la relation avec Dieu a dévié — une fois que la personnalité se désagrège, le sexe devient une menace et les femmes, l'ennemi juré.

Pas très édifiant tout cela ! Pour être honnête envers Simon, je dois avouer qu'il a bel et bien essayé de me faire parler de ma hanche et de la raison inavouable pour laquelle je tiens à la garder en l'état. Mais je l'ai fait taire. Pourquoi est-ce que je n'arrive jamais à trouver un directeur de conscience disposé à faire le ménage avec moi comme mon grand-oncle Cuthbert autrefois ? Pour la bonne raison que, de nos jours, ces gens-là ne sont pas supposés faire le ménage avec qui que ce soit, voilà la réponse, mais que dire d'un monstre comme moi qui continue à être un monstre jusqu'à ce que quelqu'un ait les c... de se servir de lui comme serpillière ?

Au moins, Nicholas, lui, a eu les c... de m'administrer une raclée, métaphoriquement parlant. À juste titre ! J'avais besoin d'une bonne correction pour m'obliger à affronter le problème, mais, même si je reconnais maintenant que ma vie de célibataire n'est pas seulement perturbée, mais pathétiquement inadéquate, je n'ai toujours pas résolu la question de savoir ce qui a provoqué ce nouvel accès de misogynie chez moi !

Lundi 22 août 1988

Une bombe a éclaté, m'ébranlant jusqu'aux fondations de mon être. Je reçois un coup de téléphone de la police me demandant si je suis le mari de Mrs Diana Hall. Je réponds : « ex-mari », mais ils n'en ont rien à faire du « ex ». Il s'avère que Diana a eu une crise cardiaque dans la rue (devant chez Harrods, évidemment). On l'a conduite d'urgence à l'hôpital. Mon nom et numéro de téléphone figuraient en première page de son agenda à l'emplacement indiquant : « Personne à prévenir en cas d'accident. »

Quelle tristesse de penser qu'il ne lui reste plus aucun ami proche capable de la supporter ni parents anxieux d'avoir de ses nouvelles. Quelle tristesse que la seule personne qu'elle ait pu citer fût moi, l'époux pour lequel elle n'éprouve que du mépris et dont elle était si impatiente de se débarrasser. Bien sûr, elle aurait pu mentionner Rachel, mais il semble qu'elle ait eu la décence d'épargner à son unique enfant un coup de fil de la police au cas où il lui arriverait quelque chose. Est-ce possible ? On a de la peine à s'imaginer Diana généreuse, d'autant plus que Rachel et elle ne s'entendent plus depuis des années.

En y réfléchissant, je me rends compte qu'il y a beaucoup plus de chances que Diana m'ait nommé parce qu'elle savait qu'en tant que prêtre, je serais toujours là pour recoller les morceaux et parce que cela l'amuse de me filer les chocottes, cette chipie ! Non, non, je ne dois pas dire ça, ni l'écrire ! Pauvre Diana ! Je ne veux même pas penser à la part de responsabilités qui me revient dans l'existence gâchée et misérable qui a été la sienne. Quand quelqu'un casse sa pipe, son entourage proche devrait toujours examiner de près le passé pour déterminer le rôle que chacun a joué dans le fiasco. Rares sont les gens qui le font, bien sûr. Trop douloureux. Mais tout le monde devrait essayer.

En arrivant à l'hôpital, je la trouve morte. Du coup, je n'ai même pas la possibilité de lui dire pardon pour la dernière fois. C'est aussi bien. Elle m'aurait craché à la figure de toute façon. Drôle que j'aie toujours pensé qu'elle mourrait d'une cirrhose et pourtant, la voilà terrassée par une crise cardiaque.

Debout à son chevet, j'essaie de dire une prière, mais rien ne vient. Je dois être sous le choc. Je ne pense plus qu'à ce baiser fulgurant dans l'abri et au moment où je lui ai fait l'amour un peu plus tard, après la fin de l'alerte, sur le carrelage de la cuisine, dans la maison vide de ses parents à Upper Grosvenor Street. La folle et nébuleuse époque de la guerre... C'était après la mort de mon grand-oncle Cuthbert en 1940, bien sûr, et avant que je sois ordonné prêtre. Quand je pense à ce que je faisais de mes journées avant mes vœux...

Plus facile de penser à ça qu'à mon mariage. Diana enrageait quand je suis entré dans les ordres. Elle détestait aussi la dimension télépathique de ma personnalité, sans jamais comprendre que le fait d'être ordonné m'avait permis d'exploiter enfin ce don périlleux dont je disposais en l'utilisant pour servir Dieu et les autres. Elle n'a jamais compris la portée du christianisme non plus. Tout cela est de ma faute, je le sais maintenant. Je n'ai pas su lui communiquer la nature sublime, vitale de mes croyances spirituelles. Elle voulait que je reste le jeune soldat un peu canaille qu'elle avait rencontré dans un abri anti-aérien. Elle ne pouvait pas admettre que si j'avais continué cette existence dévoyée, mes tendances autodestructrices et ce pouvoir psychique potentiellement fatal m'auraient achevé en un rien de temps !

Je n'ai jamais pu vraiment parler de ce grand miracle à Diana. Je n'ai jamais pu lui parler de quoi que ce soit d'ailleurs. Je l'ai déçue en tant qu'époux, mais aussi en tant que prêtre. Je n'aurais jamais dû l'épouser. Au bout d'un moment, je me suis lassé d'elle au lit de toute façon ! Un désastre. Chaque fois que je repense aux échecs cuisants de mon mariage, j'ai envie de me taper la tête contre le mur, de désespoir.

Bref, je sors de l'hôpital, je me traîne à la maison (ma hanche me fait un mal de chien !) et j'essaie de trouver Nicholas, mais il est parti en mission, je l'avais oublié, et ne sera pas de retour avant demain soir. Je ne sais quel évêque voulait qu'il résoude un problème que l'exorciste du diocèse n'a pas pu régler. Il semble que nous ayons de plus en plus de requêtes de ce genre en ce moment. Nicholas est consultant auprès de plusieurs diocèses et il prétend que le secteur paranormal est en plein essor.

Personne au presbytère. Il est six heures. Trop tard pour retourner au boulot. Je suis sur le point de me verser une bonne rasade de whisky quand Stacy pénètre dans la cuisine en faisant claquer ses talons, accompagné du représentant en vin de messe ; il m'annonce qu'ils vont prendre une tasse de thé. Je grommelle : « Pas aujourd'hui » et le représentant s'enfuit sans demander son reste. Agacé, Stacy me demande : « Qu'est-ce qui vous arrive encore, pour l'amour du ciel ? » et j'ai envie de lui flanquer une baffe. Jeune insolent ! (Je suis très inquiet au sujet de Stacy, mais je ne veux pas consigner mes motifs ici pour le moment.) Je dis : « Ma femme est morte. » Il est choqué, marmonne des excuses. C'est un bon garçon en réalité, mais je ne pense pas que le ministère de la guérison lui convienne et je commence même à me demander s'il a bien fait de se faire ordonner. Je lui commande un whisky, un double. Il s'exécute, très efficacement. Il aurait peut-être dû être barman.

Après deux doubles whiskies, je serre les dents et je vais dans ma chambre appeler Rachel, loin d'ici, quelque part dans le Nord. Elle décroche. Je lui annonce la nouvelle. Je suis un prêtre, j'ai l'habitude de ce genre de choses. Je travaille dans un ministère de la guérison. Je devrais être capable d'accomplir cette tâche, difficile certes, à laquelle je suis cependant habitué, les yeux fermés en faisant le poirier. Alors que m'arrive-t-il ? Je me fous complètement dedans. Rachel éclate en sanglots. Des gémissements s'ensuivent, puis des cris provoqués par le chagrin, mais surtout la culpabilité : « Maman chérie » (qu'elle évite depuis un bon bout de temps), « quelle tragédie ! », « tout est de ma faute ».

Je ne pense plus qu'à me servir un autre whisky et j'attends qu'elle raccroche, mais elle ne raccroche pas. À la place, mon beau-fils s'empare du combiné et s'exclame avec sa subtilité coutumière : « Merci, Lewis, d'avoir bouleversé ma femme en y mettant comme d'habitude tout votre talent », puis il interrompt brutalement la conversation avant que je puisse répliquer.

Cinq minutes plus tard, alors que j'en suis à mon deuxième double whisky, il me rappelle. C'est un prêtre très capable, un évêque vicaire accompli et, de temps à autre, il réussit même à être un bon chrétien. « Je m'excuse d'avoir été aussi brutal tout à l'heure », dit-il d'un ton dégagé. Il est beau parleur, Charley, il a la langue déliée. Un véritable orateur. « J'étais inquiet pour Rachel. Elle est si secouée. C'est une bien triste nouvelle, pauvre Diana ! Cela a dû être un choc pour vous et je suis désolé. Puis-je faire quoi que ce soit pour vous aider ? »

Restez où vous êtes, Charley, c'est tout ce que je vous demande. Résistez à la tentation de prendre les choses en main, selon votre habitude. Évitez de faire irruption sur la scène du drame pour une fois.

— Prenez soin de Rachel, dis-je à voix haute.

— Naturellement. Il devient immédiatement froid comme un glaçon. Je sais qu'il me reproche tous les problèmes de Rachel.

Puis mes pires craintes deviennent réalité lorsqu'il s'arme à nouveau du bâton pastoral en respirant l'efficacité évangélique.

— Bon, laissez-moi m'occuper de tout. Je m'arrangerai pour venir à Londres dès demain afin d'organiser les funérailles. Je suis sûr que vous avez besoin de reposer votre hanche.

Salopard ! Usurpateur ! Il me traite comme si j'étais de la racaille, un défroqué incompétent, en insistant lourdement à propos de ma hanche, sous-entendant que je ne suis plus qu'un vieillard bon à rien... J'ai envie de lui foutre mon poing sur la gueule.

Il m'agace tellement que je lui raccroche au nez à mon tour et j'essaie de joindre Nicholas, mais la femme de l'évêque me répond qu'elle ignore où il est.

Je reste dans ma chambre, j'écris mon journal et en silence, je me soûle inexorablement.

COMMENTAIRE

Quelle honte ! En dehors du fait qu'un prêtre ne devrait pas s'enivrer comme un imbécile, je me conforme ni plus ni moins à l'image que Charley a de moi, celle d'un prêtre *has been* et inutile, et ce manque absolu d'autodiscipline me rend encore plus furibard.

Seigneur tout-puissant, je vous en supplie, pardonnez-moi toutes mes terribles déficiences en tant qu'époux et père, et toutes les souffrances que j'ai pu infliger à ma femme et à ma fille par le passé. Pardonnez-moi aussi de ne pas être plus reconnaissant du fait que Rachel ait un mari fidèle et dévoué. Pardonnez-moi de m'être soûlé et de n'être qu'un vieil imbécile. Je vous en prie, accordez-moi la grâce de m'améliorer à l'avenir. Je vous demande tout cela au nom de votre Fils, notre Seigneur Jésus-Christ. Amen.

Mardi 23 août 1988

J'ai rêvé de Churchill faisant le signe de la Victoire. Après quoi je me suis vu en train de dessiner un grand V (celui de la Victoire, je présume) dans le sable sur une plage déserte. Je suppose que la mort de Diana a fait remonter les souvenirs de notre amour de guerre à la surface. Je me réveille avec l'impression d'être l'intérieur d'une botte de clochard. Enfer et damnation !

Je m'arrange pour que Stacy célèbre le service de huit heures à ma place. Il s'exécute à la manière de Laurence Olivier jouant du Shakespeare : une interprétation séduisante, mais outrée. Je devrais lui dire deux mots après coup, mais j'ai peur de mal m'y prendre.

Durant la matinée, je vois quelques patients, mais je ne suis pas très bon. Quand j'arrive à l'église pour l'Eucharistie, à l'heure du déjeuner, c'est le soulagement — bien qu'il aille en s'amoindrissant quand un ivrogne se pointe et beugle un blasphème pervers à propos de la Vierge Marie. Deux Bénévoles le cernent et l'entraînent vers la crypte pour lui donner de la soupe et des sandwiches. En parlant avec lui, un peu plus tard, je découvre qu'il est passé à travers les mailles du filet de l'aide sociale que notre gouvernement, vénérant les principes du « sauve qui peut » et du « chacun pour soi », s'est acharné à détruire. Je le confie à Daisy et la laisse téléphoner aux différents services afin de voir ce qu'on peut faire.

Puis Francie demande à s'entretenir avec moi. Nous nous retirons dans mon cabinet de consultation. Elle se met à sangloter. Son mari l'a encore frappée. Ça ne se voit jamais, bien entendu. Il faut une brute bourgeoise pour battre sa femme avec suffisamment de ruse pour ça. Je doute que ce mariage tiendra le coup bien longtemps, mais c'est à elle de le dire, pas à moi. Je ne peux qu'écouter avec compassion et lui passer des Kleenex.

Je retourne au presbytère à cinq heures et demie et en entrant dans la cuisine, j'y trouve Nicholas. Dieu soit loué ! Il est en train de fourrer des chemises dans la machine à laver et semble ailleurs, alors j'évite de me lancer sans préambule dans la litanie de mes ennuis. Je l'interroge sur le dernier phénomène paranormal en date, qui s'est révélé n'être qu'un cas de routine dans un HLM. Puis il veut savoir ce qui s'est passé au centre de guérison ; je lui fais un bref résumé, mais je m'aperçois qu'il ne m'écoute pas. Ce n'est pas vraiment surprenant ; on se sent souvent comme un zombie après un exorcisme.

Pour le tirer de sa torpeur, je lui dis que Venetia Hoffenberg a téléphoné à deux reprises et je feins d'ignorer qui elle est. « Pourquoi le prénom de Venetia me rappelle-t-il les années soixante ? » je lui demande d'un ton faussement innocent, histoire de lui rappeler l'époque antérieure à son ordination où il traînait avec sa bande de noceurs. Mais à l'instant où il retrouve sa concentration, la sonnerie du téléphone retentit.

C'est Venetia en personne, et cette fois-ci, elle a au bout du fil l'homme qu'elle voulait. Pendant que Nicholas répond, je me sers un verre tout en me remémorant la scène qui s'était déroulée chez Cynthia quelques semaines plus tôt, quand Venetia ivre morte m'avait fait des avances que j'avais repoussées. « Ce n'est pas mon vicaire, disait Nicholas, mais mon collègue au centre de guérison. » Venetia le sait pertinemment, bien sûr. Elle cherche juste à me minimiser afin de pouvoir m'effacer plus aisément de sa mémoire.

Je pense toujours aux événements de ce premier dimanche de juillet quand Nicholas raccroche enfin et, à mon grand étonnement, je découvre alors qu'il est dans un état d'excitation extrême. « C'est la seule femme que je connais capable de reconnaître une citation de Wittgenstein ! » s'exclame-t-il d'un air hébété.

Je me dis : Qui a besoin d'une femme comme ça dans sa vie ? Mais je refoule cette question sexiste, ultime manifestation de ma poussée de misogynie récente, et parviens à marmonner une réponse aimable avant de demander ce qui se passe.

Il s'avère que par une coïncidence extraordinaire, Nicholas a rencontré Venetia alors qu'il se dirigeait vers la cathédrale du coin pour recharger ses accus. En plus de l'accompagner à l'office du soir, elle lui a promis de venir au centre.

C'est incontestablement une bonne nouvelle qui tendrait à prouver que Venetia est prête à se faire aider ; d'un autre côté, il se peut qu'elle ait été motivée par une simple impulsion et rien ne prouve qu'elle tiendra sa promesse. Je songe à la relation inhabituelle qui lie Nicholas et Venetia, et ce n'est pas la première fois. Il y a une affinité entre eux qui n'est pas fondamentalement d'ordre sexuel, même si comme toujours dans le cas d'une amitié entre un homme et une femme hétérosexuels, la dimension sexuelle existe, parfois avec des conséquences désastreuses, d'autres fois pas du tout. Je suis prêt à croire que Nicholas a raison quand il dit qu'il a été mis sur son chemin pour être son « ami spirituel », priant régulièrement pour elle, mais je ne crois pas un seul instant que cette relation soit sans risques temporels. Après tout, cette femme est le danger temporel personnifié. Elle est capable de séduire n'importe qui, d'un millionnaire au laitier, entre deux gorgées de Veuve Cliquot.

— Je vais la sauver ! s'exclame Nicholas, bouillonnant d'enthousiasme. Cela fait vingt-cinq ans que l'homme de sa vie l'a démolie, mais tout va s'arranger maintenant !

Il est dans un tel état d'extase que le moment me semble venu de lui remettre les pieds sur terre.

— Vous n'allez pas la sauver, je riposte d'un ton sec. Si quelqu'un peut la sauver, c'est Dieu et vous ne serez que son assistant, même si je doute fort qu'il vous soit possible d'intervenir directement en l'occurrence. Si elle accepte de se faire soigner, force vous sera d'admettre que vous la connaissez trop bien pour parvenir au niveau de détachement nécessaire.

— Oh oui, oui, oui ! Il est agacé. Il sait ça aussi bien que moi. Il est à deux doigts de décoller et de se mettre à planer tel un faiseur de miracles. Je ne peux évidemment pas être son thérapeute, dit-il d'un ton dégagé, mais je peux superviser son cas, l'encourager, la voir régulièrement en tant qu'ami...

— Contentez-vous de continuer à prier pour elle, Nicholas. C'est tout ce que Dieu vous demande en ce qui concerne Venetia. Laissez son traitement, sa supervision et les encouragements à d'autres.

Il soupire, conscient que j'ai raison. Le faiseur de miracles disparaît et je me retrouve en face d'un prêtre équilibré.

— Personnellement, lui dis-je, incapable de dissimuler plus longtemps mes préjugés, je ne peux pas m'empêcher de penser que moins vous aurez de contacts personnels avec cette femme, mieux ce sera.

J'ai tout foutu en l'air. Dommage. Je m'étais bien débrouillé jusque-là. Pourquoi est-ce que je n'ai pas pu la boucler, pour l'amour du Ciel ?

— Oh, fichez-moi la paix ! s'exclame Nicholas, exaspéré. Pourquoi faut-il toujours que vous vous comportiez comme si les femmes ne pensaient qu'à me séduire ?

— Parce que c'est généralement le cas.

— Mais vous savez pertinemment que je n'ai pas le moindre désir de coucher avec Venetia ! C'est une vieille amie, de six ans mon aînée, dont le chemin croise le mien de temps à autre, voilà tout ! Lewis, je suis conscient que vous avez un problème en ce moment, mais ne voyez-vous pas qu'il est inutile de parler de Venetia comme si ce n'était qu'une méchante tentatrice qui n'a qu'à battre des faux cils pour anéantir la volonté d'un homme ?

En plein dans le mille ! Doux Jésus ! La vérité vient d'éclater. Enfin !

COMMENTAIRE

Dieu doit penser que je suis bête comme un âne et myope comme une taupe. Croire que j'ai rêvé de signes de la Victoire hier soir ! Rien à voir avec la Victoire, bien sûr ! C'était le V de Venetia !

Refoulement. Refoulement. Comment ai-je fait pour refouler le souvenir de cet interlude amusant, érotique et délicieusement risqué avec Venetia lors du déjeuner chez Cynthia ! Il est vrai que j'ai eu un comportement irréprochable du début jusqu'à la fin et que je me suis arrangé pour qu'Alice me chaperonne quand j'ai ramené Venetia chez elle, mais en dessous de cette attitude sans faille...

Pas étonnant que Nicholas m'ait demandé : « Quand vous êtes-vous dit pour la dernière fois : "Je refuse de me faire mettre une prothèse ?" » Ma hanche me faisait souffrir le martyre ce jour-là, et je me souviens très bien de m'être promis de ne jamais me la faire remplacer. Sur le moment, j'ai peut-être choisi de croire que c'était parce que je ne pouvais faire face à un séjour à l'hôpital, mais la vérité vraie, c'est que je ne voulais pas risquer une existence sans ma hanche/ceinture de chasteté. Je savais inconsciemment que j'avais rencontré une femme qui me plaisait et que j'étais tenté.

Mais pour quelle raison précise ? Logiquement, Venetia aurait dû me laisser froid. Elle appartient à la même classe que ma femme, elle a gaspillé sa vie, exactement comme Diana, et c'est une alcoolique, comme ma femme l'était. Ah oui, mais c'est justement là le problème, pas vrai ? Je n'ai pas réussi à sauver Diana ; j'ai contribué à sa ruine et la culpabilité n'a pas cessé de me hanter depuis. Venetia semble m'offrir la possibilité d'apaiser mes remords, de me racheter, de rectifier, ailleurs certes et à un autre moment, tout ce qui s'est mal passé dans mon couple.

Quelle dangereuse illusion ! Allons, Lewis Hall, ouvre donc les yeux ! Ton attirance pour les femmes de la classe supérieure a toujours des conséquences désastreuses. Ceci pour la bonne raison que, fondamentalement, elles te rappellent ta mère — la salope ! — et qu'une fois passée la première extase sexuelle, son souvenir prend le dessus et tue tout désir (a) parce qu'il a désormais un goût d'inceste et (b) parce que de toute façon, tu la détestais. Après quoi tu t'embarques sur la voie épineuse consistant à dévier la relation sexuelle en la faisant retomber sur quelqu'un d'autre, de préférence la femme de la classe ouvrière la plus proche (si différente de ta mère). Résultat ? Tu te retrouves dans le chaos le plus total avec une double vie et une liaison ratée qui ne donne rien à part des souffrances pour les autres et pour toi-même.

Pas étonnant que je me sois senti appelé au célibat suite à l'échec de mon mariage ! Le seul moyen de vivre avec le souvenir de ce gâchis consistait à canaliser mon énergie sexuelle au profit d'une cause constructive en renonçant une fois pour toutes à ce mode de vie destructeur. Ça a fonctionné — dès que j'eus recollé les morceaux de mon être après le divorce, démissionné de cette horrible paroisse et pris ces fonctions prenantes d'aumônier en hôpital psychiatrique, ce qui m'a conduit en définitive au ministère de la guérison. D'accord, on ne peut pas dire que j'aie été un saint après ça et Dieu sait si j'ai eu de sérieux ennuis en 1983 quand on m'a expulsé de mon diocèse et que je me suis retrouvé ivre mort sur le pas de porte de Nicholas, mais je me suis ressaisi (par la grâce de Dieu !), et j'ai regagné peu à peu une position d'équilibre (par la grâce de Dieu !) et j'ai été à peu près convenable depuis (par la grâce de Dieu !), jusqu'à aujourd'hui, quand je me suis rendu compte que, grâce à Venetia, je risquais fort de redevenir maboule !

Dieu miséricordieux, Père tout-puissant, quel désastre je suis, mais merci de me donner la force d'affronter la vérité sur moi-même, aussi ignominieuse et douloureuse soit-elle, de sorte qu'ayant reconnu mes fautes, je puisse lutter avec un regain d'énergie pour les surmonter et mener une existence plus acceptable à vos yeux. Je vous en conjure, accordez-moi la grâce d'être un bon prêtre, conscient de votre volonté et désireux de vous servir aussi bien que je le peux. Je vous le demande au nom de Votre Fils Jésus Christ. Et au nom de la Vierge Marie, je vous supplie de m'aider à produire un nouvel effort afin de pardonner à ma mère de m'avoir abandonné il y a tant d'années. Aidez-moi, je vous le demande instamment à traiter toutes les femmes que je rencontre avec respect en sachant qu'hommes et femmes sont égaux à vos yeux. Amen.

Mercredi 24 août 1988

Je me sens mieux. Il est bien évidemment hors de question que j'aie une relation quelle qu'elle soit avec Venetia. Je ne tiens pas plus à avoir une deuxième épouse alcoolique qu'elle n'a envie d'avoir un autre mari en soutane. Quoiqu'à la différence de Diana, Venetia a peut-être le cran d'essayer les Alcooliques anonymes.... Alors...

Non, je suis en train de céder à mes fantasmes. Oublions-la.

Je suis dérangé en pleine introspection par l'arrivée intempestive de mon beau-fils débarquant de son diocèse tel un tourbillon pour tout balayer sur son passage : les pompes funèbres, les avocats, les voisins de Diana, y compris le personnel du centre de guérison qui se trouve être dans le hall de réception au moment où il entre en coup de vent, arborant fièrement sa tenue violette et sa croix pectorale dernier cri, fabriquée dans le tiers-monde. J'ai une furieuse envie de lui flanquer un bon coup sur le crâne avec mon crucifix. Fort heureusement, Nicholas est là. Il a été si bon avec moi depuis que je lui ai fait part du décès de Diana. Il comprend ce que je ressens et accepte que je continue à la considérer comme ma femme devant Dieu, même si nous étions divorcés, et que j'estime par conséquence de mon devoir d'organiser moi-même ses funérailles. Mais Nicholas comprend aussi ce que Charley éprouve. Il m'explique que Charley ne se rend pas compte à quel point je me suis toujours senti lié à Diana, qu'il croit sincèrement me rendre service en empiétant de force sur mon territoire. Après tout, ma hanche me ralentit bel et bien. Et puis

Rachel est au bord de la dépression, comme d'habitude. Charley s'impose parce qu'il veut faciliter la vie à un vieil homme semi-invalide et souhaite protéger sa femme d'une source de stress supplémentaire.

Pour finir, je cède : « D'accord, dites-lui de tout arranger. Je ne ferai pas d'histoire. »

Il n'est pas le seul à vouloir protéger Rachel.

Je dois reconnaître que par la suite, Charley se montre très gentil à mon égard. C'est un brave homme, incontestablement. Le seul problème, c'est que je ne peux pas le sentir ! Je préférerais avoir pour gendre un Évangélique vieux jeu, croupissant dans la piété protestante, que ce briseur de pouvoir subtil et éloquent doté d'une panoplie hétéroclite d'accessoires théologiques, entre son érudition biblique, son air pseudo-charismatique et son engouement pour la liturgie d'avant-garde. Je déteste quand l'Église se pique d'être à la mode afin de courber l'échine devant la société laïque. J'ai même entendu Charley demander à Nicholas si nous prévoyions d'employer une diaconesse comme vicaire une fois que Stacy nous aurait quittés ! Il sait que je suis totalement contre l'existence des diaconesses, premier pas accompli par les féministes pour s'assurer que la législation autorisant les femmes prêtres sera débattue dans quelques années. En attendant, la presse ne cesse de parler des « femmes prêtres » quand elle n'est pas en train de se lamenter sur les méfaits de l'acide, le sida, l'enfance maltraitée, ce film immonde, *La Dernière Tentation du Christ*, et tous les autres aspects révoltants de cette société de plus en plus décadente.

La décadence de l'Église en particulier me démoralise. Imaginez un office célébré par une prêtresse ! Dégoûtant ! Les hommes de la communauté seraient incapables de penser à autre chose qu'au sexe.

Si l'Église d'Angleterre perd collectivement la boule et donne son aval à la législation autorisant l'ordination des femmes, je jure que je fonce illico à Rome !

COMMENTAIRE

L'usage honteux du terme « jurer » prouve à quel point je suis perturbé. Quant aux deux paragraphes ci-dessus, ils ont l'air d'avoir été rédigés par un cinglé qui aurait trouvé son inspiration dans une étude de cas freudienne. Mais il est vrai qu'un grand nombre de gens ordinaires, sains de corps et d'esprit, hommes *et femmes*, s'expriment ainsi de nos jours, dès lors que la question de l'ordination des femmes est mise sur le tapis. Nous ne pouvons pas tous être cinglés. La vérité est que j'estime en toute honnêteté que les femmes prêtres sont incompatibles avec notre grande tradition. (À moins que je me cramponne à cette conviction pour satisfaire mes obsessions ? C'est une horrible pensée, mais non ! tellement horrible qu'elle ne peut pas être vraie. Je suis un anglo-catholique traditionnel, parfaitement habilité à croire, pour les raisons théologiques les plus pures, que les femmes ne devraient pas être admises au sein de l'Église.)

Bon, calme-toi. Attention à la tension artérielle. Je suis encore bouleversé par la mort de Diana, c'est tout, et cela me rend un peu trop sévère dans mes commentaires sur le sexe opposé. Disons carrément venimeux. Appelons un chat un chat. *Venimeux*. Méchant. Totalement anti-chrétien. En bref, ignoble ! Mon Dieu, quel monstre je deviens chaque fois que je souffre d'une poussée misogyne...

Cette misogynie a au moins l'avantage de m'empêcher de rêvasser à propos de Venetia.

Lundi 5 septembre 1988

Les pages déchirées qui précèdent ont été brûlées. J'ai décidé de détruire mes longues ruminations sur l'enterrement. En les parcourant aujourd'hui, j'ai eu le sentiment que ces radotages égocentriques, larmoyants, révoltants n'avaient rien à faire dans un journal écrit par discipline spirituelle. Mon grand-oncle Cuthbert en aurait dégobillé de dégoût.

Il suffit de dire que ce fut un véritable enfer. Après coup, Nicholas me laissa me soûler. Il a dû penser que ce serait thérapeutique — comme si je pouvais venir à bout du désir d'effacer la souffrance en une bonne rasade, mais en fait, j'ai bu comme un trou tous les soirs pendant une semaine. J'ai viré mon directeur de conscience (avant de le reprendre). J'étais incapable de travailler. Nicholas m'a tenu compagnie soir après soir et m'a écouté tandis que je revenais sur mon douloureux passé en parlant à n'en plus finir, comme toujours quand je suis très bouleversé, de mon grand-oncle Cuthbert — comment il m'avait sauvé, comment je l'avais déçu en ne devenant pas un moine, comment il aurait été désappointé s'il avait vécu plus longtemps, quelle honte j'éprouvais quand je n'étais pas à la hauteur de ses exigences, combien je donnerais pour qu'il revienne me remettre sur le droit chemin, combien je l'aimais et le détestais à la fois, combien je le craignais, combien je l'admirais. Etc, etc.

Une horreur ! Nicholas est un saint d'avoir supporté ça.

Résolu à ne pas m'abandonner durant le week-end, il m'emmène chez lui à Butterfold où je passe le plus clair du temps assis dans le jardin à lire mes classiques spirituels favoris en m'efforçant de ne pas taper sur les nerfs de Rosalind. Comme ce sont les vacances scolaires, ses fils sont là. Le plus âgé est ennuyeux à mourir, un extraverti jovial ; le cadet est assez différent, mais il imite son frère de sorte qu'ils ont l'air plus semblables qu'ils ne le sont en réalité. Nicholas se donne beaucoup de peine avec eux, mais ils ne communiquent pas vraiment. Tant pis. Je suis sûr que les garçons apprécient ses efforts.

Je me demande comment je me serais entendu avec mon père s'il n'avait pas succombé à une pneumonie durant ma prime enfance, après avoir attrapé froid lors d'une chasse à la grouse. Comment aurais-je communiqué avec un militaire obsédé par la chasse ? Que faut-il dire à une âme simple qui considère que sa mission dans la vie consiste à tuer ? En grandissant, j'ai souffert de ne pas avoir de père, mais maintenant je vois que cela m'a épargné toutes sortes de difficultés. De plus... j'ai eu l'attention paternelle qu'il me fallait en définitive, non ? Mais je ne vais pas recommencer à gamberger sur mon grand-oncle Cuthbert.

Finalement aujourd'hui, lundi 5 septembre, je retourne travailler. Venetia est à peu près la première personne que je vois en arrivant. Elle attend Nicholas dans le hall. Les boucles de la Méduse flottent autour de ses épaules selon un style qui sied on ne peut plus mal à une femme d'âge mûr, mais cela lui importe-t-il ? Non. Elle est ultramaquillée et porte un t-shirt bleu clair où l'on peut lire : FAITES QUE

JE PASSE UNE BONNE JOURNÉE — LES NUITS SONT DÉJÀ OCCUPÉES, un message manifestement conçu pour une imbécile d'adolescente qui voudrait faire la maline, mais Venetia se préoccupe-t-elle de savoir si cette tenue la rabaisse ou non ? Non. Elle porte aussi un pantalon bleu marine totalement inapproprié pour une femme de plus de cinquante ans aux hanches larges, mais ce mépris malavisé des conventions vestimentaires la gêne-t-elle ? Pas le moins du monde. Ses yeux verts se posent sur moi comme si j'étais un cloporte émergeant de dessous une pierre et nous sommes prêts, à l'évidence, pour des retrouvailles grand spectacle.

— Bonjour, dit-elle de sa voix la plus rauque en fixant un point quelque part derrière mon épaule droite.

— Bonjour, je grommelle avant de disparaître en quatrième vitesse dans le cabinet de consultation numéro 2.

Je passe cinq minutes à prendre de profondes respirations en me traitant de tous les noms, mais finalement, je me calme et je me mets au travail. J'écoute, je conseille, je prie, j'exécute l'imposition des mains et, à mon grand étonnement, tout se passe bien. Je craignais d'être encore trop endommagé pour servir de canal au Saint-Esprit, mais bien entendu, Dieu n'est pas étranger à l'humanité endolorie ; il œuvre constamment en nous et à travers nous pour parvenir à ses fins, et on s'étonne de ce qui peut être accompli, même par un vieux misérable comme moi, au nom de Jésus-Christ, notre mentor, le meilleur guérisseur de tous les temps.

Plus je vieillis, plus il me semble évident que le Christ doit passer en premier pour tous ceux d'entre nous qui pratiquent ce ministère parce qu'en suivant son exemple, nous éliminons les sentiments égocentriques tels que l'orgueil et l'arrogance, susceptibles de pervertir le processus de guérison, et qu'en nous efforçant de rester humbles, nous sommes des guérisseurs honnêtes et utiles plutôt que de dangereux faiseurs de miracles consumés par le désir du pouvoir et l'autoglorification.

Mes séances s'achèvent à onze heures. Je suis très fatigué, mais de bonne humeur, et tandis que je vais mon petit bonhomme de chemin jusqu'à l'église, je retrouve vite de l'allant. Malheureusement, l'ivrogne est de retour pour l'Eucharistie à l'heure du déjeuner, et Stacy, qui officie de nouveau, prend la mouche et se comporte plus que jamais comme Laurence Olivier dans *Henry V*. Je constate avec soulagement que Nicholas a un petit entretien avec lui après. Je dois lui dire combien je me fais du souci pour Stacy, mais après le service, je laisse passer l'occasion de le faire pour la bonne raison que je meurs d'envie de savoir comment ça s'était passé avec Venetia.

— On ne peut mieux ! me répond Nicholas d'un air réjoui. Au moment où nous nous sommes séparés, elle a admis que le Centre de guérison était un lieu convivial et réaliste, et non pas l'avant-poste d'une bande de marginaux farfelus.

— Elle va revenir alors ?

— Elle a consenti à une séance d'essai avec Robin.

— Bravo ! je m'exclame de tout mon cœur, avide de louer quand des louanges sont méritées, et je serais bien avisé de mettre un terme à la conversation, mais je n'en fais rien. Je me rends compte que je suis incapable d'en rester là et m'entends dire : Vous ne croyez pas que, dans son cas, une psychothérapie de soutien sera insuffisante ?

— Peut-être, mais il me semble que des doses de compassion régulières durant, disons trois mois, seraient plus faciles à avaler pour elle à ce stade qu'un plongeon dans la psychanalyse. Nous voulons l'attirer en douceur dans cette direction, et non pas la faire fuir.

Nous en parlons un peu plus longuement. J'admets que la psychothérapie est extrêmement utile, mais je continue à penser que les problèmes de Venetia sont si profondément ancrés qu'elle a besoin d'une thérapie centrée davantage sur son inconscient afin de détecter les dommages qu'elle a subis par le passé. Nicholas n'est pas d'accord et je dois me rappeler qu'il a plus de chances que moi d'avoir raison. Il la connaît mieux que moi.

— À mon avis, me dit-il, il importe avant tout de lui redonner confiance en elle afin qu'elle arrive à se croire capable de triompher des désastres du passé. Je peux me tromper, bien sûr, mais voyons ce qu'en pense Robin.

Je suis tellement excité par la pensée de Venetia que j'ai la sottise de demander :

— Avez-vous parlé de moi ?

— Non, me répond-il en me décochant un de ses regards limpides. Vous pensez qu'on aurait dû ?

Bon sang ! Il sait maintenant que j'ai tout compris concernant Venetia. C'était déjà assez affligeant qu'il ait deviné avant moi que le point de départ de mon déséquilibre était le déjeuner chez Cynthia et que ni Cynthia, ni Mrs Robert Welbeck, ni Lady Todd-Marshall n'en était l'origine ! Devrais-je lui en parler ouvertement tout de suite ?

Non. Je ne peux pas. Je n'ai pas encore les idées assez claires. Restons calme...

COMMENTAIRE

C'est lâche de ma part. Je dois absolument en parler à mon directeur de conscience, mais rien ne m'oblige à en discuter avec Nicholas, et puis je lui ai déjà balancé suffisamment d'âneries ces temps-ci. Le moins que je puisse faire, c'est lui épargner de nouveaux radotages séniles.

Je regrette simplement de ne pas avoir un directeur spirituel qui s'y connaisse en sexualité. Face à ce genre de problème, toutes les faiblesses de Simon ressortent et il me fait penser à un puceau de douze ans. Il y a de fortes chances pour qu'il me suggère de revenir sur mon vœu de célibat. Or ce serait une perte de temps puisque je reste totalement inadapté au mariage.

Quoique... ?

Bon Dieu, en supposant que.... Non, non et non. Je ne me remarierais pas. Ce serait une catastrophe.

Mais n'est-ce pas une coïncidence curieuse que cette femme excentrique et fascinante ait fait irruption dans ma vie au moment précis où je devenais veuf, partant, libre de convoler à nouveau ? Oui. Une coïncidence. Et comme la plupart des coïncidences, cela ne veut absolument rien dire. Rien.

Bon sang ! Si seulement je pouvais me faire entrer dans le crâne que j'ai soixante-sept ans et que je suis par conséquent beaucoup trop vieux pour ces choses-là...

Mardi 6 septembre 1988

J'ai droit à une agréable diversion loin de l'amas chaotique de mes réflexions sur la chasteté, le célibat et la franche démence sexuelle.

Cette brave Alice Fletcher vient au presbytère à six heures précises pour se faire inspecter par Rosalind. Une terrible épreuve s'il en est une ; la douce enfant a toutes les raisons d'être aussi nerveuse qu'elle le paraît. Elle a mis une sorte de robe-sac noire qui dissimule tous ses bourrelets et lui donne l'air d'être gigantesque.

Par contraste, Rosalind paraît d'autant plus pimpante. En bleu-paon. Veste épaulée, jupe à la hauteur du genou, chemisier blanc flottant sur une poitrine suprêmement élégante. Ses cheveux blonds sont légèrement plus blonds qu'ils ne l'étaient jadis et parsemés de mèches qui ont dû coûter un prix exorbitant ! Je me prends à penser que ces yeux bleus de glace pourraient percer un trou dans une planche en bois. En bref, elle a tout d'une femme d'affaires, ce qu'elle est, d'une manière très correcte, très bien élevée, très British... Elle gérait une affaire de fleurs, avant de la vendre pour une fortune, et on peut être sûr que tous les petits pétales faisaient exactement ce qu'on leur disait de faire. Rosalind est l'un des grands succès commerciaux des années quatre-vingt, à côté des agents immobiliers et des décorateurs d'intérieur ; elle vote pour Mrs Thatcher et les réductions du budget social, et ce concept vaguement fasciste baptisé « l'ordre public ». Comment Nicholas fait-il pour supporter une femme pareille ? Je n'en ai pas la moindre idée.

Rosalind reçoit Alice seule, en haut dans l'appartement du presbytère, et la chère enfant est si pâle quand elle redescend que Nicholas et moi nous précipitons tous les deux pour lui proposer un verre de sherry. Elle arrive à peine à parler, mais accepte d'un hochement de tête. Rosalind ne réapparaît pas ; Nicholas prend la suite de l'entrevue. (Cette visite destinée à permettre à Alice de découvrir sa future demeure et d'accepter officiellement ses nouvelles fonctions devait avoir lieu il y a quinze jours, mais elle a été retardée à cause de la mort de Diana, de mon incapacité qui en a résulté et de l'emploi du temps surchargé de Nicholas.)

Un verre de sherry à la main, Nicholas emmène la petite pour lui montrer le trou à rats qui sera son logis, au sous-sol. Je n'y vais pas parce que ma hanche me fait un mal de chien. En revanche, je suis assis à la table quand il lui fait les honneurs de notre vieille cuisine. Alice, toute en bonnes manières, fait de son mieux pour dissimuler son épouvante.

Elle est amoureuse de Nicholas, évidemment. Il ne peut pas en être autrement. Si elle n'était pas subjuguée par lui, elle refuserait cette place sur-le-champ et repartirait en courant à Belgravia où l'un des bons amis de Cynthia pourrait lui proposer un appartement rénové par un décorateur d'intérieur et une cuisine comparable à l'intérieur d'un vaisseau spatial.

Cependant, comme Nicholas est manifestement la personne la plus importante dans sa vie pour le moment, elle s'exclame : « C'est merveilleux. Quel défi fascinant ! » et se comporte comme si elle était au pays des Merveilles.

Après son départ, tous mes doutes sur le bien-fondé du choix de Nicholas refont surface et je dois me faire violence pour garder le silence. De crainte de ne pas remporter ce dur combat, je passe du sherry au whisky.

Pendant que je pintoche tristement, Rosalind descend l'escalier sur la pointe des pieds et vient nous annoncer son verdict. En ajustant une boucle blonde d'un ongle magnifiquement manucuré, elle déclare de sa voix haut perchée, mesurée, de chipie :

— Ce que ça doit être pénible d'être aussi laide ! Si j'avais cette allure-là, je me mettrais une balle dans la tête.

Je décide aussitôt que l'idée d'embaucher Alice est la meilleure que Nicholas ait jamais eue et que je vais la guérir de sa boulimie même si c'est la dernière chose que je fais dans ma vie.

— Toutes les femmes ne peuvent pas être aussi jolies que toi, ma chérie, dit Nicholas d'un air distrait.

— Oh, pour l'amour du Ciel ! s'exclame-t-elle. Nicky, tu trouves toujours toutes sortes d'excuses pour ces canards boiteux dont tu t'entoures !

Elle réussit à ne pas me regarder, mais je sais que je figure au premier rang de la liste, bien entendu.

— Bon, si cette fille est capable de faire convenablement la cuisine, je suis sûre que cela vaut la peine de l'engager, mais il vous faudra trouver quelqu'un d'autre pour faire le ménage. Alice ne tiendra pas le coup cinq minutes face à Mrs Mudd. Dénichez donc une femme de couleur dans Tower Hamlets, quelqu'un de soumis — à moins que vous ne préfériez que je m'en charge ?

— Écoute, si tu as le temps...

— Eh bien, comme je ne suis pas trop occupée en ce moment et que du temps, tu en disposes rarement...

Elle sourit pour lui faire avaler la couleuvre et il lui rend son sourire en se rapprochant d'elle pour un baiser.

— Merci, chérie, dit-il d'un ton reconnaissant avant de l'étreindre.

J'engloutis une gorgée de whisky pour calmer mon écœurement et bats en retraite dans mon salon-chambre à coucher.

COMMENTAIRE

Même si je parviens un jour à éliminer mes sentiments inadmissibles vis-à-vis de la gente féminine, je sais que je ne porterai jamais Rosalind dans mon cœur. En tant que prêtre, je dois continuer à prier pour elle... mais pas tout de suite. Pour l'heure, je préfère prier pour Alice.

Pauvre petite Alice ! Je sais qu'elle n'est pas si petite que ça, mais je pense à elle en ces termes parce que je suis certain que psychologiquement, ce n'est qu'une petite fille qui rêve de grandir, d'épouser un chic type et d'avoir trois gentils enfants.

Pourquoi ne rêverait-elle pas de choses aussi agréables et normales, je vous le demande ! J'en ai marre de ces fichues féministes obnubilées par leurs carrières, avec leurs vestes épaulées...

Attention ! Souviens-toi que les créatures de Dieu sont infiniment variées et qu'Il les chérit toutes autant les unes que les autres... La chrétienté — la vraie chrétienté, pas la fausse qui se fait souvent passer pour la vraie de nos jours — ne consiste pas à préserver les murs pour repousser les gens qu'on n'aime pas. Il s'agit au contraire de les abattre pour accueillir tout le monde.

Alice le sent. Elle sait qu'elle ne se sentira pas exclue ici, même si elle choisit de ne pas aller à l'église. À l'évidence, elle est persuadée qu'elle va vivre au pays des Merveilles parmi des faiseurs de miracles, mais cela lui passera. J'espère seulement que l'inévitable désillusion ne sera pas trop douloureuse...

Vendredi 9 septembre 1988

Venetia revient au centre de guérison et, cette fois-ci, elle rencontre Robin qui lui parle de Carl Rogers et de sa fameuse psychothérapie. Je reste en dehors.

Val et moi avons une nouvelle querelle à propos des homosexuels.

— C'est ignoble de taxer l'homosexualité de maladie ! s'écrie-t-elle avec emphase.

— Peu importe que cela soit ignoble ou pas, je lui réponds. La question est de savoir si c'est vrai ou pas.

— Vous êtes pire que le pape, riposte-t-elle d'une voix éraillée avant de sortir de la pièce en coup de vent.

Je me sens des plus stimulés par cette comparaison audacieuse. Je ne me fais pas le défendeur de la papauté, loin de là (ce qui explique qu'il me serait sacrément difficile d'aller à Rome si l'Église d'Angleterre se résolvait en définitive à perdre la boule et à autoriser l'ordination des femmes), mais j'admire la manière dont Jean-Paul II se cramponne à ses idées traditionalistes au milieu du raz-de-marée de fondamentalisme laïque (aussi dangereux, à n'en point douter, que le fondamentalisme religieux). Imaginez Val en train de m'insulter simplement parce que je suis en quête de la vérité ! Elle se comporte comme ces branchés laïques qui croient que tout est vérité — il suffit d'entrer en trottinant dans le supermarché philosophique et de choisir les « vérités » qui nous plaisent ! L'ampleur de l'arrogance humaine me coupe le souffle parfois. Or, pour se démener avec la vérité, il faut être humble. De toute façon, qu'est-ce qui lui prend à Val, chrétienne activiste, de flirter avec ce relativisme bidon ? Femme stupide, hyper-sensible, excédée....

Au moins, elle m'a évité de penser à Venetia pendant un moment.

COMMENTAIRE

Je dois présenter mes excuses à Val et lui expliquer qu'en qualifiant l'homosexualité de maladie, je ne la comparais pas automatiquement à la lèpre ou à la syphilis. Je voulais dire qu'elle s'apparentait plutôt à la dyslexie ou à une synovite du coude — rien de nuisible, mais une affliction qui oblige à se passer de certaines expériences agréables. Après tout, le mariage et la paternité sont tout de même des dimensions réjouissantes de l'existence humaine. S'en dispenser doit être comme... Bon, d'accord, peut-être le terme « maladie » ne convient-il pas ! Peut-être « privation » rendrait mieux mon sentiment — ou ce qualificatif entraînerait-il Val vers de nouveaux sommets de rage ? Je suis bien certain qu'elle n'admettra jamais d'avoir été privée de quoi que ce soit. Les gens embrassent le relativisme quand la vérité est trop douloureuse à affronter, je le vois clairement à présent. La solution consiste donc à ne pas leur rabattre les oreilles à propos de la vérité et à essayer de les rencontrer sur leur propre terrain...

Doux Jésus, tout cela est si difficile ! Mais je vous en prie, accordez à votre vieux serviteur irascible, tolérance, patience, perspicacité et sagesse lorsqu'il a affaire à des homosexuels.

Et ne me laissez pas à la merci d'une pagaille hétérosexuelle avec Venetia dès l'instant où je me mets à chercher un soulagement facile après ces conversations pompeuses avec Val. Amen.

Vendredi 16 septembre 1988

C'est la Journée Venetia. Elle vient au centre pour sa première vraie séance avec Robin (celle de la semaine dernière n'étant qu'un essai).

Grâce à une manœuvre des plus habiles, il se trouve que j'erre autour de la machine à café quand elle émerge de la salle de consultation numéro trois. Je lui propose une tasse. Elle me répond d'un ton aigre que c'est « gentil » de ma part, mais elle a un déjeuner au Claridge et doit se dépêcher.

Affaire close. Bien fait pour moi. Je ne sais pas ce que j'espérais à rôder comme ça tel un exhibitionniste en imper.

En retournant au presbytère pour déjeuner, je trouve Stacy, une poêle à la main, en train de faire la chasse à une souris dans la cuisine. Mauvaise nouvelle. La souris s'échappe, mais Stacy casse la poêle. Encore une mauvaise nouvelle. Il me demande si je peux persuader Nicholas qu'il l'emmène avec lui lors de son prochain exorcisme. Je lui dis : « Vous n'êtes pas encore prêt, Stacy », et il commence à geindre : « Pourquoi pas ? » Impudent freluquet ! « Parlez-en avec Nicholas ! » je grogne avant de me retirer dans ma chambre avec un sandwich au fromage et une bouteille de Perrier.

Rosalind pense peut-être que son mari a un faible pour les canards boiteux, mais Nicholas est très dur quand il est question de santé spirituelle. Il refuse de laisser Stacy prendre part à un exorcisme tant qu'il n'aura pas suffisamment de preuves que ce dernier prend au sérieux ses exercices spirituels quotidiens. Or Stacy n'en a rien à faire de ce travail préparatoire. Il veut être aux premières loges, jouer les Laurence Olivier à l'autel, « entrer en relation » avec les gens du centre et jouter brillamment avec le Diable de temps à autre, mais il faut lui faire comprendre que sans l'étai d'une existence dévote, il ne peut que devenir, au mieux, un mauvais « guérisseur » en soutane, au pire, un faiseur de miracles qui flatte son ego en se prenant pour Dieu.

Je suis plus convaincu que jamais que Stacy sera l'un de nos échecs et je pense que Nicholas s'est fourvoyé quant au sujet nébuleux de son orientation sexuelle.

COMMENTAIRE

Je ferais mieux de me préoccuper de ma propre vie sexuelle au lieu de me soucier de celle de Stacy. Après avoir prié longtemps et cogité à n'en plus finir (pas le moins du monde aidé par les jérémiades alarmées de mon directeur de conscience), je me sens toujours appelé au célibat. Je ne peux vraiment pas me remarier à mon âge. Rachel serait horrifiée. Charley trouverait ça indécent. Mes petits-enfants auraient honte de moi.

Ma fixation sur Venetia n'est qu'un accès de sentimentalisme sénile.

Je vais l'oublier une bonne fois pour toutes.

Vendredi 23 septembre 1988

Dès que j'ouvre les yeux, je pense : c'est la Journée Venetia. Mais je n'en ai plus rien à faire.

Cependant, par hasard — et j'insiste bien sur le fait que cela s'est vraiment produit par hasard —, je sors de la séance de thérapie musicale où j'ai aidé Megan et me dirige vers la machine à café au moment précis où Venetia émerge en titubant du bureau de Robin et s'exclame : « Dieu merci, du café ! Auriez-vous une aiguille que je puisse m'en injecter une bonne dose directement dans la veine ? » Il s'avère qu'elle vient de passer cinquante minutes épuisantes. Je lui tends un café, mais avant d'avoir eu le temps de la convier dans mon bureau, elle me remercie et prend la poudre d'escampette avec sa tasse en polystyrène fumante, et je me retrouve dans la peau d'un serveur sans son pourboire.

Quoi qu'il en soit, il semble que l'hostilité se soit enfin dissipée et que nous ayons instauré entre nous une sorte d'*entente cordiale*. Naturellement, cette relation n'ira pas plus loin, mais je suis content de ne plus être traité comme un insecte relégué en temps ordinaire sous une pierre.

Résolu à concentrer mon attention sur autre chose, je réussis à parler à Nicholas de Stacy, mais il refuse de partager mon pessimisme.

— Certes, il a du pain sur la planche, me dit-il, mais je continue à penser qu'il a un grand potentiel. Il est chaleureux, bienveillant, plein de compassion et extrêmement consciencieux envers nos patients.

— Cette description conviendrait à un assistant social, dis-je d'un ton acerbe, et ces gens-là ne sont pas des prêtres. S'il est incapable de faire le gros du travail propice à sa santé spirituelle, comment pourra-t-il tenir le coup au sein d'un ministère de la guérison ?

— Mais il fait des progrès ! Maintenant qu'il a réglé le problème de sa sexualité...

— *Réglé ?*

— Okay, vous pensez qu'il est *gay* et qu'il ne veut pas l'admettre. Si c'était vrai, il reconnaîtrait qu'il a un problème, mais...

— Mais il est *gay* et il faut qu'il l'admette !

— Vous faites grand cas de cette unique relation homosexuelle. À l'évidence, cela a fait naître une grande confusion en lui, mais la séduction d'un adolescent par un homme plus âgé ne signifie pas nécessairement qu'il est condamné à être homo jusqu'à la fin de ses jours, et dans la mesure où Stacy m'a assuré qu'il n'avait pas le moindre désir d'être *gay*...

— Il a l'air d'avoir du mal à se trouver une petite amie...

— Cela prouve simplement que, comme beaucoup de jeunes gens immatures, il est intimidé par les filles. Avez-vous la moindre preuve qu'il préfère la compagnie des homosexuels ?

— Eh bien, puisque vous me posez la question, je n'ai pas aimé la façon dont le représentant en vin de messe le regardait l'autre jour.

— C'est le problème du représentant. Stacy vous a-t-il semblé différent de l'habitude ?

— Non. D'accord. Vous m'avez démontré que je suis un vieil obsédé sexuel ! Oublions tout ça.

— Non, non, pas question, s'empresse-t-il de répondre, anxieux de me montrer qu'il est encore capable d'avoir l'esprit un tantinet ouvert sur ce sujet en particulier. Nous devons continuer à avoir l'œil sur lui au cas où vous auriez raison, mais je ne pense pas avoir suffisamment de motifs de relancer le débat avec lui pour le moment.

Cela me paraît plutôt raisonnable, le problème étant que je soupçonne cet étalage de raison de n'être que cela : un étalage. Je ne peux pas croire qu'au tréfonds de son âme, Nicholas ait le sentiment de se fourvoyer à cet égard. Il feint d'avoir l'esprit ouvert, mais en réalité, son esprit est fermé à clé tandis qu'il surfe avec bonheur sur la grande vague baptisée ARROGANCE.

Il faudra que je me jette de nouveau dans la bagarre plus tard et que je lui remette les pieds sur terre, mais entre-temps, il semble que je ne puisse rien faire en ce qui concerne Stacy, à part apprendre à vivre avec mon anxiété.

COMMENTAIRE

Ce serait certainement plus commode si Stacy était hétérosexuel. Cela nous éviterait à tous une zone notoirement jonchée d'embûches. S'il était effectivement homosexuel, ce ne serait pas la catastrophe. Je ne sais plus combien d'excellents prêtres homosexuels j'ai rencontrés au fil des années, dans le diocèse de Londres en particulier ; mais s'il est *gay*, il faut à tout prix qu'il s'équipe d'une spiritualité puissante pour le guider à travers les épreuves qui l'attendent inévitablement, sinon il finira vraiment par causer de gros problèmes à l'Église.

Honnêtement, cette règle s'applique également aux hétérosexuels. Je devrais garder à l'esprit qu'une hétérosexualité mal vécue est tout aussi susceptible de provoquer des ravages au sein de l'Église. Mais Val elle-même serait prête à reconnaître que la société complique la vie des *gays* ; c'est la raison pour laquelle ils ont besoin du plus grand soutien spirituel possible.

La vérité qui se cache derrière tout cela, c'est que Stacy doit mûrir avant de pouvoir être un bon prêtre. Qu'il soit homosexuel ou hétérosexuel, le problème majeur n'est pas là pour le moment, la grande difficulté étant son immaturité chronique. Il faut qu'il détermine qui il est et qu'il l'accepte, sinon comment pourrait-il rendre le moindre service à ceux qui viendront le trouver pour lui demander de l'aide ? Un guérisseur doit parvenir à un niveau élevé de connaissance de soi avant d'essayer d'influencer des âmes fragmentées et meurtries ; dans le cas contraire, il projette involontairement tous les aspects non assimilés de sa personnalité sur ces êtres vulnérables, ce qui ne peut avoir que des résultats désastreux.

Je dois prier avec ferveur pour que Stacy découvre la vérité sur lui-même, aussi pénible soit-elle, et que Dieu lui accorde la grâce d'y faire face, de l'admettre et de l'intégrer à sa personnalité. Je dois aussi prier pour que Nicholas et moi l'aidions d'une manière ou d'une autre à atteindre cette maturité absolument vitale et à continuer à servir notre Seigneur le mieux possible...

Samedi 24 septembre 1988

Cynthia se marie, discrètement mais en grande pompe, à St Pierre d'Eaton Square. Quel changement rafraîchissant d'assister au mariage d'un couple d'âge mûr dont ni l'un ni l'autre des partis n'est divorcé ! (L'épouse de Woodbridge est morte à peu près en même temps que le mari de Cynthia.) Une réception a lieu ensuite au Claridge, pour lequel Cynthia a une affection particulière, et en dépit d'une foison de seaux en argent débordant de glace et de bouteilles de Veuve Cliquot, Venetia n'est pas là. Elle n'a pas été invitée. Heureusement. Elle vient d'adhérer aux Alcooliques Anonymes et une foison de bouteilles de champagne est bien la dernière chose qu'il lui faut.

La petite Alice est sur le point de débarquer au Pays des Merveilles. Compte tenu de la situation extraordinaire du marché de l'immobilier, la vente de la maison d'Eaton Terrace a été conclue en un temps record, pour un prix exorbitant. Alice déménage lundi, et Cynthia, généreuse jusqu'au bout, va couvrir les frais du transfert de ses biens matériels dans le trou à rats du presbytère. Nicholas m'affirme que le terme de « trou à rats » ne convient plus maintenant que l'on a repeint le petit logis, changé la plomberie, l'électricité et la moquette et fait venir une entreprise de dératisation. J'aimerais voir cette transformation miraculeuse, mais je ne peux toujours pas descendre l'escalier.

Il va vraiment falloir que j'envisage de me faire opérer de la hanche sans trop tarder... dès que j'aurai trouvé un directeur de conscience capable de parler de sexe convenablement et de m'aider par conséquent à régler mon problème... Tout cela risque de prendre un peu de temps, bien sûr...

COMMENTAIRE

Mon grand-oncle Cuthbert aurait été fou de rage s'il avait lu cette dernière phrase ; il aurait tout de suite compris que je cherchais à gagner du temps. D'accord, d'accord, le moment est venu d'affronter la vérité : je ne veux pas d'un nouveau directeur de conscience. Simon n'est pas parfait, mais il est bien.

Je peux presque entendre mon grand-oncle Cuthbert me disant d'un ton railleur ce que Nicholas pense probablement : « Si tu n'as pas confiance en Simon, tu finiras par croire que tu en sais plus que lui — ce qui veut dire que tu auras une opinion trop élevée de ses forces assortie d'une grave amnésie sur la question de tes faiblesses et votre relation sera bientôt totalement inutile. Alors, vire-le. »

Oui, il va falloir que je me débarrasse de Simon, cela ne fait aucun doute.

Je dois prendre le taureau par les cornes et chercher un nouveau directeur de conscience.

Le seul problème étant que je suis très occupé en ce moment...

Lundi 26 septembre 1988

La petite Alice arrive, les yeux écarquillés, quasi muette d'angoisse, mais se déclare enthousiasmée par le trou à rats revu et corrigé. Elle a de jolis yeux, je le remarque pour la première fois, sombres et doux comme ceux d'un épagneul. Je m'en aperçois car elle retire ses lunettes pour les astiquer, soit parce qu'elles sont embuées en conséquence de son émotion, soit parce qu'elle n'arrive pas à croire à l'état sordide de notre vieille cuisine, plus ignoble que jamais pour la bonne raison que Stacy a finalement réussi à casser le percolateur et qu'il y a du café plein le mur.

Pour couronner le tout, Nicholas annonce en guise de bienvenue que si le dernier passage de la camionnette de dératisation a donné des résultats satisfaisants, une nouvelle génération de nos petits amis à poils (comme saint François les aurait sûrement appelés) portera inévitablement de nouveaux assauts à notre presbytère. Nous sommes engagés dans une lutte de longue haleine pour la suprématie ; il ne s'agit pas simplement d'une bande d'êtres humains jouant à cache-cache avec un rongeur isolé.

Nicholas vient de détourner la tête après avoir précisé à Alice à quelle compagnie nous avons fait appel quand elle demande d'un ton timide : « Y a-t-il un chat ? »

Nicholas s'arrête net. Il pivote lentement sur ses talons, puis regarde Alice comme il ne l'a jamais vraiment regardée auparavant et répond tout net : « Rosalind a horreur des chats. » Il s'apprête à lui tourner le dos de nouveau, mais avant qu'il ait le temps d'achever la manœuvre, Alice s'exclame, tellement avide de se rendre utile :

— Oh, mais je m'arrangerai pour qu'il n'aille jamais dans votre appartement et je le cacherai chaque fois que Mrs Darrow viendra en visite. Les chats sont tellement efficaces pour régler les problèmes de souris.

Nicholas refait volte-face. Ses talons sont soumis à rude épreuve aujourd'hui tandis qu'il s'efforce sans succès de s'arracher à cette conversation. L'instant d'après, il dit d'un ton respectueux : « Bien sûr vous pensez à Orlando. »

Un souvenir flotte dans mon esprit : celui d'une Rachel toute petite en train de lire un grand livre illustré.

— Qui portait le nom du célèbre chat couleur marmelade, je présume, dis-je, décidant d'afficher mes maigres connaissances en matière de littérature enfantine.

— Il était plus doré qu'orange, précise Alice, mais c'était une bête magnifique et ultra-efficace contre les souris. Je l'adorais.

Nicholas soupire et je sais qu'il pense à tous les chats qu'il a adorés lui aussi avant que Rosalind décide que les animaux étaient une source d'ennui, laissant des poils partout sur les meubles et semant des colonies entières de puces sur les moquettes.

— Nous avons toujours eu des chats tigrés lorsque j'étais enfant, dit-il avec nostalgie.

— Merveilleux ! s'exclame Alice, subjuguée. Tous en même temps, ou bien l'un après l'autre ?

— Un à la fois.

Les deux amoureux de la race féline se sourient, unis par leur passion commune. Puis Nicholas décrète avec l'air de quelqu'un qui prend une décision professionnelle :

— Nous allons prendre un chat. Vous viendrez le chercher avec moi. Nous choisirons ensemble.

Sur cette réplique finale bouleversante, il s'en va dans son bureau.

Tandis que la petite Alice manque de s'évanouir à la perspective d'aller acheter un chat avec Nicholas, je me demande si nous avons vraiment pris une décision sensée.

COMMENTAIRE

Occupe-toi de ta propre vie sexuelle, Lewis Hall, et laisse les autres se soucier de la leur. Ou, dans un langage moins émotif, fie-toi à Nicholas pour gérer l'idolâtrie d'Alice avec autant d'habileté que celle de tous les autres.

Mais « tous les autres » n'habitent pas au presbytère.

Oh, ressaisis-toi, vieux fou, et cesse de voir les femmes comme une perpétuelle cause de problèmes...

Jeudi 27 septembre 1988

Il y avait des années que je n'avais pas mangé un petit déjeuner aussi délicieux que celui concocté ce matin par notre nouvelle serve à domicile, Alice. Nicholas lui-même, qui ne s'intéresse pas le moins du monde à la nourriture, a mangé deux fois plus que d'habitude et Stacy n'arrêtait pas de dire : « Je n'arrive pas à croire que j'ai avalé tout ça. » Durant une demi-heure bienheureuse, le péché de gourmandise a régné en maître suprême au presbytère et le Diable a fait des claquettes dans nos estomacs.

Nous avons donné à Alice une semaine pour s'installer avant de mettre en vigueur le nouveau plan de Nicholas que je trouve excellent : organiser un petit déjeuner communautaire pour le personnel du centre de guérison après la messe de huit heures, mais elle prend un départ fulgurant dès le premier jour. Charmante enfant, intelligente et si bonne. Si seulement elle n'avait pas le béguin pour Nicholas ! Mais elle le cache magnifiquement et personne ne s'en rendra compte à part un vieux fou salace comme moi.

Rosalind fait son apparition pour interviewer des femmes de ménage potentielles ; elle a déjà renvoyé Mrs Mudd qui trouvera assurément un autre foyer composé exclusivement d'hommes à terroriser. Rosalind est sur son trente et un dans une élégante tenue terre de sienne, aux épaules ultra-rembourrées ; on dirait qu'elle s'apprête à intégrer un peloton d'exécution, armé de Kalashnikov.

Pour lui échapper, je me réfugie au centre de guérison, où je suis pris au collet, dès mon arrivée, par Francie qui me dit que son mari l'a encore battue ; ce coup-ci, elle a décidé de le quitter. Ce n'est pas la première fois que j'entends ça. C'est difficile d'avoir l'air d'y croire quand on sait que si cet épisode suit le même cours que les précédents, elle aura bientôt changé d'avis et résolu de rester avec le scélérat. Toutefois, à mon grand soulagement, elle ne me demande pas mon point de vue ; elle a juste envie de m'ouvrir son cœur. C'est logique. Je suis prêtre. Je peux supporter les épanchements. Mais quelqu'un devrait essayer de l'extraire de cette relation sado-masochiste qui lui cause tant de souffrances.

Il faut que je reparle d'elle avec Nicholas. Fort heureusement, je n'ai pas à me soucier des règles de la confidentialité dans son cas, car elle se confie à nous deux et s'assure que chacun de nous est conscient que l'autre est au courant. C'est inhabituel. D'autres membres du personnel ont des problèmes, mais ils ont tendance à les partager soit avec Nicholas, soit avec moi. D'un autre côté, personne n'est dans une situation aussi pathétique qu'elle, alors sans doute a-t-elle besoin de nos efforts conjugués pour avoir le soutien spirituel qui lui est nécessaire.

À propos de femmes ayant besoin d'un soutien spirituel, je pense à Venetia que j'apercevrais peut-être filant à travers le centre dans moins de soixante-douze heures. Si je la vois, bien sûr, ce sera un pur hasard.

COMMENTAIRE

Cesse de t'extasier à la pensée de la venue de Venetia au centre, vieux fou, et contente-toi de prier pour sa guérison.

(Mon Dieu, aidez-moi à être un *prêtre* ici, et non un obsédé sexuel retraité. Amen.)

Vendredi 30 septembre 1988 : Journée Venetia.

Venetia débarque en pantalon-veste noir avec gilet assorti ; on dirait la Vita Sackville-West des années 1980. Elle est peut-être lesbienne. Beaucoup de femmes de mœurs légères le sont. Toute cette nymphomanie est leur manière à elle de régler leur compte aux hommes.

Par la plus impure des coïncidences, je suis justement dans le hall de réception en train de dire à Bernard qu'il devrait faire réparer la photocopieuse qui recommence à mâchonner le papier quand Venetia fait surface après sa consultation dans la salle trois. Elle a pleuré et essaie de mettre une énorme paire de lunettes noires. Derrière elle, Robin, très agité, surgit en envoyant des signaux d'appel, ce qui ne l'empêche pas d'avoir l'air d'un phasme. Je lui fais un geste rapide et précis sous-entendant : « Je m'en occupe. Déguerpissez » et il disparaît. Robin est la compassion faite homme. Pas étonnant qu'il soit maigre comme un clou. Rien de tel qu'une compassion profonde et constante pour brûler les calories.

Pendant ce temps-là, Bernard me déclare d'un ton réprobateur qu'on ne peut pas acheter une nouvelle photocopieuse parce que, depuis la récente grève des postes, le nouveau « fax » a la priorité. Je l'abandonne avec son pidgin-english technologique et fonce droit sur les lunettes noires en disant sans préambule : « Café ? »

— Ouais.

— Allez vous asseoir dans la salle deux.

Elle s'exécute. Dieu merci, je n'ai plus de rendez-vous ce matin ; je suis censé être de garde à l'église avant l'Eucharistie de midi. En m'emparant de deux tasses de café, je me prépare à administrer les premiers secours.

Venetia est affalée dans le fauteuil près de mon bureau. Je m'assois en face à elle et lui tends l'une des boîtes de Kleenex réglementaires et, durant les cinq minutes qui suivent, j'attends en silence tandis qu'elle en imbibe toute une kyrielle. Finalement elle tire sur ses lunettes et déclare d'un ton monocorde :

— Bon, je m'en vais.

— Vous avez envie d'un verre ?

Elle s'anime :

— Allez-y ! Poussez-moi à la consommation.

— Bon, je vous emmène au Savoy boire une limonade.

— *Une limonade ?* répète-t-elle, épouvantée.

— C'est pas parce que vous ne buvez plus d'alcool qu'il faut vous priver de tout. J'aime bien boire un soda de temps en temps quand mon foie a besoin d'un peu de repos.

Nous nous dévisageons le temps qu'elle décide si elle doit me cracher son mépris à la figure ou non. Finalement, elle s'en abstient. À la place, elle rit et je m'esclaffe moi aussi.

Avant de partir, je joins Nicholas via l'interphone et l'informe que je ne serai pas là pour l'office de guérison de midi. J'ajoute que j'espère qu'il n'aura pas à affronter notre vagabond blasphémateur qui veut se faire la Vierge Marie ! Il était de retour hier, chassé par son hôpital psychiatrique dont Mrs Thatcher vient d'ordonner la fermeture...

J'ai l'impression d'avoir à peu près trente-neuf ans quand je hale un taxi et emmène Venetia dans le grand hôtel le plus proche. J'en oublie même ma hanche qui continue pourtant à faire des siennes...

COMMENTAIRE

Si je suis sortie avec elle, c'est pour des raisons thérapeutiques, bien sûr. J'ai pensé que quelqu'un devait intervenir à cet instant afin de l'empêcher d'aller se soûler. J'ai eu le sentiment qu'elle avait droit à une petite visite au Savoy

pour la récompenser d'avoir enduré cette séance de thérapie, salutaire certes, mais douloureuse. En bref, en l'invi-
tant, je n'ai pensé qu'à son bien et je n'avais aucun motif
caché.

Damnation ! Ce que je peux écrire comme sottises parfois dans ce journal !

Samedi 1ᵉʳ octobre 1988

Je reçois le petit mot suivant : « *Cher Lewis, merci. Mais
vous me rappelez quelqu'un que j'ai passé la moitié de ma
vie à essayer d'oublier. Il était merveilleux lui aussi. Adieu.*
VENETIA. »

Sacré nom d'un chien !

Je suis d'une humeur si revêche que Stacy essaie de se
cacher quand il me voit arriver et Nicholas me demande si
j'ai songé à changer de calmants.

Merde à tout le monde ! Merde à tout !

COMMENTAIRE

À quoi t'attendais-tu, pauvre imbécile ? Une liaison
fougueuse ? Pour ce qui est de perdre contact avec la réalité
tu te poses décidément là ! Pathétique !

Cette femme est en train d'essayer de remettre un peu
d'ordre dans sa vie. Elle n'a que faire d'une vieille crapule
à traîner comme un boulet au pied, prêt à tout ficher en
l'air.

LAISSE-LA TRANQUILLE.

Lundi 3 octobre 1988

Une autre note de Venetia me parvient : « *Cher Lewis.
Pardon. J'ai réagi trop vite. Vous ne lui ressemblez pas du
tout, je m'en rends compte maintenant. Nous devrions peut-
être prendre un autre verre ensemble. Êtes-vous allé au Claridge ces derniers temps ? V.* »

Je suis tenté d'ouvrir une bouteille de champagne, mais
il n'est que sept heures du matin et j'ai une foule de choses
à faire aujourd'hui. J'ai envie de bondir sur la table de la
cuisine, de me marteler la poitrine et de rugir comme un
lion, mais bon sang ! j'ai soixante-sept ans et je suis tout

juste arrivé à marcher de mon lit jusqu'à la porte d'entrée pour aller chercher le courrier.

Cette fichue hanche...

Tout à coup, je deviens fou. J'entre en trombe dans le bureau où Nicholas est en train de faire ses exercices spirituels et je lui fais tellement peur qu'il laisse tomber sa Bible. Puis j'abats mon poing sur la table la plus proche et hurle à pleins poumons : RAS LE BOL DE CETTE FOUTUE HANCHE ! JE VAIS ME FAIRE METTRE UNE PROTHÈSE.

Nicholas en reste bouche bée, mais il comprend tout de suite que ce comportement de dément est thérapeutique, et une seconde plus tard, me gratifie d'un sourire encourageant. Après tout, je me suis abstenu de parler de cette hanche pendant beaucoup trop de temps et cette réserve n'a fait qu'intensifier mon stress.

— Félicitations, Lewis, s'exclame Nicholas. C'est une excellente décision !

Les dés sont jetés. Une nouvelle vie m'attend !

En extase, je rêve de rajeunissement.

COMMENTAIRE

À la réflexion, c'était loin d'être une scène édifiante. Motifs : (1) Je me comporte comme un adolescent instable vis-à-vis de Venetia et m'expose ainsi à toutes les humiliations possibles et imaginables. (2) S'abandonner à des fantasmes lubriques à la Tarzan (roue sur la table, coups de poing sur la poitrine, etc.) n'est pas vraiment une activité psychique qui sied à un prêtre de mon âge. J'aurais mieux fait d'imaginer le dialogue qui doit inévitablement s'ensuivre avec mon directeur de conscience puisque je m'apprête à affronter la perte de ma hanche/ceinture de chasteté. Suis-je ou ne suis-je pas supposé rester célibataire ? Cela ne sert à rien de m'enticher bêtement d'une alcoolique névrotique de plus si je ne peux servir Dieu convenablement qu'en demeurant célibataire. N'oublions pas que l'aboutissement final de ce qui n'était à l'origine qu'un simple réflexe charnel refoulé pourrait bien être la preuve que la mort de Diana m'a déstabilisé et qu'en conséquence, j'agis ni plus ni moins comme un dément. N'oublions pas non plus que mon état civil reste inchangé, et même si je suis veuf désormais, je suis toujours le même homme qui se plaît à flirter avec les sirènes aristocratiques, mais couche avec des catins. Comment puis-je songer à me remarier alors que je sais pertinemment que je ne réussirai jamais à venir à bout de cette obsession ? Certes, Venetia, sans inhibition, combine singulièrement les deux espèces. Alors peut-être que... Non. Arrête de fantasmer... Laisse tomber...

Où en étais-je ? Ah oui ! Aux raisons pour lesquelles la scène décrite ci-dessus n'était pas édifiante : (1) Je me comporte comme un adolescent rendu fou par les testostérones. (2) Mes fantasmes sont d'une inutilité spectaculaire quand il s'agit de résoudre la question du célibat. (3) J'aurais dû y réfléchir à deux fois avant de m'engager à me débarrasser de ma ceinture de chasteté. Et (4) même si je m'arrange d'habitude pour éviter le blasphème, je dois aussi faire plus d'efforts pour me passer des grossièretés. « Ras le bol de cette foutue hanche » n'est pas vraiment une formule bien choisie pour un prêtre, même si je me soulageais d'une intolérable tension que Nicholas était le seul à m'entendre. Le langage est important. Des propos orduriers témoignent d'une conscience souillée et comment Dieu peut-il communiquer avec nous si le canal de communication est encrassé par l'équivalent psychique de la boue ? Il faudra que j'en parle à Nicholas. Je crois que lui aussi a fait un usage un peu trop désinvolte des jurons ces derniers temps, et nous devons renforcer notre discipline spirituelle afin de rester en forme. Ce n'est pas bon de refléter sans scrupules l'un des aspects les plus voyous de la culture contemporaine. Les prêtres ne sont pas là pour ça et puis des voyous, il y en a déjà assez comme ça ! Les êtres humains sont d'autant plus utiles qu'ils s'efforcent d'être civilisés, plutôt que des bouffons sans cervelle.

Quelle splendide conclusion ! Reste à savoir si le fait d'éliminer les obscénités de mon langage m'empêchera d'avoir des pensées coupables à propos de Venetia ?

Jeudi 4 octobre 1988

Après mûre réflexion, j'arrive à la conclusion que je ne peux plus emmener Venetia dans les bars d'hôtel, mais quelques secondes après avoir atteint cette décision suprêmement raisonnable, je m'aperçois que j'ai le devoir moral absolu de continuer parce que, si je ne le fais pas, elle se sentira rejetée, ce qui pourrait avoir des conséquences on ne peut plus regrettables tant qu'elle sera dans un état émotionnel fragile. Alors je lui téléphone et lui fixe un rendez-vous au Claridge.

Après coup seulement, il me vient à l'esprit qu'il se pourrait que je sois en train de faire une faute déontologique grave. Puis-je fréquenter une patiente suivie au centre ? Même si ce n'est pas moi qui me charge de la thérapie, on pourrait considérer que je m'immisce dans le traitement de Venetia.

Je suis si troublé par cette supposition que je fais ce que j'aurais dû faire plus tôt, à savoir me confier entièrement à Nicholas. À mon grand soulagement, il prend les choses à la légère et me dit qu'il serait intervenu après l'interlude au Savoy s'il avait pensé que ces rendez-vous menaçaient de quelque manière que ce soit le bien-être de Venetia. « Robin et moi pensons l'un et l'autre que vous êtes à même de jouer un rôle propice dans la lutte qu'elle mène actuellement contre l'alcoolisme, me dit-il. Si vous arrivez à lui prouver qu'elle peut prendre place dans un bar avec un homme et passer un bon moment en buvant un jus de fruits, vous lui aurez fait faire un bon bout de chemin. »

Mais il pourrait y avoir deux écoles de pensée à ce sujet. J'imagine aisément certains membres des AA, par exemple, décrétant qu'elle ne devrait même pas mettre les pieds dans un bar tant qu'elle ne se sera pas débarrassée une fois pour toutes de son accoutumance à l'alcool. Cependant, si Nicholas et Robin sont prêts à donner leur aval à ces rencontres... je résouds de garder pour moi mes objections hypothétiques sur certains membres tout aussi hypothétiques des AA.

— La seule chose qu'il vous faut à tout prix éviter, ajoute Nicholas en me fixant brusquement d'un œil dur, c'est...

— Je sais, je sais.

— En fait, si vous avez le moindre doute sur votre aptitude à maîtriser l'aspect physique de votre relation, vous feriez mieux d'abandonner la partie avant que votre amitié aille plus loin. Je pourrais lui expliquer les choses d'une manière qui lui éviterait de se sentir rejetée.

— C'est inutile.

Nicholas laisse passer un silence avant de me demander de son ton le plus neutre :

— Vous êtes-vous mis en quête d'un nouveau directeur de conscience ?

— Euh, j'ai été passablement occupé ces derniers temps et...

— J'aimerais que vous alliez voir ma religieuse.

Nicholas s'est adressé à cette femme qu'il admire beaucoup après le décès de son directeur de conscience qui lui avait laissé une lettre la lui recommandant. Elle est catholique, mais cela n'a aucune importance puisque, de nos jours, nous sommes tous si favorables à l'œcuménisme. Elle a été mariée dans un passé lointain et obscur. C'est probablement une vieille dame extrêmement bonne, sage et profonde. Mais...

— Non, il faut que ce soit un homme, lui dis-je, puis, au prix d'un grand effort, j'ajoute : Pas parce que je trouve quoi que ce soit à redire chez votre religieuse. C'est chez moi que je trouve à redire.

— Une femme pourrait peut-être réussir à vous guérir là où tant d'hommes ont échoué.

— Non, mon grand-oncle Cuthbert n'aurait pas approuvé.

C'est tout ce que je suis capable de répliquer.

— Dans ce cas, trouvez-vous un confesseur que vous respectez, suggère Nicholas, le regard à nouveau dur comme la pierre, mais grouillez-vous. Si vous démolissez Venetia maintenant, à ce tournant essentiel de sa vie, pour la simple raison que vous n'arrivez pas à y voir clair en vous sur la question du célibat...

Je lui assure que je préférerais être castré plutôt que de démolir Venetia et, cinq minutes plus tard, je me mets fébrilement à téléphoner à mes amis en quête d'informations sur la nouvelle étoile apparue au firmament de la direction spirituelle.

Deux autres prêtres londoniens me conseillent cette religieuse. Surprenant ! Mon grand-oncle Cuthbert n'aurait jamais pensé une seule seconde que je puisse faire des confessions honnêtes à une femme. Si je ne le savais pas, je me dirais que Dieu essaie de me faire comprendre quelque chose...

COMMENTAIRE

Je continue à tourner en rond tel un derviche à propos de cette histoire de directeur de conscience. Il *faut* que je prenne une décision. Voici les faits incontestables :

(1) Je dois me faire mettre une prothèse de la hanche de manière à être suffisamment en forme pour servir Dieu au mieux de mes capacités.

(2) Avec cette nouvelle hanche, je risque de sombrer dans le marasme sexuel à moins d'y voir clair dans mon esprit AU PLUS VITE.

(3) Si je n'y vois pas clair dans mon esprit AU PLUS VITE, je risque de démolir Venetia.

(4) Afin de déterminer si je peux envisager un avenir avec Venetia, je dois discerner ce que Dieu requiert de moi à ce stade de ma vie et quel genre d'existence je suis supposé mener pour satisfaire à Ses exigences.

(5) Pour trouver les réponses justes à ces questions cruciales, j'ai besoin *d'aide*.

(6) Pour obtenir le type d'aide qu'il me faut pour pouvoir (a) entrer en liaison avec Dieu par le biais de la prière et (b) déterminer ce qui doit être fait, je dois trouver un directeur de conscience expérimenté qui sait à quoi s'en tenir sur les questions de la sexualité et

(7) Je dois dénicher ce paragon *sans délai*.

Tout cela me semble parfait. À présent, réfléchissons...

Les mots *sans délai* sont sans doute essentiels et c'est la raison pour laquelle je les ai soulignés automatiquement. Pourtant, la vérité est qu'à moins d'avoir une chance exceptionnelle, trouver un nouveau guide spirituel — le bon ! — prend toujours du temps, et s'il y a bien une chose qui me fait défaut, c'est le temps...

Décidément non. Il va falloir que je garde Simon pour le moment. Mieux vaut le directeur de conscience que je connais que celui que je ne connais pas, et je ne dois pas me jeter trop à la hâte sur un remplaçant sous prétexte que je suis pressé. Cela pourrait s'avérer désastreux, beaucoup plus que de me contenter de Simon jusqu'à ce qu'un candidat adéquat se présente.

Je jure donc de continuer à chercher consciencieuse-
ment le génie spirituel rompu au pire et aux questions de
la sexualité qui saura venir à ma rescousse quand je serai
tenté de plonger au fond de ma personnalité afin d'appuyer
sur le bouton marqué AUTODESTRUCTION.

Est-ce que je ne ferais pas bien de tester la religieuse
de Nicholas ?

Non. Perte de temps. Elle ne me supportera jamais.

Mon Dieu, je vous en supplie, transformez Simon en
un génie spirituel ! Amen.

Mercredi 5 octobre 1988

Je demande un rendez-vous en urgence avec Simon et
je l'obtiens, mais quand le moment est venu de m'y rendre,
j'ai envie d'annuler. Seul le souvenir du regard glacial de
Nicholas m'en dissuade.

Me voilà parti, mais c'est une vaine expédition. Simon
m'agite sous le nez sa fixation bourgeoise et me débite des
sornettes une fois de plus. Comment se fait-il que cet
homme, qui a reçu une éducation parfaitement respectable
dans un manoir de quarante pièces au cœur du Northum-
berland, idéalise ainsi la classe moyenne ? Je commence à
penser que son concept du paradis doit être le Surbiton.

Il me dit qu'on pourrait penser que je risque d'être
appelé à me marier à nouveau, mais l'élue n'est sans doute
pas Venetia, trop semblable à Diana. Je devrais sans doute
épouser quelqu'un de différent, une chic fille issue de la
classe moyenne, par exemple, qui ne demanderait pas
mieux de faire la cuisine, la couture et de s'occuper de la
maison et qui prendrait magnifiquement soin de moi à
l'aube de la vieillesse.

Le problème étant que Simon, moine depuis cinquante
ans, n'a strictement aucune idée de ce à quoi ressemble la
bourgeoise moderne. Soit elle a une carrière, boit du scotch
et brutalise tous les hommes du conseil d'administration,
soit elle refile ses enfants à une fille au pair et se met à
forniquer avec le mari au foyer de la voisine.

Je m'enfuis, déprimé, et file au Claridge pour retrouver
Venetia.

Tout se passe bien. Quel soulagement ! J'accorde peut-être trop de crédit aux guides spirituels et pas assez à mon intense désir de ne rien faire qui puisse compromettre la chance de Venetia d'échapper à une mort vivante pour privilégier la Vie avec un V majuscule. Nous ne nous asseyons pas trop près l'un de l'autre. Je me comporte à la perfection et elle ne me fait pas d'avances. En bref, nous parlons, rions et nous amusons de la manière la plus normale et ennuyeuse qui soit, mais notre rencontre est positive et avant de nous séparer, nous nous fixons un rendez-vous pour aller prendre un verre au Connaught.

COMMENTAIRE

Je suis très content et j'ai le sentiment de contrôler la situation, ce qui veut probablement dire que ce n'est pas du tout le cas.

Je ferais mieux de me confier à Nicholas.

Je ne saurais être trop prudent en la circonstance.

Jeudi 6 octobre 1988

Je jure à Nicholas que j'ai été transformé en un chevalier vêtu d'une armure étincelante et que Venetia ne craint rien. Il est impressionné par ma sincérité, mais pas tout à fait convaincu que je ne commettrai pas un impair plus tard. Je déclare aussitôt que je vais trouver un nouveau directeur de conscience le plus rapidement possible.

Il se contente de me dire d'un ton très aimable :

— Je suis content que ce soit votre priorité.

Pour lui faire oublier mes humiliantes tergiversations à ce sujet — sans parler de mes tergiversations contestables concernant Venetia, je soulève le problème de cette autre femme troublée, Francie Parker, qui s'obstine à tergiverser avec son sadique de mari, mais il trouve la situation aussi déconcertante que moi. Elle refuse de prévenir la police, d'aller dans un refuge pour femmes battues ou de demander l'appui d'une organisation féministe. Elle abandonne son époux de temps en temps, certes, mais regagne systématiquement le foyer conjugal dans les quarante-huit heures. Inquiet, je demande à Nicholas :

— Cette vie privée perturbée risque-t-elle d'affecter son travail à la paroisse ?

Nous cogitons la question un moment pour en arriver à la conclusion qu'écouter avec dévouement les problèmes des autres lui offre probablement l'évasion idéale pour ne pas avoir à s'appesantir sur les siens.

— Elle n'arrête pas de répéter que son travail est sa bouée de sauvetage, me rappelle Nicolas, et elle ne manifeste aucun signe d'incompétence. Bien au contraire, tout le monde la trouve merveilleuse. Ce matin encore, Alice me disait quel bonheur c'était de la voir régulièrement...

Nous sommes d'accord, une fois de plus, sur le fait que nous ne pouvons pas obliger Francie à suivre une thérapie. Pour l'heure, la seule chose que nous puissions faire est l'écouter si elle a envie de parler. Mais j'estime que ce n'est pas une solution satisfaisante.

Après ma conversation avec Nicholas, je quitte le centre et monte à l'église pour accomplir diverses besognes : je change le drap de l'autel, remets de l'ordre dans le panneau des prières, sors un nouveau paquet de brochures d'informations relatives à notre mission. Je suis encore très occupé quand Francie entre furtivement dans l'église pour prier. Je m'attarde un moment en feignant d'être absorbé par la vérification de la réserve d'hosties, et elle finit par s'approcher de moi. Elle me dit qu'elle était en train de remercier Dieu parce que son mari lui a juré de changer.

Je pense : « Dieu tout-puissant, montre-moi ce que je peux faire pour aider cette femme. »

Mais je sais déjà que je dois me faire le complice de cette nouvelle chimère.

— Francie, ma chère, lui dis-je avec douceur, infiniment de douceur à telle enseigne qu'on dirait un vieux prêtre tendre dans l'un des films à l'eau de rose produits par Hollywood il y a des lustres, il me semble me souvenir que ce n'est pas la première fois que votre mari jure de s'amender.

— Mais cette fois-ci, il est déterminé.

Elle ne le croit pas sincèrement ! Si ?

— Eh bien, s'il ne tient pas sa promesse ce coup-ci, vous devriez envisager d'aborder le problème sous un autre angle.

Elle me le promet, mais je vois bien qu'elle est persuadée désormais qu'elle va vivre heureuse jusqu'à la fin de ses jours.

Tout le monde sait que les femmes battues finissent par être subjuguées par les mauvais traitements qu'elles subissent de sorte qu'elles ne sont plus à même de réagir rationnellement, mais tout de même je reste pantois.

Je lui demande d'un ton prudent :

— En avez-vous parlé avec Nicholas ?

— Pas encore. Mais je le ferai, bien évidemment. Il est si compatissant, ajoute-t-elle en soupirant, laissant momentanément tomber sa garde. Si compréhensif.

Rien de nouveau là-dedans. Francie est l'une des femmes du centre qui considèrent Nicholas comme la huitième merveille du monde. Ce degré d'admiration pardonnable — idolâtrie, béguin, quel que soit le nom qu'on veut lui donner —, est tout à fait inoffensif et fait partie des retombées normales d'un ministère charismatique. Nicholas sait parfaitement comment gérer ces projections courantes ; il est très habile. Francie l'idéalise probablement plus en ce moment parce que son mari lui donne si peu de satisfactions, mais c'est une femme intelligente et il n'y a pas de danger qu'elle aille trop loin. J'en suis convaincu car dans le cas contraire, elle se confierait exclusivement à Nicholas et ne m'adresserait même pas la parole.

J'allume une bougie pour elle avant d'aller préparer l'office de midi.

COMMENTAIRE

J'ai allumé une bougie pour Francie, mais je pensais à Venetia. Ce n'est pas très rigoureux sur le plan spirituel. Je dois me concentrer davantage.

Jeudi 11 octobre 1988

Je retrouve Venetia au Connaught. Je suis ravi d'apprendre qu'elle a accru le nombre de ses séances avec Robin à deux par semaine parce qu'elle les trouve très profitables. Je suis tout aussi ravi de pouvoir déclarer que je me suis IMPECCABLEMENT comporté.

Je provoque la seule fausse note en demandant à Venetia des nouvelles de sa fille de vingt-deux ans qui travaille en Allemagne. Elle voit rarement Vanessa, élevée principalement par sa sœur préférée qui adorait les enfants, et m'affirme que mieux valait qu'il en fût ainsi puisqu'elle était incapable d'« assumer ». Elle a sans doute raison, mais la culpabilité transparaît sur chaque ride de son visage et je comprends que cet échec n'a fait qu'exacerber sa haine d'elle-même et ravager son amour-propre.

Ce bref entretien nous prend moins d'une minute et quelques instants plus tard, nous rions à nouveau comme si tout avait été instantanément oublié. Venetia suggère que nous nous voyions la semaine suivante et j'opine du bonnet en ajoutant que je trouve très amusant de passer ainsi en revue tous les grands hôtels. Après quoi, elle me demande d'un ton détaché : « Êtes-vous riche ? » — le genre de question qu'une brave bourgeoise n'oserait jamais poser —, et je réponds : « Non, j'ai dû vendre la deuxième Bentley et restreindre ma commande hebdomadaire de caviar chez Fortnum's. » Les gens fortunés se plaignent constamment de problèmes d'argent !

Ma réplique la fait sourire, mais elle a de la suite dans les idées.

— En tant que disciple du Christ, pourquoi ne faites-vous pas don de votre argent ?

Je lui explique que je n'ai pas la moindre intention de remplir les poches d'un troupeau d'avocats et de comptables en montant une fondation de charité, mais si cela l'intéresse vraiment, je suis prêt à lui fournir une liste des œuvres caritatives que je soutiens. Quand elle s'excuse d'un air penaud, j'enchaîne aussitôt :

— Inutile de vous excuser. Votre requête était justifiable. La richesse provoque toutes sortes de questions d'ordre spirituel qui demandent à être soulevées et réglées.

— Votre générosité est évidente, se borne-t-elle à me répondre. Après tout, il suffit de voir la manière dont vous dépensez de l'argent pour une vieille *has been* aux traits marqués telle que moi !

J'entends l'appel désespéré de réconfort, le besoin impérieux de savoir que quelqu'un, quelque part, ne la trouve pas repoussante.

— Où est la vieille *has been* aux traits marqués dont

vous parlez ? je demande avec agressivité. Je ne vois qu'une femme courageuse tournée vers l'avenir.

Elle riposte que si je vois ça, je suis capable de voir n'importe quoi, mais j'ai semé une petite graine d'espoir dans son esprit. Son beau regard vert se brouille. Sa cigarette tremble entre ses doigts.

— Vous êtes un charmant vieux bonhomme ! murmure-t-elle d'une voix chevrotante.

C'en est trop. J'ai déjà dû prendre sur moi pour jouer aux vieux prêtres affectueux avec Francie, mais être traité de « charmant vieux bonhomme » par Venetia dépasse largement ce que la nature humaine affaiblie par l'âge est capable d'endurer.

— Je ne suis pas un charmant vieux bonhomme, je râle de mon ton le plus bourru, je suis méchant, acariâtre et invivable. Demandez à Nicholas et Stacy.

— Bon, comme ça on fait la paire ! rouspète-t-elle en retour. À présent nous pouvons arrêter de faire semblant d'être adorables.

Nous pouffons de rire et gloussons tout en tirant sur nos ignobles cigarettes et je suis sûr qu'à cet instant, nous partageons le sentiment que la vie vaut tout à coup la peine d'être vécue. Dans le taxi, en rentrant chez moi un peu plus tard, une vieille chanson de Vera Lynn me trotte dans la tête : *Nous nous reverrons, j'sais pas où, j'sais pas quand.* Je gazouille comme si j'étais ivre mort. En fait, je sais précisément où et quand. En revanche, je ne sais pas comment je vais faire pour attendre toute une semaine avant notre prochain rendez-vous, au Dorchester.

En arrivant, j'apprends que Rosalind va passer la nuit au presbytère ; elle est venue en ville pour déjeuner avec une amie et voir comment la nouvelle femme de ménage s'en sort. Celle-ci est aussi timide qu'efficace et répond au nom de Shirin, mais son anglais est hésitant. Je refuse de la laisser entrer dans ma chambre, non pas parce que je suis misogyne, raciste ou xénophobe, mais parce que je tiens à mon intimité et que je préfère passer l'aspirateur et épousseter moi-même. Je le fais sans manquer au moins une fois tous les six mois.

Je veux dire à Nicholas que j'ai eu un comportement IRRÉPROCHABLE avec Venetia, et comme ma hanche ne me

fait pas trop souffrir ce soir, je monte l'escalier en clopi-
nant. Dans l'appartement, Rosalind et lui sont assis l'un à
côté de l'autre, main dans la main, sur le canapé, comme
un couple d'adolescents des chastes années cinquante, en
train de regarder une rediffusion de *Chapeau melon et bottes de cuir* à la télé.

Voyant que j'ai pris la peine de gravir les marches,
Nicholas se lève d'un bond, persuadé qu'il est arrivé quelque chose. Je m'empresse de le rassurer.

— Je vais bien, et Venetia aussi.

— Venetia Hoffenberg ? s'exclame Rosalind avec une
moue de dégoût. Seigneur, que faites-vous donc avec cette
épave ?

Tandis que je serre les dents pour m'abstenir de riposter, Nicholas s'exclame avec douceur :

— N'es-tu pas un peu injuste, ma chérie ? Tu ne l'as
pas vue depuis longtemps. Elle a changé.

— Quel soulagement pour sa famille ! Tout le monde
pensait qu'elle finirait comme sa sœur Arabella : une droguée invétérée prise en charge par un ignoble vieux gigolo.

— Eh bien, ce soir Venetia n'était qu'une pétillante
fumeuse invétérée prise en charge par un ignoble vieux prêtre, je lâche, incapable de tenir ma langue plus longtemps,
mais Nicholas intervient avec une remarquable aisance et
cet air désinvolte et serein qu'il a perfectionné au fil des
années :

— Je suis content que tout se soit bien passé. C'est
exactement ce que j'avais envie d'entendre.

Du coup, je me calme instantanément.

J'ai de nouveau mal à la hanche. Je me traîne en bas
et trouve Alice en train de monter la garde devant le four
où mon dîner m'attend au chaud.

— Vous n'avez pas à rester debout quand je rentre
tard, lui dis-je, en songeant qu'au bout de deux semaines
passées au presbytère, elle est suffisamment intégrée pour
supporter une remarque péremptoire ou deux. Je suis capable de sortir mon repas du four tout seul.

— J'ai pensé qu'une bonne tasse de thé vous ferait plaisir si vous êtes un peu fatigué.

Je suis si épuisé par le combat mené pour ne pas me
comporter comme un pitbull avec Rosalind que je ne me

montre pas aussi reconnaissant que je le devrais envers Alice. Le pitbull prend le dessus et j'aboie :

— Oubliez le thé. Apportez-moi plutôt la bouteille de whisky.

Je lui montre comment préparer un whisky-soda comme je les aime.

— Voudriez-vous un verre de vin avec votre souper ? me demande-t-elle bravement, un peu secouée par mon coup de gueule.

Je découvre qu'elle s'y connaît en œnologie grâce aux cours de cuisine qu'elle a pris. En outre, elle m'avoue que si elle m'a proposé du thé, c'est parce qu'elle pensait que c'était ce qu'il fallait faire quand on sert un ecclésiastique à une heure indue !

Qu'est-ce qui me prend d'être grossier avec cette cuisinière exemplaire ? Après m'être éclairci la voix, je lui demande de mon ton le plus suave si elle aurait l'extrême gentillesse d'aller me chercher une des demi-bouteilles de Saint Julien que je garde dans une caisse au fond du placard de l'entrée. Non contente de m'apporter instantanément ce délice, elle débouche la bouteille, la fait décanter et remplit mon verre exactement à la bonne hauteur.

Adorable jeune femme ! Quelle chance de l'avoir !

En m'attaquant à mon délicieux dîner, je me demande si « Nicky » a prévenu Rosalind que nous n'allons pas tarder à avoir un chat.

COMMENTAIRE

Je dois prier pour Alice qui se débrouille si bien dans son nouvel emploi.

Je dois prier pour Venetia qui se démène tant pour recommencer sa vie.

Je dois prier pour Francie, se débattant dans cet horrible mariage.

Je dois prier pour cette horrible Rosalind.

Je dois prier pour moi, l'horrible. Mon Dieu, je vous en supplie, aidez-moi à venir à bout du pitbull qui est en moi. Amen.

Lundi 17 octobre 1988

Je lis avec effroi qu'une poignée de femmes-prêtres (nous ne devons pas utiliser le mot « prêtresses », me dit Nicholas, car cela leur fait insulte en conjurant des images de paganisme) ont violé la loi en officiant une Eucharistie dans une église anglicane. Je ne me suis pas encore remis de la nouvelle apprise la semaine dernière, selon laquelle le suaire de Turin était un faux ! Et puis quoi encore ! En réalité, cela n'a guère d'importance ; on n'aurait jamais pu prouver que ce suaire appartenait au Christ même si on avait réussi à déterminer qu'il datait bel et bien du premier siècle. Une autre information me déprime bien plus : à l'occasion de la grande assemblée du parti conservateur, vendredi dernier, Mrs Thatcher a déclaré qu'elle était « trop jeune » pour prendre sa retraite. Les gens disent qu'elle sera là à jamais, ou tout au moins jusqu'au nouveau millénaire. Comment allons-nous faire pour supporter le sacrifice perpétuel des membres les plus faibles de notre société sur l'autel de ce dieu obscène baptisé LE MARCHÉ ?

Toute la journée j'ai le cafard, mais je retrouve ma bonne humeur au moment d'aller rejoindre Venetia au Dorchester. Inutile de préciser que j'ai un comportement IRRÉPROCHABLE. Dans le taxi sur le chemin du retour, je fredonne « Lili Marlène ». Drôle comme ces vieux airs de la guerre restent gravés dans nos mémoires.

En arrivant à la maison, je trouve Alice dans la cuisine. Elle m'attendait pour me présenter une petite chose à rayures qui miaule. On peut faire confiance à Nicholas pour obtenir ce qu'il veut, en l'occurrence, un chaton tigré. Il s'appelle James parce qu'Alice croit qu'un nom simple et sans prétention facilite la vie des propriétaires. Elle a au moins réussi à imposer ça. Nicholas l'aurait sans doute appelé Walsingham, Canterbury ou je ne sais quel nom de ville à connotation religieuse, comme ses chats précédents.

— Charmant, dis-je en caressant James du bout de l'index. Est-il propre ?

— Presque.

— Un animal d'une intelligence supérieure, à n'en point douter !

Elle me prépare un whisky-soda dosé à la perfection. Puis elle me sert une portion de tourte divine, accompagnée d'un verre de vin rouge. Je me sens bichonné et en conséquence, extrêmement docile.

Dieu m'a peut-être changé en labrador !

COMMENTAIRE

Je ne pense pas que je sois bien avisé de voir l'intervention de Dieu dans une tourte qui m'incite à la gloutonnerie. Mes capacités de discernement sont manifestement très affaiblies. Quand vais-je trouver un nouveau directeur de conscience ?

Jeudi 20 octobre 1988

Je prends le temps d'aller rendre visite à plusieurs confesseurs potentiels, mais aucun ne fait l'affaire. Ils ne tiendront jamais le coup avec moi. Puis j'appelle mon orthopédiste à Harley Street. Il va me réserver une place dans une de ces cliniques ultra-chères. Bon, je sais que je ne devrais pas opter pour la médecine privée, mais je cotise à la BUPA et puis je suis trop vieux pour faire autrement. Notre Seigneur Jésus-Christ condamnerait à coup sûr cette attitude d'enfant gâté, mais Il ne sait pas ce que c'est de se faire opérer dans un hôpital public. Il s'apitoierait sûrement sur le sort d'un vieux bonhomme terrorisé à l'idée de clamser sur le billard avant d'avoir eu la possibilité de mener ses irréprochables rendez-vous à une conclusion respectable. Quand on me demande quelle date j'envisage pour l'opération, je réponds d'un ton ferme « dès que possible », mais mon cœur chavire quand on me suggère le 4 novembre. Je ne pensais pas que ce serait si tôt.

J'ai été si occupé ces derniers temps entre mes visites chez tous ces directeurs de conscience, Venetia et ma hanche, que j'ai négligé Stacy, mais ce soir-là, à la maison, il ravive mon anxiété en demandant de but en blanc à Nicholas : « Est-ce que vous voyez un inconvénient à ce que j'invite Alice à sortir avec moi ? »

Je n'aime pas du tout la manière dont il le dit. On dirait un directeur de casting choisissant une actrice pour un premier rôle. Très souvent, les hommes incertains de leur sexualité tentent leurs chances avec une femme sans attrait en partant du principe qu'elle ne les laissera jamais tomber et n'entreprendra rien qui puisse les menacer en aucune manière.

Nicholas lui répond gentiment, mais d'un ton catégorique :

— Je crains que ce ne soit pas possible, Stacy, je suis désolé, mais si vous sortez avec Alice et si les choses tournent mal, cela risque d'empoisonner l'atmosphère ici. Quand plusieurs personnes n'appartenant pas à la même famille vivent sous le même toit, voyez-vous, il est très important que certaines distances soient maintenues entre elles. L'équilibre communautaire ne saurait être compromis par les problèmes émotionnels d'un des partis.

Après quoi, il mentionne le nom de deux jeunes femmes qui travaillent à temps partiel à l'église. Stacy paraît reconnaissant du tuyau.

— Je considère cela comme la preuve irréfutable qu'il a véritablement l'intention de se dénicher une petite amie, déclare Nicholas, après que son vicaire eut filé en haut dans son appartement en faisant claquer ses talons.

Je me contente de grogner, mais lorsqu'il se met à débiter je ne sais quelles sornettes sur l'éventail complexe de la sexualité moderne, je ne peux pas laisser passer ça.

— Mon cher Nicholas, dis-je d'un ton irrité, la seule raison pour laquelle Stacy joue la carte de l'hétérosexualité, c'est parce qu'il est prêt à tout pour vous plaire.

Nicholas refuse de l'admettre.

— Ce n'est pas possible, affirme-t-il avec obstination. Il sait que je le soutiendrais même s'il était *gay* et que je ne voudrais en aucune manière qu'il perde son intégrité en niant une partie de son être profond.

— Stacy est une catastrophe ambulante ! À propos de catastrophes ambulantes...

Je soulève la question de Francie.

En passant en revue nos récentes conversations avec elle, nous nous apercevons qu'elles sont identiques. Une fois encore, la confidentialité n'est pas un problème parce que Francie nous donne carte blanche pour discuter ensemble de son cas, mais cette fois-ci, je m'entends dire brusquement :

— Il y a quelque chose de louche dans ce qu'elle nous raconte.

Nicholas est abasourdi. Les intuitions lui échappent rarement, même si nous nous y connaissons suffisamment l'un et l'autre dans ce domaine pour nous en méfier comme de la peste. Je vois bien qu'il se dit que j'ai perdu la boule, ce en quoi il n'a peut-être pas tort.

— Continuez, m'ordonne-t-il en se redressant sur sa chaise.

— Eh bien pour commencer, je voudrais savoir pourquoi elle se livre à nous deux. Je trouve cela curieux. Dans la plupart des cas, les femmes battues rechignent au départ à parler des sévices qu'elles subissent et sont enclines à ne se confier qu'à une seule personne, le plus souvent une autre femme.

— Les généralisations sont parfois trompeuses. N'oublions pas que Francie travaille à nos côtés depuis des années et qu'elle nous fait entièrement confiance ! Dans ces circonstances...

— Mais il y a autre chose.

Ma vieille cervelle cliquète comme un moteur à vapeur tandis que je m'efforce de faire le lien entre ma prémonition et mes pensées rationnelles.

— Son histoire est toujours la même depuis le début. Elle n'évolue jamais.

— Peut-être parce que les relations de ce type ont tendance à tourner en rond.

— Oui, mais...

— Ce qui me semble bizarre, poursuit Nicholas inopinément, c'est qu'après avoir fait l'effort de se confier à nous — une étape importante vers l'appel à l'aide —, elle refuse systématiquement nos suggestions au demeurant judicieuses. Je pensais vraiment que l'idée d'un cercle de femmes...

Je l'écoute à peine. Mes méninges fonctionnent à vitesse maximale. Je l'interromps à mon tour.

— On ne voit jamais aucun signe de violence, pas vrai ? Elle prétend qu'Harry ne la frappe qu'aux endroits où cela ne se voit pas. Mais supposons...

— Supposons qu'elle soit perturbée, beaucoup plus perturbée que nous l'ayons réalisé et que cette histoire de sévices ne soit qu'une pure invention destinée à attirer notre attention ?

Nous nous dévisageons. C'est une hypothèse pour le

moins déconcertante. En dehors du fait que nous tenons tous les deux beaucoup à Francie, elle est aussi la doyenne de nos Bénévoles et a accompli des merveilles pour nous au cours des quatre dernières années. C'est une tâche éreintante de soutenir à longueur de journée des gens déstabilisés. Si elle l'est elle-même profondément, elle aura du mal désormais à accomplir sa mission. Une fort mauvaise nouvelle pour le centre de guérison.

Je lance d'un ton sardonique, histoire d'alléger la tension par une pointe d'humour noir : « Est-ce le Diable que j'entends frapper à la porte ? », mais dès l'instant où je l'ai dit, je réalise que plaisanter à propos du Diable n'est pas vraiment une bonne idée dans les circonstances.

En attendant, Nicholas, stupéfait, s'exclame :

— Je ne peux pas croire que Francie aurait disjoncté.

— Nous n'avons aucune preuve concrète, mais il nous suffit d'attendre un peu plus longtemps. Elle s'enferrera à un moment ou à un autre.

— Oui mais...

Il est encore sous le choc.

— Pourquoi ferait-elle une chose pareille ? demande-t-il finalement. Elle n'a pas à recourir à un subterfuge pour avoir notre attention pleine et entière à n'importe quel moment.

— Eh bien, à l'évidence, elle cherche une forme d'attention différente, et tout aussi manifestement, c'est après vous qu'elle en a. Jusqu'à maintenant, je me suis dit que si elle avait besoin de vénérer quelqu'un, elle se confierait exclusivement à vous, mais je me rends compte à présent qu'elle est beaucoup plus rusée que je ne le pensais et qu'elle m'utilise comme paravent.

— Attendez une minute ! s'écrie Nicholas d'un ton sec. Êtes-vous certain de ne pas être en train de la rendre démoniaque en projetant sur elle des doutes et des soupçons censés se porter ailleurs ?

— Absolument !

— Eh bien, c'est un peu l'impression que je commence à avoir, même si je vous promets de rester vigilant. Incidemment, à propos de problèmes de femmes, avez-vous trouvé un nouveau directeur de conscience ?

Je suis bien obligé d'admettre que non.

Nicholas soupire. Il regrette que je n'aie pas encore repris les choses en main.

Fin de notre entretien.

COMMENTAIRE

Je me dis qu'un bouillon démoniaque pourrait bien être en train de mijoter à St Benet. Si Francie a perdu la boule et si Stacy s'engage à cent à l'heure sur la mauvaise pente, on risque fort d'assister à deux catastrophes susceptibles de nous plonger dans le scandale jusqu'au cou. À moins que je ne sois légèrement détraqué maintenant que la date de mon opération a été fixée, d'autant plus que je rêve de chirurgiens armés de scies !

J'ai fait jurer à Nicholas, Alice et Stacy de garder le secret de cette intervention. Je n'ai aucune envie d'avoir un défilé de visiteurs à l'hôpital. Je suis sûr que j'aurai l'air d'un nonagénaire après cette boucherie et je ne tiens pas à avoir de témoins. Vanité, vanité...

La cuisine d'Alice va me manquer. Son ragoût d'hier soir était un chef-d'œuvre et je vais prier pour qu'un charmant jeune homme l'invite à dîner au plus vite. Dois-je chercher à déterminer pourquoi elle ne vient pas à l'église avec nous pendant la semaine ? Non. La plupart des gens n'y vont pas et elle a parfaitement le droit de s'en abstenir. Devrais-je lui demander pourquoi elle ne nous accompagne pas non plus le dimanche ? Non. Elle est peut-être trop timide pour venir à la messe de huit heures que j'officie au profit de quelques membres de notre groupe de prière quand l'église est officiellement fermée, et si j'attire l'attention sur son absence, elle se sentira encore plus gênée. De toute façon, j'ignore ce qu'elle fait le dimanche matin aux heures où je ne suis pas au presbytère. Elle va peut-être à la cathédrale St Paul où elle se sent plus à son aise dans l'anonymat. Je dois me retenir de la questionner et la laisser se rétablir de la manière qui lui convient le mieux du lavage de cerveau perpétré par sa grand-tante.

Nicholas m'a expliqué qu'elle avait été très influencée par cette grand-tante, une vieille fille têtue comme une mule qui considérait qu'aller à l'église était de la foutaise, mais se serait battue jusqu'à la mort pour préserver les routines de l'Église qu'elle considère comme les rites tribaux de la Grande-Bretagne. « La religion du peuple », comme on dit parfois, est peut-être d'un pittoresque absurde, mais on ne doit pas sous-estimer son aptitude à faire pénétrer la chrétienté jusqu'au cœur des gens simples. Alice a eu une éducation chrétienne. Elle aura peut-être envie un jour d'explorer les choses plus en profondeur. C'est à Dieu d'en décider, qu'il œuvre à travers nous ou en dépit de nous ; je dois Le laisser maître de cette affaire. En outre, le meilleur prosélytisme passe par une vie chrétienne bien vécue et non pas un rabâchage indélicat et rasoir dès qu'un mécréant est en vue.

À propos d'Alice, je me rappelle que j'ai oublié de jeter un coup d'œil dans le réfrigérateur avant de me retirer dans ma chambre ce soir. J'ai découvert que son point faible était la glace au rhum et aux raisins, un luxe absolument délicieux qu'elle est forcée de conserver dans notre frigidaire parce que celui de son trou à rats est trop petit pour qu'elle puisse mettre quoi que ce soit au freezer à part quelques cubes de glace. En vérifiant dans notre congélateur, je peux voir si elle s'est empiffrée ou non. Au début, ça baissait à toute vitesse, mais sa consommation a considérablement diminué. Plus que six pots par semaine maintenant. Nicholas et moi nous abstenons de tout commentaire et Alice ne nous demande jamais de l'aider à lutter contre ce mal qui doit lui causer beaucoup de chagrin et d'inconfort, mais nous prions pour elle, bien sûr. J'allume aussi un cierge à chaque office de guérison, et un jour, j'en suis convaincu, elle maigrira...

Lundi 24 octobre 1988

Venetia et moi allons prendre un verre au Berkeley. Première fois que j'y vais, même si je connaissais l'ancien hôtel, bien sûr. J'ai le souvenir d'ébats très érotiques en ce lieu pendant la guerre.

Venetia me parle du bourreau des cœurs qui l'a démolie jadis au point qu'elle s'est empressée d'épouser un type qui ne lui convenait pas du tout. Quel égocentrique, mal dans sa peau, ivrogne par-dessus le marché ! En fait, l'était-il tellement plus que moi à l'époque où j'ai gâché la vie de Diana ? Peut-être pas, mais il avait soixante et un ans, il était marié *et* prêtre, comme son époux, et il aurait dû se rendre compte de ce qu'il faisait.

Mon Dieu, avec quelle facilité j'ai écrit cette dernière phrase ! Pourtant, qui sait ce que je pourrais être tenté d'entreprendre à soixante-sept ans, en étant célibataire et l'heureux possesseur d'une prothèse de la hanche ?

Mon comportement est IRRÉPROCHABLE une fois de plus, mais je rentre chez moi en taxi dans le silence le plus total.

Alice nous sert des œufs brouillés suivis d'un roulé à la confiture. Je ne saurais décrire le plaisir sensuel que j'éprouve à manger des classiques anglais préparés à la perfection. J'ai de la peine à réfréner toute pensée de la boucherie à venir, mais les petits plats d'Alice me calment.

James le chaton est tout à fait propre maintenant. Nicholas supervise son éducation. J'aurais dû me douter qu'il ne pouvait pas vivre longtemps sans cet animal. Je lui demande s'il a averti Rosalind de la présence de James ; il me répond évasivement qu'il ne l'a pas jugé nécessaire parce qu'il pensait que ça ne l'intéresserait pas.

Poltron.

COMMENTAIRE

C'est moi le lâche qui tremble secrètement à la perspective de cette fichue opération. Quand je pense à toutes les médailles qu'on m'a décernées pendant la guerre ! Il faut à tout prix que je me ressaisisse et que j'arrête de croire que je deviendrai un obsédé sexuel dès que j'aurai une hanche neuve.

Pourquoi n'ai-je pas réussi à trouver un autre confesseur ? Aurais-je des visées trop hautes ? À moins que mon désir ne soit pas assez fort ? Si seulement mon grand-oncle Cuthbert pouvait être là pour me secouer jusqu'à ce que mes dents s'entrechoquent...

Vendredi 28 octobre 1988

J'ai décidé de renoncer à chercher un nouveau guide spirituel jusqu'à mon opération. Ceci parce que je suis dans un état d'angoisse tel maintenant que je n'ai plus qu'une seule envie : savourer ce qui pourrait bien être les derniers jours de ma vie.

Pour commencer, je vais prendre un verre avec Venetia dans un de ces établissements à la mode, un gratte-ciel canadien appelé *The Inn on the Park*. Décor très élégant dans un style moderne, transatlantique, qui fait toujours un drôle d'effet en Angleterre. Nos cocktails de fruits sont ce que les Américains appellent des « Jumbo ». Venetia et moi tombons d'accord sur le fait que nous sommes magnifiquement servis.

Je parviens malgré tout à me comporter IMPECCABLEMENT.

COMMENTAIRE

Si seulement je pouvais mettre fin à ce cauchemar récurrent où je vois mon chirurgien en train de me castrer accidentellement sur la table d'opération... Suis-je certain que la peur à elle seule provoque ces rêves diaboliques ?

Peut-être que je mange trop au dîner ? Ce soir, Alice nous a servi un poulet rôti avec tous les abats suivi d'un crumble à la rhubarbe et je me suis goinfré honteusement. Pour couronner le tout, j'ai découvert que j'avais des envies de glace au rhum et aux raisins...

Dieu merci, je dois voir Venetia encore une fois avant le jour fatal. En attendant, j'espère simplement que je ne mourrai pas d'indigestion avant d'atteindre l'hôpital.

Mercredi 2 novembre 1988
Venetia et moi nous retrouvons au Hilton dans Park Lane. Splendides vues de Londres. Je finis par lui lâcher que je vais disparaître de la circulation pendant quelque temps.

— Qu'allez-vous faire ? me demande-t-elle.

— Une espèce de retraite. Je vous expliquerai ça plus tard. (Mon Dieu, pourvu qu'il y ait un plus tard !)

Je ne sais pas trop dans quel état je serai quand je m'échapperai de l'hôpital. Le spécialiste est encourageant, mais il évite de manifester trop d'optimisme au cas où je tomberais raide mort sous l'effet du choc dès mes premiers pas avec ma hanche toute neuve. Il a bien marmonné quelque chose à propos de béquilles, mais j'ai fait comme si je n'avais rien entendu parce que je suis encore loin d'avoir soixante-dix ans et je suis sûr que les béquilles sont pour les vrais gâteux, ceux qui approchent des quatre-vingts ans, ne se sont pas entretenus physiquement en menant une vie active et souffrent de toutes sortes de maux *en plus* de l'arthrose. Après tout, je n'ai aucun pépin de santé, en dehors de ma hanche, et une fois qu'elle sera remplacée, je suis déterminé à faire le lézard jusqu'à mon départ de l'hôpital.

Mon chirurgien m'a aussi précisé que je devrais prendre « des petites vacances au bord de la mer » pour accélérer ma convalescence, mais c'est bien la dernière chose que je ferai ; je mourrais d'ennui. Je veux ma vieille chambre sale, mes messes à St Benet et la cuisine d'Alice. À quoi bon passer des heures à regarder fixement la mer ?

Pendant que toutes ces pensées fusent dans mon esprit, Venetia parle du bonheur d'aller en retraite. Allait-on me demander de me flageller et, si tel était le cas, pouvait-elle faire office de bourreau, s'il vous plaît, et tout cela a-t-il quelque chose à voir avec les Jésuites ?

— Ni Jésuites ni flagellations, je lui réponds en soupirant et poursuis intérieurement : rien qu'une scie et un chirurgien de Harley Street.

Venetia soupire aussi et affirme qu'elle sera prête elle-même pour une retraite une fois qu'elle aura fini sa thérapie, mais je sais que ses séances se passent bien. Elle songe à faire des études. Elle n'a pas profité de l'occasion d'aller à l'université quand elle était jeune et l'a toujours regretté depuis. Certes il est trop tard pour tenter de décrocher un diplôme, mais elle pourrait peut-être encore tirer quelque chose de son cerveau au lieu de le faire saumurer dans l'alcool... À moins que je pense qu'il est trop tard ?

Je lui réponds d'un ton ferme : « Il n'est jamais trop tard », et promets de me renseigner sur les cours par correspondance de l'Université de Londres.

J'ai un comportement IRRÉPROCHABLE.

Malheureusement, dès mon retour au presbytère, je m'effondre. J'ai beau me resservir du foie au bacon et de la tarte aux cerises arrosée de crème anglaise, j'ai encore faim. J'ai les nerfs à bout, tout n'est qu'illusion, mais la faim qui me ronge est bien réelle, et quand Alice me propose de la glace aux raisins et au rhum, je me retiens tout juste d'engloutir le pot entier. La perspective de cette opération fait incontestablement ressortir mon côté névrotique...

COMMENTAIRE

Ignoble !

Je me sens totalement humilié par ma pusillanimité extrême et mon abject manque de maîtrise sur moi-même.

Jeudi 3 novembre 1988

Mon départ pour l'hôpital est imminent ; je dois entrer aujourd'hui en prévision de l'assaut de demain. J'écoute le dernier chœur de la *Passion selon saint Mathieu* — belle musique pour mourir — en me demandant si je l'entendrai de nouveau un jour. Au cours de cette vie, je veux dire. Et c'est cette vie qui m'intéresse pour le moment, grâce à Venetia !

Ce sera tellement merveilleux quand je gambaderai tel un quinquagénaire au lieu de boîter comme un vieux schnock avec un pied dans la tombe !

COMMENTAIRE

Le texte ci-dessus n'est qu'un fatras de balivernes égocentriques. Pourquoi est-ce que je ne prie pas pour mon chirurgien et sa scie ?

Mon Dieu, comme je m'apprête à affronter mon sort, quel qu'il soit, je vous en conjure, aidez-moi à rester serein, digne, et à annihiler toute impulsion que je risque d'avoir de me rabaisser à l'état de crétin patenté obsédé par la bouffe.

Oh merde ! Pourquoi ai-je pris la décision absurde de me soumettre à ce foutu cauchemar...

Dimanche 6 novembre 1988

JE M'EN SUIS TIRÉ ! J'ouvre les yeux et pousse un soupir de soulagement gargantuesque. Je pensais ne jamais voir ce jour (hier). Pouvais pas faire grand-chose de plus, par contre. Drogué jusqu'aux yeux. Mais aujourd'hui, je suis moins dopé et plus sain d'esprit, j'en profite pour écrire quelques lignes.

J'ai très mal, mais la disparition de la douleur de l'arthrose est absolument incroyable. Trois hourras pour mon chirurgien le guérisseur ! Non, disons six ! (Les trois autres sont pour mon appareil génital. Intact.) Je suis si euphorique que je me comporte magnifiquement, à telle enseigne que tout le monde s'imagine que je suis un tendre vieux prêtre, mais ils ne tardent pas à se rendre compte de l'erreur qu'ils ont commise. En l'espace de quelques heures, je redeviens grincheux ; j'en ai assez du haricot et de tout leur matériel ; j'exige un pyjama propre, des oreillers supplémentaires, de la nourriture de meilleure qualité, un vin buvable. Nicholas entre au moment où je beugle : « Je hais les hôpitaux ! »

— Alors, vieux acariâtre ! me dit-il en m'étreignant.

Hier, quand j'étais vaseux et que j'avais le regard vitreux, il est venu avec des fleurs de la part d'Alice, de Stacy et de lui-même et aujourd'hui, il m'apporte des livres.

Il me donne aussi trois cartes de vœux de prompt rétablissement. Celle de Stacy — un vieillard grabataire zieutant une infirmière —, est grossière. Typique. Celle d'Alice, féline, montre un chat brandissant une pancarte où il est écrit : « Remettez-vous vite. » Tout aussi caractéristique. Quant à Nicholas, original comme d'habitude, il a choisi une reproduction de son Kandinsky préféré et écrit derrière : « N'êtes-vous pas heureux de vivre dans les années quatre-vingt ? Avec une nouvelle hanche, vous avez sans conteste une longueur d'avance sur votre grand-oncle Cuthbert ! » Un message qui me fait sourire.

Je suis si touché que je tripote toutes ces offrandes en marmonnant que je ne peux pas trop parler. Nicholas comprend et rend le silence paisible.

Je me demande quel genre de carte Venetia m'aurait envoyée si elle savait où j'étais et ce qui m'est arrivé...

COMMENTAIRE

Je supporte très mal l'interruption de ma routine religieuse tel un athlète que l'on aurait privé de son entraînement, mais j'essaie de maintenir mon équilibre en rendant grâce à Dieu à intervalles réguliers pour toutes les merveilles de la médecine moderne. Nicholas m'a apporté le Saint-

Sacrement, comme prévu. Il le fera tous les jours jusqu'à mon retour. Quelle chance j'ai de l'avoir pour prendre soin de moi ! MERCI MON DIEU, AMEN.

Samedi 12 novembre 1988

J'ai reçu la visite de la petite Alice. J'en suis tout retourné. J'ai banni Stacy, sachant qu'il casserait tout autour de lui et que mes nerfs n'y résisteraient pas, mais je n'ai même pas songé à en faire autant pour Alice. Je ne pensais pas une seconde qu'elle aurait envie de venir me voir.

— Vous êtes adorable et tellement attentionnée, lui dis-je, incapable de décider si je suis content qu'elle soit là ou pas.

Je tenais tellement à ce que personne ne me voie, en dehors du personnel de l'hôpital et Nicholas, tant que j'ai l'air d'un vieux clochard roué de coups.

Alice rougit, ravie du compliment, et sort un pot de glace au rhum et aux raisins d'un sac isotherme. Timidement, elle murmure :

— Je pensais qu'une cuillère ou deux vous ferait du bien.

Je décide sur-le-champ que je suis enchanté de la voir et engloutis plusieurs bouchées de glace en un temps record.

Pendant que je m'empiffre, elle me dit d'un ton hésitant :

— Je range votre chambre. Nicholas a pensé que c'était l'occasion ou jamais, mais ne vous inquiétez pas, je ne laisse pas Shirin entrer dans la pièce et je vous promets que je ne fouille pas. Elle marque un temps avant d'ajouter calmement : Je comprends que vous teniez à préserver votre intimité, mais c'était vraiment sale, vous savez.

C'est le moment où je me rends compte qu'Alice est finalement à l'aise au presbytère Elle est assez sûre d'elle pour sous-entendre de la manière la plus charmante qui soit : « Espèce de vieux cochon, votre chambre de céliba-taire endurci bourrée à craquer, parfaitement bordélique et empestant la nicotine, fait entorse à toutes les lois d'hygiène. Je n'avais jamais vu une pagaïe pareille de toute ma carrière. » Je lui réponds aussitôt.

— Merci, Alice. C'est vraiment gentil de vous donner cette peine. Je ne mérite pas tant de bontés.

— Pourquoi pas ? s'exclame-t-elle, tellement soulagée que j'aie bien pris la nouvelle que toute trace de timidité disparaît en un clin d'œil, mais avant que je puisse tenter de répondre, elle extrait de son sac à main une grosse enveloppe et me demande : Cela vous ferait-il plaisir de voir les dernières photos de James ?

Le chaton est mignon à croquer — de même que Nicholas, dans les bras duquel il est lové. Nicholas est sur toutes les photos.

— N'est-il pas adorable ? soupire Alice. À propos du chat, cela va de soi.

Quoique ?

COMMENTAIRE

J'espère que Nicholas ne relâche pas sa vigilance pour ce qui est d'Alice. Il ne peut pas se le permettre et je ne pense pas qu'il surveillait leur relation d'assez près quand il a décidé de se porter acquéreur de ce chat. Nicholas est fou des chats, mais, en ce qui concerne Alice, il ne peut pas s'autoriser la moindre folie.

Est-ce l'effet de mon imagination ou aurait-elle minci ? J'ai remarqué qu'elle n'avait pas mangé une seule cuillerée de glace.

Lundi 14 novembre 1988

La douleur s'est un peu dissipée et la disparition des élancements dus à l'arthrose continue à me sembler miraculeuse. Il y a tout de même une mauvaise nouvelle : la prophétie de mon chirurgien s'est réalisée : à savoir que je suis obligé de me servir de béquilles chaque fois que je me lève, et j'ai beau essayer de me convaincre du contraire, je sais que je ne pourrai pas faire autrement pendant un petit bout de temps. Jusqu'à nouvel ordre, je vais déambuler à la manière d'un crabe ivre. Pour aggraver les choses — et c'est la raison pour laquelle on n'est pas encore prêts à me jeter dehors — le kinésithérapeute m'a expliqué que je devais *réapprendre* à marcher. Dans l'impossibilité de prendre appui sur ma hanche défectueuse, j'ai mal marché et cela complique la rééducation. Enfer et damnation ! Comment faire pour me présenter devant Venetia si amoché ?

Je suis tellement contrarié que j'ai une prise de bec avec un des internes qui me dit que je devrais montrer l'exemple de la patience chrétienne. Blanc-bec ! Je découvre les dents et grogne. Il prend la fuite.

Nicholas arrive. Pour tâcher d'oublier cette déception insoutenable, je le tanne pour qu'il me raconte tout ce qui se passe à St Benet, sans rien omettre. Il a résolu de m'épargner les mauvaises nouvelles, mais il finit par céder. Il s'avère que Francie a quitté son mari (une fois de plus) mais a regagné le bercail (une fois de plus) après les quarante-huit heures habituelles chez sa mère ; le mari a promis (de nouveau) de changer et Francie a refusé (de nouveau) de se faire aider.

— Quoi de neuf ? dis-je alors, pince-sans-rire, mais apparemment, il y a tout de même du nouveau. Nicholas a suggéré à Francie de consulter notre psychiatre à Hampstead pour essayer d'analyser « la dynamique destructrice » de son couple ; elle a rejeté cette proposition on ne peut plus raisonnable et Nicholas est enfin disposé à croire qu'elle a tout inventé. La psychiatre en question — une jeune femme fort sympathique — nous a aidés par le passé dans plusieurs cas similaires, et Nicholas pense que si le problème de Francie tenait vraiment aux sévices dont elle se plaint, elle accueillerait avec bonheur la possibilité d'une aide médicale de la part d'une femme remarquable dont la spécialité est précisément les mauvais traitements.

— D'un autre côté, commente-t-il d'un ton circonspect, elle a peut-être le sentiment que voir un psy revient à admettre qu'elle est cinglée.

— Elle ne peut pas être naïve à ce point-là, pas après avoir travaillé durant toutes ces années à St Benet ! En outre, j'ai pris soin de faire comme si c'était Harry surtout qui avait besoin d'une aide psychiatrique. Je lui ai laissé entendre que son entrevue avec Jane serait moins une consultation qu'un entretien visant à déterminer la meilleure manière de traiter avec lui.

— Que vous a-t-elle dit pour justifier son refus ?

— La même chose que d'habitude. Harry allait changer. Aucune assistance extérieure n'était nécessaire. Son amour pour lui les aiderait à tenir le coup.

— Si Harry est aussi sadique qu'elle le prétend, elle se fait des illusions ! Dans le cas contraire, elle continue à délirer. De toute façon, elle est mal barrée.

Il y eut une pause tandis que nous méditions tristement ce verdict.

— Je me demande si les choses sont si claires que ça, reprit finalement Nicholas.

— Que voulez-vous dire ?

— Eh bien, il se pourrait que Francie dise la vérité quand elle traite son mari de sadique, mais qu'elle mente quant à la nature des sévices qu'il lui inflige.

Je le dévisage.

— À savoir que les mauvais traitements dont elle parle ne seraient pas si graves que ça ?

— Il se pourrait qu'ils soient beaucoup plus graves au contraire. Elle est peut-être traumatisée au point d'être incapable de décrire verbalement ce qui se passe. Cela expliquerait qu'elle ait refusé toutes les solutions que nous lui avons proposées. Elle se rend compte qu'elle a largement dépassé le stade où elle est en mesure d'expliquer le problème à des étrangers.

Je trouve sa théorie intéressante, mais elle me laisse sceptique.

— À quoi faites-vous allusion, précisément ?

— Une déviance sexuelle.

Nous réfléchissons ensemble et je m'aperçois qu'un inventaire mental détaillé des déviances sexuelles envisageables me fait oublier mes traumatismes post-opératoires. Je commence même à me sentir d'une humeur que mon grand-oncle Cuthbert aurait qualifiée de guillerette.

— Quelle est la prochaine étape ?

— À mon avis, la seule chose à faire pour le moment, c'est de l'obliger à continuer à communiquer. Aussi lui ai-je demandé de venir me voir deux fois par semaine afin de me faire un compte rendu de dix minutes sur la situation.

— Cela signifie qu'elle a enfin capté votre attention ! Écoutez bien ce que je vais vous dire, Nicholas. Ces petits entretiens de dix minutes ne tarderont pas à se changer en séances de cinquante minutes.

— Je pense que si elle bluffe, elle finira par s'enferrer et sera forcée de poser le masque longtemps avant que cela n'arrive. Par ailleurs, si elle dit la vérité, elle mérite cette attention particulière.

— Mais vous prenez un risque terrible, Nicholas ! Si elle est sérieusement perturbée et obnubilée par vous...

— La vérité est que j'ai du mal à admettre que Francie ait perdu la boule brutalement !

— Cela n'a rien de brutal. Ça fait un bon moment qu'on entend parler de ces histoires de sévices. En outre, n'oubliez pas que les gens les plus stables peuvent basculer si un déséquilibre chimique se produit dans le cerveau !

— C'est vrai, mais je ne vois aucun signe de psychose. L'explication la plus plausible est qu'elle subit véritablement des sévices qu'elle va finir par arriver à me confier.

— Je ne suis pas d'accord. Si Francie faisait régulièrement l'objet de quelque ignoble perversion, je pense qu'elle aurait craqué depuis longtemps, ou tout au moins montré des signes de tension nerveuse dans son travail. Or elle continue de fonctionner normalement. Personne au centre, à part nous, n'a la moindre idée qu'elle a des ennuis et, à mon avis...

Voyant que je m'excite trop, Nicholas change de sujet et m'annonce ce qu'il croit être une bonne nouvelle concernant notre autre souci grave du moment.

— À propos de gens fonctionnant normalement, dit-il en coupant habilement court à son propos, cela me rappelle quelque chose. J'ai failli oublier de vous le dire. Stacy est sorti avec Tara Hopkirk le week-end dernier. Ils sont allés au cinéma au Barbican et ont passé une excellente soirée.

Tara Hopkirk est l'une des femmes de ménage de l'église. Elle porte toujours des sweat-shirts et des jeans trop grands, vient à l'Eucharistie de midi une fois par semaine et elle est moche comme un pou. En d'autres termes, il s'agit d'une version mineure et dévote d'Alice.

— Elle manque un peu de classe.

— Eh alors ! Stacy n'est pas vraiment d'origine aristocratique, que je sache, et Tara est une fille très bien, avec un cœur gros comme ça !

J'imagine Tara enchantée par cette initiative inespérée de notre vicaire, mais quels sont véritablement les sentiments de Stacy ? Je décide que mieux vaut me passer de commentaire.

Devinant mon scepticisme, Nicholas modifie une nouvelle fois le cours de la conversation pour me parler de la dernière réunion à propos de Venetia. Apparemment, il a l'intention d'aller prendre un verre avec elle durant mon absence afin de s'assurer qu'elle conserve son équilibre sans sa dose habituelle de Lewis Hall. Le premier volet de sa thérapie s'achève fin décembre, mais elle devra vraisemblablement entreprendre une nouvelle série de séances quand Robin et elle auront évalué les progrès accomplis à Noël. À ce moment-là, si elle éprouve la nécessité d'explorer le passé plus avant, elle pourra tenter une psychanalyse, mais il est inutile d'aborder le sujet pour l'instant. En attendant, elle continue à se rendre aux réunions des AA et ne touche pas à l'alcool. Jusqu'à présent, tout va bien.

Je lui donne la permission de me remplacer auprès de Venetia en lui précisant qu'il devra passer outre à son aversion pour les grands hôtels. Il soupire, mais il tient énormément à Venetia et il est déterminé à la guérir. Aussi est-il prêt à affronter le Claridge en serrant les dents pour elle.

— J'espérais impressionner Venetia en marchant comme un jeune homme la prochaine fois que je la verrai, dis-je, incapable de résister à l'envie de lui confier ma déception, mais il s'avère que j'aurai l'air plus vieux que jamais et que je me déplacerai en boitillant avec des béquilles. Quelle explication vais-je bien pouvoir lui donner ?

— Vous n'avez pas besoin de lui expliquer quoi que ce soit. Soyez énigmatique et elliptique.

— Qu'entendez-vous par là, pour l'amour du ciel ?

— Dites-lui : j'espère qu'un jour, je pourrai vous raconter toute l'histoire, mais pour le moment, hélas, motus et bouche cousue...

— J'aime bien le « hélas » ! Mais supposez qu'elle me rie au nez en m'accusant de lui raconter des sornettes.

— Elle ne le fera pas. Elle sera fascinée, mais pleine de tact. Après tout, elle vous aime bien, non ?

— Oui, mais...

— Dans ce cas, elle ne vous forcera pas à parler d'un sujet que vous avez clairement qualifié de *verboten*.

Je me sens déjà mieux.

Il m'administre le Saint-Sacrement et nous prions. Puis il impose ses mains et après coup, je me sens non seulement mieux, mais magnifiquement bien, plein d'espoir, détendu et en paix. L'infirmière entre un peu plus tard, l'air de regretter de ne pas porter un gilet pare-balles, et se retrouve en face d'un vieux prêtre tout doux exhibant une mine béate. « Eh bien, que vous est-il arrivé ? » me demande-t-elle, étonnée, et je lui explique que j'ai été guéri par un grand prêtre dévot, humble, intègre, et par conséquent capable de ne faire qu'un avec la force du Saint-Esprit.

Mon Nicholas est à des lieues d'être un faiseur de miracles égocentrique, obnubilé par le pouvoir et imbu de lui-même, et c'est merveilleux.

Je suis si fier de lui.

COMMENTAIRE

Je ne dois pas devenir trop sentimental à l'égard de Nicholas. Il faut que je cesse d'écrire « mon » Nicholas comme un père gâteux idolâtrant son fils. Les vieillards sentimentaux vous mettent mal à l'aise, et je ne tiens pas à ce que la seule relation réussie de ma vie s'enlise dans la mièvrerie. La sentimentalité déforme la vérité. J'aurais tort d'oublier qu'il a des défauts et des faiblesses et que mon travail à moi qui suis son frère dans le Christ consiste à le regarder à travers l'objectif clair de l'amour véritable et non pas à travers les lunettes teintées de rose de la sensiblerie. Dans ces conditions seulement, je peux lui rendre service, l'aider s'il trébuche, le remettre sur le droit chemin s'il s'en écarte.

Mercredi 16 novembre 1988

On m'autorise à rentrer chez moi demain, mais malheureusement, je n'en ai pas fini avec les hôpitaux car je dois faire régulièrement des séances de rééducation. Le kinésithérapeute semble convaincu que, dans trois mois, peu de gens devineront que j'ai eu des problèmes de hanche.

Bonne nouvelle.

En attendant, mon chirurgien n'est pas du tout content d'apprendre que je n'ai aucune intention d'aller passer « des petites vacances au bord de la mer ». Il me déclare d'un ton sec que ce serait une erreur de me remettre précipitamment au travail, qu'il me faut marcher un petit peu tous les jours en évitant tout effort physique. Enfin, je dois me coucher tôt, ne pas conduire et puis « s'il vous plaît, songez sérieusement à vous arrêter de fumer ».

Je suis tellement furibard que j'ai envie de le choquer à mort en lui demandant dans combien de temps je pourrai avoir des rapports sexuels, mais mettre en boîte un laïque collet monté en lui laissant croire que je ne peux pas attendre de forniquer n'est pas vraiment un comportement justifiable de la part d'un prêtre.

Je me tais et me mets à rêver de bars de grands hôtels...

COMMENTAIRE

Mon impatience vis-à-vis du chirurgien et mon envie de rentrer chez moi correspondent-elles au simple désir, compréhensible, de retrouver un environnement chaleureux ou faut-il y voir quelque intuition ? Le Diable prend sûrement très mal ses succès remportés en tant que guérisseur. Ce que je sens très probablement, c'est ce pied fourchu qui frétille en attendant d'administrer un coup magistral.

Quelquefois, le langage métaphorique seul peut rendre la vérité.

Je vois si clairement à présent que le faiseur de miracles n'est autre que la face cachée du guérisseur chrétien. Il est là en permanence, enfoui dans le psychisme, mais tant qu'on l'affronte et qu'on le reconnaît, il peut être dompté. Dès lors qu'on l'ignore ou qu'on le néglige, en revanche, il s'agite et échappe peu à peu à notre contrôle. Le guérisseur doit être en pleine forme sur le plan spirituel pour relever un tel défi, ce qu'il doit faire à tout prix, car c'est une question de vie ou de mort.

Attention, Nicholas, *attention* ! Vous étiez le guérisseur idéal quand vous veniez me rendre visite à l'hôpital, mais de retour à St Benet, vous vous congratulez à cause du rendez-vous bidon de Stacy et vous décrétez avec suffisance que Francie n'est pas perturbée. Si vous ne prenez pas de précautions, cette arrogance va vous rendre aveugle, surtout si je ne suis pas là pour vous exhiber constamment la vérité sans fard sous les yeux, et puis un jour...

Un jour, tout s'effondre.

Dieu tout-puissant, je vous en conjure, aidez-moi à me remettre le plus vite possible afin que je puisse aider Nicholas au maximum à éviter les coups de pied fourchu. Amen.

Mardi 17 novembre 1988

Je quitte l'hopital. Toutes les infirmières pleurent mon départ. Je tente de me faire pardonner mes crises d'irascibilité insoutenables, mais elles me répondent qu'elles sont toujours ravies d'avoir affaire à un patient à l'esprit combatif. Il semble que je me sois taillé une réputation de « personnage ». Extraordinaire !

J'arrive à la maison. Pour fêter mon retour, Alice a mis sa plus belle robe-sac, trop grande pour elle désormais, et le chaton a un ruban autour du cou. Ma chambre est si nickel que j'ose à peine y allumer une cigarette. Je bricole ici et là en tirant des bouffées et touche tous mes biens préférés — le crucifix, les icônes, mes livres favoris, la photographie de Rachel et mes petits-enfants.

Alice a confectionné un superbe gâteau sur lequel on lit BIENVENUE À LA MAISON en lettres bleu roi. Je m'installe à la cuisine pour boire du madère et manger du gâteau et je me sens très heureux. Pour finir, je regagne ma chambre et téléphone à Rachel. « Je me suis fait mettre une prothèse de la hanche, dis-je d'un ton désinvolte à la fin de la conversation. Tout va bien. »

Rachel pousse les hauts cris. Pourquoi est-ce que je ne lui ai pas dit que je me faisais opérer ? Et si j'étais mort — « Pense au choc que ça aurait été pour moi alors que je ne savais même pas que tu étais à l'hôpital ! » Comment ai-je pu être aussi égoïste ? Et comment ai-je osé la priver de l'occasion de m'envoyer des cartes, des fleurs, des cadeaux ? Les infirmières ont dû se dire qu'elle était vraiment une fille indigne.

— Elles ne se sont rien dit du tout pour la bonne raison qu'elles ne savaient même pas que j'avais une fille.

Rachel, offusquée, réagit violemment ; elle éclate en sanglots et me raccroche au nez.

Nicholas rectifie le tir. Il la rappelle pour lui expliquer que j'essayais de lui épargner toute angoisse.

Il me passe le combiné. Rachel sanglote qu'elle est désolée, qu'elle ne voulait pas être méchante avec moi, que c'est l'effet du choc, mais maintenant qu'elle s'est remise, elle va m'envoyer des fleurs, du chocolat, du champagne...

— Très gentil, lui dis-je. Merci. Du Moët. Cela m'ira très bien.

Nous réussissons finalement à nous quitter sur une note chaleureuse.

Après cela, j'éprouve le besoin pressant d'un intermède léger et j'appelle Venetia.

— Comment s'est passée votre retraite ? me demande-t-elle.

— Très bien. Et votre sortie avec Nicholas ?

— Il a voulu boire du coca-cola, mon cher, mais je l'en ai empêché. C'était du snobisme à l'envers ni plus ni moins. Il voulait faire la nique au Claridge.

— Dégoûtant ! Nos rendez-vous m'ont manqué. Pouvons-nous nous voir ?

— Il vous suffit de me fixer une date.

— Demain ? Au Connaught ?

— Non, dit-elle et pour la première fois, elle hésite. Pas au Connaught. Un endroit plus grand et plus bruyant afin que personne ne puisse entendre ce que nous nous disons.

J'en déduis qu'elle veut me parler de sa thérapie.

— Nous pourrions retourner au Hilton.

— Très bien. Demain à six heures trente.

Transporté de joie à cette perspective, je retourne à la cuisine où je trouve Alice en train de préparer une soupe pour le déjeuner.

— Si vous cherchez Nicholas, me dit-elle, il est parti à l'église.

Je jette un coup d'œil à ma montre et découvre avec stupeur qu'il est beaucoup plus tard que je ne le pensais. L'Eucharistie de midi débute dans dix minutes.

J'ai très envie d'y aller, mais pour le moment je suis

distrait parce que je viens de me rendre compte que, bizarrement, Alice n'abrège jamais le nom de Nicholas. Pourquoi cette habitude ne m'a-t-elle jamais mis la puce à l'oreille ? Parce que cela n'a rien d'intrigant. Voilà la réponse. C'est inhabituel, mais il n'y a rien d'étrange là-dedans. Alors pourquoi est-ce que je m'en étonne maintenant ? Parce que mes antennes vibrent, sensibles au moindre danger susceptible de menacer Nicholas et de transformer le moindre élément de notre environnement familier en un risque potentiellement grave.

En dehors de moi — et de Rosalind, qui s'en tient à « Nicky » depuis la maternelle —, tout le monde l'appelle Nick. J'étais le seul jusqu'à présent à l'appeler Nicholas, comme son père, mais je n'ai plus ce privilège. Alice a annexé ces trois syllabes de sorte qu'elle se distingue de la foule qui entoure « Nick ». Elle a pris une position qui la rend spéciale.

Le chaton a repris son jeu favori qui consiste à mâcher mes lacets. En me penchant pour le prendre dans mes bras, je dis d'un ton détaché, très détaché, si détaché que personne ne soupçonnerait un instant que mes nerfs sont à vif :

— Alice, comment se fait-il que vous n'appeliez jamais Nicholas, Nick ?

Elle cesse de remuer sa soupe pour réfléchir sérieusement à ma question.

— Nick Darrow est la star du centre de guérison, me répond-elle finalement, mais Nicholas Darrow est l'homme tel qu'il est lui-même, pas seulement la partie « Nick », mais aussi les autres facettes de sa personnalité. Il y a celle qu'il partage avec Rosalind par exemple et celle que nous voyons ici quand il ne travaille pas. Et pour finir, il y a cette face cachée, mystérieuse, invisible, grâce à laquelle il connaît si bien les gens. C'est une dimension en quelque sorte, m'explique-t-elle, pas certaine d'avoir trouvé le mot qui convient, mais convaincue d'avoir dépeint quelque chose de bien réel. Je suis sûre d'avoir raison.

Je la dévisage. Elle rougit et recommence à touiller sa soupe.

— Désolée, marmonne-t-elle. Je sais que ce que je dis paraît bizarre.

— Pas pour moi. Je vous trouve des plus perspicaces, dis-je en gardant un ton désinvolte, alors que je suis sidéré.

La petite Alice, que des gens comme Rosalind peuvent si aisément dédaigner sous prétexte qu'elle est grosse et sans attrait, vient de manifester une intelligence et une intuition hors du commun. Non contente de décrire la nature profonde de Nicholas, elle a compris l'essence même du personnage, le don dont il ne parle jamais hormis avec son directeur de conscience ou moi.

Je parierais gros que personne au centre ne connaît cette face cachée de la personnalité de Nicholas. Les gens savent qu'il est charismatique (dans le sens théologique du terme), mais les charismes de la guérison, du prêche ou de l'évangélisation — ou tout autre talent répertorié par St Paul — peuvent se manifester aussi bien chez des médiums que des non-médiums et, vu de l'extérieur, Nicholas ne laisse rien transparaître de ses pouvoirs psychiques. Ils sont intimes, exclusivement réservés à Dieu, jamais exhibés ni exploités à des fins personnelles. Seuls les faiseurs de miracles s'en servent dans leur propre intérêt.

Il y a bien longtemps maintenant que Nicholas ne joue plus aux faiseurs de miracles. Il y a belle lurette qu'il ne s'est pas servi de ces tours de passe-passe parapsychiques pour se rendre intéressant dans les salons, qu'il n'a pas prédit l'avenir en lisant les lignes de la main de jolies jeunes femmes, qu'il n'a pas prétendu transmettre des messages venant des morts en devinant les pensées des vivants. Il a offert ses dons de médium à Dieu, en toute humilité, de sorte qu'aujourd'hui, ils sont si totalement incorporés dans son ministère qu'ils sont un atout caché plutôt qu'un handicap déformant son ego. Pourtant Alice a reconnu l'existence chez lui d'une perception extra-sensorielle qui le rend exceptionnellement intuitif quand il a affaire à ses patients et d'une remarquable habilité face aux phénomènes paranormaux. Elle s'en est rendu compte bien que cet usage extrêmement discret et discipliné d'un pouvoir psychique passe inaperçu aux yeux de la plupart des gens. Il faut être un peu médium soi-même pour reconnaître cette particularité chez Nicholas — et la petite Alice, je le découvre aujourd'hui, à mon grand étonnement, connaît le Nicholas que tous les non-médiums n'ont jamais connu.

Mais, attendez une minute, il y a peut-être une explication plus simple. Peut-être Cynthia lui a-t-elle parlé des pouvoirs paranormaux de Nicholas. Cynthia et Venetia le connaissent toutes les deux depuis les folles années soixante, avant son ordination, quand il jouait les jeunes faiseurs de miracles et multipliait les sottises.

Mais non ! Cette explication ne tient pas. Il se peut que Cynthia ait mentionné que Nicholas était un médium, mais elle n'aurait jamais pu décrire la dimension métapsychique de la personnalité de Nicholas comme Alice vient de le faire. Aux yeux de Cynthia, Nicholas était simplement quelqu'un qui accomplissait des tours de magie, mais qui, aujourd'hui, se refuserait catégoriquement à être vu avec une boule de cristal. Elle ne se rend pas du tout compte qu'il tire encore parti de ses dons d'une tout autre manière.

Je commentai d'un ton léger tout en caressant le chat, comme si la conversation portait sur un sujet on ne peut plus normal :

— Vous m'avez l'air d'avoir des dons de spirite, Alice.

— De quoi ?

— De médium.

— Oh non ! s'exclama-t-elle, horrifiée. Je ne crois pas à ce genre de chose. Ma tante m'a toujours dit que c'était de la foutaise.

Sa grand-tante était à n'en point douter une vieille bique têtue comme une mule (quelle étrange vision cette formule conjure ! Mais je suis trop énervé pour corriger la métaphore).

— Les aptitudes parapsychiques bien développées sont un don, comme un talent pour la musique, et de même que ce talent-là, cela ne fait pas automatiquement de vous une personne plus méritante que les autres. Pour la bonne raison que les dons spirituels et les dons paranormaux sont distincts, même s'ils peuvent empiéter les uns sur les autres dans la mesure où ils ont tous les deux trait à l'invisible.

— Mais les scientifiques n'admettent certainement pas...

— Un vrai scientifique devrait garder l'esprit ouvert et analyser les données, comme les scientifiques américains et russes le font actuellement afin d'en savoir plus long sur ce qu'ils appellent le « psy ». L'Amérique et l'URSS ont dépensé des fortunes en recherche dans l'espoir de tirer parti du « psy » dans le domaine de l'espionnage.

Alice écarquille les yeux de surprise, mais reste vaillamment sceptique.

— Vous y croyez vraiment ?

— Je doute qu'ils arrivent un jour à mettre le facteur « psy » au service de l'espionnage. Le « psy » ne convient pas à une activité aussi concrète ; on ne peut jamais compter véritablement dessus parce que les meilleurs médiums ont des absences et commettent des erreurs.

— Je n'y crois pas du tout, insiste Alice avec conviction.

Je comprends parfaitement pourquoi Alice se sent obligée de se cramponner aveuglément à l'incrédulité, mais je comprends aussi qu'elle a un don parapsychique qu'elle ne peut refouler, que cela lui plaise ou non. Maintenant que sa grand-tante n'est plus là, toutefois, ce potentiel a enfin une chance de s'épanouir — et de la mettre précisément sur la même longueur d'onde que Nicholas. Ils appartiennent au même monde, je le vois clairement maintenant.

Et je suis horrifié...

COMMENTAIRE

Dieu merci, Alice est une fille commune sans sex-appeal. Quoique... Si elle a un potentiel psychique, en a-t-elle aussi un physique ? Essayons de la voir d'une manière qui élimine sa corpulence.

Cela veut dire que je dois inverser mon ordre de priorités habituel. Au lieu de remarquer (a) les seins, (b) les jambes, (c) les fesses, (d) le visage, je dois commencer par le visage et ignorer le reste. Un défi intéressant ! Tentons le coup.

Alice a des cheveux noirs qui brillent joliment quand ils sont propres et des yeux brun doux de chien, ou pour être plus flatteur, disons de tourterelle. Elle a des dents blanches, régulières — elle ne fume pas, évidemment — et un charmant sourire. Elle a une opulente poitrine et... non, arrêtons là ce portrait censuré. Qu'est-ce que je vois ? Une possible version du type de femme avec lequel Nicholas faisait des fredaines à l'époque agitée précédant son ordination. La première fois que je l'ai rencontré, en 1968, et que je l'ai aidé à voir clair en lui, il m'a précisé quel était son type de femme : « J'aime les brunes passionnées ». Après quoi il s'en est allé épouser une blonde qui n'avait aucune chance de lui rappeler les filles avec lesquelles il avait jeté sa gourme. Erreur fatale. Je ne tenais pas du tout à ce qu'il épouse cette femme. Voilà qu'il est marié depuis vingt ans et qu'il approche de cet âge périlleux, les quarante-cinq ans...

Est-ce le Diable que j'entends frapper à la porte ?

Enfer et damnation ! Il va falloir qu'Alice s'en aille d'ici. La situation est trop dangereuse. Comment faire pour convaincre Nicholas ? Il pensera que je ne suis qu'un vieux fou paranoïaque. Bon sang, il m'a déjà accusé de diaboliser Francie !

Je dois procéder par étapes. Il faut que je prenne mon temps en faisant bien attention où je mets les pieds.

Chère petite Alice, quel dommage ! Je suis déjà si attaché à elle...

Vendredi 18 novembre 1988

J'allais écrire RENDEZ-VOUS AVEC VENETIA en haut de cette page et souligner à l'encre rouge pour manifester ma *joie de vivre*. Je brûlais d'impatience. Je mourais d'envie de faire tellement de choses, la plupart utopiques. Enfin, nous avons tous des rêves irréalisables.

Je ne tiens pas à relater ce qui s'est passé, mais je sais que je dois essayer. J'ai toujours considéré ce journal comme une forme de thérapie. Alors voilà...

Je retrouve Venetia au Hilton, comme prévu. Elle est très élégante en tailleur magenta. Hanches courbes, jambes découvertes, ses boucles à la Méduse formant des serpentins désinvoltes autour de sa tête. Des diamants partout, comme d'habitude. Ses faux cils alourdissent ses paupières. En d'autres termes, elle se montre telle qu'elle est : l'Anglaise excentrique dans toute sa splendeur.

Je vacille sur mes béquilles et je dois avoir l'air d'un centenaire échappé d'un asile de vieillards. De plus, j'ai passablement mal — rien à voir avec l'arthrose, Dieu merci ! mais l'usage de muscles qui n'ont pas l'habitude d'être mis à contribution et cette hanche qui ne semble pas encore m'appartenir me font souffrir. La douleur passe encore, mais je ne supporte pas cet équilibre instable.

— Mon Dieu ! s'exclame Venetia, épouvantée. Cette retraite vous a causé davantage de tracas que vous ne le pensiez !

— Il faut croire que oui. J'ai passé mon temps à regretter que vous ne soyez pas là, armé d'un fléau.

Elle rit avant de me demander :

— Que s'est-il passé ?

— J'espère qu'un jour, je pourrai vous raconter toute l'histoire, mais pour le moment, hélas, motus et bouche cousue.

— Pas très commode pour boire, ce que vous êtes venu faire ici. Voudriez-vous que je demande qu'on vous administre ce cocktail de fruits par intraveineuse ?

— J'entrouvrirai suffisamment les lèvres pour y glisser une paille.

Elle s'esclaffe à nouveau, commande les boissons et je me sens profondément soulagé qu'elle s'abstienne de pousser plus avant l'interrogatoire. Je sais maintenant que je ne lui parlerai jamais de l'hôpital. Pourquoi l'ennuyer avec de sombres histoires de prothèse de hanche ? Cela ne ferait qu'accentuer le fait que j'ai seize ans de plus qu'elle et je suis affreusement, inexorablement vieux.

— Je vous trouve très *piano,* dit-elle au bout d'un moment. Êtes-vous sûr que ça va ?

— Absolument ! Ignorez les apparences, lui dis-je avant de me mettre à bavasser gaiement à propos de tout et de rien.

Cependant, un autre silence s'installe bientôt et je me rends compte brusquement que je ne suis pas le seul à avoir du mal à me détendre ce soir. Elle est mal à l'aise aussi. Je lui demande ce qui ne va pas, redoutant de l'entendre me conter quelque beuverie récente, mais le problème n'est pas là. En fait, il n'y a pas de problème. Elle est gênée parce qu'elle ne sait pas comment me dire à quel point sa thérapie se passe bien ; si bien même qu'elle commence à envisager un tout autre avenir. Elle m'explique qu'une fois achevé le premier volet, elle veut quitter Londres, et tous ses amis alcooliques, et entamer une nouvelle vie ailleurs — seule.

— Je voudrais passer quelque temps à Cambridge, dit-elle, sans me regarder en tripotant le cendrier, pour essayer d'obtenir ce diplôme auquel j'ai renoncé quand j'étais jeune. Tout a commencé quand vous m'avez dit : « Il n'est jamais trop tard. » À ce moment-là, j'ai compris que je ne devais pas me contenter de mon sort s'il ne me satisfaisait pas. J'ai fait part de mon idée à Robin, il m'a parlé du Lucy Cavendish College, réservé aux femmes plus âgées que les étudiantes normales. Je leur ai écrit et j'ai obtenu tous les renseignements...

Elle va étudier la théologie. Elle doit passer un examen d'entrée, mais elle a eu une entrevue avec le principal et pense qu'elle a des chances d'être admise. Il y a longtemps qu'elle s'intéresse à la théologie, mais depuis que ce bourreau des cœurs en soutane l'a démolie, elle reculait avec dégoût devant tout ce qui avait à voir de près ou de loin avec la religion. Le moment est venu de rattraper le temps perdu, de se pencher sur ce qui l'intéresse fondamentalement, d'affronter la réalité au lieu de la fuir.

Je vois bien que ce n'est pas une coïncidence si parmi les personnages qui l'ont le plus influencée dans sa vie, se trouvent plusieurs ecclésiastiques : son bourreau des cœurs, son mari, Nicholas et moi. Nous symbolisons probablement une inclination intellectuelle qu'elle a refoulée. Elle n'est toujours pas croyante, dit-elle, mais cela n'a aucune importance. Des tas de gens athées étudient la théologie de nos jours ; c'est une discipline magnifiquement rationnelle et beaucoup plus proche des questions fondamentales de l'existence que la philosophie moderne. Elle ne pourra pas commencer ses études avant l'automne, mais elle a besoin de ce laps de temps supplémentaire pour achever de voir clair en elle. Oh, et puis, elle suivra peut-être un cours de grec du Nouveau Testament en attendant. Cela lui permettrait de prendre une longueur d'avance, et puisqu'elle est si vieille, des longueurs d'avance, elle a intérêt à en prendre le plus possible ! Elle va à Cambridge demain pour jeter un coup d'œil à des appartements à louer. Bien sûr, elle aura du mal à quitter Londres, mais... eh bien, elle a parlé de son projet à Nick ainsi qu'à Robin, et elle est convaincue maintenant qu'elle doit se lancer.

— Pensez-vous que mon idée soit folle ? dit-elle, perdant brusquement son aplomb. Croyez-vous que je vais me casser la figure ?

Tout son avenir est en jeu et je ne dois pas le compromettre en provoquant une scène égoïste. Je prie en silence pour avoir la grâce de me comporter comme je le dois en me disant que, lorsque deux êtres s'aiment vraiment, ils ne se cramponnent pas l'un à l'autre ; ils ne cherchent pas à s'emprisonner mutuellement. Ils ouvrent leurs mains et prennent du recul. Ils laissent ceux qui leur tiennent à cœur libres de faire ce qu'ils sont appelés à faire.

— Vous casser la figure ? Vous ? Absurde.

— Vous pensez vraiment que je peux y arriver ?

— J'en suis sûr. Je parle avec une assurance absolue et suis d'un enthousiasme indestructible. Vous en avez fait du chemin depuis notre rencontre au mois de juillet, Venetia ! Je suis très fier de vous et vous souhaite bien sûr tout le bonheur possible dans votre nouvelle vie.

Tandis que je m'exprime ainsi, je sens monter en moi une souffrance indicible. C'est ma vieille douleur ressuscitée, familière à m'en glacer le sang. La souffrance que j'ai éprouvée quand ma mère m'a dit qu'il n'y avait pas de place pour moi à Paris où elle avait pris la fuite avec son dernier amant en date. Mais il ne faut pas que j'y pense maintenant. Je ne dois pas décharger sur Venetia toute cette rage que, dans mes pires moments, je ressens encore à l'encontre de ma mère, mais comment trouver la force de contrôler toutes ces émotions à vif, chaotiques, qui essaient de s'imposer pour tout anéantir ?

— Il y a une chose que je voulais vous dire, chuchote-t-elle au point que je l'entends à peine. Elle a les larmes aux yeux. Je veux que vous sachiez — elle bredouille mais se reprend vite —, je veux que vous sachiez que je ne pourrais jamais vous remercier assez pour tout ce que vous avez fait pour moi. Vous avez racheté sa faute. Vous avez agi comme il aurait dû le faire il y a tant d'années. Il n'y a pas eu d'abus cette fois-ci, pas d'exploitation, pas de *folie à deux*. En conséquence, vous m'avez rendu ce qu'il m'a pris : mon amour-propre, de l'espoir, la conviction que la vie a un sens... Oh certes, Robin a été merveilleux, et Nick aussi bien sûr, mais en définitive, c'est vous qui avez réécrit le passé et m'avez permis de croire en un avenir où tout sera nouveau.

J'oublie ma mère. Je trouve le courage de dire :

— Je suis heureux d'avoir pu vous aider. Et d'avoir croisé votre chemin.

Après quoi je commence à avoir des difficultés. J'essaie d'ajouter : « J'ai beaucoup aimé nos rendez-vous », mais à la place, je prends une cigarette à tâtons.

— Je suis désolée, dit-elle très rapidement, d'une voix chevrotante. Pardonnez-moi. Je suis désolée...

Mais ça va. Quand tout s'effondre, ça va quand même. Je pense obstinément à cet avenir brillant dont je rêvais pour elle.

— Il n'y a rien à pardonner, lui dis-je, et vous n'avez pas à vous excuser.

Entre-temps, j'ai trouvé une cigarette, mais je cherche désespérément mon briquet dans mes poches. Rien à faire. Cela n'a rien d'étonnant. Il est sur la table et Venetia le repère avant moi.

— Tenez...

Elle s'en empare. La flamme jaillit.

— Féministe ! je grommelle. C'est le travail des hommes d'allumer les cigarettes des autres.

Cette pointe d'humour allège un peu l'atmosphère. Avec un petit rire éraillé, elle me demande si j'ai jamais pensé à me faire exposer comme relique dans un musée. J'essaie de rire aussi et tout à coup, nous sommes deux amis en train de bavarder en prenant un verre, comme s'il ne s'était rien passé. Mais c'est une illusion et le moment est venu de se quitter.

— Je vous raccompagne, lui dis-je en écrasant ma cigarette, mais elle me répond :

— Pas cette fois-ci. À partir d'ici, je dois continuer ma route seule.

Je n'hésite pas. Je me lève et lui tends la main. Je ne suis qu'un tout petit rouage très vital dans le processus de guérison qui m'éblouit et m'assourdit alors qu'il m'arrache Venetia, et il est essentiel que je ne craque pas.

— À un de ces jours, dit ma voix, presque enjouée. Je vous souhaite bonne chance, toute la chance du monde, et si vous vous dégonflez et restez à Londres, je vous courrai après avec un fléau et vous battrai tout le chemin jusqu'à Cambridge !

Elle sourit, mais les larmes inondent son visage.

Puis elle fait volte-face et s'éloigne d'une démarche incertaine.

*
*   *

(Les astérisques représentent le moment de répit que j'ai dû prendre parce que je n'arrivais plus à faire avancer mon stylo. Je me sens mieux maintenant.)

Bon. De retour au Hilton, je descends un double whisky et sors, titubant, en me souvenant de mon désir de faire le lézard. Ce rêve me paraît tellement pathétique maintenant.

Je m'affale dans un taxi. Quand je m'en extrais avec difficulté, le chauffeur me demande si ça va. Je dois avoir l'air d'un mort vivant. Je me sens mûr pour le cercueil, ça ne fait aucun doute. Je vais droit dans ma chambre et je ferme ma porte à clé. Pour finir, Alice vient frapper et me demande si je veux dîner. « Non merci ! » je lui réponds d'un ton enjoué pour qu'elle ne s'inquiète pas. C'est vendredi soir et Nicholas est déjà parti en week-end.

En m'attaquant au whisky, je me souviens que Venetia m'a dit qu'elle avait fait part de ses projets à mes collègues. Nicholas était donc au courant de ce qui m'attendait, mais elle a dû lui faire jurer le secret. Sinon, il m'aurait averti.

Je suis sûr qu'il pense à moi et qu'il prie pour moi maintenant, mais je n'ai rien à faire de ses pensées et de ses prières. Je veux qu'il soit là avec moi en personne. Je suis un vieux bonhomme démoli, massacré, et il est le seul à pouvoir m'aider. Je veux mon Nicholas.

Cinq secondes plus tard, le téléphone sonne. C'est lui.

— Désolé, dit-il. Je voulais attendre votre retour au presbytère, mais Rosalind avait invité des gens à dîner.

— Ce n'est pas grave.

— Dès qu'ils seront partis, je viendrai vous chercher. Vous n'aurez qu'à passer le week-end à Butterfold.

— C'est inutile.

— Eh bien je reviendrai quand même au presbytère pour vous tenir compagnie.

— Non, vous avez besoin de vous reposer le week-end. Ça va aller.

Il y a un silence avant que Nicolas m'ordonne :

— Appelez Stacy sur l'interphone et passez-le-moi. Je veux lui demander de vous conduire ici.

— Non, Nicholas. Rosalind ne sera pas contente. Et puis il vaut mieux que je sois seul en ce moment.

Je sais que ce n'est pas vrai, mais je ne peux pas le laisser gâcher son week-end et se mettre Rosalind à dos.

Je raccroche avant qu'il ait le temps d'insister davantage, puis je m'étends sur mon lit afin de me libérer un instant de mes béquilles, mais très vite, je me rends compte que je n'ai qu'une seule envie : foncer dans le pub le plus proche et... Seulement je suis trop décati pour que cette expédition vaille la peine. Quoique ? Pas nécessairement. Plein de catins préfèrent les vieux croulants. Ça les change de tous ces jeunes chiots pantelants...

Un long moment passe tandis que je lutte contre des tentations dont il vaut mieux de ne pas parler. Un très long moment. Peut-être même une heure et demie. Mais finalement je renonce à lutter. Je me lève pour enlever ma tenue ecclésiastique, je pose ma croix pectorale sur la table de nuit et me traîne jusqu'au placard. Cinq minutes plus tard, j'ai revêtu mon vieux pantalon de velours, un pull et un anorak. Dieu sait de quoi j'ai l'air ! Je prends soin d'éviter de me regarder dans la glace, mais je me sens comme un joueur dépouillé de tout son argent, sur le point de plonger pour de bon. Après m'être assuré que mon portefeuille est garni, j'ajuste mes béquilles, j'ouvre la porte de ma chambre et je m'engage dans le couloir en tendant l'oreille.

Le silence me fait mal aux tympans. Je jette un coup d'œil à ma montre en me demandant si je ne vais pas avoir de la peine à trouver un taxi à cette heure-ci. Impossible d'en appeler un. Ne pas attirer l'attention sur le fait que je pars d'un presbytère. Mais je peux marcher jusqu'au London Wall et là, je finirai bien par en dénicher un. Le seul problème, c'est que je n'ai aucune envie de marcher, même pas jusqu'au bout de la rue. Je suis fatigué et courbatu, mais la douleur intérieure est si violente que je ne peux pas la supporter, vivre avec, trouver un instant de répit jusqu'à ce que je l'aie effacée — en me vengeant de ma mère — en prouvant que je peux survivre à l'abandon — et cela veut dire qu'il ne me suffit pas de m'enivrer pour faire passer cette souffrance. Il faut que je...

Je pense à ce que je m'apprête à faire, mais je me sens si mal que cette idée ne me dégoûte même pas. Je suis totalement coupé de Dieu. Déconnecté. Tout mon esprit hurle sa souffrance. J'ai l'impression d'être sur le point de me désintégrer en mille morceaux...

Je tends le bras pour ouvrir la porte d'entrée, mais ma main n'atteint jamais le verrou parce qu'un bruit à l'extérieur interrompt brutalement mon geste. Quelqu'un introduit une clé dans la serrure. Quelqu'un vient à ma rescousse, juste à temps. Quelqu'un pousse la porte en grand et s'immobilise sur le seuil pour mesurer l'ampleur du désastre.

Je me retrouve face à face avec Nicholas.

*　*　*

(Une autre pause est nécessaire. Je ne me souviens plus de la dernière fois où j'ai eu autant de mal à écrire mon journal. Mais maintenant ça va.)

Nicholas entre.

Nous ne disons rien.

Il extirpe sa clé de la serrure, ferme la porte, enlève son manteau. Je retourne dans ma chambre. Là, je me débarrasse de mon anorak et le pends dans le placard. Je retire mon pull que je range soigneusement dans un tiroir, puis mon pantalon de velours que je replace dans le placard à côté de l'anorak. Ensuite je remets ma tenue ecclésiastique et mon plastron en soie noire. J'enfile ma croix pectorale et pour finir, je me traîne jusqu'à la cuisine où je m'assois lentement, péniblement, à la table. Entre-temps, Nicholas a fait du thé et m'a concocté un whisky serré. Après avoir refermé la porte de la cuisine, il s'installe à côté de moi et nous buvons. Nous n'avons pas encore échangé un seul mot. Finalement, c'est moi qui prends la parole.

— Rosalind ne doit pas être contente.

— Oh, elle comprendra.

Cela pourrait bien être l'avis par trop optimiste d'un

mari par trop confiant, mais je ne relève pas. Je suis tellement content qu'il ait volé à mon secours. Entre deux gorgées de whisky, j'ajoute :

— Ça a été. J'ai laissé Venetia partir en lui souhaitant
bonne chance. J'ai fait ce que l'on attendait de moi.

— C'est une grande victoire sur l'adversité.

— Oui, elle mérite vraiment cette nouvelle vie et la dernière chose que je voulais, c'était lui barrer la route.

— Je ne parlais pas de Venetia.

Nouveau silence. J'écluse mon verre et tends la main
vers la bouteille, mais il ne m'arrête pas. Il se contente
d'ajouter une bonne dose d'eau dans la rasade de whisky
que je me suis servie.

— Inutile de me traiter en héros, dis-je d'une voix chevrotante. J'ai fait ce qu'il y avait à faire.

— C'est ce que disent tous les vrais héros.

— Au moment où vous êtes arrivé, je m'apprêtais à
aller me vautrer dans la fange.

— Je n'en suis pas convaincu. Je pense que vous auriez
rebroussé chemin longtemps avant d'être arrivé au pub.

— Comment pouvez-vous en être si sûr ?

— Après vous être comporté comme un héros, vous
vous seriez rendu compte que vous n'aviez aucune raison
valable de vous abaisser en vous roulant dans la boue.

— Héros ou pas héros, cela ne change rien au fait que
je suis incapable d'avoir une foutue relation ! Pas étonnant
que toutes les femmes que je rencontre finissent par vouloir
me larguer. Je n'arrive même pas à m'entendre avec ma
propre fille. Je ne m'accorderai jamais avec aucune femme,
je m'en rends compte maintenant. J'ai raté toutes les occasions qui se sont offertes, en conséquence de quoi, je suis
fichu, je n'ai plus rien à espérer, ce qui est bien évidemment
le sort que je mérite pour la bonne raison que je ne vaux
rien et que je déçois tous les gens qui tiennent à moi et...

— Vous ne m'avez jamais déçu, me dit Nicholas.

Je me frotte les yeux avec les poings comme un enfant
en beuglant : « Bouclez-la ! », mais il n'en fait rien.

Il dit que Venetia ne pense pas du tout que je ne vaux
rien. Elle l'a appelé en rentrant chez elle après notre rendez-vous au Hilton. Elle pense que je suis le meilleur prêtre
de Londres, de l'Église d'Angleterre, de toute la commu-

nauté anglicane. Je ne l'ai pas désappointée le moins du monde.

— Il n'empêche qu'elle m'a abandonné exactement comme ma mère l'a fait...

— Exactement ? Allons, Lewis, soyez honnête ! Où est la vérité dans cette affaire ?

Alors la brume se dissipe dans mon esprit et je m'aperçois que le passé et le présent ont peu de choses en commun. Ma mère s'acheminait vers l'obscurité, une existence qui devait s'achever par une mort précoce. Venetia s'achemine, elle, vers la lumière, pour mener une vie qu'elle était destinée à mener.

— Mais la douleur de la perte reste la même, dis-je d'un ton sinistre.

— Quelle perte ? Venetia doit voyager seule pendant quelque temps, mais Cambridge n'est pas au bout du monde. C'est à moins de cent kilomètres de Londres. Elle ne vous a jamais dit adieu, que je sache ? Elle m'a expliqué qu'elle avait raté son départ en éclatant en sanglots, mais si elle avait gardé son calme, peut-être vous aurait-elle dit *au revoir* ?

Je médite la chose un instant.

— Elle finira par épouser un prof d'université, dis-je finalement. Même si ce n'est pas le cas, d'ici à ce qu'elle ait fini ses études, il sera trop tard pour moi. J'aurai soixante-dix ans passés.

— Ça m'étonnerait. Pensez combien votre directeur de conscience s'ennuierait alors en votre compagnie !

J'essaie de sourire, mais c'est trop difficile. Je me sens tout de même mieux car je peux espérer un tout petit peu. J'arrive à croire que Venetia aura peut-être envie de prendre de nouveau un verre avec moi un de ces jours. Je réalise à présent qu'elle ne m'a pas laissé tomber. Elle s'est séparée, à contrecœur, d'un homme qui, comme elle me l'a avoué elle-même, a réécrit son passé et transformé son avenir.

— Je ne suis peut-être pas un raté après tout, dis-je d'un ton hésitant.

— Vous pouvez être certain qu'en l'occurrence, vous avez magistralement réussi, m'affirme Nicholas. Pensez à Venetia enfin apte à mener une existence gratifiante. Quelle était cette fameuse formule de Churchill que vous aimiez tant ? À propos de retour après l'enfer...

— Nous sommes revenus après de longs mois dans la gueule de la mort, de la bouche de l'enfer, tandis que le monde entier se demandait...

— C'est ça. Et c'est précisément de là que revient Venetia. De la gueule de la mort, de la bouche de l'enfer...

— J'aimais bien Churchill, dis-je. Il n'était jamais gnangnan.

Je repense à Venetia et à la chance qui lui est donnée d'avoir enfin une vie digne d'être vécue après tant d'années mutilées, et soudain, je m'exclame :

— Pourquoi ne suis-je pas à genoux en train de remercier Dieu pour tous ces bienfaits au lieu de geindre comme un enfant que l'on a privé d'une barre de chocolat ?

— Parce que, lorsque vous étiez jeune, on vous a privé de beaucoup plus qu'une barre de chocolat.

Je marmonne un mot très grossier et engloutis une gorgée de scotch avant de dire d'un ton ferme :

— J'étais bien mieux sans ma mère. Quel imbécile j'ai été de regretter qu'elle m'ait laissé tomber !

— Pas du tout, Lewis. Vous étiez un adolescent vulnérable, pas un imbécile, et les adolescents vulnérables ont le droit de se plaindre quand leur mère les abandonne. C'est tout à fait compréhensible.

— Pas aux yeux de mon grand-oncle Cuthbert.

Nicholas ne dit rien. Mes oreilles se mettent à bourdonner dans le silence au point que j'en oublie mon verre. Il est temps une fois de plus de célébrer la mémoire de mon sauveur.

— Il avait raison. Ma mère était un désastre, on ne peut plus néfaste pour moi. Quel bon débarras, en définitive !

Nicholas émet deux syllabes : « Hein hein. » En attendant, son expression est si impénétrable que j'ai envie de le gifler et ce sursaut absurde de violence me met mal à l'aise. Que se passe-t-il ? Pourquoi se comporte-t-il comme s'il avait affaire à quelqu'un de gravement perturbé ? Il joue toujours le jeu avec moi quand il est question de mon grand-oncle Cuthbert, toujours. On a une routine. Chaque fois que je me mets à radoter sur son compte, Nicholas hoche la tête, sourit, se fend de petits commentaires inoffensifs, et pour finir, je suis soulagé et je me tais. Ce coup-ci, pour je ne sais quelle raison, Nicholas n'applique pas les règles habituelles.

Je sens qu'une menace plane sur moi.

— Une minute, j'aboie. Qu'est-ce que vous fabriquez ? Quelle idée avez-vous derrière la tête ?

— Je ne pense pas que vous ayez envie de le savoir.

— Bien sûr que si ! Je veux l'entière vérité. Allez-y ! Crachez le morceau.

— Eh bien, quand vous parlez de votre grand-oncle, je me demande parfois ce que vous essayez de dire. Il semble que vous vous prépariez à mettre la vérité à nu, mais en définitive, vous vous dégonflez et ne dévoilez rien du tout.

— Vous divaguez, dis-je machinalement, bien décidé, par ce jugement, à mettre un terme à notre conversation.

— Entendu, je divague, me dit Nicholas, mais il y a une chose que je voudrais vous demander tout de même.

— À quel sujet ? dis-je d'un air somnolent, en pensant à un bar imaginaire.

— À propos du père Cuthbert Darcy, génie religieux, excentrique victorien, dictateur, héros, monstre et Grand Abbé des moines de Fordite de 1908 à 1940. Vous a-t-il dit, en bon chrétien qu'il était, de pardonner à votre mère ?

— Évidemment. Il était chrétien jusqu'au bout des ongles. Il n'a jamais fait un faux pas de sa vie.

— Nous avons donc ici l'exemple du grand-oncle Cuthbert, héros et génie religieux, abstraction faite de l'excentrique victorien et du monstre.

Je me sens à nouveau agité, sur les nerfs, et je n'ai qu'une seule envie : rester tranquillement assis et rêver de bars d'hôtel.

— En tout cas, il m'a dit de pardonner à ma mère, je peux vous l'assurer, lui dis-je d'un ton irrité. Ce n'était pas de sa faute si les tentatives que j'ai faites pour y parvenir n'ont jamais eu de réalité psychologique.

— Qui est responsable alors ?

— Moi, évidemment.

— Vous aviez quinze ans. C'était un despote de soixante-dix ans, autoritaire, raffiné...

— C'était un saint homme, d'une profonde sagesse !

— Mais il avait un avantage sur vous, n'est-ce pas ? Vous n'étiez pas vraiment sur un pied d'égalité et c'était une formidable personnalité. Je doute qu'il ait été sans reproche.

— Détrompez-vous. Il l'était. Il était parfait. Il m'a sauvé.

— Je suis plus que disposé à admettre qu'il vous a donné stabilité, affection et résolution, sans lesquelles vous auriez eu beaucoup de mal à surmonter la difficile période de l'adolescence. Ce qui me chiffonne, c'est cette histoire de pardon. Dans quelle mesure a-t-il lui-même pardonné à votre mère, selon vous ?

— Que voulez-vous dire ?

— Eh bien, son mode de vie scandaleux devait être une source d'embarras pour lui. Il a dû très mal le prendre. Et puis il lui a fallu supporter passablement de complications et de frais, n'est-ce pas, lorsqu'il s'est trouvé dans l'obligation de faire de vous un pupille sous tutelle judiciaire ? Cela a dû le rendre fou de rage. Alors...

— Il disait toujours que ce n'était pas à nous de la juger.

— Dans ce cas, comment vous expliquait-il le besoin de pardonner ? Cela supposait forcément la nécessité de juger qu'il y avait quelque chose à pardonner.

— Il ne m'a jamais rien expliqué de tel, je lance d'un ton grandiloquent. Il s'est contenté de me dire ce que je devais faire pour m'en sortir : « Tu dois te défaire d'elle en lui pardonnant ; si tu n'y parviens pas, tu te rendras malade physiquement et mentalement. C'est très simple. Tu dois affronter la vérité et l'accepter si tu veux surmonter le tort qui t'a été fait et guérir. Cherche toujours la vérité sans fard, disait-il, car c'est celle qui vient de Dieu. Nous, pécheurs, essayons de la travestir afin de l'harmoniser à nos objectifs, mais nous ne devons jamais nous dérober au devoir d'essayer de secouer la poudre à la moindre occasion afin de voir la vérité telle qu'elle est. »

Je m'interromps, considère Nicholas, en attente de sa réaction, puis j'enchaîne fièrement :

— Parfait, n'était-il pas ? Sans défaut. Il pouvait être un vieux salopard retors de temps à autre, je ne le nie pas, mais fondamentalement, c'était un grand homme.

— D'accord, je veux bien. Mais Lewis, quelle était sa version de la vérité concernant votre mère ?

— Ce n'était pas sa version. C'était la vérité. Il m'a dit : « Ta mère est une traînée, une honte pour la famille et mieux vaut que tu sois débarrassé d'elle. Elle a perdu tous ses droits sur toi par son comportement abject, mais je suis là pour m'occuper de toi et tant que tu fais ce que je te dis, tu seras en sécurité et tout s'arrangera. » C'est exactement ce que j'ai fait. Et tout s'est arrangé. Enfin presque tout. L'essentiel.

Nicholas se terre dans un autre silence tout aussi assourdissant que le précédent. Je réussis finalement à marmonner :

— Bon, il la jugeait. Et alors ! Il n'avait pas tort, que je sache ? Ma mère était une traînée et son comportement était abject, et quand elle a fini par revenir de Paris avec la syphilis et une cirrhose et qu'elle a voulu me revoir avant de mourir, on l'en a empêchée parce qu'elle avait perdu ses droits sur moi. Voilà la vérité !

— Je ne vois pas trop ce qu'il y a de vrai dans tout ça.

— Vous débloquez ! Vous avez perdu la...

— Ben voyons. Écoutez-moi, Lewis. Pendant vingt ans, je vous ai regardé vous débattre avec cette vérité qui refusait de se faire jour, mais vous n'êtes jamais parvenu à y voir clair pour la bonne raison que vous n'avez jamais eu le bon outil en main. Maintenant, grâce à Venetia, la massue a enfin fait son apparition. Voulez-vous que je vous la mette dans la main ou souhaitez-vous que je l'enferme tout en haut d'un placard, hors de portée ?

— Vous êtes complètement...

— Bon, je vais l'enfermer.

— Non, attendez une minute. Attendez, attendez...

Il attend. Je réfléchis à toute vitesse, en respirant bruyamment. Et finalement, je me décide :

— Passez-moi la massue.

Nicholas dit alors d'une voix neutre, sans se presser :

— Venetia a une fille. Elle a abandonné cette enfant parce qu'elle avait tellement de problèmes qu'elle ne pouvait pas faire face à la maternité. À cause de ces mêmes difficultés, elle buvait, se droguait, couchait à droite à gauche, elle gaspillait sa vie. Maintenant, supposons que cette enfant vienne vous voir et vous dise : « Quels devraient être mes sentiments vis-à-vis de ma mère ? » Et supposons qu'elle ajoute : « Dois-je lui pardonner ? »

Je ne peux pas répondre. J'arrive à peine à respirer.

— Pensez au déjeuner catastrophique de Cynthia, dit Nicholas. Ne m'avez-vous pas dit qu'on traitait Venetia de traînée ? Superficiellement, ce jugement est correct. Mais plus en profondeur, là où les choses comptent véritablement, il est totalement faux. Venetia vaut bien mieux que ça, et nous le savons l'un et l'autre.

Je ne vois plus rien. J'ai l'impression d'avoir un bloc de béton sur les cordes vocales et j'arrive tout juste à chuchoter :

— Personne à ce déjeuner n'a compris la souffrance de Venetia, la haine qu'elle éprouvait vis-à-vis d'elle-même, son amour-propre blessé à mort. Si Vanessa Hoffenberg venait me voir un jour — ma voix est revenue — si cette fille venait me voir, je lui dirais : « Votre mère a été violemment maltraitée dans le passé. N'arrêtez pas de l'aimer. Ne lui tournez pas le dos. Pardonnez-lui, pardonnez-lui, je lui dirai. Personne ne vous demande d'oublier tous ses péchés et omissions, mais pardonnez-lui et brisez le cercle infernal de la souffrance. » Je n'ai pas pu le dire à ma mère, ai-je ajouté si indistinctement que mes mots sont à peine audibles. On ne m'a pas laissé le lui dire. Je n'ai pas osé le faire parce que j'avais peur que le père Darcy se fâche. Or je dépendais entièrement de lui. Je redoutais qu'il se désintéresse de moi et que le juge me place dans un orphelinat.

— Il la méprisait, n'est-ce pas ?

— Oui.

— Il faisait d'elle un démon ?

— Oui.

— Ne lui a jamais pardonnée ?

— Jamais.

— Donc, nous voyons là votre grand-oncle Cuthbert non plus dans son rôle de génie héroïque, mais dans celui de monstre et d'excentrique. En tant que tel, il n'avait pas toujours raison, pas vrai ?

— Non, mais il faut que je me persuade du contraire, dis-je en me débattant dans un brouillard d'émotions, parce que sinon, c'est trop difficile. J'ai besoin de croire qu'il avait toujours raison... même si je suppose que j'ai toujours su... inconsciemment... que...

— Arrêtez-vous là, dit Nicholas.

Mais je suis déjà à court de mots. J'ai soufflé toute la poudre et la vérité qui se fait jour est trop terrible à admettre. Il faut que je la dissimule, que je la fasse disparaître derrière un discours anodin, que j'oriente mon attention ailleurs.

— Avez-vous remarqué que je l'ai appelé père Darcy, comme je devais le faire autrefois ? Pourquoi est-ce que je me suis mis à parler de « mon grand-oncle Cuthbert » dans nos conversations ?

— Vous vouliez peut-être l'apprivoiser, pour que son souvenir soit moins pénible à porter. C'était un sacré dur à cuire, hein, Lewis ?

Je le reconnais tout en insistant sur le fait que je l'aimais quand même.

— Assenez-moi un bon coup sur la tête avec cette bouteille, lui demandé-je d'un ton suppliant, et faites-moi taire ! Je ne veux plus parler de lui.

Nicholas me sert un autre verre. Quand je l'ai descendu d'un trait, il me conduit à ma chambre et m'aide à me mettre au lit.

COMMENTAIRE

Il faut que je crois que mon grand-oncle Cuthbert avait toujours raison parce si je me dis qu'il s'est trompé sur le compte de ma mère, je me sentirais tellement coupable que j'aurai envie de me trancher la gorge. Quand je songe au nombre de fois où elle m'a écrit en me suppliant d'accepter de la revoir. Chaque fois, je déchirais fièrement sa lettre sous les yeux de mon grand-oncle pour l'impressionner ! Chaque fois, je... Non, je ne supporte pas d'y penser. Pas étonnant que j'aie réprimé toute cette sinistre histoire.

Et je continue à vouloir le faire. Je suis trop abattu en ce moment pour faire face à une réalité aussi insoutenable. Je ne demande qu'à me rabattre sur la bonne vieille combine qui consiste à détester ma mère et à révérer mon grand-oncle. Je me sentirai en sécurité, aussi en sécurité qu'il y a si longtemps, quand j'ai compris que cette disposition de l'esprit me garantirait d'avoir un toit sur la tête.

J'aimais bien ma petite chambre dans l'aile du monastère réservée aux invités. J'aimais bien ouvrir la fenêtre en grand l'été et sentir l'odeur de l'herbe fraîchement coupée en écoutant le grondement incessant de la circulation autour de Marble Arch. J'aimais bien aider au jardin et m'essayer à la menuiserie dans l'atelier. Chaque jour, un des moines m'emmenait faire une petite promenade à Hyde Park tel un chien nécessitant un exercice régulier. Je n'aimais pas la nourriture, ni les messes à la chapelle, ni les parties d'échecs avec mon grand-oncle, mais ce n'était pas une existence désagréable. La plupart des moines étaient gentils. C'est drôle de penser à eux maintenant... Ambroise le médecin... Francis le prieur... Oui, Francis était sympathique. J'ai toujours pensé qu'il s'était secrètement entiché de ma mère qui surgissait de temps à autre au monastère tel un ouragan pour essayer de me voir... En vain, bien sûr. Mon grand-oncle l'interdisait formellement et je me pliais à sa décision.

Non, je ne peux pas affronter tout cela maintenant.

Il faudra bien que je m'y résolve un jour ou l'autre, non ? Mais pas maintenant.

Plus tard.

Samedi 19 novembre 1988

Je me réveille de très bonne heure et écris mon journal. Je passe à l'évidence par une sorte de tremblement de terre psychologique, mais j'ai toujours le sentiment que je ne peux pas faire face et je suis déterminé à ne plus rien exiger de Nicholas. Il en a suffisamment fait. Ai-je besoin d'un thérapeute pour m'aider à traiter les informations que ce séisme a fait ressurgir ? Peut-être. Mais avant toute chose, il faut que je voie mon directeur de conscience et que je me confesse sans délai. Je tremble en pensant qu'hier soir, je suis passé à deux doigts du précipice.

À sept heures, j'appelle Stacy sur l'interphone et lui demande de se charger de la messe de huit heures pour la poignée de gens qui participent au groupe de prière du samedi matin. Nicholas est déjà reparti dans le Surrey. À neuf heures, je suis de retour dans mon ancienne résidence, la demeure des moines Fordite, pour y faire mes aveux. Simon réagit étonnamment bien, à telle enseigne que je me hasarde à lui parler un tout petit peu du tremblement de terre. À ma grande stupéfaction, il se montre des plus adroits, s'abstient de faire des commentaires stupides et de me tarabuster quand je m'essouffle. Je me rends compte qu'il a une longueur d'avance sur n'importe quel thérapeute que je pourrais consulter parce qu'il connaissait mon grand-oncle Cuthbert et se fait une idée on ne peut plus claire de ma singulière adolescence. D'ailleurs, il se souvient vaguement de moi à l'époque. Il a des années de plus que moi, mais il est entré dans les ordres en 1938 quand j'avais dix-sept ans ; à l'époque je vivais encore au monastère.

Je repars avec le sentiment d'avoir envie de lui parler en profondeur du tremblement de terre. Pour une surprise, c'est une surprise ! Je n'aurais peut-être plus jamais envie de l'envoyer promener.

COMMENTAIRE

Je vais m'en tirer.

Mieux encore, si tout va bien, j'émergerai de ce chamboulement avec une attitude nouvelle à l'égard des femmes. Mais il faudrait pour cela que je puisse admettre la vérité pleine et entière et la dompter. Il faudrait aussi que je sois capable de pardonner sincèrement à ma mère, ainsi qu'à mon grand-oncle Cuthbert pour m'avoir manipulé, fait subir un lavage de cerveau, etc.

Bon, à l'évidence, je n'ai pas fait l'objet d'une guérison miraculeuse qui se serait manifestée dans une conversion à la cause féministe. À vrai dire, je ne pense pas avoir expérimenté quoi que ce soit encore, à part un monument de souffrance et de confusion, mais enfouie au milieu de toute cette obscurité, j'entrevois une étincelle d'espoir. « Je vais m'en tirer », ai-je écrit un peu plus haut et, par la Grâce de Dieu, je m'en tirerai.

En repensant à hier soir, je me rends compte à quel point Nicholas et moi sommes dépendants l'un de l'autre tant que nous travaillons à St Benet. Nous ressemblons à deux funambules. Nicholas me sauve quand je perds l'équilibre, et lorsqu'il est tenté de jouer aux faiseurs de miracles, je suis là pour tirer sur la bride. Oui, nous avons brillamment réussi à déjouer les multiples tentatives faites par le Diable pour nous détruire, mais il n'y a pas là de quoi se complaire. On peut être certains que notre vieil ennemi secoue de nouveau le fil, et la prochaine fois, peut-être, après avoir fait fiasco avec moi la nuit dernière, il fera de Nicholas sa cible principale.

J'aimerais tellement que Nicholas soit de retour au presbytère ! Je me sens mal à l'aise quand il est trop loin de moi pour que je puisse avoir l'œil sur lui.

Dimanche 20 novembre 1988

Je célèbre l'office du dimanche. Mes béquilles me gênent, mais ça va une fois que je suis planté devant l'autel. L'ensemble du groupe de prière est là et l'ambiance est excellente. Ils ne voient aucun inconvénient à ce que je batte l'air comme une sorte de pieuvre mutante. Mon spécialiste me dirait probablement que je devrais me reposer. Tant pis ! Ça me fait du bien d'officier. Et encore plus de retrouver mon train-train religieux. Je sais comment me guérir, merci beaucoup ! Je ne vais pas tarder à envoyer balader ces fichues béquilles.

Pour entretenir ma bonne humeur, je me traîne jusqu'à St Mary dans Bourne Street pour l'Eucharistie du matin, et plus tard, jusqu'à All Saints dans Margaret Street pour l'Office et la Bénédiction du soir. Après ça, je sais que je devrais mettre un point final à ma journée, d'autant plus que ma nouvelle hanche me fait des misères, mais je ne peux pas résister à l'envie de couronner cette orgie de catholicisme anglican en m'arrêtant au passage à St Edward's House pour les Complies. Après tous ces trajets en taxi, je me sens physiquement faible, mais psychologiquement fort, très concentré. Si seulement j'étais moins fatigué. Mais cela n'a rien d'étonnant. J'oubliais que je suis censé endurer une convalescence apathique au bord de la mer.

Je suis soutenu tout au long de mes pérégrinations — par un temps glacial et même neigeux, pourrais-je ajouter — par le somptueux déjeuner préparé par Alice. Elle est supposée se reposer le week-end, mais elle fait quand même la cuisine le dimanche parce qu'elle aime bien ça. Stacy et moi en sommes ravis.

Dans ma salle de bains, ce soir-là, je chante un air de Vera Lynn. Je m'endors à peine la tête sur l'oreiller.

COMMENTAIRE

Mon psychisme s'est calmé grâce à cette méga-dose de prière et de vénération.

J'attends avec impatience la semaine ennuyeuse et sans événement majeur durant laquelle il ne se passera strictement rien d'anormal.

Lundi 21 novembre 1988

Je viens de relire cette dernière phrase imbécile. Faute d'avoir dit au Diable : « Entrez donc — quel plaisir de vous voir ! » en lui ouvrant toute grande la porte d'entrée du presbytère avec un sourire jusqu'aux oreilles, j'aurais difficilement pu l'inviter plus cordialement à nous flanquer une volée de coups méchants de son pied fourchu.

En transposant dans le langage de la psychologie, je peux résumer la crise en cours d'une manière plus pondérée en écrivant : toutes sortes d'émotions tumultueuses tourbillonnent actuellement autour de ceux qui sont intimement liés à St Benet. Il y a un moment que j'en suis conscient dans la mesure où j'ai suffisamment d'expérience pour en repérer les symptômes, mais les menaces à l'encontre de notre ministère se sont fait clairement sentir aujourd'hui lorsque divers incidents se sont produits, impliquant des individus qui sont soit perturbés, soit aliénés, soit névrotiques — ou les trois.

En d'autres termes, pour appeler un chat un chat, le Diable a lancé une offensive tous azimuts et causé des ravages.

La journée commence bien. Je me réveille tôt, je prie et médite sur un passage des écrits du père Andrew, mais en m'habillant (ma hanche continue à me faire l'effet d'un corps étranger), je me souviens d'une anomalie : on est lundi matin et Nicholas est toujours absent. Au lieu de rentrer à la City, tard hier soir, il est resté dans le Surrey parce que, ce matin, il devait se rendre à Chichester, sur la côte sud, où doit avoir lieu un colloque des membres de l'Église exerçant le ministère de la délivrance. En plus de lire une communication, Nicholas doit y diriger un séminaire. Il a prévu de passer la nuit sur place, chez des amis, avant de regagner Londres de bonne heure mardi matin. Il m'a téléphoné trois fois par jour depuis notre discussion de vendredi, mais aujourd'hui, il était trop occupé pour appeler. Ça n'a pas d'importance. Je vais mieux. J'ai retrouvé mon équilibre.

Sur le chemin du retour après la messe de huit heures, Stacy me dit qu'il sort de nouveau avec Tara ce soir ; il est tellement remonté que je commence à me demander si je ne me suis pas fourvoyé sur ses problèmes sexuels. Ce ne serait certainement pas la première fois que Nicholas aurait raison, et moi tort. Je décide d'arrêter de gaspiller mon temps en me faisant du souci pour Stacy.

Jusque-là, tout va bien. Pas de coups de pied fourchu.

La matinée se déroule sans anicroche, ainsi que l'Eucharistie de midi. Un jour comme les autres, me dis-je en me traînant à la maison pour déjeuner.

Alice nous sert une quiche aux champignons, une grosse salade et plein de fromages accompagnés de pain bis tout chaud. Je me rends compte à présent que j'ai réagi exagérément quand je me suis aperçu qu'elle avait des dons parapsychiques. Je ne crois pas vraiment que Nicholas pourrait tomber amoureux d'elle. Si ? Il faudrait qu'il soit totalement déstabilisé pour qu'il se passe une chose pareille, et je ne vois pas du tout ce qui pourrait le mettre dans un tel état. Un prêtre peut évidemment souffrir d'une dépression nerveuse s'il se trompe sur l'équilibre spirituel de sa vie, mais je le kidnapperais et m'assurerais qu'il bénéficie de la meilleure assistance possible bien avant que ses vacillements sur le fil deviennent critiques.

Après le repas, je fais une courte sieste dans ma chambre, comme d'habitude, avant de retourner au centre de guérison pour un entretien avec Stacy ; je suis en train de le former à l'art délicat des visites pastorales dans les hôpitaux psychiatriques. Nous allons régulièrement voir nos patients qu'il a fallu hospitaliser, mais, à cause de mon opération, je n'ai pas pu m'acquitter de cette mission pendant quelque temps et il faut que je sache comment Stacy s'en est sorti.

Il semble qu'il ait évité la catastrophe, mais ses notes sont brouillonnes et trop succinctes. Je m'efforce de lui faire comprendre à quel point il est important de conserver des archives convenables, mais je fais bien attention de l'encourager en même temps. De toute façon, il est trop excité pour se laisser démoraliser. « Passez une bonne soirée avec Tara », je lui lance au moment où il bondit hors de mon cabinet de consultation, et il se retourne pour m'adresser un sourire radieux. Cette Tara doit vraiment lui éveiller les sens. Ça m'étonne tout de même.

— Et qu'allez-vous faire ce soir, vieux filou ? me demande-t-il avec tant de chaleur que je ne pense même pas à rétorquer : « Insolent freluquet ! »

Je lui réponds que je compte aller dans le West End pour acheter une cassette de Vera Lynn avant de m'offrir un dîner à l'Athenaeum.

L'après-midi, je préside une réunion du comité de financement. Nicholas m'a dit de m'en abstenir ; je suis censé me reposer, mais ces séances sont si ennuyeuses que cela ne peut être que reposant. Bernard, notre directeur de bureau, fait tout un laïus sur le nouveau télécopieur. Je m'échappe mentalement et prie pour Venetia. J'ai la technologie en horreur.

De retour dans ma salle de consultation à cinq heures, en rangeant le tas de papiers sur ma table, je tombe sur un prospectus du Sion College à propos d'une causerie qui a lieu le soir même. Un moine doit parler de la spiritualité des Bénédictins dans le monde et je tiens à m'y rendre car j'ai lu plusieurs de ses livres. Suis-je trop fatigué pour y aller ? Certainement pas. Je fonce là-bas en taxi et arrive à destination dix minutes avant le début de la conférence.

J'avais oublié qu'il y avait un escalier. Enfer et damnation ! Je me débats pour combiner les béquilles et la rampe ; plusieurs personnes proposent gentiment de m'aider, mais je peux me hisser là-haut tout seul en me servant de mes bras et de la main courante et si ma hanche n'est pas contente, tant pis pour elle !

Je finis par atteindre le palier du premier, j'ajuste mes béquilles et pénètre dans la splendide bibliothèque où ont lieu les conférences. Il y a déjà passablement de monde : des ecclésiastiques, des étudiants en théologie du King's College et un assortiment de retraités, messieurs en imperméables élimés et vieilles dames arborant des chapeaux pareils à des couvre-théières. En m'avançant, je repère un noyau de pasteurs militants homosexuels et prends automatiquement la direction opposée. Soudain, je m'arrête net. J'ai aperçu une foison de cheveux roux qui me rappelle quelque chose. En examinant le groupe d'un peu plus près, notant au passage la présence de deux individus dont on m'a dit qu'ils avaient passé la soirée de samedi à faire la tournée des bars *gay*, je découvre nul autre que le révérend Eustace McGovern, vicaire de St Benet. Il a l'air de s'amuser comme un petit fou, qui plus est. Pas trace de Miss Tara Hopkirk, bien évidemment.

Il me voit une seconde plus tard et devient aussi rouge que ses cheveux.

Je vire de bord et m'approche de la rangée à moitié vide devant lui pour m'immobiliser en face de sa chaise.

— Bonsoir, Stacy, dis-je en parcourant ses compagnons d'un regard sardonique.

— Oh, bonsoir ! répond-il d'un ton qu'il voudrait désinvolte, mais il est écarlate. Je croyais que vous alliez à l'Athenaeum !

— J'ai changé d'avis. Je vois que vous aussi.

Pendant ce temps-là, les militants, qui sont tous de Londres et me connaissent, ont compris ce qui se passait et cherchent un moyen de sauver leur nouveau protégé. L'un d'eux se trompe de tactique en s'exclamant : « Lewis, mon cœur, ce que vous pouvez avoir l'air intimidant ! On dirait que vous vous apprêtez à nous flanquer une torgnole avec ces béquilles ! » Mais le chef de la bande, un type que je ne peux pas sentir, l'interrompt brutalement en me demandant du ton le plus aimable : « Comment allez-vous, Lewis ? J'ai été désolé d'apprendre que vous aviez été à l'hôpital. »

— C'est le passé. Je suis presque complètement rétabli.

À mon grand étonnement, il me pose d'autres questions aimables, comme tout bon prêtre le ferait, et à la fin, me dit avec une totale sincérité : « Ça fait vraiment plaisir de vous revoir. Voulez-vous vous asseoir avec nous ? »

Je comprends alors que je me suis fait blouser. Si je refuse, j'aurais l'air d'un ingrat sans une once de charité chrétienne.

En attendant, plusieurs prêtres hétérosexuels ont remarqué mon désarroi et s'efforcent de me secourir. « Lewis ! » crie l'un d'eux. « Par ici ! » s'exclame un autre, en tapotant le siège à côté du sien, et tout d'un coup, je me rends compte de l'aspect comique de la situation. « Non merci, je réponds. Je fais une petite visite pastorale au sein de la communauté *gay* ! » Tous les homos applaudissent. Leur chef de file, Gilbert Tucker, rit quand je me laisse tomber sur la chaise à côté de lui. Lorsqu'il me tend la main droite, je me creuse la cervelle pour essayer de me souvenir pourquoi j'ai toujours détesté cet homme au demeurant charmant. J'y suis ! Il ferme les yeux sur les mœurs des ecclésiastiques homosexuels qui vont jusqu'à prétendre que Jésus-Christ *approuverait* leur conduite ! Alors que leur vie sexuelle les détourne fondamentalement de leur ministère.

Durant toute la conférence, je bous de colère à l'idée que le diocèse de Londres puisse tolérer une attitude pareille et je me demande ce que les prêtres homosexuels du dix-neuvième siècle, qui faisaient tant cas de la chasteté et de l'obéissance, auraient pensé d'un tel abaissement de leurs valeurs chrétiennes.

À la fin de la causerie, Stacy prend rapidement congé de sa bande et marmonne qu'il rentre avec moi. Dans le taxi, il commence à bégayer quelque chose, mais je grogne : « Plus tard ! » Dès notre arrivée, Alice émerge de son trou à rats pour nous servir le dîner, mais je la renvoie à sa télévision sans autre forme de procès.

— Allons dans le bureau de Nicholas, dis-je brutalement à Stacy qui me suit comme un chiot qui n'en est pas à son premier coup de fouet.

Je m'affale dans le fauteuil pivotant. Stacy a l'air tellement malheureux que je me rends compte que ce n'est pas le moment de lui passer un savon et je lui dis alors de ma voix la plus douce :

— Mon cher Stacy, nous ne sommes pas à Rome au premier siècle. On ne va pas vous donner en pâture aux lions. Je vous promets que vous serez encore en vie à la fin de cette conversation.

Cette pointe d'humour, censée détendre l'atmosphère, a l'effet inverse : il éclate en sanglots.

J'en reste pantois. Je ne l'ai pas surpris en flagrant délit, que je sache ! Certes, la scène au Sion College avait de quoi l'embarrasser, mais c'était plutôt comique au fond et je l'ai bien pris. Je me demande ce qui a pu provoquer cette réaction mélodramatique. Se pourrait-il que ce soit parce qu'il n'a plus d'autre solution désormais que d'avouer franchement ses inclinations sexuelles rendues manifestes ce soir ? Sûrement pas ! Nicholas lui a dit clairement que la maturité passe par la reconnaissance de sa nature véritable. Pourquoi pleure-t-il à chaudes larmes ? Je m'empresse d'intervenir :

— Stacy, quels que soient vos problèmes, nous vous soutiendrons, Nicholas et moi. Inutile de vous comporter comme si on était sur le point de vous jeter dehors.

Il a manifestement du mal à le croire parce qu'il sanglote toujours. Je passe un bon moment à essayer de déterminer ce que je dois faire pour qu'il se calme. En définitive, je lui tends une boîte de Kleenex en lui demandant gentiment, mais fermement, de m'expliquer ce qui le tracasse.

Il lâche au goutte à goutte des bribes d'informations. Il avoue m'avoir fait croire qu'il sortait avec Tara pour me convaincre qu'il était comme tout le monde. Il s'est vraiment donné du mal pour essayer de s'intéresser aux filles, mais même s'il les aime bien, il se sent mal à l'aise quand il voit qu'elles ont envie de se faire peloter (quel horrible mot !). Il se demande si cela veut dire qu'il est *gay*. Mais il n'a pas envie de peloter les hommes non plus. Ses copains militants lui ont dit qu'à l'entendre, il est manifestement homosexuel, mais doit prendre le temps de s'habituer à sa véritable inclination sexuelle avant de songer à passer à l'action. Leurs conseils ne lui plaisent pas du tout. Il dit que s'il est *gay*, sa mère en « mourra » et ses sœurs, qui ignorent tout de l'aventure qu'il a vécue avec un homme plus âgé durant son adolescence, ne s'en remettront jamais. En réalité, il ne rêve que d'une chose : se marier et avoir deux enfants, comme Nick, et vivre heureux ainsi jusqu'à la fin de ses jours. C'est ce que veulent ses sœurs et sa famille compte plus pour lui que quiconque. Siobhan lui manque tellement — snif, snif ! — Sinead aussi et surtout sa chère Aisling. Snif, snif !

Il est pédé comme un phoque, évidemment, mais je dois faire très attention à ce que je dis parce qu'il est d'une immaturité pathétique. Le moment est venu de jouer les tendres vieux prêtres.

— Je suis désolé que vous soyez si malheureux, Stacy,

lui dis-je gentiment. J'imagine que cette situation a dû vous causer beaucoup de tracas. Je présume que vous en avez longuement parlé avec votre directeur de conscience ?

— Oh non, s'exclame-t-il, surpris. Ça n'a rien à voir avec la prière !

Cette réaction est si déplacée que j'en reste bouche bée, mais, grâce à un effort héroïque, je parviens, dix secondes plus tard, à remettre ma langue en mouvement. Pendant ce laps de temps, je note que Stacy, ayant distingué sa vie spirituelle de ses préoccupations charnelles, est dangereusement fragmenté, et que son directeur de conscience semble d'une incroyable incompétence. Ma parole, il doit souffrir de la maladie d'Alzheimer. Je ne vois pas d'autre explication plausible.

Je réussis à dire d'un ton neutre :

— Bon, oublions votre directeur de conscience pour le moment. À mon avis, le meilleur moyen de vous en sortir consisterait à consulter un thérapeute hors de St Benet afin de parler de tout cela en profondeur.

— Oh, ce n'est pas possible ! Je ne veux pas que Nicholas soit au courant. Il croit que le problème est réglé !

— Dans ce cas, il faut rapidement lui faire perdre ses illusions. Sinon il se produira d'autres incidents comme celui de ce soir et vous ne ferez aucun progrès.

— Je sais que vous déblaterez toujours contre les pédés. Je sais ce que vous devez penser. Mais ce n'est pas parce que j'étais assis parmi la bande ce soir que...

Sur ce, il fond à nouveau en larmes.

— Écoutez, Stacy, lui dis-je calmement, mais je me rends compte que je suis sur le point de perdre patience, ressaisissez-vous et contentons-nous d'éclaircir deux malentendus fondamentaux. Pour commencer, l'erreur que vous avez commise ce soir n'est pas tant d'avoir pris place parmi les militants homosexuels que de m'avoir menti au sujet de Tara. Au sein d'une communauté aussi restreinte que la nôtre, nous ne pouvons pas nous permettre de nous mentir et de mener des doubles vies, car ces écarts de conduite finissent toujours par contaminer l'atmosphère et miner la confiance mutuelle. Vous comprenez cela ?

Il hoche la tête en se mouchant. Il a pour ainsi dire épuisé la boîte de Kleenex. Je poursuis avec obstination :

— Votre mensonge procède directement des problèmes que vous pose votre identité sexuelle et c'est la raison pour laquelle vous devez vous faire aider le plus rapidement possible. Il est essentiel aussi que vous ne cachiez rien à Nicholas qui est responsable de vous. Bon, venons-en au deuxième malentendu... Je marque un temps pour reprendre mon souffle.... comparativement mineur, mais nécessitant néanmoins une correction dans l'intérêt de la vérité. Je n'ai rien contre les pédés, comme vous dites. Les goûts de chacun en matière de pelotage ne me concernent pas. Ce que je dénigre, en revanche, ce sont les mensonges, l'aveuglement et les tromperies qui dérivent d'une sexualité mal vécue. Est-ce bien clair ?

Il hoche à nouveau la tête d'un air lugubre en s'emparant du dernier Kleenex.

Je prends une profonde inspiration avant de continuer :

— Personne n'est parfait. Nous avons tous nos défauts, mais notre travail consiste à les reconnaître et à prendre les initiatives nécessaires pour les transformer en des forces créatrices, et non pas destructrices. Prenez mon cas par exemple. On ne peut pas dire que ma vie sexuelle soit un succès. J'ai anéanti mon mariage et je n'ai jamais été capable d'avoir une relation équilibrée avec une femme. Telle est mon infirmité, mon handicap, la croix que je dois porter et, en un sens, cela me place au même rang que les homosexuels. Mais je suis intimement convaincu que la solution à ce type de problème ne consiste pas à mener une double vie ou à traîner dans les bars louches. Il s'est avéré que le célibat m'a apporté un plus grand équilibre et davantage de bonheur que le mariage. Certes, ce n'est pas toujours facile d'être célibataire et je ne prétends pas avoir eu un comportement irréprochable, mais en sublimant mes pulsions sexuelles, au lieu de les refouler, en les sublimant, j'ai réussi à mener une existence riche et gratifiante au service d'autrui. Et les fois où j'ai quitté le droit chemin, je ne me suis jamais leurré en me disant que ces écarts étaient compréhensibles et je n'ai jamais invoqué mon handicap pour me faire pardonner. Je n'ai jamais pensé : « Oh, Jésus approuverait mes errances occasionnelles puisque Dieu m'a fait ainsi ! » Dieu n'a jamais voulu que je sois esquinté. La vie m'a assené des coups et je dois redoubler d'efforts en coopération avec Lui pour redresser les torts qui m'ont été faits... Vous m'écoutez ?

Il hoche encore la tête, mais c'est faux. Il pleure en silence et la boîte de Kleenex est vide. Je reprends malgré tout, tout en cherchant sans succès un mouchoir dans mes poches :

— J'essaie de vous faire comprendre qu'il n'ait aucune faille ou handicap que l'on ne puisse racheter ou qui ne soit traduisible en force positive. Mais il convient avant toute chose de les reconnaître, d'identifier les démons, comme on disait autrefois, de façon à être capable de les maîtriser. C'est la raison pour laquelle je vous suggère de vous adresser à un thérapeute spécialisé dans le type de problème qui est le vôtre. Vous devez « identifier vos démons » pour les conquérir et devenir ainsi un prêtre mature et équilibré.

— Je ne veux pas de thérapeute, chuchote-t-il pathétiquement. Je n'ai pas de démon. Je n'ai pas envie de coucher avec qui que ce soit pour le moment, c'est tout. Je suis désolé de m'être mêlé à la bande ce soir et je promets de ne plus jamais m'approcher d'eux.

Doux Jésus ! Il n'a rien compris !

— Stacy...

— Je ne demande qu'à continuer à vivre ici avec Nick, poursuit-il d'un ton désespéré, et à m'escrimer à devenir le genre de prêtre qu'il veut. C'est le type le plus merveilleux de la terre. Si je le laisse tomber et si je dois quitter St Benet, ma vie ne vaudra plus la peine d'être vécue. Alors je ne vais pas le laisser tomber et je vais recommencer à sortir avec Tara et un jour ou l'autre, j'arriverai à la peloter et tout ira bien.

J'ai de nouveau la langue paralysée.

Je suis horrifié !

*
*   *

(Obligé de mettre des astérisques. Aucun mot ne pouvant décrire le hiatus qui se produisit à ce stade de la conversation.)

Grands dieux ! Le gamin est amoureux de Nicholas. Et

il ne s'agit pas d'une inoffensive vénération, mais d'une pure folie homo-érotique qui l'empêchera d'atteindre la maturité sur le plan de sa sexualité et qui finira par poser à Nicholas un problème gros comme un éléphant. En outre — et c'est là la menace qui pèse le plus sur St Benet —, Stacy ne manifeste pas le moindre désir d'affronter ses problèmes ; il n'a même pas l'air de comprendre ce qu'il doit faire. Nous ne pouvons pas nous permettre d'avoir un individu aussi inconscient et insensible dans notre équipe. Dans le ministère qui est le nôtre, nous avons besoin de pouvoir compter sur nos collègues à cent pour cent. Or comment avoir confiance en un prêtre incapable de grandir spirituellement et psychologiquement bête comme un âne ?

Nous avons choisi Stacy, persuadés qu'il avait un potentiel, qu'il ne demandait qu'à se développer, à progresser. Mais nous nous trompions. S'il reste parmi nous, nous allons droit à la catastrophe. Je vois déjà les gros titres des journaux, les foudres de l'archidiacre se déchaînant sur nous, l'archevêque téléphonant à l'Évêque de Londres pour lui demander exactement ce qui se passe. La réputation du centre de guérison serait ternie, le ministère fermé, ruiné, éliminé.

Jeu, set et match pour le Diable.

Encore ébranlé par ce magistral coup de pied fourchu, je retrouve finalement l'usage de la parole pour dire à Stacy, d'une voix faible :

— Écoutez, je pense que cela ne servirait à rien de continuer cette discussion ce soir. Attendons le retour de Nicholas pour explorer la situation plus avant.

Je suis tellement terrassé que j'ai oublié qu'il veut absolument maintenir Nicholas dans l'ignorance. Il panique.

— Il est hors de question que vous en parliez à Nick, hurle-t-il. Cette conversation doit rester absolument confidentielle.

Enfer et damnation ! Je suis vraiment coincé ce coup-ci. Mais en ma qualité de prêtre, je ne peux lui donner qu'une seule réponse, et c'est ce que je fais :

— Entendu, Stacy, je me tairai, mais je vous conseille fortement de vous confier à Nicholas avant que d'autres se chargent de l'informer. Croyez-vous vraiment que vous arriverez à lui dissimuler longtemps l'incident du Sion Col-

lege ? En plus d'être en relation étroite avec Tucker à propos de nos programmes sur le sida, il voit régulièrement
la plupart des autres ecclésiastiques présents ce jour-là à
l'occasion du rassemblement du clergé local.

— Je le persuaderai que ça ne veut rien dire, balbutie
Stacy avant d'éclater de nouveau en sanglots et de sortir
précipitamment de la pièce.

*
* *

(J'ai pris le pli d'employer des astérisques pour marquer mon hébétude.)

J'essaie de me calmer, mais ce n'est pas facile. Mes
pensées fusent en tous sens. Stacy ne s'imagine tout de
même pas qu'il pourra rester au presbytère *ad vitam aeternam* ? C'est son deuxième vicariat et il est censé être là trois
ans. Après quoi il devra aller ailleurs. Espère-t-il obtenir
un poste salarié au centre ? Nous aimerions faire appel au
service d'un autre prêtre un jour, d'autant plus que je ne
rajeunis pas, et Nicholas l'a probablement dit à Stacy —
qui rêve peut-être d'une planque permanente à St Benet.
Oui, ça doit être ça. Stacy se rend sûrement compte que
son travail laisse beaucoup à désirer, mais il élude le problème en se disant que tout ira bien tant qu'il s'efforce
d'être un clone de Nick. Doux Jésus, quel embrouillamini...

Si la situation n'était pas aussi dangereuse, elle serait
tragique. Tragique et pathétique. Pauvre petit Stacy. En
attendant, quelles mesures faut-il prendre ?

Malheureusement, je dois laisser cette phrase en suspens, car je ne sais vraiment pas comment y répondre.

Bon, après que Stacy eut filé en larmes dans son appartement, je fonce dans la cuisine, j'ouvre le frigidaire en
grand et m'enfile trois tranches de quiche aux champignons, une feuille de laitue, un petit pot de coleslaw et un
grand bol de glace aux raisins et au rhum. Je fais descendre
tout ça avec un double whisky dilué de généreuses doses
de soda. Après quoi je me sens un peu plus humain. De
retour dans ma chambre, j'écoute du Bach pour m'apaiser
et je suis en train de me dire que la possibilité de sommeil

n'est pas si inimaginable après tout, quand la sonnette de la porte retentit.

Je jette un coup d'œil à ma montre. Dix heures et demie. Trop tard pour une visite amicale, mais pas pour une âme désespérée, suicidaire, droguée, alcoolique, homicide, en mal de charité chrétienne. Je me traîne dans l'entrée. Puis-je m'en tirer quelques secondes sans mes béquilles ? Bien sûr, si je reste stationnaire. En les laissant de côté, je m'empare de la batte de baseball que nous gardons près de la porte, prêt à me défendre. Je ne suis pas vraiment l'image même du précepte « Aime ton prochain comme toi-même », mais il n'y a rien de très chrétien dans le fait d'être imprudent et même si le taux de criminalité est bas dans la City, on court toujours le risque de tomber sur un psychopathe qui veut la peau d'un prêtre. La main sur le loquet, je guigne dans le judas.

Mauvaise nouvelle.

Francie Parker est sur le pas de la porte et elle m'a tout l'air d'avoir perdu la boule.

*   *
*

Francie n'est pas venue à St Benet aujourd'hui. Elle a dû se rendre dans le Kent pour emmener sa mère à l'hôpital se faire faire une radio. Peut-être est-ce cette absence qui l'a perturbée à ce point ; il se peut aussi qu'elle aurait disjoncté aujourd'hui de toute façon, avec ou sans sa dose hebdomadaire de Nicholas Darrow.

J'ai tout de suite compris qu'elle était dérangée à cause de son apparence. Elle est jolie et s'habille bien d'habitude, mais à cet instant, elle a les cheveux dans tous les sens ; on dirait bien qu'elle porte une chemise de nuit sous son manteau ouvert et je suis prêt à parier qu'elle est en pantoufles. Soit elle veut donner l'impression qu'elle est partie de chez elle en courant après avoir été violemment aggressée, soit elle est tellement à côté de la plaque qu'elle ne se rend même pas compte de ce qu'elle a sur le dos. Quoi qu'il en soit, elle est dans un sale état. Je pose la batte et ouvre prudemment la porte.

— Oh Lewis...

Maintenant que nous sommes face à face, il me paraît évident qu'elle n'a rien d'une femme battue épouvantée venue chercher de l'aide ; elle a le regard brillant, les joues roses et semble très remontée, moins par la colère que par l'adrénaline, je suis prêt à le parier. Mes soupçons se confirment ; Nicholas avait tort et maintenant, nous nous apprêtons à plonger jusqu'à nos cols ecclésiastiques dans le pire des cauchemars !

— Francie ! m'exclamé-je, sachant que ces deux syllabes me permettront de gagner un peu de temps pour décider de ce que je dois dire.

Je serre ma croix pectorale dans ma main, en quête d'inspiration, mais rien ne vient.

— Puis-je entrer ?

— Bien sûr. Pourquoi pas ? dis-je d'une voix douce en m'effaçant pour la laisser passer.

Je commets peut-être la pire des imprudences, mais je m'efforce d'être pragmatique. Ce n'est pas en lui claquant la porte au nez que je vais résoudre le problème. Il faut que je désamorce la situation en diagnostiquant ce qu'elle a avant de la conduire chez un médecin. Il y a de fortes chances que je ne coure aucun danger ; c'est après Nicholas qu'elle en a, et non pas moi.

Tandis que j'en arrive à cette conclusion logique, je suis très conscient que Francie opère peut-être à un niveau qui défie toute logique. Je suis un ancien exorciste, ne l'oublions pas, et même si l'on m'a fichu dehors de mon ancien diocèse, je ne suis pas amnésique. À dire vrai, il se pourrait que je sois tout aussi menacé que Nicholas le serait s'il était là. Si le Diable s'est emparé de la personnalité de Francie, il faut s'attendre au pire.

En y réfléchissant, toutefois, il y a peu de chances que Francie soit possédée, dans le sens classique du terme. Elle ne présente aucun des symptômes ; elle n'est pas en train de me vomir dessus, ni d'uriner ni de hurler à la vue du crucifix sur ma poitrine. Il est beaucoup plus probable que le Malin s'infiltre dans le presbytère en profitant d'un trouble mental déjà présent en elle ; cela veut dire que je dois me concentrer sur ce trouble, et non pas sur le Diable, si je veux déterminer le meilleur moyen de faire face à la situation.

À ce moment, je change de mode de réflexion. À un certain niveau de mon esprit, je continue à penser par métaphores religieuses tout en m'agrippant à ma croix, mais, simultanément, je me mets à recourir au langage psychologique. De quel mal Francie souffre-t-elle ? S'agit-il d'une névrose, d'une psychose ? D'hystérie ? Nous savons tous ce dont les dingos sont capables lorsqu'ils sont amoureux, mais d'ordinaire, nous ne les jugeons pas cliniquement malades au point de les enfermer.

— Allons dans la cuisine, dis-je gentiment à Francie après avoir passé mentalement en revue tous les diagnostics possibles. Il y fait plus chaud.

— Merci ! dit-elle, sincèrement reconnaissante. Oh, Lewis, je suis vraiment désolée de venir si tard. Vous devez vous demander ce qui m'arrive.

— J'ai peur que vous ayez froid en chemise de nuit, dis-je pour voir comment elle réagit.

— J'étais tellement terrifiée que je n'ai pas pris le temps de m'habiller.

Elle continue son numéro. Aurais-je affaire à une hystérique qui s'est hypnotisée elle-même afin de croire à ce qu'elle dit ou sait-elle qu'elle ment afin de mener à bien un plan soigneusement élaboré ? Je l'ignore, mais au moins elle n'entend pas des voix qui lui disent de tuer tous les prêtres qu'elle a sous les yeux. Je suis tenté d'écarter l'éventualité d'une psychose, ainsi que de l'hystérie. Elle n'a jamais manifesté la moindre tendance hystérique, mais il ne faut pas que j'oublie qu'un traumatisme peut provoquer des réactions inhabituelles, y compris chez des sujets habituellement à l'abri de la dissociation mentale.

— Je vais nous faire une bonne tasse de thé, dis-je en entrant dans la cuisine pour gagner encore du temps.

— C'est gentil à vous, mais Lewis, vous êtes supposé être en convalescence, n'est-ce pas ? Je ne vais pas vous empêcher de vous coucher alors que vous avez tant besoin de repos. Je vais monter directement chez Nicholas.

— J'ai bien peur que personne ne vous réponde. Vous n'étiez pas là aujourd'hui. Vous ignorez donc qu'il est parti en mission.

Cette information lui met pour le moins des bâtons dans les roues. En jetant un coup d'œil par-dessus mon

épaule tandis que je remplis la bouilloire, j'ai le temps
d'apercevoir un éclair de fureur dans son regard avant
qu'elle reprenne le contrôle d'elle-même, et à ce moment,
j'en conclus qu'elle sait exactement ce qu'elle fait. D'un
autre côté, elle n'en sera pas moins furieuse de l'absence de
Nicholas, même si elle s'est projetée, par l'hypnose, dans
un état qui n'a pas grand-chose à voir avec la réalité.

— Nick n'est pas là ? demande-t-elle, incrédule.

— Malheureusement non, mais peu importe, Francie,
je suis tout à fait disposé à vous aider ! Dès que nous aurons
pris une tasse de thé, je téléphonerai à la police.

— À la police ?

Ça ne fait pas du tout partie du scénario. En un éclair,
elle comprend qu'elle doit renoncer à coucher avec Nicholas ce soir et préserver à tout prix le mythe de son époux
sadique.

— Il faut qu'il soit jugé pour coups et blessures !
décrété-je d'un ton ferme. Il est tellement dangereux qu'il
n'y a pas d'autre solution.

— Mais Lewis, vous ne comprenez pas...

Sa poitrine se soulève. Elle se met à sangloter. L'heure
du Kleenex a de nouveau sonné au presbytère.

Je décide de prendre le risque de jouer la carte du réalisme.

— Ma chère, dis-je de mon ton le plus mordant tout
en dénichant un Kleenex, je crains qu'il faille que vous
admettiez que je comprends on ne peut mieux la situation.

Elle tressaille et me fixe d'un œil aussi mauvais que
sceptique parce qu'elle n'arrive pas à croire que ce cher
Lewis si doux, si bon, si bienveillant, ce vieux prêtre plein
de tendresse, toujours si compréhensif envers elle, ce cher
docteur Jekyll se soit brutalement transformé en un redoutable Mr Hyde, de sorte que son admirable plan visant à séduire Nicholas se trouve désormais sérieusement
compromis.

Je lui ordonne de s'asseoir en désignant la table de la
cuisine du bout de ma béquille.

— Observons une minute de silence. J'ai besoin de
faire du thé et vous devez reconsidérer votre position.

Le silence s'installe avec pour seule interruption les
sanglots étouffés de Francie. Je présume qu'elle n'a pas

vraiment envie de pleurer ; elle est trop furax pour ça. Mais elle estime qu'elle doit jouer son numéro jusqu'au bout afin d'évoquer une héroïne affreusement maltraitée.

En attendant, je me rappelle à quel point je dois être prudent. Je suis tellement anxieux de désarmorcer la situation que je risque de faire une énorme bêtise. Ce que je souhaite, bien sûr, c'est que Francie se confesse d'elle-même et qu'elle accepte de voir un médecin. Ce que je redoute par-dessus tout, c'est qu'elle se réfugie dans un monde onirique où elle sera totalement rebelle à toute aide médicale ou bien qu'elle entende une voix qui lui dise que ce scélérat de Lewis Hall doit être éliminé à tout prix afin de protéger le Grand Amour de sa vie. Le démantèlement de telles chimères peut se révéler l'équivalent psychologique de la dynamite. J'entends presque les cris d'une dizaine de psychiatres me suppliant de ne pas aller plus loin.

— Bon, Francie, dis-je finalement une fois le thé fait, alors que nous sommes assis face à face à la table, ne croyez pas que je ne sois pas disposé à vous écouter. Donnez-moi tous les détails de cette nouvelle agression qui n'a laissé aucune marque visible, comme d'habitude. Vous avez toute mon attention.

Mais elle est plus futée que je ne le pensais. Elle a préparé des preuves, destinées à être montrées à Nicholas et situées dans un endroit des plus stratégiques. Elle se lève d'un bond, enlève son manteau, abaisse les bretelles de sa chemise de nuit et exhibe sa poitrine.

Très belle. J'ai un faible pour les beaux seins. Ils sont un tout petit peu égratignés, mais rien que je ne pourrais oublier si j'avais un autre objectif en vue.

— Où sont les meurtrissures ? Les zébrures ? Les marques de coups ? La dernière fois que votre mari vous a fait l'amour, il vous a griffée au lieu de vous caresser. Et alors ! Cela prouve qu'il devrait s'améliorer dans ce domaine, mais pas que vous soyez une femme battue !

Elle est tellement hors d'elle maintenant qu'elle a du mal à parler.

— Vieux porc ! siffle-t-elle. Tout le monde sait que vous êtes un homosexuel refoulé et que les femmes vous dégoûtent.

— Ah oui ! Qui est tout le monde ? demandé-je d'un

ton vague tout en me dirigeant vers le coin de la pièce où se trouve l'interphone. Alice, dis-je quelques secondes plus tard avant que Francie ait eu le temps de me répondre, venez à la cuisine immédiatement, je vous prie. Francie est là. Elle est très bouleversée et je pense qu'une compagnie féminine lui ferait du bien.

— Non, hurle Francie, mais l'ordre est donné.

Prise de panique, elle remonte ses bretelles et renfile son manteau. Elle tremble de rage. Il se pourrait qu'elle approche du moment où elle est prête à tout, à part dire la vérité.

Il est temps de faire un peu marche arrière.

— Désolé, Francie, dis-je d'un ton de regret, ressuscitant le docteur Jekyll. Croyez-moi, je compatis à votre détresse, mais si vous voulez que je vous aide à surmonter cette épreuve bien réelle, nous devons nous mettre d'accord sur ce qu'est précisément cette épreuve. Je lui lance métaphoriquement une perche. À elle de décider si elle veut la saisir ou pas.

— Les lésions sont-elles internes ? demandé-je, en toute sincérité. Ou si épouvantables que vous ne pouvez même pas en parler ?

Elle refuse de se tirer d'embarras en m'avouant enfin la vérité. Dommage.

— Oui, c'est ça, dit-elle en se remettant à sangloter de plus belle, tout est interne.

Faut-il la prendre au piège tout de suite ? Il me suffit de lui dire que, dans ce cas, nous devons convoquer Val sur-le-champ pour qu'elle prépare un dossier médical à l'intention de la police, mais Dieu sait comment elle réagira. Je ferais peut-être bien de reculer et de la forcer à des aveux d'une autre manière.

Je suis encore en train d'évaluer mes options quand Alice apparaît dans une robe de chambre rouge cerise qui met en valeur ses charmantes rondeurs. Décidément, c'est ma soirée, mais j'ai le regret de dire qu'à ce stade, je suis trop fatiguée pour apprécier ce défilé inattendu de femmes en tenue négligée. Je trouve tout de même l'énergie de sourire à Alice en lui disant :

— Comme c'est gentil à vous d'être venue si vite, mais

je crois qu'en définitive, nous n'aurons pas besoin de vous. Qu'en pensez-vous, Francie ?

Elle secoue la tête. Elle n'arrive pas à regarder Alice, probablement parce qu'elle représente la normalité, le monde de la santé qu'il faudra bien qu'elle se décide à regagner quand elle aura fini son numéro. Je suis à peu près convaincu à présent que si Francie est sérieusement folle de Nicholas au point de nécessiter un traitement, elle sait qu'elle ment à propos de cette histoire de femme battue, de même qu'elle sait qu'elle ne peut pas assassiner les méchants vieux prêtres que son histoire laisse sceptiques. Je résume mentalement la situation en repassant au mode de pensée religieux : pas de possession, exorcisme inutile. Imposition des mains, prière et soutien de la communauté nécessaire durant le traitement médical ainsi qu'après.

Et le Diable ? Il battra en retraite quand elle aura commencé à guérir parce qu'elle ne l'intéresse pas fondamentalement. C'est le ministère de St Benet qu'il vise et il cherchera un autre cheval de Troie.

— Merci, Alice, dis-je à mon témoin. Je suis navré de vous avoir dérangée.

Alice se retire à contrecœur, les yeux écarquillés par la stupéfaction.

— Bon, Francie, lui dis-je en devenant instantanément plus tendre, je suis conscient de m'être comporté comme une brute, mais je l'ai fait parce que je suis très avide de vous aider et que c'est impossible tant que je ne saurai pas la vérité. À présent, dites-moi, faut-il faire venir Val pour qu'elle vous examine ? Il se peut que vous soyez gravement atteinte et c'est mon devoir en tant que prêtre de convoquer un médecin au plus vite.

Je crois que ça y est. J'ai réussi à l'ébranler. Francie sait qu'elle ne peut pas voir un médecin, mais elle ne m'en veut pas de l'avoir proposé parce qu'elle s'imagine que c'est non pas le scepticisme, mais la bonté chrétienne qui me pousse à le faire. Elle doit renoncer au mythe des lésions internes, mais ce n'est pas grave puisqu'elle ne va pas avoir affaire à une brute, mais à un bon prêtre compatissant.

— Oh, Lewis, chuchote-t-elle, prête à se décharger du poids qu'elle a sur le cœur.

Nous nous rasseyons et elle se couvre le visage des deux mains. Puis elle ajoute d'une voix étouffée :

— Accordez-moi un instant, voulez-vous ? Il faut que je résolve quelque chose.

Cela semble prometteur. J'attends en silence.

Finalement elle baisse les mains et dit, sans me regarder :

— Je ne veux pas de Val.

— Bon.

— Je ne souffre d'aucune lésion interne.

— D'accord.

— Harry est un monstre, mais...

Elle hésite. Elle a besoin d'un encouragement.

Ses yeux s'emplissent de larmes à nouveau. Je tends la main vers la boîte de Kleenex et me prépare à les lui tendre un à un.

— J'ai pensé au divorce, bien sûr, reprend-elle en se tamponnant les yeux, telle une ménagère se lamentant sur son aspirateur cassé. Mais je n'ai pas un sou et Harry étant avocat, il fera tout pour que je n'obtienne qu'une misère. En plus, il essaiera d'avoir les enfants. J'en suis sûre. Je n'aurai rien. Ce n'est donc pas la solution.

— Mais comment allez-vous faire pour tenir le coup dans ce mariage ? je demande d'un ton anxieux tout en extirpant un mouchoir de la boîte.

— Je tiendrai tant que j'aurai mon travail à St Benet. Elle marque un temps avant d'ajouter finalement : Et Nick.

— Oui. Pouvez-vous m'en dire un peu plus à ce sujet ?

Elle obtempère. Le barrage saute et elle déverse tout d'un seul coup. Elle est éperdument amoureuse de Nick, mais n'en a rien dit à personne parce qu'elle sait que si on l'apprend au centre, elle sera qualifiée d'instable et mise à la porte. Et elle ne supporterait pas de vivre sans le voir cinq jours par semaine, d'autant plus que, récemment, ils ont eu de merveilleuses conversations à propos du sadisme de Harry.

Je n'insiste pas là-dessus. Nous en sommes arrivés au point où il est entendu tacitement que ce sadisme est une pure invention. En outre, je tiens à concentrer la discussion sur Nicholas.

— Mais si vous l'aimez si fort, murmuré-je, vous ne

devez pas pouvoir vous contenter de ces conversations. Cela me semblerait naturel dans les circonstances.

Elle hoche la tête, soulagée de me sentir aussi compatissant et ouvert d'esprit.

— Il faut que vous compreniez que je ne pourrais jamais l'épouser, même quand il sera libre, reprend-elle d'un ton sincère.

— Quand il sera libre ?

— Oh, je suis sûre qu'il divorcera. Il voudra faire place nette pour me prouver son amour.

— Ah.

— Mais même dans ce cas, nous ne pourrons jamais être ensemble.

— Non ? Mais tout de même...

— Ne croyez pas que l'amour m'ait aveuglée au point que j'aie perdu tout contact avec la réalité, Lewis ! Bien sûr, je prendrai le risque de divorcer d'avec Harry, en dépit de toutes les difficultés, si l'homme que j'aime est libre, mais Nick ne sera jamais disponible pour moi. Il ne pourrait jamais épouser une femme divorcée. Pas dans la situation où il est actuellement. Pas tant qu'il est en charge de St Benet.

— Hum !

— Il pourrait divorcer, c'est certain. De nos jours, son ministère n'en serait pas affecté. Enfin, à peine, pourvu que le divorce se passe sans scandale. Le problème pour les prêtres divorcés, c'est quand ils veulent se remarier. Il pourrait épouser une vierge ou une veuve très dévote et très présentable. Mais une divorcée... Non, c'est impossible. Et croyez-moi, Lewis, je n'entreprendrai jamais rien qui puisse mettre en péril sa remarquable carrière.

— C'est extrêmement noble et généreux de votre part, Francie. Alors comment envisagez-vous de résoudre ce problème ?

— Je suis prête à être sa maîtresse. Je suis venue ici ce soir parce que j'ai pensé qu'il était temps de le lui faire clairement savoir. Je sais que c'est immoral puisque nous avons tous les deux un conjoint, mais les grands amours transcendent tout, n'est-ce pas, parce que Dieu est amour. Je suis sûre qu'il comprendra et nous pardonnera.

Au prix d'un grand effort, j'ignore cette révision

absurde des dix commandements et lui dis avec une patience quasi surhumaine :

— Mais, Francie, ne pensez-vous pas que cela aurait un effet préjudiciable sur le ministère de Nicholas ?

— Absolument pas ! insiste-t-elle, le regard brillant. Parce que, voyez-vous, personne ne le saura !

Elle est folle à lier. Elle n'a pas du tout conscience de la force et de la santé spirituelles nécessaires à Nicholas pour exercer ce ministère et ne se rend pas compte qu'une double vie détruirait son intégrité et aurait raison de lui. Elle pense que le seul danger serait pour les deux amants d'être découverts.

— Je suis disposée à être très, très discrète, m'annonce-t-elle. Son bonheur passerait en premier et je sais que je le rendrai plus heureux qu'il ne l'a jamais été...

Elle continue un moment dans cette veine et conclus en professant quelques idées profondément contestables concernant les Darrow.

— Rosalind ne le comprend pas. Je ne peux pas imaginer qu'il soit heureux avec elle. Je suis sûre qu'elle est nulle au lit tandis que moi...

— Je comprends.

— Évidemment, on ne passerait qu'une nuit ensemble de temps en temps, mais ces nuits-là, on serait au paradis ! Nick est si merveilleux...

— Absolument.

— Le plus miraculeux, c'est que mes sentiments sont réciproques ! Quand je pense à tous les regards qu'il m'adresse, ses sourires entendus et les remarques à double sens...

Je comprends d'emblée qu'il est inutile d'essayer de démanteler ce mythe-là. Aux professionnels de s'en charger car c'est le produit d'un esprit dérangé, un mensonge auquel Francie croit dur comme fer. À la différence de l'histoire du mari sadique, mensonge soigneusement élaboré et concocté dans un but bien précis dont elle sait depuis le départ qu'il s'agit d'une invention.

Je finis par interrompre ce radotage romantique :

— Francie, pourrions-nous revenir en arrière une seconde ? Je comprends que vous vous soyez confiée à

Nicholas au sujet de Harry, mais pourquoi m'en avoir fait part à moi aussi ?

Elle me regarde fixement sans rien dire. Elle ne s'attendait certainement pas à cette question et je vois tout de suite qu'elle ne sait pas comment y répondre. Finalement, elle réplique d'un ton désinvolte :

— Cela me semblait juste. Nick avait peut-être envie d'en parler à quelqu'un sans être gêné par le sceau du secret. Bref, comme je vous disais...

Bizarre. Je ne sais qu'en penser. J'ai l'impression d'avoir laissé passer quelque chose et je me demande bien quoi.

Francie continue à divaguer sur le compte de Nicholas. J'attends qu'elle s'arrête pour reprendre son souffle et me lance aussitôt :

— Francie, ma chère, il ne fait aucun doute dans mon esprit que vous êtes en mauvaise passe, mais ne vous inquiétez pas. Je suis là pour vous soutenir et je ferai tout ce qui est en mon pouvoir pour vous aider. Je vous propose de reprendre cette conversation demain quand nous serons reposés l'un et l'autre, en présence de Robin peut-être. Je crois qu'il va me falloir de l'aide pour vous conseiller au mieux.

— Oh, mais je ne veux pas que Robin soit au courant ! Personne ne doit savoir. Je dois rester parfaitement discrète dans l'intérêt de Nick.

— Bien sûr. Mais Francie, comment allez-vous pouvoir travailler dans ces conditions ? J'estime que vous avez besoin du soutien de Robin pour...

— Non, non ! Je peux me débrouiller toute seule. Mon amour me transforme, voyez-vous, et je travaille mieux que jamais. C'est un don de Dieu et Dieu me guidera à l'avenir.

— Mais, ma chère, les dons de Dieu ne s'accompagnent pas d'un manuel d'instruction et Il fera certainement appel à d'autres gens pour vous guider.

— Évidemment. À Nicholas, et Nicholas me donnera tous les conseils dont je pourrais avoir besoin. Il est donc inutile de déranger Robin, si ?

Je tourne en rond et cette femme a besoin d'une thérapie d'urgence, voire d'une hospitalisation. Je répugne à bousculer les choses, mais peut-être que si je redouble de prudence, je peux me risquer à soulever un coin du voile.

— Francie, j'accepte pleinement que vous soyez très attachée à Nicholas, mais j'aurais l'impression d'être négligent si je ne mentionnais pas un certain nombre de faits. Pour commencer, il est très difficile de juger les relations d'un couple vu de l'extérieur. Deuxièmement, le couple Darrow fonctionne depuis vingt ans et cela veut assurément dire quelque chose. Êtes-vous certaine de comprendre le rôle joué par Rosalind dans la vie de Nicholas ? Je n'en suis pas sûr moi-même.

Naturellement, elle ne veut pas m'entendre parler de ça. Pour faire entrave aux implications de mes remarques, elle s'écrie avec fougue : « Je l'aime ! Je l'aime ! », mais j'ai gâché le paysage en technicolor de sa grande passion, et avec un peu de chance, elle ne va pas tarder à sombrer dans la dépression. Les gens n'arrivent pas à admettre qu'ils ont besoin d'aide lorsqu'ils sont en état d'euphorie, mais avec une pointe de déprime, ils sont plus enclins à filer chez le médecin.

— Je vois que vous tenez vraiment très fort à lui, Francie, dis-je, conscient que je dois redoubler de pitié si je veux qu'elle se calme, et c'est la raison pour laquelle je suggère que nous reprenions cet entretien demain. Rien que vous et moi. Maintenant, avant que vous vous en alliez, prions ensemble afin que cette situation des plus complexes soit résolue d'une manière qui satisfasse Dieu.

Elle ne soulève pas d'objection et je réussis, je ne sais comment, à concocter un laïus qui soit à la fois une supplication sincère adressé, au Tout-Puissant et un réconfort pour Francie. Je suis très fatigué maintenant et les sentiments ambivalents que m'inspire cette femme malade qui se délecte de sa mythomanie destructrice, sapent inexorablement mon énergie, mais Francie trouve ma prière éloquente et renifle sous l'effet de l'émotion. En s'emparant d'une poignée de mouchoirs pour le voyage, elle chuchote :

— Je m'excuse de vous avoir dit des choses aussi vilaines plus tôt.

— Vous étiez bouleversée.

— Je sais que vous n'êtes pas homosexuel.

Elle a l'air vraiment convaincue. J'ai peut-être regardé sa poitrine avec un peu plus d'intérêt que je ne l'aurais voulu. Je m'empresse alors de lui dire courtoisement :

— Laissez-moi vous raccompagner à la porte.

Dans le hall, je lui demande où est son mari et quand elle me répond d'un ton morne : « Hong Kong », j'entrevois le mal qui la ronge. Le monde est si petit de nos jours. Les hommes d'affaires voyagent en jet d'un bout à l'autre de la planète, mais sans leurs épouses qui se sentent négligées et mal aimées.

Pauvre Francie.

Mais Doux Jésus, quel coup de pied fourchu...

* * *

Nous sommes toujours lundi soir, le 23 novembre, et le troisième coup de pied, celui qui a pour but d'ébranler les fondations mêmes de St Benet, est encore à venir. Seulement, quand Francie s'en va, je ne le sais pas encore. Dès que les phares arrière de sa voiture ont disparu au bout de la rue, je me traîne dans ma chambre, je m'allonge sur mon lit, sans prendre la peine de me déshabiller et succombe à l'épuisement.

Avant de sombrer dans l'inconscient, j'envoie une prière-éclair dans la direction de Dieu pour le remercier de m'avoir permis d'aider un peu Francie. J'ai démantelé son mythe sans qu'elle craque complètement. J'ai entamé le débat et nous nous sommes séparés en bons termes. Avec un peu de chance, elle sera en thérapie avec Robin avant la fin de la semaine et celui-ci la confiera à l'un de nos psychiatres, puis nous lui accorderons un congé-maladie, et dès qu'elle se sentira mieux, elle verra qu'elle a tout intérêt à consulter un conseiller marital, elle cessera d'être une menace pour Nicholas et tout le monde sera heureux...

Je suis presque inconscient à la fin de cette phrase interminable, mais j'ai encore le temps de penser : Dieu merci, Nicholas est si fort, si stable, qu'aucune femme sur la terre ne peut lui faire perdre la tête.

L'instant d'après, je dors d'un profond sommeil.

Je me réveille vingt minutes plus tard en entendant claquer la porte d'entrée. J'ouvre les yeux, mais je les referme aussitôt parce que j'ai laissé la lumière allumée et l'éclairage me fait mal. Mes oreilles, elles, fonctionnent. J'entends des pas précipités, Nicholas hurlant : « Lewis ! » et quand la porte de ma chambre s'ouvre en coup de vent, je suis assis au bord de mon lit et mon cœur bat à tout rompre.

Nicholas a le teint grisâtre. Son regard violemment troublé a la couleur de l'ardoise. Il essaie de parler. En vain.

L'heure de la catastrophe a sonné à St Benet. Je m'empare de mes béquilles et tente de me lever, mais je suis trop raide et je retombe sur mon séant.

— Que se passe-t-il ? dis-je, luttant contre la panique. Nicholas, pour l'amour du Ciel, dites-moi ce qui est arrivé !

D'une voix chancelante, il me répond : « Rosalind m'a quitté », et je le dévisage avec stupéfaction tandis qu'il se laisse tomber, anéanti, sur le siège le plus proche.

TROISIÈME PARTIE

ROSALIND

LE SCÉNARIO-CAUCHEMAR

> « Le rétablissement des relations avec autrui est une entreprise pastorale, mais aussi prophétique. Il s'agit de changer les gens et de modifier leur environnement. Avant d'entrer en action, le guérisseur fera l'objet d'une imposition des mains, car il est lui aussi pécheur, il est lui aussi malade. »
>
> Christopher Hamel Cook
> *Healing is for God*

1.

> « Nous trouvons très encourageant que vous soyez capable de reconnaître votre colère et de l'associer à votre manque de bien-être. La colère nous habite tous, mais nous avons souvent du mal à l'admettre. »
>
> Gareth Tuckwell et David Flagg
> *A Question of Healing*

I

Ce n'est pas une mince affaire d'être mariée à un faiseur de miracles.

Je me souviens précisément du moment où j'ai compris que ma patience était à bout. C'était à la mi-novembre 1988, à l'époque où Madame Thatcher se rendit en visite officielle aux États-Unis pour montrer aux Américains qui commandait et fit baver Reagan d'admiration. Mon amie Patsy Egerton appela pour dire que Bryan et elle étaient rentrés d'Amérique subitement à cause d'un enterrement en demandant s'il y avait une chance qu'on se voie. Je les conviai à dîner le vendredi suivant — le 18, un jour grisâtre et froid, prémisse de la petite chute de neige qui devait tomber deux jours plus tard. Un temps de novembre qui m'incite à retirer les plantes vertes des rebords de fenêtres glacés quand je tire les rideaux le soir et à les vaporiser un peu le matin si l'air me paraît trop sec. Tout de suite après ma conversation avec Patsy, je téléphonai à St Benet afin de prier Nicky de rentrer un peu plus tôt que de coutume ce vendredi-là. Il me promit d'être de retour à sept heures.

À sept heures, il n'était pas là. J'imaginai qu'un canard boiteux quelconque avait réclamé son attention comme d'habitude et quand les Egerton arrivèrent, j'invoquai la circulation très dense le vendredi soir. Il n'empêche que pour moi, Nicky avait commis sa première erreur de la soirée.

La deuxième consista à ne pas s'excuser quand il débarqua à huit heures. Il ne prit même pas la peine de blâmer les embouteillages. Pire encore, il pensait manifestement à tout autre chose et participa si sporadiquement à la conversation que c'en était embarrassant.

En plein milieu du repas, il commit sa troisième erreur en se levant brusquement.

— Excusez-moi, marmonna-t-il. Faut que je passe un coup de fil à Lewis.

Il fit cette proclamation juste au moment où Bryan atteignait la chute d'une histoire des plus amusantes. Je ne pus me retenir de lancer d'un ton sec :

— Lewis peut sûrement attendre, Nicky.

Il ne daigna même pas me répondre. Il partit téléphoner et, à son retour, nous informa qu'il devait retourner à Londres de toute urgence.

J'étais tellement fumasse que je dus faire un effort colossal pour sauver les apparences. Mais je pris sur moi. C'est ce qu'on fait dans ces cas-là, non ? Patsy m'avait raconté qu'en Amérique, les gens n'hésitaient pas à hurler quand ils étaient en colère. Sur le moment, je n'avais éprouvé que du dédain pour un comportement si singulier, mais à cet instant-là, je songeai combien il devait être agréable de vivre au sein d'une société où il était admis d'exprimer sa rage.

En accompagnant Nicky à la porte, je lui demandai poliment de quelle « urgence » il s'agissait. Ma fureur ne fit que s'accroître quand il me répondit :

— C'est Lewis. Il a reçu de mauvaises nouvelles et il a besoin de moi.

— Moi aussi j'ai besoin de toi, Nicky. Cela me met mal

à l'aise que tu t'en ailles maintenant, protestai-je faiblement.

On m'avait appris à ne jamais me plaindre, ni exiger quoi que ce soit. Selon l'éducation que j'avais reçue, au sein du mariage, le travail du mari était la priorité absolue et l'épouse devait systématiquement s'effacer. Des préceptes datant d'avant-guerre, certes, qui n'en restaient pas moins en vigueur à l'époque où j'ai grandi dans le sud-ouest de l'Angleterre durant les années cinquante. Trente ans plus tard, néanmoins, j'en étais arrivée à la conclusion que je n'avais plus envie de jouer le rôle de paillasson domestique.

— Je vais le remettre d'aplomb au plus vite, disait Nicholas, et je te promets que je serai de retour de bonne heure demain matin.

Tout le problème est là avec les faiseurs de miracles. Ils ne résistent jamais à la tentation de régler les problèmes des autres. Ce sont des drogués du pouvoir, des fanas du salut et de la délivrance, des obsédés de la crise. La seule chose qui ne les exalte vraiment pas, c'est de traiter équitablement leurs proches ! J'aurais dû avoir la priorité ce soir-là, y compris sur le canard boiteux auquel Nicholas tenait le plus au centre de guérison.

Son collègue, Lewis Hall, était à mon avis un spécimen des plus pernicieux et j'avais toujours pensé qu'il avait une mauvaise influence sur Nicky. Un vieux bonhomme peu recommandable, s'il en est ! Il buvait trop, mangeait trop, fumait comme un pompier, sans compter qu'il avait un caractère épouvantable. Il avait été marié à une malheureuse qui s'était empressée de se mettre à boire comme un trou et leur fille unique — pauvre Rachel ! — n'en menait pas large. Lewis avait un poste symbolique à St Benet. Je n'ai jamais très bien su ce qu'il y faisait précisément, mais je pense que, par bonté d'âme, Nicky avait fabriqué des fonctions de toutes pièces afin de donner au vieux bougre le sentiment d'être utile. Lewis adorait Nicky et celui-ci le lui rendait bien en lui manifestant une affection toute fraternelle. Cette relation singulière entre les deux hommes était selon moi passablement malsaine.

Bref, je me retrouvai ainsi abandonnée à Butterfold tandis que Nicky regagnait Londres pour voler au secours de cette vilaine brute. Dès que Bryan et Patsy furent partis, je m'effondrai, en pleurs, à la table de la cuisine. Ne jamais pleurer en public. C'était ma règle d'or. Cela ne se fait pas, si ? Mais à ce stade de mon mariage, j'étais habituée à verser une larme ou deux en privé.

Ce soir-là, j'en versai d'innombrables et ce fut en les essuyant que je me dis finalement : « Ce n'est plus supportable. »

Seulement je m'aperçus que je ne pouvais rien faire de cette belle proclamation, à part m'efforcer de l'oublier au plus vite pour la bonne raison que, dans notre famille, les femmes ne lâchaient jamais prise. Elles serraient les dents sans s'apitoyer sur leur sort car, comme maman le disait si souvent, ce fut cet esprit-là qui bâtit l'Empire ! En 1988, un tout autre son de cloche résonnait à mes oreilles et j'en arrivais soudain à me poser une question révolutionnaire : quel Empire ?

Je compris alors que mon mariage venait de s'engager sur une voie totalement inexplorée.

II

Plus tard, dans mon lit, je m'efforçai d'imaginer un autre avenir, mais entre-temps, mes idées révolutionnaires s'étaient dissipées, vite estompées par les principes profondément ancrés en moi qui m'avaient convaincue qu'un sort terrible attendait ceux qui perdent le contrôle d'eux-mêmes et désobéissent aux règles. Cesser de se maîtriser, c'était la pire des horreurs, la porte ouverte au scénario-cauchemar.

Dans ma panique, je tournai le dos à l'avenir et me réfugiai dans le passé.

Du coup, j'en revins à Lewis. C'était lui qui avait encouragé Nicky à se consacrer au ministère de la guérison. Le père de Nicky n'aurait jamais souhaité une chose pareille, mais Nicky avait trouvé cette option séduisante et Lewis l'avait entraîné dans son sillage. Il lui avait même appris à procéder à des exorcismes, puisque les ministères de la guérison et de ce qu'il est convenu d'appeler la délivrance sont intimemement liés. Je trouvais toutes ces histoires d'exorcisme absolument révoltantes, mais que pouvais-je y faire ? Le père de Nicky était mort dans l'intervalle, et de toute façon, je n'aurais jamais été pleurnicher, certainement pas auprès de ce cher monsieur Darrow. Les bonnes épouses ne pleurnichent jamais. C'est bien connu.

Je me suis toujours évertuée à encourager Nicky quand il me parlait de cette facette si particulière de sa personnalité, mais je vivais dans l'espoir que devenir prêtre l'aiderait à se rapprocher de la norme. J'étais loin du compte ! Il s'est retrouvé dans un secteur de l'Église frisant la démence. Soyons honnête ! Je ne m'attendais pas vraiment à ce qu'il finisse dans un palais épiscopal, puisqu'il n'a jamais éprouvé le moindre désir de devenir évêque, mais j'espérais qu'il échouerait dans quelque paroisse paisible. Il m'arrivait d'imaginer l'endroit : le grand bâtiment géorgien du presbytère, voisin de l'église médiévale, le beau jardin clos, la cuisine chaleureuse avec son fourneau en fonte... C'eut été un cadre idéal pour élever les garçons. Mais ce rêve ne s'est jamais réalisé. Lorsqu'il était vicaire, Nicky détestait le travail paroissial, auquel il échappa, dès qu'il le put, en devenant aumônier dans un grand hôpital. Je n'arrivais pas à comprendre pourquoi il voulait un emploi aussi sordide et déprimant alors qu'il aurait tout aussi bien pu servir Dieu dans une jolie petite bourgade. Mais je ne m'en plaignis jamais, bien sûr.

Avant même l'ordination de Nicky, en 1968, Lewis avait fondé un centre de guérison dans la ville la plus proche de chez nous, ce qui passait à l'époque pour une initiative très audacieuse. Maintenant, ce type de ministère est en vogue, à telle enseigne qu'on en oublie à quel point Lewis était un prêtre aventurier dans les années soixante. Il est vrai qu'il a toujours été en marge de la respectabilité. En 1983, il s'est écarté du droit chemin, comme je m'y attendais depuis toujours. Il s'est acoquiné avec une femme simple qui souhaitait faire exorciser le HLM où elle vivait. Un beau jour, on la retrouva assassinée ; grâce à sa bonne étoile, Lewis avait un alibi en béton. On avait remarqué sa voiture à l'occasion de ses visites régulières chez elle, et la police ne tarda pas à retrouver sa trace. Il fut expulsé du diocèse, naturellement, atterrit sur le perron du presbytère de St Benet et, comme de bien entendu, Nicky le prit sous son aile. Il estima sans doute qu'il était de son devoir de le remettre d'aplomb puisqu'en 1968, à l'époque de leur rencontre, Lewis lui avait lui-même rendu ce service, du temps où Nicky passait par une de ses phases antérieures à son ordination où il se comportait à vrai dire d'une manière pas très catholique !

Nicky a toujours eu un côté bizarre. Il était parfaitement sain d'esprit, et, à maints égards, normal au point d'être banal — ce qu'il pouvait boire comme coca-cola ! — mais il n'en avait pas moins une facette étrange et quand celle-ci prenait le dessus, cela faisait froid dans le dos. Je ne doute pas que certaines personnes ont des dons de médium et font des expériences paranormales ; on ne peut vivre avec un de ces êtres sans être conscient des incidents hors du commun qui viennent chambouler le quotidien. Il ne me viendrait pas à l'idée de nier que Nicky fût capable de prophéties ; trop souvent, il a prédit un événement que rien ne permettait d'anticiper. Il n'aurait servi à rien non plus de mettre en doute ses dons télépathiques ; trop de fois, il a su deviner exactement ce que je pensais même lorsqu'une grande distance nous séparait. Mais j'ai toujours eu l'intime conviction qu'on ne devrait jamais encourager ces dispositions-là. C'était la raison pour laquelle j'avais été si choquée quand Lewis avait décidé de « former » Nicky après l'avoir tiré d'affaire en 1968. J'admettais que Nicky était passé par une drôle de phase à l'époque et qu'il avait besoin d'aide, mais certainement pas celle d'un exorciste excentrique qui se prenait pour un gourou. Un bon psychiatre aurait résolu ses problèmes qui découlaient essentiellement du fait que sa mère était morte lorsqu'il n'avait que quatorze ans et que son père, très âgé, avait eu du mal à l'assumer. Même si je me suis toujours abstenue de lui faire part de mon avis sur la question.

Sa formation d'exorciste à proprement parler eut lieu dans les années soixante-dix, alors qu'il commençait à être un aumônier expérimenté, mais dès 1968, à peu près à l'époque de son ordination, il s'initia au bon usage de ses pouvoirs paranormaux. Pour défendre cet apprentissage, il argua que, faute d'être canalisés, ces pouvoirs causaient toutes sortes de problèmes et qu'il lui fallait à tout prix un prêtre doué des mêmes aptitudes que lui pour lui apprendre à en faire don à Dieu de manière à les utiliser à bon escient. En 1968, il déclara qu'il finirait par n'être qu'un faiseur de miracles, quelqu'un qui se servait de ses talents pour son bénéfice personnel, et que cet individu devait être maîtrisé avant qu'il s'autodétruise et anéantisse tous ceux qui entraient en contact avec lui. J'écoutai poliment ses explications et, de fait, je voyais bien qu'il avait besoin de la discipline du sacerdoce pour le maintenir sur le droit chemin, mais je n'en continuais pas moins à penser qu'il aurait dû rester à l'écart du ministère de la guérison. Il me faisait l'effet d'un alcoolique réformé briguant un emploi dans un pub. Mais je me suis gardée de le lui dire, bien évidemment.

Je ne lui ai jamais rien dit qui pût être interprété comme une critique, une plainte ou une doléance, bien que j'eus toutes sortes de raisons de le faire. Je pensais à la décision qu'il avait prise de renoncer à son travail paroissial sans me consulter, à son engagement de plus en plus profond dans le ministère de la guérison qui avait finalement abouti à notre installation à Londres : les longues heures d'attente, les absences fréquentes, les canards boiteux, les missions sordides — comment l'Église peut-elle encore approuver l'exorcisme ? Sans oublier les enfants négligés, les distributions de prix ratées, même si cela n'avait guère d'importance puisque les garçons n'avaient pas vraiment d'aptitudes scolaires, les matches ignorés, des catastrophes qui comptaient énormément dans la mesure où nos deux fils étaient de grands sportifs. N'omettons pas non plus les vacances en famille gâchées parce que Nicholas s'ennuyait à mourir, ma carrière envers laquelle il ne manifestait aucun intérêt véritable. Etc. Etc. Mais à quoi bon répertorier tous ces griefs ? Cela revenait à se plaindre, et seules les poules mouillées s'y abaissent. Il fallait la boucler et continuer comme si de rien n'était, même si l'on ne savait pas trop ce qu'il fallait continuer. Parce que c'était l'esprit qui avait bâti l'Empire !

Ce fichu Empire...

J'étais tellement malheureuse tandis que je m'agitais dans mon lit ce soir-là après ce dîner désastreux que je me sentis plus que jamais convaincue que je ne supporterais pas ce mariage un instant de plus, mais j'avais beau maudire l'Empire, je ne pouvais pas imaginer la vie sans Nicky. Nous étions nés dans le même village et amis depuis la maternelle. Les liens affectifs qui nous unissaient étaient si profonds que l'idée de séparation semblait inconcevable et puis...

Et puis je savais que Nicky n'accepterait jamais de me laisser partir.

III

En vérité, j'avais assez peur de lui. Je réprimais presque toujours ce sentiment, mais il faisait surface de temps à autre et me donnait des cauchemars. Ayant vécu l'essentiel de mon existence avec les bizarreries de Nicky, je me flattais de les accepter telles quelles, mais je ne parvenais à cet état d'indifférence qu'en me forçant à ne pas trop m'appesantir dessus. Sinon, mes cheveux se dressaient sur ma tête. Fort heureusement, la télépathie ne s'allume pas comme la lumière et la confiance absolue de Nicky en ma loyauté et mon dévouement le rendait psychiquement aveugle à mon insatisfaction, même s'il lui arrivait de lire dans mes pensées avec une surprenante précision, une invasion de mon être intime que j'avais en horreur.

Je détestais tout autant ses dons hypnotiques, même si je sais maintenant qu'il y a exclusivement recours pour son travail et dans un contexte strictement contrôlé. Que peut-on imaginer de plus horrifiant que l'hypnose ? À part le somnambulisme, autre caractéristique insolite de Nicky, même si ce phénomène se déclare rarement de nos jours et témoignait toujours d'un état de stress. Cela me terrifiait parce que j'avais lu quelque part que les somnambules tuent parfois inconsciemment. Nicky souligna un jour que si les gens étaient capables de tuer dans leur sommeil, c'est qu'ils devaient déjà être passablement anormaux en état de veille, mais la pensée de signes avant-coureurs ne suffisait pas à m'apaiser. Je faisais souvent un terrible cauchemar au cours duquel un Nicky somnambule assassinait les enfants ; je n'en ai jamais parlé à qui que ce soit, et certainement pas à Nicky.

Il aurait pensé que je sombrais dans la névrose. Il m'arrivait de le croire moi-même, bien que ce fût des plus improbables. Il n'y avait jamais eu de cas dans ma famille. Cela ne se faisait pas et donc ne se produisait pas.

Pour être honnête, je dois reconnaître que ses excentricités le préoccupaient souvent autant que moi. Je me souviens notamment d'un jour, lorsque nous étions adolescents, où il m'avait parlé de l'esprit frappeur qu'il avait provoqué. Voyant combien il était bouleversé, je l'avais écouté silencieusement en lui tenant la main, dissimulant ma répulsion, et ma récompense était venue ensuite, lorsqu'il m'avait dit d'un ton plein de gratitude : « Je ne sais pas ce que je ferais sans toi, Rosalind. » Je me rappelle aussi que des années plus tard, peu après sa demande en mariage, il m'avait dit d'un ton pressant : « Il me faut quelqu'un de normal, de prévisible à mes côtés, sur lequel je puisse compter en toutes circonstances. »

Il attachait beaucoup d'importance à la prévisibilité, aux antipodes des phénomènes paranormaux. Chaque jour, à la maternelle, il arrivait avec son nounours, totem sacré que personne d'autre n'avait le droit de toucher. « Ourson bouge toujours de la même manière, soulignait-il en me montrant la manière dont on pouvait articuler ses membres, et ses yeux ont toujours la même expression. Il est sûr ! » Nos camarades de classe essayaient de jouer avec son ours, mais il les repoussait avec véhémence. Aujourd'hui encore, quelque quarante ans plus tard, je me souviens de l'avoir entendu hurler : « Personne n'a le droit de jouer avec Ourson à part moi ! »

Les autres enfants finirent par avoir peur de cette perpétuelle hostilité et garder leur distance. Nicky se sentait très seul, mais il feignait l'indifférence. « J'aime bien la solitude », m'assura-t-il la première fois que ma nourrice m'emmena jouer chez lui, mais il devint vite clair qu'il était plus que disposé à tolérer ma compagnie. J'étais timide, discrète, et ne le menaçais en rien. Un jour, il me laissa même caresser Ourson. Je faillis me pâmer de joie et cet après-midi-là, sa gouvernante déclara que je faisais beaucoup de bien à Nicholas. Ses parents étaient du même avis. Il rêvait peut-être de mauvais esprits et « voyait » des lutins ; il parlait peut-être des « ténèbres » d'une curieuse manière, il était peut-être somnambule et avait des prémonitions qui le faisaient hurler de terreur, mais au moins il avait une petite amie normale, disposée à lui tenir la main pour qu'il se sente en sécurité.

Nous restâmes en contact durant toute notre adolescence, mais nous écartâmes l'un de l'autre quand il partit pour Cambridge et se joignit à une bande de noceurs. Ce fut à ce moment-là qu'il devint faiseur de miracles. Je l'accompagnai une fois à une de leurs soirées qui me consterna à tel point que je n'y retournai plus jamais. Nicky prédit l'avenir et exécuta divers tours de spiritisme dont certains faisant appel à l'hypnose. C'était ignoble. Je ne saurais imaginer pire perte de contrôle de soi que d'être transformé en zombie et dépossédé de toute volonté. À mes yeux, c'est le scénario-cauchemar par excellence.

Après son ordination, en 1968, il cessa de jouer les devins, mais je me demandais parfois s'il avait vraiment changé. Il était très dévot, incontestablement, et voulait être un bon prêtre. Mais quelquefois, même s'il avait renoncé une fois pour toutes à faire carrière de charlatanisme, il me semblait que le faiseur de miracles se cachait encore en lui, tel un animal prisonnier au tréfonds de sa personnalité. De temps à autre, je sentais la présence de cette bête qui rôdait derrière ses barreaux en essayant de s'échapper. La peur me saisissait alors. Mais chaque fois, le dévot prêtre intervenait à temps pour tirer le rideau autour de la cage et le faiseur de miracles disparaissait aussitôt de ma vue.

C'était seulement lorsque j'étais furieuse contre Nicky que je le taxais de charlatanisme, mais je savais qu'il était devenu un homme honnête et c'était ainsi que je l'aimais. Je redoutais Nicky le bizarre et Nicky le faiseur de miracles me répugnait, mais j'aimais profondément l'ami de toute ma vie et le prêtre tant respecté. Seulement je ne le supportais plus comme époux, tout le problème était là, et même si je ne voyais pas du tout comment j'allais pouvoir le quitter, je n'imaginais pas davantage de rester auprès de lui.

Alors que l'horloge de l'église sonnait deux coups au loin, j'en étais toujours à me demander ce que j'allais bien pouvoir faire.

Mais aucune réponse ne surgit miraculeusement dans mon esprit.

IV

Pour finir, je m'endormis, à bout de forces, pour me réveiller en sursaut à six heures du matin quand Nicky se glissa dans le lit à côté de moi.

— Chérie...

— J'ai passé une mauvaise nuit, dis-je.

Il me répondit qu'il était désolé de l'apprendre, que l'insomnie était une plaie, mais qu'il voulait juste s'excuser une fois de plus d'avoir quitté la table au milieu du repas. Il se rendait compte à quel point son départ avait dû être gênant, mais il se rattraperait, il allait se consacrer à moi tout le week-end, on ferait ce que je voudrais, mes désirs seraient des ordres, etc, etc. En se blottissant contre moi, il conclut en soupirant :

— Au moins j'ai remis Lewis d'aplomb. Je n'avais aucune envie de retourner là-bas, mais j'ai bien fait.

Pas pour moi, pensai-je. Pour Lewis peut-être, mais pas pour moi. Et pour toi non plus.

Au bout de quelques instants, il se leva et descendit au rez-de-chaussée sur la pointe des pieds. Il n'avait jamais eu besoin de beaucoup de sommeil et j'imaginais qu'il avait dû se reposer quelques heures à Londres après avoir sauvé Lewis. Plus tard, il m'apporta mon petit déjeuner au lit, mais j'eus beau essayer de me forcer, je n'avais aucun appétit. Je savais qu'aussitôt le petit déjeuner fini, il voudrait faire l'amour. C'était un des moyens de se racheter ; malheureusement, je n'avais aucun désir qu'il répare sa faute ainsi. En buvant mon café à petites gorgées, je fis semblant de lire le journal tout en cherchant désespérément une excuse valable pour retarder le moment des étreintes, mais mon esprit donnait l'impression de s'être transformé en gélatine.

— Est-ce que ça va ? me demanda-t-il finalement, sentant que ce n'était pas le cas.

— Fascinant ! L'article sur le jardinage porte sur les fatshederas ! m'exclamai-je avec un enthousiasme qui n'avait rien de feint.

J'aime cette tendance qu'ont les journaux du week-end à prendre des allures de magazines. Et sur les fatsias !

— Écoute ! riposta-t-il, ignorant ce transport déplacé, je sais que ça n'a pas été facile pour toi hier soir et que tu dois m'en vouloir, mais...

— Tu n'en sais rien du tout ! Nicky, je ne supporte pas que tu essaies de lire dans mes pensées, surtout quand tu te trompes complètement. Va faire ce que tu as à faire et cesse de t'inquiéter pour moi, veux-tu ? Je suis encore dans les vaps à cause du manque de sommeil.

Il soupira de nouveau et s'en alla. Mon soulagement fut de courte durée. J'étais trop inquiète de la façon dont j'allais repousser ses avances jusqu'à la fin du week-end. On faisait toujours l'amour à un moment ou à un autre.

L'existence de Nicky était des plus prévisibles lorsqu'il arrivait à Butterfold en fin de semaine. Le samedi, il écrivait aux garçons, déambulait dans le jardin pour voir ce qui avait changé et essayait de peindre une aquarelle. Il n'avait aucun talent, mais c'était une sorte de thérapie pour lui et je prenais soin de le complimenter en dépit des résultats généralement très particuliers. Il passait aussi une partie de son temps à rattraper ses lectures en retard ; il lisait principalement des livres liés à la chrétienté, mais il lui arrivait de feuilleter un roman ou une biographie. Il priait bien sûr, mais toujours le matin, avant que je me lève, de sorte que cette habitude ne m'importunait guère.

Le samedi, nous invitions souvent des gens à déjeuner ou à dîner, mais depuis la veille, Nicky avait eu le temps de s'ajuster à la vie de Butterfold et il était capable de se montrer sociable. L'après-midi, lorsque le temps le permettait, il allait faire une grande promenade. Je l'accompagnais quelquefois, mais si je devais préparer un repas, il partait seul. Lorsque j'allais avec lui, il m'adressait rarement la parole. Nicky aimait le silence.

Si nous avions la soirée libre, nous dînions parfois dehors avant de regarder une vidéo. Il aimait par-dessus tout les premiers James Bond ou encore les reprises de *Chapeau melon et bottes de cuir* enregistrées par ses soins. C'était sa série favorite. Il avait été fasciné par la vedette féminine de ce feuilleton-culte des années soixante, Diana Rigg. Comment de fois étais-je restée assise à côté de lui sur le canapé, ma main dans la sienne, à l'écouter soupirer lorsqu'elle apparaissait à l'écran dans sa combinaison en cuir noir ? Il la qualifiait de « brune envoûtante ». Je lui avais été reconnaissante de m'avoir épousée en dépit du fait que j'étais à des lieues de cet idéal sexuel provocant !

À l'époque, il avait essayé de me rassurer en me disant : « Peu m'importe à quoi tu ressembles. Même si tu étais laide comme un pou, ça me serait égal ! » Par la suite, j'avais trouvé que c'était un compliment des plus équivoques. Quand on aime quelqu'un, on se soucie de son apparence physique. Fort heureusement, je n'ai jamais été laide comme un pou, mais j'étais assez effacée dans ma jeunesse. C'était ma sœur, Phyllida, qui faisait des ravages. Sur les conseils de ma mère, je portais le plus souvent du beige et aucun coiffeur de la région ne pouvait résoudre les problèmes posés par mes cheveux raides et fins comme ceux d'un bébé. Ce fut seulement après la mort de maman que je trouvai le courage de me faire faire une permanente et des mèches, de porter du rose vif et des talons aiguilles. Phyl avait commencé bien plus tôt à ignorer les goûts pudiques de notre mère, mais je n'avais jamais eu l'aplomb nécessaire pour lui tenir tête. Pas plus que mon père, qui se cachait derrière le *Times* au petit déjeuner, sur les terrains de golf le week-end et au bureau le restant de la semaine. Pauvre papa ! Toujours planqué. Mais il ne se plaignait jamais, bien évidemment. Pas une seule fois de ma vie, je n'ai assisté à une querelle entre mes parents. La colère était le grand tabou dans notre famille ; personne ne perdait le contrôle de soi !

J'ai toujours aimé maîtriser la situation. Je fus ravie quand mon affaire de conseils en décoration florale prit une ampleur telle que je dirigeai non seulement le bureau de conseils mais aussi trois boutiques ! En étant propriétaire de ces points de vente, j'exerçais davantage de contrôle sur la marchandise. Je ne tardai pas à chapeauter avocats, comptables, banquiers, outre le personnel que j'employais afin d'avoir le temps de tout gérer moi-même. Le plus drôle, c'est que je n'étais même pas fleuriste de formation, mes qualifications se résumant au diplôme d'art floral que j'avais obtenu à l'école d'arts d'agrément, mais cela n'avait aucune importance puisque mon talent résidait plutôt dans l'art de gérer des affaires. J'adorais les jeux du pouvoir, les ruses du monde commercial, les défis à relever.

Rien ni personne n'échappait à mon emprise. La petite souris timorée s'était changée en un prédateur aux crocs acérés
et je ne suis pas prête d'oublier le plaisir quasi orgiaque
que j'éprouvai en vendant finalement mon entreprise après
avoir fait monter le prix au niveau qui me convenait.

Pourquoi avoir vendu ? Inexplicablement, je me suis
sentie mal à l'aise après le crash de 1987. Certes le marché
ne mit guère de temps à se redresser, mais... enfin, la prospérité n'est pas éternelle. Mieux valait se retirer tant que
tout allait bien. En outre, j'avais vaguement le sentiment
que je voulais entreprendre autre chose, même si, après six
mois de réflexion, je ne suis toujours pas fixée sur la question. En attendant, c'est agréable de se reposer sur ses lau-
riers, de contempler avec satisfaction son compte bancaire
et de songer à quel point mon père aurait été stupéfait par
mon succès.

Maman, en revanche, n'aurait pas été surprise. Elle
disait toujours que j'étais d'une nature acharnée plutôt
qu'audacieuse, à la différence de ma sœur, Phyllida, qui
avait fui la pension sur un coup de tête. Moi je persévérais
et j'avais persévéré et prospéré. Maman savait que j'étais
tenace, et lorsque j'avais réussi l'exploit suprême consistant
à faire « un bon mariage », elle avait été aux anges. Le père
de Nicky était un pasteur sans le sou ni titre, mais sa mère,
elle, était une Barton-Woods, la famille par excellence dans
notre monde. Elle avait hérité du manoir familial et d'une
grande propriété. Après sa mort, ces deux demeures furent
mises en location ; même si Nicky disait toujours qu'il y
retournerait un jour, j'en doutais. Je le voyais mal dans la
peau d'un gentleman farmer. La seule chose qui l'intéressait, c'était de traînailler dans Londres en exerçant son
fichu ministère de guérison.

Cela ne veut pas dire qu'il répugnait à venir à la campagne. Il profitait pleinement de ses week-ends dans le Surrey
et prenait plaisir à coucher avec moi après ses nuits solitai-
res durant la semaine. Cela me convenait très bien, du
reste. J'aime bien faire l'amour. J'ai toujours considéré
l'acte sexuel comme une méthode satisfaisante pour me
rebeller contre ma mère, pour laquelle la sexualité était un
tabou, pire encore que la colère. Je n'aimais pas trop l'orgasme, mais cette petite difficulté fut vite réglée une fois

que je trouvai le moyen de me contrôler. Inutile de dire que je n'ai jamais avoué la vérité à Nicky. Il aurait peut-être voulu me remettre d'aplomb, et puis à quoi bon chercher les ennuis ? L'idée qu'un couple marié ne devrait avoir aucun secret l'un pour l'autre, même en matière de sexualité, m'a toujours parue non seulement stupide, mais monstrueuse.

Nicky aimait beaucoup faire l'amour, et quand il s'en donnait la peine, il pouvait être un excellent amant, mais de nos jours, il fait rarement l'effort. Je ne sais pas trop pourquoi. Est-ce une question d'âge ? Ou parce que son ministère l'éreinte de plus en plus ? Parce qu'il se désintéresse de moi ou parce que ma réussite professionnelle lui fait secrètement horreur ? Il faut reconnaître qu'il a quarante-cinq ans — quarante-six à la Noël prochaine, qu'il travaille dur et qu'après tout, nous sommes mariés depuis vingt ans, mais je me demande tout de même si ma carrière n'est pas au cœur du problème. C'est difficile à admettre pour un homme quand son épouse rencontre tout à coup le succès, et même si la joie et l'admiration de Nicholas sont tout à fait sincères, je pense qu'à un niveau inconscient, il nourrit peut-être certains ressentiments à mon égard. C'est mon cas, indiscutablement, quand il me fourrage presque brutalement, mais je ne m'en suis jamais plainte, bien évidemment. Les femmes ne peuvent jamais rien dire dans ces circonstances, si ? Pas si elles tiennent à avoir la paix. Les hommes sont tellement sensibles sur la question de leurs prouesses sexuelles que le terrain est miné. Se plaindre, c'est risquer une réponse courroucée, et une fois que la colère a dressé sa tête hideuse, tout peut arriver. La situation risque de déraper.

Des ébats amoureux mettaient généralement un terme à cette agréable journée du samedi, après quoi nous étions fins prêts pour celle du dimanche tout aussi agréable, mais plus religieuse. Nous commencions par lire le journal au lit, mais à dix heures et demie, nous nous joignions à la communauté paroissiale pour l'Eucharistie hebdomadaire. J'accompagnais Nicky à l'office et je communiais systématiquement, bien que j'eusse cessé depuis belle lurette d'être pieuse. Non que je ne croie pas en Dieu, mais à ce stade, Il me paraissait hors de propos. Toutefois, en partant du principe qu'Il existait — et j'estimais que mieux valait ne pas prendre de risques inutiles à cet égard, je n'avais aucune envie de Le contrarier en m'abstenant de me plier au rituel. Et puis quand on est mariée à un prêtre, on a le devoir d'aller à l'église au moins une fois par semaine pour soutenir son époux. J'ai toujours trouvé pénible d'être la femme d'un catholique anglican, mais si nécessaire, j'étais disposée à tolérer les pratiques des cathos eux-mêmes. Lewis Hall, cet horrible vieux bonhomme, était très catho, mais Dieu merci, Nicky faisait partie de ce qu'il était convenu d'appeler les catholiques libéraux et je supportais cela beaucoup plus facilement. Ma famille était anglicane pratiquante, mais protestante, et nous considérions l'anglo-catholicisme traditionnel comme une religion profondément antipatriotique.

Après l'office du dimanche venait le déjeuner dominical pour lequel nous étions souvent invités. L'après-midi, nous allions parfois faire une autre promenade ; après le thé, en général nous faisions de nouveau l'amour. Nicky quittait la maison à neuf heures ; il était de retour au presbytère peu après dix heures. Le trajet en voiture était facile en dehors des heures de pointe.

Quand les garçons étaient à la maison durant les vacances, le train-train quotidien changeait dans la mesure où nous avions tendance à nous distraire en famille. Il y avait des sorties et des expéditions, Nicky essayant de compenser ses absences fréquentes. Nous faisions moins l'amour ou nous nous y adonnions à des heures étranges, généralement le matin puisque les garçons, comme la plupart des adolescents, adoraient faire la grasse matinée. Nicky n'avait jamais trop l'air de savoir quoi dire à ses fils et ça me crispait. Benedict et lui passaient par une phase difficile parce que notre aîné voulait se rebeller contre la vision que son père avait du monde comme j'avais moi-même rêvé de me révolter, tant d'années plus tôt, contre les goûts vestimentaires de ma mère. Je comprenais Benedict, ce qui n'était pas le cas de Nicky. Il était grégaire, sportif, plein de verve, intrépide — à l'instar de Phyllida et de tante Esmé, la sœur de mon père. Il savait s'amuser ! Nicky le trouvait bête et superficiel — bien qu'il s'abstînt de me le dire, bien entendu.

Nicky n'était pas plus habile avec Anthony. Si seulement il se rendait compte à quel point il se distinguait de Benedict, mais il ne le voyait pas du tout tel qu'il était parce qu'il se préoccupait trop du conflit qui l'opposait à son fils aîné. De sorte qu'il négligeait le cadet. Anthony ne ressemblait pas à son père, mais à moi. Il était d'une nature calme, timide, mais s'ingéniait à copier son charmeur de frère comme j'imitais jadis ma sœur, et ce mimétisme tapait sur les nerfs de Nicky. Je me faisais un sang d'encre à cause de toutes ces tensions et me demandais souvent quand tout cela finirait, mais je ne savais vraiment pas à qui demander conseil. Un jour, j'essayai d'en parler à Phyllida, mais elle me rétorqua d'un ton agacé : « Allons, Ros, ressaisis-toi, pour l'amour du Ciel ! Cesse d'être une mauviette ! », et j'eus aussitôt le sentiment d'avoir trahi mon camp.

Mais à présent, je savais que j'avais besoin d'un répit vis-à-vis de cet esprit destructeur d'âme qui avait bâti l'Empire mais aussi de tous les problèmes éreintants que je ne parvenais pas à résoudre. Mon existence durant la semaine s'était changée en un désert depuis la vente de mon entreprise et les week-ends étaient devenus si stressants que je ne supportais même plus de faire l'amour. De toute évidence, j'approchais d'une méga-crise. Se pouvait-il que je fusse au bord de la dépression nerveuse ? Hors de question. La dépression, c'était pour les mauviettes, et de toute façon, dans ma famille, on ne craquait jamais. Ça ne se faisait pas !

Cependant, il n'aurait servi à rien de nier que je me comportais ni plus ni moins comme une poule mouillée ces temps-ci. Je n'arrivais même pas à trouver le moyen d'éviter les rapports sexuels jusqu'à la fin du week-end ! Il fallait manifestement réagir au plus vite avant que je perde complètement le contrôle de la situation et qu'un scénario-cauchemar s'installe une fois pour toutes !

Je m'extirpai péniblement de mon lit pour chercher mon Filofax en essayant de me persuader que j'étais sur le point de prendre des décisions cruciales.

V

Je commençai par parcourir mon carnet d'adresses. Ce dont j'avais le plus besoin, c'était de quitter Butterfold pendant un minimum de trois jours de manière à réfléchir posément. Un changement de cadre, loin de Nicky, aurait pour effet de stimuler mon cerveau affaibli ; avec un peu de chance, je parviendrais ainsi à une forme de détachement qui me permettrait d'envisager l'avenir différemment.

Mes doigts s'immobilisèrent au milieu des pages de mon Filofax quand je me rendis compte brusquement que je devais résister à la tentation de loger chez des amis. Pour que ma cervelle se remette rapidement en branle, il fallait que je sois *seule*. En outre, il importait que je cache la vérité à Nicky, car s'il apprenait que quelque chose allait de travers, il n'aurait de cesse qu'il m'eût remise d'aplomb. Je serais obligée de l'informer de ma décision à un moment ou à un autre, bien sûr, mais d'ici là, j'aurais eu le temps de me reprendre. Tout l'intérêt de se torturer les méninges dans l'isolement consistait à trouver le moyen de mettre Nicky au courant de la situation sans qu'il panique et nous rende fous tous les deux.

Disparaître trois jours entre deux week-ends ne posait pas vraiment de problèmes. Nicky et moi parlions rarement durant la semaine et si je laissais un message suffisamment vague sur mon répondeur... Mes idées fusaient de toutes parts tandis que je m'efforçais de trouver le moyen de sauvegarder mon secret sans éveiller de soupçons.

Ayant pris la décision de fuir dès lundi, il ne me restait plus qu'à dénicher un stratagème pour tenir le coup jusqu'à la fin du week-end. En définitive, je feignis d'être malade. J'annulai le déjeuner auquel nous étions conviés et traînassai au lit en compagnie d'un roman policier de Ruth Rendell. Nicky m'apporta du thé sur un plateau accompagné d'un petit vase contenant une rose St Swithun à floraison très tardive. Les premières gelées étaient sur le point de signer l'arrêt de mort des fleurs qui s'épanouissaient jusqu'à la fin de l'automne et la fleur était d'un rose un peu passé, mais je trouvai vraiment gentil de la part de Nicky de chercher à me remonter le moral en m'apportant un vestige du jardin. De fait, il se montra si doux et attentionné qu'après qu'il eut quitté la pièce, je sombrai dans la dépression la plus profonde. Comment pouvais-je songer à le quitter ? Tout le problème était là. Je n'arrivais pas encore à y penser vraiment, pourtant il fallait que cela se fasse et c'était précisement la raison pour laquelle je devais partir. Je me rappelai sévèrement à l'ordre en me disant que Nicky était devenu absolument impossible à vivre.

Peu après nos noces, j'avais découvert que Nicky n'était pas très doué pour le mariage. Son ministère l'obnubilait beaucoup trop pour qu'il y ait de place dans sa vie pour une femme, et encore moins pour des enfants. Le problème étant qu'il avait eu une jeunesse curieuse : en dépit de l'amour qu'ils lui portaient, ses parents étaient si absorbés par leur propre existence que Nicky n'avait jamais connu une vie de famille normale. Quand Benedict et Antony étaient petits, le bruit et le désordre qu'ils généraient l'épouvantaient. Je supposais que ce chamboulement qu'il avait si mal supporté était la raison principale pour laquelle il s'était réfugié dans l'aumônerie qui, à la différence d'une paroisse, signifiait qu'il n'avait pas à travailler à la maison. Parfois, voyant à quel point il était mal à l'aise avec nous, je me disais qu'il n'aurait jamais dû se marier, mais, en tant qu'ecclésiastique, il était bien obligé d'en passer par là s'il voulait avoir une vie sexuelle. Conscient des difficultés que le mariage représenterait pour lui, il avait estimé que mieux valait lier son sort à une vieille amie qui, en cas de difficultés, ne risquait pas de se cabrer.

À l'époque de nos fiançailles, je m'étais demandée plus d'une fois pourquoi il voulait m'épouser. J'avais toujours désiré être sa femme, mais mes motivations étaient plus faciles à comprendre. J'étais tellement falote du vivant de ma mère que je n'avais pas un seul ami s'intéressant sérieusement à moi et j'étais très frustrée par mon inaptitude à éveiller l'attention des garçons. Nicky était l'unique jeune homme qui me témoignait de l'affection, au demeurant essentiellement fraternelle. Il passait assez inaperçu dans sa jeunesse. Il était trop maigre et portait des lunettes, mais à l'époque déjà, il avait une grâce naturelle qui le distinguait de la masse. À mesure que les années passèrent, il acquit davantage de caractère. À quarante ans, il cessa de porter des lunettes. Il avait une belle silhouette et une forme subtile de sex-appeal d'autant plus pernicieuse qu'elle n'avait rien d'évident. Avec ses cheveux châtains, ses yeux clairs, son visage anguleux, on ne pouvait pas vraiment dire qu'il était beau, mais cette physionomie discrète convenait à merveille à sa personnalité puissante et hypnotique.

Avant notre mariage, il m'avait bien dit qu'il avait fait les quatre cents coups avec cette bande de noceurs qui l'avait adopté du temps de sa jeunesse, mais il m'avait juré que cette période de sa vie était à jamais révolue. Il conservait des liens avec eux et la plupart n'avaient pas tardé à se ranger et à acquérir une position respectable — mise à part cette misérable Venetia Hoffenberg ! Son amitié avec cette femme-là ne me plaisait pas du tout, mais de longues périodes s'écoulaient sans qu'ils se voient et, en fin de compte, j'étais persuadée qu'elle ne me menaçait en rien. Je ne supporte pas les losers qui jettent l'éponge quand les choses tournent mal et noient leur chagrin dans l'alcool. Quand ça va mal, au contraire, c'est le moment de prendre le mors aux dents. Et j'avais bien l'intention de le faire si seulement j'arrivais à me ressaisir et à arrêter de paniquer.

J'avais eu vite fait de me ressaisir quand Nicky était parti à St Benet et Dieu sait s'il avait fallu prendre des décisions difficiles à ce moment-là pour empêcher notre mariage de sombrer. J'avais tout de suite compris qu'il ne pourrait jamais faire face à ses responsabilités familiales si nous vivions au presbytère. Je m'étais empressée de déclarer que la City n'était pas un endroit pour élever des enfants et j'avais pris toutes les dispositions nécessaires à une vie maritale « à deux vitesses », Nicky et moi étant séparés la semaine et ensemble le week-end. Ce plan avait été un succès sur toute la ligne, même s'il m'arrivait de penser que j'allais mourir d'ennui. Mais j'avais réglé ce problème-là, en montant mon entreprise et en travaillant si dur que je n'avais pas une minute pour m'apitoyer sur mon sort. Lorsqu'on est insatisfait de sa situation, il faut en changer, il faut surmonter les difficultés, les contrôler avant qu'elles aient une emprise sur soi.

Mais comment surmontait-on un divorce ? Toute la question était là. Si la situation m'échappait... Mieux valait ne pas y songer, et puis je devais arrêter de penser à maman aussi et décider une fois pour toutes que je ne voulais plus l'entendre me dire : « Il faut tenir bon dans un mariage, jouer le jeu et ne pas trahir son camp. » Mais je n'arrivais pas à faire taire sa voix dans ma tête et je hurlais : « Mais j'en ai assez supporté comme ça. Je n'en peux plus d'être malheureuse ! » Et maman se contentait de me répondre, les lèvres pincées : « Ne crie pas, Rosalind, s'il te plaît. Pas de scènes. On ne se comporte pas ainsi dans la famille. »

J'intériorisais cette colère tant bannie. En enfouissant la tête sous la couette, je fermai les yeux hermétiquement pour empêcher les larmes de couler en me méprisant de ne pas avoir un esprit bâtisseur d'Empire.

VI

Je finis par m'en remettre. En me disant que je devais repousser toute réflexion au sujet de l'avenir jusqu'à lundi, je concentrai mon énergie sur la nécessité de subsister jusqu'à la fin du week-end.

En me réveillant le lendemain matin, je feignis d'être toujours patraque et Nicky se rendit à l'église sans moi. La porte d'entrée se refermant provoqua une secousse salutaire dans mon cerveau, et, après tant d'heures passées dans une sorte de torpeur, le refuge idéal me vint brusquement à l'esprit.

C'était une villa de vacances appartenant à un couple qui avait fait partie de nos amis, bien que je ne les visse plus jamais ensemble désormais parce que le mari filait un mauvais coton et que Nicky ni moi ne pouvions le sentir. Sa femme et moi étions restées liées et nous déjeunions régulièrement toutes les deux à l'insu de Nicky. Je gardais jalousement le secret pour la bonne raison qu'elle était ma taupe à St Benet. J'étais à peu près certaine que Nicky était trop absorbé par son travail pour songer à m'être infidèle, mais l'épouse prudente d'un ex-faiseur de miracles devrait toujours être informée de la présence de quelque groupie essayant de s'imposer de force sur son territoire.

En m'adossant contre ma pile d'oreillers, je tendis la main vers mon Filofax pour trouver le numéro de ma vieille camarade, Francie Parker.

2.

« La colère peut perturber notre santé émotionnelle et physique. Intériorisée, elle risque fort d'entraîner une dépression. Les réactions dépressives aux crises telles que le divorce... ont été liées à la colère cherchant à s'exprimer. »

Gareth Tuckwell et David Flagg
A Question of Healing

I

Francie et moi nous étions rencontrées à l'école d'arts d'agrément il y a plus d'années que nous souhaitions nous en souvenir l'une et l'autre. Je voulais rester en pension et passer mon bac, mais maman pensait que ce serait une perte de temps puisque, destinée au mariage et à la maternité, il me suffirait d'apprendre à faire convenablement la cuisine et de jolis bouquets pour devenir une Jeune Fille Bien.

Je pris ma revanche en refusant d'aller en Suisse, à l'école où elle voulait m'envoyer. Papa, qui s'était caché derrière le *Times* quand cette altercation courtoise avait eu lieu, me soutint lorsque je décrétai que je détestais l'« étranger », mais en vérité, je détestais bien davantage l'idée qu'on puisse me comparer à Phyllida et trouver que je ne

lui arrivais pas à la cheville. Phyl s'était taillé un franc succès chez les Helvètes ; elle avait vécu une liaison passionnée, bien que platonique, avec un prince italien qui avait
tenu à lui acheter des tonnes de vêtements à Paris. Copiant
maman, j'avais déclaré que tout cela était terriblement vulgaire, bien qu'en secret, je fusse follement jalouse.

— Francie, ma chérie ! m'exclamai-je dès que j'entendis sa voix au bout du fil en me forçant à revenir au présent,
c'est Rosalind. Comment vas-tu ?

— Rosalind !

Francie paraissait quelque peu *bouleversée*, selon l'expression que Phyl aurait utilisée après son extravagante
année en Suisse.

— Chérie, quelle surprise ! Comment se fait-il que tu
ne sois pas à la messe avec monsieur Merveilleux ?

— Et toi donc, fainéante !

— Je suis trop occupée à profiter de l'absence de Harry ! Il est à Hong Kong pour quelques jours et je dois dire
que c'est le paradis sans lui. Personne ne se plaint si je
mélange les pages du *Sunday Times* ou si le rôti de bœuf
n'est pas rosé à souhait. Ma chère, ce qu'il nous faut endurer aux côtés de ces hommes brillants...

Elle continua sur sa lancée. Francie était l'épouse d'un
avocat à la langue de vipère qui se complaisait à lui prouver, au fil de discours des plus éloquents, qu'elle n'était
qu'une imbécile. Francie l'adorait. Elle travaillait comme
bénévole à St Benet et affirmait que cela lui faisait un bien
fou de se rendre utile. Selon Nicky, elle s'exécutait à la perfection ; à un moment donné, elle avait envisagé de faire
des études de psychologie, mais l'Horrible Harry avait mis
le hola en lui disant qu'elle gaspillerait de l'argent en prenant des cours, sachant qu'elle raterait inévitablement
l'examen. Francie accepta humblement cette décision, ce
qui me mit hors de moi. Nicky déclara qu'elle aimait manifestement être dominée et qu'en affectant ce comportement
machiste révoltant, Harry lui donnait l'illusion qu'il tenait
à elle. Je ne savais pas trop qui était le plus fou des trois —
Harry, Francie ou Nicky —, mais l'un d'eux avait dû perdre
la boule. En attendant, ce n'était pas mon problème. La
seule chose qui comptait, c'était que j'avais en Francie une
amie fidèle en qui je pouvais avoir pleinement confiance et

susceptible de me fournir des rapports précis sur tout requin féminin s'infiltrant dans les eaux paisibles de St Benet. Venetia Hoffenberg venait d'y faire son entrée. Cette nouvelle m'avait fait grincer des dents, mais apparemment, elle était suivie par Robin, le thérapeute, et Nicky la voyait rarement.

— ... Bref, ma chère, j'ai assez parlé, disait Francie. Comment vas-tu ? Y a-t-il du nouveau chez les Darrow ?

— Eh bien, pour être honnête, je suis crevée et je voudrais partir seule quelques jours avant le retour des garçons et la frénésie de Noël. Cela t'ennuierait-il...

Cela ne l'ennuyait pas le moins du monde. Harry avait décrété depuis longtemps que le cottage pouvait être prêté à des amis pendant l'hiver.

— Mais, Ros, je suis désolée que tu sois éreintée ! Nick ne m'a rien dit...

— Nick n'est pas au courant et il ne faut rien lui dire. Je ne veux pas qu'il se fasse du souci pour moi alors que quelques jours de repos suffiront... La voisine a-t-elle toujours les clés ?

— Oui. Je vais lui passer un coup de fil pour lui annoncer ta venue. Quand penses-tu arriver ?

— Demain à l'heure du déjeuner. Au fait, j'ai oublié l'adresse exacte et le chemin. Il me semble que cela fait des années que Nicky et moi vous l'avions emprunté pour ce petit week-end intime !

— 7 Kine Street...

— Attends une seconde. Mon stylo ne marche pas.

Je secouai énergiquement mon bic pour faire descendre l'encre et appuyai deux fois plus fort sur le bloc-notes.

— Bon, vas-y !

Elle acheva de me donner l'adresse et me fournit des informations détaillées sur le trajet.

— Profite bien de ton isolement, ajouta-t-elle. Je ne trahirai pas ton secret.

Je la remerciai avec effusion avant de songer à lui demander :

— Quoi de neuf à St Benet ?

— Eh bien, Venetia voit toujours Robin, mais Lewis traîne dans les coulisses. Il a un entretien spirituel avec elle une fois par semaine.

— C'est dégoûtant !

— Original en tout cas. Ils se retrouvent chaque fois dans un grand hôtel pour boire un verre. Quel personnage, ce Lewis ! Il m'amuse.

— On peut dire ça, j'imagine. Nicky le remplace-t-il quelquefois à ces rendez-vous ?

— J'y ai pensé moi-même. J'ai vérifié son agenda. Ça ne s'est produit qu'une seule fois, au Claridge, quand Lewis était à l'hôpital. C'est la raison pour laquelle je n'ai pas jugé nécessaire de t'en parler. Ce n'était manifestement qu'un stratagème pastoral.

Cela paraissait logique. En temps normal, Nicky ne serait jamais allé au Claridge à moins qu'il ne s'agisse d'une obligation professionnelle. Avais-je des raisons de m'inquiéter qu'il ne m'ait pas fait part de cette rencontre avec Venetia ? Non. On pouvait estimer que, cet entretien étant confidentiel, il ait pu garder ce secret, la conscience tranquille. Très commode. Mais vu l'état de nos relations, qu'est-ce que ça pouvait bien me faire qu'il fricote avec Venetia Hoffenberg ?

Le pire, c'est que je n'étais pas du tout indifférente à cette nouvelle. Comment allais-je me séparer de lui ? Je commençais à nous voir comme des frère et sœur siamois. J'allais devoir faire cavalier seul si je voulais vivre ma vie et rester saine d'esprit, mais comment me préparer psychologiquement à l'horreur absolue de cette inévitable opération ?

Après ma conversation avec Francie, je restai un moment affalée contre ma pile d'oreillers comme si ce bref élan de dynamisme avait eu raison de mes forces. Pour finir, j'arrachai l'adresse du bloc-notes, glissai la feuille de papier pliée dans mon Filofax et me replongeai mentalement dans la peau d'une malade.

J'étais dans un tel état de nerfs que je n'avais pas vraiment besoin de faire semblant.

II

Par malchance, le sort voulut que ce week-end là, Nicky couchât à Butterfold le dimanche soir. Il était attendu à Chichester le lundi matin pour une conférence et prévoyait de passer la nuit suivante chez des amis avant de regagner Londres directement mardi.

— Quel est le sujet de la conférence de demain ? lui demandai-je ce dimanche soir, quand il m'apporta de la soupe et un toast pour le dîner.

— Les problèmes pastoraux suscités par les phénomènes paranormaux.

Je me retins de justesse de grincer des dents.

— Ma communication porte sur l'importance de l'exactitude du diagnostic de l'esprit frappeur, précisa-t-il en s'asseyant au bord du lit, le bol de soupe entre les mains. On constate de plus en plus de fraudes de nos jours — nous appelons ça le syndrome de l'esprit menteur ! Par exemple, des gens insatisfaits de leur HLM simulent des incidents parapsychiques pour pouvoir prétendre que leur logement est inhabitable. La municipalité nous appelle alors pour nous demander conseil.

Je gardai la tête baissée et concentrai mon attention sur la soupe.

— Rosalind !

— Oui, chéri ?

— Je me fais du souci pour toi.

— Tu as tort. Ça ira mieux demain.

— Mais tu n'es pas vraiment malade, si ? Tu fais semblant.

— Oh ! Pour l'amour du ciel ! m'écriai-je. Tu ne pourrais pas arrêter avec ta foutue télépathie ?

Je compris alors à quel point j'étais proche du précipice. Je ne criais jamais. Et je n'utilisais jamais le mot « foutu » en présence de Nicky. Il avait ce terme en horreur.

— Es-tu inquiète pour Benedict ? Me cacherais-tu quelque chose ?

— Non, il va bien. Et moi aussi, en dehors d'une indisposition passagère. Parlons d'autre chose, veux-tu ?

— Ton commerce te manque peut-être ? Tu dois avoir

une sensation de vide que tu ne sais pas trop comment combler.

— Mais non voyons ! Je me suis promis de prendre une année sabbatique après ce dur labeur et je suis ravie de ma nouvelle liberté. Maintenant, si tu avais la bonté d'arrêter d'essayer de lire dans mes pensées...

— Je n'ai pas besoin de la télépathie pour me rendre compte que tu n'es pas plus malade que moi. Il était clair comme de l'eau de roche que tu n'avais pas envie de faire l'amour et que tu as décidé de feindre un malaise pour ne pas m'offenser.

J'étais tellement énervée que j'abandonnai ma soupe et me glissai au fond du lit en enfouissant la tête sous la couette, mais Nicky refusait de se taire.

— Écoute, ajouta-t-il d'un ton pressant, quand il y a un problème à ce niveau, c'est souvent que quelque chose ne tourne pas rond ailleurs. Si seulement tu pouvais me dire...

Je me bouchai les oreilles en priant pour qu'il s'en aille, mais peine perdue ! À quoi bon prier ! L'instant d'après, il se déshabillait et se glissait sous le duvet pour me prendre dans ses bras.

J'essayai de dire : « Va-t'en, s'il te plaît », mais rien ne sortit. Pour la bonne raison qu'il était redevenu mon plus vieil ami, sincèrement préoccupé de mon sort au lieu de l'impossible partenaire d'un mariage condamné.

— Oh Nicky, Nicky...

En proie à l'émotion, je me tortillai pour me retourner afin de presser mon visage contre sa poitrine, mais ce mouvement me rappela instantanément qu'il était nu. Je compris alors qu'il avait anticipé, sans l'ombre d'une hésitation, mon revirement. Il s'apprêtait à se servir de notre intimité comme d'un outil pour forcer mon esprit à s'ouvrir afin d'en éplucher le contenu. Je me figeai, consciente d'une profonde rancœur. Sentant aussitôt ma réaction, il redoubla d'efforts pour me manipuler. Passant au mode charmeur, il prit un air amusé, faussement chagriné, et me déposa un baiser chaste, mais affectueux, sur le front.

— Bon, dit-il, dis-moi que la seule chose qui te tracasse, c'est que tu n'as pas envie de moi ce week-end. Fais-moi part de tes sentiments de manière précise et je te promets de ne pas me vexer. Je souhaiterais juste savoir ce qui se passe.

Ma grande fuite à Devon était en péril. Je savais pertinemment que, si je commençais à lui dire ce que je ressentais, il ne me lâcherait plus tant qu'il ne m'aurait pas envoyée consulter quelqu'un, abreuvée de prières et « remise d'aplomb ». Mais il m'appartenait de façonner mon avenir. Je devais à tout prix l'empêcher de s'imposer de force et d'essayer de me modeler à sa guise selon un mode qui n'avait rien à voir avec ma personnalité profonde.

— Ne sois pas bête ! J'ai toujours envie de toi, m'exclamai-je en promenant négligemment mes mains aux abords de son estomac.

Je savais que je devais manœuvrer avec finesse. Si je me montrais trop passionnée, ou trop froide, il sentirait qu'il y avait anguille sous roche.

— Mais j'avoue que ta relation avec Benedict me déprime de plus en plus.

— Je vais arranger ça ! s'écria le faiseur de miracles. Attends un peu, tu vas voir !

Ah, Nicky, tu vas t'apercevoir qu'il existe des relations que même un faiseur de miracles ne peut arranger...

— Chéri ! lançai-je, feignant le soulagement et la gratitude. Oh, mon Dieu, je suis désolée de m'être mise dans un état pareil, mais... — l'inspiration me vint subitement — j'ai lu un article épouvantable dans le *Times* il y a une quinzaine de jours à propos de cette nouvelle drogue, l'Extasie. Apparemment elle s'est propagée des clubs londoniens aux milieux bourgeois et...

— Je sais tout ce qu'il y a à savoir sur l'Extasie et les acides. On en voit les dégâts au centre de guérison.

— Eh bien, si Benedict touche à ces drogues...

— Je vais lui parler. Inutile de te faire du souci.

— Oh, tu me soulages d'un grand poids ! Nicky, pardonne-moi ma stupidité et mon manque de gentillesse à ton égard, mais...

Il me répondit que je n'avais rien fait de stupide ou de méchant, simplement que je n'étais plus moi-même, et cela l'ennuyait quand cela se produisait parce qu'il tenait tellement à ce que je sois heureuse et bien dans ma peau, comme toujours.

— Prévisible, dis-je.

— Exactement. Je t'aime, insista-t-il en saisissant ma main vagabonde avec la même force avec laquelle il serrait jadis la patte de son nounours. Tu es l'être qui compte le plus dans ma vie. Je t'aime plus que tout au monde.

Je savais qu'il était sincère. Mais s'il m'aimait — et c'était le cas — et si je l'aimais — cela ne faisait pas de doute —, pour quelle raison est-ce que je bouillais de rage et de frustration au fond de moi ? Pourquoi est-ce que je prévoyais de m'isoler trois jours afin de planifier notre divorce ?

Seigneur, quel embrouillamini d'émotions ! Cette pensée me terrifia car elle me rappela à quel point il serait facile de perdre le contrôle de la situation et de plonger dans la dépression, voire, au-delà de cet abîme émotionnel, dans la destruction pure et simple. Il se passe des choses terribles quand les gens lâchent les commandes. Mon père contrôlait tout de derrière son journal ; maman aussi, grâce à son agenda et son travail de bénévolat. En revanche, la séduisante tante Esmé avait eu une liaison avec un homme marié et s'était retrouvée dans l'obligation de faire appel aux services d'une faiseuse d'anges. Elle avait perdu la maîtrise d'elle-même et elle en était morte.

« Nous n'en parlerons plus », avait dit ma mère, domptant cette honteuse tragédie en la balayant efficacement sous un tapis. Inutile de s'attarder sur ce genre de choses.

Pourtant tante Esmé continuait à me hanter. Elle m'apparaissait souvent en rêve. C'était la raison pour laquelle je m'inquiétais tellement pour Benedict. S'il se mettait à se droguer, se faisait renvoyer de l'école, s'il cessait de se dominer en pleine adolescence...

— Rosalind ?

— Pardon, chéri, il faut que j'arrête de me faire du souci pour Benedict.

Nous fîmes l'amour et je feignis admirablement l'orgasme.

III

Le lendemain, Nicky partit pour Chichester à sept heures. Je levai le camp deux heures plus tard. J'avais passé plusieurs heures durant la nuit à composer mentalement ma lettre d'adieu, mais quand le moment vint de la coucher sur le papier, il me fallut encore faire un brouillon. À l'origine, j'avais projeté de ne pas laisser de mot parce que j'envisageais une retraite momentanée, mais après ce terrible numéro de manipulation et de contre-manipulation, cet acte sexuel contre ma volonté, cet orgasme feint, après tous ces épouvantables pièges d'un mariage incontestablement en péril, j'avais fini par me reprendre en mains et comprendre, vers trois heures du matin, que je devais quitter mon mari, faute de quoi j'allais droit à la dépression nerveuse.

En conséquence, je rédigeai ainsi la dernière mouture de ma lettre :

> Mon cher Nicky,
> Je suis vraiment navrée, mais je ne peux pas continuer ainsi. Je pars quelques jours pour planifier mon avenir et il est hors de question, je répète, hors de question, que je te voie pendant cette période. Je te contacterai avant la fin du trimestre à propos des garçons qui, bien évidemment, vivront avec moi, même si j'admets que tu aies des droits de visite. Je sais qu'il te sera difficile, en tant que prêtre, d'être divorcé, mais comme l'Église, fort heureusement, a désormais une attitude beaucoup plus souple, au moins tu ne cours pas le risque de perdre ton emploi. Je n'ai rien d'autre d'utile à ajouter pour le moment hormis qu'il n'y a personne d'autre dans ma vie et que je suis sûre que je tiendrai toujours beaucoup à toi. Mais je ne peux pas continuer à être ta femme. Désolée, mais c'est comme ça.
> Je t'embrasse, Rosalind.

En relisant ma lettre, elle me parut froide, presque brutale, mais j'étais convaincue d'avoir raison de ne pas me lancer dans de longues explications qu'il aurait immédiatement envie de démonter. La meilleure manière d'affronter le chaos, c'était de se montrer courtoise — pas vraiment chaleureuse, mais sensible et polie. Sans faire de scènes.

Les questions pratiques se régleraient par l'intermédiaire de nos avocats. Conserver à tout moment une attitude civilisée. Je pensais pouvoir accepter un divorce mené conformément à ces règles rassurantes, mais pour commencer, j'avais besoin de prendre la fuite, de me remettre du traumatisme du week-end et tenter d'envisager de manière cohérente mon avenir à court terme. Comment dire la vérité aux enfants ? Comment supporter Noël sans lui ? Comment maintenir Nicky à distance, une fois sortie de mon isolement ? Toutes ces terribles questions requéraient une réflexion très circonspecte.

Je téléphonai à la femme de ménage pour lui annoncer que je partais quelques jours et lui demander de venir arroser les plantes, comme elle le faisait toujours lorsque j'étais en vacances. J'appelai Reg, qui me donnait un coup de main dans le jardin, en lui disant qu'il pouvait déterrer le liriope, mais ne devait en aucun cas arracher les feuilles mortes du yucca. J'annulai les livraisons des journaux et du lait. Puis je montai faire mes bagages. C'était plus ardu, car je ne savais pas du tout combien de temps je serais partie. Je comptais bien revenir à la maison le plus vite possible, mais je devais attendre d'être sûre que Nicky ait accepté ma décision. Sinon il risquait de venir rôder et... À ce stade, je baissai le rideau de mon imagination. Je ne tenais pas à me rappeler que j'avais un peu peur de lui et plus qu'un peu peur de sa réaction lorsqu'il apprendrait que je l'avais laissé tomber. Il s'adapterait, bien sûr, car j'avais affaire à un homme d'âge mûr, civilisé, prêtre qui plus est, et non pas à quelque macho simiesque sorti tout droit de sa caverne, mais cela lui prendrait probablement du temps, et d'ici là... D'ici là, je ne tenais pas à être à sa merci et à devoir encaisser ses critiques.

Je résolus de prendre de quoi tenir deux semaines, mais en définitive, emportée dans mon élan par le désir d'une rupture permanente avec Nicky, pour la symboliser aussi, j'emportai, en plus des habits nécessaires, mes albums de photos des garçons, le cliché de mes parents dans son cadre d'argent ainsi que mes bijoux. Je savais que ce n'était pas raisonnable de me charger autant, mais je me disais que ces précieux souvenirs me remonteraient le moral durant la période d'épreuves qui m'attendait.

Une fois mes valises bouclées, je sortis pour prendre congé de mon jardin, mais ce fut une erreur, car les larmes me vinrent aux yeux. Ridicule ! J'étais certaine que Nicky me céderait Butterfold dans le réglement du divorce, et puis de toute manière, je serais bientôt de retour. Mais entre-temps... Entre-temps, la séparation était insoutenable. En regagnant la maison en courant, je me rappelai que j'avais oublié de laisser un message neutre sur le répondeur. Celui-ci me donna du mal, mais finalement je m'entendis déclamer : *Vous êtes bien à Butterfold 843419. Je ne peux vous rappeler pour l'instant, mais veuillez laisser votre nom afin que je puisse vous joindre dès que je serai tout à fait remise.* Cela devait convenir pour tout le monde : mes amis obtempéreraient, les commerçants prendraient leur mal en patience, les cambrioleurs penseraient qu'il y avait quelqu'un à la maison et Nicky se dirait que je continuais à me morfondre à propos de Benedict et que je n'étais pas d'humeur à bavasser.

Il ne me restait plus qu'à gagner Devon.

En saisissant mes valises, j'étouffai un sanglot, puis me dirigeai vers ma voiture en titubant.

IV

J'arrivai au cottage en début d'après-midi. J'allai tout de suite chercher la clé chez la voisine, entrai et m'effondrai, à bout de forces, sur le canapé du salon. Quand je me réveillai, il faisait nuit et je grelottais. En déambulant dans la maison dans un état de torpeur, je tirai tous les rideaux, puis m'efforçai de faire démarrer le chauffage électrique, mais, au bout d'un moment, je me souvins que je n'avais rien à manger. J'abandonnai aussitôt les radiateurs et fonçai dans la voiture. Fort heureusement, il ne neigeait pas, mais j'imaginai par trop facilement un givre épais tapissant le paysage d'un voile blanc.

L'épicerie du village était fermée, mais un péquenaud du coin m'informa qu'un grand supermarché avait ouvert ses portes à proximité de l'A38. En arrivant sur place, je découvris, à mon grand soulagement, qu'en dépit de l'heure tardive, les gens y faisaient encore leurs courses. Une fois à l'intérieur, cependant, impossible de décider quoi acheter. J'errai dans les allées comme une âme en peine.

Au bout d'un long moment, je me retrouvai de nouveau au cottage en train de grignoter un sandwich au fromage grillé. Le chauffage avait l'air de fonctionner, mais il faisait toujours aussi froid. J'interrompis mon repas pour me mettre en quête des feux électriques que je branchai l'un et l'autre. Une demi-heure plus tard, j'avais le sentiment que je pourrais survivre même en retirant mon manteau. Pour en être sûre, je me servis un troisième whisky bien tassé.

Incapable de dormir dans une des chambres mansardées au premier, je descendis quelques couvertures et des oreillers et me préparai à passer la nuit sur le canapé. Les couvertures étaient humides. Je remarquai pour la première fois les toiles d'araignée. Du coup, je me souvins que les toilettes visitées dès mon arrivée donnaient des signes de défaillance certains. Ce refuge rudimentaire ne ressemblait guère au cottage au toit de chaume idyllique, chaleureux et inondé de soleil, où Nicky et moi avions séjourné pour un week-end coquin il y a cinq ans ! Il avait fait les frais du passage du temps et de l'indifférence de ses propriétaires. L'angoisse recommença à m'envelopper. Que faisais-je dans ce trou perdu ? Se pouvait-il que je sois au bord de la dépression nerveuse sans m'être rendu compte que j'avais atteint ce stade ? J'éclusai mon troisième whisky en frissonnant et sombrai rapidement dans le sommeil.

En me réveillant à huit heures le lendemain matin, je me sentais mieux. Je mis tous les radiateurs à fond et dès que je vis que l'eau était enfin chaude, je sautai dans un bain. Une heure plus tard, après avoir avalé un verre de jus d'orange, du muesli et trois tasses de café, j'avais presque l'impression d'être normale, mais dès que j'essayais d'envisager l'avenir, mon cerveau se figeait. J'avais envie de sortir en courant pour aller acheter une plante quelque part, mais cela ne m'aurait pas servi à grand-chose. J'espérais que Reg ne succomberait pas à la tentation d'enlever les feuilles mortes du yucca. Il fallait les arracher d'une certaine manière et il n'avait jamais réussi à maîtriser cette technique.

Pour endiguer la vague de nostalgie qui m'envahissait, je sortis inspecter le petit jardin du cottage, mais il était à l'abandon, désolé, mort, et mon désarroi ne fit que s'accroître. Je fuis en regagnant la maison et fis un nouvel effort pour reprendre le contrôle de la situation en m'installant à la table de la cuisine avec mon Filofax et en écrivant « À FAIRE » en haut d'une page blanche. J'étais en train de me féliciter de la chance que j'avais de ne pas être une malheureuse sans le sou cherchant refuge dans un home pour femmes battues, quand j'entendis une voiture se garer devant la maison.

Je me rassurai en me disant que la voisine avait probablement une visite, mais la seconde d'après, un coup de poing retentissant sur la porte me fit me lever d'un bond. Je pensai aussitôt que Francie avait fait tout le trajet pour venir m'annoncer que Nicky avait eu un terrible accident.

Haletante de peur, imaginant déjà sa voiture totalement embouteillée, je traversai la pièce en deux enjambées et ouvris brusquement la porte.

Nicky franchit le seuil, referma la porte d'un coup de poing et se mit à hurler : « Espèce de salope, égoïste, comment oses-tu me faire ça à moi ? Comment oses-tu ? » Après quoi il me plaqua contre le mur et me secoua jusqu'à ce que la pièce se mette à tourner.

V

Le choc fut tel que je ne fus même pas capable de crier. Impossible de me débattre. Mes membres refusaient de bouger. Je fermai hermétiquement les yeux pour ne plus rien voir de cette scène. Persuadé que j'étais sur le point de m'évanouir, Nicky changea de tactique. Il me prit dans ses bras, me déposa sur le canapé et me serra contre lui tout en se laissant tomber dans les coussins.

— Je t'aime, dit-il, je ne peux pas vivre sans toi. Il n'est pas question que je te laisse partir.

Il répéta ses mots, encore et encore.

J'essayai d'ouvrir les yeux. Il ne se produisit rien de

terrible. Nicky tenta même de s'excuser, mais je l'interrompis en lui annonçant que j'allais vomir.

Je m'échappai dans la cuisine et régurgitai mon petit déjeuner dans l'évier.

— Pardonne-moi, pardonne-moi, pardonne-moi.

C'était Nicky qui recommençait à se prendre pour un disque rayé.

— Va-t'en.

Quand je vomis, j'aime qu'on me fiche la paix. Il le savait. Il se retira docilement dans le salon.

Cinq minutes plus tard, j'avais tout nettoyé, je m'étais lavé la figure et servi un verre d'eau. J'étais dans un état épouvantable. Le verre serré dans ma main, je regagnai le salon d'une démarche hésitante et m'affalai, non pas sur le canapé, où j'étais sûre qu'il viendrait s'installer à côté de moi, mais dans un des fauteuils.

Pour finir, je parvins à bredouiller :

— Je croyais que tu devais passer la nuit à Chichester.

— J'ai changé d'avis parce que je me faisais du souci à ton sujet. Je suis rentré à Butterfold. La maison était plongée dans l'obscurité et j'ai trouvé ton horrible mot...

— Oh mon Dieu...

— Je ne comprends pas comment tu as pu écrire quelque chose d'aussi cruel, ni comment tu en es arrivée là. Je ne comprends strictement rien...

— Je suis désolée, mais j'étais si désespérée...

— Comment crois-tu que je me suis senti après avoir lu ta lettre ? J'ai perdu la tête. Je suis rentré précipitamment à Londres parce que j'étais incapable de penser logiquement. J'avais l'impression que quelqu'un m'avait planté un hachoir dans la tête, mais Lewis m'a calmé. Il m'a donné du brandy et m'a persuadé de dormir un peu avant de me lancer à ta recherche. Seulement je n'arrivais pas à dormir. J'ai bien essayé, mais c'était impossible. À l'aube, je suis retourné à Butterfold et j'ai mis la maison à sac en quête d'un indice quelconque sur ta destination. Finalement, en regardant le bloc-notes près du téléphone, dans la chambre, j'ai vu les traces d'un message. J'ai crayonné la page et c'est comme ça que j'ai trouvé cette adresse. Tu as dû appuyer très fort avec le stylo parce que les marques étaient clairement lisibles...

— Le stylo n'avait presque plus d'encre.

Je me souvins d'une vieille comptine à propos d'une bataille perdue à cause d'un cheval qui avait égaré un clou de son sabot en route. En attendant, Nicky continuait à parler à cent à l'heure...

— ... J'ai reconnu l'adresse, je me suis souvenu du week-end que nous avions passé ici ensemble. J'ai sauté dans ma voiture et j'ai roulé, roulé...

— Oh Nicky, mon chéri..

Des vagues d'un désespoir annihilant commencèrent à s'abattre sur moi. Je me détestais de l'avoir meurtri, en même temps je le détestais, lui, de m'inspirer de tels sentiments de haine vis-à-vis de moi-même. Le volcan d'émotions insoutenables qui se terrait en moi menaçait si fort de se réveiller que je dus faire appel à toutes mes forces pour l'empêcher de faire éruption.

— Je ne te laisserai pas partir, dit-il de son ton des plus obstinés. Certaines choses ne vont pas bien, je te l'accorde, mais je les réglerai. Si seulement tu pouvais m'expliquer, très simplement, ce qui ne tourne pas rond.

— Rien ne va.

Je ne pus en dire plus. À mon grand effroi, je m'étais mise à pleurer.

— Mais je vais tout arranger.

— Nicky...

— J'ai besoin de toi dans ma vie. Tu me maintiens sur les bons rails, dans la normalité. Je sais que mon côté médium t'insupporte, mais au moins, tu n'essaies pas de me changer, tu m'acceptes tel que je suis et j'ai besoin de ton soutien. J'en dépends. Il me le faut...

— Et moi dans tout ça ? explosai-je en essuyant rageusement mes larmes. Je n'ai pas le droit de vivre moi aussi. À moins que ma seule raison d'exister consiste à te permettre de fonctionner en t'aidant à te sentir normal chaque fois que tu daignes me rendre visite ?

Il en resta bouche bée.

— Mais tu as une vie tellement gratifiante. Tu as fait une remarquable carrière...

— Pour l'unique raison que tu me négligeais et que je me sentais tellement seule qu'il fallait bien que j'entreprenne quelque chose pour ne pas mourir de chagrin !

Il me dévisagea d'un air horrifié.

— Ce n'est pas vrai. Tu exagères. Ça ne peut pas être vrai...

— Ce qui est vrai, c'est que je ne peux pas continuer comme ça... braillai-je et, incapable de supporter un instant de plus sa mine décomposée, je sortis précipitamment de la pièce et montai les marches quatre à quatre.

Il était plus rapide que moi. Il me rattrapa avant que j'aie le temps de m'enfermer dans la salle de bains.

— Pourquoi est-ce que tu ne m'as jamais rien dit ? cria-t-il. Pourquoi ne pas m'avoir parlé ? J'aurais fait n'importe quoi pour te rendre heureuse. Tu sais très bien que je t'aime !

— Non, protestai-je, et ma voix me parut provenir de très loin. Je n'en ai jamais été très sûre. Tu es si séduisant et il y a tant de femmes cupides dans le monde. Je n'ai jamais vraiment pu oublier tes multiples conquêtes à l'époque où tu jouais les faiseurs de miracles dans les années soixante.

— Mais c'était avant mon ordination et nous n'étions pas encore mariés. C'était avant que Lewis me remette sur le droit chemin et que je tourne la page !

— Je sais. Mais quelquefois, quand tu parles de tout arranger comme s'il te suffisait d'un coup de baguette magique, je me dis...

— Attends une minute, laisse-moi y voir clair. Sérieusement, me croyais-tu capable de t'être infidèle ?

— Oui, j'avais peur, si j'arrêtais de te servir d'étalon de normalité le week-end, que tu tombes amoureux de quelqu'un d'autre. Je t'ai toujours aimé davantage que toi tu m'aimais.

— Mais je t'adore ! Je ne peux pas vivre sans toi.

— C'est pourtant ce que tu fais, Nicky. Cinq jours sur sept !

— Mais ça ne tient pas à moi ! C'est toi qui as décidé de ne pas vivre au presbytère.

— Parce que je savais que tu ne supporterais jamais la vie de famille.

— *Quoi !*

— Sois honnête, Nicky ! Tu n'étais pour ainsi dire jamais à la maison à l'époque où tu étais aumônier ? J'ai élevé les garçons pour ainsi dire toute seule. Tu étais toujours parti briller quelque part et ne réapparaissais que pour faire l'amour !

— Comment peux-tu dire une chose pareille ? Tu parles comme si je te considérais comme une pute de luxe !

— Mais c'est *exactement* comme ça que je me sens. J'ai le sentiment d'avoir été utilisée, abusée, pendant des années et je ne peux plus le supporter, Nicky. Je suis désolée, mais je suis au bout du rouleau et je n'ai plus qu'une seule envie : FICHER LE CAMP.

Me libérant d'une secousse, en proie à une souffrance indicible, je fonçai dans la salle de bains, claquai la porte et tirai le loquet.

Il entreprit de défoncer la porte.

VI

Je le laissai rentrer. Cela peut paraître ridicule, mais je paniquais à l'idée de devoir expliquer à Francie pourquoi la porte de la salle de bains avait été démolie. À la seconde où je rouvris, Nicky fit irruption dans la pièce. Il me saisit à bras-le-corps et m'embrassa violemment. J'étouffai, à court d'oxygène, j'essayai de crier en vain et recommençai à avoir la nausée. Ce fut à ce moment-là qu'il reprit possession de lui-même et me relâcha. J'eus un nouveau haut-le-cœur en atteignant le lavabo, mais je n'avais plus rien dans l'estomac. Pendant ce temps-là, Nicky tournait en rond en répétant inlassablement qu'il était désolé, puis il alla remplir un gobelet d'eau dans la baignoire. Cette scène sordide dura un moment, mais finalement, je bus le gobelet d'une traite, titubai jusqu'à la chambre voisine et m'effondrai sur le lit juste avant de m'évanouir.

Quand je repris conscience, Nicky était allongé sur le lit à côté de moi et me serrait étroitement, farouchement, dans ses bras. Dès que j'ouvris les yeux, il me dit d'une voix blanche :

— Il faut que tu me croies quand je te dis que je t'aime et que je suis prêt à tout pour rectifier la situation.

À l'évidence, nous étions de retour à la case « départ ».

Je bus un peu d'eau dans le gobelet qu'il avait rempli à nouveau, me laissai tomber sur la pile d'oreillers et parvins à balbutier :

— Ce n'est pas facile pour moi de te croire quand tu te comportes comme un Néanderthal doté d'un Q.I nul.

Cette fois-ci, lorsqu'il répéta qu'il était désolé, je sentis l'équilibre des forces s'inverser. Il avait honte de s'être laissé aller à la violence. Après avoir relâché son étreinte pour me permettre de prendre appui sur un coude et de boire, il ne fit pas la moindre tentative pour m'emprisonner à nouveau. Les choses s'arrangeaient.

— Je t'aime vraiment, dit-il d'un ton humble. Je t'assure.

— Entendu, fis-je, apaisée par cette approche plus docile. Je suis persuadée que tu t'imagines m'aimer et je veux peut-être même bien admettre que tu m'aimes. Je ne sais plus trop que penser. La plus grande confusion règne dans mon esprit. Mais j'estime que tes sentiments n'ont pas grand-chose à voir avec l'amour conjugal et strictement rien avec la femme que je suis devenue. À vrai dire, tu ne sais même pas qui je suis désormais. Tout le problème est là.

Il perdit de son assurance. Il me saisit la main et s'y cramponna comme s'il avait besoin de me tenir à sa merci.

— Les gens évoluent, bien sûr, au fil du temps, dit-il, mais en dépit de tous les changements qui ont pu se produire en toi au cours des années, tu n'en restes pas ma Rosalind.

— Comment la définis-tu ? Je ne suis plus la gamine timide et soumise que tu as épousée, Nicky. Je ne suis plus l'adolescente retardée qui t'aimait assez pour supporter n'importe quoi. Cette Rosalind-là a cessé d'exister.

— Mais je suis si fier de la femme que tu es devenue.

— Comment peux-tu savoir quel genre de femme je suis maintenant alors que tu n'as pas fait le moindre effort pour partager ma nouvelle vie avec moi ?

— Toi non plus, tu n'as jamais levé le petit doigt pour m'assister dans mon ministère !

— Pour la bonne raison que je n'y avais pas ma place. Tu n'as jamais été capable de m'y intégrer. Mais nous parlions de ma carrière et non pas de ton ministère et j'essayais de te dire que...

— Ce que nous essayons tous les deux de dire, manifestement, c'est que nous avons l'un et l'autre le sentiment que nous ne parvenons plus à communiquer, mais cela n'a rien d'exceptionnel et se produit chez les couples les plus unis. Il est toujours possible de rectifier le tir.

Cette pensée parut le ragaillardir. En lâchant ma main, il se mit sur son séant et posa les pieds à terre en annonçant :

— Je vais faire du café. Ensuite nous établirons la manière dont nous devons nous y prendre pour reconstruire notre vie ensemble.

Je compris alors qu'en me poussant à lui décrire ce qui allait de travers dans notre couple, il m'avait incitée à énumérer des symptômes qu'il pouvait désormais incriminer en évitant d'affronter le problème pour de bon. En d'autres termes, il m'avait manipulée une fois de plus. Le vrai problème étant que nous n'avions rien en commun et que nous devions nous séparer. Aucune restructuration n'était possible pour la bonne raison que notre relation en elle-même était à bout de course, mais comment en convaincre Nicky alors qu'il n'était pas capable d'autre chose que de me manœuvrer habilement afin d'éviter d'avoir à regarder la vérité en face ? La situation était en train de m'échapper rapidement, me semblait-il.

Je le suivis en bas et attendis dans le salon comme une zombie tandis qu'il faisait bouillir de l'eau et mettait du Nescafé dans les tasses. À la maison, je faisais toujours du vrai café, mais la veille au soir, j'étais dans un tel état d'hébétude que j'avais attrapé le premier pot d'instantané qui m'était tombé sous la main. Je me rendis compte que j'étais dans le même état maintenant, à penser à des histoires banales de café alors que j'aurais dû être en train de me creuser les méninges pour concocter un discours susceptible de persuader Nicky que notre couple était fichu, mais le scénario-cauchemar d'une perte totale de contrôle était en train de me réduire en charpie. Je fis un effort colossal sur moi-même pour essayer de penser logiquement, en me disant que si la violence m'avait rendue malade, littéralement, je savais que Nicky n'en viendrait jamais à me tabasser. Quoique ? Les hommes obsédés par une femme n'étaient-ils pas capables des pires atrocités... mais Nicky était différent, parce qu'il était prêtre.

Vraiment ?

J'eus des picotements dans la nuque au souvenir de l'époque lointaine, du temps où nous étions encore à la maternelle, où il tapait sur tous les enfants, garçons ou filles, qui essayaient de kidnapper son ours. Mais cela faisait très longtemps. Les gens changeaient en grandissant... sauf que, quelquefois, d'une manière ou d'une autre, ce n'était pas le cas. Parfois ils restaient tels quels, devenaient bizarres, perdaient le contrôle...

Je frémis des pieds à la tête.

— Tiens, me dit-il en revenant dans le salon avec les deux tasses, ça va te réchauffer.

— Merci.

J'eus beau serrer la tasse entre mes mains, je continuai à être transie.

— Nicky, repris-je d'un ton hésitant, ne vaudrait-il pas mieux que nous reprenions cette conversation ailleurs ?

— À la maison, tu veux dire ?

— Non,... euh, dans un cadre plus... officiel, en présence d'un... médiateur.

Tout en parlant, je me rendis compte que c'était la seule solution possible à cet enfer. Je me souvins qu'Harmonie, l'agence de conseils matrimoniaux, aidait les couples à parvenir à une réconciliation, dans la mesure du possible, mais assistait aussi les époux moins fortunés à se séparer dignement. Dans un élan d'enthousiasme, j'ajoutai :

— Je suis sûre qu'en nous adressant à Harmonie, nous trouverions la personne qu'il nous faut pour nous guider.

— Mon Dieu ! Inutile de s'embarrasser d'un conseiller ! s'exclama Nicky, surpris. Je peux tout régler moi-même. Je connais tous les rouages.

J'étais tellement horrifiée par l'insolence de cette affirmation que j'en restai muette. Nicky avait toujours eu un côté présomptueux, mais il y avait des années qu'il ne s'était pas manifesté aussi ouvertement à mes yeux. La présomption pure et dure exhibée sans honte faisait partie intégrante du syndrome du faiseur de miracles et je me rappelai soudain, le cœur au bord des lèvres, l'époque où il jouait aux devins dans des soirées mondaines, il y avait des lustres de cela. Je le revoyais exultant après coup quand ses amis de la haute s'étaient pâmés d'admiration devant lui.

— Nicky, m'exclamai-je d'une voix chevrotante. Réveille-toi ! Tu rêves !

— Je pourrais t'en dire autant ! Transformer une banale rupture de la communication en une catastrophe nécessitant l'intervention d'un conseiller de chez Harmonie ! Allons, ma chérie ! Parlons calmement et logiquement de tout cela un moment, veux-tu ? D'abord je tiens à ce que tu saches que j'accepte ma part de responsabilité dans cette situation très pénible et que j'ai l'intention de faire tout ce qui est en mon pouvoir pour réparer mes erreurs. C'est entièrement de ma faute. J'aurais dû me rendre compte beaucoup plus tôt que tu étais malheureuse à ce point-là. J'ai bien peur d'avoir consacré une telle part de mon énergie à mon travail qu'une fois de retour à la maison, trop désireux de me détendre, je n'étais même plus capable de lire dans tes pensées. Quoi qu'il en soit, télépathie ou pas, je te promets d'être plus sensible à l'avenir.

— Merci, mais...

— Je voulais te dire autre chose. Je comprends très bien que tu traverses une crise en ce moment. Tu as vendu ton affaire, les enfants grandissent à toute vitesse et tu dois ressentir un vide pénible au cœur de ton existence, mais je t'assure que, pour progresser, il ne s'agit pas, comme tu as l'air de le croire, de bousiller ta vie et d'anéantir la meilleure relation dont tu disposes. Il s'agit de changer ta vie — notre vie —, afin que notre couple s'en trouve guéri, renouvelé, métamorphosé.

C'était du boniment psychologique, ou plutôt psychologico-spirituel, que je savais devoir ignorer afin de concentrer mon attention sur l'essentiel : à savoir que nous n'avions plus rien à faire ensemble. En même temps, j'étais très tentée de lui répondre du tac au tac. J'avais trop souffert de ce fichu ministère de guérison qui m'avait privée d'une vie conjugale normale, et personne n'allait essayer de me guérir, *moi*, avec du boniment psychologico-spirituel.

Alors qu'une rage violente, si longtemps contenue, montait en moi, je parvins à dire on ne peut plus calmement, d'un ton acerbe :

— Ne joue pas les gourous avec moi, Nicky, et n'essaie pas de m'administrer quelque potion magique sans aucune emprise sur la réalité ! Tu déformes allègrement le dogme à ta convenance, mais on peut jouer à deux à ce petit jeu-là et j'ai bien l'intention de t'obliger à faire marche arrière !

— Que veux-tu dire ?

— Souvent, par le passé, tu as parlé de réalisation de soi. En prenant de la maturité, selon toi, les gens finissent par devenir les êtres uniques que Dieu les destinait à être. Tu es convaincu, n'est-ce pas, qu'il est de notre devoir de nous réaliser le mieux possible car plus nous sommes fidèles à nous-mêmes, plus nous sommes en mesure de servir Dieu en accomplissant ce qu'Il attend de nous, en nous adonnant à ce pour quoi nous sommes faits, de manière à nous intégrer au grand objectif de la Création. C'est bien ça, n'est-ce pas ? C'est ce que tu crois ?

— Oui, mais...

— Eh bien, je veux me réaliser ! J'ai beaucoup évolué ces quelques dernières années et je ne tiens pas à m'arrêter en si bon chemin, ni à revenir sur mes pas. Je veux devenir la personne que Dieu souhaite que je sois, et la vie qu'Il entend me faire vivre passe par un tout autre circuit que le tien.

— Ce n'est plus simplement interpréter le dogme, c'est pervertir ni plus ni moins la vérité ! Ce que tu prônes, c'est la philosophie du « moi d'abord » — celle de l'individualisme à tout crin, parce que ce que tu dis vraiment, c'est : « Je suis la seule personne qui compte et tous les autres n'ont qu'à aller se faire voir. » Tu n'as pas la moindre intention de servir Dieu en prenant ta place dans un réseau de relations humaines unique. Tu ne cherches qu'à servir tes intérêts en suivant ta propre route sans te soucier de ceux qui t'aiment.

— Ce n'est pas ça du tout. Tu recommences à déformer la réalité.

— Absolument pas. Je te dis la vérité. Je parle au nom du christianisme et à l'encontre de l'égocentrisme. Et je t'affirme que tu ne peux pas te réaliser aux dépens des autres !

— Mon Dieu ! Ce qu'il ne faut pas entendre ! explosai-je, la peur cédant finalement le pas à la colère. Tu te réalises à mon détriment depuis le jour où tu m'as épousée. Et tout

au long de notre mariage, ou presque, tu t'es incontestablement réalisé au détriment de nos fils ! Eh bien, j'en ai assez
que tu te réalises, Nicky. Je n'en peux plus, et ni toi ni qui
que ce soit ne me fera changer d'avis !

Sur ce, je sortis en courant de la pièce une fois de plus.

VI

Il s'élança à ma poursuite et me trouva cramponnée,
toute tremblante, à l'évier de la cuisine, mais quand je le
priai de ne pas approcher, il resta docilement près de la
porte. Je m'appliquai à aspirer de grandes goulées d'air afin
de lutter contre la nausée, et pour finir, comme je me tai-
sais toujours, il prit la parole d'une voix neutre, raisonnable :

— Bien que je n'admette pas la véracité de cette accu-
sation, je te concède qu'en essayant de prendre soin de toi
au mieux, j'ai réussi à foirer tout un tas de choses. J'en suis
vraiment désolé et je tiens à me racheter.

— J'étais sûre que tu allais dire ça, lui rétorquai-je en
m'agrippant si fort au rebord de l'évier que j'avais mal aux
doigts. C'est le jeu chrétien par excellence ! Tu te repens,
on te pardonne et c'est la glorieuse résurrection. Navrée, je
ne joue plus et je ne tiens pas à ce que ce mariage ressus-
cite. Je veux... j'ai besoin...

— Je... je... je..., s'écria-t-il, laissant brusquement éclater sa colère, écoute-toi, Rosalind, tu n'es qu'un monstre
d'égoïsme ! À moins que tu ne sois disposée à changer d'attitude, tu vas rendre des tas de gens malheureux — toi com-
prise !

— Arrête de me faire la morale, bon sang ! ripostai-je,
mais j'étais ébranlée.

Les débordements de colère me démolissent sans l'ombre d'un doute, mais je ne supporte pas beaucoup mieux
les scènes qui témoignent d'une rage contenue. Il me faut
des ressentiments voilés, muselés, auxquels je suis habituée
et que je peux aisément surmonter. La fureur à vif me déséquilibre.

— Je ferai ce que bon me chante ! hurla Nicky en prenant un ton plus courroucé que jamais.

Il savait pertinemment combien cela me désarçonnait.

— Pourquoi est-ce que je ne te ferais pas la morale ? Un bon sermon revient à dire quelques vérités bien placées et c'est précisément ce qu'il te faut, à l'évidence.

— Ne crie pas ! Cesse de me parler sur ce ton...

— Tais-toi et écoute-moi ! Tu m'accuses de m'être réalisé aux dépens des enfants ! Et toi, que crois-tu faire en fichant notre mariage en l'air ? Comment oses-tu infliger une épreuve pareille aux garçons ?

— Ils s'en sortiront très bien ! Ils continueront à vivre avec moi à Butterfold et ne souffriront presque pas du changement...

— Rosalind, je ne sais pas sur quel nuage tu habites, mais je te conseille de revenir sur terre illico et d'arrêter de te bercer d'illusions extrêmement risquées. Tu as deux fils adolescents, l'un d'eux très perturbé, l'autre parti pour prendre le même chemin, et pourtant tu te proposes de les spolier de toute influence masculine sous leur toit ! Je reconnais que je suis loin d'être un père idéal, mais, même si je n'ai pas été présent autant que j'aurais dû l'être, les garçons savent que je tiens à eux, que je leur suis entièrement dévoué, et qu'en dépit de toutes les jérémiades suscitées par certaines de mes décisions, ils savent que *jamais au grand jamais*, je ne me réaliserais à leurs dépens en me désintéressant de leur sort. Alors si tu crois que je vais te laisser priver Benedict et Antony de l'amour et de la sécurité que je représente...

La culpabilité exacerba instantanément la panique qui grandissait en moi.

— Mais je t'autoriserai des droits de visite ! Je n'entreprendrai jamais quoi que ce soit qui puisse leur causer du tort...

— Alors pourquoi parles-tu de bousiller notre mariage ? Tu ne vois donc pas qu'en ce faisant, tu démoliras les garçons ?

— Oh, mais...

— Je crois que le moment est venu pour toi de te pencher sérieusement sur ta personne, Rosalind. Je le crois sincèrement. Tu ne t'es pas gênée pour me critiquer, mais je pense que si tu braques le projecteur de ta conscience sur ton propre comportement, l'honnêteté t'obligera à reconnaître que tu es loin d'être irréprochable toi-même ! Tu t'apercevras par exemple que ce n'était pas moi, mais bien toi, qui étais incapable de faire face à une vie de famille à St Benet, non ? Tu ne pouvais pas supporter l'idée d'une existence citadine sans un minimum d'un demi-hectare de jardin à cultiver ! Et puis parlions un peu de tes défaillances en tant que mère. Si tu n'avais pas gâté-pourri Benedict, Antony ne se sentirait pas obligé de l'imiter en tout pour être sûr d'attirer ton attention ! Tu n'as jamais su les traiter intelligemment. En vérité, si tu t'intéressais un peu moins aux fleurs et un peu plus aux enfants, ces garçons ne seraient pas les petits caïds bagarreurs qu'ils sont et je n'aurais pas tant de mal à essayer de redresser les torts que tu leur as faits.

Il ne me restait plus aucune force pour lutter. Il m'avait tout pris, parcelle par parcelle, avec une ingéniosité d'une monstrueuse précision. Je me sentais blousée, bafouée, spoliée, prise au piège.

Je m'enfuis de nouveau en éclatant en sanglots et courus dans le salon en m'efforçant de réprimer mes larmes.

VIII

Je luttai pour reprendre le contrôle de moi-même, mais ce fut peine perdue. J'avais l'impression que j'allais me noyer sous la vague de culpabilité et de chagrin qui déferlait sur moi et je n'avais plus qu'une seule envie : me réfugier dans quelque havre secret où je puisse m'abandonner au désespoir, mais impossible de m'échapper. Nicky s'apprêtait à savourer sa victoire. En se laissant tomber à côté de moi sur le canapé où je sanglotais, il me prit dans ses bras et je n'eus pas le courage de le repousser.

Je compris alors que mon bref et courageux élan vers la liberté venait de toucher à sa fin. On allait me réconforter, me conseiller, me remodeler, me « remettre d'aplomb ». En définitive, je ne serais qu'un nom de plus sur la longue liste de clients soignés avec succès par Nick Darrow, un autre témoignage de ses pouvoirs de guérisseur. Tout est bien qui finit bien, pas vrai ? À l'évidence, durant toutes ces années, je n'avais été qu'une épouse égoïste, refusant de participer à son ministère, une mauvaise mère, incapable de produire autre chose que des voyous. Si quelqu'un avait besoin d'être remis d'aplomb, c'était bien moi !

Le plus terrible, c'était que je savais que ces sinistres pensées déformaient complètement la vérité, mais je ne parvenais pas à les chasser de mon esprit. Toutes les mères décentes passent par des sentiments de culpabilité insoutenables si leurs enfants tournent mal et je m'inquiétais parfois à m'en rendre malade en me demandant dans quelle mesure j'étais responsable des problèmes des garçons. En faisant fond sur ma culpabilité et en l'amplifiant, Nicky avait converti mes défaillances en un fardeau dont il m'étais impossible de me libérer dans l'état d'instabilité où je me trouvais. En conséquence, force était d'admettre que je devais renoncer à toute idée de divorce ou alors je détruirais les garçons et je finirais par être la pire mère du monde.

Je pensais à ma propre mère lorsqu'elle me parlait de persévérer coûte que coûte en gardant la tête haute. Je pensais à mon père donnant le change tout en supportant la situation en silence bien à l'abri derrière son journal. Comment avais-je pu songer à désacraliser leur mémoire en jetant l'éponge et en abandonnant le foyer conjugal ? Une femme qui fuyait était en dessous de tout. Elle s'exposait inévitablement à l'avanie. Elle prouvait qu'elle avait perdu le contrôle.

La honte me fit frémir des pieds à la tête. Mon éducation avait finalement repris ses droits sur moi. Je ne pouvais le supporter. Je n'avais plus de défenses ni la moindre volonté et je restais là, comme une masse, blottie dans les bras de Nick, à l'écouter passivement, la larme à l'œil, tandis qu'il me parlait d'une voix infiniment douce et rassurante :

— Allons, chérie, ne désespère pas. Nous surmonterons cette crise. Il faut prendre les choses étape par étape, la première consistant à mettre un terme à cette existence schizophrène. Nous devons être ensemble toute la semaine et pas seulement le week-end. Je te suggère que nous commencions par vivre au presbytère jusqu'à ce que les garçons rentrent pour les vacances. Nous devrons passer les fêtes en conformité à l'ancien régime car nous n'avons pas le temps matériel nécessaire à une réorganisation radicale avant la mi-décembre, mais si tu revenais avec moi à Londres maintenant, tu pourrais commencer à planifier la manière d'adapter le presbytère à notre vie de famille.

Il marqua une pause, attendant un commentaire, mais comme rien ne venait, il poursuivit avec une assurance accrue :

— Pendant les congés de fin d'année, nous pourrons impliquer les enfants dans nos nouveaux projets. Ce changement devrait leur être présenté comme quelque chose d'excitant, une initiative susceptible de leur offrir toutes sortes d'occasions intéressantes. Et puis en janvier, quand ils retourneront au collège, libre à toi de réaménager le presbytère, le jardin, etc. D'accord, je sais qu'il est en friche et je me rends compte qu'il doit te paraître ridicule par rapport à celui de Butterfold, mais je suis sûr qu'on peut en tirer parti. De plus, il y a deux pièces inutilisées à côté de l'appartement d'Alice. On pourrait les transformer en serre pour tes plantes d'intérieur. Les garçons auront besoin de leur salle de jeux, bien sûr, mais ce n'est pas un problème. On empiétera sur le logement du vicaire. Stacy n'a pas besoin de tant de place. Oui, je vois d'ici comment la maison pourrait prendre forme... et nous serons ensemble, enfin, comme nous devons l'être. C'est cette existence à deux vitesses qui nous a minés, Rosalind, mais, dès que nous y aurons mis un terme, nos rapports ne pourront que s'améliorer.

Il m'embrassa tendrement sur la joue et me serra contre lui en un geste qui se voulait rassurant.

Je réussis tout juste à bredouiller :

— Et Butterfold ?

— Nous conserverons la ferme comme résidence secondaire, répondit-il aussitôt. Je sais que tu y tiens énormément. En outre, nous continuerons à avoir envie de nous échapper à la campagne de temps à autre, surtout l'été.

— Je suppose... qu'il ne saurait être question que tu quittes St Benet dans un avenir proche ?

— Bien sûr que non. Les choses vont de mieux en

mieux. Incidemment, je ne sais pas si tu as des idées sur ce que tu comptes faire ensuite, mais toutes sortes de possibilités s'offriraient à toi si tu souhaitais travailler bénévolement au centre de guérison et...

— Oui.

— ... Je suis sûr que nous pourrions utiliser tes talents d'une manière créative. D'un autre côté, s'empressa-t-il d'ajouter, voyant que je ne manifestais aucun enthousiasme, si tu souhaites reprendre une existence plus domestique...

Il s'interrompit.

J'attendis un moment jusqu'à ce que je comprenne qu'il avait de la peine à formuler cette nouvelle suggestion. Des souvenirs d'un sujet ultra-sensible firent surface, déclenchés par le concept de vie domestique, et je m'efforçai aussitôt de changer le cours de la conversation.

— Je serai enchantée d'apprivoiser le jardin du presbytère, dis-je avec emphase. Faut-il que je demande la permission à l'archevêque pour faire construire une serre ?

Les pensées de Nick étaient à des lieues des serres et il refusait de me laisser détourner son attention.

— Écoute, reprit-il d'un ton pressant, je sais que tu n'as jamais été très chaude par le passé lorsque nous évoquions la possibilité d'avoir un autre enfant, mais à présent, j'ai une idée très claire de la raison pour laquelle tu t'y opposais. Tu pensais que je ne serais pas suffisamment présent pour t'apporter le soutien nécessaire, mais si nous modifions notre mode de vie, si notre mariage s'engage dans une nouvelle phase, si tu as envie de reprendre ton existence de femme au foyer...

— Non, Nicky, je suis navrée, mais c'est non.

— Certes, je me rends compte que nous avons dépassé l'âge l'un et l'autre pour ce genre de choses, mais de nos jours, beaucoup de femmes ont des enfants après quarante ans, cela n'a rien d'extraordinaire...

— Cela n'a rien d'extraordinaire en effet, mais, dans mon cas, c'est impossible, répliquai-je d'un ton catégorique, tellement énervée à ce stade que je ne pus m'empêcher de bredouiller la vérité. Je me suis fait stériliser il y a quatre ans lorsque je suis allée à l'hôpital pour cette infection et il est hors de question que j'essaie d'inverser l'effet de cette opération.

IX

Il me dévisagea, abasourdi.

— Je suis désolée, répétai-je en bafouillant, mais je n'aurais jamais pu t'en parler.

— Qu'est-ce qui t'a pris de faire une chose pareille ?

— J'en avais assez de la contraception.

— Mais je l'aurais prise, moi !

— Je n'étais pas sûre de pouvoir compter sur toi chaque fois. Je sais que tu as toujours voulu une fille parce que les garçons t'ont tellement déçu.

— Ils ne m'ont jamais déçu !

— Mais si, Nicky ! Mais si !

— J'admets que je regrette qu'aucun des deux ne partage mes intérêts, mais...

— Tu regrettes ! Ça te mine, oui ! Il faut être chamboulé au-delà de la raison pour suggérer que nous ayions un autre enfant dans les circonstances présentes.

— Pardonne-moi, mais je ne vais pas te laisser détourner mon attention par ces accusations absurdes. Je suis encore très secoué par la révélation sidérante que tu viens de me faire et je ne comprends toujours pas pourquoi tu as résolu de te faire stériliser. Et je ne peux pas croire que tu aies pris cette décision pour l'unique raison que tu en avais assez de la contraception.

— Eh bien si ! J'ai détesté avaler toutes ces hormones, et puis risquer une perforation de l'utérus avec un stérilet et me débattre à chaque fois avec un diaphragme ! De toute façon, c'est mon corps ! Pourquoi est-ce que je ne me serais pas fait ligaturer les trompes si j'en avais envie ?

La terreur à l'état pur me donnait un ton nettement plus belliqueux que je ne l'étais en réalité, et cette agressivité eut un effet désastreux.

— Je refuse d'admettre que tu aies pu être égoïste à ce point ! s'exclama Nicky, fou de rage. C'est le genre d'attitude qui ruine la réputation des féministes ! Tu parles comme si tu vivais isolée du reste du monde et ne devais aucun compte à personne !

— Eh bien, c'est exactement comme ça que je me sentais après avoir été mariée avec toi tant d'années ! hurlai-je, déterminée à tenir bon cette fois-ci, de sorte que ma voix se fit incroyablement perçante.

— Quel coup bas ! Bon sang ! Cet aveu m'incite à me demander ce que tu as pu me cacher d'autre. Est-ce que tu as eu un amant aussi ?

— Non, évidemment que non.

— Ce n'est pas la bonne réponse. Tu aurais dû dire : « Ne sois pas ridicule ! » et prendre un air offensé.

— Eh bien, je te dis « non, évidemment que non » et j'espère avoir l'air vraiment furax.

J'avais repris le contrôle de moi-même et il m'était venu à l'esprit que l'attaque est la meilleure forme de défense qui soit. Je pus ainsi juguler ma rage de façon à en faire un atout plutôt qu'un handicap.

— Et toi ? lançai-je d'un ton impérieux. Que m'as-tu caché au cours des vingt dernières années ? Tout à l'heure, quand j'ai souligné que j'avais toujours eu le sentiment que je t'aimais plus que toi, tu ne m'aimais, tu n'as même pas jugé nécessaire de me dire franchement que tu m'avais toujours été fidèle.

— Je ne pensais pas que ce fût nécessaire ! Et puis de toute façon, ton affirmation était fausse.

— Ah oui ? Serais-tu capable de jurer sur la Bible que tu m'as été fidèle depuis le jour de notre mariage ?

— Évidemment ! Ne sois pas ridicule ! Je ne pourrais jamais exercer mon ministère — celui-là en particulier —, à moins de mener une vie irréprochable. Si je me mettais à courir le jupon, je n'aurais plus qu'à baisser les bras, comme ce fut le cas pour ce pauvre Lewis en 1983. On ne peut pas mener une double vie et préserver son intégrité. On ne peut exploiter les autres sans leur porter préjudice, ainsi qu'à soi-même, et peut-être aussi à d'autres innocents se trouvant sur notre chemin. Nous sommes trop liés les uns aux autres pour que ce genre d'attitude n'ait pas un effet adverse à un moment donné ou à un autre.

— Eh bien, tant que nous en sommes au chapitre de l'exploitation...

— Entendu, tu t'es sentie exploitée. Si je l'avais su...

— Pourquoi ne l'as-tu pas su, je te le demande ! La vérité, Nicky, c'est que tu ne t'es jamais suffisamment intéressé à moi pour imaginer ce que je pouvais ressentir !

— La vérité, c'est que je n'ai jamais pensé un seul instant que tu étais capable de me mener en bateau à ce point-
là !

— Oh ! Pour l'amour du ciel ! Ce n'est pas parce que
j'ai subi une petite opération...

— *Petite* ?

— Je reconnais qu'elle avait une incidence majeure,
mais sur le plan médical...

— Laisse tomber. La seule chose qui compte, c'est que
tu m'as bel et bien blousé. À présent, fais-moi part de tes
autres supercheries, veux-tu ? Si nous devons recommencer sur de nouvelles bases, je ne tolérerais plus aucune zone
d'ombre...

— Il n'y en a pas.

— Bien sûr, il m'est arrivé de me demander ce que tu
faisais là-bas dans le Surrey pendant que j'étais à Londres,
mais je me suis toujours efforcé d'avoir confiance en toi et
obligé à penser que, pour le bien des enfants, si ce n'était
pour le mien, tu éviterais d'aller traînailler avec un de ces
abrutis d'hommes d'affaires proprement incapables de parler d'autres choses que d'argent...

J'eus une inspiration soudaine. Si je lui faisais des
aveux, il battrait en retraite. Il se rendrait compte alors que
notre union ne pouvait plus durer. Il prendrait conscience
de la réalité. Il verrait la vérité en face, accepterait d'envisager l'avenir autrement et me laisserait peut-être tranquille.
C'était le seul moyen de lui échapper.

Hébétée de peur, mais aiguillonnée par le désespoir, je
l'interrompis brusquement :

— Entendu, je vais tout te dire. C'était effectivement
un homme d'affaires et il parlait bel et bien d'argent, mais
il n'avait rien d'un abruti. C'était mon comptable, il était
timide et très gentil. Si tu t'étais donné la peine de faire sa
connaissance, tu l'aurais traité de banal et de rasoir, mais
il n'empêche que je tenais beaucoup à lui. Si j'ai rompu
avec lui après l'OPA, c'est parce que j'ai senti qu'il s'impli-
quait trop et je redoutais que la situation ne m'échappe.

Sur ce, je me tus. Je regardais fixement mes mains,
mais le silence qui suivit ma dernière phrase était si insoutenable que je finis par les yeux. Nicky était atterré. À l'évidence, il n'avait pas pensé une seconde, en dépit de ses

dires, que je pouvais lui être infidèle. Sa pique relative à un éventuel amant n'avait été qu'un réflexe en quête d'un réconfort dont il était certain de pouvoir se prévaloir.

C'était à mon tour d'être consternée :

— Je suis désolée, balbutiai-je, je ne voulais pas que tu le saches, mais je me sentais tellement seule, tu comprends, et tu avais autre chose à faire et Jim se réjouissait tellement de ma réussite...

— Mais je croyais que ton comptable était un jeune homme frais émoulu de l'école de commerce !

— Oui, il était beaucoup plus jeune que moi. Je n'aurais jamais eu le courage d'entreprendre une liaison avec quelqu'un de plus âgé. J'aurais eu le sentiment de ne pas maîtriser la situation.

Il y eut un silence mortel. Nicky était blanc comme un linge, il avait la mâchoire crispée et son regard avait pris une teinte ardoise, indéchiffrable.

— J'ai pitié des jeunes gens de nos jours, dis-je, tellement avide de remplir l'insoutenable silence que je ne prêtais pas la moindre attention à ce que je disais. Ils sont tellement contents d'avoir affaire à une femme mûre plutôt qu'à la sempiternelle adolescente obnubilée par le sexe qui s'attend à ce qu'ils connaissent toutes les positions du Kama Sutra et lui assurent sur commande des orgasmes à répétition.

Une autre pause encore plus insupportable commença. Quand il brisa le silence, Nicky se borna à me demander :

— Combien y en a-t-il eu d'autres ?

— Deux seulement. L'un d'eux était un jeune homme que j'ai rencontré l'été dernier quand je me suis chargée de préparer les arrangements floraux pour ce grand mariage à la lisière du Sussex ; l'autre, un jeune Américain sur lequel je suis tombée par hasard chez Fortnum's, mais ces deux liaisons ont été de très courte durée et je n'aurais pas voulu les prolonger.

Nicky détourna le regard. Et puis brusquement, alors que je ne m'y attendais pas du tout, il s'essuya les yeux avec sa manche, se remit sur pied et sortit de la pièce en trombe.

X

J'avais l'impression que mon cœur allait éclater. Je me levai à tâtons, la vue brouillée, le suivis à l'étage et le trouvai couché à plat ventre sur le grand lit dans la chambre de maître. Je m'allongeai à côté de lui en passant un bras autour de ses épaules et pleurai un moment en silence. Ce fut seulement lorsqu'il essaya d'écarter mon bras que je parvins à chuchoter :

— Je n'ai aimé aucun d'entre eux, mais je me sentais tellement coupée de toi et ils me rendaient la vie supportable. Voyant qu'il ne répondait pas, j'ajoutai d'un ton pitoyable : Je sais que tu ne pourras plus jamais avoir confiance en moi et que notre mariage est désormais voué à l'échec, mais je continue à tenir énormément à toi. Je t'aimerai toujours et je ne voudrais pas que nous finissions ennemis.

Il se contorsionna pour me faire face, se redressa sur un coude d'un air hagard et déclara d'une voix blanche, obstinée :

— Ça y est, j'ai compris. Je t'ai poussée à m'être infidèle parce que je n'ai été qu'un obsédé du travail, égocentrique et insensible, mais je saurai me faire pardonner, je le jure. Tout va changer maintenant que je comprends la situation.

— Oh Nicky...

Je faillis m'évanouir de soulagement. Il était enfin prêt à affronter la réalité. Ma libération était en vue. Nous allions nous séparer dignement.

— Bien sûr, je te pardonne tes infidélités, dit-il d'un ton ferme. Bien sûr que je te ferai à nouveau confiance. Nous devons à tout prix consolider notre couple. J'admets que les autres n'ont pas compté et que tu m'aimes toujours.

J'étais épouvantée.

— Nous nous sortirons indemnes de cette crise, ajouta-t-il avec opiniâtreté. Tous ces aveux sont très douloureux, mais au moins maintenant je sais ce qu'il convient de faire pour arranger les choses et je n'aurai pas de répit tant que tu n'auras pas retrouvé le bonheur.

J'essayai de parler, mais je n'arrivais même pas à penser de façon cohérente. Des schémas mentaux indéchiffrables tourbillonnaient dans mon esprit en me réduisant une nouvelle fois à un état d'impuissance totale. J'avais la sensation d'avoir été précipitée dans un maelström si redoutable qu'aucun espoir de survie n'était envisageable.

— Nous ne reparlerons plus jamais de tout ça, me dit Nicky, sûr de lui à présent et plus déterminé que jamais. Nous considérerons toutes nos erreurs passées comme pardonnées. Nous ne les oublierons pas, mais maintenant qu'elles ont éclaté au grand jour, nous sommes enfin libres d'aller au-delà et de bâtir un nouvel avenir.

Il commença à m'embrasser.

Je lui rendis son baiser parce que j'étais troublée, stupéfiée, parce que j'étais dans un tel désarroi que je ne savais pas quoi faire d'autre. Au milieu de tout le chaos de mes émotions, j'éprouvais un désir profond d'être gentille à son égard, d'être bonne, généreuse — pour réparer les terribles souffrances que je venais de lui infliger. Comment avais-je pu me montrer si cruelle envers mon plus vieil ami, mon ami le plus cher ? Je me sentis à nouveau submergée par la culpabilité, le mépris de moi-même. Moi, l'épouse d'un merveilleux prêtre si bienveillant, si chrétien, prêt à me pardonner alors que je ne méritais pas de l'être, à m'aimer quoi que je fasse, et que faisais-je pour lui témoigner ma gratitude ? Rien ! Quelle misérable j'étais ! Quel être immonde et égocentrique ! Je compris tout à coup qu'il avait raison depuis le début de me critiquer, que j'avais été folle et monstrueuse d'envisager de le quitter. Totalement engloutie par ce raz-de-marée de honte, je bafouillais :

— Oh Nicky, je t'en supplie, pardonne-moi. Je ne voulais pas te faire de peine. Je t'assure...

— Ma Rosalind chérie, dit-il, tout va bien, ne t'inquiète pas. Désormais nous avons tous les atouts de notre côté pour vivre heureux ensemble jusqu'à la fin de nos jours.

Jusqu'où la folie mène-t-elle ? À ce stade, j'étais dans un état de démence tel que j'étais prête à gober tout ce qu'il me disait.

3.

« En cas de conflit majeur, il serait tout à
fait irréaliste d'espérer régler quoi que ce
soit avant le coucher du soleil. L'important n'est pas de tout résoudre immédiatement, mais d'être ouvert au processus
d'auto-examen et de communiquer de
manière constructive.... avec les autres
sujets impliqués. »

Gareth Tuckwell et David Flagg
A Question of Healing

I

À ce stade de cette scène désastreuse, nous nous débat-
tîmes dans l'idée de faire l'amour. Nous pensions tous les
deux qu'il s'agissait de cela, à n'en point douter, mais
rétrospectivement, je vois bien que j'essayais de me racheter tandis que Nicky faisait un effort colossal sur lui-même
pour nous convaincre l'un et l'autre que la crise était passée. Nous arrivâmes finalement à une sorte d'harmonie,
mais Nicky atteignit l'orgasme trop tôt et s'en voulut à
mort. Je ne l'avais jamais entendu prononcer autant de gros
mots en un laps de temps si court.

Consciente de ses sentiments, je me sentais plus fautive
que jamais, et ma culpabilité croissante me poussa à

l'étreindre avec une tendresse redoublée sans cesser de me demander ce que j'étais en train de fabriquer et comment tout cela allait se terminer. Mais ces questions dangereuses devaient être aussitôt réprimées ; au lieu de m'efforcer d'y répondre, je ne cessais de me répéter que mon unique objectif dans la vie serait désormais d'éviter toute souffrance à Nicky et d'empêcher que les garçons soient meurtris à jamais. Moi je ne comptais pas. Je devais continuer à mener mon petit bonhomme de chemin en serrant les dents afin d'éviter d'autres scènes chaotiques, en d'autres termes l'enfer sur terre. Des toiles de Hieronymus Bosch me revenaient vaguement à l'esprit.

Il faisait trop froid pour s'attarder dans la chambre et nous n'avions pas envie de nous éterniser au cottage. Dès que nous eûmes fini de faire l'amour, je rassemblai mes affaires pendant que Nicky rangeait. Dix minutes plus tard, nous étions partis. Notre destination était évidente. Nicky avait dit qu'il me voulait auprès de lui au presbytère jusqu'à ce que les garçons rentrent du collège et j'acceptais tacitement que ce soit la première étape en vue de la restructuration de notre mariage et d'un bonheur éternel, comme toute épouse et mère décente l'aurait fait.

Je montai docilement dans ma voiture et nous regagnâmes Londres.

II

Nous nous arrêtâmes pour manger un sandwich dans une station-service sur la M3. Nicky téléphona à Lewis et, debout près de la cabine ouverte, j'assistai à la moitié de la conversation.

— ... Ça dépend de la circulation, mais je vais couper par Earls Court jusqu'à la Tamise. Nous devrions être à la maison sans trop tarder...

Je remarquai l'usage de l'expression « à la maison » et cette familiarité désinvolte à propos de la capitale. J'avais l'impression de voyager en terre étrangère tandis que Nicky rentrait dans son pays natal.

— ... et pourriez-vous demander à Alice de préparer quelque chose de spécial pour le dîner ? Rosalind et moi mangerons dans l'appartement, mais Alice n'a pas à s'en inquiéter. Je monterai tout en haut.

J'avais oublié l'existence d'Alice Fletcher, la nouvelle cuisinière-gouvernante employée au presbytère. Avais-je vraiment envie d'une domestique à demeure, sûre de me taper sur les nerfs ? Non. D'un autre côté, je n'avais pas l'intention de me coltiner les préparatifs de repas communautaires pour me retrouver dans la peau d'une Cendrillon enchaînée à l'évier de la cuisine.

Le problème majeur du presbytère, ce vieux taudis, était qu'il avait un usage public, professionnel, en plus d'être un lieu d'habitation. J'avais toujours considéré le rez-de-chaussée comme un hall de gare, constamment sujet à l'invasion de toutes sortes de gens bizarres, et lorsqu'il m'arrivait de séjourner là-bas, je me cantonnais à l'appartement du haut, un endroit au demeurant affreux, sans aucun confort moderne et où je n'aurais jamais pu inviter qui que ce soit. Si l'on voulait transformer cette maison en un lieu d'habitation convenable, il allait falloir récupérer le rez-de-chaussée, mais un obstacle conséquent s'y opposait : Lewis. Quand l'arthrose lui avait rendu l'escalier difficile d'accès, deux des salles de réception d'en bas — jadis communicantes et juste séparées par une double porte — avaient été réunies afin de lui permettre d'avoir une grande chambre à coucher, et l'on avait aménagé une salle de bains dans le vestiaire.

Mais Lewis avait une hanche toute neuve à présent. On pouvait donc le réexpédier en haut dans le logement du vicaire qu'il occupait à l'origine, longtemps avant qu'on autorise Nicky à prendre un vicaire. Il refuserait probablement de cohabiter avec Stacy, mais Nicky avait dit que l'appartement pouvait être divisé en deux... pour permettre aux enfants d'avoir leur salle de jeux. Si on expédiait Lewis au dernier étage, où pourrais-je aménager cette salle ? Dans la cave. La réponse était évidente, mais, dans ce cas, qu'advenait-il de ma serre ? Je commençais à avoir la tête qui tournait à force d'essayer de résoudre ce problème apparemment insoluble quand je me rendis compte que Nicky avait raccroché et qu'il me parlait.

— Lorsque nous arriverons à Londres, me disait-il en jetant un coup d'œil à sa montre, ne panique pas si nous sommes séparés par la circulation. Je me rangerai dès que possible en attendant que tu me rattrapes. Je m'arrêterai dans King's Road pour prendre une bouteille de vin, alors surveille bien la première rue à gauche une fois que nous aurons passé Earls Court et Kensington.

Je hochai humblement la tête en me demandant pour quelle raison il me traitait comme un apprenti conducteur égaré dans la grande métropole. Londres m'apparaissait peut-être comme une terre étrangère, mais j'étais capable de m'y retrouver tout de même ! Il était vrai que je préférais ne pas m'y rendre en voiture en temps normal — pour la bonne raison qu'il fallait être fou !, mais j'étais capable d'arriver jusqu'à la City !

Il y avait une circulation épouvantable. Du coup, il n'était guère difficile de se suivre. Nicky s'arrêta dans King's Road pour acheter une bouteille de champagne. Puis nous nous engageâmes sur le quai pour rejoindre le Square Mile.

Les arbres dénudés le long de l'Embankment avaient l'air triste, mais la Tamise était resplendissante. De temps en temps, je jetais un coup d'œil sur les ondes agitées, le courant rapide, les eaux tourbillonnantes qui faisaient un bruit de succion sexy autour des jambes des ponts. Le fleuve redoubla de beauté lorsque nous approchâmes de la City. Des grues gigantesques se découpaient dans le ciel, symboles du boom immobilier témoignant de la prospérité de notre pays, et quand les gratte-ciel surgirent sous nos yeux, au-delà du dôme de St Paul, j'eus l'impression de sentir le pouls trépidant du Londres international, propulsé par le dynamisme de Mrs Thatcher au premier rang des places financières du monde. Un élan de patriotisme primitif provoqua une montée d'adrénaline dans mes veines et je m'exclamai à voix haute : « Londres est la ville des gagnants ! » Je m'aperçus soudain que, miraculeusement, je considérais avec enthousiasme les défis posés par ma nouvelle vie.

Quoiqu'à ce stade, je suppose qu'il était pour ainsi dire inévitable que je me plonge dans un monde imaginaire euphorique, quel qu'il soit, pour fuir la dure réalité.

Je contournai allègrement la cathédrale et suivis Nicky à travers Cheapside vers Poultry et plus au nord Egg Street jusqu'à St Benet.

III

Le presbytère se trouvait près de l'église dans une allée pavée au sud du London Wall. Les bombardements allemands avaient démoli l'essentiel de ses abords datant d'avant la guerre, et, bien que l'église eût subi quelques dommages, le presbytère, par malchance, était resté intact. Il y avait eu une maison sur ce site pendant des siècles, mais le bâtiment actuel avait été construit à la fin du dixhuitième siècle et agrandi au dix-neuvième. Un magnifique hôtel particulier géorgien ne m'aurait pas déplu, mais l'architecte victorien, intoxiqué par des idées gothiques, avait concocté une ample aile nouvelle bourrée de passages mystérieux, de pièces sombres et de petits escaliers biscornus qui faisait que c'était une vraie plaie de passer l'aspirateur.

Sur le devant de la maison, de style géorgien, la cave guignait à peine au-dessus du sol tandis qu'à l'arrière, elle se trouvait au même niveau que le jardin, une forêt vierge que personne ne s'était jamais donné la peine de défricher, moi moins que quiconque. Du côté nord, toutefois, se trouvait l'église de St Benet et son joli jardinet bien entretenu. Il surplombait l'autre jardin dont il était séparé par un grand mur. Du côté est, se dressait l'arrière d'un immeuble moderne, désert le week-end, tandis que le presbytère, en forme de L inversé depuis son prolongement à l'ère victorienne, fermait les faces sud et ouest du jardin.

Au rez-de-chaussée, surélevé de quelques dizaines de centimètres au-dessus de la cour pavée, et qui n'avait par conséquent rien d'un rez-de-chaussée au sens strict du terme, les pièces, géorgiennes à l'origine, avaient été réaménagées et rénovées au vingtième siècle, la cuisine ayant été déplacée. Le reste du premier étage alloué au presbytère demeurait un monument à la gloire du style victorien. Même les pièces géorgiennes, sur le devant, n'avaient pas échappé à l'engouement de l'architecte pour la décoration intérieure d'inspiration gothique, et dans l'aile victorienne, on assistait à une débauche de cheminées monumentales, de carreaux poussiéreux, avec à l'occasion un vitrail d'un goût plus que douteux, et des luminaires lourds comme le plomb. Il n'y avait pas de chauffage central, mais chaque pièce était équipée d'une chaudière à gaz.

La plus belle pièce de l'appartement était incontestablement les toilettes, un magnifique espace doté de marches menant au trône ; la cuvette s'ornait de motifs floraux bleu et blanc, d'un siège en acajou et d'une longue chaîne qui faisait vaguement penser aux tortures médiévales. Près de ce chef-d'œuvre, dans une pièce où on gelait toujours, même l'été, se trouvait une longue baignoire sur pieds. Le reste du logement se composait de quatre chambres à coucher (y compris une pour chacun des garçons qu'ils utilisaient de temps à autre lorsqu'ils étaient en vacances), une salle à manger et un salon. Mais pas de bureau pour Nicky. Il préférait travailler en bas dans le salon près de l'entrée.

Je n'avais jamais été tentée de « prendre la maison en main », selon la formule que maman aurait utilisée, et lors de mes rares séjours, je m'étais contentée de grincer des dents en supportant l'inconfort et les inconvénients. Je ne m'étais même pas plainte des aménagements opérés par Nicky à son arrivée en 1981. Nous avions des goûts très distincts en matière de mobilier. J'aimais les canapés et les fauteuils confortables, les gammes de chintz dans des tons chauds, les tapis épais, les meubles anciens. Nicky appréciait l'austérité, un tapis ou deux sur des parquets nus, un simple tapis de cordes dans les couloirs, des murs blancs dépouillés là où les lourds lambris laissaient un peu de répit. Il n'avait rien contre l'idée d'acheter du mobilier bon marché, et n'avait pas hésité à mettre des étagères Ikea dans le salon. Non qu'il n'eût pas de goût. Les fauteuils étaient joliment tapissés et les rares décorations murales — des affiches de tableaux modernes — étaient tout à fait saisissantes si l'on aimait ce style — force était de reconnaître qu'elles faisaient un drôle d'effet dans ce cadre gothique —, mais il n'avait que faire du *nec plus ultra* en matière de décoration intérieure et l'absence de confort moderne ne lui faisait ni chaud ni froid. Comme il mangeait toujours en bas, avec les autres, il n'y avait rien d'étonnant à ce que la cuisine de l'appartement eût tout d'un taudis des années cinquante, mais il ne s'était même pas donné la peine d'acheter un nouveau frigidaire pour y mettre son coca-cola. L'antiquité jaunâtre qui grinçait et soufflait dans un coin n'était même pas capable de produire des glaçons.

Je détestais cette cuisine grisâtre, sombre, exiguë qui rendait inconcevable l'idée d'organiser un dîner. Même si l'on avait modernisé les lieux, ils n'en resteraient pas moins beaucoup trop étriqués pour permettre à une cuisinière digne de ce qualificatif de s'y affairer ; d'un autre côté, la cuisine principale, jadis dans le sous-sol et qui couvrait désormais une part substantielle du rez-de-chaussée, avait une bonne taille puisque l'on avait abattu la cloison entre deux pièces afin de dégager un espace suffisant pour y prendre les repas. J'aimais bien cet arrangement et pensais que cette cuisine avait un potentiel considérable, mais des aménagements n'en étaient pas moins nécessaires. On aurait aisément pu y dépenser vingt-cinq mille livres. Cependant, lorsque je revendiquerais le rez-de-chaussée pour la famille Darrow, le problème serait non pas l'incon-fort de la cuisine, mais l'absence d'une salle à manger ; on ne peut pas demander à des invités de dîner parmi les pots et les casseroles.

En plus du bureau de Nicky et de la chambre de Lewis, le rez-de-chaussée comptait un autre salon, mais celui-ci était consacré aux affaires de l'église n'ayant pas de rapport avec le centre de guérison et je ne voyais pas comment je pourrais l'annexer ; il fallait bien une salle de réunions et un endroit où accueillir les visiteurs impromptus et ceux qui avaient un rendez-vous avec Nicky, qu'il recevait dans son bureau. Une fois de plus, je me rendais compte que la solution évidente à toutes ces difficultés consistait à évincer Lewis de son double salon que l'on convertirait en salon et salle à manger, mais j'étais bien certaine qu'il s'y opposerait avec véhémence.

Tout en passant mentalement en revue ces divers réa-ménagements, je défis mes bagages dans la grande cham-bre de l'appartement, qui contenait mon unique contribution à la maison : un grand lit ultramoderne et ultraconfortable. Je ne supporte pas l'inconfort lorsque j'essaie de dormir.

Une fois mes valises vides, je notai que quelqu'un avait branché le ballon d'eau chaude dès l'annonce de notre arrivée ; l'eau était assez chaude pour un bon bain. Nicky tenait à ce que la salle de bains soit impeccable ; je n'avais donc aucun motif de grief en matière d'hygiène, mais je détestais cette énorme baignoire, tellement inconfortable, et la pièce en elle-même était glacée, comme d'habitude. De retour dans la chambre, je m'accroupis devant le poêle et me mis à rêver de changements radicaux, comme Mrs Thatcher.

Je savais exactement ce qu'il convenait de faire à cet étage quand l'appartement du presbytère cesserait d'exister. Je voulais une chambre de maître dotée de sa propre salle de bains, deux chambres pour les garçons avec une vaste salle d'eau qu'ils partageraient, et pour finir un salon qui me serait réservé, un espace luxueux où je pourrais me retirer quand l'ambiance bigote du presbytère me pèserait trop. Je savais que je m'amuserais beaucoup à décorer cette pièce... Je commençai à imaginer tapis et tentures...

Nicky avait disparu depuis un bon bout de temps. Il avait dû se rendre dans la chambre du rez-de-chaussée pour informer son acolyte des derniers événements, mais je ne tenais pas à revoir Lewis ce jour-là. En revanche, j'avais très envie d'un gin-tonic. En fouillant dans les placards de la cuisine et du salon, je trouvai une bouteille de tonic, vestige de mon dernier passage, mais pas de gin. Nicky avait probablement descendu la bouteille et s'en était servi pour graisser la patte des bedeaux. Je jurais entre mes dents quand je me souvins du champagne. Je me sentis tout de suite mieux. Mais je ne le trouvai nulle part. Je supposai que, dans l'intention de rafraîchir rapidement la bouteille, Nicky avait évité l'antiquité grinçante de l'appartement pour la mettre dans le réfrigérateur moderne de la cuisine principale.

En arrivant en bas, je trouvai la nouvelle cuisinière, une fille des plus banales, s'activant, ou plutôt traînant sa masse, dans son domaine. Elle portait un tablier en plastique rouge, une jupe bleue et un volumineux pull violet. C'est drôle comme les gens gros portent souvent des couleurs qui font encore ressortir leurs rondeurs. Alice aurait bénéficié de quelques conseils sur sa manière de s'habiller. Quant à ses cheveux... Je me demandais si elle se les coupait au sécateur.

Blotti dans un panier près du vaisselier, j'aperçus un chat.

— Oh ! m'exclamai-je, surprise.

Alice sursauta, si bien qu'elle lâcha la cuillère qu'elle tenait à la main.

— Mme Darrow ! Je ne vous ai pas entendue entrer.

— Désolée de vous avoir fait peur. Ce chat est-il à vous ?

— Non. C'est Nicholas qui est allé le chercher. Il ne vous l'a pas dit ?

— Si, si, j'avais oublié, fis-je d'un ton désinvolte, mais je mentais.

Il ne m'en avait jamais parlé. Je n'avais rien contre les chats, mais par le passé, j'avais estimé qu'avec deux enfants et un jardin, je ne pouvais pas, en plus, m'occuper d'animaux. Une attitude de mauviette, indiscutablement, mais je l'avais déguisée en prenant une position résolument anti-animaux et en déclarant que je ne tenais pas à avoir des tapis infestés de puces et des tapisseries réduites en lambeaux.

Les yeux rivés sur le chat que Nicky n'avait pas jugé nécessaire de mentionner, je dis à Alice :

— Je présume que c'est vous qui vous en occupez ?

— Oui, mais cela ne me dérange pas et je vous promets qu'il n'ira jamais dans l'appartement. Nicholas m'a aidé à l'apprivoiser.

Qu'est-ce que c'était que ces « Nicholas » à tout bout de champ ? Tandis que ma cervelle se mettait à faire certains rapprochements à la vitesse d'une calculatrice, je cessai de regarder le chat pour fixer mon attention vers elle.

— Le dîner sera prêt dans une demi-heure, dit-elle maladroitement. J'espère que cela vous convient.

Je me ressaisis.

— Parfait ! fis-je en la gratifiant d'un sourire rayonnant. Merci beaucoup.

Sur ce, je me glissai vers le frigidaire, sortis le champagne et caressai légèrement la bouteille pour m'assurer qu'elle était fraîche.

— J'espère vraiment que la présence de James ne vous ennuie pas, reprit la fille derrière moi. Il est vraiment bien élevé.

— James ? Quel nom élégant pour un chat !

Je considérai à nouveau l'animal. C'était un tigré. Cela voulait dire que Nicky l'avait choisi. Il les préférait à tous les autres. Mais qu'est-ce qui avait bien pu l'inciter à prendre un chat tout d'un coup ? Comme la réponse, évidente, me venait à l'esprit, je dis à Alice d'un ton sec :

— Avez-vous eu des problèmes de souris ?

— Eh bien, à vrai dire...

Écœurée, je pensais pour la énième fois que ce presbytère était décidément un vrai taudis. J'ai horreur des souris.

— ... Je crois qu'une souris a été repérée avant mon arrivée ici, mais depuis que nous avons James, il n'y a plus de problèmes.

— Bravo James !

Je lui fis un nouveau sourire avant de sortir de la pièce.

Devant la porte de Lewis, je m'arrêtai pour empoigner la bouteille avant de frapper discrètement et passer la tête dans l'entrebâillement. Comme j'avais aperçu brièvement Lewis en arrivant, je jugeai inutile de lui dire quoi que ce soit de plus. Non pas parce que j'étais gênée qu'il fût au courant de l'état actuel de mon mariage, comme on pourrait le supposer ; j'acceptais depuis longtemps que Nicky n'eût aucun secret pour son ancien mentor. Mon silence tenait plutôt au fait que je mourais d'envie de boire un verre. En brandissant la bouteille, je me contentai de dire à Nicky : « On y va ? » Il se leva d'un bond comme s'il ne pouvait pas attendre lui non plus d'engloutir sa première gorgée.

— Profitez bien de votre dîner en tête-à-tête, lança Lewis en prenant ce ton exagérément courtois auquel il recourait souvent pour dissimuler le peu de sympathie qu'il éprouvait à mon égard. Alice vous a préparé un repas de rêve.

— C'est trop gentil de sa part ! m'exclamai-je gaiement. À propos... Nicky, mon chéri, comment se fait-il que tu ne m'aies jamais parlé du petit James, le compagnon d'Alice ?

Nicky prit aussitôt un air vague, comme s'il n'arrivait

pas à se souvenir de l'identité de James, puis il s'achemina vers la porte à pas lents.

— Je ne pensais pas qu'un détail domestique aussi banal t'intéresserait, répondit-il comme si mon esprit ne s'abaissait jamais en deçà des sphères les plus exaltées, mais nous avions une souris et quand Alice a suggéré la solution évidente, j'ai décidé d'obtempérer. J'espère que tu n'y vois pas d'inconvénient ? Il ne t'ennuiera pas. Alice s'occupe de lui.

— Oui, j'ai tout de suite vu qu'elle aimerait s'occuper de toutes sortes de choses.

Lewis se leva instantanément.

— Ne laissez pas le champagne refroidir, nous conseilla-t-il d'un ton jovial. Si vous ne filez pas tout de suite, c'est moi qui boirai la bouteille.

Nicky profita de l'occasion pour s'échapper en évitant tout commentaire sur ma remarque acerbe.

Nous nous retirâmes en silence au premier.

IV

— Franchement, Nicky ! m'exclamai-je dès que la porte de l'appartement se fut refermée derrière nous. Franchement !

— Écoute, je suis navré pour le chat, mais je ne pouvais pas prévoir que tu viendrais vivre ici et je savais qu'on pouvait le garder hors de ta vue durant tes visites...

— Je ne te parle pas du chat, nigaud, mais d'Alice !

— D'Alice ?

— Oui, d'Alice ! Mon Dieu, ce que les hommes peuvent être bêtes parfois ! Pas étonnant que de plus en plus de femmes restent célibataires et font main basse sur les banques de sperme quand elles veulent des enfants...

— Je ne suis pas sûr de comprendre, mais si tu crois que...

— Oh pour l'amour du ciel, ouvre cette bouteille et enivrons-nous.

Il retira l'aluminium qui couvrait le bouchon tandis

que je sortais deux verres bon marché achetés chez Habitat. Au moment où le bouchon cédait avec un « pop » satisfaisant, nous eûmes droit à une surprise des plus agréables : Alice arriva avec une assiette de canapés.

— J'ai pensé que cela vous ferait plaisir avec le champagne, dit-elle timidement quand je lui eus ouvert la porte.

— Mon Dieu ! m'exclamai-je, étonnée. Excellente idée. Merci beaucoup.

Ele sourit, jeta un coup d'œil par-dessus mon épaule, sourit à nouveau.

— Merci Alice, dit Nicky derrière moi.

Elle disparut. La porte se referma. Nicky et moi restâmes à nous regarder au-dessus de l'appétissante assiettée de petits sandwichs.

— Eh bien, Nicholas, dis-je de ma voix la plus charmante, je crois que le moment est venu d'avoir une petite conversation à propos de cette fille.

V

Il servit le champagne dans le salon.

— Je ne vois vraiment pas ce qui te chiffonne, dit-il.

— Tout le problème est là ! À ta santé, chéri.

— À ta santé !

Nous trinquâmes et bûmes une gorgée en nous installant sur le canapé bon marché, dur comme la pierre. Face à nous, au-delà du tapis en laine que Nicky avait récupéré dans une vente de charité, le poêle chauffait à plein volume. Au-dessus de la cheminée, l'affiche favorite de Nicky, œuvre de Kandinsky, éclatait en une débauche de couleurs vives dans son cadre noir tout simple.

— À notre nouvelle vie ! s'exclama-t-il.

— À notre nouvelle vie !

Nous bûmes une autre lampée et commençâmes à engloutir les canapés. Les souvenirs du sandwich de notre déjeuner et des horreurs de la matinée ne tardèrent pas à se dissiper à la vitesse de l'éclair. Ce n'était pas la première fois que je me disais qu'il n'y avait rien de tel qu'un verre de champagne pour se ragaillardir après un bref séjour en enfer.

— Écoute, chéri, fis-je après ma troisième gorgée. Ce n'est pas très gentil de ta part d'embaucher une fille en sachant pertinemment qu'elle est follement amoureuse de toi. Ne m'interromps pas ! Laisse-moi parler. Je plaide en sa faveur, remarque-le bien. C'est manifestement une chic fille respectable et tout à fait digne d'être employée au presbytère, mais il est grand temps qu'une femme la soutienne face à toute cette exploitation masculine endémique !

— Qu'est-ce que tu racontes ?

— Oh mon Dieu, Nicky, ce n'est vraiment pas juste de garder cette pauvre fille sous ton toit alors qu'elle est éprise de toi. Je suis sûre que tu as fait cela par bonté d'âme, mais si tu continues à la laisser soupirer après toi sans espoir de gratification ça va la ficher en l'air sur le plan émotionnel.

— Mais...

— C'est malsain, je t'assure. Tu ne te rends donc pas compte que tu l'exploites en profitant de ses sentiments à ton égard ? Elle serait beaucoup plus heureuse si elle retournait à Belgravia travailler chez l'une des amies de Cynthia Aysgarth.

Il regardait fixement son champagne comme s'il regrettait que ce ne fût pas du coca-cola.

« Alice n'est pas amoureuse de moi » fut tout ce qu'il trouva à dire.

— Si tu en es convaincu, c'est que tu es vraiment prêt à gober n'importe quoi !

Il s'obstina à fixer le champagne dans son verre, mais cette fois-ci, on aurait plutôt dit qu'il scrutait une boule de cristal dans l'espoir qu'elle lui indiquerait comment réagir. Il est la seule personne que je connaisse capable de faire durer une coupe de champagne une heure, voire la soirée entière si nécessaire.

Finalement il répondit d'un ton prudent :

— Je reconnais que la situation mérite d'être surveillée de près, mais pour le moment, Alice va bien. Elle se débrouille même très bien, s'est liée avec tout le monde au centre de guérison et profite à fond de la vie communautaire. Elle ne souffre pas d'un amour sans retour, pas plus qu'elle ne vit dans un monde pétri de fantasmes. Elle mène une existence équilibée pleinement ancrée dans la réalité.

— Nicky, j'admets que tu essaies de faire pour le mieux, mais tu ne te rends vraiment pas compte à quel point cela doit être douloureux pour elle d'idolâtrer un homme aussi séduisant que toi dont l'unique réaction consiste à la traiter avec une charité toute chrétienne !

— Alice ne m'idolâtre pas ! Elle me voit avec une grande clarté et apprécie ce qu'elle voit. C'est différent.

— Écoute, l'un de nous se comporte bêtement et je ne pense pas ce que soit moi. Si tu crois...

— Essaie de voir la situation dans le contexte du ministère de la guérison, coupa-t-il en me regardant enfin droit dans les yeux. La plupart des gens qui viennent ici sont privés d'affection. Pour eux, expérimenter l'amour, sous quelque forme que ce soit, même d'une manière que toi et moi considérons comme puérile, est un grand pas en avant, et la dernière chose qu'il leur faut, c'est un rejet. Le faiseur de miracles exploiterait ces sentiments et s'en servirait pour flatter son ego, mais le prêtre chrétien se doit d'accepter cet amour — ce culte, quel que soit le nom que tu souhaites lui donner, et de l'offrir à Dieu en retour, à Lui, source de tout amour, afin que ce sentiment soit canalisé et sanctifié au lieu d'être corrompu et détruit. Cela fait partie des soins particuliers que réclament les pauvres et les nécessiteux, comme le Christ nous l'a enseigné. Il s'agit de mettre en pratique la conviction que nous avons que chacun d'entre nous a de la valeur aux yeux de Dieu.

— Tout cela est très beau et très idéaliste, mais...

Je laissai ma phrase en suspens. Je venais de me rendre compte que la conversation n'avait pas du tout pris la tournure prévue. Elle était nettement plus sérieuse, plus profonde et plus... Je n'arrivais pas à trouver l'adjectif que je cherchais. « Déconcertante » sous-entendrait que j'étais trop sotte pour comprendre les phrases toutes simples de Nicky, et « déroutante », que j'étais névrosée. Je réalisai tout à coup qu'« énigmatique » était le mot qui convenait. Cela sous-entendait mystère et complexité, des qualités que je ne m'attendais vraiment pas à rencontrer dans le contexte des relations entre Nicky et Alice Fletcher.

Cette conclusion ne me plaisait pas du tout, mais à peine l'avais-je atteint, Nicky s'empressa d'ajouter :

— Chérie, je peux t'assurer que si je pensais qu'Alice ne s'épanouissait pas ici, je l'enverrais ailleurs. Il est donc inutile que tu te fasses du souci pour elle, crois-moi. Vraiment inutile.

Cela paraissait plutôt sensé. Pourquoi est-ce que je m'inquiétais au fond ? Cette fille pouvait difficilement constituer une menace contre moi, et Nicky avait appris depuis longtemps à se protéger des femmes qui s'amourachaient de lui. Puis, à ma grande stupéfaction, je me rendis compte que j'éprouvais une profonde compassion envers Alice. La pauvre ! Aucun homme, pas même un homme doué de pouvoirs télépathiques, pouvait s'imaginer les horreurs que les femmes sans attrait devaient endurer.

J'éclusai mon verre et remerciai Dieu en silence que mon adolescence banale m'apparût comme une autre vie sur quelque planète lointaine.

VI

Alice avait préparé un poulet forestière accompagné de pommes de terre et de carottes duchesse et suivi de pêches au cognac avec une sauce moelleuse au vin blanc. Les carottes étaient légèrement trop *al dente*, mais en dehors de ça, je n'avais aucune raison de me plaindre. Durant le repas, ni Nicky ni moi ne nous donnâmes beaucoup de mal pour entretenir la conversation et après coup, pendant que je préparais le café, il s'allongea sur le canapé et s'endormit. Les émotions des dernières vingt-quatre heures, couronnées par la dose de champagne, avaient fini par avoir raison de lui.

Abandonnant le café avec soulagement, je me précipitai au lit ; cinq minutes plus tard, je dormais à poings fermés.

À cinq heures et demie, je l'entendis prendre un bain et s'habiller avant de descendre dans son bureau. Là il ferait ses exercices spirituels — lecture, méditation, prières.

À six heures trente, il s'attaquerait à sa correspondance ; il prodiguait l'essentiel de ses conseils spirituels par voie épistolaire, et à huit heures moins cinq, se rendrait à l'église afin de célébrer le premier office de la journée. Trop tôt pour les employés de bureau qui afflueraient à l'Eucharistie de midi, mais les gens du centre de guérison feraient tout leur possible pour y être ainsi que le groupe de prière qui se réunissait régulièrement pour apporter son soutien au ministère. En revanche, seul le personnel du centre rallierait le presbytère après le service pour le petit déjeuner communautaire. Les membres du groupe de prière, n'ayant que faire des problèmes administratifs qui faisaient surface lors de cette réunion quotidienne des employés, rentreraient chez eux.

À huit heures moins le quart, alors que je rêvais que je venais de gagner un énorme trophée en or à l'Exposition florale de Chelsea pour une rose rouge fanée couverte de sang, Nicky me réveilla en me demandant si je voulais aller à la « messe » de huit heures. Pourquoi les anglo-catholiques ne peuvent-ils pas avoir la décence toute britannique de parler de « communion » ? Je ne le saurais sans doute jamais.

— Oh non, Nicky ! Je ne serai jamais prête à temps et puis de toute façon, il faut que je ranime cette rose avant que les juges s'aperçoivent qu'elle est morte...

Il disparut.

En me réveillant pour de bon une demi-heure plus tard, je me sentis coupable. J'aurais dû l'accompagner afin de marquer le nouveau départ de notre mariage. L'espace d'un instant, tandis que je promenais un regard autour de moi dans cette chambre lugubre, je me pris à regretter Butterfold, mais ce désir mêlé d'angoisse était si douloureux que je le réprimai à la hâte. Je décidai de consacrer ma matinée à un examen approfondi du presbytère afin de donner plus d'ampleur aux idées que j'avais déjà eues et en concevoir de nouvelles. Je n'avais toujours pas réglé le problème de la salle de jeux.

Après avoir revêtu un tailleur gris tourterelle pour me sentir davantage dans la peau d'une femme d'affaires, j'allai emprunter quelques feuilles 21/24 et une planche dans le bureau de Nicky avant de me retirer de nouveau dans l'appartement où je bus du café tout en dessinant des plans parsemés de meubles. Au bout du troisième dessin, je songeai que je devais sans doute faire une apparition au petit déjeuner communautaire. Heureusement, une conversation intense était en cours à propos de l'abandon éventuel du fax, et je pus m'échapper après moins d'une minute. Quelqu'un venait apparemment de découvrir que les messages sur papier fax s'estompaient assez rapidement et qu'il fallait par conséquent les photocopier au départ, ce qui renchérissait le processus. Au moment où je me glissais hors de la pièce, Lewis annonçait d'un air réjoui :

— L'idée que la technologie nous économise du temps et de l'argent est l'un des grands mythes de la fin du vingtième siècle.

Après avoir refermé la porte de la cuisine, je m'attardai dans le couloir. Je songeai un instant à aller inspecter le jardin, mais me souvins que, dorénavant, il était accessible uniquement par l'appartement d'Alice, baptisé le trou à rats à l'époque où il servait à stocker les dossiers et autre fouillis en provenance de l'Église ou du centre de guérison. Tout ce bazar encombrait maintenant la surface que Nicky m'avait suggéré de transformer en serre. Où allait-on mettre tout ça ? Le problème me semblait de plus en plus complexe, presque autant que celui de la salle de jeux si Lewis, évincé, devait partager le dernier étage avec Stacy.

Je commençai à me sentir un peu déprimée quand Stacy sortit de la cuisine à grandes enjambées et me surprit en train de méditer au pied de l'escalier. Je supposai qu'il se rendait dans ses appartements, les anciennes chambres de bonnes, pour troquer sa soutane contre une tenue plus propice à ses travaux du matin.

J'avais un faible pour Stacy, parce que j'étais une inconditionnelle des jeunes gens, mais aussi parce que je le plaignais d'avoir à vivre sous le même toit que Nicky et Lewis, tous deux anciens élèves d'écoles privées issus de milieux privilégiés et fortunés. Nicky l'avait choisi pour élargir la base sociale du ministère. Je trouvais que c'était une attitude somme toute condescendante comme si Nicky et Lewis disaient : « Nous sommes tellement élitistes que nous avons besoin d'un péquenaud comme toi pour nous apprendre comment vivent les autres ! » Je me demandais s'il était heureux avec ses collègues et les dames de la bonne société qui contribuaient à gérer le centre.

St Benet étant une église de la Guilde, elle ne faisait pas partie des structures où l'on formait des vicaires, mais les autorités religieuses de Westminster et Lambeth avaient aimé l'idée d'un jeune prêtre faisant ses classes au sein d'un ministère florissant et en vogue, et lorsqu'un legs au centre avait permis à Nicky de payer un salaire, des dispositions particulières avaient été prises afin d'autoriser l'embauche d'un vicaire. Stacy s'intéressait depuis quelques années déjà à ce ministère spécifique, à l'époque où, dans sa ville natale, Liverpool, sa « maman » avait été hospitalisée pour être opérée d'un cancer et que l'aumônier anglican avait procédé à une imposition des mains. « Maman » était en vie et en pleine forme et se débattait avec les autorités locales pour son HLM quand elle n'était pas en train d'organiser le mariage d'une de ses filles. Il n'y avait plus de « papa », celui-ci ayant rendu l'âme dans les années soixante-dix à la suite d'une « rixe » avec un voisin dans un pub. « Papa » était un habitué des rixes. Quelque temps après son arrivée d'Irlande, il en avait eu une avec le prêtre catholique du coin ; du coup, toute la famille McGovern avait accordé son allégeance religieuse à l'avant-poste local de l'Église d'Angleterre, une organisation anglo-catholique qui se trouvait être plus à droite que Rome. Les McGovern s'étaient sentis tout à fait à l'aise dans ce contexte.

Stacy était immense ; il mesurait plus d'un mètre quatre-vingt-quinze et il avait des membres frêles et interminables qu'il contrôlait vaguement. Il passait son temps à renverser des choses ou à se cogner dans les meubles. Il avait de magnifiques cheveux roux, brillants et ondulés, de beaux yeux bleus et des pommettes saillantes. Il débordait d'énergie et d'enthousiasme au point qu'on en oubliait ses défauts, y compris son horrible accent de Liverpool qui passait presque inaperçu, éclipsé par son charme irlandais.

— Stacy, mon cher, m'exclamai-je alors qu'il bondissait hors de la cuisine, m'autoriseriez-vous à me rendre dans votre appartement ce matin ? Je passe la maison en revue dans l'idée de la reprendre en main.

— Ouah ! s'écria ce délicieux enfant surdimensionné.

Au secours ! C'est un vrai capharnaüm ! Ça fait un sacré bout de temps que je n'ai pas rangé.

— Oh ! Benedict et Antony ne rangent jamais rien non plus. J'ai l'habitude. Contentez-vous de cacher les photographies de nus pleine page et je ne cillerai pas.

Il rougit. Il était décidément adorable.

— Vous êtes vraiment taquine, Mrs Darrow ! Vous me faites penser à ma sœur Aisling !

Je lui avais dit au moins à trois reprises de m'appeler Rosalind, mais il n'y arrivait pas. J'avais tellement d'années de plus que lui et puis je venais du Sud. J'avais un accent irréprochable et j'étais l'épouse de son directeur. Je l'imaginais en train de s'exercer à m'appeler Rosalind sans jamais oser se jeter à l'eau.

— Comment va Aisling ? demandai-je gentiment.

Stacy, le petit dernier de la famille, avait trois sœurs qu'il adorait. La plus jeune venait de se marier, et à en croire Nicky, Stacy montrait des photos de son mariage à tous ceux qui se révélaient un tant soit peu intéressés. Il n'avait jamais vraiment trouvé le cran de m'inviter dans son appartement pour une visite privée durant mes rares séjours au presbytère généralement très occupés, mais comme je restais plusieurs jours cette fois-ci, j'étais certaine qu'il trouverait vite le courage de me le proposer.

— Elle est en pleine forme, répondit-il avec enthousiasme, ravi d'avoir l'occasion d'évoquer son sujet favori. Elle a l'intention de partir en vacances aux Baléares l'été prochain et voudrait que je vienne avec eux. Ça me ferait drôlement plaisir à moi aussi, on s'amuserait bien tous les trois. J'ai toujours rêvé d'aller là-bas et quand j'ai appris qu'elle y allait...

Ce singulier laïus, sous-entendant que Stacy n'avait pas la moindre idée des sentiments d'un couple de jeunes mariés face à l'intrusion d'une tierce personne, fut brusquement interrompu par l'apparition de Lewis, qui, sortant de la cuisine en faisant cliqueter ses béquilles, grogna à l'adresse de Stacy : « Un peu de nerfs ! » Après quoi, à ma grande surprise, il me gratifia d'un charmant sourire tandis que Stacy s'enfuyait vers l'escalier de service.

— Ah ! s'exclama-t-il avec emphase. Rosalind ! Pourriez-vous m'accorder un instant, je vous prie ?

Je fus encore plus étonnée, mais lui répondis que pour lui, j'étais toujours disponible. Cela donna lieu à un autre sourire et une invitation dans sa chambre-salon pleine à craquer qui donnait sur le jardinet de l'Église.

Je me rends compte maintenant que je n'ai pas décrit Lewis quand j'en ai parlé tout à l'heure à la place de quoi je me suis juste lancée dans une polémique contre lui. Pour être précise, je vais tenter de brosser un portrait honnête de cet homme qui s'est attaché au ministère de Nicky et s'y cramponne à présent telle une sangsue.

Lewis fait partie de ces Anglais excentriques de la classe supérieure qui font mine de « jouer le jeu » tout en étant capables des pires folies et des écarts les plus ahurissants. Plus son comportement est irréprochable, plus il s'habille de façon conventionnelle, plus on prend conscience de sa profonde bizarrerie. Ses yeux noirs enfouis dans leurs orbites sont si sinistres et sa carrure imposante rappelle tellement quelque grand acteur dans le rôle d'un tueur de la mafia, que je n'ai jamais pu me sentir à l'aise en sa présence ; une gêne encore accrue par le fait qu'il est sexy. De fait, dans sa jeunesse, avant que des cheveux argentés lui confèrent un air de fausse respectabilité, je trouvais que c'était l'un des hommes les plus attirants qu'il m'eût été donné de rencontrer. À cet instant précis, je sentais ce pincement au cœur insouciant, automatique, que provoque le sex-appeal masculin, mais mes autres instincts féminins m'incitaient à tout faire pour l'ignorer, de sorte que j'avais toujours pu lui résister. Nicky refusait de me donner des détails sur la vie privée de son ami, mais je soupçonnais que Lewis faisait partie de ces hommes qui, bien que sexuellement normaux, détestaient profondément les femmes. Ces individus-là sont dangereux pour toute femme désireuse de conserver sa santé mentale.

Il fallait reconnaître que c'était un chrétien très fervent, sincère et totalement voué à sa mission pastorale. Je ne pouvais m'empêcher de penser que cela avait dû être un combat terrible pour lui, mais il n'avait jamais renoncé, pas même en 1983, quand il avait eu tous ces problèmes dans son ancien diocèse et que l'évêque l'avait fichu à la porte. J'admirais son opiniâtreté. Mais ce n'était pas un prêtre comme les autres. Certes le ministère de la guérison et de

la délivrance attire ces hommes charismatiques et potentiellement dangereux, et le danger ne réside pas tant dans
les dons psychiques qu'ils possèdent le plus souvent, mais
dans l'immense pouvoir inhérent à leur personnalité, un
pouvoir indissociable de la sexualité. Pas étonnant que tant
de gens affirment que le ministère de la guérison est enclin
à la corruption ! Si les guérisseurs cessent de contrôler l'attrait charismatique qu'ils exercent sur les autres — s'ils perdent de vue, ne serait-ce qu'un instant, la leçon d'intégrité
de Jésus-Christ, guérisseur par excellence, ce cocktail de
sexe, de pouvoir et de religion puissant peut exploser avec
la force de la dynamite et tout ravager sur son passage.

Je devrais peut-être éviter ce mot « charismatique » ; il
est facilement mal interprété car il a diverses acceptions.
Quand je dis que le ministère de la guérison attire des hommes charismatiques, j'utilise ce terme dans le sens qu'il
avait au cours des années soixante — un mot d'argot qui
s'appliquait aux gens dynamiques et envoûtants. Dans son
acception la plus stricte, il fait référence aux dons particuliers de Dieu, les « charismes » énumérés par saint Paul,
et notamment au pouvoir de guérir. Nicky et Lewis sont
charismatiques dans les deux sens ; ils ont le pouvoir de
guérir, mais ce sont aussi des personnalités magnétiques.
Pour compliquer les choses, je devrais également mentionner qu'il existe une troisième définition de cet adjectif qui
s'écrit alors avec un C capital. Celui-ci concerne des individus, catholiques ou protestants, appartenant au mouvement charismatique qui s'est propagé comme une traînée
de poudre il y a une vingtaine d'années dans les églises
chrétiennes et continue à faire fureur. Les charismatiques
organisaient des offices très émouvants durant lesquels ils
parlaient toutes les langues, exorcisaient à tour de bras, soi-
disant sous le pouvoir du Saint-Esprit. Ni Lewis ni Nicky
n'ont pris part à ce mouvement ; du reste, ils se targuent de
représenter le courant respectable de l'Église anglo-catholique.

— Asseyez-vous, je vous en prie, me dit Lewis.

Après avoir ajusté ses béquilles, il se pencha pour enlever d'une chiquenaude un grain de poussière imaginaire
sur le fauteuil des visiteurs comme si seul un coussin absolument impeccable pouvait me convenir.

— Bon, fit-il, quand je fus installée à la place qu'il m'avait assignée et qu'il fut assis en face de moi. Je ne vais pas tourner autour du pot. Je sais que nous n'avons jamais été les meilleurs amis du monde et c'est précisément la raison pour laquelle je veux être clair avec vous afin de ne laisser aucune place à d'éventuels malentendus. D'abord, laissez-moi vous dire que je vous souhaite à vous et à Nicholas de surmonter sans trop de difficulté la phase difficile que vous traversez. Permettez-moi d'ajouter que je considère comme mon devoir de prêtre de faire tout ce qui est en mon pouvoir pour vous aider — et je ne parle pas seulement de Nicholas, mais aussi de vous. Ensuite laissez-moi vous préciser un ou deux faits qui ne sont peut-être pas évidents pour Nicholas, mais qui vous paraîtront sans doute utiles tandis que vous essaierez d'envisager votre avenir au presbytère. Puis-je continuer ou dois-je me taire ?

Je me trouvais malgré moi séduite par cette approche directe.

— Je suis tout ouïe.

— Bien. Si vous comptez vraiment faire du presbytère votre résidence principale, il faut que vous vous sentiez libre de procéder aux changements qui vous semblent nécessaires. Voici donc les faits dont je tenais à vous faire part : 1) Rien ne m'oblige à vivre ici. Il n'y a aucune raison pour que je ne prenne pas un appartement dans le Barbican. 2) Stacy n'a pas besoin d'habiter ici non plus. De nos jours, les vicaires vivent en général chez eux, à l'écart du presbytère. Ce serait trop coûteux de le loger au Barbican, mais nous aurions les moyens de le transférer dans un quartier voisin moins cher... Cela vous paraît-il utile ou dois-je m'arrêter ?

— Je suis suspendue à vos lèvres. Continuez. Qu'en est-il d'Alice ?

— Alice a l'avantage d'être extrêmement facile à embaucher, dit-il enfin. Autrefois elle se sous-estimait professionnellement et ne visait pas assez haut, mais les cuisinières de sa pointure sont très recherchées et il est inutile qu'elle retourne à Belgravia. Elle pourrait rester dans ce quartier, où elle s'est fait des amis, et s'établir à son compte. Le Barbican abrite quatre mille personnes dont un grand nombre sont suffisamment à l'aise financièrement pour faire appel aux talents d'une cuisinière dans les grandes occasions, et comme le téléphone arabe fonctionne très bien, je doute qu'Alice ait des problèmes pour trouver du travail. Ce sera peut-être plus difficile au début de dénicher un logement, mais Daisy trouvera une solution. Les assistantes sociales sont toujours au courant des bonnes occasions qui se présentent en la matière.

— D'après ce que vous me dites, rien n'oblige Alice à vivre ici non plus.

— Précisément. De fait, à long terme, elle devrait offrir ses services ailleurs de façon à développer ses talents et à élargir ses horizons. St Benet ne devrait être qu'une étape pour elle.

— Je vois. J'examinai attentivement l'ongle de mon pouce avant d'ajouter poliment : Puis-je vous poser quelques questions ?

— Je vous en prie.

— Qu'advient-il du petit déjeuner communautaire si Alice s'en va ?

— Nous pouvons nous relayer pour le préparer. Même chose pour le déjeuner. Cela nous a beaucoup aidés d'avoir une cuisinière, je l'avoue, mais si Stacy et moi devons vivre ailleurs, il serait difficile de justifier le salaire d'une employée à temps plein.

— Mais vous, il faut bien que vous restiez ici ! Le presbytère n'a-t-il pas besoin d'être ouvert vingt-quatre heures sur vingt-quatre pour faire face aux urgences ? Que se passe-t-il si Nicky et moi sortons et que quelqu'un vient frapper à la porte ?

— Les télécoms peuvent mettre à notre disposition un service qui renvoie les appels à mon appartement au Barbican.

— Alors la technologie n'est pas aussi néfaste que vous essayiez de le faire croire tout à l'heure !

— Il faut voir le bon côté des choses.

— Mais supposons qu'un quidam débarque un soir tard quand Nicky est sorti et que je suis seule à la maison ?

— Ne répondez pas. Toute personne associée à St Benet commencerait par passer un coup de fil. Pour les autres, il y a toujours les Samaritains et les services d'urgences. Nicholas et moi devons certainement répondre aux demandes des gens inscrits au centre de guérison, mais le centre lui-même n'est pas ouvert jour et nuit et aucune loi n'oblige le presbytère à l'être.

— J'ai une dernière question à vous poser. Je doute que Nicky soit conscient de tout ça. Pourquoi n'a-t-il pas su régler le problème comme vous l'avez fait vous-même ?

— Il est très troublé en ce moment. Il a subi un gros choc et passe par une mauvaise phase. C'est la raison pour laquelle j'ai pensé qu'il était important que nous parlions, vous et moi.

Je réfléchis un moment tout en examinant une nouvelle fois mon ongle. Puis je repris la parole :

— J'ai pensé à une autre dernière question. Pourquoi vous montrez-vous si noble en cédant ainsi votre chambre sans faire de difficultés ? En d'autres termes, quels avantages tirez-vous de tout ceci ?

— Bonne question ! fit-il d'un ton badin, pas déconcerté le moins du monde. J'étais tout à fait sincère quand je vous ai dit que je souhaite que les choses s'arrangent pour vous, mais je reconnais que ma préoccupation première est la stabilité de Nicholas. Il est très important pour son ministère qu'il améliore sa vie privée, et je suis moi-même profondément engagé dans le ministère en question, comme vous le savez.

C'était logique. Je fus tentée de mettre un terme à notre entretien à ce moment-là, mais je trouvais tellement agréable d'avoir une conversation franche et dénuée de tensions que je succombai à la tentation de m'attarder encore un peu.

— Une autre dernière question m'est venue à l'esprit, dis-je. Pensez-vous vraiment que Nicky soit aveugle pour ce qui est d'Alice ?

— C'est votre troisième dernière question, ma chère ! Aucun dictionnaire n'admettrait votre définition de l'adjectif « dernier ».

Ce faux-fuyant léger indiquait presque certainement que la réponse était affirmative.

— Ne vous méprenez pas, ajoutai-je. À l'évidence, il n'y a aucun risque qu'il saute dans un lit avec elle. Je pense simplement qu'à certains égards, il manque de contact avec la réalité.

— Je ne suis pas sûr de comprendre, répondit poliment Lewis, mais je le soupçonnais d'avoir parfaitement compris et d'être surpris par ma lucidité.

Aiguillonné par sa misogynie, il me considérait probablement depuis longtemps comme un robot matérialiste dénué de toute sensibilité.

— Hier, poursuivis-je, j'ai dit à Nicky qu'il avait tort de garder Alice à son service alors qu'il ne fait aucun doute qu'elle est amoureuse de lui. Il s'est borné à bafouiller un truc incroyable relatif au fait qu'il devait accepter son amour en l'offrant à Dieu en retour afin qu'il soit sanctifié. Cela paraissait merveilleux tel qu'il l'a exprimé, si profondément chrétien, mais quand je me suis réveillée ce matin, j'ai tout de suite vu que c'était de la folie. Lorqu'on est un homme séduisant, on ne garde pas dans sa cave une vieille fille éperdue d'amour. C'est aller au-devant de gros problèmes. En outre, comme j'ai essayé de l'expliquer à Nicky, ce n'est pas juste envers elle.

— Vous seriez bien avisée de relancer le débat, me semble-t-il.

— Vous avez raison. Au fait, tant que nous en sommes au chapitre de Nicky jouant les fausses nitouches, je suis très contrariée par la présence de ce chat. Pourquoi ne m'a-t-il rien dit ? Je ne suis pas opposée aux chats au point de ne pas voir que c'était la meilleure solution pour résoudre votre problème de souris. Alors pourquoi a-t-il fallu qu'il monte des plans compliqués — comme il l'a manifestement fait — avec cette grosse dondon qu'il ne peut en aucun cas trouver séduisante ?

— Effectivement, riposta Lewis, son regard noir impénétrable, les lèvres pincées en une ligne rigide.

— Allons, Lewis, soyez honnête ! m'exclamai-je, d'un ton irrité. Après tout, c'est vous qui avez initié cet entretien au nom de la franchise. Alice est un gros tas, elle n'a aucun charme et elle n'a pas le sou, mais ne croyez surtout pas qu'elle ne m'inspire que du mépris parce que c'est totalement faux. J'ai beaucoup de sympathie pour elle. C'est la raison pour laquelle je ne veux pas qu'elle ait maille à partir avec un guérisseur ultra-magnétique qui prend sur son temps de réflexion rationnelle pour se lancer dans quelque folie féline... À propos de prendre sur son temps, je croyais que vous étiez censé partir en convalescence après votre opération ? J'espère que vous ne succombez pas à l'envie d'en faire trop, trop vite.

Lewis répondit qu'il n'avait pas pu se résoudre à se passer de la cuisine d'Alice et puis de toute façon, l'hiver n'était pas la bonne saison pour prendre des vacances dans ce pays. À propos de vacances, comment s'était passé mon bref séjour dans le cottage de Francie à Devon ?

Je frissonnai.

— La maison tombe en ruine.

— Quel dommage ! Dites-moi, quand vous avez téléphoné à Francie pour lui demander si vous pouviez emprunter sa maison, comment l'avez-vous trouvée ?

— En forme. Soulagée, bien qu'un peu coupable, que ce monstre de Harry soit parti pour Hong Kong. Pourquoi ?

— Elle a appelé hier pour dire qu'elle était malade.

— Oh ? Peut-être qu'inconsciemment, elle redoute le retour de Harry et de ses injures !

— Il n'est pas violent avec elle, si ?

— Non, sa cruauté est verbale. Pauvre Francie ! Elle devrait avoir une vraie carrière et donner un bon coup de poing dans les dents de cette brute... mais j'imagine que je ne devrais pas dire ça à un prêtre.

— Les gens disent les choses les plus invraisemblables aux prêtres, répondit-il en se levant finalement pour me raccompagner à la porte. C'est ce qui rend notre vie intéressante. Voyez-vous Francie souvent ces temps-ci ?

— Nous nous voyons de temps en temps pour déjeuner, répondis-je d'un ton vague, soucieuse de minimiser ma relation avec ma taupe.

Puis je changeai de sujet en le remerciant pour ses suggestions lumineuses relatives au réaménagement du presbytère.

Je commençais à me rendre vaguement compte que je m'étais fait rouler.

4.

« Une honnêteté impitoyable vis-à-vis de
nous-mêmes est nécessaire pour admettre
combien de colère et de ressentiments
nous nourrissons secrètement. »

Gareth Tuckwell et David Flagg
A Question of Healing

I

L'appartement était si froid, si déprimant dans la
lumière grise de l'hiver, qu'à peine entrée dans le hall,
j'éprouvai le désir irrésistible de m'enfuir. J'attrapai mon
manteau au vol, enfilai des chaussures confortables et me
mis en route pour le Barbican, cité aux douze portes dans
la City, avec ses gratte-ciel, ses petits studios de luxe, ses
duplex et triplex, ses penthouses et ateliers d'artistes, ses
cinémas, ses théâtres, restaurants, bibliothèques, écoles,
bureaux, jardins, faux lacs et fausses cascades. J'aimais
beaucoup cet endroit. Il y avait quelque chose de volup-
tueux dans cette brutalité en béton nu et cette audace archi-
tecturale endémique et débridée qui avait marqué — et
gâché — le vingtième siècle. Je trouvais ce paysage singulier stimulant, comme un astronaute trouverait stimulant
la vision de quelque chose d'aussi éloigné de son expérience
terrestre que l'autre face de la lune.

À la porte six, je grimpai les marches conduisant à l'esplanade, traversai le Gilbert Bridge et pénétrai dans l'atmosphère chauffée et confortable de l'Arts Center. Dans le café, je mangeai du bout des lèvres une pâtisserie danoise tout en contemplant le dôme de St Paul, au-delà du faux lac, en attendant que mon cerveau se dégèle.

Plus il dégelait, plus je devenais consciente d'avoir été dupée. On aurait dit que Nicky m'avait congelé la cervelle à Devon, le discours direct de Lewis ayant entamé le processus de fonte. Je n'avais pas avalé la moitié de mon gâteau quand je me dis brusquement : « Attends une minute. Comment se fait-il que tu sois obligée d'abandonner ta splendide demeure pour te retrouver dans cette horrible bicoque où tu serais ravie de ne jamais remettre les pieds de ta vie ? »

J'essayai de me convaincre que je n'avais pas perdu ma belle maison puisque Nicky avait accepté de la garder, mais je savais que la ferme ne convenait pas à l'occupation partielle qu'il envisageait. C'était trop grand. La maison requérait une attention journalière. Il fallait qu'il y ait quelqu'un sur place en permanence — moi, en l'occurrence — pour superviser la femme de ménage et le jardinier. De plus, si elle n'était occupée que sporadiquement, elle ferait une excellente proie pour les cambrioleurs et les vandales. Je frémis à la pensée des ravages éventuels. Autre risque envisageable : le chauffage central. S'il tombait en panne en plein hiver et si les tuyaux gelaient ?

En vérité, à moins qu'on ait les moyens de s'offrir du personnel à domicile, les résidences secondaires devaient être petites, meublées simplement et conçues de manière à requérir un minimum d'entretien. Quoi qu'il en soit, le syndrome de la double habitation était un enfer pour les femmes. Nicky ne voyait aucun inconvénient à se partager entre deux lieux ; il lui suffisait de descendre dans le Surrey en voiture et tout était prêt quand il arrivait : le repas, sa femme, le lit frais, etc. Mais si je devais gérer deux logements, je ne tarderais pas à crouler sous le travail : cuisine, courses, ménage. En un rien de temps, je me transformerais en Cendrillon.

Le prix émotionnel d'un tel arrangement serait lui aussi insupportable. Comment supporterais-je de quitter

Butterfold à la fin de chaque bref séjour pour retourner m'exiler au presbytère ? Non, cela ne marcherait jamais. Du reste, j'étais persuadée que Nicky se rendait parfaitement compte de la situation, mais il avait eu la finesse de ne pas suggérer tout de suite de vendre la ferme en misant sur le fait que, d'ici à ce que je découvre que le projet Butterfold-résidence secondaire ne pouvait fonctionner, je serais tellement absorbée par la réfection du presbytère que je n'hésiterais pas à me déraciner.

Nicky ne regretterait pas Butterfold. Il n'y avait jamais vraiment planté ses racines, mais toute ma vie était là, mon cercle d'amis, mon jardin. Tout. J'adorais la ferme, et les enfants aussi. Qu'allaient-ils penser de la vie au presbytère ? Comment s'entendraient-ils avec Nicky et comment Nicky supporterait-il d'avoir sa famille tourbillonnant autour de lui pendant toute la durée des vacances scolaires ? Aucun des problèmes qui m'avaient incitée à suggérer une vie à deux niveaux il y a sept ans n'avait été résolu et mon infortune ne s'en était pas trouvée soulagée pour autant. De fait, elle s'était exacerbée parce que je savais que ce groupement dans un lieu que je détestais aurait pour seul effet de souligner le fait que notre mariage n'avait plus de raison d'être. J'avais toujours aussi envie de divorcer. Je m'en rendais compte à présent, de la même façon que je réalisais que j'avais été folle de jouer le rôle de l'épouse soumise au presbytère.

Ma tristesse refit finalement surface dans toute son ampleur. Le fait était que je me sentais tellement seule et malheureuse avec ce mari à temps partiel et si peu compréhensif qui se pointait le week-end pour faire l'amour que depuis un moment déjà, je manifestais certains symptômes qui prouvaient indiscutablement que j'étais en train de craquer. Je fis la grimace en me souvenant de mon comportement désordonné de ces derniers mois. Je condamnais l'adultère qui allait à l'encontre de ma conception de l'équité. C'était très bien de me flatter de mon aptitude à attirer dans mon lit de beaux jeunes gens, mais en vérité, ce genre de fredaines était vulgaire et convenait mal à une femme de quarante-cinq ans qui souhaitait conserver sa dignité et son amour-propre. Qu'essayais-je de prouver, et à qui ? Nicky le prêtre m'aurait jugée désaxée, pataugeant dans un vide spirituel profond tandis que je me démenais pour venir à bout de mon malheur, et Nicky le prêtre aurait eu raison. Ce mariage me poussait à agir d'une manière qui ne me ressemblait pas et à céder peu à peu à la folie, je le voyais clairement maintenant et, à moins de prendre rapidement une initiative, cela aboutirait inévitablement à d'autres actes insensés, mesquins, qui me conduiraient à n'en point douter à la dépression nerveuse.

Je frémis de nouveau et commandai un deuxième café.

Je commençai alors ce que j'avais prévu de faire à Devon, à savoir me préparer mentalement un meilleur avenir. Je conserverais la ferme. Les garçons passeraient les vacances scolaires avec moi, même si Nicky aurait des droits de visite. J'achèverais mon année sabbatique, survivrais sans dommage à l'insolence des ragots du village qui serait bien évidemment enchanté d'assister à l'effondrement d'un mariage clérical, après quoi, ragaillardie par le soutien de mes nombreux amis fidèles, je me lancerais dans une nouvelle carrière. Je pourrais reprendre mes études d'horticulture — pourquoi pas jusqu'au diplôme ? — de manière à avoir une qualification qui me distinguerait des amateurs. Je pourrais peut-être même devenir paysagiste, et puis, oui, monter une entreprise. Cela me permettrait de tirer parti de mes dons commerciaux tout en utilisant à meilleur escient mes instincts créatifs. Les fleurs m'avaient beaucoup apporté, mais j'en voulais davantage à présent — un rayon d'action plus vaste, une vision plus large, un défi plus grand — UN EMPIRE ! Oui, c'était ça ! Je voulais construire un empire. Chaque jardin en serait un. Je serais la Mme Thatcher de l'horticulture, la Britannia néo-impérialiste en bottes de caoutchouc vertes et veste Barbour !

Je m'efforçai de retrouver mon calme, souriant à ce rêve comique tout en reconnaissant avec satisfaction la réalité séduisante qui l'étayait. Je ne doutais pas un instant que cette nouvelle carrière me rendrait heureuse, et une fois le bonheur retrouvé, je savais que je retrouverais aussi stabilité et intégrité. Fini les ébats pathétiques avec des jeunes gens. Je rencontrerais quelqu'un de mon âge — peut-être juste cinq ou dix ans de moins que moi ! — et ce quelqu'un partagerait mes intérêts : un veuf distingué qui aimerait les belles demeures, les grands jardins, qui croirait en la grande tradition de l'*English Country Life* et qui voterait pour Mme Thatcher, la pétillante Madame Thatcher qui proclamait que chaque famille anglaise devait avoir sa propre maison — un objectif merveilleux, n'est-ce pas, parce qu'au fond, toute personne normale voulait son propre toit et son bout de jardin. Je ne faisais pas exception. Je n'étais pas bizarre comme Nicky. Était-ce un crime d'être normal ?

Non. Pourtant Nicky avait réagi comme si c'était un crime de voter conservateur, de la même façon qu'il me traitait à présent comme une criminelle sous prétexte que je voulais vivre ma vie. À Devon, il avait décidé que je ne valais pas plus qu'une scélérate gravement perturbée nécessitant une rééducation radicale, de sorte qu'il m'avait lavé le cerveau en jouant les faiseurs de miracles. Le prêtre chrétien honnête avait disparu et j'avais été manipulée, rudoyée et catastrophiquement dominée par cette monstruosité charismatique alliant jeux de pouvoir et sexe avec des conséquences si dévastatrices que j'avais fini par céder sur toute la ligne et lui sur rien ! En tant que guérisseur chrétien, il aurait dû tout faire pour mettre ses besoins de côté tout en explorant avec autant de compassion que possible les raisons de mon malheur. Au lieu de ça, il avait estimé, sans même prendre la peine de me consulter, que mon style de vie devait être annihilé une fois pour toutes ! Toute cette histoire à propos de la restructuration de notre mariage ! Une restructuration que je serais seule à entreprendre puisqu'on me forçait à m'intégrer à la vie londonienne. J'étais censée vivre dans une horrible maison avec un horrible jardin alors que lui continuait son petit bonhomme de chemin sans opérer le moindre changement. Bien évidemment, il n'aurait toujours pas de temps pour moi durant la semaine, mais, avec un peu de chance, il reprendrait peut-être vie le week-end, comme d'habitude. Génial ! En d'autres termes, rien de changé. En attendant, je perdais ma maison, mon jardin et tout ce que j'aimais.

Je compris alors que ce vieux scélérat de Lewis avait probablement déduit tout cela depuis le départ et senti qu'il serait plus facile de me réveiller de mon état d'engourdissement cérébral plutôt que de mettre la vérité sous le nez de Nicky alors qu'il était trop sous le choc pour penser clairement. Lewis savait que me parler en des termes positifs et encourageants de la conversion du presbytère en une demeure familiale était le meilleur moyen de m'inciter à me rendre compte que cette idée me répugnait et que Nicky avait bel et bien perdu tout contact avec la réalité. En vérité, il n'avait même pas commencé à affronter la crise. Il avait juste décidé subitement que, s'il pouvait me garder au presbytère comme une sorte de mascotte sans cervelle, nous serions heureux jusqu'à la fin de nos jours. Un rêve ridiculement puéril ! Mais il n'avait pas l'air disposé à changer d'avis. Comment faire pour qu'il se réveille lui aussi et accepte de renoncer à moi ? Le cœur aux bords des lèvres, je me souvins du petit garçon qui avait déclaré à ses camarades de la maternelle : « C'est mon ours et personne d'autre que moi n'a le droit de jouer avec lui. »

Il l'avait toujours cet ours, enveloppé dans du papier et dissimulé dans sa vieille mallette d'école quelque part dans le grenier de la ferme. Avant notre mariage, il m'avait dit qu'il le gardait pour nos futurs enfants, mais ne l'avait jamais exhumé, même après la naissance des garçons.

On ne m'enfermera pas dans une boîte comme cet ours, pensai-je. Et en amendant la déclaration que le petit Nicky avait faite à sa classe, j'ajoutai pour moi : « C'est ma vie et personne d'autre que moi ne contrôle ma vie. »

Je repoussai ma tasse. Plus question de faire traîner les choses. Je sortis du café et me dirigeai d'un bon pas en direction de Gilbert Bridge avant de prendre celle de St Benet.

II

De retour au presbytère, je n'avais pas d'autre solution que de faire traîner les choses pour la bonne raison que Nicky était sorti, occupé comme de coutume par la tâche consistant à être merveilleux pour le monde entier. J'allumai le poêle à gaz du salon et m'accroupis devant pendant cinq bonnes minutes pour combattre un début d'hypothermie. Ensuite, je me rendis compte que j'avais besoin de la compagnie compatissante d'une femme. Aussi téléphonaije au centre de guérison en demandant à parler à Francie. Je fus très contrariée d'apprendre qu'elle était toujours malade. Je m'emparai de mon Filofax, cherchai son numéro personnel et appelai chez elle.

— Francie, c'est Rosalind, dis-je après qu'elle eut prononcé un « allô » morne. J'ai appris que tu n'étais pas venue à St Benet depuis quelque temps. Que se passe-t-il ?

— Oh rien de grave ! Enfin, à vrai dire, si. Je suis tellement déprimée que j'ai l'impression que je ne me remettrai jamais, mais tant pis, ce n'est pas important. Comment ça se passe à Devon ?

— Je ne suis plus là-bas. Je suis au presbytère. Moi aussi j'ai le moral à zéro, mais je compte bien me ressaisir, bon sang ! Si on se voyait ? Veux-tu qu'on déjeune chez Fortnum ?

— Oh mon Dieu ! Je crois que je n'arriverais jamais jusqu'à Piccadilly.

— Allons, prends sur toi, Francie ! Pourquoi es-tu d'humeur si sombre ?

— C'est peut-être la ménopause.

— Oh, laisse tomber ! Tu ne languirais pas secrètement de Harry, par hasard ?

— Non, j'ai envie de l'assassiner.

— Génial ! Moi je tuerais bien Nicky. On devrait peut-être échanger nos places, comme ces deux hommes dans *L'Inconnu du Nord-Express*, et liquider mutuellement nos époux afin d'avoir chacune un alibi béton.

— Pour l'amour du ciel, pourquoi voudrais-tu te débarrasser de Nick ?

— Parce qu'il devient impossible et je n'en peux vraiment plus, répondis-je imprudemment. Je t'en prie, voyons-nous avant que je débarque au centre de guérison en poussant des hurlements !

— J'arriverais peut-être jusqu'à Piccadilly au fond, dit-elle, reprenant du poil de la bête à une vitesse record. Il n'y a rien de tel qu'un bon ragot pour dissiper le blues. Mais aujourd'hui, je ne peux pas. On vient de me téléphoner de chez Harrods pour me dire qu'ils allaient livrer le nouveau bureau de Harry à une heure et demie.

— Bon alors, demain. Midi et demi au premier étage de Fortnum, et si tu fais une overdose de tranquillisants avant que nous ayons pu parler, je ne te pardonnerai jamais, dis-je en cherchant le numéro du restaurant dans mon Filofax avant même d'avoir raccroché.

Après avoir réservé une table, je me sentis mieux. Heureusement que les amies loyales et dévouées existaient ! Pour me remonter encore le moral, j'appelai Susie, à Tetbury, et Tiggy, à Westminster. Je prenais garde de sauver les apparences face à mes amitiés plus récentes dans le Surrey, mais Susie et Tiggy se souvenaient encore de moi en tenue de gym. J'estimais donc que je pouvais me laisser aller à geindre en déguisant un tant soit peu la réalité. « Nicky veut restructurer notre mariage. Quel défi, ma chère ! Je suis dans un tel état d'énervement que je me sens mûre pour une camisole de force... » Ce mea culpa voilé m'aida à décompresser, mais je me rendis compte tout en parlant que je ne pouvais être franche qu'avec Francie. Elle était la seule de mes amies qui avait une expérience réelle du ministère de la guérison, la seule qui puisse comprendre à quel point la ligne de démarcation était ténue quelquefois entre le guérisseur chrétien, au service de Dieu, et le charlatan manipulateur et sinistre, exclusivement préoccupé de ses intérêts.

Mes deux plus vieilles amies s'efforcèrent de me remonter le moral en me fournissant de truculentes bribes d'information relatives à leurs difficultés actuelles. Susie m'expliqua que Nigel gagnait tellement d'argent qu'il s'était mis à boire du champagne au petit déjeuner ! Quant à Tiggy, elle me confia que Bam-Bam était si stressé au travail qu'il passait le week-end entier au club de golf pour tâcher de se détendre. Je diagnostiquai respectivement alcoolisme et adultère et leur enviai leurs problèmes conjugaux si banals. L'une des difficultés quand on est l'épouse d'un prêtre charismatique est précisément que les écueils maritaux n'ont rien à voir avec ceux des autres. Un jour, j'avais raconté à Susie que je refusais de coucher avec Nicky aussitôt après un exorcisme parce qu'une drôle d'odeur émanait de lui, mais Susie avait pris cela pour une plaisanterie.

Après m'être ragaillardie en puisant ainsi dans ce que les féministes appellent « la solidarité féminine », je fis la liste des provisions nécessaires pour les vingt-quatre heures à venir avant de me rendre au supermarché de Whitecross Street. J'ignorais combien de temps il me faudrait pour convaincre Nicky de regarder la vérité en face, mais je me dis que je serais sans doute inspirée de me nourrir convenablement tandis que je me préparais à la bataille. Cette bataille, je comptais la mener d'une manière civilisée afin d'éviter d'autres scènes monstrueuses, et pour donner le ton au premier débat de ce soir-là, je décidai de concocter un bon dîner. Je me donnerais beaucoup de peine — autant que cette fille s'en était donné hier — et mes carottes à moi seraient suffisamment cuites. Du reste, je comptais me passer de ce légume sans intérêt en servant plutôt des pois mange-tout qui faisaient fureur en ce moment.

Des gens hors du commun fréquentaient le supermarché, mais comme il était entouré de logements ouvriers, je pouvais difficilement m'attendre à y rencontrer la bourgeoisie du Surrey. Certains produits aussi me parurent bizarres, mais cela m'était égal. C'est parfois amusant de tomber sur des ingrédients exotiques. Quoi qu'il en soit, je ne tardai pas à trouver mon expédition éreintante. Après être passée à la caisse, je fus tentée de rentrer tout de suite au presbytère, mais je songeai que je ne pouvais supporter l'appartement sans fleurs. Je fis un détour par Aldersgate et m'attardai un moment chez un fleuriste. J'émergeai de la boutique juste à temps pour éviter une contredanse. Plus que jamais convaincue que la vie londonienne était impossible, je rentrai finalement au presbytère, mis mes fleurs dans l'eau et mangeai un peu de soupe avant de m'assoupir sur le lit. Je perdis tout mon après-midi à dormir. Je ne m'étais pas rendu compte à quel point j'étais épuisée par cet aller-retour à Devon dans un état de tension nerveuse extrême.

Quand je me réveillai, groggy, vers quatre heures, je m'aperçus que Nicky n'était toujours pas de retour, mais il rentrait rarement au presbytère dans la journée. Après avoir bu une tasse de thé, je m'apaisai en faisant des bouquets. La boutique du fleuriste abondait en chrysanthèmes, incontournables au mois de novembre, mais je ne méprise pas nécessairement ces fleurs et suis prête à prendre le temps d'admirer les variétés coréennes, notamment les Vénus roses et les pâles Cérès. Elles sont du meilleur effet dans des plates-bandes de plantes vivaces d'autant plus qu'elles tiennent le coup longtemps ; j'aime aussi beaucoup les Empereurs de Chine rose et violette, toujours si vibrantes, et qui ont l'avantage de résister au gel.

Celles que j'avais achetées appartenaient à des variétés plus banales, mais faisaient une tache de couleur chaleureuse, sur un fond de feuillages audacieusement disposé, et j'étais satisfaite du résultat. J'avais passé du temps à composer mes bouquets parce que cela m'évitait de penser à la scène qui aurait inévitablement lieu quand j'annoncerais à Nicky mes dernières conclusions. Je me rendis compte que je n'étais pas seulement nerveuse, mais terrifiée.

J'essayai de me convaincre que c'était absurde. Je me dis qu'après les scènes qui avaient eu lieu au cottage, Nicky aurait suffisamment honte pour éviter à tout prix un nouveau déchaînement de violence, mais il ne faisait aucun doute qu'il était encore très perturbé. Pour me calmer, j'ouvris une bouteille de vin ordinaire achetée au supermarché et en bus rapidement une gorgée. Puis il me vint à l'esprit que la perspective d'un Nicky maître de lui et placide jouant les faiseurs de miracles était nettement plus inquiétante que celle d'un époux démonté, à bout de nerfs, se prenant pour un Néanderthal. Un tel homme réussirait peut-être de justesse à procéder à un grossier lavage de cerveau quand il n'était pas en train de tenter de défoncer la porte la plus proche, mais il ne serait pas assez organisé mentalement pour recourir aux stratagèmes bien plus nuisibles propres à l'arsenal du charlatan.

Je me rappelai subitement cette épouvantable soirée à Cambridge du temps où Nicky était étudiant et une sueur froide m'envahit au souvenir de sa séance d'hypnose.

Il n'avait pas été jusqu'à m'hypnotiser à Devon. J'avais été manipulée, certes, mais j'avais conservé le contrôle de mon esprit. Même si Nicky avait réussi à me faire faire l'inverse de ce que je voulais, c'était tout de même moi qui avais décidé de rester avec lui. Il était conscient de mon opposition farouche à l'hypnose. Longtemps avant de s'adonner à ces petits numéros au profit de ses amis noceurs, il m'avait persuadée un jour, par la voie de l'hypnose, qu'il avait arrêté ma montre simplement en la regardant. « La petite aiguille s'est immobilisée, n'est-ce pas ? »

m'avait-il dit et j'avais effectivement constaté que c'était le cas. « Dès que je claque mes doigts, tu verras qu'elle se remettra en marche », avait-il ajouté. C'était ce qui s'était produit. Subjuguée, je lui avais demandé comment il s'y était pris et il avait alors reconnu qu'il m'avait hypnotisée.

J'avais été tellement horrifiée d'apprendre que mon esprit m'avait temporairement échappé que j'étais partie en courant et serais rentrée jusqu'à chez moi en sanglotant si je n'étais pas tombée sur son père dans l'allée. Le vieux monsieur Darrow avait vécu en reclus après le décès de son épouse, mais Nicky et moi n'avions que treize ans à l'époque et elle était encore de ce monde. Voyant que j'étais bouleversée, monsieur Darrow m'avait demandé ce qui s'était passé. Quand je lui eus expliqué la situation, il déclara que Nicky avait très mal agi et qu'il allait de ce pas lui parler. J'adorais le vieux père Darrow. C'était un prêtre si sage, si gentil, et il avait toujours été adorable avec moi.

Nicky avait débarqué chez moi une demi-heure plus tard en bicyclette pour me présenter ses excuses. « Je ne recommencerai plus jamais, je te le promets. » Je sus alors que son père lui avait fait comprendre combien c'était mal d'hypnotiser les gens. Pas étonnant que j'avais été terrifiée quand je l'avais vu faire à nouveau usage de ses pouvoirs six ans plus tard, à Cambridge ! « Ton père aurait été furieux », lui avais-je dit froidement après coup. Pris de panique, il m'avait aussi répondu : « Tu ne dois rien lui dire. Je te l'interdis. Tu risquerais de le bouleverser. » En d'autres termes, j'aurais été la responsable de l'inévitable désarroi du vieux Darrow ! Nicky essayait une fois de plus de me manipuler et je lui promis de ne rien dire, tout en lui faisant comprendre que je trouvais ses méthodes si répugnantes que je ne voulais plus jamais assister à un spectacle pareil.

Bien des années plus tard, durant nos fiançailles, il m'avait dit : « Tu es la seule fille en qui je peux avoir confiance pour me soutenir à fond maintenant que j'ai laissé tomber tous ces trucs-là », et je me souvenais du soulagement que j'avais éprouvé en découvrant qu'il avait changé.

S'il n'abusait plus de ses pouvoirs hypnotiques, il n'y avait pas renoncé pour autant. Il m'expliqua qu'il en avait fait don à Dieu et qu'il espérait s'en servir désormais au bénéfice d'autrui. Il prit un cours sur l'usage médical de l'hypnose et y recourut dès lors de manière très scrupuleuse comme traitement, conformément à l'éthique médicale. Je savais qu'il n'hypnotisait jamais un client à moins que Val fût présent. Inutile de dire que j'étais toujours aussi révoltée par le fait qu'il s'obstine à s'amuser avec ça. Je l'avais informé sans détour que je ne voulais plus jamais aborder le sujet avec lui.

Il essaya bien de me rassurer en me certifiant que personne ne pouvait être plongé dans un état d'hypnose contre sa volonté, mais je n'y croyais pas vraiment. Je n'avais certainement pas souhaité l'être le jour où il avait arrêté ma montre. Comment avait-il fait ? Je lui posai la question, mais il me répondit en termes flous que je n'étais qu'une gamine à l'époque, incapable de faire appel aux mécanismes de défense psychiques appropriés. De quoi s'agissait-il ? Plus vague que jamais, il m'expliqua qu'il était simplement question de reconnaître la volonté de l'hypnotiseur et de refuser de s'y soumettre. Mais quand je me remémorais l'épisode de la montre, je n'arrivais pas à me rappeler d'une quelconque tentative de me subjuguer. Je me souvenais seulement d'un Nicky hilard après une partie de ping-pong. J'étais détendue et ne m'étais doutée de rien. Évidemment, comme il l'avait souligné lui-même, je n'étais qu'un enfant à l'époque.

Je bus une autre gorgée de vin et finis par reprendre mes esprits. Regrettant à coup sûr son numéro d'homme des cavernes, Nicky redoublerait de sollicitude. Il essaierait bien sûr de me faire changer d'avis et en dépit de ses bonnes intentions, il ne parviendrait sans doute pas à éviter des tentatives de manipulation — les gens dotés d'une forte personnalité ont peu de chances de devenir dociles et doux comme des agneaux en période de stress —, mais cette fois-ci, la raison l'emporterait, la morale prévaudrait et il s'arrêterait avant de passer au lavage de cerveau, à la vulgarité ou aux jeux de vilain. En d'autres termes, je pouvais arrêter de trembler de peur et me préparer à une soirée difficile, certes, mais sans danger, au cours de laquelle nous allions courageament affronter la pénible vérité et en discuter en toute franchise. En me servant un autre verre de vin pour aider à entretenir dans mon esprit cette vision rassurante, j'entrepris de confectionner un dîner suprêmement raffiné.

III

En définitive, je ne bus qu'une ou deux gorgées de ce deuxième verre de vin parce que j'étais trop absorbée à essayer de me souvenir de mes recettes ou à trouver l'inspiration quand ma mémoire me faisait défaut. Pour l'entrée, j'avais prévu de faire des *radicchio* frits au fromage de chèvre, un plat délicieux qui, en dehors de la friture du dernier moment, peut être apprêté à l'avance. À l'origine, je voulais faire une soupe de poisson, mais il n'y avait ni tamis ni broyeur dans la cuisine de l'appartement. Pour le plat principal, j'avais choisi une pintade rôtie et pour le dessert, j'avais très envie de confectionner une crème brûlée au Grand Marnier. Je m'activai, bougonnai, suai et jurai sur mon fourneau pendant quelque temps avant de maîtriser la situation et de pouvoir me retirer dans le salon, mon verre à la main.

À sept heures, toujours pas nouvelles de Nicky. Je mis le four très bas avant d'appeler Alice sur l'interphone pour lui demander si elle savait quand les hommes avaient l'intention de refaire surface au presbytère. Elle m'informa qu'une importante réunion était en cours au centre de guérison et qu'elle durait manifestement plus longtemps que prévu. Je regagnai la cuisine et tripotai à nouveau le four, puis déambulai dans le salon, de plus en plus énervée, jusqu'à ce que, finalement, vers sept heures vingt-huit, le responsable de St Benet-by-the-wall daigne apparaître. Les premiers mots qu'il prononça furent :

— Qu'est-ce que tu fais en haut ? Alice t'attend pour servir le dîner.

J'en restai bouche bée.

— Mais j'étais persuadée que nous ne prendrions pas nos repas avec les autres.

— Qu'est-ce qui a bien pu te faire croire une chose pareille ?

— Je suis mariée avec toi, que je sache, et non pas avec eux !

— Mais Alice a préparé une tourte au poisson pour cinq.

— Eh bien j'ai fait de la poitrine de pintade rôtie au miel accompagnée d'échalotes au beurre pour deux !

— Pourquoi ne pas avoir averti Alice ?

— Qu'elle aille se faire voir, cette Alice ! m'écriai-je, si exaspérée à ce stade que j'avalai le vin qu'il restait dans mon verre avant de me resservir d'une main tremblante.

Nicky s'approcha de l'interphone et appela la cuisine.

— Lewis, je vais manger en haut avec Rosalind, l'entendis-je dire. Auriez-vous la gentillesse de faire mes excuses à Alice, s'il vous plaît, et de lui dire que nous trouverons un système pour que ce genre d'embrouille ne se reproduise pas ? Merci.

Puis il ouvrit la porte du frigidaire, faisant fi du vin, et en sortit une canette de coca-cola.

— Bon, dit-il sans me regarder. Mangeons.

Je me ruai sur le fourneau pour frire les *radicchio*.

Quand nous nous installâmes finalement à table, il enfourna sa nourriture avec un manque d'intérêt non dissimulé, tandis qu'ayant perdu mon appétit, je poussais des échantillons de mes chefs-d'œuvre culinaires dans différentes assiettes successives tout en attendant, en vain, qu'il ait au moins la politesse de me complimenter sur ma cuisine.

— Bon, lança-t-il finalement à la fin du repas, après avoir été cherché une autre canette de coca à la cuisine. Quel est le problème ? Tu as l'air bouleversée.

— Seigneur, tu planes, ma parole ! Tu es totalement déconnecté.

— Que veux-tu dire ?

— Tu viens d'achever d'engouffrer des plats que j'ai mis beaucoup de temps et de soins à préparer...

— Je suis désolé. C'était bon. Merci. Mais ce que je te demande, c'est de me dire véritablement quel est ton problème. Je sens tes nerfs grincer comme une myriade de violons aux cordes trop tendues et ce ne peut pas être parce que j'avais tellement faim que j'ai dévoré sans t'abreuver de compliments.

— Mon problème, Nicky, c'est toi !

— Essaierais-tu de me dire que parce que j'ai englouti cette nourriture de lapin frite au demeurant assez bonne et cet oiseau plein de sex-appeal qui s'était barbouillé de miel...

— Je ne parle pas de ça, Nicky. Tu le sais très bien. Mon problème, c'est que tu ne veux toujours pas regarder la vérité en face.

— Quelle vérité ?

— Cette réconciliation ne marchera jamais, Nicky. Je suis vraiment navrée, mais nous avons fait une erreur à Devon et je retourne à Butterfold dès demain.

Il devint tout pâle. L'espace d'un instant, il fut trop choqué pour répondre, puis il dit très distinctement :

— Je ne te laisserai pas faire ça. Tu te trompes sur toute la ligne.

— Non, c'est toi qui te trompes.

— Toi ? Tu aurais raison ? Tu proposes de bousiller notre couple, notre famille et toute ta vie et tu oses prétendre que tu as raison ?

— Nicky, je sais que c'est difficile pour toi de l'admettre, mais si seulement tu pouvais m'écouter un instant au lieu de...

— Tu es très malade, cela ne fait aucun doute, dit-il, bien plus que je ne le pensais. Mais ne t'inquiète pas. Je vais arranger les choses. Je vais te guérir.

Je pris peur.

IV

— Si tu recommences à me manipuler, bredouillai-je, prise de panique, je ne te pardonnerai jamais.

— Oh, ne sois pas ridicule ! Il n'a pas été question de manipulation à Devon. Je t'ai simplement montré la vérité, à savoir que tu t'apprêtais à commettre une erreur catastrophique !

— Nicky !

— Bon, ressaisissons-nous pendant que j'essaie de comprendre pourquoi tu veux revenir sur les décisions que tu as prises hier. Es-tu disposée à te calmer et à avoir un entretien logique avec moi ?

— Bien sûr, c'est ce que je souhaite. Seulement...

— Très bien. Dans ce cas, prenons un moment pour

passer en revue ce que tu as décidé à Devon. 1) Tu as reconnu que notre couple avait besoin d'une restructuration puisque l'existence à deux vitesses que nous menons depuis 1981 ne fonctionne manifestement pas. 2) Tu as accepté que nous fassions du presbytère notre résidence principale tout en gardant la ferme comme maison de campagne. 3) Il est entendu que tu resteras ici jusqu'à la fin des congés scolaires afin d'explorer les possibilités d'amélioration de cette bâtisse. Bon, admets-tu que c'est là un résumé exact de ce qui s'est passé là-bas ?

— Non, je n'ai strictement rien accepté. Tu m'as forcée à venir ici et ce matin, je me suis rendu compte que...

— Pour quelle raison penses-tu ne pas pouvoir vivre au presbytère ?

— Parce que je veux vivre à plein temps dans *ma* maison ! Est-ce si déraisonnable que ça ?

— Mais je ne t'ai jamais parlé de vendre Butterfold ! J'ai suggéré...

— La ferme ne saurait convenir comme résidence secondaire, Nicky, elle exige trop d'attention au quotidien. Quoi qu'il en soit, je ne suis pas prête à la reléguer à ce rôle. J'adore cette maison. Toute ma vie est liée à elle...

— Tu t'es bâti une idole en briques et en mortier à laquelle tu voues un culte !

— C'est ma maison. Tout de même...

— La maison, c'est l'endroit où vivent les gens qu'on aime. Grand Dieu, pense à toutes les femmes de prêtres qui accompagnent leur mari d'une mission à l'autre et ne songeraient jamais à se plaindre comme tu le fais !

— Eh bien, même si j'étais disposée à quitter Butterfold, il ne saurait être question que je vive dans cette horrible bicoque ! Cela coûterait une fortune de la rendre ne serait-ce que vivable !

— Je suis prêt à dépenser de l'argent — mon argent, pas le tien — pour les rénovations. Je ferai n'importe quoi pour que tu sois heureuse ici !

— Serais-tu disposé à te débarrasser de Lewis, de Stacy et d'Alice ?

— Pour quelle raison ?

— Parce qu'ils encombrent le paysage et m'empêchent de faire de ce lieu notre résidence familiale !

— Mais qu'est-ce que tu racontes ? Il y a suffisamment de place pour tout le monde et puis leur présence est indispensable.

— Pourtant Lewis m'a informé ce matin...

— Oui, il m'a fait part précisément des propos qu'il t'avait tenus, mais j'ai tout de suite compris qu'il faisait une tentation altruiste, à la Don Quichotte, pour faire passer notre bien-être avant le sien. En vérité, je commettrais une grave erreur en mettant Lewis à la porte. Il a besoin de vivre avec d'autres gens parce que, lorsqu'il se retrouve seul, il fait des bêtises. Il en va de même pour Stacy, qui ne s'est pas encore adapté à une existence loin des siens. Il lui faut des soins particuliers en ce moment. Idem dans le cas d'Alice. Ce que tu ne comprends pas, c'est que nous ne sommes pas simplement un groupe d'individus indépendants, mais des gens interdépendants qui ont choisi de vivre en communauté. Nous nous soutenons les uns les autres. Si tu n'étais pas aussi obnubilée par ta petite personne...

— Oh, je t'en prie ! Si tu n'étais pas si ébloui par le pouvoir que tu crois exercer en chapeautant une bande de losers et de canards boiteux, tu te rendrais compte que ta famille est censée passer en premier sur la liste de tes priorités. Si tu crois que les garçons et moi serons heureux, confinés dans cet horrible appartement sous prétexte que le reste de la maison sert à abriter une tripotée de ratés...

— Horrible appartement ? As-tu la moindre idée de la manière dont certaines personnes vivent dans cette ville ? Ce logement comprend quatre chambres à coucher, deux salons, une cuisine, une salle de bains et des toilettes. Convertis la quatrième chambre en une deuxième salle d'eau et les lieux seront parfaitement adaptés à nos besoins. Et n'oublie pas que tu peux toujours te faire une serre en bas tandis que les garçons n'auront qu'à installer leur salle de jeux dans le grenier. Comment oses-tu te plaindre, pour l'amour du ciel ? Tu devrais être toute contente, débordante d'idées !

— Eh bien, ce n'est pas le cas. Le fin fond de l'histoire, c'est que...

— La Cité est un endroit fabuleux. Tu y trouveras toutes sortes d'opportunités pour te bâtir une nouvelle vie ! Par exemple si tu pouvais seulement faire l'effort de te mêler à la vie à St Benet...

— Je n'ai pas le profil « bigote ». Tu le sais très bien. Ce n'est pas mon truc.

— Et alors ! Nous avons une communauté dynamique en prise directe avec la réalité. Je ne vois pas le rapport avec le fait d'être bigote — un adjectif que j'ai toujours appliqué à des gens coincés et pieux dans quelque ghetto bourgeois en retard de cinquante ans sur leur temps !

— Je n'y peux rien, Nicky. Cet endroit ne me convient pas et les enfants n'aimeront pas non plus. Je le sais...

— Pourtant la vie londonienne sera nettement plus intéressante pour eux que le fin fond du Surrey.

— Pas du tout. Ils seront malheureux, loin de leurs amis et de leurs activités habituelles. Ils vont se droguer, traîner dans des lieux mal famés, fréquenter des gens infréquentables...

— Il y a beaucoup plus de chances pour qu'ils fassent ces bêtises-là dans le Surrey s'ils n'ont rien d'autre pour s'occuper que des sports et de la pop music !

— Tu ne comprends rien à ces garçons ! hurlai-je, désespérée. Tu ne les as jamais compris et tu ne les comprendras jamais.

— Je suis navré, mais je refuse d'avoir une prise de bec à propos des enfants. Je descends dans mon bureau jusqu'à ce que tu sois prête à mettre un terme à ces cris suffisants et à me parler sur un ton pondéré.

Sur ce, il se dirigea vers la porte.

— C'est typique ! beuglai-je à pleins poumons. Tu fiches le camp en me laissant enfermée dans cette horrible boîte. Eh bien, il n'est pas question que je reste ici et tu ne pourras pas m'y obliger.

Parvenu sur le seuil, il se retourna.

— Arrête, m'ordonna-t-il d'un ton sec. Tu es hystérique. Arrête immédiatement.

— Nous y sommes, l'insulte masculine dans toute sa splendeur ! Comment peux-tu avoir le culot de t'en aller ? Les hommes traitent toujours les femmes d'hystériques quand ils veulent les mater.

— Eh bien moi je traite une femme d'hystérique quand je veux qu'elle sache qu'elle est hystérique.

Je hurlai, folle de rage. Il essaya de s'emparer de moi, mais je l'esquivai et trouvai refuge derrière la table.

— Nicholas Darrow, fis-je en détachant mes mots, d'une voix chevrotante, je ne te laisserai *jamais* me traiter comme si j'étais ton nounours.

— Quoi ?

— Ton ours !

— Tu es folle ! Quel est le rapport ?

— Eh bien, puisque tu passes tant de temps à jouer les faiseurs de miracles, tu n'as qu'à agiter ta baguette magique pour voir la réponse s'inscrire dans le ciel !

Puis, incapable de supporter cette scène un instant de plus, je filai dans la chambre. Mais la clé refusa de tourner dans la serrure.

V

Il ne tenta pas de rentrer de force. Il attendit que j'aie fini de me débattre avec la clé, après quoi il frappa poliment avant d'entrer, mais sa réserve ne changeait rien au fait qu'il me poursuivait. J'avais l'estomac tout retourné. Cette colère à vif commençait à faire son effet.

— Je ne veux pas faire l'amour, haletai-je, le souffle court. Il faut que ça soit bien clair !

Mais il me rétorqua, exaspéré :

— Pour l'amour du ciel ! Ce n'est pas parce que tu t'es mise à coucher à droite et à gauche avec des gosses à peine plus vieux que Benedict que tu dois t'imaginer que tous les hommes salivent en te voyant !

— Mon Dieu, j'étais sûre que tu me renverrais ça à la figure. Je le savais ! Tu ne supportes pas l'idée que j'aie pu t'être infidèle, tu ne m'as pas du tout pardonnée et pour te venger maintenant, tu veux m'enfermer dans une boîte comme ton ours et m'empêcher de vivre la vie à laquelle je suis destinée...

— Aurais-tu la bonté d'arrêter de raconter des sornettes aussi pathétiques que contradictoires ? En fait, je trouve ça plutôt drôle, et si nous n'étions pas en train de nous quereller comme jamais, je me tordrais de rire...

— Eh bien, tords-toi, tords-toi autant que tu veux, je n'en ai rien à foutre tant que tu t'en vas et que tu me laisses tranquille. Depuis le tout début de cette conversation, tu t'es montré condescendant, misogyne, grossier et malveillant !

— Et toi butée, têtue comme une mule, hystérique et franchement folle. Ce qui me rappelle que je ne vois toujours pas le rapport avec l'ours ! Pourquoi est-ce que tu n'arrêtes pas d'en parler ?

— Tu étais tellement bizarre avec lui. Tu te souviens de cette fête où tu l'avais amené, quand tu t'es bagarré avec Dicky Hampton pour la simple raison qu'il voulait lui toucher les yeux.

— Il ne voulait pas lui toucher les yeux, mais les lui arracher ! Et ce n'était pas Dicky, mais Peter Woodstock. La bagarre a eu lieu lors d'une fête où le magicien fit apparaître un lapin blanc qui souilla le tapis...

— Non, non ! Ça, c'était l'anniversaire de Phyllida, des années plus tard. Et tu n'es pas venu avec ton ours ce jour-là. Tu étais assez grand pour le laisser chez toi. La fête dont je parle, c'était Dicky, quand tu avais exigé des doubles portions de tout parce qu'il fallait que tu manges pour Ourson et que tu as fini par tout dégobiller sur Caroline Pottinger...

— Cette chère vieille Potty ! Je n'ai jamais pu l'encadrer.

— Moi non plus ! Elle postillonnait quand elle criait.

— Je me souviens d'un jour où tu lui as craché dessus...

— Je n'ai jamais craché sur personne.

— Oh que si ! Tu faisais semblant d'être un chat parce que tu savais que j'aimais beaucoup les chats, dit-il en riant, et tout à coup, en me remémorant l'incident, je m'esclaffai moi aussi.

Puis je m'affaissai faiblement au bord du lit.

— Oh Nicky, Nicky...

Ma colère s'était évaporée et j'étais au désespoir. Je me retrouvais à nouveau dans la peau d'une siamoise essayant de s'arracher à son frère bien-aimé, et dans l'incapacité, une fois de plus, d'accepter cette séparation dont ma vie dépendait.

— Ma chère Rosalind, fit Nicky en passant un bras rassurant autour de mes épaules, qu'est-ce qui nous prend de nous disputer ainsi comme des chiffonniers ?

À ma grande horreur, je me sentais tellement perdue que je n'étais plus sûre de la réponse.

VI

Voyant ma confusion, Nicky me serra contre lui pour me réconforter, mais ne fit aucune tentative pour m'embrasser.

— Je t'aime, dit-il et il était impossible de douter de sa sincérité. Je t'aime de tout mon cœur. Tu me crois, n'est-ce pas ?

— Oui, mais... Je cherchais désespérément les mots justes. En vain. Ce n'est pas réel, Nicky.

— C'est la chose la plus réelle du monde pour moi.

— Oui, mais ce que je veux dire... enfin...euh... ce n'est pas vraiment moi que tu aimes. Je suis comme Ourson. Tu pensais que tu avais besoin de lui, alors qu'en fait...

— Il commence à me manquer, cet ours ! Quand nous retournerons à Butterfold pour les vacances, il faudra que je le descende du grenier pour y jeter un coup d'œil.

— Nicky, je ne veux pas que tu reviennes à Butterfold. J'ai peur qu'il faille vraiment que tu acceptes que...

— Entendu. Je comprends ta colère. Je reconnais que je me suis comporté comme un salaud en te lançant tes aveux à la figure, et je suis vraiment, vraiment navré de l'avoir fait. À présent, oublions toutes ces querelles, calmons-nous, et concentrons-nous sur ce qui est important. Tu veux bien admettre que je suis persuadé de t'aimer ?

— Oui, mais...

— Bon, garde ça en mémoire. Arrêtons-nous un instant pour réfléchir, marquons une pause, sans rien dire, pensons à l'amour dont nous avons besoin l'un et l'autre, comme tous les êtres humains. Concentrons-nous sur l'amour car l'amour est bienveillant et si c'est lui qui nous guide, nous ne pouvons pas nous tromper.

Après tant de tensions pénibles, j'étais disposée à prendre un peu de répit. Je restai assise mollement au bord du lit tandis qu'il faisait les cent pas dans la chambre comme si lui aussi était ravi de l'occasion de se détendre. Je n'avais plus peur à présent. Nous étions de vieux amis, des camarades qui avaient pris part aux mêmes fêtes d'enfants lorsque nous étions petits. Ces souvenirs communs nous liaient comme des frère et sœur, et ces liens profonds, je le savais, empêcheraient la désintégration de notre mariage.

— Bon, dit-il finalement en venant s'asseoir à côté de moi. Je me sens plus calme à présent. Et toi ?

— Moi aussi. Merci de ce répit.

— Je me suis un peu trop échauffé. Littéralement.

Il enleva sa croix pectorale et sa veste et commença à retirer son col.

— Pourquoi portes-tu encore ces cols démodés ? demandai-je. Je croyais que tu préférais les chemises cléricales plus modernes avec une bande en plastique.

— J'avais une réunion avec les administrateurs. Deux d'entre eux ont un âge suffisamment avancé pour désapprouver les cols en plastique. Il m'a semblé plus diplomate de « jouer le jeu »...

Je le regardai retirer son col et son plastron en soie noire. Il avait de très belles mains, très sensuelles, et ses mouvements étaient si gracieux que c'était un plaisir esthétique de le voir ne serait-ce que se déboutonner. Je remarquai ses ongles immaculés. Ses cheveux bruns, à peine touchés de gris, étaient parfaitement coupés et brillants. Impeccablement soigné dans cette tenue conventionnelle, il n'avait pas l'air de se rendre compte de la charge érotique qu'il générait simplement en se mettant en bras de chemise.

— Je me sens mieux, murmura-t-il quand il eut fini d'enlever son plastron. Où en étions-nous ? Ah oui, nous pensions à l'amour et au fait que je t'aimais. Je me souviens de te l'avoir dit. Et toi ?

— Bien sûr.

— Tu t'en souviens vraiment bien ?

— Super-bien. Je t'assure, Nicky. Je ne souffre pas de la maladie d'Alzheimer.

— Alors si je claquais des doigts maintenant, quels seraient les premiers mots qui te viendraient à l'esprit ?

— Que tu m'aimes. Entendu, j'ai compris. Tes sentiments ont leur importance. Mais il n'empêche que...

— Attends une seconde. Il faut que nous soyons clairs. Je veux exprimer cette situation dans les termes les plus simples possibles. Je t'aime et toi aussi tu m'aimes, n'est-ce pas ? Au fond de toi, je le sais.

— Oui, je pensais justement il y a un instant à quel point nous étions liés l'un à l'autre, mais...

— Attends ! Attends ! Nous avons établi que je t'aimais et que tu m'aimais et que nous étions très liés l'un à l'autre. Maintenant garde cette pensée bien présente dans ton esprit. Cramponne-y-toi, cramponne-y-toi, d'accord ? Bon, je me sens beaucoup mieux maintenant que tu penses ça. Merci ! C'est vraiment gentil à toi de faire l'effort nécessaire pour m'aider à me détendre.

— Je t'en prie, fis-je poliment, et pensai : « Je ferais n'importe quoi pour faire plaisir à un vieux camarade. »

— Ce n'était pas si difficile, si ?

— Fastoche.

— Je ne t'ai pas brusquée ?

— Non.

J'étais vaguement émue en songeant combien il était agréable qu'il soit aussi sincère et honnête. Ce cher petit Nicky, il était tellement adorable jadis avec ses cheveux clairs, ses joues roses, son ours sous le bras...

— Je me sens encore un peu tendu. Pourrions-nous recommencer pour me rassurer ? Au nom de notre vieille amitié...

Il fit claquer ses doigts nonchalamment.

— Tu m'aimes et je t'aime.

Après tout, je n'avais plus envie de hurler, si ? Je voulais un répit loin de toutes ces horreurs, et puis c'était mon vieil ami. J'étais prête à tout pour un vieil ami.

— Je t'aime et tu m'aimes, dit-il. Parfait. Bon. Je renonce à descendre travailler dans mon bureau. Je préfère rester ici. Ça ne t'ennuie pas si je reste, si ?

— Pas vraiment !

Il avait un regard étonnant, des yeux gris pâle, mais brillants, étincelants comme deux flammes blanches voilées. C'était curieux comme les iris changeaient de couleur. Parfois ils étaient sombres comme de l'ardoise, à d'autres moments, si clairs qu'on les aurait crus bleus. Il avait vraiment le regard le plus étrange que j'avais jamais vu... Il avait recommencé à parler. Je me ressaisis et tâchai de me concentrer sur ses propos.

— Tu te sens mieux maintenant, n'est-ce pas, Rosalind ? Tu es totalement détendue, hein, en dépit de cette terrible scène ?

— Oui. Enfin !

— Moi aussi. C'est terrible quand on se fait du souci pour l'avenir. Mais il n'y a aucune raison, si ? Écoute, glissons-nous sous la couette et imaginons un futur limpide. Tu te souviens comme on s'amusait autrefois à s'inventer des avenirs ?

— Bien sûr. Tu faisais une tente avec une vieille couverture de l'armée et on se cachait dessous après avoir écouté ce feuilleton génial de Malcom Saville sur *L'Heure des enfants...*

— Et on se forgeait un avenir fabuleux... On imaginait...

— On imaginait qu'on avait une grande maison dans une ville magique...

— Exactement. J'étais sûr que tu t'en souviendrais. Nous y sommes, Rosalind, dans cette grande maison, au cœur de notre ville magique. Et maintenant nous allons faire renaître cette vision, nous allons nous glisser sous les couvertures et imaginez...

— ... quelque chose de merveilleux.

À ce stade, j'étais impatiente de me mettre au lit. J'avais l'impression que j'allais m'endormir d'une minute à l'autre. En même temps, on aurait dit qu'une étrange énergie m'animait, que je n'arrivais pas à interpréter. Quoique... mais oui, c'était une énergie sexuelle parce que Nicky me paraissait incroyablement érotique et j'avais terriblement envie de lui. De fait, je ne pouvais plus attendre de mettre mes pattes sur lui. Pattes... ? Non, mes mains. J'étais un être humain, non un animal. Et si...

— Nicky ? Je ne suis pas Ourson, si ?

— Absolument pas. Tu es Rosalind, la femme la plus

merveilleuse du monde, dit-il en faisant claquer ses doigts comme pour confirmer un fait indiscutable.

— Tu m'aimes et je t'aime, dis-je, et tout à coup, je sentis monter en moi une joie de vivre indescriptible, incommensurable...

VII

Nous nous retrouvâmes vite sous la couette, et Nicky se mit à disserter à propos d'un avenir idéal, d'une communauté dont les membres seraient intimement liés et se soutiendraient les uns les autres, un lieu où l'égocentrisme n'aurait pas de place, un monde de relations étroites favorisées par la dynamique de l'amour. La trinité est un symbole de relations nourries par cette même dynamique, disait-il. C'est un modèle de la réalité telle qu'elle existe vraiment. La réalité a trois facettes, et je murmurai « oui, oui », je voyais très bien ce qu'il voulait dire, tout était clair comme de l'eau de roche et j'avais besoin de cette proximité à l'instant présent. Revenons au temps présent et unissons-nous tout de suite. Qu'en dites-nous, monsieur Chaud-Lapin ?

Et Nicky de répondre : « D'accord, entendu, parfait, nous ferons semblant de nous glisser dans un monde parallèle, comme si nous étions les vedettes d'un film d'amour, pourquoi pas ? Tout peut arriver dans un monde parallèle », et je balbutiai, d'une voix mal assurée, comme si j'avais bu la bouteille de vin entière, et non pas la moitié : « Oui oui, allons-y, monsieur Miracle, mais rien de pornographique parce que maman ne serait pas d'accord. » « Entendu, entendu, fit-il, pas de porno. Nous allons faire ça avec élégance, comme dans un film d'art. Tu te souviens de cette fameuse scène dans *Ne vous retournez pas*, quand Donald Sutherland et Julie Christie s'en donnent à cœur joie à Venise », et je hochai la tête. « Allons-y, allons-y ! » Et je jurai que ce serait encore mieux que le film parce qu'il était nettement plus séduisant que Donald Sutherland. À ce stade, Nicky décréta que moi, j'étais nettement plus sexy que Julie Christie parce qu'elle était trop mince. Et quand je soutins que personne ne pouvait être trop mince, selon Mrs Simpson, il me riposta qu'en tout cas, lui n'aurait jamais voulu coucher avec elle parce qu'il aurait eu l'impression de faire l'amour à un manche à balai, sans la sorcière, et il n'enviait pas une seconde le duc de Windsor !

Puis nous oubliâmes les Windsor parce que nous étions trop occupés à être Donald Sutherland et Julie Christie dans ce monde parallèle ensorcelant, même si je savais, bien sûr, que ce n'était qu'un rêve. Nicky me l'avait dit et je croyais tout ce qu'il disait, évidemment. Mais on s'y amusait tellement que lorsqu'il avait chuchoté que ce n'était qu'un rêve, que cela n'était pas vraiment en train de se passer, je n'avais pas été contrariée. Loin de là. J'avais acquiescé en continuant à flotter allègrement.

Après cela, nous restâmes silencieux un moment, mais cela n'avait pas d'importance, Nicky me l'avait affirmé et je croyais tout ce qu'il me disait. Après tout, la réalité suprême se situait au-delà du domaine des mots, comme il me l'avait expliqué plus tôt à propos de la Trinité, et notre expérience était en définitive bien réelle. Je me souviens d'avoir pensé combien c'était étrange que je n'aie jamais pris conscience de cette réalité auparavant, mais elle était bel et bien là. Les mots n'auraient servi à rien quand on avait affaire à la réalité suprême et c'était la raison pour laquelle son laïus au sujet de la Trinité me paraissait franchement bizarre, mais peu importait, la réalité suprême tenait aux liens étroits nés de la dynamique de l'amour et, le moins que l'on puisse dire, c'était que j'étais proche de Nicky dans ce monde parallèle, et quelle dynamique, c'était le plus beau rêve que j'avais fait depuis longtemps ! De sorte que lorsqu'il insista sur le fait que les choses étaient vraiment comme ça, j'acquiesçai à nouveau, et quand il ajouta que c'était pour cela que nous devions rester ensemble et que nous allions vivre heureux jusqu'à la fin de nos jours, j'acquiesçai encore et encore...

Le plus merveilleux des rêves a malheureusement une fin, et l'univers parallèle finit par exploser dans le ciel parsemé d'étoiles en une cascade de lumières blanches. Tout doucement, nous redescendîmes sur terre portés par un nuage blanc cotonneux avant de nous poser avec légèreté sur un lit en duvet blanc, et doucement, doucement, nous glissâmes dans un sommeil angélique...

VIII

En me réveillant un peu plus tard, je m'aperçus qu'il était arrivé quelque chose à ma mémoire. Je n'arrivais plus à me souvenir où j'étais ni comment j'étais arrivée là. Terrifiée, je m'exclamai : « Je suis amnésique », mais Nicky me répondit aussitôt : « Pas du tout », en claquant des doigts.

— Tu m'aimes et je t'aime, dis-je instantanément, mais cela me parut faux, bizarre, en désaccord avec les événements de ma vie, même si je ne parvenais pas à me souvenir de ce qui s'était passé précisément. Nicky, je t'assure que je suis amnésique...

— Mais non. Nous jouions au jeu de l'avenir imaginaire et je te parlais du concept de la communauté idéale de Josiah Royce, et puis tu t'es endormie. Ce qui n'est pas vraiment étonnant vu tout le vin que tu as bu.

— Mais je n'en ai pas bu tant que ça.

— Au moins une demi-bouteille et ce ne sont que des produits chimiques... Veux-tu une tasse de thé ?

— Non merci.

Ma mémoire s'était remise à fonctionner, Dieu merci, et je me souvenais maintenant qu'il avait englouti mon délicieux dîner, que nous nous étions copieusement querellés ensuite et que seule la mention d'Ourson nous avait épargné les pires horreurs conjugales. Je me rappelais aussi le soulagement que j'avais éprouvé lorsque nous avions évoqué l'époque de la maternelle et replongé dans les histoires de notre enfance. C'était probablement l'une des raisons pour lesquelles j'avais sombré dans le sommeil : après la tension extrême provoquée par une nouvelle dispute, j'étais morte de fatigue en plus de m'être à moitié empoisonnée avec ce vin de mauvaise qualité... Je notai mentalement qu'il me faudrait dépenser un peu plus d'argent la prochaine fois que j'en achèterais une bouteille dans un supermarché.

En attendant Nicky se glissa hors du lit et se dirigea vers la cuisine pour préparer du thé. À ma grande surprise, je m'aperçus qu'il était nu. Mon sang ne fit qu'un tour.

— Nicky ? dis-je en me frottant les yeux de peur d'halluciner.

Il était en train d'enfiler sa robe de chambre.

— Oui ?

— Comment se fait-il que tu n'aies rien sur le dos ?

— Il faisait chaud sous la couette et j'ai pensé que tu n'apprécierais guère que je sue comme un bœuf en te couvrant de transpiration.

— Oh, je vois. Mais je ne voyais pas du tout. L'angoisse me nouait l'estomac. Attends une minute, dis-je lentement. Attends. J'ai fait un rêve extraordinaire. Tu m'as dit que c'était un rêve. Nous refaisions la scène d'amour de *Ne vous retournez pas...*

— Accorde-moi un intant, s'il te plaît. Il faut que j'aille aux toilettes.

— Seigneur ! m'exclamai-je, épouvantée au fur et à mesure que mes pensées faisaient boule de neige. Il devait y avoir du LSD dans ce pinard !

Nicky disparut. La porte des toilettes se ferma et finalement, je l'entendis tirer la vieille chasse d'eau. La porte se rouvrit et il alla à la salle de bains se laver les mains avant de se rendre à la cuisine. À ce stade, la confusion la plus totale régnait à nouveau dans mon esprit. J'étais en train de déterminer la manière dont j'avais bien pu me retrouver sous la couette avec lui alors que j'étais censée lui parler de divorce. Je savais que j'avais sombré dans le sentimentalisme à propos de notre amitié d'enfants — je m'en souvenais clairement, mais de là à laisser la nostalgie me pousser à me glisser sous la couette pour jouer à un avenir imaginaire avec ce mari que j'étais déterminée à quitter, il y avait une sacrée marge ! Pour quelle obscure raison est-ce que je m'étais donné la peine de jouer à ce jeu stupide et puéril, alors que notre mariage n'avait précisément plus d'avenir ? À un moment ou à un autre, j'avais perdu la tête. Ce sale pinard ! J'avais envie de faire un procès au supermarché. Pourtant, je n'avais pas la gueule de bois. Bizarre ! Je n'avais pas du tout mal à la tête et le seul inconfort que je ressentais pour l'heure tenait au fait que j'avais moi aussi besoin de me soulager !

Résolue à régler ce problème, je me mis sur mon séant et découvris alors, interloquée, que j'étais en tenue d'Eve. Quand m'étais-je déshabillée ? Nicky avait dû m'aider à me dévêtir quand j'étais en état de stupeur... Il me semblait me souvenir vaguement d'avoir arraché mes vêtements tandis que je me glissais dans le rôle de Julie Christie. Non, cette scène érotique n'avait été qu'un rêve. Nicky me l'avait affirmé et c'était forcément le cas puisque je ne pensais qu'à divorcer. Quand j'avais dit avec fermeté à Nicky que je ne voulais pas faire l'amour avec lui, des rapports sexuels auraient été la dernière chose à laquelle je me serais soumise.

Toujours troublée par l'état curieusement engourdi de mon cerveau, je balançais les jambes sur le côté du lit. Dès que je me levai, je sentis que quelque chose n'allait pas. Pendant une seconde, je restai comme transie, incapable d'admettre la vérité qui réclamait à présent à cor et à cri d'être reconnue, puis je passai une main tremblante entre mes cuisses.

Il n'y avait plus de doute.

Pendant dix terribles secondes, mon esprit replongea dans le chaos, mais finalement la raison et la réalité retrouvèrent leur alignement familier, le brouillard de la confusion se dissipa, et ma mémoire s'emballa en projetant une suite ininterrompue d'images, toutes pornographiques, sur le grand écran éclatant de mon esprit.

Je parvins de justesse à atteindre le lavabo avant d'être secouée par une violente nausée.

Je savais maintenant ce qui m'avait donné mal au cœur.

Et le vin du supermarché n'y était pour rien.

5.

I

Je tirai la chaîne, passai dans la salle de bains voisine d'un pas chancelant et m'y enfermai. Je tournai les deux robinets de la baignoire et attendis qu'elle se remplisse. Ma cervelle s'était à nouveau figée. J'étais en état de choc. Après m'être glissée maladroitement dans le bain, je me mis à me frotter à n'en plus finir.

Au bout d'un moment, Nicky frappa à la porte. Le bruit me fit sursauter au point que je faillis tomber dans les pommes. Tandis que je m'agrippai au bord de la baignoire en écoutant les battements affolés de mon cœur, je l'entendis crier :

— Est-ce que ça va ?

— Oui, ça va, répondis-je, je sors dans une minute.

Mon ton semblait désinvolte, presque langoureux.

Il s'éloigna.

Je restai sans bouger pendant une minute encore, mais j'avais retrouvé le contrôle de moi-même maintenant, après cette scène cauchemardesque durant laquelle ma volonté n'était pas la seule à avoir été déformée et violée, et finalement l'instinct de survie déclencha en moi une succession rapide de pensées rationnelles. Avant toute chose, je décidai d'éviter à tout prix une autre conversation avec Nicky à propos de l'avenir puisque cela ne servirait à rien de parler de divorce alors qu'il faisait preuve d'une irrationalité absolue dans ce domaine. Ensuite, je me dis que je devais lutter contre l'envie de fuir sur-le-champ à Butterfold ou ailleurs parce qu'il s'élancerait aussitôt à ma poursuite afin d'initier une nouvelle dispute aussi ignoble que la précédente. Quand je quitterais le presbytère, ce serait avec son consentement, et cela signifiait que, pour un moment tout au moins, je devrais faire comme si notre mariage tenait encore le coup. Cependant...

Cependant, je résolus en troisième lieu de ne jamais, sous quelques circonstances que ce soient, coucher de nouveau avec lui.

Je m'extirpai péniblement de la baignoire, me séchai, m'enroulai dans la serviette et m'approchai de la porte pour écouter. Tout était tranquille. Je déverrouillai la porte, l'ouvris et me retrouvai nez à nez avec lui.

Je hurlai.

— Allons, allons, fit-il en se hâtant de reculer.

— Seigneur Jésus, Nicky ! Tu m'as fait une de ces peurs ! Qu'est-ce qui te prend à la fin ? demandai-je d'un ton impérieux et tout le temps que je parlais, je m'obligeais à me comporter comme je l'aurais fait s'il ne s'était rien produit d'anormal. As-tu fait du thé ?

— Je vais en refaire, répondit-il aussitôt. Je ne pensais pas que tu allais prendre un bain. Mais j'aurais dû m'en douter. Rosalind...

— Laisse tomber. Je n'ai pas vraiment envie de thé. Quelle heure est-il ?

— Dix heures moins cinq. Chérie...

— Dix heures moins cinq. Parfait. Juste à temps pour les informations télévisées. Plantons-nous devant la télé pour nous remettre de tous ces exercices frénétiques dans la chambre...

— Je voulais juste te dire...

— C'est inutile. Évidemment, j'ai fini par mettre les points sur les i, mais n'en parlons pas. Tu as vraiment été bête et, pour être honnête, j'étais folle de rage quand je me suis aperçue que tu m'avais fait subir un de tes petits tours de magie infantiles, mais oublions cela. C'est fini. Ce qui est passé est passé. Nous ne reviendrons plus là-dessus. À présent, je veux savoir qui sont les gens qui meurent de faim, qui se battent, qui se plaignent, et ce que madame Thatcher a l'intention d'entreprendre pour régler tout ça, mais si tu ne veux pas regarder les nouvelles avec moi, si tu as envie de te coucher tôt...

— Rosalind, arrête-toi une seconde. Je voudrais te dire quelque chose...

Quand je trouvai enfin le courage de plonger mon regard dans le sien, je réalisai dans quel état de nerfs il était.

— Absolument inutile d'expliquer quoi que ce soit, m'empressai-je d'ajouter d'un ton ferme. Mieux vaut ne rien dire du tout.

Mais il était manifestement incapable de suivre mon conseil.

— Je voulais juste que tu saches que je suis conscient d'avoir été trop loin, reprit-il d'une voix chancelante, même si c'était dans les meilleures intentions du monde. Vois-tu, je savais, *je savais* qu'au fin fond de toi, tu m'aimais et que tu voulais que nous restions ensemble. Je savais qu'à cause de toutes ces pensées égocentriques qui t'encrassaient l'esprit, en surface, tu n'arrivais pas à penser posément, que si je grattais cette surface en te remettant en contact avec tes sentiments véritables, tout s'arrangerait. Je savais que si je parvenais à t'atteindre à ce niveau, je pourrais lancer le processus de guérison — et quand je dis « je savais », je fais référence à un savoir psychique véritable, j'étais certain d'agir pour ton bien.

— Oui, oui, je comprends. Je crois que j'ai changé d'idée. Je me sens fatiguée après ce bain et je vais aller me coucher tout de suite. Mais ne t'inquiète pas, je suis sûre que je me sentirai parfaitement fraîche et dispose au réveil.

Sur ce, je regagnai la salle de bains et ouvris la porte du placard-séchoir.

Je sentis son regard perplexe posé sur moi tandis que je sortais des draps propres. Les housses de couette des garçons, décorées de dessins de vieilles voitures, ne ressemblaient guère aux nôtres.

— Qu'est-ce que tu fais ?

— Je vais dormir dans la chambre de Benedict, dis-je. J'ai envie d'être seule le restant de la nuit, si tu n'y vois pas d'inconvénient. Ne te vexe pas. J'ai besoin d'une paix totale parce que j'adorerais faire le tour du cadran.

— Mais je peux y aller, moi, dans la chambre de Benedict ! Dors dans notre lit puisque tu l'aimes tant.

— C'est adorable de ta part, mon chéri, mais non. Je préfère dormir dans la chambre de Benedict.

— Mais pourquoi ?

Pas seulement parce que notre lit me répugnait à présent, mais aussi parce que je savais que le verrou fonctionnait dans cette chambre-là pour la bonne raison que Benedict s'y était enfermé lors de son dernier séjour après une dispute avec Nicky et qu'il m'avait fallu plus d'une heure pour le convaincre d'en sortir.

— Sois gentil, Nicky. Faisons comme je te le demande, s'il te plaît ? Je suis si fatiguée, achevai-je en m'orientant déjà dans la bonne direction.

Plus que quelques pas à parcourir maintenant avant d'être hors de danger. J'avais surmonté cette scène terrifiante et obscène. J'y étais presque.

— Rosalind, je trouve vraiment que nous devrions parler...

— Non, Nicky, je suis désolée, mais non...

— Tu es en colère, manifestement, mais n'oublie pas que j'ai prouvé que tout au fond de toi, tu m'aimes encore. Tu voulais faire l'amour avec moi. Souviens-toi. Tu me l'as demandé, tu m'as même supplié...

Je me retournai brusquement pour lui faire face.

— Tais-toi ! hurlai-je. Tais-toi ! Mais ferme-la, bon sang ! Ferme-la !

Je franchis au pas de course la courte distance qui me restait à parcourir, me précipitai dans la pièce, fermai la porte à clé et me mis à trembler de la tête aux pieds.

Je n'avais jamais eu aussi peur de ma vie.

II

Il faisait un froid de canard dans la chambre. J'allumai le poêle à gaz avant de faire le lit et de me tapir sous la couette. Je réussis finalement à arrêter de trembler, mais des pensées cauchemardesques continuaient à me hanter. Existait-il une autre clé ? Nicky allait-il faire irruption dans la pièce une fois que je serais endormie... Je bondis hors du lit et tirai la commode jusqu'à la porte, puis allumai toutes les lumières, y compris celle du bureau. À ce moment-là, seulement, je me sentis suffisamment en sécurité pour fermer les yeux.

Mais impossible de dormir. J'essayai de déterminer ce que je devais faire. Demander de l'aide à Lewis ? Non. Il adorait Nicky, ne pouvait pas me sentir et puis il était suffisamment misogyne pour en conclure que tout était de ma faute. Et si c'était le cas ? J'avais peut-être provoqué Nicky en le trouvant si sexy. S'il avait dépassé la mesure, c'est que j'avais dû l'entraîner. Je lui avais demandé de me faire l'amour. Je l'avais supplié... Je frémis. Pour finir, je me relevai et m'approchai du lavabo, dans le coin de la pièce, de peur de recommencer à vomir, mais rien ne vint. Je tournai le robinet d'eau chaude et testai l'eau. Le chauffe-eau avait mis les bouchées doubles après mon bain et l'eau était de nouveau bouillante. J'enlevai ma chemise de nuit et me remis à me laver frénétiquement.

Il me vint à l'idée que je pourrais peut-être demander de l'aide à la directrice de conscience de Nick, mais je supposais qu'elle serait aussi partiale que Lewis, et puis, de toute façon, je n'ai jamais aimé les bonnes sœurs. Elle me dirait probablement que j'étais fautive puisque je voulais divorcer, et elle aurait sans doute raison. J'avais demandé à Nicky de me faire l'amour, je l'avais supplié.... Il avait agi dans les meilleures intentions du monde... Son seul objectif avait été de guérir mon esprit avili qui nous rendait malheureux l'un et l'autre...

Je commençai à pleurer, tout en continuant à me laver. Je me sentais toujours aussi sale, coupable, méprisable. Ma sœur m'aurait sûrement dit que je n'étais qu'une mauviette, que je devais me reprendre et arrêter de geindre. « Nicky et vous, vous vous êtes offert une petite orgie ? Et alors ? » Je l'imaginais me disant d'une voix forte : « Mon Dieu, tu en as de la chance ! De quoi tu te plains ! » Je ne pourrais jamais lui expliquer la situation. À Susie et Tiggy non plus d'ailleurs. Elles ne comprendraient pas. Mes problèmes conjugaux étaient trop bizarres, hors gabarit par rapport à l'expérience des gens normaux. Seule Francie serait capable de mesure l'ampleur du désastre, comme je me l'étais déjà dit plus tôt. Elle connaissait Nicky et puis elle savait écouter et avait affaire régulièrement à des gens solidement implantés dans ce que Nicky appelait « la réalité sans fard ». Francie ne saurait peut-être pas exactement ce que je devais faire, mais au moins elle se montrerait compatissante. Je me souvins alors avec soulagement que nous devions déjeuner ensemble chez Fortnum dans moins de douze heures.

Je me glissai à nouveau sous la couette alors que l'horloge de St Benet sonnait deux coups. J'avais envie de me rendre discrètement dans la cuisine pour finir la bouteille de vin, mais j'avais trop peur d'ouvrir la porte, au cas où Nicky se tiendrait derrière.

À quatre heures du matin, épuisée mais toujours incapable de fermer l'œil, je savais que l'enfer ne ressemblait en rien aux tableaux de Bosch. C'était vivre en ayant peur d'un charlatan qui ne se contrôlait plus, être torturée par l'idée que ce flot apparemment intarissable d'abus démoralisants n'était la faute de personne, hormis de soi-même.

III

Je restai dans la chambre jusqu'à huit heures du matin, sachant que Nicky serait à l'office à cette heure-là. Puis je m'habillai rapidement et lui écrivis un petit mot :

> « Je suis partie faire des courses et déjeunerai quelque part dans le West End. De retour pour le dîner. Mangeons avec les autres cette fois-ci. Je suis désolée pour hier soir, mais je t'en conjure, n'en parlons plus. R. »

Je ne savais pas du tout si je serais de retour à l'heure du dîner, mais au moins j'avais quelques heures de tranquillité devant moi. J'étais dans un tel état que je n'avais plus qu'une seule idée en tête : aller chez Fortnum pour me confier à Francie.

Après avoir déposé mon petit mot sur la table de l'entrée, je m'enfuis en courant en direction de la station de métro la plus proche. Je marchais tellement vite que j'avais trop chaud avec mon manteau d'hiver, mais je me sentais si soulagée d'avoir réussi à m'échapper du presbytère que je ne ralentis pas le pas une seconde.

Cinq minutes plus tard, un métro m'emportait vers le West End, loin de la City.

IV

J'avais eu le projet de passer ma matinée à faire des emplettes pour Noël à l'intention des garçons, une tâche ardue qui aurait détourné mon attention des horreurs que j'avais subies, mais j'eus vite fait de me rendre compte que j'en étais proprement incapable. En définitive, je bus du café sur la mezzanine du Fortnum en feuilletant le *Daily Telegraph* et le *Daily Mail*. Je n'arrivais pas à lire, mais je passai des siècles à examiner les photographies en couverture. Au bout d'un moment qui me parut interminable, l'horloge du restaurant sonna les douze coups de midi et je me traînai à l'étage dans le restaurant St James pour siroter un scotch en attendant l'arrivée de Francie.

C'était bien la première fois de ma vie que je buvais un whisky au milieu de la journée. De fait, je n'en buvais jamais, à moins d'être en crise, mais je sentis qu'il me fallait quelque chose de fort pour me calmer afin que Francie n'aille pas croire que j'avais perdu la boule. Je ne voulais pas avoir l'air de quelqu'un d'instable. Je pouvais me permettre de paraître troublée, mais je tenais à donner l'impression d'avoir le contrôle de moi-même. Et si Francie s'imaginait que je faisais une dépression nerveuse ? Je me cachai derrière le *Telegraph* en frémissant, mais fort heureusement, le scotch se révéla un tranquillisant des plus efficaces à telle enseigne que j'en commandai un autre pour m'assurer qu'une aura de normalité continuerait à m'envelopper. Quand mon verre fut vide, j'avais cessé de me dissimuler derrière les pages du *Telegraph* et brandissais le *Mail* tout en fredonnant discrètement mon mantra américain favori : « Quand ça va mal, faut tout faire pour que ça aille bien .»

Je fis un petit signe à la serveuse et la priai de retirer le verre vide et de m'apporter un Perrier rondelle. Tout est dans l'image ! Je me redressai et croisai les jambes, ajustai les manches de mon chemisier et j'étais en train de boire mon eau gazeuse à petites gorgées quand Francie apparut.

Elle portait une veste rouge vif, une jupe noire étroite et un chemisier noir à jabots qui frétillaient joyeusement sur ses revers. Elle était un tout petit peu trop ronde pour un 40, mais trop mince pour un 42, de sorte qu'elle se retrouvait avec un problème difficile à résoudre sur le plan vestimentaire, mais en dehors d'une ou deux coutures un peu tendues, elle avait fière allure et s'était maquillée à la perfection. Lorsque nous échangeâmes un baiser, je retins mon souffle pour contrôler les vapeurs d'alcool, mais elle laissa échapper un filet d'air et je constatai avec stupéfaction qu'elle sentait le gin. Alors elle aussi avait bu ! Mais bien sûr, elle était déprimée en ce moment, la pauvre, et il lui avait probablement fallu un petit gin & tonic pour arriver à s'extraire d'Islington.

Après avoir décidé solennellement de ne pas prendre d'apéritif, nous filâmes dans la salle du restaurant nous installer à notre table.

Francie fut fabuleuse. Dès que je commençai à lui raconter ce qui s'était passé, elle se montra immédiatement à la hauteur de la situation. Elle se défit de son air habituel de femme au foyer farfelue pour se changer en thérapeute attentive, pleine de chaleur et de compassion. Sans le moindre effort, elle parvint à me convaincre que j'étais la personne la plus importante dans sa vie et, qu'à cet instant, mon bien-être se trouvait au centre de ses préoccupations. Bavarde et joyeuse d'ordinaire, elle m'écouta sans m'interrompre, avec le plus grand sérieux, en se contentant de murmurer des monosyllabes rassurants ou quelque formule utile au moment opportun. À une ou deux occasions, le masque de la bénévole glissa et j'entrevis la curiosité malsaine qui bouillait au fond d'elle, mais je m'aperçus que je pouvais lui pardonner parce qu'elle n'était qu'un être humain. Nous aimons tous être titillés de temps à autre et il était tout naturel qu'elle fût fascinée par une histoire relative à la vie sexuelle de Nicky, de même qu'elle ne pouvait manquer de tirer un plaisir presque dissimulé, mais pas tout à fait, en apprenant qu'un autre mariage que le sien battait de l'aile. Nous méprisons tous les gens qui se complaisent dans la *schadenfreude*, mais qui peut prétendre ne jamais succomber à cette tentation ? Francie eut au moins le mérite de lutter vaillamment afin de garder pour elle ses sentiments les moins reluisants et, pas un instant, elle ne cessa de m'entourer de chaleur et de compassion avec une constance que je trouvais héroïque.

— Ros, ma chérie, me dit-elle finalement avec sincérité quand j'eus achevé mon récit et que j'éclusais mon verre de Chablis Premier Cru, tu n'as aucune raison d'avoir honte. Nick a très mal agi.

Je lui fus extrêmement reconnaissante de me parler ainsi. En même temps, j'étais terrifiée à l'idée qu'elle disait peut-être cela seulement pour être gentille.

— Mais tout de même, repris-je, si l'hypnose a révélé mes sentiments véritables et si je l'ai provoqué ensuite, il a raison de dire...

Je m'interrompis au moment où ma voix se mit à chevroter. Catastrophe ! J'étais sur le point de perdre le contrôle de moi-même. Prise de panique, je me jetai sur la bouteille dans le seau à glace, mais Francie, anticipant mes moindres désirs en une remarquable manifestation de sympathie, était déjà en train de remplir mon verre.

— Ma chère, dit-elle fermement, l'hypnose a eu pour effet de paralyser ta volonté. De sorte que les « sentiments véritables » qui se sont révélés alors étaient en réalité ses sentiments à lui qu'il t'a imposés alors que tu n'étais plus capable de réfléchir. Elle ajouta à la hâte : Bien évidemment, les bénévoles ne sont pas censés conseiller ou donner leur avis, mais je suis ton amie...

— Oh ! Oui, oui, peu importe. J'ai besoin de savoir ce que tu penses vraiment !

— Je pense que ce qu'il a fait est totalement immoral et je suis horrifiée à la pensée qu'il t'a fait un lavage de cerveau pour te convaincre que tu l'avais provoqué. Ros, avant l'hypnose, tu ne voulais pas coucher avec lui, n'est-ce pas ?

— Absolument pas. Je le lui ai même dit.

— Alors ce qu'il a fait est ni plus ni moins du...

— Il m'a privé du pouvoir de dire non, dis-je lentement. Il a couché avec moi sans mon consentement. Si j'avais eu toute ma tête...

— ... tu ne l'aurais jamais accepté et encore moins encouragé. Exact. Et quand on couche avec une femme sans son consentement, ça s'appelle...

— Non, ne le dis pas. Je ne veux pas l'entendre. Je ne peux pas supporter de penser qu'il ait pu faire une chose aussi... Je m'interrompis, accablée par les larmes. Ne me regarde pas, murmurai-je, en attrapant mon sac pour prendre un mouchoir. Je ne veux pas que tu voies ça. Je te l'interdis. Et finalement, je chuchotai : Je crois que je préfère penser que tout était de ma faute plutôt que de reconnaître que Nicky ait pu me traiter comme ça.

Francie me passa un Kleenex. Les bénévoles en avaient toujours sur eux.

— Quoi qu'il en soit, poursuivit-elle d'un ton ferme, il est terriblement important pour toi que tu n'assumes pas une culpabilité injustifiée, alors donne-moi un moment pour te décrire ce qui s'est apparemment passé. Je crois que Nicky a profité de l'affection que vous éprouviez l'un pour l'autre à l'époque où vous étiez à l'école maternelle et qui n'a rien à voir avec votre mariage, et qu'il s'en est servi pour te procurer un faux sentiment de sécurité. Après quoi il est passé à l'hypnose, et à partir de là, tu n'es plus responsable de rien. Tu n'avais plus les moyens de contrôler la situation.

Je reconnus le scénario-cauchemar, et tout en restant physiquement abattue, mentalement bouleversée et émotionnellement annihilée, je fus finalement capable de me libérer du fardeau de la honte.

— C'est un excellent hypnotiseur, tu le sais, disait Francie. Val m'a dit un jour qu'il était capable d'hypnotiser un sujet de bonne volonté en un éclair et sans aucune difficulté. Tu as dû lui demander davantage de temps parce que tu y étais fondamentalement opposée, mais une fois ton hostilité neutralisée en ressuscitant ces souvenirs d'enfance et en te faisant régresser dans le passé...

— Oui. C'est exactement comme ça que ça s'est passé. Je m'en rends compte maintenant.

À ce stade, j'admirais l'aptitude de Francie à écouter, mais aussi à comprendre la situation et à faire face à mon désarroi. Jusque-là, je l'avais toujours trouvée bienveillante, mais pas très fute-fute. Je réalisai que je l'avais sous-estimée. En sa qualité de bénévole à St Benet, ses dons de sympathie étaient employés à plein de sorte que chaque parcelle de son intelligence s'en trouvait maximisée. Du coup, je compris ce que même les gens ordinaires pouvaient accomplir quand ils faisaient un travail qui leur allait comme un gant. Nicky avait fait preuve d'une remarquable perspicacité en repérant son potentiel et en la recrutant pour le centre.

La pensée de Nicky provoqua un nouvel assaut de larmes et m'obligea à réduire un autre Kleenex en charpie. Comment cet homme qui était mon ami depuis toujours et mon compagnon le plus sûr avait-il pu me traiter de la sorte ? J'avais l'impression de le découvrir pour la première fois ; il avait anéanti le passé, tous mes précieux souvenirs avaient été violentés jusqu'à n'être plus qu'un chapelet d'illusions. Pourtant, à côté de ces souvenirs-là, il y avait ceux des tours de magie perpétrés dans les cercles mondains. Je savais depuis toujours qu'il était capable de faire un mauvais usage de ses pouvoirs, mais entre hypnotiser des jeunes filles qui ne demandaient que ça dans des soirées et ce qui s'était passé...

— Comment a-t-il pu faire une chose pareille ? m'exclamai-je, désespérée. Comment a-t-il osé...

Mais je fus dans l'incapacité de prononcer des mots qui n'avaient plus cours. Plus personne ne se hasarde à utiliser des termes tels que « malveillant », « diabolique » ou « corrompu » à moins d'être une bigote suivant la Bible à la lettre ou un fondamentaliste islamiste s'élevant contre le dernier roman de S. Rushdie. Le libéralisme des années soixante avait détruit notre vocabulaire éthique, et Mme Thatcher avait été trop occupée jusqu'à présent à ranimer les feux du nationalisme et du capitalisme pour en réinventer un.

— Curieusement, disait Francie, comme si elle essayait de calmer le jeu en opérant une retraite momentanée dans le blabla désinvolte, j'ai lu un article à propos d'un cas similaire dans le journal l'autre jour. Plusieurs femmes avaient été hypnotisées par leur thérapeute qui avait abusé d'elles ensuite. Elles étaient conscientes de ce qui leur arrivait, mais ne pouvaient lui résister, et c'était seulement une fois sorties de l'hypnose qu'elles avaient compris exactement ce qui s'était passé.

— Qu'est-il advenu de lui ? demandai-je d'une voix faible.

— Oh, on l'a mis en prison, bien évidemment, mais c'était manifestement un charlatan.

J'essayai de parler. En vain.

— Nicky est différent, enchaîna-t-elle, parce que c'est avant tout un bon prêtre. Il a juste perdu la tête temporairement parce que tu avais pris la décision de le quitter.

— Alors tout est de ma faute, en définitive ?

— Non, non, ce n'est pas du tout ce que j'ai voulu dire.

Comprenant qu'elle avait mis le pied dans le plat, elle essaya désespérément de faire marche arrière, mais j'étais déjà en train de m'extraire d'une nouvelle vague de culpabilité. J'avais finalement vu la situation dans son ensemble. Avec une force surprenante, je m'exclamai alors :

— La vérité n'est-elle pas la suivante : bien que nous soyons tous capables du pire quand nous sommes sous tension, libre à nous de décider d'agir ou pas. Si nous faisons le mauvais choix et nous comportons de manière bestiale, ne devrions-nous pas au moins admettre notre erreur et essayer de faire amende honorable ? Nicky s'est excusé, mais il n'était pas sincère, ajoutai-je d'une voix tremblante, et brusquement mon désespoir se dissipa sous l'effet de la colère. Il s'est excusé pour la forme ! Si vraiment il était désolé, il aurait assumé la responsabilité de son acte au lieu de soutenir que je l'avais provoqué !

— Mais c'est classique ! renchérit aussitôt Francie, prête à tout maintenant pour m'appuyer. Les hommes coupables de ce type d'acte optent le plus souvent pour cette solution. Ils nient !

La colère me fit du bien et me donna la force de me ressaisir. Je décidai que le moment était venu de remédier à mon apparence, mais quand j'ouvris mon poudrier, je m'aperçus à mon grand désarroi que j'étais dans un pire état que je ne l'avais imaginé. Mon mascara supposé indélébile avait coulé. Avec mon nez luisant, mes joues mouillées, mon rouge à lèvres mordillé, mes yeux de panda, j'avais l'air d'un clown de soixante ans.

— Si je commandais un cognac ! lança Francie, pleine de ressources, voyant que j'étais à nouveau sur le point de m'effondrer.

— Non, ça ne sert à rien de noyer son chagrin dans l'alcool, fis-je, bravache, mais gâchai aussitôt ce déploiement de courage en éclatant de nouveau en sanglots. Oh, Francie, pleurai-je, totalement désespérée. Je me sens ravagée. Que vais-je faire, pour l'amour du ciel ?

— Eh bien, dit-elle d'un ton merveilleusement réconfortant, à vrai dire, j'ai une ou deux idées dont je souhaiterais te faire part...

V

— Pour commencer, reprit-elle vivement après que je l'eus suppliée de continuer, il faut que tu divorces. Ça ne fait aucun doute. Je sais que les couples cléricaux sont censés durer éternellement, mais les choses ont tellement changé, et, de nos jours, un prêtre n'est pas forcément fichu sous prétexte que sa femme demande le divorce — même si cela doit se faire très discrètement sans que le côté sordide des choses éclate au grand jour. Alors ne crains pas de gâcher la carrière de Nick. Quant à sa vie privée... enfin, tu sais ? Il se peut qu'il tombe éperdument amoureux de quelqu'un d'autre.

— Oh mon Dieu ! Si seulement... Ça me faciliterait drôlement les choses, mais en dehors de moi, la seule femme qui a l'air de l'intéresser, c'est Alice et je le vois mal...

— Alice ? s'exclama Francie d'une voix si perçante que je bondis. Alice ? Alice Fletcher ?

— Oui, il faut les voir s'extasier ensemble devant le chat. Je n'y comprends rien, mais je suis sûre que le sexe n'a rien à voir là-dedans. Donc, en partant du principe qu'il y a aucun espoir pour le moment qu'une ravissante pépée subjugue Nicky en battant des cils, comment lui faire entrer dans la tête que notre mariage est voué à l'échec ?

— Prends un amant, suggéra Francie, pleine d'imagination, trouvais-je, après tout, elle allait régulièrement à l'église.

— Bonne idée, fis-je, mais j'ai déjà essayé. Et quand je lui ai tout avoué à Devon, mardi...

— *Tu as eu une liaison ?* s'exclama Francie, sidérée.

— À vrai dire, j'ai eu trois amants successifs, mais deux d'entre eux n'ont pas duré plus d'une nuit, de sorte qu'ils ne comptent pas vraiment.

— Une nuit...

— Allons, Francie, il fallait bien que je fasse quelque chose ! J'étais malheureuse comme la pluie toute seule dans le Surrey !

— Oh, ma chérie ! Je ne te fais aucun reproche. Je n'ai pas à juger ! s'écria-t-elle, en luttant pour faire disparaître sa mine effarée et débordant de nouveau de compassion. Mais Nicky a dû être bouleversé d'apprendre la vérité ?

— Oui, mais comme toutes ces infidélités faisaient partie du passé et qu'il s'est rendu compte que je n'aurais jamais agi ainsi si je n'avais pas été si désespérée, il a tendu l'autre joue et m'a pardonnée.

— Seigneur, cet homme est un vrai chrétien ! s'exclama-t-elle avec ferveur, mais elle réalisa, une seconde plus tard, que cette déclaration n'était pas vraiment compatible avec la catastrophe de la nuit dernière. Elle se reprit aussitôt : Excuse-moi. Laisse-moi me concentrer. Tu dis que tu as eu plusieurs liaisons, mais Seigneur Dieu, c'est incroyable ! Comment t'es-tu débrouillée ? Je veux dire, les hommes aiment tellement avoir les rênes en main, non, et ils ont plutôt tendance à se défiler quand une femme leur saute dessus...

— J'ai toujours choisi des hommes plus jeunes que

moi et me suis toujours arrangée pour être un peu gouvernante ou maîtresse d'école sur les bords. Ils adorent ça.

— Doux Jésus ! s'exclama Francie, stupéfaite.

Je décidai qu'il était temps de remettre la conversation sur le bon cap avant qu'elle réalise qu'elle était jalouse.

— Bref, peu importe ! m'empressai-je d'ajouter. Concentrons-nous sur le problème principal. Comment convaincre Nicky que...

— Attends une seconde, s'écria-t-elle brusquement. Tu viens de me donner une idée. Supposons que tu prennes un autre amant, mais que tu choisisses cette fois quelqu'un qui laisserait clairement entendre à Nick que ce n'est pas seulement un petit adultère effacé en un rien de temps par un vent de pardon chrétien, qui lui prouverait une fois pour toutes que tu ne peux pas continuer à être sa femme parce que tu as toutes les chances de ruiner son ministère.

— Tu veux dire que le meilleur moyen de le réveiller consiste à le secouer jusqu'à la moelle ?

— Oui, si tu jetais ton dévolu sur quelqu'un qui, du point de vue de son ministère, serait absolument *verboten*...

— Je doute d'arriver à mes fins si j'essaie de séduire l'Évêque, et je ne vois personne d'autre... Francie ! Qui y a-t-il ? Pourquoi me regardes-tu comme si tu étais sur le point d'exploser ?

— Parce que je viens d'avoir une idée de génie ! La solution est simple, ma chérie : il faut que tu séduises Stacy McGovern.

VI

La serveuse choisit ce moment pour débarrasser la table. Dès qu'elle se fut éloignée, je m'exclamai :

— Tu es folle, Francie !

— Mais Nick comprendrait enfin, non ? Ça lui mettrait la vérité sous le nez à telle enseigne qu'il n'aurait pas d'autre solution que d'accepter les faits. Il répond de Stacy. Les conséquences seraient dévastatrices...

— C'est précisément la raison pour laquelle je ne ferais jamais une chose pareille. Pauvre petit Stacy !

— Petit ! Ce géant maladroit aux cheveux poil de carotte ! Écoute-moi bien, tu lui rendrais service en lui enseignant une ou deux choses. Il est tellement timide et retardé sur le plan émotionnel que la seule personne qu'il a été capable de draguer c'est Tara Hopkirk !

— Je ne peux pas séduire le vicaire, Francie. J'ai peut-être des défauts, mais il y a des limites que je ne dépasserais jamais. Ce serait tellement immoral. Inadmissible.

— Mais ça résoudrait tout !

Je la dévisageai, interdite. Elle avait les yeux brillants, les joues roses, et vibrait d'enthousiasme.

— Eh bien, je dois dire que pour quelqu'un qui lutte contre la dépression, tu t'es sacrément vite remise ! remarquai-je. As-tu jamais pensé à devenir conseillère conjugale ? Tu ne plongerais plus jamais !

Francie prit immédiatement un air contrit.

— Désolée, ma chérie, je me rends compte de la difficulté de la situation. Ne te méprends pas sur mon apparence joyeuse. Si je suis excitée, c'est parce que je tiens à tout prix à t'aider.

— Je te suis très reconnaissante. Mais pour ce qui est de Stacy...

— Ros, je doute que tu puisses te permettre de reculer, maintenant, je t'assure. Tu ne vois donc pas que tu rendrais service à Nicky en le secouant un bon coup ? Il a vraiment besoin de se sortir de cette périlleuse obsession avant que cela n'affecte son ministère.

— Je suis d'accord avec toi, mais je ne peux pas m'imaginer couchant avec Stacy... Qui est cette Tara Machin-chose ?

— Oh, tu ne la connais pas ? C'est l'une des femmes de ménage de l'église. Elle est moche comme un pou.

— Pourquoi Stacy se contenterait-il d'une fille comme ça ? Quel est son problème ?

— Comment veux-tu que je le sache, ma chérie ? C'est toi l'experte en jeunes gens ! Il ne pourrait pas être homosexuel, si ?

Je pris une seconde pour réfléchir.

— Non, déclarai-je d'un ton ferme. Ce n'est pas possible.

— Je reconnais qu'il est plutôt viril.

— Ce n'est pas ça. C'est jusque que Lewis n'accepterait jamais d'embaucher un vicaire *gay*. Il considère l'homosexualité comme un handicap.

— Ce qu'il peut être vieux jeu, fit Francie d'un air compassé.

— Je ne sais pas, repris-je en sortant à nouveau mon poudrier. En tant que femme, je ne peux pas m'empêcher de penser que c'est un handicap de ne pas parvenir à entrer en relation profonde avec l'autre sexe. L'homosexualité me donne la chair de poule

— Seigneur, Ros, on ne peut plus dire ces choses-là à haute voix de nos jours !

— Je viens juste de le faire.

En serrant les dents, j'affrontai mon reflet cauchemardesque dans la glace et entrepris finalement de procéder aux réparations nécessaires.

— Pourrais-tu faire signe à la serveuse pour qu'elle nous apporte le café ? Si elle me voit dans l'état où je suis actuellement, elle sortira de la pièce en courant.

Francie s'exécuta docilement, mais elle était encore ébranlée par les vues profondément dépassées que je venais d'exprimer sans sourciller. Apparemment, cela ne posait aucun problème de préconiser la forme d'adultère la plus abjecte ; mais si on se hasardait à formuler la moindre critique à l'encontre des adeptes de la sodomie, on passait pour monstrueux.

— En vérité, je me fiche comme d'une guigne de ce que font les homosexuels, dis-je en me poudrant le nez. J'aimerais seulement qu'ils aient le bon goût de faire ça discrètement comme nous tous et qu'ils arrêtent de se prendre pour des persécutés. Je déteste les gens qui geignent. Au fait, je te demande de m'excuser pour toutes ces jérémiades qui ont empoisonné le déjeuner ! J'ai été bien pire qu'un activiste homosexuel ! À présent, ma chérie, parle-moi de toi et de tes problèmes.

— Oh, ils sont sans importance, s'empressa-t-elle de dire. Ça ne vaut même pas le coup d'en parler, mais c'est gentil à toi de te préoccuper de moi alors que tu es dans de si vilains draps... Es-tu certaine de ne pas vouloir tenter le coup avec Stacy ?

— « Apporte-moi ton soutien, Satan ! » Oui. Je n'irais jamais jusque-là, je le crains.

— Tu es une vraie sainte, commenta Francie. Si j'avais enduré ce que tu as enduré, je séduirais Stacy par pur esprit de revanche.

— Si tu avais enduré ce que j'ai enduré, tu ne demanderais qu'à t'affranchir de la peur, je peux te l'assurer.

Francie m'invita à passer quelques jours chez elle, mais je refusai. Nicky viendrait me chercher et défoncerait la porte. Elle suggéra que je consulte au plus vite un avocat spécialiste des divorces et promit de demander à Harry de me recommander quelqu'un dès qu'il reviendrait de Hong Kong.

— En attendant, ajouta-t-elle, si tu refuses de venir te réfugier chez moi, je pense que tu devrais demander l'hospitalité à Phyllida. Son mari est chasseur, non ? Il pourrait te défendre avec sa cravache si Nicky débarquait.

— Tommy a la gâchette facile. Je ne tiens pas à ce qu'il tire sur Nicky.

— Il m'a tout l'air du type de brute machiste dont tu as besoin. Cours vite te réfugier chez Phyl.

Mais je ne tenais pas du tout à passer pour une mauviette aux yeux de ma sœur et puis de toute façon, il y avait toutes les chances pour que son horrible mari prenne le parti de Nicky au nom de la solidarité masculine. Je commençai à me dire qu'il allait peut-être falloir que je prenne un pseudonyme et que je disparaisse jusqu'à ce que les garçons rentrent de l'école pour me chaperonner. Où aller pour que Nicky ne devine pas où je suis ? En Irlande du Nord, peut-être, mais je ne voulais pas prendre le risque de sauter sur une bombe ! Je pouvais aller en Europe, mais non, il fallait que j'aille quelque part où l'on parle anglais parce que j'étais trop bouleversée pour supporter d'avoir à parler une langue étrangère...

Je m'aperçus tout à coup que j'étais sur le trottoir devant chez Fortnum et que Francie me faisait ses adieux en m'embrassant. Je lui rendis son baiser, le cœur gonflé de reconnaissance en lui disant qu'elle avait été merveilleuse. Quelle bénédiction, pensai-je dans le taxi qui me ramenait dans la City, d'avoir une amie aussi loyale et dévouée pour me soutenir...

VII

Quand j'atteignis le presbytère, le manque de sommeil et ma fatigue émotionnelle m'accablèrent tout à coup et je m'enfermai à nouveau dans la chambre de Benedict pour m'échapper dans l'inconscience sous la couette.

Plus tard, tandis que j'attendais que l'eau bouille pour le thé, j'allai dans le salon tirer les rideaux. En jetant un coup d'œil en bas, j'aperçus Stacy en train de bavarder avec une fille robuste qui pouvait fort bien être Tara, la femme de ménage. Je les observai un moment. Ils continuèrent à parler, sans sentir mon regard rivé sur eux, mais finalement, Stacy se détourna, et ce faisant, il m'aperçut, debout dans l'encadrement éclairé de la fenêtre.

Il agita la main, sourit, se heurta à ma voiture garée dans la cour du presbytère.

Je lui rendis son salut, et son sourire, avant de tirer les rideaux.

Tout en préparant le thé, je songeai que Francie avait raison. Si je séduisais Stacy, Nicky serait forcé d'admettre que j'étais déterminée à mettre un terme à notre mariage ; dès lors, il n'aurait plus d'autre solution que de me laisser partir. En outre, plus cela se ferait rapidement, plus vite je serais libérée de la peur. Même si je prenais la fuite en Irlande du Nord sur-le-champ, je continuerais à vivre dans la terreur qu'il parvienne à retrouver ma trace. En attendant, qu'allais-je bien pouvoir faire quand il rentrerait ce soir ? Et s'il cherchait une fois de plus à coucher avec moi pour s'assurer que tout était oublié et pardonné, comme je l'avais déclaré avec tant de désinvolture hier soir en dépit de ma torpeur ? À supposer — et c'était encore plus terrifiant à imaginer —, qu'il essaie de me parler dans le but de me « guérir » et réussisse, Dieu sait comment, à me laver le cerveau une fois de plus ? Il n'avait nul besoin de recourir à l'hypnose pour me manipuler et s'il m'imposait à nouveau une tension émotionnelle insoutenable, je risquais de craquer purement et simplement et de devenir comme l'une des femmes de ce film d'épouvante, *The Stepford Wives*, une créature-poupée sans cervelle et totalement soumise à son époux.

Je m'aperçus avec effroi que je pouvais imaginer des choses qui ne m'avaient jamais traversé l'esprit auparavant : je me voyais plongeant dans la dépression nerveuse et perdant tout contrôle sur ma vie, à jamais, tandis que Nicky signait les papiers me consignant dans un asile jusqu'à la fin de mes jours. J'entendais même distinctement sa voix : « Chérie, je fais cela parce que je t'aime et parce que je sais que tu m'aimes toi aussi... »

Le scénario-cauchemar dans toute sa splendeur.

« Je ne peux pas vivre ainsi », pensai-je, avec cette perpétuelle peur au ventre, le vil souvenir de la nuit dernière et l'idée insoutenable qu'il risquait d'abuser de moi une fois de plus, Dieu sait comment.

Puis je me dis : « Pourquoi dois-je vivre une telle torture ? » Et au tréfonds de mon esprit, la colère s'anima de nouveau, enfin, la colère qui, cette fois-ci, me donnerait les forces nécessaires.

Je me rappelai qu'on m'avait abusée, violée, que je n'étais responsable de rien dès lors que mon esprit avait été envahi, qu'à présent, il ne me restait plus qu'à éviter à tout prix de tourner ma colère contre moi-même de crainte que je me noie dans la culpabilité et la honte pour la tourner au contraire vers l'extérieur jusqu'à ce qu'elle fasse feu sur la bonne cible.

— Le salopard mérite d'être puni, dis-je à haute voix dans la pièce silencieuse.

L'instant d'après, je compris que je ne tenais pas à me venger, mais à imposer la justice de manière à empêcher Nicky de continuer à jouer les charlatans. Un juste châtiment me libérerait et me permettrait de recouvrer la paix. Un juste châtiment, tel était l'objectif que je devais me donner désormais en y appliquant toute l'énergie et l'ingéniosité qu'il me restait.

Quelqu'un frappa à la porte de l'appartement.

Je bondis, mais en fait, je n'étais pas vraiment surprise. La chance allait me sourire maintenant, j'en étais sûre, tout comme j'étais sûre que je n'allais pas attendre en me tournant les pouces que justice se fasse d'elle-même.

Au diable la morale ! me dis-je d'un ton farouche. Peu m'importe si j'agis mal. Au diable les scrupules, les conventions, l'esprit qui bâtit l'Empire, tous ces fichus trucs qui font obstacle à l'équité ! Au diable les victimes, surtout ! Quand faut y aller, faut y aller !

J'ouvris la porte.

— Bonjour ! s'exclama Stacy, le regard brillant, bouillonnant d'énergie, tel un gentil chiot. Vous savez, hier matin, vous m'avez dit que vous vouliez inspecter mon appartement. Eh bien, vous pouvez l'inspecter maintenant si vous voulez, et puis je vous montrerai les photos du mariage de ma sœur, Aisling !

— Parfait ! m'exclamai-je, sans l'ombre d'une hésitation.

Et je quittai l'appartement sans même me retourner pour aller me jeter droit dans la gueule du loup.

QUATRIÈME PARTIE

NICHOLAS

L'ESCALADE DU DÉSASTRE

> « Le jugement proprement compris est la conséquence logique des choix que nous faisons. De sorte que le thérapeute chrétien ne juge pas. Il sait qu'il est lui aussi sujet au jugement, car il doit vivre avec les effets du libre arbitre qu'il exerce. »
>
> Christopher Hamel Cooke
> *Healing is for God*

1.

« Le mouvement de la guérison lui-même
tombe malade quand une mauvaise pratique pastorale se dissimule sous le couvert
d'une phraséologie spirituelle, quand les
"forts" soutiennent que les "faibles"
croient en un remède ; quand la "délivrance" passe pour l'unique recours si l'assistant est coincé ; quand les soignants,
poussés par leurs propres besoins, estiment nécessaire de tout résoudre. On
assiste alors à un terrifiant niveau d'abus
en puissance... »

Gareth TuckwelL et David Flagg
A Question of Healing

I

J'ai anéanti mon mariage le mercredi 23 novembre
1988. Ensuite j'ai dormi six heures. Détruire est une activité
épuisante. Il n'y a strictement rien de gratifiant là-dedans.

À cinq heures et demie le lendemain matin, je me suis
réveillé, conscient que j'étais dans de sales draps. Je savais
que notre couple pouvait être remis sur pied. Cela allait
sans dire puisque l'alternative était inconcevable, mais, en
attendant, il était en piteux état. Pendant un moment, je
feignis d'être en communication avec Dieu et intensément

absorbé par la prière. Puis, à six heures, dans l'incapacité de faire semblant plus longtemps, j'abandonnai mon bureau et allai frapper à la porte de Lewis.

Il se levait toujours avant six heures, mais ne s'habillait jamais dans l'heure qui suivait. Ce matin-là, il avait une allure peu engageante dans sa robe de chambre bordeaux faite sur mesure trente ans plus tôt, avec des manches toutes effrangées et des protège-coudes noirs collés au fer à repasser. Elle n'avait plus un seul bouton, et au-dessus de la ceinture lâchement attachée, je pouvais lire le message inscrit sur le t-shirt qu'il portait en guise de pyjama : J'ABOIE PLUS FORT QUE JE NE MORDS. Un cadeau des bénévoles de l'église à Noël dernier.

— J'ai un problème, lui dis-je.

Il leva un sourcil et me fit signe d'entrer sans la moindre hésitation. Aucun astronaute perdu dans l'espace n'aurait pu obtenir une réaction plus sereine de la base de contrôle.

Il y avait une petite table près d'une des fenêtres. Je me laissai tomber sur une chaise à proximité. La grande chambre était bourrée de meubles. Dans l'une des pièces, un lit large se disputait l'espace avec une armoire de style victorien, une commode et un prie-Dieu, tandis que, dans l'autre moitié, la table et ses deux chaises jouxtaient un bureau, plusieurs fauteuils, une paire d'étagères et des rayonnages modernes conçus pour abriter des CD, des 33 tours ainsi que d'anciens 78 tours. Pas de télévision, mais de la hi-fi à revendre ! Face au prie-Dieu, il y avait un autel miniature orné de deux chandeliers en cuivre et d'une croix, et le mur, au-dessus de cet arrangement, s'ornait d'une icône de la Vierge et de l'Enfant. Lewis aimait les icônes. Plusieurs autres, plus petites, se mêlaient à ses photos de famille. Au milieu de la cheminée trônait un cliché de son grand-oncle, Cuthbert Darcy, serrant la main de l'archevêque Davidson au lendemain de la Première Guerre mondiale. Le père Darcy apparaissait comme un aventurier aux robustes épaules, aux cheveux argentés, avec une mine de renard. Lewis avait atteint l'âge où cette description lui convenait aussi.

— Alors ? dit-il en s'asseyant à la table face à moi et en tendant la main pour prendre son paquet de cigarettes.

— Rosalind et moi nous sommes disputés hier soir. Lewis n'aurait pas pu paraître moins surpris. Je le regardai allumer sa cigarette et inhaler la fumée.

— Je crains de m'être trompé de tactique, dis-je. J'en suis même sûr. À vrai dire, j'ai fait une bourde monumentale, même si sur le moment, ça paraissait une bonne idée.

Reconnaissant l'épitaphe classique affichée sur une décision catastrophique, Lewis pâlit imperceptiblement.

— Rosalind m'a annoncé qu'en définitive, elle ne pouvait pas vivre au presbytère, qu'elle voulait rentrer à la maison et divorcer. Il m'a semblé évident sur le coup que son individualisme endiablé avait fini par avoir raison d'elle en devenant une force destructrice qu'il convenait de neutraliser au plus vite. En d'autres termes, achevai-je en regardant la fumée monter vers le plafond taché par la nicotine, j'ai estimé qu'elle avait besoin d'un traitement radical.

Je marquai une pause, au cas où il aurait envie de faire un commentaire. Mais rien ne vint.

— La vraie Rosalind, repris-je, me jetant à l'eau tandis qu'il inhalait une autre bouffée, celle existant encore sous cette fausse identité qui a envahi sa personnalité comme un cancer, m'aime encore. J'en suis intimement persuadé. Je me suis dit que si je pouvais court-circuiter ce personnage, je serais en mesure de lui prouver que son désir de divorce était pure folie. J'ai pensé que ce serait un chemin valable pour atteindre la guérison et lui rendre son intégrité : exciser le cancer, guérir les dommages grâce à l'amour et permettre à Rosalind de se retrouver. Tout cela semblait logique sur le plan clinique. La thérapie, en elle-même, serait une manière de la délivrer de la maladie spirituelle qui l'opprimait.

— Nicholas, intervint Lewis, et je savais qu'il avait des picotements dans la nuque, qu'avez-vous fait à cette femme exactement ?

— Eh bien, je... Eh bien, vous n'allez pas apprécier, mais je lui ai administré une forme douce, très douce, d'hypnothérapie. Elle était à peine inconsciente, je peux vous l'assurer. Je voulais juste qu'elle voie clairement qu'elle m'aimait et que je l'aimais...

— Seriez-vous sérieusement en train de me dire...

— Okay, je sais que j'ai pris un risque, mais j'ai pensé

que cela en valait la peine. J'ai cru que l'hypnothérapie serait un outil approprié dans ces circonstances !

— Nicholas ! Je n'arrive pas à le croire !

— D'accord, d'accord, j'ai commis une erreur ! Je me suis un peu fourvoyé. Enfin, beaucoup. Je le sais pour la bonne raison que le traitement n'a pas marché. Pourtant, sur le moment...

— Attendez ! Je veux être sûr que je n'ai pas mal interprété ce qui s'est passé. Êtes-vous en train de me dire que vous avez hypnotisé Rosalind afin de coucher avec elle ?

— Non, non ! Je l'ai hypnotisée afin d'exciser le cancer qui rongeait sa personnalité et de révéler son être véritable ! Ensuite, nous avons fait l'amour. Bien sûr. Une fois qu'elle a réalisé qu'elle m'aimait toujours, elle...

— Que s'est-il passé quand les effets de l'hypnose se sont dissipés ?

Je remuai, mal à l'aise sur ma chaise. Je m'efforçai de bâtir une phrase, mais aucune succession de mots me semblait convenir.

— Nicholas ?

Je renonçai à essayer de concocter un schéma verbal agréable à entendre.

— Elle a vomi, dis-je. Je ne regardais plus la fumée. Je fixai un bout de tapis effiloché. J'ai trouvé des traces sur le bord des toilettes. Après, elle a pris un bain. Interminable. J'ai attendu devant la salle de bains, mais quand elle en est sortie, elle ne voulait pas me parler. Elle s'est contentée de me dire que j'avais été bête, mais que tout était pardonné et oublié. Ensuite, elle est allée dans la chambre de Benedict et s'est enfermée à clé. Avant cela, elle m'avait montré qu'elle était très en colère. C'est à ce moment-là que j'ai compris que j'avais commis une grossière erreur, mais ce n'est bien sûr qu'un contretemps momentané. Je sais qu'elle m'aime et une fois qu'elle aura accepté que l'hypnothérapie est une procédure médicale valable prenant en compte ses meilleurs intérêts...

Lewis saisit ses béquilles et se leva. En s'approchant maladroitement du téléphone, il prit le combiné et me le tendit.

— Téléphonez à votre directrice de conscience, se borna-t-il de me dire.

— Cela veut-il dire... Insinueriez-vous que...
— Vous êtes un cas d'urgence, Nicholas. Vous avez besoin d'aide sans délai.

II

Après un profond silence, je repris d'un ton obstiné :
— Je suis prêt à reconnaître que j'ai pris un risque à tort. Que j'étais trop impliqué émotionnellement pour tenter de la soigner. Qu'en conséquence de cette erreur, mon mariage est en plus mauvaise passe qu'il ne l'était auparavant. Mais je refuse d'admettre que Rosalind ne m'aime pas et que notre mariage est foutu.
— Nicholas, si je tente le moindre commentaire, je ne ferai qu'empiéter sur le territoire de votre directrice de conscience. Appelez-la.

Il y eut un autre silence tout aussi profond avant que j'ajoute :
— Je ne suis pas sûr d'être capable d'en parler à Clare.

Lewis raccrocha brutalement et se mit à respirer l'agressivité à plein nez.
— Mes pires craintes se confirment. Il y a des zones d'ombre entre vous. Bien sûr, j'ai toujours pensé que consulter une femme à propos de questions d'une telle importance était bien la pire erreur qu'un homme comme vous puisse faire...
— Oh, fichez-moi la paix !
— Non, je ne vous ficherai pas la paix ! Vous vous laissez guider par l'orgueil ! Vous ne pouvez pas supporter l'idée que cette femme vous voie sous un jour moins que flatteur ! Vous aimeriez qu'elle soit gaga de vous comme toutes les autres bonnes femmes. Vous voudriez des petits entretiens paisibles à propos de la prière, émaillés des compliments mielleux sur votre beauté de conscience, mais laissez-moi vous dire une chose : si mon grand-oncle Cuthbert était là, dans cette pièce avec nous...
— Oh, fichez-moi la paix avec le père Darcy !
— ... il vous dirait que votre répugnance à voir votre

directrice spirituelle est on ne peut plus édifiante, la preuve de graves problèmes spirituels, et il aurait raison ! Nicholas, si vous sentez vraiment que vous ne pouvez pas parler à cette femme au sujet des décisions que vous avez prises hier soir — des décisions qui mettent en cause non seulement votre jugement en qualité de guérisseur, mais votre aptitude actuelle à exercer votre métier de prêtre...

— N'exagérons rien tout de même !

— Je n'exagère absolument pas ! En outre, laissez-moi vous dire clairement que si vous assistez à la messe de huit heures, je refuse de vous donner l'Eucharistie !

— Vous débloquez ! m'exclamai-je, estomaqué, mais cette fois-ci, j'étais franchement déboussolé, comme si je m'étais retrouvé à conduire sur les routes françaises sans avoir traversé la Manche.

— Je débloque peut-être, s'exclama Lewis, furieux, mais vous, vous avez plongé dans les grandes largeurs. Maintenant, allez voir cette femme et si j'apprends quand vous revenez qu'elle n'a pas réussi à vous faire entendre raison, je...

— Auriez-vous la gentillesse de cesser de dire « cette femme » ? Elle s'appelle sœur Clare Veronica.

— Peu m'importe si elle s'appelle mère Teresa, elle ne sert à rien en l'occurrence. Elle ne peut même pas entendre votre confession ! Si seulement vous étiez allé chercher une direction spirituelle auprès d'un prêtre de l'Église d'Angleterre au lieu d'aller raconter des boniments à cette bonne sœur catho...

— Réveillez-vous, Lewis ! On est en 1988 ! On ne fait plus de commentaires désobligeants sur les catholiques ni sur les femmes !

— Je ne ferais aucune remarque, désobligeante ou pas, à propos de votre bonne sœur si vous ne m'aviez pas avoué sans détour que vous étiez incapable de lui parler de choses aussi graves !

— Bon, ça va. Vous avez gagné. J'y vais. Je vais voir Clare pour tout lui raconter.

Les épaules de Lewis s'affaissèrent perceptiblement sous l'effet du soulagement. Il pouvait cesser ses insultes maintenant. Je me félicitais qu'il me sermonne vertement chaque fois qu'il l'estimait nécessaire. Cela me donnait un sentiment de sécurité. Tous les guérisseurs ont besoin d'être remis sur le droit chemin de temps à autre. En particulier quand ils sont dans la panade jusqu'au cou !

Bien entendu, le vieil homme suait à grosses gouttes. Bien entendu, il avait fait plusieurs déclarations qu'on était forcé de qualifier d'exagérations, mais, en essence, il m'avait donné le conseil le plus judicieux qui soit. Il fallait que j'agisse avant que l'angoisse aiguë engendrée par ma vie privée n'affecte mon ministère, et agir signifiait avoir l'humilité d'avouer à ma directrice de conscience que j'avais commis une bourde sans nom. Après quoi, nous déterminerions ensemble ce qu'il convenait de faire pour arranger les choses. Clare serait sensible et compatissante, je n'en doutais pas une seconde. Ses suggestions seraient utiles, à coup sûr.

Dans ce cas, pourquoi répugnai-je à l'idée de la voir ? Mystère. Se pouvait-il que le fait que c'était une femme eût une incidence ? Certainement pas. Qu'avais-je fait qui serait si pénible à avouer à une femme ? Rien. J'avais commis une erreur en tant que guérisseur et ce serait difficile à avouer à n'importe quel directeur spirituel, quel que soit son sexe, mais en dehors de cela, j'avais agi dans les meilleures intentions du monde et j'avais la conscience tranquille.

Regrettant de ne pouvoir oublier la route notoirement pavée de bonnes intentions, je retournai dans mon bureau pour téléphoner au couvent.

III

Clare vivait à Fulham. Les religieuses possédaient la maison voisine de Parsons Green depuis l'époque où ce quartier était pauvre, et même maintenant que les gros entrepreneurs bâtissaient des appartements pour les riches le long des berges de la Tamise, il restait encore un grand nombre de gens moins privilégiés alentour. La réduction de l'aide sociale avait rendu la vie plus difficile pour beaucoup. L'usage de la drogue était monnaie courante. Sous la

façade étincelante du *Big Boom*, des forces obscures frémis-
saient comme si elles se languissaient de la récession et de
la ruine qui les libéreraient.

Je quittai le presbytère avant huit heures, mais en raison d'un embouteillage sur l'Embankment, il était près de
neuf heures quand j'arrivai au couvent. La messe devait
être finie, ainsi que le petit déjeuner. Les religieuses
devaient être occupées à leurs tâches quotidiennes. Clare
était cuisinière. Alice me faisait parfois penser à elle. Le
christianisme, avec sa vision du monde matériel imprégné
de sacré, n'était certainement pas une religion dont le fondateur méprisait la nourriture et la boisson. Rosalind
croyait que j'étais indifférent à l'une et à l'autre, mais il
m'arrivait de boire un verre de temps à autre et j'aime être
convenablement nourri.

La sœur qui m'ouvrit la porte m'annonça d'un ton
sévère que Clare était occupée à peler des pommes de
terre ; je pris place dans une petite pièce à côté du parloir,
à une table sous un crucifix, et me préparai à une longue
attente. Moins d'une minute plus tard, Clare me rejoignait.

C'était une grande femme — environ un mètre
soixante-quinze — avec des mains larges, rougies, calleu-
ses, où l'on voyait encore les cicatrices laissées par un accident de voiture survenu il y a des années, qui avait tué son
mari et ses enfants. Elle avait la peau claire, des yeux bleus
et une bouche superbe, élégante, capable d'une multitude
d'expressions. Son sourire était assez froid, mais elle ne
manquait ni de chaleur ni d'humour ; cette froideur appa-
rente était l'un des aspects du personnage formel, détaché,
qu'elle trouvait utile d'adopter dans certaines situations.

— Cela me fait plaisir de vous voir, dit-elle.

— Navré de m'imposer si soudainement et à un
moment aussi peu propice de la journée.

— Ce n'est pas grave.

Je m'étais levé dès son arrivée, mais nous nous étions
rassis tous les deux. Elle portait une tunique grise, d'une
propreté immaculée et repassée à la perfection. Cela me fit
penser au jean impeccable que j'aimais mettre quelquefois,
mais pour l'heure, je ne portais pas de jean. J'avais mis un
costume noir et un plastron, ainsi qu'un épais col clérical
blanc, comme mon père en aurait porté s'il avait eu un ren-

dez-vous avec son directeur de conscience. Je n'étais pas un clone de mon père, pourtant en me vêtissant formellement pour cet entretien, je savais que j'essayais d'offrir au regard sa version à lui du prêtre dévot et dévoué. Mon père aussi avait commis des erreurs au cours de son long ministère, mais personne n'avait mis en cause son dévouement ou sa foi. En sécurité derrière l'image qui me faisait penser à lui, je m'efforçai de puiser de la force dans son souvenir.

Je commençai néanmoins à me sentir nerveux. Pas très, mais un peu tout de même. Le genre de nervosité qui donne envie de s'éclaircir la gorge et de tripoter ses manches. Pas celle qui vous fait suer comme un bœuf ou réprimer l'envie de sortir de la pièce en hurlant.

— Je suis très bouleversé, dis-je à Clare. Je tiens à le souligner. Si je ne l'avais pas été à ce point, je n'aurais pas fait la grave erreur que j'ai commise hier soir. Si j'étais dans cet état, c'est que Rosalind m'a dit qu'elle voulait divorcer. Elle me l'a écrit dans un petit mot lundi dernier, mais depuis les choses ont empiré, comme c'est toujours le cas quand ça commence à mal tourner, et maintenant, c'est l'enfer.

— Commencez par le commencement, se borna-t-elle à me dire.

Je parlai pendant un bon moment, décrivant la fugue de Rosalind, ma poursuite jusqu'à Devon, notre décision conjointe de rebâtir notre couple sur de nouvelles bases. Puis j'en vins aux événements de la veille. À deux reprises, je m'embrouillai, d'abord quand je lui fis part de ma décision de recourir à l'hypnothérapie, la deuxième fois quand je parlai de la façon dont Rosalind s'était mise en colère contre moi avant de s'enfermer dans la chambre de Benedict. Ce furent les deux occasions où Clare m'interrompit.

— Je remarque que vous avez utilisé le terme « hypnothérapie » au lieu d'« hypnose », me dit-elle la première fois. De quelle thérapie parlez-vous ?

Quand je recommençai à lui expliquer la manière dont j'avais tenté de guérir Rosalind, elle me demanda si cette tentative faite pour soigner ma femme pouvait être considérée comme conforme à l'éthique professionnelle.

— Non, répondis-je sans hésiter. J'étais trop impliqué émotionnellement. Je me rends compte maintenant que j'ai agi à l'encontre de la morale, mais comme il s'agissait d'une urgence...

— Une thérapie contraire à l'éthique n'est pas vraiment une thérapie, si ?

— Non, reconnus-je après un moment de réflexion.

— On ne peut donc pas parler d'hypnothérapie, n'est-ce pas ? Quel terme faut-il employer à la place ?

— Hypnose. C'était de l'hypnose pure et simple.

— Très bien. Continuez.

La deuxième fois qu'elle m'interrompit, elle dit :

— Rosalind a manifesté de la colère. Est-ce tout ?

Je ne voyais pas où elle voulait en venir.

— Peu importe. Poursuivez, dit-elle, mais cette fois-ci, j'étais perplexe parce que la moitié de mon cerveau cherchait encore le message qu'elle avait voulu me transmettre tout en sachant que je n'arrivais pas à le définir. Je continuai docilement mon récit ; parvenu au bout de mon histoire, j'avais oublié mon trouble. Je trouvai que je m'en étais plutôt bien tiré durant cette confession. J'avais été honnête et plus que disposé à reconnaître que j'avais mal jugé la situation et pris un risque stupide. Je n'avais pas hésité à dire que je regrettais mes erreurs et que j'étais prêt à tout pour faire amende honorable et guérir mon mariage.

— C'est le coup classique de la route conduisant à l'enfer pavée de bonnes intentions, conclus-je finalement. Je cherchais simplement à prouver à Rosalind qu'elle m'aimait encore.

— Et qu'avez-vous réussi à prouver en définitive ?

— J'ai prouvé qu'elle m'aimait encore, une fois que son individualisme forcené avait été jugulé.

— Vous vous l'êtes peut-être prouvé à vous-même. Mais que lui avez-vous prouvé à elle ?

— Eh bien,... tout le problème est là, n'est-ce pas ? Elle n'est pas du tout convaincue qu'elle m'aime encore. C'est pour ça que je sais que le risque que j'ai pris n'a rien donné, que notre couple est encore en danger et que je suis dans la m... jusqu'au cou. J'ai pourtant prié très fort pour que le Saint-Esprit agisse par mon intermédiaire et guérisse ma femme, mais...

— Les dons du Saint-Esprit sont reconnaissables à leurs fruits. Quels sont-ils en l'occurrence ?

— Colère et aliénation de son côté. Une profonde angoisse en ce qui me concerne.

— Alors !

— Alors le Saint-Esprit n'a rien à voir là-dedans. J'ai fait cette bourde, pas lui. Je pensais m'aligner sur lui, mais mon ego était mon seul guide.

— Il a tout déformé, pas vrai ? Y compris votre précieux don d'hypnotiseur.

— Oui.

— C'est un don de Dieu et vous avez été formé de manière à en faire usage pour le bien, au service de Dieu.

— Effectivement.

— Dans ce cas, où était Dieu quand vous y avez recouru hier soir ?

— Eh bien, de toute évidence... Le problème était que... Je m'éclaircis la voix et recommençai : Manifestement mon ego m'a coupé de Dieu. Je n'ai pensé qu'à ce que je voulais. En d'autres termes, j'ai pensé à moi au lieu de penser à Dieu. Mais Rosalind m'avait mis dans un état tel que je ne savais plus ce que je faisais.

— Vous voulez dire que c'est de sa faute ?

— Euh, non ! Pas exactement. Non, j'aurais tort de le sous-entendre.

— Que sous-entendez-vous alors ?

— Je dis simplement que j'étais bouleversé. Je ne blâme pas Rosalind — elle est trop malade en ce moment pour être responsable de ses actions —, mais le fait est qu'elle m'a sérieusement chamboulé. Je sais pertinemment que si je n'avais pas été sens dessus dessous, je n'aurais jamais agi de la sorte.

— Et qu'avez-vous fait exactement, Nicholas ?

Je finis par me taire. Nous restâmes immobiles sous le crucifix tandis que le silence se prolongeait. En définitive, je dis d'une voix obstinée qui donnait l'impression d'appartenir à quelqu'un d'autre que mon être rationnel :

— Il faut voir la situation dans son contexte. Ma femme m'a écrit une note glaciale, pour ne pas dire brutale, elle a quitté le domicile conjugal. Ensuite, elle m'a annoncé qu'elle m'avait été infidèle, qu'elle voulait divorcer, elle s'est comportée comme si elle voulait s'en aller pour ne plus jamais revenir. Il y a de quoi perdre son sang-froid, non ?

Enfin, c'est l'horreur ! Cela n'aurait jamais dû se passer. Il n'en avait jamais été question dans notre accord !

— Quel accord ?

— Eh bien, je l'ai épousée parce que je savais qu'elle ne partirait jamais pour de bon. Rosalind était toujours là, toujours, elle ne m'a jamais laissé tomber. Je n'aurais pas pu supporter qu'on me laisse tomber de nouveau.

— De nouveau ?

Je me rendis compte brusquement de ce que je venais de dire. Trop tard. Je pris une petite inspiration en gardant l'air dans mes poumons un moment pour tâcher de me calmer. Puis j'expirai lentement et poursuivis :

— Quand ma mère est morte, elle est partie et n'est jamais revenue. Ce n'était pas de sa faute, bien sûr, mais...

Je m'interrompis. Pour reprendre mon souffle encore une fois.

— Vous ne vouliez pas un nouveau deuil, dit Clare, de sorte que la constance de Rosalind était extrêmement importante pour vous.

— Exactement. Oh, je sais que cela doit paraître terriblement freudien, mais Rosalind n'a rien à voir avec ma mère, en dehors du fait qu'elles étaient toutes les deux complètement normales et d'excellentes femmes d'affaires. Même si j'ignorais que c'était le cas de Rosalind lorsque nous nous sommes mariés...

— Bon, oublions Freud. Concentrons-nous plutôt sur Rosalind. Pourquoi pensez-vous qu'elle était tellement en colère contre vous à la fin ?

— Euh, j'ai peut-être un peu exagéré au fond, elle n'était pas si en colère que ça. Juste un peu fatiguée, même si je ne vois toujours pas pourquoi il a fallu qu'elle s'enferme dans la chambre de Benedict comme si j'étais un monstre. Soyons clairs, elle voulait que je lui fasse l'amour. Elle me l'a demandé. Elle m'a même supplié et ça a été un succès sur toute la ligne. Nous étions très heureux...

— À quel niveau situez-vous ce succès, Nicholas ?

— Niveau ?

— Par rapport à la réalité.

— C'était on ne peut plus réel pour moi. Très réel, incontestablement.

— Et pour Rosalind ? À quel niveau de réalité opère-t-on quand on est sous hypnose ?

Je commençai à transpirer. Ce fut à ce moment-là que ma nervosité monta d'un cran. Je cessai de tripoter mes manches, de m'éclaircir la gorge, de promener mon regard dans la pièce à la recherche d'un objet neutre à fixer. Je serrai mes mains l'une contre l'autre jusqu'à ce qu'elles me fassent mal, je contemplai mes articulations blanchies et sentis les picotements de la sueur sous mon col clérical.

— L'hypnose domine tout, inévitablement.

Je réussis à hocher la tête.

— Et le sujet est forcé de se soumettre. Mais où se situe la réalité dans cette situation ?

Je restai muet.

— J'ai assisté à un spectacle un jour. L'hypnotiseur faisait croire à une femme qu'elle était un chien. Elle a marché à quatre pattes sur la scène en aboyant. À la fin, elle a même léché ses chaussures, persuadée qu'il était son maître et qu'elle l'adorait. Qu'y avait-il de réel là-dedans ?

Je répondis poliment, très, très poliment, comme si j'étais un diplomate dans une somptueuse réception à qui on venait de servir du cyanure à la place du champagne :

— Je ne suis pas sûr de pouvoir accepter ça.

— Accepter quoi ?

— Ce que vous sous-entendez.

— Entendu. Continuons. À votre avis, comment Rosalind a-t-elle réagi à l'hypnose une fois qu'elle s'est réveillée ?

— Elle était un peu fâchée, évidemment. Elle m'a dit que j'avais été — je cite — « très stupide ». Elle a horreur de ce genre de choses.

— Quel genre de choses ?

— L'hypnose. Elle a toujours détesté ça, en particulier quand j'y avais recours comme un jeu pour flatter mon ego. Mais il y a belle lurette que j'ai arrêté.

— Auriez-vous la gentillesse de répéter cette dernière phrase, Nicholas ?

Le silence qui suivit me fit mal aux oreilles. Je n'arrivais plus à penser à Rosalind. Je ne me souvenais plus que de mon père, un homme d'une grande intégrité, atterré quand il s'était rendu compte jusqu'à quel point j'avais abusé des dons psychiques qu'il m'avait légués.

Je commençai à me sentir très mal.

Finalement, Clare me demanda :

— Pourquoi même les hypnothérapeutes pleinement qualifiés, entraînés et travaillant au service des autres pour Dieu doivent-ils très prudents dans leur usage de l'hypnose, Nicholas ?

— Parce que c'est un exercice de pouvoir, chuchotai-je.

— Vous gouvernez un autre être humain, n'est-ce pas ? Vous le privez de sa volonté pour lui imposer la vôtre ?

Je hochai la tête.

— De sorte que quand Rosalind vous a supplié...

— Oui.

— Quelle volonté était en jeu à ce moment-là ? Et quels liens ses actions avaient-elles avec la réalité telle qu'elle l'avait expérimentée avant que vous exerciez votre pouvoir sur elle ?

Des gouttes de sueur me tombaient dans les yeux. Je les essuyai du revers de la main. « Elle m'aime », balbutiai-je. Mon regard se brouilla à nouveau, mais pas à cause de la transpiration.

— Oui. Mais avant d'être hypnotisée, a-t-elle exprimé le moindre désir de coucher avec vous ?

Je secouai péniblement la tête.

— N'était-elle pas en train de vous parler de divorce ?

Je hochai la tête avec tout autant de difficulté.

— Les femmes qui demandent le divorce sont-elles généralement disposées à...

Je secouai encore la tête.

— Elle ne voulait pas. Voilà une femme qui ne veut pas coucher avec vous. Et que faites-vous ?

— Attendez. Donnez-moi une minute. Juste une minute.

Nous attendîmes tous les deux. Le seul problème étant que je n'avais pas la moindre idée de ce que j'attendais. Peut-être que la vérité s'en aille. Mais c'était peine perdue. Elle était là entre nous deux. Je la voyais comme une grosse boule noire, ensanglantée. J'étais désolé que Clare soit dans l'obligation d'être la sage-femme d'une naissance aussi hideuse.

— Je sais que je ne peux pas vous demander de comprendre, dis-je au bout d'un moment.

— Mon cher, répondit-elle d'une voix si douce que mes défenses furent finalement annihilées, bien sûr que je comprends. Vous aimez profondément Rosalind. C'est la raison pour laquelle il vous semble impossible d'avoir fait ce que vous avez bel et bien fait. Vous vous demandez comment vous avez pu imposer une chose pareille à la personne que j'aime le plus au monde, votre amie de toujours, la mère de vos enfants, votre épouse depuis vingt ans ? C'est impensable, littéralement, alors vous le niez, vous refusez d'y penser, vous jouez de votre puissant don d'hypnose sur vous-même et vous vous forcez à effacer cette terrible réalité de votre esprit.

J'avais planté mes deux coudes sur la table entre-temps. Je me cachais les yeux avec les mains. La douleur psychique était si insoutenable que j'avais envie de me taper la tête contre le mur jusqu'à ce que je perde conscience. Je parvins néanmoins à balbutier :

— Rosalind m'avait bouleversé. Mais moi je la bouleversais depuis des années et des années. Tellement qu'elle ne pouvait plus le supporter. Tout est de ma faute. Pas de la sienne.

Clare garda le silence.

— C'est de ma faute si notre mariage est en mauvaise passe, ajoutai-je. Si j'ai perdu le contrôle de moi-même hier soir. Ce qui s'est passé n'a strictement rien à voir avec la guérison ni avec le fait d'être un prêtre honnête s'efforçant de servir Dieu. Je n'étais qu'un charlatan déterminé à ne servir que ses propres intérêts.

— Et où est Dieu maintenant dans tout ça ?

Je plaquai mes poings contre mes orbites pour réprimer mes larmes et répondis d'un ton ferme :

— Auprès de Rosalind. Auprès des êtres abusés et exploités, où que ce soit.

— Dieu est auprès des gens qui souffrent, oui. Et Rosalind n'est pas la seule à souffrir dans cette situation, si ?

Je renonçai à essayer de contenir mes larmes et abandonnai mes défenses anéanties. Je fixai ses vilaines mains croisées devant moi sur la table et m'entendis dire :

— Je ne mérite aucun soutien de la part de Dieu après ce que j'ai fait.

— Peut-être pas, mais Dieu n'en a que faire de gagner des bons points. Sa seule préoccupation est d'aimer et de pardonner à ceux qui ont le courage d'admettre ce qu'ils ont fait, aussi terrible que ce soit, de le regretter sincèrement et de se résoudre à prendre un nouveau départ en recommençant à le servir le mieux possible.

Une fois de plus, je me trouvai dans l'impossibilité de répondre. Je restai là, le visage inondé de larmes, et puis, juste au moment où je songeai à quel point j'étais totalement coupé du Christ le guérisseur, ce personnage illuminé, mystérieux, dont je m'efforçais de suivre l'exemple depuis si longtemps, Clare tendit les bras et couvrit un court instant mes poings serrés de ses mains endommagées.

IV

Je n'avais pas l'habitude de pleurer. Dans mon travail, pourtant, je voyais à tout moment des gens des deux sexes sangloter tout en se débattant avec la dure réalité, de sorte que je n'avais pas cette illusion machiste que les larmes sont le privilège des femmes et des enfants. Beaucoup d'hommes auraient été gênés de se laisser aller ainsi en présence d'une femme, mais Clare dépassait tellement les limites de son appartenance à un sexe en particulier, qui n'était qu'un aspect de sa personnalité à multiples facettes, loin d'être le plus intéressant à mon avis. Je n'étais pas attiré par elle sexuellement. J'étais beaucoup plus intrigué par la manière dont sa remarquable intelligence s'adaptait parfaitement à la routine de ses activités journalières. Elle m'avait expliqué un jour qu'elle était aussi heureuse lorsqu'elle préparait un repas pour huit personnes que quand elle lisait le Nouveau Testament en grec. Le travail, quel qu'il soit, était voué à Dieu. Les corvées manuelles lui apportaient autant de satisfaction que l'effort intellectuel.

Tout était lié. La vie était équilibrée, harmonieuse, complète.

J'admirais cette attitude bénédictine face à l'existence et ne pouvais que regretter d'avoir failli d'innombrables fois à atteindre à cet idéal de vie. J'étais loin d'être aussi cohérent que Clare. Je disposais de certains talents mentaux et psychiques, mais je détestais le travail manuel. Cela m'ennuyait à mourir. Au fil des années, je m'étais essayé à différentes activités manuelles et artistiques — la menuiserie, la sculpture, la cuisine et même le tricot, mais j'étais nul en tout. En définitive, je m'étais aperçu que je n'étais bon à rien hormis peindre de mauvaises aquarelles du magnifique jardin de Rosalind. On ne pouvait pas vraiment appeler ça un hobby, mais c'était mieux que rien. Les garçons trouvaient qu'il s'agissait d'un passe-temps vaguement efféminé et me jugeaient un peu fou. Je ne leur avais jamais avoué que j'avais été jusqu'à essayer de contrer le stéréotype sexuel en m'adonnant au tricot.

J'aurais bien voulu avoir des talents musicaux, comme Lewis. Il travaillait dur, mais il savait se déconnecter en écoutant de la musique ou en jouant de l'orgue. Il n'avait rien d'un obsédé du travail. Moi, je devais lutter contre l'envie de trimer jusqu'à ce que je m'écroule.

Je n'étais pas très doué non plus pour la vie domestique, une défaillance qui ne faisait qu'exacerber mon côté bourreau de travail. Sans le moindre effort, Clare — de cinq ans ma cadette, mais dotée d'une maturité spirituelle de quelqu'un de beaucoup plus âgé — avait diagnostiqué ces handicaps au tout début de nos entretiens et, depuis lors, elle s'était efforcée de m'aider à trouver un meilleur équilibre dans ma vie. Elle réprouvait probablement depuis le début la manière dont j'avais séparé ma vie familiale de ma vie professionnelle, bien qu'elle se fût abstenue d'émettre la moindre critique. Je me présentais à elle tel quel ; elle me voyait tel que j'étais. Pas étonnant que je n'éprouve aucune gêne à pleurer en sa présence.

Quand j'eus séché ma dernière larme, nous parlâmes un peu plus longuement de la situation. Elle voulait être sûre d'avoir pleinement compris les retombées qu'un éventuel divorce aurait sur ma carrière.

— Il est inutile d'aborder la question, dis-je, parce que

je vais récupérer Rosalind. Cela demandera du temps, j'en suis conscient, et exigera de moi un effort considérable, mais je suis prêt à tout pour sauver mon mariage. Comme elle gardait le silence, j'ajoutai : C'est la preuve qu'il faut que je conjugue ma vie familiale et professionnelle, je le vois clairement à présent. Je dois racheter la terrible faute que j'ai commise en profitant de l'occasion pour améliorer mes relations avec Rosalind et la rendre plus heureuse.

Clare ne fit aucun commentaire. À la place, elle me demanda :

— Comment les autorités religieuses considéreraient-elles le fait que votre mariage soit actuellement en difficulté ?

En tant que catholique, elle était toujours très prudente dans ses spéculations quant aux réglements, coutumes et au chaos général prévalant au sein de l'Église d'Angleterre. La souplesse désordonnée de nos structures, liée au fait que nous nous efforçons d'accueillir la gamme d'opinions la plus variée possible dans les paramètres donnés, doit paraître étrange aux yeux des catholiques.

— L'archidiacre risque de passer me voir pour avoir un petit entretien avec moi s'il entend parler de mes problèmes conjugaux, dis-je, et je suis sûr que l'évêque prendrait le temps de me recevoir si je lui demandais son aide, mais je ne suis pas un prêtre carriériste, continuellement à la recherche d'une nouvelle promotion ; les autorités tendent à laisser tranquilles les francs-tireurs de mon espèce. Tant que je ne fricote pas avec une mineure et que je ne saute pas sur les clients du centre de guérison, personne ne réclamera ma tête sur un plateau.

— Même si vous divorcez ?

— Les prêtres survivent en général à ces épreuves de nos jours, surtout s'il n'y a pas de scandale et si le prêtre en question a fait tout ce qui était en son pouvoir pour conserver les liens du mariage. Le vrai problème se pose s'il souhaite se remarier... Mais pourquoi parlons-nous encore de ça alors que je vous ai spécifié qu'il n'était pas question de divorce ?

— Parce que nous savons qu'il en est fortement question dans l'esprit de Rosalind, ce qui signifie que nous ne pouvons ignorer l'éventualité d'une rupture. J'admire, bien sûr, votre détermination mais je ne dois pas pour autant me voiler la face.

Je devais en conclure que moi non plus. Instinctivement j'essayai de l'impressionner en montrant mon sens pratique.

— Je suis d'accord qu'il faut voir la réalité telle qu'elle est, dis-je. Maintenant que nous avons épluché la situation, dites-moi ce que je dois faire.

— Pour commencer, vous devez vous confesser officiellement à un prêtre. Je sais que cela fait très « catholique » de dire « vous devez » quand l'Église d'Angleterre se flatte de dire « vous pouvez si vous le désirez », mais dans les circonstances présentes...

— Inutile de vous excuser. Je suis anglo-catholique et je crois en la nécessité de se confesser régulièrement à un prêtre, même si c'est très pénible, mais puis-je avouer ma faute à Lewis ? Ou cela serait-il trop facile ?

J'allais généralement trouver les moines de Fordite pour me confesser, mais l'idée de relater les événements de la veille une fois de plus me paraissait difficilement supportable.

Clare marqua un temps pour réfléchir à ma requête.

— Ce serait une dérobade si vous n'aviez pas commencé par me faire des aveux complets, dit-elle finalement, mais vous l'avez fait. Cependant, vous courez un danger en ayant recours à lui. Il pourrait se prendre de compassion pour vous et vous risqueriez de vous servir de ses sentiments pour le manipuler.

— Il est trop futé pour se laisser faire.

— Vraiment ? Sa faiblesse, m'avez-vous dit, est son attitude à l'égard des femmes. Il vous aime beaucoup. À moins que vous juriez devant Dieu d'être totalement honnête, vous pourriez fort bien lui relater ce que vous avez fait à Rosalind par euphémismes, auquel cas Lewis pourrait se montrer complice en sous-entendant qu'elle ne demandait que ça.

— Je vous promets que ça n'arrivera pas.

— Rassurez-moi en imaginant que je suis Lewis et en me racontant précisément ce que vous avez fait à Rosalind hier soir.

— Je l'ai abusée et exploitée.

— Ce sont des euphémismes. Essayez encore.

— Je...

Mais le mot refusait de sortir.

— Si elle l'a subi, vous devez pouvoir le dire.

— Entendu. Je l'ai violée. Oui, je l'ai violée, répétai-je distinctement, m'efforçant de bloquer la souffrance insoutenable qui en résulta en enchaînant aussitôt : Je le dirai à Lewis, je vous le promets.

En bredouillant une autre phrase, je cessai d'entendre ce mot terrible qui résonnait dans ma tête, mais la douleur n'en était pas moins là.

— Après votre confession, reprit Clare comme si elle avait senti à quel point j'avais besoin d'entendre encore sa voix, vous devriez axer votre réflexion sur l'objectif que Dieu s'est fixé pour Rosalind et à la manière dont vous pouvez l'aider à l'atteindre. J'ai la nette impression que vous êtes tellement consumé par la peur de la perdre que vous êtes incapable de penser à autre chose qu'à la menace qui pèse sur votre ego. Il est naturel que les blessures provoquées par la mort de votre mère se soient rouvertes dans le contexte présent, mais souvenez-vous que la peur est l'une des forces les plus puissantes susceptibles de vous couper de Dieu. Vous devez lutter contre la tentation de bâtir un mur autour de vous pour vous protéger. N'oubliez pas non plus que la plus belle forme d'amour est altruiste, liée non pas à vos besoins, mais au désir d'aider ceux que vous aimez. Je vous recommanderais de faire une courte retraite — immédiatement si possible —, de façon à réfléchir à tout ça et à prier intensément sans aucune distraction.

— J'irai chez les moines de Fordite.

— Bon. Très bien. Dans un lieu qui vous est familier, vous serez plus détendu.

— Comme ça je ficherai la paix à Rosalind un moment.

— Pour être honnête, je crois que vous avez tous les deux besoin d'une période de répit. Essayez de passer quelques semaines à l'écart l'un de l'autre et voyez comment vous envisagez la situation quand vous aurez retrouvé votre sang-froid tous les deux.

— Vous voulez dire que je devrais suggérer à Rosalind qu'elle retourne à Butterfold ?

— C'est la meilleure chose à faire. Rosalind retrouvera plus facilement son équilibre une fois qu'elle aura recupéré son jardin. Ce sera aussi bénéfique pour vous que pour elle. Le pire qui puisse vous arriver serait qu'elle fasse une dépression nerveuse et qu'elle soit dans l'incapacité de vous voir pendant des mois.

Je tressaillis.

— Je n'avais pas pensé à ça.

— Eh bien, pensez-y maintenant et priez pour elle. Priez pour elle constamment. Pour qu'elle se remette de ce traumatisme, qu'elle soit capable d'oublier sa colère, qu'elle connaisse un répit... Comprenez-vous maintenant pourquoi elle s'est réfugiée dans la chambre de Benedict ? Ce n'était pas seulement la colère qui la poussait, hein ?

Je secouai la tête.

— Quelle autre émotion l'aiguillonnait ?

— La peur, dis-je avec peine.

— Oui. Maintenant que vous admettez ce que vous avez fait, vous vous rendez compte aussi à quel point elle a dû avoir peur, alors priez, je vous en prie, pour qu'elle cesse d'avoir peur. Ensuite, vous devez prier pour vous. Votre tâche principale consiste à rétablir la communication avec Dieu, que votre propre peur a interrompue. Vous avez besoin de prier pour comprendre, et la compréhension ne peut se faire dans un esprit hermétiquement fermé. Essayez d'ouvrir votre esprit en vous posant certaines questions.

— Par exemple ?

— Quelle est précisément la nature du sentiment que vous éprouvez pour Rosalind ? Comment se fait-il que cette femme qui ne partage aucun de vos intérêts vous soit si indispensable ? Que s'est-il exactement passé au sein de votre couple ? Cela vous a-t-il aidé de servir Dieu, et si oui, de quelle manière ? Ce mariage a-t-il aidé Rosalind à servir Dieu ou son refus de s'impliquer dans votre ministère prouve-t-il que ce mariage, tel qu'il fonctionne à présent, a bloqué son voyage spirituel ? Et finalement...

Pensive, elle marqua une pause. Je compris aussitôt que cette ultime question était la plus importante.

— Et finalement, reprit-elle en me regardant droit

dans les yeux, posez-vous la question suivante : quelle est la signification d'Ourson ?

— *Ourson ?*

— Ourson. Elle me gratifia d'un de ses sourires glacials avant d'ajouter d'un ton plus léger : À propos, tant que nous en sommes aux animaux, comment va le chat ?

— Très bien. Alice s'en occupe à la perfection.

— Et Alice ? Ça va ?

— Tout aussi bien. La vie communautaire lui fait beaucoup de bien.

— Tant mieux.

— J'aimerais bien que Rosalind comprenne quand je parle de communauté, dis-je sur le coup d'une impulsion, mais elle est trop individualiste pour ça.

— Vraiment, Nicholas ? Mais vous savez exactement ce que cela veut dire d'être un individualiste, non ? Ne vous êtes-vous pas décrit vous-même tout à l'heure comme un franc-tireur trop heureux d'opérer en dehors des structures traditionnelles de la hiérarchie ecclésiastique ?

Je restai silencieux.

— Attention aux projections, Nicholas, me dit Clare avec un air rusé. Attention de ne pas attribuer à Rosalind toutes ces caractéristiques propres à vous-même qui ne cadrent pas avec l'image idéale que vous avez de votre individualité. Et pendant que nous en sommes au chapitre de votre vie communautaire, examinons-la d'un peu plus près. Vous devez garder vos distances vis-à-vis de ceux qui travaillent au centre, n'est-ce pas ? Un certain détachement est indispensable pour les gens dans votre position. Et même si vous vivez sous le même toit que trois autres personnes, peut-on vraiment parler d'une communauté ? Pour des raisons parfaitement compréhensibles, vous devez maintenir un écart entre vous, Alice, la femme qui vit sous votre toit, et Stacy, l'élève que vous vous efforcez de former. Je présume que votre seule relation véritable est avec Lewis, mais une relation entre deux hommes qui se trouvent remplir mutuellement certains besoins essentiels — celui d'un fils dans le cas de Lewis et d'un frère dans le vôtre, ne constitue pas à proprement parler une relation, si ?

Elle avait la dent dure. J'inclinai la tête et commençai à examiner mes ongles les uns après les autres.

— Maintenant venons-en au cas de Rosalind, poursuivit-elle. Voyons cette individualiste qui, selon vous, est incapable de comprendre le sens du mot « communauté ». Butterfold est un gros bourg, n'est-ce pas ?

— Oui.

— Rosalind mène-t-elle une existence isolée, sans voir personne ?

— Non. Elle a beaucoup d'amis là-bas. Elle jouait un rôle important au sein du club féminin avant que son affaire prenne tant d'essor. Elle va à l'église avec moi tous les dimanches.

— Elle a de bons rapports avec sa communauté, semble-t-il.

— Oui. D'accord. Je comprends ce que vous voulez dire...

— Sa conception du mot « communauté » est un peu différente de la vôtre peut-être. Lequel d'entre vous a la notion la plus proche de l'idéal ?

Je n'avais plus d'ongle à examiner. Dommage que nous n'en ayons pas dix à chaque main. Ça m'aurait rendu service.

— En supposant que Rosalind ne soit pas sans aptitudes sociales, reprit Clare, voyant que j'étais incapable de lui répondre, je serais tentée d'ajouter quelques questions supplémentaires à celles que vous devez vous poser. Pour commencer, pourquoi ne parvient-elle pas à entrer en relation avec votre monde à St Benet ? Dans quelle mesure avez-vous essayé de l'intégrer ? Vous n'hésitez pas une seconde à lui demander de renoncer à sa communauté, mais que lui offrez-vous en échange ?

— Je lui ai suggéré de s'impliquer à St Benet, mais elle s'est contentée de me dire que l'Église n'était pas sa tasse de thé. Après quoi, j'ai essayé de lui expliquer que nous étions une organisation dynamique, au fait de la réalité, mais ça ne l'intéressait toujours pas.

— Mais Rosalind elle-même se débat actuellement avec cette dure réalité. Que fait votre dynamique entreprise chrétienne pour prendre soin d'elle comme elle prend soin d'Alice ?

— On ne peut pas obliger les gens à accepter une aide dont ils ne veulent pas.

— Vous suggérez que c'est de la faute de Rosalind si elle a le sentiment que votre communauté ne peut rien pour elle ?

— Non, je veux dire que...

À ce stade, elle m'avait tellement embrouillé l'esprit que je ne savais plus ce que je disais. Je pris une profonde inspiration et recommençai :

— Rosalind est très perturbée. Elle est en pleine crise de la maturité. Il faut se montrer indulgent et je ne veux l'incriminer d'aucune manière.

— Nicholas, hier soir Rosalind était-elle la seule à être très perturbée ?

Silence.

— Êtes-vous sûr que nous savons qui passe par une crise ?

Encore un silence.

— Faisons bien la différence entre la crise de la maturité et le deuxième Voyage, s'empressa-t-elle d'ajouter. Le deuxième Voyage commence généralement vers quarante ans. C'est une période de croissance spirituelle profonde. Elle se caractérise par une volonté de renoncer à la jeunesse pour explorer pleinement les défis et les bienfaits de l'âge mûr. La crise de la maturité, au contraire, se traduit par un désir de s'accrocher à une jeunesse perdue, le refus de passer à l'étape suivante et un développement spirituel interrompu. Les symptômes comprennent, outre la tendance bien connue consistant à avoir une liaison avec quelqu'un de nettement plus jeune, la nécessité de se cramponner à un symbole de la jeunesse — une voiture de sport, par exemple, ou un autre objet important et très chéri qui aurait dû être mis de côté depuis longtemps... Mais pourquoi est-ce que je vous raconte tout ça ? Je suis désolée ! Vous le savez déjà, bien sûr ! Le sujet doit revenir constamment avec vos patients.

— Oui. Bien sûr, comme vous dites ! Absolument.

J'étais tellement fasciné que je restai assis là comme un nigaud sur ma chaise à bredouiller des exclamations.

Clare se leva.

— Revenez me voir après votre retraite, dit-elle. J'espère que j'ai pu vous éclairer un peu et vous fournir des sujets de méditation profitables, mais vous êtes épuisé et vous avez besoin de vous reposer maintenant. Annulez vos rendez-vous et retirez-vous chez les moines Fordite au plus vite.

Je hochai la tête et me remis péniblement debout.

— Merci. Désolé. Je... Pardonnez-moi d'avoir... Tellement stupide parfois...

Je laissai ma phrase en suspens.

Après m'avoir serré la main rapidement, elle ajouta :

— Vous serez très présent dans mes prières. Maintenant rentrez chez vous et allez parler à Lewis.

Elle disparut en me laissant l'impression d'avoir été lavé, récuré, frotté, séché, repassé et amidonné. Je me demandai si elle faisait la lessive en plus de la cuisine. Cela expliquerait sa tunique toujours exceptionnellement propre et bien repassée.

Je sortis en titubant et regagnai hagard St Benet à la découverte de la prochaine étape de cette crise cauchemardesque.

2.

« La première étape du deuil est une réaction de choc ; nous ne pouvons assimiler
la pénible vérité d'un seul coup... Le
thème de l'irréalité — "je ne peux toujours
pas le croire" — revient tout au long de la
période d'affliction. Nous espérons nous
réveiller de ce cauchemar. »

Gareth Tuckwell et David Flagg
A Question of Healing

I

— Je crois que je vais me mettre à apprécier cette
femme, dit Lewis.

— Ne faites pas trop d'efforts. À votre âge, cela pourrait être dangereux.

Nous étions installés dans sa chambre après mon
retour au presbytère. Stacy officiait l'Eucharistie de midi,
avec l'aide du frère Paul, le moine franciscain anglican qui
nous assistait à temps partiel au centre, mais j'avais sauté
le service afin de faire ma confession officielle. Lewis venait
de me donner l'absolution. Il avait retiré son étole et allu-
mait une cigarette.

— Je suis content que vous soyez plus clément à

l'égard de Clare, ajoutai-je, mais vous ne savez pas encore ce qu'elle m'a dit.

— Non, mais je sais que lorsque vous êtes parti ce matin, vous étiez totalement déconnecté de la réalité et que vous revenez en étant capable d'une confession honnête ! Cette bonne femme a sans aucun doute fait un nettoyage de printemps dans votre âme, ce qui n'a pas dû être une mince affaire.

— Elle s'appelle sœur Clare Veronica.

— Vous n'arrêtez pas de me le dire.

— Vous n'allez pas me demander quels conseils elle m'a donnés ?

— Je refuse de me mêler à votre relation avec votre directrice de conscience.

— Comme vous venez de me dire de faire une retraite de trois jours pour ma pénitence, je pensais que ça vous intéresserait de savoir que Clare m'a conseillé elle aussi une brève retraite le plus rapidement possible ?

— Et alors ? Cette coïncidence n'a rien de remarquable. Il est évident qu'il vous faut du répit à ce stade et seule une retraite peut, manifestement, vous l'apporter. Un ordinand serait capable de tirer cette conclusion !

— Vous êtes fâché parce que Clare s'est comportée comme un bon prêtre avec moi et vous ne pouvez pas admettre qu'une femme soit capable d'une chose pareille !

— Oh que si ! Mes arguments contre l'ordination des femmes sont d'ordre purement théologique.

— Alors pourquoi êtes-vous si hargneux à son égard ?

— Je suppose que je suis jaloux, répondit-il en soupirant. Je sais que je ne peux plus être votre directeur de conscience maintenant que nous vivons côte à côte et je sais aussi que je ne dois pas interférer dans votre relation avec cette femme...

— Sœur Clare Veronica.

— ... mais je n'arrive pas à admettre le rôle qu'elle joue dans votre vie, ce qui est ridicule et pathétique. Voilà pourquoi je sombre dans la hargne. Satisfait ?

— Vieux fou !

J'aimais beaucoup Lewis quand il s'ingéniait à présenter ce qu'il appelait « la vérité sans fard ». Il faut du cran pour être honnête. Je lui tapotai le bras en un geste rassurant :

— Mais rien ne vous empêche de me donner des conseils fraternels !

— Pas dans ces circonstances. Allons, Nicholas, réveillez-vous ! Il n'est pas question que je débatte avec vous de votre mariage. Rosalind et moi ne nous sommes jamais entendus. Je serais miné par toutes sortes de préjugés et dans l'incapacité de vous donner le type d'exhortations limpides dont vous avez besoin à présent. Je vous soutiendrai quoi qu'il arrive et je prierai pour vous, mais mon rôle s'arrête là.

Le silence se prolongeait, perturbé seulement par le bruissement du poêle à gaz. En jetant un coup d'œil à ma montre, je constatai qu'il nous restait dix minutes avant la fin de l'office et le retour de tout le monde au presbytère pour le déjeuner. En dépit de tout ce que Lewis venait de me dire, je continuais à avoir envie de lui parler comme jadis, lorsqu'il était mon mentor.

— Pensez-vous que je ne sois pas apte à travailler ? demandai-je d'un ton hésitant.

— Vous ne l'êtes plus sur le plan spirituel. Vous vous êtes confessé, repenti, vous avez reçu l'absolution et je suis convaincu que vous allez vous donner un mal de chien pour agir comme il se doit. Le problème, c'est que vous êtes encore dans un état de grande fatigue sur le plan émotionnel, ce qui signifie que vous êtes susceptible de commettre de graves erreurs. Pas nécessairement des péchés, mais des erreurs de jugement qui pourraient vous mettre vraiment dans la panade.

— Je ferais peut-être mieux de prolonger ma retraite.

— Commencez par trois jours. Vous verrez ensuite.

— J'avoue que je n'ai pas très envie de me mettre en congé.

— C'est ce que disent tous les bourreaux de travail. Nicholas, rien n'est plus pressant que votre santé spirituelle et émotionnelle. Prenez le temps nécessaire et vous vous apercevrez que le centre de guérison survivra en votre absence.

— Bien sûr, répondis-je mécaniquement, tout en commençant aussitôt à me faire du souci pour Francie Parker et Stacy qui représentaient l'un et l'autre pour moi, chacun à sa manière, un important problème à régler.

Lorsque j'étais rentré de Devon, mardi, Lewis m'avait informé que Francie était venue au presbytère la veille au soir. Son entretien avec elle avait été confidentiel, mais il avait pensé que je devais être averti de sa visite. Il m'avait également révélé qu'un peu plus tôt, le même soir, il avait eu une petite conversation avec Stacy, tout aussi confidentielle, mais là encore, il avait tenu à me mettre au courant. Dans un cas comme dans l'autre, il m'assura qu'il avait la situation bien en main.

De toute évidence, il s'était passé quelque chose de préoccupant, mais le message de Lewis était que, si j'étais prévenu de manière à être prêt en cas d'alerte, je ne devais en aucun cas me mêler de tout ça. La situation n'était pas rare au centre, où nous avions fréquemment affaire à des gens perturbés, et la confidentialité était une question essentielle. En l'occurrence, toutefois, j'avais du mal à me retenir de chercher à en savoir davantage. Stacy était mon vicaire et Francie, responsable des bénévoles du centre. Il n'était pas question de patients, mais du personnel.

Je commençai à me creuser la cervelle en quête de moyens moralement acceptables d'obtenir davantage d'informations. Les prêtres ont des stratagèmes à leur disposition pour se dévoiler mutuellement le contenu de conversations confidentielles, mais Lewis et moi étions d'accord sur le fait que ces révélations ne se justifiaient qu'en cas d'urgence extrême. Lewis n'avait eu recours à aucune subtilité de cette espèce. Paradoxalement, c'était en soi un signal proclamant qu'il n'y avait pas d'urgence extrême. Mais il pouvait tout de même y avoir un grave problème.

Lewis et moi partagions depuis longtemps les mêmes préoccupations. Nous soupçonnions Francie de fantasmer à propos du sadisme de son mari afin d'attirer mon attention, et Stacy, nous le savions, était enlisé dans une immaturité qui se manifestait par... À ce sujet, Lewis et moi n'étions pas d'accord. Il ne faisait aucun doute que Stacy avait des problèmes sexuels, mais ce fait tendait à nous faire oublier la question essentielle : à savoir s'il était adapté ou non au ministère de la guérison.

— Francie a-t-elle repris le travail aujourd'hui ? demandai-je d'un ton prudent.

— Non. Je l'ai appelée ce matin. Elle m'a dit qu'elle souhaitait prendre encore un jour de congé. Je pense qu'elle sera de retour demain.

— Elle se sent mieux ?

— Il semble que oui. Elle m'a dit qu'elle déjeunait avec une vieille amie chez Fortnum.

— De quoi souffrait-elle exactement ?

— Oh, elle était juste un peu démoralisée. Inutile de vous inquiéter. Je lui ai téléphoné tous les jours et j'ai surveillé la situation de près.

— Êtes-vous sûr que sa dépression ne nécessite pas une visite chez mon médecin ?

Lewis réfléchit un moment avant de me répondre :

— Si elle veut voir son médecin, je ne l'en empêcherai pas, mais elle n'en a pas exprimé le désir.

Il pensait donc que Francie avait besoin d'une aide médicale.

— Voulez-vous que j'essaie de lui suggérer à nouveau de voir un psychiatre spécialisé dans les cas de femmes battues ? demandai-je.

— Non, ce que vous devez faire, Nicholas, c'est la laisser tranquille, et quand je dis tranquille, je veux dire vraiment tranquille. Je m'occupe d'elle.

Si je devais garder mes distances vis-à-vis de Francie, cela signifiait sûrement que le culte jusque-là inoffensif qu'elle me vouait avait pris davantage d'ampleur, comme nous le craignons, pour s'apparenter à une véritable fixation névrotique.

— Pensez-vous vraiment qu'elle sera apte à reprendre le travail demain ? demandai-je, sceptique.

— Non, et elle non plus. Mais ne vous faites pas de souci. Si elle vient, je m'arrangerai pour qu'elle n'ait pas de consultations. Elle n'aura qu'à faire de la thérapie musicale avec moi.

Je soupirai. Cela me faisait du bien de cesser un instant de me flageller en pensant à ce que j'avais fait à Rosalind.

— Et Stacy ? demandai-je dans l'espoir de prolonger ce répit.

— Rien à dire à son sujet pour le moment.

— Non ? Comment ça va avec Tara ?

— Posez-lui la question.

Aucun signal d'aucune sorte. En soupirant à nouveau, j'ajoutai :

— Je n'ai vraiment pas envie de m'en aller alors que nous avons ces deux problèmes majeurs sur les épaules. Je sens que vous risquez d'avoir besoin de moi.

— Personne n'est indispensable.

— Je sais, mais...

— Nicholas, vous vous comportez comme si vous étiez accro au fait que les gens ont besoin de vous. Comme si vous étiez impatient de prendre votre baguette magique et de remettre d'aplomb tous ceux qui vous entourent. C'est une attitude propre au faiseur de miracles. Ressaisissez-vous, fichez le camp et reposez-vous avant de vous mettre à prendre des décisions vraiment désastreuses.

Inutile d'agacer le vieil homme en continuant à ergoter. Quoi qu'il en soit, j'étais sûr que j'aurais récupéré tous mes moyens après mes trois jours de retraite. Ils me paraîtraient une éternité, je m'en rendais compte, mais une fois cette épreuve passée, je pourrais me remettre à travailler d'arrache-pied. Après avoir tapoté l'épaule de Lewis, je me dirigeai vers la porte :

— Il faut que je monte, annonçai-je. Il est temps que je dise à Rosalind qu'elle peut retourner à Butterfold pour quelque temps si elle le souhaite.

C'était une bonne manière de prendre congé. En jetant un coup d'œil par-dessus mon épaule au moment où j'ouvrais la porte, je vis Lewis tremblant du désir de me demander comment on m'avait amené à cette décision, mais il se contint et se refusa à m'interroger davantage au sujet de mon entretien avec Clare.

Mort de peur à la perspective d'affronter Rosalind, je montai l'escalier à contrecœur.

II

J'eus droit à un sursis. En entrant dans l'appartement, je trouvai un mot de Rosalind m'informant qu'elle déjeunait dans le West End. Comme pour me rassurer sur la clémence de ses intentions, elle proposait ensuite que nous dînions ce soir avec les autres ; comme pour oblitérer définitivement toute impression d'hostilité, elle s'excusait par ailleurs de l'incident de la veille au soir. Elle suggérait également que nous n'en parlions plus jamais.

J'allai m'asseoir dans le salon et ruminai le contenu de sa missive jusqu'à ce que Lewis me sonne de la cuisine pour me rappeler que c'était l'heure du déjeuner. Je répondis que je descendais tout de suite. Puis je me remis à examiner la lettre. Je notai que Rosalind sous-entendait que l'incident était de sa faute. Dans leur confusion, les victimes de viol assumaient souvent une culpabilité qui n'était pas la leur ; en outre, je l'avais certainement encouragée à le faire. Je pensais aussi que son désir d'atténuer l'incident indiquait non pas de la gentillesse de sa part, mais de la peur, tandis que sa suggestion de dîner avec les autres procédait exclusivement du désir de me plaire. Sa fuite dans le West End soulignait sa volonté d'échapper à cette situation sordide.

En bref, cette lettre était une horreur. Je me détestais à l'idée que j'avais pu l'inciter à l'écrire. Je me détestais à cause de ce que j'avais fait. Je savais qu'en me repentant et en me confessant à un prêtre qui m'avait donné l'absolution, mon ardoise spirituelle avait été effacée, mais je me sentais toujours imprégné de chagrin, de culpabilité et de honte. L'absolution n'avait pas encore de réalité psychologique. Et ce n'était pas la seule chose que mon esprit avait du mal à saisir. Comme une nouvelle vague de tristesse s'abattait sur moi, je m'aperçus que l'après-coup du viol m'obligeait à me confronter à une réalité presque insoutenable. Cela n'a pas pu m'arriver à moi, pensai-je. Je vais bientôt me réveiller. Car entre-temps je m'étais rendu compte avec effroi qu'en plus d'être en état de choc, je me comportais comme si j'avais perdu Rosalind à jamais. Alors que ce n'était évidemment pas le cas. Elle me reviendrait. Un jour ou l'autre. Mais en attendant...

En attendant, on aurait dit que notre mariage était mort et que je pleurais un cadavre. Je ne pouvais pas l'admettre. Il fallait que je reprenne possession de moi-même. Je déchirai la lettre de Rosalind et la jetai dans la corbeille à papiers ; après cela, je m'aperçus que j'étais incapable de me calmer tant que je n'aurais pas récupéré les fragments pour les brûler dans l'évier. Cette lettre, rappel terrible de l'état réel de notre mariage, devait être annihilée. J'attendis que les cendres aient disparu dans le tuyau d'écoulement avant de descendre pour faire semblant de déjeuner.

Au bout de cinq minutes, j'allais m'enfermer dans mon bureau, fermai la porte à clé et priai un moment avec ferveur. Il ne se produisit strictement rien hormis que je versai quelques larmes supplémentaires en m'apitoyant sur mon sort. Je continuai à pleurer Rosalind, à me lamenter de son absence, à ruminer les dégâts perpétrés. Comment faire pour les réparer ? Peut-être mon meilleur espoir de préserver ma santé d'esprit consistait à cesser d'essayer d'envisager l'avenir pour progresser avec ténacité, au jour le jour, en luttant à tout moment contre le désir d'abandonner tout espoir.

Résolu à entamer ce combat sur-le-champ, je m'obligeai à aller au centre pour faire un peu de paperasserie. Un prêtre désespéré ne pouvait s'atteler à une telle corvée. Si j'y parvenais, cela voudrait dire que je n'étais pas désespéré. Lewis, qui avait un emploi du temps flexible de manière à pouvoir faire face aux urgences, s'était chargé de mes rendez-vous de la matinée ; il avait annulé ceux de l'après-midi. Mais le véritable bourreau de travail se débrouille toujours pour trouver quelque chose à faire, même si son collègue a décidé qu'il n'était pas capable d'abattre sa besogne. En arrivant au bureau, je m'absorbai avec soulagement dans mes papiers. Du coup, je me sentis à nouveau presque normal.

Je dictai quelques lettres à Joyce, ma secrétaire, mais elle me corrigeait sans arrêt et mes missives me parurent brouillonnes lorsqu'elle me les relut. Je finis par la renvoyer et entrepris de remplir un questionnaire relatif à une enquête diocésaine, mais je changeai d'avis tellement de fois quant aux réponses à donner qu'en définitive, je déchirai le formulaire et le jetai à la poubelle.

Il était déjà quatre heures. Pour feindre de croire que j'allais travailler encore un moment, je pris quelques brochures laissées par le vendeur d'ordinateurs et informai Joyce que je me retirais dans mon bureau au presbytère pour les étudier. Je me demandais si Rosalind serait de retour, mais il n'y avait personne dans l'appartement. Pourtant, je trouvai son manteau jeté sur le lit dans la chambre de Benedict. Elle était revenue, puis repartit ailleurs. Toujours cramponné à des revues, je descendis dans mon bureau et commençai à tripoter mon ordinateur.

Mon Applemac était neuf. Benedict m'avait appris à m'en servir. Cela nous avait finalement permis de trouver un sujet d'intérêt commun. Benedict était un jeune homme fougueux, impulsif, qui ne supportait pas le silence ni la solitude. Récemment j'avais lu un article sur la race de fainéants propres des écoles privées et je m'étais rendu compte que mon fils faisait incontestablement partie du lot. J'avais de la peine à admettre que nous puissions être apparentés. Peut-être ma femme m'avait-elle été infidèle depuis bien plus longtemps qu'elle n'était prête à le reconnaître. Peut-être ce mariage heureux n'avait-il été qu'une longue et profonde illusion.

Je ne lui avais pas vraiment pardonné son adultère, évidemment. Je lui avais dit : « Je te pardonne » et je voulais vraiment que ce fût vrai, mais cette grâce proclamée si noblement n'avait pas eu de réalité psychologique. C'était un phénomène complexe, cette affaire de réalité psychologique en contradiction avec les affirmations de l'intellect et de la volonté. J'en avais souvent été témoin chez mes patients et voilà que maintenant cela m'arrivait à moi. En l'occurrence, mon esprit meurtri s'était laissé distancer par les exigences de ma conscience chrétienne. Il restait à la traîne, blessé, ensanglanté, hurlant encore en silence sa souffrance sous l'effet des dommages subis et de la perte endurée.

Épuisé par cette nouvelle découverte, j'abandonnai mon ordinateur et commençai à feuilleter les brochures concernant le nouvel organisateur Psion, alternative complète aux agendas, systèmes de rangement, calculatrices et carnets d'adresses au prix de 195,95 £, mais en définitive, je fus dans l'obligation de renoncer aussi à cette diversion technologique stimulante. La douleur était stupéfiante, réduisant mes pensées en lambeaux et remuant de profonds sentiments de rejet et d'échec. J'essayais de ne pas penser à ma mère et à la longue période de chagrin qui avait suivi sa mort, mais je sentais ses vieilles cicatrices se rouvrir et ensanglanter mon esprit. J'avais perdu l'amour, ma sécurité avait été anéantie, le chaos régnait alors en maître. Et voilà que ça recommençait — si ce n'est que cette fois-ci, bien sûr, Rosalind étant encore vivante, je viendrais à bout du chaos, je recupérerais l'amour et la sécurité. Je triompherais ! En attendant...

En attendant, je me disais que les graves difficultés personnelles, s'attaquant à la racine de notre stabilité, avaient le don de s'intensifier jusqu'à aboutir à la catastrophe. La mort de ma mère avait eu toute une suite de conséquences, tant pour mon père que pour moi, mais la plus dévastatrice, sans aucun doute, avait été la disparition au cœur de notre vie de l'être qui incarnait la normalité. Si ma mère avait vécu, je ne serais pas devenu un adolescent solitaire, perturbé et bizarre. Si j'avais pu compter sur des aptitudes sociales normales pour me faire des amis, je n'aurais pas eu à abuser de mes pouvoirs psychiques pour impressionner les gens en devenant la marotte de cette bande qui m'avait adopté alors que je n'étais encore qu'un gamin. Mon père avait tenté de me remettre sur le droit chemin, mais il était trop vieux et n'avait pas su faire face. En définitive, j'aurais mis en péril mon ordination si Lewis n'était pas intervenu...

Mieux valait ne pas penser à la catastrophe que j'avais évitée in extremis. C'était déjà assez pénible de se souvenir à quel point j'avais cafouillé, sans le moindre contrôle, un faiseur de miracles qui se laissait abuser et meurtrir par les forces des ténèbres, jusqu'au jour où, inévitablement, j'avais pris la mauvaise décision et failli être anéanti. Cela m'avait donné une bonne leçon. Peut-être que tous les jeunes imbéciles arrogants, je-sais-tout, bornés, doués ou non de pouvoirs psychiques, devraient frôler la mort pour recouvrer leurs sens. Cela avait certainement été le cas pour moi.

Lewis m'avait sauvé et formé. Je lui devais tout. En 1983, quand je l'avais retrouvé ivre mort sur le seuil de ma porte, Rosalind n'avait jamais pu comprendre pourquoi je m'étais donné tant de mal pour le réhabiliter, mais elle n'avait jamais mesuré non plus à quel point je lui étais redevable. Elle pensait que je m'en serais sorti de toute façon, après la crise qui avait failli me détruire en 1968. Elle se trompait. Sans Lewis, j'aurais plongé. Dieu avait œuvré par son intermédiaire pour me sortir de l'abîme et j'avais eu une sacrée veine. J'en étais conscient et, depuis lors, j'avais vécu dans la terreur que le désastre s'intensifie à nouveau.

J'avais essayé d'expliquer à Rosalind que la métaphore, le symbole et l'analogie pouvaient rendre compte d'une vérité qu'on n'arrivait pas à exprimer en termes plus directs, mais elle n'avait pas compris. Elle préférait les formules simples, factuelles. Je trouvais intéressant qu'en dépit de son amour pour les fleurs, ce qu'elle aimait pardessus tout, c'était la mécanique qui permettait de les vendre à profit. Pourquoi pas ! Les capitalistes ont leur propre jargon et leur vision du monde, comme tout autre groupe, mais je regrettais qu'ils ne soient pas plus nombreux à croire que leur langage n'était pas automatiquement supérieur aux autres.

Je réalisai brusquement que je fixais toujours la brochure de l'Organizer Psion, écartée un peu plus tôt et posée sur la pile de courrier en attente. Je tremblais de douleur aussi. Il fallait manifestement que je bouge avant de me mettre à me taper la tête contre le mur. Je sortis de mon bureau et me dirigeai vers la chambre de Lewis pour y attendre son retour, mais au moment où je traversais le hall, j'aperçus Alice qui travaillait dans la cuisine. Je sus tout de suite qu'en sa présence, je trouverais la paix et un allègement de ma souffrance.

Je changeai de cap, telle une mite se jetant sur une lumière.

III

Alice était en train d'étaler de la pâte. Elle m'informa que le dîner se composerait d'une tourte au bœuf et aux rognons accompagnée de pommes de terre et de choux. Je me rappelai, en retard, de la prévenir que Rosalind et moi serions présents, mais elle me répondit : « Pas de problème, je mettrais quelques légumes supplémentaires. » Je m'assis à la table de la cuisine et entrepris de la regarder travailler.

Au bout d'un moment, le chat sauta sur mes genoux et finit par trouver une position confortable après avoir tourné plusieurs fois en rond en me piétinant et en me donnant des coups de pattes. Il grandissait à toute vitesse. Nous allions bientôt devoir le châtrer. Lewis et Stacy, qui ne connaissaient rien aux chats, s'opposaient à cette opération, mais Alice et moi savions à quoi nous en tenir. Les chats souffrent terriblement en ville si on les laisse à la merci de leurs instincts sexuels. Ils sont continuellement éreintés, tant par la copulation que par les bagarres, et risquent de graves infections, en particulier s'ils sont égratignés par des griffes sales. Cette existence chaotique raccourcit leur espérance de vie et les rend méchants. À quoi cela servirait-il à James d'avoir tout ce qui lui fallait comme organes sexuels s'il devait mourir jeune avec une oreille en moins et la queue écourtée après une vie triste et brutale ? Lewis avait riposté qu'il se reconnaissait dans cette description et qu'il préférait tout de même conserver tout son équipement. Stacy avait objecté que Lewis était trop vieux pour mourir jeune, et Alice, toujours sensible, souligné que Lewis n'était pas un chat. En attendant, James, ignorant son sort imminent, mangeait nos lacets sous la table.

Je le caressai et l'écoutai ronronner tout en regardant Alice s'activer. Elle était très douée pour le silence. Une sensation de bonheur émanait d'elle tandis que la tourte prenait forme. Elle était concentrée, sereine.

Je restai assis, immobile, le guérisseur meurtri, et absorbai le réconfort qu'elle me procurait tacitement.

— Quand vous êtes venue travailler ici, dis-je finalement, on aurait dit que vous n'arriviez pas à croire que Lewis et moi vous ayons rendu un tel service. Et peut-être que nous aussi, dans notre arrogance, nous avons imaginé que c'était nous qui donnions tout en vous apportant la guérison de différentes manières. Mais ce n'était pas du tout l'objectif de Dieu, hein ? Il se peut qu'à l'origine, nous vous ayons été envoyés, mais les rôles se sont inversés. C'est vous la véritable guérisseuse au presbytère, Alice !

Elle s'arrêta alors qu'elle était en train de décorer la pâte. Sa tourte était énorme, somptueuse, resplendissante. Elle la considérait d'un air songeur, trop intimidée pour lever les yeux vers moi.

Elle avait perdu du poids. Elle était encore grassouillette, mais ses rondeurs avaient un volume acceptable maintenant. Elle avait cessé d'être une masse de chair additionnée de divers appendices rebondis, pour présenter désormais une succession de courbes généreuses. Lewis, je le savais, les appréciait et, à plusieurs reprises récemment, il avait remarqué quelle joie c'était de voir Alice acquérir ce qu'il appelait une « forme non répulsive ». J'avais acquiescé, bien que je ne me soucie guère de l'apparence physique d'Alice parce que j'étais bien trop fasciné par son esprit. Alice avait la plus belle psyché qui soit, souple comme le corps d'un athlète et composée d'un riche et subtil mélange de chaleur humaine, de bienveillance et de compassion. J'en avais pris conscience dès la minute où nous nous étions rencontrés, même si, à ce moment-là, elle était défigurée par l'anxiété et la souffrance. L'extrême beauté de cette facette d'Alice, invisible à l'œil nu, expliquait que je me sois tant intéressé à elle. Je ne l'avais jamais avoué à Lewis, mais il ne faisait aucun doute qu'il l'avait deviné depuis longtemps. Il devait lui aussi le sentir, dans une moindre mesure. Il avait toujours de la peine à percevoir les femmes avec précision. Non qu'il fût incapable d'une intuition claire, mais cela lui prenait davantage de temps parce qu'il devait lutter contre ses préjugés.

Je me rendis compte tout à coup qu'Alice me parlait, réagissant à mon commentaire relatif au fait qu'elle était le véritable guérisseur du presbytère. « Si vous le croyez, l'entendis-je dire, c'est que ça doit être vrai, bien que cela me paraisse invraisemblable. Je ne vois vraiment pas pourquoi vous penseriez ça. Mais merci tout de même. C'est un merveilleux compliment. »

Elle me sourit brièvement et l'espace d'une seconde, nos regards se croisèrent. Puis elle s'absorba à nouveau dans son travail.

Je remarquai qu'elle n'avait pas jugé bon de me demander pour quelle raison les occupants du presbytère auraient besoin d'un guérisseur. Je supposai qu'elle avait dû percevoir les changements d'atmosphère et la profonde tristesse qui s'infiltrait à présent, telle une rivière souterraine, sous la normalité trompeuse de notre existence routinière, mais elle savait aussi quand parler et quand se taire, quand poser des questions et quand éviter toute remarque. Elle était particulièrement habile avec Lewis qui avait terrorisé toutes celles que nous avions employées jusque-là et s'était initialement opposé avec vigueur à l'idée qu'elle vive sous notre toit.

Elle touchait Lewis à un niveau psychique et avait le don de l'apaiser. Elle s'appliquait à lui préparer ses plats préférés, tous anglais. Elle lui avait fait découvrir la glace aux raisins et au rhum. Elle admirait les photographies de ses petits-enfants. Elle était allé lui rendre visite à l'hôpital. Mais elle ne s'imposait jamais et ne faisait jamais intrusion dans sa vie. Elle prenait soin de lui, sans la moindre fausse note. « Chère petite Alice ! » soupirait-il, apprivoisé, tranquillisé. Je suis très attaché à elle.

Elle était tout aussi douée avec Stacy qui avait eu vite fait de gagner de l'assurance en sa présence. Ni menaçante ni possessive, elle ne demandait qu'à être gentille et à se rendre utile. Elle lui avait appris à se servir de la machine à laver sans la casser. Quand elle avait vu l'état de ses sous-vêtements après qu'ils eussent émergé du séchoir, elle avait proposé d'aller lui en acheter chez Marx & Spencer. Elle lui confectionnait les biscuits qu'il adorait. Elle lui avait aussi fait découvrir la glace aux raisins et au rhum. Elle se pâmait devant les photos du mariage de sa sœur, Aisling. Elle lui avait montré comment raccommoder sa soutane quand l'ourlet se défaisait et l'aurait très certainement fait si je n'avais pas insisté pour qu'il recouse lui-même ses vêtements. Pendant le week-end où elle était censée être en congé, elle trouvait le temps de prendre le thé avec lui et l'écoutait inlassablement parler de Liverpool, de football et de sa famille. Il ne s'exprimait jamais aussi librement avec Lewis ou moi.

— Où est passé Stacy ? demandai-je d'un ton vague en concluant ma méditation.

— En haut, je suppose. Il est passé tout à l'heure pour savoir ce qu'il y avait pour le dîner.

— Rosalind était-elle avec lui ?

— Non, mais elle est rentrée. Je l'ai entendue.

— C'est bizarre. Je me demande où elle est passée. Elle n'était pas à l'appartement.

— Oh, elle est probablement avec Stacy. Il a enfin dû trouver l'occasion de lui montrer les photographies du mariage de sa sœur.

Je me mis à méditer sur la naïveté puérile des relations de Stacy avec le sexe opposé.

Lewis ne doutait pas un instant qu'il fût homosexuel, mais il voyait l'homosexualité comme une entité claire et nette, en noir et blanc, sans nuance ni aucune place pour la moindre ambiguïté. Cette attitude ne provenait pas du fait qu'il fût un bigot, incapable de sympathiser avec les chrétiens homosexuels, comme ceux-ci le pensaient. Pas plus qu'il n'était lui-même un homosexuel réprimé, capable de fermer les yeux sur ses propres incertitudes en condamnant cette orientation sexuelle, comme ils l'imaginaient aussi. Son problème consistait à considérer les homosexuels à travers des verres conçus à une autre époque en refusant obstinément de se procurer une nouvelle paire de lunettes. L'époque en question était celle des années trente, au temps de son adolescence, voire les années vingt, où il avait vu le jour, l'époque qui avait façonné son mentor, Cuthbert Darcy, son sauveur qui l'avait promptement épousseté et reprogrammé à l'heure où il avait failli sombrer.

Son grand-oncle avait des conceptions très victoriennes de la sexualité. Il pensait que les femmes — les bonnes — étaient faites pour le mariage et la maternité. Il était convaincu que l'impulsion sexuelle était une vraie plaie, empêchant l'homme de se concentrer sur des choses plus importantes. Toutefois, si l'on ne pouvait fonctionner adéquatement sans coïts, il fallait alors épouser une femme de sa propre classe et procréer. Le mariage était bien évidemment éternel. La fornication était un péché, au mieux une perte de temps, au pire une menace contre la vie. Ceux qui se laissaient aller à une activité aussi triviale étaient des gens perturbés qui devaient rétablir leurs priorités afin de mener une existence plus heureuse et plus gratifiante. Les femmes déchues qui détournaient les hommes du chemin de l'accomplissement constituaient ni plus ni moins la lie de l'humanité, mais même elles pouvaient se racheter. Il ne fallait jamais l'oublier car, Dieu ayant fait chacun de nous à Son image, nous étions tous précieux à ses yeux. De même qu'il ne fallait jamais oublier qu'à cause de l'Incarnation, Dieu était présent dans le monde et nous enjoignait à prendre soin de nos frères, quels que soient leur rang et leur condition, comme si nous étions Jésus-Christ en personne. Les homosexuels — ces pervers, comme Cuthbert les aurait appelés — étaient eux aussi la lie de l'humanité, affligés d'un handicap pour lequel il n'existait pas de remède, mais là encore, il fallait se souvenir que le Christ prenait soin de tout le monde : les pauvres, les invalides, les hors-castes, et même les femmes ! De sorte que, si les pervers choisissaient de renoncer à leur sexualité anormale et d'embrasser le célibat, ils étaient capables, par la grâce de Dieu, de mener une existence tout aussi digne que celle de leurs frères plus fortunés. Tout était bien qui finissait bien.

À quinze ans, Lewis avait gobé tout l'évangile selon le père Darcy et il ne s'en était jamais remis. La théologie de base — l'idée que l'on devait prendre soin de tout le monde, chaque individu étant précieux aux yeux de Dieu — demeurait tout aussi vraie aujourd'hui qu'hier. C'était l'interprétation de Darcy, issue de la sociologie de sa jeunesse, qui s'apparentait de nos jours à une pièce de musée. Pour être juste envers Lewis, il reconnaissait qu'on en savait beaucoup plus en matière de sexualité à la fin du vingtième siècle qu'au dix-neuvième ; il admettait aussi que l'Église, reflétant ces nouvelles données, était plus prudente à l'égard des jugements simplistes sur ce sujet des plus complexes. Mais s'il était capable d'être à la fois moderne et plein d'imagination dans les soins pastoraux qu'il prodiguait aux êtres en difficulté, qui qu'ils eussent dans leur lit, la nature diverse de l'homosexualité restait cachée derière un monolithe baptisé PÉCHÉ. Selon lui, on était soit homosexuel, soit hétérosexuel. L'homosexualité était un handicap. La bisexualité, un comportement immature de la part d'hétérosexuels à moins qu'on eût affaire à des homosexuels feignant d'être ce qu'ils n'étaient pas. Dans un cas comme dans l'autre, c'était le signe d'une personnalité incohérente qu'il fallait secourir. Toute activité homosexuelle, quelle qu'elle soit, était condamnable, mais bien évidemment, il ne fallait jamais manquer de traiter ces handicapés avec autant de soin et de compassion que s'ils étaient le Christ en personne afin de les aider à mener une existence de célibat gratifiante.

Je n'arrivais donc pas à prendre au sérieux son diagnostic concernant Stacy. D'autant plus que celui-ci ne manifestait pas d'intérêt particulier pour les hommes et semblait on ne peut plus déterminé à se trouver une petite amie. J'avais bien remarqué qu'il était si nerveux à cet égard que chaque rendez-vous était une véritable épreuve nécessitant un effort de volonté considérable, mais je décidai que ce n'était qu'une manifestation de son immaturité. Je refusais également d'admettre qu'il s'efforçait simplement de se dénicher une petite amie pour me faire plaisir.

Du temps de son adolescence, Stacy avait été séduit par un homme plus âgé, cultivé, respecté et même, je suis désolé de devoir le dire, un pilier de l'église locale. En dépit de mes vues libérales, je condamne la séduction des mineurs. De même que je condamne les mœurs dissolues ; ceux qui s'obstinent à se comporter ainsi n'ont rien à faire dans une église. Durant cette liaison illicite, ainsi qu'après, Stacy n'avait jamais couché avec qui que ce soit d'autre, de sorte qu'on ne pouvait pas l'accuser de promiscuité sexuelle, mais j'étais prêt à parier que l'homme plus âgé en question avait eu un passé pittoresque tout en préservant les apparences.

La vie n'est jamais aussi simple qu'elle en a l'air. Cet homme en vint apparemment à aimer Stacy et lui apporta beaucoup. Il l'encourageait à lire et à se cultiver. Il l'emmenait faire toutes sortes d'expéditions instructives. Il fut même à l'origine de son désir d'entrer dans les ordres. Même si je ne pouvais que réprouver la manière dont il s'est trouvé mêlé au développement sexuel de Stacy, force était de reconnaître qu'il avait dû être un homme bien à maints égards, et un être intéressant et délicieux. Cette histoire est la preuve de la prudence dont nous devons faire preuve dans nos jugements. De quel droit m'érigerais-je en juge ? Moi aussi j'avais vagabondé dans ma jeunesse. À ma manière. Avec les filles et avec mes tours de passe-passe.

L'ordination de Stacy avait certainement représenté

une manière de rédemption, mais il semblait évident que cette rédemption était loin d'être achevée et que Lewis et moi devions l'aider à finir son voyage retardé vers la maturité. Malheureusement, comme nous n'arrivions pas à nous mettre d'accord sur la nature exacte du problème à résoudre, c'était plus facile à dire qu'à faire ! Si Lewis avait raison, notre tâche consisterait alors à persuader Stacy d'admettre son homosexualité, qu'il s'efforçait de nier. Mais supposons qu'il ait tort ? Je pensais que la honte et la culpabilité qui résultaient inévitablement de cette liaison secrète avaient dû le dégoûter du sexe — sous quelque forme que ce soit — et que son désir véritable de vivre une existence d'hétérosexuel se trouvait de ce fait entravé par cette profonde révulsion. Je pensais aussi qu'il était actuellement piégé par la bisexualité si courante parmi les adolescents, à telle enseigne qu'il était incapable de se déplacer dans le spectre sexuel jusqu'à la place qui reflèterait de façon plus juste son moi adulte, place que je considérais comme à l'extrémité hétérosexuelle du centre de la gamme bisexuelle. En d'autres termes, je me disais que même si dans sa maturité, il risquait de connaître d'occasionnelles attractions homosexuelles, il ne l'était pas fondamentalement. Auquel cas tout effort pour l'aider à atteindre la maturité en l'incitant à se considérer comme *gay* lui causerait presque autant de torts que le séducteur qui l'avait emprisonné durant son adolescence.

J'avais donc suggéré à Stacy de parler de son passé homosexuel avec un expert afin de l'explorer convenablement et de le transcender. Mais il disait qu'il ne voulait pas revenir sur le passé. Ce qui était fait était fait. Il ne voulait plus y penser. Je lui expliquai qu'il y avait plusieurs façons d'oublier le passé, certaines plus utiles que d'autres. Si l'on se contentait de réprimer les souvenirs douloureux, ils ne s'en allaient pas, mais s'enfonçaient au contraire encore plus profondément dans l'inconscient pour refaire surface un jour ou l'autre sous une autre forme. En revanche, si on les affrontait et si on les analysait, il y avait davantage de chances que le passé soit intégré avec succès et toute l'énergie servant à le réprimer serait libérée à des fins plus productives.

Mais Stacy s'en tenait à son point de vue et refusait toute assistance.

Certains praticiens du ministère de la guérison, notablement dans les rangs des Évangélistes charismatiques, tenteraient incontestablement de « délivrer » Stacy, par le biais d'un rituel traditionnel, de l'esprit malin qui l'entravait, mais je suis un prêtre normal de l'Église d'Angleterre issu de la tradition catholique, et mon ministère tend à être beaucoup plus subtil et lié à la médecine moderne. Je ne cherche pas à me dissocier de mes frères charismatiques, protestants ou catholiques, dont un grand nombre sont des êtres honorables et dévoués, ni à sous-entendre que leur manière de traiter sans détour avec l'inconscient soit nécessairement mauvaise ou inefficace. Les statistiques tendent à prouver le contraire. Mais de manière générale, je préfère atténuer les émotions religieuses plutôt que de les stimuler. Je m'efforce donc d'opérer dans les limites d'une structure conventionnelle qui laisse un minimum de place aux cabotins. L'hystérie collective est un réel danger dans le cas d'un service de guérison quel qu'il soit, et un comportement incontrôlé qui n'a rien à voir avec l'Esprit de Dieu peut gravement nuire à la réputation de la religion.

Je dis tout cela pour expliquer pourquoi je n'ai jamais jouer les exorcistes avec Stacy ou, comme diraient mes frères charismatiques, tenter de « le délivrer de l'esprit de la confusion sexuelle qui l'infestait ». Je priais pour lui, bien sûr. Cela allait sans dire. Je le conseillais. Mais en définitive, je décidai que mes prières et mes conseils devaient être complétés par les talents d'un membre du corps médical spécifiquement formé. À tort ou à raison, je pensais que, dans le cas de Stacy, cette démarche aurait plus de chances d'aboutir à une guérison efficace et durable qu'en traitant directement avec son inconscient, à la manière charismatique, en recourant au rituel de la délivrance.

L'une des grandes maximes du ministère de la guérison s'exprime par le dicton suivant : « On peut conduire un cheval à l'abreuvoir, mais on ne peut pas le faire boire. » Voyant que Stacy refusait une aide supplémentaire, je compris que je ne pouvais pas le forcer à accepter mon conseil, et, pendant un moment, je tentai de me convaincre que j'avais eu tort de lui suggérer de suivre une thérapie. Mais je ne le pensais pas. Je prédis qu'il continuerait à être bloqué sur le plan de son développement spirituel et émotionnel sans savoir comment briser cette impasse.

Je consultai à nouveau Lewis, mais nous n'étions toujours pas d'accord sur la nature du problème ni la manière de procéder. Il ne me restait plus qu'à prendre du recul et à attendre. Ça ne me plaisait pas beaucoup. J'avais l'impression d'un échec. L'échec est l'une des choses les plus difficiles à accepter pour un guérisseur. Je reconnais cette difficulté, mais tout de même j'ai du mal à accepter mon impuissance et à faire confiance en Dieu pour qu'il règle le problème par un autre biais. Quand j'en parlai à Clare, je reconnus que j'en voulais à Stacy d'avoir refusé de se faire aider. Cela me fit du bien de l'admettre. Mais même si j'essayais de ne pas me mettre en colère, je découvris que j'en venais peu à peu à me désintéresser de lui. Du coup, je me sentis si coupable que je démenais plus que jamais pour dissimuler cette défection.

Je savais pertinemment que Stacy m'idolâtrait, mais j'avais estimé que ce n'était là qu'un symptôme de son immaturité, de sorte que ça ne m'avait jamais vraiment gêné. Maintenant que j'étais conscient de l'évolution de mes sentiments à son égard, toutefois, cela commençait à me poser un problème. La culpabilité m'obligeait à redoubler d'efforts pour ne pas me comporter d'une manière qu'il puisse interpréter à tort comme un rejet. J'étais tellement inquiet à son sujet, mon inaptitude à lui venir en aide semblait encore plus difficile à supporter.

Pour finir, je décidai d'agir. Attendre simplement m'était devenu intolérable, et dans l'espoir qu'une autre opinion cléricale me serait utile, je me confiai à Gilbert Tucker, le vicaire de St Eadred. J'optai pour lui parce qu'il se considérait comme un expert des problèmes sexuels du clergé, mais j'aurais dû me douter qu'en tant qu'activiste *gay*, il projetterait une autre lumière sur la discussion. Il déclara aussitôt que Stacy était manifestement aussi *gay* qu'une jonquille rose et qu'il feignait d'être hétéro pour me faire plaisir. Je compris alors que j'en étais revenu au point de départ. Le libéral-radical (Gil) et son ennemi juré, le conservateur (Lewis), s'unissaient pour simplifier la question de l'homosexualité en un schéma noir et blanc. Pris en tenaille entre ces deux extrémistes, je me retrouvais encore plus déconcerté qu'auparavant.

Pour ajouter à mon désarroi, Lewis m'avait informé que Stacy et lui avaient eu un entretien secret en tête à tête. Que se passait-il ? D'ordinaire, Stacy s'adressait à moi quand il avait un problème — à moins que je ne sois *le* problème, bien évidemment. C'était bizarre qu'il se confie à Lewis qui l'intimidait. Se pouvait-il qu'il ait finalement perçu l'ambivalence de ses sentiments à mon égard et que cela l'ait bouleversé au point qu'il s'en soit ouvert à Lewis ? Peut-être. S'il était perturbé, il avait peut-être exagéré le culte qu'il me vouait, avec pour conséquence que Lewis aurait pensé que... Oui, je voyais aisément Lewis tirer les conclusions les plus erronées, de même que je pouvais voir Stacy bredouillant toutes sortes d'inepties passionnées liées au fait qu'il ne voulait pas me laisser tomber parce qu'il m'adorait. Lewis, réagissant au quart de tour, comme d'habitude, dès qu'il était question d'homosexualité, se serait immédiatement dit : Stacy adore Nicholas ; Nicholas est un homme ; donc Stacy est sans aucun doute un homosexuel.

Je poussai un profond soupir et réalisai tout à coup que je regardais toujours la tourte d'Alice, parfaite, prête à cuire. Durant ma longue méditation sur Stacy, elle avait achevé son chef-d'œuvre et venait de se tourner pour allumer le four.

— Alice, dis-je en calant la queue de James contre ses pattes arrière pour que son corps forme une courbe parfaite, comment pensez-vous que Stacy s'en sorte avec Tara ?

— Oh, je crois qu'il l'aime bien, dit-elle en commençant à assembler les pommes de terre à éplucher, mais bien sûr, elle n'arrivera jamais à la hauteur de la cheville de sa sœur, Aisling.

Je sentais qu'Alice n'avait aucun doute sur l'hétérosexualité de Stacy. Mais il est vrai qu'elle ne savait pas grand-chose des hommes et qu'elle était loin d'être une experte d'envergure internationale en matière de sexualité.

— Alors vous ne pensez pas que leur amitié débouchera sur autre chose ?

— Non, et c'est vraiment dommage parce qu'elle l'aime

beaucoup ! Elle est si gentille. J'aimerais tellement qu'elle trouve le bonheur.

Il n'y avait pas une once de méchanceté chez Alice. Je ne percevais pas la moindre jalousie. Pourtant j'étais sûr qu'aucun homme ne l'avait jamais emmenée dîner, pas même un rouquin maladroit et sexuellement retardé. Stacy avait voulu l'inviter et je le lui avais interdit sous prétexte que lorsque les gens vivent ensemble en communauté, mieux vaut éviter les « amitiés particulières », mais je m'étais senti coupable après coup de l'avoir privée d'une joie bien méritée.

— J'ai lu quelque part qu'un grand nombre de femmes n'aimaient pas les roux, remarquai-je d'un ton vague.

— Je crois que Mills et Bonn conseillent à leurs auteurs de choisir des héros blonds ou bruns, reconnut Alice, bien que le superbe rouquin passe occasionnellement la censure.

— Stacy pourrait-il être considéré comme superbe ?

— Non, répondit-elle d'un ton ferme, apaisant ma culpabilité pour l'avoir privée d'un petit ami. Il est très doux, mais il n'est pas suffisamment mûr pour être considéré comme un héros de Mills et Bonn.

Je sentais qu'en dépit de son inexpérience, l'intuition d'Alice lui permettait de faire des observations judicieuses.

— Lisez-vous les romans de Mills et Bonn, Alice ?

— Plus maintenant, non. Je les lisais quand j'étais plus jeune, mais maintenant je lis de gros romans à propos de filles incroyables qui débutent avec rien et se retrouvent avec tout — ou l'inverse. Tout le monde passe son temps à faire des mondanités, ou des courses, ou l'amour.

— Je pense que j'aurais du mal pour ce qui est des courses.

— Francie, elle, ne serait pas contre la dernière option à mon avis ! Elle a froncé les sourcils l'autre jour, quand elle est venue me rendre visite dans mon trou à rats, en voyant le livre que j'étais en train de lire, mais quand je l'ai repris, je me suis aperçue qu'il était ouvert non plus à la fin du chapitre, mais sur l'un des passages les plus salés. Elle y avait manifestement jeté un coup d'œil pendant que je préparais le café.

Je profitai de la perche qu'elle m'avait lancée par inadvertance.

— Avez-vous eu des nouvelles de Francie cette semaine ?

— Je l'ai appelée hier pour lui demander si je pouvais faire quelque chose pour elle. Elle voulait juste des haricots à la tomate Weight Watchers et m'a dit que ça pouvait attendre. Je lui ai proposé de lui apporter de la glace à la framboise basses calories, mais elle a refusé en me disant qu'elle était trop déprimée pour voir qui que ce soit. Puis elle a ajouté : « Ne vous inquiétez pas. Je ne suis pas suicidaire. Je ne donnerai jamais à Harry la satisfaction de mourir avant lui ! » Elle avait l'air passablement perturbée.

— Hum ! Je marquai une pause pour caresser le chat avant d'ajouter d'un ton désinvolte : Quel est son problème à votre avis ?

— Elle est en train de se rendre compte que ses rêves ne deviendront jamais réalité, répondit aussitôt Alice. Elle aimerait avoir vingt-neuf ans, une taille de guêpe et vivre à Monaco avec un mari tout doux et un admirateur italien super-sexy, mais elle a quarante-cinq ans, vit à Islington, se bagarre avec les kilos et il n'y a pas l'ombre d'un admirateur à l'horizon.

— Alors vous pensez que l'existence de Francie est plutôt morne en ce moment ?

— Je le crains, d'autant plus que son mari est rarement là et que ses enfants sont en pension les trois quarts de l'année. Pauvre Francie ! s'exclama Alice d'un ton sincère en déposant une première pomme de terre pelée dans la casserole.

Je pensais à quel point Francie aurait été furieuse en entendant sa réponse. « Pauvre Alice ! m'avait-elle dit plus d'une fois par le passé. Elle est si gentille ! Mais que de problèmes ! C'est vraiment triste... »

— Vous aimez bien Francie, n'est-ce pas, Alice ?

— Oui. Je n'oublierai jamais combien elle a été bonne avec moi après le décès de ma tante. Mais maintenant que je la connais un peu mieux... Eh bien, il me semble qu'elle n'est pas cette âme simple, généreuse, que tout le monde croit qu'elle est, et pour être honnête, j'ai été surprise hier quand je l'ai appelée. Elle m'a paru un peu folle. Elle était manifestement en train de perdre les pédales quand elle est venue ici lundi soir.

J'étais sidéré.

— Lundi soir ?

— Oh, Lewis ne vous l'a pas dit ? Il était tard. J'étais en train de regarder les nouvelles sur ITV, la météo plus précisément. Je ne sais pas ce qu'elle a dit à Lewis et je n'ai pas voulu lui demander plus tard, mais à un moment donné, il a sonné et m'a demandée de venir à la cuisine. Il a dit que Francie tenait à la présence d'une femme, mais j'ai tout de suite vu que ce n'était pas le cas. À peine étais-je entrée, Lewis m'a dit que je pouvais m'en aller. C'était vraiment bizarre. Francie était en chemise de nuit sous son manteau et elle n'avait pas de chaussures. Que des pantoufles. Son manteau n'était pas boutonné, alors j'ai vu sa chemise de nuit. Très décolletée, et elle s'agitait tellement qu'elle en était presque indécente.

Il y eut un silence pendant que je faisais rapidement le rapprochement, pour en arriver à la conclusion la plus difficile à digérer.

— Bien sûr, reprit Alice tout en examinant une pomme de terre à la recherche d'yeux, elle ne savait pas que vous n'étiez pas là ce soir-là. Et j'ai eu la nette impression que ce n'était pas Lewis qu'elle voulait voir.

Je continuais à la regarder fixement tout en imaginant cette scène glaçante, quand Lewis en personne fit irruption dans la cuisine en demandant d'un ton impérieux où Stacy était passé.

3.

« À ce stade du deuil, d'autres symptômes,
outre le manque de concentration que
votre ami a constaté, peuvent inclure une
inaptitude à ordonner ses pensées. »

Gareth Tuckwell et David Flagg
A Question of Healing

I

Apparemment Stacy aurait dû arriver à l'église un peu
plus tôt pour permettre à Lewis de rentrer se reposer. Lewis
supportait mal la notion de convalescence, mais il reconnaissait qu'il devait s'allonger à intervalles réguliers s'il voulait se remettre vite. Contraint de rester de garde plus
longtemps que prévu, il était épuisé et furibard.

Rosalind avait parfois l'air de penser que la tâche de
Lewis n'était qu'une simple sinécure, inventée par mes
soins pour lui donner le sentiment d'être utile en dépit de
son âge, mais son travail était vital au ministère et je me
demandais encore comment je m'en étais sorti avant qu'il
ne débarque sur mon pas de porte en 1983. Responsable
des offices et des bénévoles, il était le pivot de l'église. Il
était le thérapeute et le directeur spirituel d'un petit nombre de patients au centre, mais sa mission principale consistait à assurer le bon fonctionnement des activités de

l'église. Dans le cadre d'un ministère de la guérison, il est essentiel d'avoir un groupe de prière qui se réunisse fréquemment pour soutenir notre travail, et même si j'étais aux petits soins pour ses membres, c'était Lewis qui se chargeait de les organiser et de les diriger. En bref, son travail venant étayer le mien me permettait de m'axer davantage sur la guérison en elle-même. Sans lui, je me serais dispersé dans tous les sens, en gaspillant mes énergies, et ma concentration s'en serait trouvée entravée. De sorte que j'avais tout intérêt à ce qu'il ne se fatigue pas trop. J'étais moi aussi furieux contre Stacy.

— Il devrait toujours y avoir un prêtre de garde à l'église à l'heure où les gens commencent à quitter leurs bureaux ! hurlait Lewis. Bon sang, quand je vais mettre la main sur cet imbécile de rouquin, je vais lui tordre le cou ! Où est-il passé, pour l'amour du ciel ? S'il a encore filé dans cette boutique vidéo, je défonce son poste ! Il est sérieusement accroché à sa télé et à la pop music. Typique de toute la jeune génération, qui passe son temps à fuir la réalité grâce à ce fatras d'images et de bruits immondes.

Le téléphone sonna, mettant, Dieu merci, un terme à cette tirade. Lewis se pencha pour saisir le combiné avant que je puisse le faire moi-même et, à ma grande consternation, beugla : « Presbytère ! » Ce n'était pas vraiment le moyen d'accueillir un interlocuteur qui pouvait être dans un état désespéré, mais quelques secondes plus tard, je fus soulagé. Le comportement de Lewis changea en un clin d'œil. Ses yeux brillaient. Un sourire jusqu'aux oreilles illuminait son visage.

— Oh, bonsoir, Venetia ! dit-il d'une voix douce. Non, non, je ne m'apprêtais pas à administrer une raclée à quelqu'un. Attendez une minute. Je vous reprends dans ma chambre.

Il fit de son mieux pour se donner un air désinvolte, mais gâcha tout en laissant tomber une de ses béquilles alors qu'il filait vers son antre aussi vite qu'il le pouvait.

La porte claqua. Alice et moi échangeâmes un regard, mais comme tout commentaire eût été superflu, elle recommença à peler ses pommes de terre et je replaçai le combiné.

Je repris ma place à la table et passai un moment à

ruminer sur Lewis et ses fantasmes amoureux. Depuis quelque temps, je vivais dans la terreur qu'il ruine la guérison
de Venetia et, plus il semblait évident qu'elle serait l'un des
grands succès du centre, plus je m'inquiétais du danger en
puissance de leur relation.

Venetia avait fait des progrès considérables en un laps
de temps relativement court et se préparait à commencer
une nouvelle vie à Cambridge. Elle aurait encore besoin
d'une thérapie, mais Robin s'était chargé de lui trouver
quelqu'un sur place : un de ses distingués amis. En attendant, Lewis était censé s'être réconcilié avec le fait qu'elle
vivrait bientôt à une centaine de kilomètres de Londres. Il
est vrai que je l'avais encouragé à garder l'espoir qu'un jour,
il la reverrait — il en avait besoin à ce moment-là —, mais
je partais de l'hypothèse que Venetia disparaîtrait de sa vie
pendant au moins trois mois, un intervalle qui lui permettrait de reprendre ses esprits et de reconnaître qu'il s'était
juste amouraché d'elle. Ce coup de fil inattendu, moins
d'une semaine après leur séparation, ne me faisait pas vraiment l'effet d'une bonne nouvelle.

Le fait était que Lewis avait encore trop de problèmes
à résoudre avec les femmes pour que le mariage fût une
option envisageable. Après ses adieux à Venetia, il avait
ouvert les yeux sur un aspect de son caractère normalement
dissimulé dans un recoin de son esprit, mais cela ne m'avait
pas convaincu qu'il était destiné à l'épouser et à vivre heureux avec elle jusqu'à la fin de ses jours. Il me semblait
assez clair que Venetia avait été mise sur son chemin, non
pour lui fournir l'occasion d'une grande passion et/ou d'un
mariage, mais pour l'éclairer sur son propre compte. S'il
pouvait bâtir à partir de ce rayon de lumière dont il avait
bénéficié, il lui restait un espoir de se débarrasser de ses
préjugés, mais en attendant, il était plus confus que jamais
à propos des femmes et se vautrait dans un rêve sans relation aucune avec la réalité.

Son dilemme procédait du fait qu'il était attiré par des
aventurières de l'amour alors qu'il lui fallait une vie domestique paisible et conventionnelle pour fonctionner convenablement. Volatile, excentrique, plein de talents, mais soupe
au lait, il avait besoin d'un environnement normal et prévisible, tout autant que moi. La différence entre nous étant

que sa mère avait *choisi* de l'abandonner quand il avait une quinzaine d'années. En outre, il avait été encore plus meurtri parce que sa mère était devenue une cocotte, à la disposition des hommes dès lors qu'ils acceptaient de dépenser une fortune pour elle. À certains moments, Lewis agissait comme si la seule manière d'attirer l'attention des femmes consistait pour lui à les acheter. Redoutant secrètement le rejet, il s'imaginait que cette fausse intimité acquise grâce à l'argent lui permettait de garder les rênes en main en réduisant la femme à l'état d'un objet jetable. De cette façon, il évitait de s'impliquer sur le plan émotionnel, en prenant inconsciemment sa revanche sur sa mère qui avait renié son engagement avec lui, et se persuadait qu'il ne voulait pas d'une femme décente parce que seule une putain pouvait le satisfaire sexuellement.

Tout est bien qui finit mal !

Pour être honnête, il reconnaissait au moins qu'il était loin d'offrir une situation idéale, et restait déterminé à se battre contre ses obsessions, mais comme la plupart des gens souffrant de blocages psychologiques, il était aveugle au problème fondamental qui le minait et qui était fort simple : il avait un grand besoin d'amour et de sécurité, mais, au fond de lui, il s'en sentait tellement indigne, à cause du rejet de sa mère, qu'il était incapable de les reconnaître et de les accepter quand ils s'offraient à lui. Depuis que je le connaissais, Lewis n'avait jamais eu la moindre difficulté à attirer les femmes — dont certaines avaient énormément de choses à lui offrir, mais ses relations échouaient systématiquement parce qu'il ne s'estimait pas à la hauteur. « Elle ne m'aimerait pas si elle me connaissait mieux », disait-il souvent, et si une femme essayait de mieux le connaître, il faisait en sorte que cette prophétie devienne réalité en adoptant un comportement inacceptable et en mettant son amour à l'épreuve pour se convaincre qu'il était fondamentalement impossible à aimer. Inconsciemment, il se disait, à l'évidence, qu'il valait mieux prendre l'initiative de rompre cette relation plutôt que de se mettre dans la position où il risquait d'être rejeté une fois de plus.

Un jour, lorsque j'étais beaucoup plus jeune, j'avais commis l'erreur de lui expliquer tout cela en détail, mais il s'était contenté de me dire : « Vous êtes fou. Un complexe

d'infériorité vis-à-vis des femmes ? Moi ? C'est le seul problème que je n'ai jamais eu. Tout au contraire. »

On peut amener le cheval à l'abreuvoir, mais on ne
peut pas le faire boire. Je soupirai profondément, et tandis
que le proverbe faisait écho dans ma tête, je me demandais
ce que Lewis pouvait bien être en train de raconter à Venetia. Je les imaginais sans difficulté se mettant à l'épreuve
l'un l'autre en exhibant leurs complexes à la moindre occasion. Leur amour serait réduit en miettes en un rien de
temps. Ainsi que Venetia. Et Lewis s'en irait plus meurtri et
abattu que jamais, même s'il réussirait malgré tout à dire :
« Heureusement qu'elle s'est aperçue que j'étais impossible
avant qu'il soit trop tard. »

— Nicholas, lança Alice, interrompant, Dieu merci,
cette déprimante rumination, est-ce que je ne ferais pas
mieux d'appeler Stacy pour l'avertir qu'il va avoir des
ennuis ?

— Bonne idée. Je m'en occupe.

Quel soulagement d'abandonner mes sinistres pensées
en m'approchant de l'interphone. Je sonnai l'appartement
du vicaire, mais n'obtins pas de réponse.

— C'est bizarre, dis-je. Il est peut-être ressorti.

— Non. Nous l'aurions entendu. Il fait toujours tellement de bruit. Essayez chez vous. Rosalind l'a peut-être
invité à boire une tasse de thé.

J'étais sur le point de suivre son conseil quand Stacy
répondit finalement. Il avait l'air ahuri, presque groggy. Je
me demandais si je l'avais réveillé, mais cela paraissait peu
probable. Stacy avait toujours un surplus d'énergie à
dépenser.

— Est-ce que ça va ? demandai-je sèchement.

— Hum.

— Bon, mais il semble que vous souffriez d'amnésie.
Filez à l'église sur-le-champ et arrangez-vous pour faire de
plates excuses à Lewis plus tard.

Je le laissai à sa consternation et m'arrachai finalement
à la compagnie d'Alice pour retourner dans mon bureau où
j'essayai de trouver la force d'organiser ma retraite. J'allai
jusqu'à prendre le combiné de ma ligne privée pour appeler
le bureau des moines de Fordite, mais l'apathie me gagna
et je ne pus composer le numéro.

J'étais toujours avachi dans mon fauteuil pivotant, serrant le combiné dans le creux de ma main, quand Lewis, ce vieux matou couvert de cicatrices, entra de travers sur ses béquilles pour annoncer que Venetia était revenue à Londres après un voyage de reconnaissance d'une semaine à Cambridge et qu'elle voulait lui montrer ses polaroïds de l'appartement qu'elle songeait à acquérir. Il avait promis de la retrouver au Dorchester Grill samedi pour déjeuner.

— Mais ne vous inquiétez pas, s'empressa-t-il d'ajouter. Je promets d'avoir un comportement irréprochable.

J'affichai la mine la plus courtoise qui soit en m'abstenant de faire le moindre commentaire.

— Vous avez réservé votre chambre ?

— J'étais sur le point d'appeler.

— Dans ce cas, je ne vous dérangerai pas plus longtemps. Je suppose que vous partirez de bonne heure demain matin ?

— Si vous voyez Venetia samedi, il faudrait peut-être mieux que je reste là.

— Non, non, ce n'est pas nécessaire. J'ai la situation bien en main et je me réjouis d'avoir l'occasion de prendre congé d'elle d'une manière sereine et civilisée. Nos adieux au Hilton étaient tellement déconcertants.

— Hum ! Avez-vous l'intention de multiplier ces adieux *ad vitam aeternam* ?

— Oh ! Venetia finirait bien évidemment par se rendre compte que je suis impossible, mais en attendant... Une minute... j'entends ce stupide rouquin dévaler l'escalier tel un éléphant égaré dans la jungle...

Il sortit de mon bureau en trombe pour laisser aussitôt libre cours à sa colère.

J'attendis vingt secondes avant de le suivre dans le couloir, d'expédier Stacy, muet, blanc comme un linge, à l'église et de rappeler à Lewis qu'il était censé se reposer. Quand je fus à nouveau seul, je trouvai finalement le courage d'appeler les moines de Fordite, et, après avoir réservé une chambre dans l'aile des invités, je réalisai, le cœur battant, que je ne pouvais plus retarder un face-à-face avec Rosalind.

Je montai à l'appartement d'un pas lourd.

II

Elle était en train de prendre un bain. C'était mauvais signe ; cela prouvait qu'elle se sentait encore souillée, mais j'étais soulagé d'avoir un prétexte pour retarder l'épreuve de l'affrontement. Je déambulai dans l'appartement en essayant de décider quoi faire et conclus finalement qu'il était temps de rappeler Venetia, mon succès du moment, le cheval qui avait non seulement consenti à s'approcher de l'eau, mais s'était montré disposé à étancher sa soif.

— Bonjour, fis-je dès qu'elle décrocha. C'est votre talisman.

Elle m'appelait souvent ainsi. Acceptant la prédiction que j'avais faite il y a de nombreuses années que nos chemins étaient destinés à se croiser à l'occasion tout au long de notre existence, elle prétendait qu'il se passait toujours quelque chose, pas forcément agréable, chaque fois que nous nous revoyions. Le croisement actuel, qui durait depuis notre rencontre fortuite l'été dernier, avait été vraiment bénéfique pour la première fois, comme si toutes ces années que j'avais passées à prier pour elle avaient finalement porté fruit. J'avais toujours su que ma mission était de prier pour elle. Comme j'avais plusieurs années de moins qu'elle, il ne pouvait être question d'aventure amoureuse à l'époque où je l'avais rencontrée, lorsque j'avais à peine vingt ans, et j'avais tout de suite su que c'était simplement un signe, une amitié de l'esprit, la représentation d'une réalité qui continuait à exister bien qu'elle refusât de le reconnaître. L'obligation de la servir ainsi avait été une tâche sans merci au cours de la longue période où sa vie avait été de mal en pis, mais je n'avais jamais renoncé et maintenant, il semblait que j'allais enfin être récompensé.

Mon soulagement et ma joie, mêlés à la peur que les choses risquaient encore de tourner mal, étaient si intenses que je me rendis compte à quel point je m'étais attachée à elle. Je réalisai aussi que la profondeur et la qualité de mes sentiments à son égard expliquaient sans doute que la guérison ait finalement eu lieu. L'amour que je lui vouais, sans rien de possessif ou d'exigeant, totalement concentré sur son bien-être, offrait un canal libre au pouvoir créateur et racheteur du Saint-Esprit. Tous les êtres ont le pouvoir de se guérir les uns les autres ; cela fait partie du mystère de la conscience et de la personnalité humaine. Dieu-tout puissant, faites que rien ne bloque maintenant ! Je me remis à transpirer à la pensée que Lewis ou moi, ou nous deux, puissions tout gâcher, moi par orgueil, lui par un désir alimenté par ses obsessions. Sauvegardez Venetia, dis-je fébrilement à Dieu, sauvez-la, sauvez-la, sauvez-la de vos serviteurs trop humains et pathétiquement faibles... Je réalisai tout à coup que Venetia était en train de me parler. Je fis un effort pour me concentrer sur la conversation.

— Nick, quel bonheur, quelle joie divine de vous entendre !

— Comment allez-vous ?

— On ne peux mieux, mon cher.

Venetia parlait presque toujours comme ça. Le fait qu'elle utilisait ce jargon affecté, caractéristique de la classe supérieure, ne voulait pas dire qu'elle manquait de sincérité.

— Hum ! répondis-je d'un ton agréable, imprégnant néanmoins cette syllabe fort utile d'une pointe de scepticisme destiné à l'encourager à être honnête.

— Que signifie ce grognement ?

— À votre avis ?

— Non, ne me renvoyez ma question, animal !

— Je ne vois pas ce qu'il y a d'animal là-dedans !

Venetia et moi avions souvent ce genre de dialogue. Parfois je trouvais que nous donnions l'impression d'appartenir à cette espèce de couple « râleur » qui masque les liens profonds qui les unissent en laissant libre cours à de fréquentes explosions d'irritabilité.

— Je suppose que vous avez parlé avec Lewis !

— Oui. Comment se fait-il qu'il ait droit aux polaroïds, et pas moi ?

— Je vous les montrerai plus tard, mon cœur. Pour le moment, Lewis en a plus besoin que vous.

— Hum !

— Est-ce que vous ne brûlez pas de me demander ce que je fiche avec lui ?

— Non. Ça ne me regarde pas.

— Ce que je ne supporte pas chez les hommes, renchérit-elle d'un ton acide, c'est leur attitude supérieure vis-à-vis des commérages. C'est inhumain. Une femme mourrait d'envie de connaître tous les détails.

— Eh bien, puisque je ne suis pas prêt de changer de sexe...

— Dieu merci, je ne supporte pas la notion de mutilation. Écoutez, mon chéri, tout va bien pour Lewis, je vous assure. Il est absolument parfait et je l'adore.

— Hum, hum !

— Vous n'avez rien d'autre à dire, espèce de porc !

— J'étais justement en train de songer à quel point Lewis est vulnérable sous sa façade de pirate.

— Nous sommes de la même espèce, lui et moi, dit-elle, oubliant son jargon un bref instant parce qu'elle parlait du fond du cœur. Nous pouvons être vulnérables ensemble.

Puis, comme mon cœur à moi sombrait face à cette révélation d'une illusion romantique partagée, la conversation reprit :

— Comment va la blonde Rosalind ?

Je me ressaisis rapidement.

— Elle est en train de prendre un bain.

— Cette chère Rosalind, toujours si propre. Eh bien, ma puce, j'adore écouter vos commentaires cryptiques et vos grognements sensuels, mais je vais devoir vous laisser maintenant, sinon je ne serais jamais à l'heure à ma réunion des AA. Continuez à prier, s'il vous plaît.

— Prenez soin de vous, Venetia. Souvenez-vous que vous comptez, énormément, que vous êtes importante ! Je suis à votre côté à chaque étape !

Elle m'affirma qu'elle m'aimait et fit toutes sortes de bruits de baisers. J'entendis à peine le sanglot étouffé avant qu'elle raccroche.

Je restai immobile, à prier : « Seigneur Guérisseur, « donnez à Venetia la force de continuer à lutter ! » Je le répétai encore et encore. Puis j'ajoutai une autre courte prière demandant à Dieu de l'aider dans sa relation avec Lewis. De toute évidence, elle tenait sincèrement à lui. C'était une fort mauvaise nouvelle. Quand j'avais rencontré Venetia au Claridge, son antre favori, pour un petit entretien pastoral alors que Lewis était à l'hôpital, elle s'était montrée très désinvolte, l'appelant « ce cher vieux » comme s'il avait été question de quelque gentil retraité qu'elle trouvait amusant. Je n'y avais pas vraiment cru, mais j'avais pensé qu'elle se bornait à dissimuler le fait qu'elle avait flirté avec lui, par habitude, et qu'il l'avait fermement éconduite. À présent, je me rendais compte qu'elle dissimulait des sentiments plus profonds.

Je sombrai dans la mélancolie. Et si son admirable projet d'aller s'installer à Cambridge tombait à l'eau ? Si la folie s'emparait d'eux et s'ils se mariaient par impulsion ? Je priai avec ferveur pour qu'ils échappent à une pareille démence, mais dans le silence qui suivit, le silence de Dieu, je me souvins de Lewis parlant non pas de Venetia, mais de la leçon la plus importante qu'un médium arrogant peut recevoir. Vingt années s'évaporèrent. J'étais de retour en 1968, véritable catastrophe ambulante ayant finalement trouvé le mentor capable de me former, et Lewis m'ordonnait : « Nicholas, dites-vous très calmement, très rationnellement : "JE PEUX ME TROMPER." »

Il était temps que je reconnaisse que je m'étais peut-être fourvoyé sur la nature de la relation entre Lewis et Venetia. Peut-être étaient-ils destinés à connaître le bonheur conjugal après tout.

Mais j'en doutais.

La pensée du bonheur conjugal me rappela l'enfer de mon couple et je venais de me demander pour la énième fois ce que j'allais dire à Rosalind, quand j'entendis la porte de la salle de bains s'ouvrir. Mon épreuve était sur le point de commencer.

III

Quand Rosalind me rejoignit dans le salon, elle portait une jupe, un pull-over noirs et une veste bleu turquoise. Pas de bijoux. Une touche de maquillage. Elle avait l'air épuisée, mais il lui restait suffisamment d'énergie pour serrer son verre de vin blanc si fort que j'avais peur que le pied se brise.

— Ah te voilà ! fis-je. Oh, tu bois un verre. Bon. Attends, s'il te plaît, que j'aille m'en chercher un.

Je fonçai dans la cuisine, sortis un coca-cola du réfrigérateur et bus une gorgée à même la canette. J'étais couvert d'une sueur glaciale. Mon cœur battait à une cadence anormale. Je réussis Dieu sait comment à regagner le salon. J'évitai de m'asseoir à côté d'elle sur le canapé pour ne pas qu'elle se sente menacée et à la place me laissai tomber dans un des fauteuils.

— Dure journée ? commenta-t-elle en faisant un effort considérable pour prendre un ton désinvolte.

— Hum hum. J'avalai quelques goulées de coca-cola. Je suis allé voir Clare. Elle recommande une période de répit pour nous deux.

— Oh ?

— Oui, alors demain je pars chez les moines de Fordite pour une retraite de trois jours et tu peux retourner à Butterfold, enfin, si tu le souhaites. Je ne cherche pas à te dicter ton comportement, mais je suppose que tu serais contente de regagner tes pénates et je veux juste que tu saches que je suis d'accord. Je me rends compte que je me suis montré tout à fait irresponsable en espérant que tu abandonnerais la maison du jour au lendemain pour venir t'installer au presbytère.

— Ah !

— Oui, alors j'ai pensé que nous devrions rester séparés, le temps de nous rétablir, jusqu'à ce que les garçons rentrent pour les vacances. Ensuite, nous mettrons le problème entre parenthèses jusqu'au début du trimestre prochain. Nous ne dirons rien aux enfants, nous nous concentrerons sur Noël et, ne te fais aucun souci, je ne t'ennuierai pas. Je dormirai dans le salon et tu n'auras qu'à fermer ta porte à clé chaque soir. Sans problème. J'admets maintenant que notre mariage est temporairement brisé.

Elle garda le silence cette fois-ci. Pas même un « oh » ou un « ah » ! M'étais-je fourvoyé quelque part ? J'essayai de ne pas paniquer.

— Tout doit se passer exactement comme tu l'entends, m'empressai-je d'ajouter. Je ne veux rien t'imposer, crois-moi. Nous reparlerons de tout cela plus tard, si tu préfères, après la période de répit. En fait, oui, je me rends compte maintenant que ce serait mieux ainsi. Cela peut attendre. Quand nous serons plus calmes, nous n'aurons qu'à prendre un médiateur, aller trouver les gens d'Harmonie. On fera ce que tu voudras.

— Hum, fit-elle.

Finalement, je perdis courage. Je ne savais pas si c'était dû à son hésitation à réagir positivement ou à cause de ce que j'avais encore à dire, plus pénible. Renonçant au coca, je fonçai dans la cuisine et pris un verre que je remplis de vin blanc jusqu'à ras bord. L'alcool a incontestablement un effet calmant quand on a peur. Et j'avais peur, cela ne faisait aucun doute. Je pris une profonde inspiration et récitai sans bruit les paroles de Jésus, « N'aie pas peur », trois fois avant d'engloutir la moitié de mon verre et de regagner le salon.

— Il y a autre chose, dis-je. Clare m'a obligé à reconnaître ce que j'ai fait exactement hier soir. Je comprends à présent que tu ne voulais pas coucher avec moi, mais que je t'y ai forcée. Je t'ai... violée. Je t'ai embrouillé l'esprit, j'ai abusé de toi et je me suis comporté comme le dernier des sagouins. Je tiens à ce que tu saches à quel point je le regrette. Les mots ne peuvent pas vraiment exprimer l'horreur et la honte qui m'habitent. J'arrive à peine à croire que j'aie fait une chose pareille à la personne que j'aime le plus au monde et je ne m'attends certainement pas à ce que tu me pardonnes tout de suite, mais je ferais n'importe quoi pour reconstruire notre couple. N'importe quoi. Je t'aime tant...

Je m'interrompis brusquement. Mon laïus était en train de dégénérer en une litanie qui risquait de lui taper sur les nerfs. Je bus encore un peu de vin en essayant de réfléchir à ce qu'il convenait d'ajouter.

— Je voulais juste que tu saches que je suis absolument désolé, dis-je. Que tout soit bien clair.

Je marquai une nouvelle pause, attendis, priai, espérant une réponse qui me donnerait une lueur d'espoir, mais en définitive, elle se borna à dire : « Je vois. Merci. » En dépit de ces mots formels, courtois, elle ne semblait ni fâchée ni révoltée. À moins que cette politesse ne masque sa colère ou une révulsion d'une profondeur sans précédent !

J'étais sur le point de filer à la cuisine chercher un

autre verre de vin blanc, mais avant que j'aie le temps de m'élancer, Rosalind dit brutalement :

— Écoute, il ne faut pas m'en vouloir, mais en définitive, je me sens incapable de supporter un dîner avec toute la petite famille ce soir. À vrai dire, je crois bien que je vais aller me coucher sans dîner du tout. J'ai beaucoup trop mangé à midi chez Fortnum avec Francie.

J'étais tellement sidéré que j'en oubliai du même coup la peur et la honte générées par ma confession et la confusion et la panique suscitées par son absence de réponse.

— Tu as déjeuné avec Francie ? répétai-je d'un ton morne.

— Oui, elle était un peu déprimée au début, mais je lui ai remonté le moral. À la fin du repas, elle était redevenue elle-même.

Une pensée terrifiante me traversa l'esprit.

— Tu ne lui as pas parlé d'hier soir ?

— Non. Évidemment que non.

Sur ce, elle se leva, alla chercher la bouteille dans le frigidaire et remplit nos deux verres.

À ce stade, je me creusai les méninges pour essayer de faire le lien entre cette surprenante information et la scène bizarre dont Alice avait été témoin lundi soir. D'un ton prudent, je demandai :

— Pourquoi as-tu déjeuné avec Francie ?

— Nous déjeunons souvent ensemble.

— Mais je croyais que vous ne vous voyiez pour ainsi dire plus !

— Eh bien... effectivement, pendant un moment, nous nous sommes éloignées l'une de l'autre. Puis nous nous sommes retrouvées.

— Tu ne m'en as jamais parlé !

— Non, mais il y a des tas de choses dont je ne t'ai jamais parlé. Tu n'étais pas souvent là !

Un silence s'ensuivit. Quand je ne pus plus tolérer la douleur de l'écouter, j'engloutis encore un peu de vin et dis :

— Que lui arrive-t-il en ce moment à ton avis ?

— Pas grand-chose. Elle en a plus qu'assez de Harry, mais elle ne le quittera jamais. Trop maso !

— Est-ce qu'il la bat ?

— C'est bizarre. Lewis m'a posé la même question

hier. Non, la cruauté n'est que verbale... Pourquoi pensez-vous tous les deux que Harry est une brute ?

— Nous n'avons aucune preuve concrète. Mais il est normal que nous nous demandions ce qui a provoqué sa dépression, surtout si elle est mal au point de ne plus pouvoir travailler.

— C'est juste la crise de la maturité, rien de plus !

— Pourtant tu dis qu'elle a repris vie vers la fin du repas ?

— Oh oui, à la fin, elle était radieuse, pleine de vitalité ! Elle avait besoin de faire un petit brin de causette avec sa meilleure amie, voilà tout !

— Tu veux dire que c'est elle qui a suggéré que vous déjeuniez ensemble ?

— Non, c'est moi. J'ai estimé que j'avais droit à une pause après toutes ces horreurs.

— Et elle a accepté sans hésitation ? Elle ne s'est pas montrée hostile à ton égard, de quelque manière que ce soit ?

— Non, bien sûr que non. Pourquoi me poses-tu la question ?

— Les gens déprimés ont souvent un comportement bizarre...

— Allons, elle n'était pas si bizarre que ça ! Je reconnais qu'elle a un peu hésité quand je lui ai proposé qu'on se voie, mais c'était la dépression qui la rendait apathique.

— Oui, bien sûr. Comme c'est intéressant ! Lewis sera content d'apprendre qu'elle va mieux. En fait, je vais descendre tout de suite lui annoncer la bonne nouvelle.

Je me dirigeai aussitôt vers la porte en avalant d'un trait le reste de mon verre.

— Oh Nicky, présente mes excuses à Alice, s'il te plaît. Je suis vraiment navrée de perturber ses plans de dîner une fois de plus...

Je marmonnai quelques paroles rassurantes avant de me précipiter en bas.

IV

Lewis se reposait toujours. Il avait mis un gros chandail vert et un pantalon en flanelle grise et écoutait une cantate de Bach, allongé sur son lit. Il parut contrarié d'être interrompu.

— C'est le meilleur morceau, Nicholas. Asseyez-vous et restez tranquille deux minutes.

Je fis ce qu'on me demandait. Je n'étais pas indifférent à la musique, loin de là, mais à tout prendre, je préférais le silence. À cette occasion, je ne prêtai aucune attention à Bach, tout à mes préoccupations concernant Lewis. J'étais convaincu qu'il en faisait trop dès que je tournais le dos. Pis, je le soupçonnais de désobéir à son kinésithérapeute en omettant de faire régulièrement ses exercices de rééducation. Sa tendance à considérer l'opération qu'il venait de subir comme un inconvénient mineur allait de pair avec la rage que suscitait chez lui l'approche des soixante-dix ans.

La cantate toucha à sa fin. Il soupira, ouvrit les yeux et dit :

— Oui ?

— Francie n'est pas une femme battue. Elle en a assez de sa vie, c'est tout. En conséquence, l'admiration acceptable qu'elle me vouait s'est changée en une nymphomanie inadmissible et elle présente désormais des signes de psychose maniaco-dépressive.

Lewis me dévisagea en écarquillant les yeux :

— Pas maniaco, Nicholas, répondit-il brusquement. Elle a le moral en bas parce qu'elle se rend compte qu'elle a eu un comportement ridicule ces derniers temps, mais elle n'est certainement pas en train de sombrer dans la déprime ni dans l'euphorie maniaque associée. Je ne pense même pas qu'elle soit cliniquement déprimée.

— Et la nymphomanie ?

— Vous êtes en pleine délire, Nicholas. Vous allez pêcher toutes sortes de diagnostics plus invraisemblables les uns que les autres parce que vous n'arrivez pas à déterminer ce qui se passe en réalité !

— Vous doutez de sa nymphomanie ?

— Nous avons affaire à une femme en pleine ménopause et malheureuse en ménage ! À l'évidence, elle a besoin d'un soutien pour saisir la portée de ses petites expéditions compensatrices dans le monde des fantasmes, mais j'ai la ferme intention de l'envoyer en thérapie avec Robin dès qu'elle reprendra le travail.

— Je crois qu'il se passe quelque chose de beaucoup plus grave.

— Nicholas...

— Bon, écoutez ça : Francie était totalement démoralisée ce midi au début du déjeuner, mais à la fin, elle était — je cite, « radieuse et pleine de vitalité ». Et vous savez qui est ma source d'informations, sa compagne chez Fortnum ? Rosalind !

Lewis balança les jambes avec peine par-dessus le bord du lit et s'assit tout droit.

— Ce n'est pas possible.

— Je pensais bien que vous réagiriez. Alors, résumons-nous ? Selon Alice...

— Alice ! Saperlipopette ! Je suppose qu'elle...

— Selon Alice, Francie a débarqué ici lundi soir avec des allures de prostituée, à moitié à poil. Déduction : la nymphomanie prend le dessus, ou, selon la formule plus énergique de nos amis les charismatiques, l'esprit de luxure. Vous avez réussi, j'ignore comment, à la calmer en figeant son esprit, si l'on peut dire, afin que le problème puisse être confronté avec davantage d'efficacité plus tard. Vous l'avez si habilement traitée que vous avez maintenu les lignes de communication ouvertes et préparé la voie pour une thérapie sans qu'elle se rebiffe. Magnifique ! Bravo ! Mais si elle oscille entre l'euphorie et les ténèbres, elle est sans doute beaucoup plus malade que vous ne le croyez.

— Ça m'étonnerait. Dans les cas typiques de psychose maniaco-dépressive, le passage d'un comportement extrême à un autre est plus progressif et chaque phase aiguë dure plus longtemps.

— Il s'agit peut-être d'un cas atypique. Et même si elle n'est pas maniaco-dépressive, elle est manifestement instable, alors est-ce que nous pourrions, s'il vous plaît, sans trahir la confidentialité que vous lui devez, avoir un petit entretien sur cette situation potentiellement explosive ?

Lewis se redressa.

— Non.

— Pourquoi pas ? Je ne vous demande pas de me révéler en détail la conversation que vous avez eue avec elle ! Je souhaiterais simplement que nous évoquions les différents diagnostics possibles !

— Nicholas, vous êtes en train de vous créer une gigantesque diversion afin d'oublier vos propres difficultés. Arrêtez sur-le-champ de jouer à ce petit jeu et concentrez-vous plutôt sur votre imminente retraite !

— Mais supposons...

— Je ne vois vraiment pas pourquoi vous vous mettez dans un état pareil pour l'unique raison que Francie est passée de la dépression à l'euphorie durant ce qui était, j'en suis sûr, un déjeuner très agréable chez Fortnum ! Si elle était affamée au départ, un succulent repas à lui seul pourrait suffir à rendre compte de ce brusque changement d'humeur.

— Oui, mais...

— Bon. Je reconnais que c'est bizarre que Francie déjeune avec votre femme en ce moment, mais elle a manifestement estimé qu'elle ne pouvait pas faire autrement que de venir. Elle n'est pas folle au point de vouloir faire éclater sa passion au grand jour en offrant à Rosalind un cocktail à la ciguë !

— Mais tout de même...

— Écoutez, voici une explication logique de son euphorie : Francie est arrivée chez Fortnum dans l'humeur la plus noire, mais en apprenant que Rosalind aussi avait des problèmes conjugaux...

— Mais Rosalind m'a assuré qu'elle ne lui en avait pas touché mot !

— Allons, Nicholas, vous savez bien comment sont les femmes lorsqu'elles se retrouvent en tête à tête. Je ne suis pas en train de suggérer que Rosalind lui a tout raconté à propos de l'hypnose — elle ne vous trahirait jamais en racontant cette histoire à qui que ce soit, hormis un prêtre ou un médecin —, mais si elle ne lui a rien dit à propos des difficultés que connaît votre couple en ce moment, je suis prêt à bouffer ma soutane. Conséquence : Francie en conclut illico que votre mariage est en mauvaise passe...

— ... et bascule dans l'euphorie, achevai-je, parce que

je commençais à accepter ce scénario. Vous voulez dire que Francie est dans cet état non pas parce qu'elle présente les sautes d'humeur caractéristiques de la psychose maniaco-dépressive, mais parce qu'elle pense que je serai bientôt libre de lui rendre son amour.

— Exactement. Et je tiens à souligner que, même si elle est déséquilibrée en ce moment, elle ne l'est que dans la portion de sa vie liée à vous. Cela peut ressembler à de la nymphomanie, mais les vraies nymphomanes sont généralement beaucoup plus perturbées.

— Pas de psychose alors !

— Pas de psychose, et encore moins de possession ! Francie est essentiellement saine d'esprit, mais elle souffre d'une obsession névrotique qu'avec l'aide de Dieu, Robin doit pouvoir soigner et résorber avant qu'elle fasse une dépression ou tombe gravement malade.

Je me sentais nettement mieux. Lewis avait plus d'expérience pratique de la maladie mentale qu'un grand nombre de médecins parce qu'il avait travaillé dix ans en hôpital psychiatrique. Il était certainement le premier à admettre qu'il n'avait aucune formation médicale, mais dans ce domaine de la médecine où le diagnostic est souvent loin d'être simple et la compréhension brumeuse, une expérience sur le terrain comptait beaucoup. J'étais tenté de changer de sujet, mais un malaise indéfinissable me fit hésiter.

— J'ai un pressentiment, dis-je finalement. Je suis heureux que vous soyez convaincu de savoir ce qui se passe. Mais êtes-vous certain de ne pas être trop sûr de vous ?

Lewis s'abstint de dissiper le problème par quelque remarque désinvolte et garda son calme en dépit de mon anxiété peut-être irrationnelle. Il se borna à dire d'un ton serein, raisonnable :

— Je suis désolé de vous avoir fait cette impression. Ce que j'essaie de vous dire, en essence, c'est que vous devriez me laisser m'occuper de tout ça d'autant plus que, pour l'instant, vous êtes incapable de régler quoi que ce soit vous-même. Nicholas, vous êtes extrêmement tendu en ce moment. Vous vous agitez dans tous les sens pour tâcher de résoudre les problèmes des autres parce que vous manquez totalement de concentration et que vous êtes dans l'incapacité de focaliser votre attention sur vous-même. Essayez plutôt d'ignorer tout ce qui ne vous concerne pas directement, et de canaliser votre énergie sur votre retraite, le repos, la prière et la reconstitution de votre force spirituelle.

Je le lui promis. Puis je me traînai à la cuisine pour aller dire à Alice que Rosalind ne descendrait pas dîner.

V

Nous dînâmes. Stacy était si pâle et si crispé que je finis par lui demander s'il se sentait mal, mais il me répondit que ça allait très bien. Peut-être était-il gêné en présence de Lewis après le savon que celui-ci lui avait passé plus tôt. Lewis n'hésitait pas à réprimander vertement ses subordonnés lorsqu'ils commettaient une erreur. C'était la politique rigide que son grand-oncle avait suivie à l'époque où il était grand abbé des moines de Fordite, mais l'autoritarisme victorien a une portée contestable en cette fin du XXᵉ siècle, et j'avais l'impression que Lewis lui-même se demandait s'il n'y avait pas été un peu fort.

— J'espère que vous ne vous souciez plus de votre retard à l'église, lui dit-il gentiment. Nous commettons tous des impairs et je vous ai pardonné.

Stacy se contenta de marmonner quelque chose d'incohérent en enfournant une bouchée. Puis il se mit à manger si vite que Lewis perdit de nouveau son sang-froid au moment où Stacy étouffait un rot :

— Ignoble ! Je suppose que vous allez vous mettre à vomir comme un gros dégoûtant !

Stacy prit aussitôt la fuite.

Au moment où la porte de la cuisine claquait, Alice s'exclama, étonnée :

— Mais qu'est-ce qui lui arrive à la fin ?

— Je n'en sais rien et je ne veux pas le savoir, riposta Lewis d'un ton acerbe. Ma patience est à bout. Mais il ajouta avec douceur à son adresse : Ma chère, auriez-vous la bonté de me donner une autre tranche de cette divine tourte ?

Ravie du compliment, Alice le servit docilement avant de se tourner vers moi :

— Et vous, Nicholas ? En voulez-vous encore ?

Je me réveillai brusquement.

— Non, merci.

J'étais préoccupé par Stacy. Quelque chose n'allait manifestement pas et je ferais bien de lui parler sans délai. Mais j'étais actuellement si confus — selon l'avis de Lewis en tout cas. Des pensées embrouillées à propos de ma déficience spirituelle élevèrent mon angoisse à de nouveaux sommets.

J'étais sur le point d'émettre de nouvelles spéculations sur le comportement de notre vicaire quand Lewis s'exclama :

— Quelle mouche l'a encore piqué !

J'entendis Stacy descendre l'escalier en trombe. Je supposai qu'il s'apprêtait à sortir après avoir été chercher son manteau. Quelques secondes plus tard, quand la porte d'entrée claqua à son tour, mes soupçons furent confirmés.

— Il vient peut-être de se rendre compte qu'il était follement amoureux de Tara, lança Alice, tentant d'égayer l'atmosphère, et il court à l'Isle of Dogs pour lui demander sa main.

— Il y a plus de chances qu'il file au presbytère de St Eadred pour aller boire un verre avec Gilbert Tucker, lâcha Lewis d'un ton sec.

Stupéfait, je levai les yeux juste à temps pour le voir furieux contre lui-même, avant qu'il n'efface cette expression de son visage. Je compris alors que cette remarque lui avait échappé à un moment où il était trop irrité pour s'autocensurer.

— Gilbert Tucker ? reprit Alice. C'est ce prêtre gentil et bel homme qui aide Nicholas à organiser le séminaire sur le sida, n'est-ce pas ?

— Tout à fait, dit Lewis, et dans l'espoir d'atténuer les implications de sa remarque précédente, il déclara d'un ton léger : Un type charmant. Pas vraiment mon genre de prêtre, mais il faut reconnaître qu'il fait du bon travail à St Eadred.

— Je ne savais pas que Stacy et lui étaient amis, dit Alice.

— Moi non plus, enchaînai-je, avant d'ajouter en regardant Lewis droit dans les yeux : Quand avez-vous vu Stacy en compagnie de Gil Tucker ?

— Je crois que c'était lundi soir dernier, n'est-ce pas, Lewis ? répondit obligeamment Alice. Je pensais que vous dîniez à l'Athaenum et que Stacy devait sortir avec Tara, mais vous avez changé d'avis tous les deux sans vous consulter et vous êtes allés à la conférence donnée par ce moine bénédictin. Elle se tourna vers moi : Quand Lewis est rentré, il m'a dit : « Ne vous donnez pas la peine de me préparer à dîner. Après avoir frayé avec Gil Tucker, j'ai juste besoin d'un bon verre. » Mais par la suite, quand j'ai regardé dans le frigidaire, j'ai vu qu'il avait fini la quiche aux champignons et tout le plat de coleslaw.

— Le whisky a l'art de me remettre en forme, commenta Lewis d'un ton légèrement narquois, les yeux fixés sur son assiette, avant de dévorer le reste de sa part de tourte.

— Où cette conférence avait-elle lieu ? demandai-je en m'efforçant de prendre un air désinvolte.

— Au Sion College...

— Et Gil était là ?

— Avec ses copains, oui.

— Et Stacy ?

Lewis décida alors à juste titre qu'il était inutile d'essayer de me cacher plus longtemps la vérité.

— Il était assis à côté de Tucker et s'est amusé comme un petit fou.

— Tant mieux ! fis-je gaiement. Je passe mon temps à lui dire qu'il devrait frayer davantage avec les membres du clergé londonien ! Je suis ravi qu'il m'ait finalement écouté.

Lewis but une goulée de vin rouge et s'abstint de répondre.

Mais je n'avais plus besoin de réponse, parce que j'avais parfaitement compris ce qui s'était passé au Sion College lundi soir. Stacy savait que j'avais une prédilection pour la spiritualité des bénédictins, et il avait probablement décidé de se rendre à cette conférence pour m'impressionner, mais aussi pour suivre mes conseils en matière de vie sociale. Un certain nombre de prêtres assistaient généralement à ces manifestations. J'imaginai Stacy arrivant seul, intimidé, un peu hésitant. Je voyais aussi Gil, qui avait appris à mieux le connaître grâce au séminaire sur le sida, l'apercevant, lui faisant signe, par pure sympathie. Et finalement je voyais trop aisément le visage de Stacy se détendre à la vue d'un visage familier et s'installer, sans songer une seconde à l'homosexualité, parmi la bande de Gil.

Pourquoi ne prendrait-il pas place au milieu d'un groupe d'homosexuels s'il en avait envie ? N'étions-nous pas tous des disciples du Christ et ne ferions-nous pas mieux de concentrer notre attention sur ce qui nous unit plutôt que sur ce qui nous divise ? Gil était un être doux, généreux, plein de compassion. Je l'avais toujours considéré comme quelqu'un d'équilibré. Il était vrai qu'il manifestait parfois un certain fanatisme dans le soutien qu'il apportait à la communauté homosexuelle, mais la plupart des gens ont un côté fanatique, qu'il s'agisse de football, d'écologie, de la famille royale, du ministère de la guérison, des fleurs ou de l'œuvre intégrale de Bach, et ce n'était pas forcément incompatible avec le fait d'être un bon chrétien. J'étais convaincu que Gil n'avait aucune mauvaise intention en manifestant de l'amitié à Stacy ce soir-là. Mais Lewis, les voyant assis l'un à côté de l'autre, se sera imaginé qu'ils complotaient de se taper tous les bars *gay* de la ville !

Après le dîner, je le suivis dans sa chambre.

— Lewis, je sais que cela vous est difficile, lui dis-je, mais essayez de voir Gil Tucker comme un être à part entière, et non pas comme un stéréotype. Je suppose que votre entretien confidentiel avec Stacy lundi soir procédait du fait que vous l'aviez surpris au milieu d'un groupe d'homosexuels, mais si vous croyez vraiment que Gil va se mettre à baratiner Stacy sur les merveilles de l'homosexualité...

— Les activistes font toujours de la propagande. Ils ne peuvent pas s'en empêcher.

— Écoutez, ces généralisations à l'emporte-pièce sont-elles vraiment utiles ? Si seulement vous pouviez vous débarrasser de vos œillères pour voir Gil Tucker sous un autre...

— C'est vous qui avez des œillères, Nicholas ! En vérité, les libéraux de votre espèce ne supportent pas de voir les gens tels qu'ils sont. Cela anéantirait les illusions nunuches et si commodes que vous vous faites sur la nature humaine !

— Je fonctionne en pleine réalité. J'ai des idées parfaitement lucides sur la condition humaine. En plus, je ne me considère pas comme un libéral dans le sens péjoratif que vous venez de définir...

— Je sais bien. Tout le problème est là !

— Il n'y a pas de problème ! Comme vous, je suis en quête de la vérité. Comme vous, je crois qu'elle procède de Dieu et que nous devons donc la poursuivre au mieux de nos capacités. Et c'est précisément la raison pour laquelle je réfute les généralisations à l'emporte-pièce à propos d'une communauté quelle qu'elle soit, en particulier lorsqu'elle est aussi diversifiée que celle des homosexuels. Les généralisations déforment la vérité !

— Mais la vérité n'en est pas moins là, sous la déformation, non ? Par exemple, les Anglais sont une race très éclectique. Mais il est tout à fait possible, comme les étrangers ne se lassent d'ailleurs jamais de nous le démontrer, de faire des généralisations à propos de nous, qui sont peut-être hâtives mais précises. Elles ne sont peut-être pas très flatteuses, mais elles font mouche parce qu'elles contiennent un fond de vérité. Je sais que vous me considérez comme un réactionnaire rasoir...

— Bon, intervins-je, arrêtons-nous là. Cette conversation ne mène nulle part. Nous dérivons. Revenons-en plutôt à Stacy...

— Pas question, Nicholas. Vous êtes encore en train de créer une diversion pour éviter vos propres problèmes, si douloureux que vous ne supportez pas de vous concentrer dessus. Laissez-moi vous répéter ce que je vous ai dit plus tôt, après notre conversation au sujet de Francie : retirez-vous, reposez-vous, priez et tâchez de retrouver votre force spirituelle.

J'abandonnai la partie et m'en allai.

VI

Je n'arrivais pas à me résoudre à monter à l'appartement, sachant qu'il y avait de fortes chances pour que Rosalind se soit retirée de bonne heure dans la chambre de Benedict en ayant pris soin de fermer la porte à clé pour se protéger de moi. J'avais le sentiment qu'elle avait sérieusement douté de ma sincérité lorsque je lui avais présenté mes excuses. Sans doute était-ce la raison pour laquelle elle avait réagi de façon aussi peu satisfaisante. À moins qu'elle y ait cru tout en estimant, pour je ne sais quelle raison, que mes excuses ne se justifiaient pas ? Je me remémorai la scène sans parvenir à définir ce que cette raison pouvait bien être.

Je regagnai donc mon bureau. Vautré dans mon fauteuil, je me forçai à concentrer mon attention sur mes problèmes, peut-être motivé par la volonté obstinée de croire que Lewis se trompait à mon égard. J'essayai de me rappeler les questions que Clare m'avait posées, mais la seconde d'après, je l'entendis me dire : « Quelle est la signification d'Ourson ? »

Rosalind aussi avait parlé d'Ourson lors de la scène qui avait précédé la séance d'hypnose. « Tu étais bizarre avec lui... » Je me souvenais parfaitement de l'avoir entendue dire ça, mais quel avait été le sens de sa remarque ? Je n'étais pas du tout bizarre avec mon ours. Beaucoup de petits enfants sont très attachés à leur peluche. Mon dévouement vis-à-vis d'Ourson n'avait rien d'anormal. En outre, c'était le plus beau des ours, avec sa toison dorée, ses articulations souples, ses yeux si intelligents, sa bouche en fil noir aux commissures baissées en une expression mêlant subtilement sagesse et mélancolie. Comme je l'aimais ! Même quand j'avais passé l'âge des jouets, je n'avais jamais pu m'en séparer. Il vivait toujours confortablement dans le grenier de Butterfold, vêtu de son plus beau pull-over tricoté jadis par ma nounou, en sécurité à l'abri des mites dans ma vieille boîte à provisions.

« Tu veux m'enfermer dans une boîte comme Ourson ! » avait hurlé Rosalind. J'étais même sûr qu'elle était revenue une deuxième fois sur la question. Que se passait-il ? Certes, elle était furieuse sur le moment et ne pensait probablement pas très clairement, mais pourquoi s'était-elle comparée à mon ours ? Il était vrai qu'il était enfermé dans une boîte. Mais beaucoup de gens conservaient ainsi les souvenirs de leur passé. Cela n'avait rien d'extraordinaire. Les gens gardaient les choses les plus invraisemblables dans leur grenier. Cela n'a rien d'extraordinaire non plus. Alors pourquoi Rosalind sous-entendait-elle qu'Ourson était un symbole de quelque aberration et pourquoi Clare lui donnait-elle aussi quelque signification saugrenue ?

Il me vint à l'esprit que, dans mon désarroi, je n'avais sans doute pas expliqué à Clare que la mention d'Ourson n'était peut-être pas si étrange qu'elle y paraissait dans ces circonstances. A priori deux adultes ayant largement passé la quarantaine ne perdaient pas leur temps à parler d'ours en peluche, mais Rosalind et moi étions en train d'évoquer notre passé commun, et dans la partie ayant trait à la maternelle, Ourson avait joué un rôle important. Il était naturel que nous parlions de lui dans ce contexte. Rien d'insolite là-dedans.

J'étais en train de pousser un soupir de soulagement, ravi d'être arrivé à cette conclusion somme toute satisfaisante, quand une autre pensée des plus déroutantes me traversa l'esprit. J'étais presque certain que lorsque Rosalind avait commencé à parler d'Ourson, nous n'évoquions pas du tout le passé. Mais peut-être ma mémoire me jouait-elle des tours ? J'essayai de repasser la scène dans mon esprit mais, plus je m'y efforçais, plus mon souvenir devenait flou. Se pouvait-il que mon inconscient cherche à oblitérer un élément susceptible de détruire cette rassurante théorie ? Je dramatisais sans doute trop. L'explication la plus logique était qu'à mon âge, la mémoire n'était plus aussi performante. Le sujet d'Ourson avait surgi, comme la logique le suggérait, de notre conversation nostalgique sur le passé.

Pour essayer de me changer les idées, j'allumai mon ordinateur et laissai mes doigts faire une courte séance de claquettes sur le clavier. Je tapai OURS, puis me souvenant de la manière dont Clare était passée de ce sujet à James, j'ajoutai CHAT. Je restai là, les yeux fixés sur l'écran, à penser aux animaux. L'instant d'après, mes doigts tapaient : « On peut amener un CHEVAL à l'abreuvoir, on ne peut pas le faire boire. »

Pas tout à fait de l'écriture automatique. Mais quelque chose bouillonnait pour une raison inexplicable tout au fond de mon inconscient. J'effaçai ce qu'il y avait sur l'écran, éteignis l'ordinateur. Il ne restait plus que moi, et cet autre ordinateur : mon cerveau. Je réalisai brusquement ce qu'il me disait : Clare t'a conduit à l'abreuvoir. À présent, pour l'amour du ciel, rends-toi service : bois !

Cet ordinateur-là, je ne pouvais pas l'éteindre. Tout le problème était là. Très gênant.

— Bon ! m'exclamai-je brusquement à haute voix et laissai ma mémoire aller en chute libre dans l'espoir qu'elle déclencherait quelque savoir fondamental que j'aurais réprimé. Il fallait que je prouve à Lewis que je n'étais pas aussi dérangé qu'il le pensait, à Clare que le cheval était disposé à boire de l'eau, à moi-même que je n'étais pas quelque loufoque dans les nuages obnubilé par une peluche !

Je songeai à la première fois où j'étais allé à la maternelle en emmenant Ourson avec moi pour me tenir compagnie. Rien de bizarre là-dedans. J'avais quatre ans. Les enfants de quatre ans font ce genre de choses. Je l'emmenais partout parce qu'il me donnait un sentiment de sécurité. Le premier jour d'école, les autres enfants, des brutes sans nom, avaient essayé de me l'arracher, mais j'avais crié : « Personne n'a le droit de jouer avec mon ours, à part moi ! » et je m'étais défendu. Je n'aimais pas les autres enfants. J'étais fils unique et tous les adultes de mon entourage me traitaient comme quelqu'un de spécial. Mes parents étaient rarement là, mais je me consolais de leur absence en savourant le fait que j'étais incontestablement merveilleux ! Puis vint l'époque de la maternelle, qui confirma mes pires craintes, acquises précédemment lors de diverses fêtes d'enfants où ma nounou m'avait entraîné de force. Je n'étais pas si spécial que ça au fond ! Il y avait des tas d'autres individus de ma taille dans le monde. Pis encore, ils n'avaient pas l'air de me trouver si merveilleux que ça. Fin de l'innocence. Début de la vraie vie.

C'était facile à présent de repenser en souriant à la meurtrissure de mon ego trop enflé d'enfant, mais sur le moment, c'était loin d'être drôle. La conception que j'avais de ma personne avait été sapée d'un coup et j'étais convaincu que quelque puissante force hostile s'ingéniait à me détruire en annihilant mon identité. Dès mon retour à la maison, après mon premier jour de maternelle, j'avais eu une crise parapsychique durant laquelle j'avais vu tous les autres enfants comme des lutins et j'avais hurlé à en devenir bleu. Ma nounou avait cru que je perdais la tête, mais mon père m'avait calmé. Il avait fait partir les lutins, dissipé les ténèbres ; il m'avait permis de me sentir à nouveau en sécurité. Mais j'avais refusé de retourner à l'école.

Quelques jours plus tard, on m'avait présenté une petite fille avec laquelle j'étais censé jouer. Je l'avais déjà aperçue dans des goûters et je savais qu'elle allait aussi à la maternelle bien qu'elle se fût à peine manifestée. Elle était très timide et parlait peu. Ça me plaisait. Elle comprenait aussi pour Ourson et ne le touchait jamais à moins que je ne lui donne la permission de le faire et ça aussi ça me plaisait. Pour finir, on me suggéra que j'aimerais peut-être retourner à l'école parce que Rosalind n'avait pas d'ami spécial là-bas et qu'elle avait besoin de quelqu'un pour prendre soin d'elle. J'acceptai d'y retourner, le Prince à la rescousse de Boucles d'Or. J'entrai dans la cour de récréation avec Ourson sous le bras et, au moment où je lâchai la main de mon père, j'annonçai : « Personne ne joue avec mon ours, à part Rosalind Maitland et moi ! » Rosalind rosit de plaisir, bouleversée par l'honneur que je lui faisais. Je lui saisis la main et me sentis fort, normal, en sécurité. J'avais une amie maintenant, comme tous les meilleurs enfants. J'étais aussi protégé des lutins parce qu'elle obligeait nos camarades de classe à me voir non pas comme une brute hostile, mais comme un gosse ordinaire capable de prendre part aux jeux. Elle était mon passeport pour la normalité. Au bout d'un moment, je devins tellement normal que j'en vins même à laisser Ourson à la maison. Je n'avais plus besoin de lui pour me sentir en sécurité. J'avais Rosalind.

Assis dans son bureau, un homme de quarante-six ans plongeait ainsi dans le tunnel de sa mémoire pour affronter le petit garçon désorienté, seul, apeuré, qui le contemplait à l'autre bout.

Je me dis finalement qu'Ourson me procurait un sentiment de sécurité et Rosalind aussi. Et alors ? Pourquoi est-
ce qu'on en ferait un plat ? C'est tout simplement l'une des
nombreuses raisons pour lesquelles Rosalind est la personne la plus importante de mon existence, je l'aime et je
ne la laisserai jamais tomber, quoi qu'il arrive.

Je frissonnai tout à coup. Sans savoir pourquoi.
Comme si quelque chose m'avait effrayé. Mais quoi ? Peut-
être l'idée de me séparer de Rosalind — sauf que je n'allais
pas me séparer d'elle ! J'en étais incapable. Nous étions trop
intimement liés l'un à l'autre. Nous n'avions pas grand-
chose en commun, mais tant que je la saurais en sécurité à
Butterfold, rangée dans sa boîte... Mais non, bien sûr, ça
c'était Ourson, et pas Rosalind ! Rosalind avait une vie
sociale dans sa communauté à elle, le village de Surrey. Elle
n'était pas du tout enfermée dans une boîte. Alors pourquoi
est-ce qu'elle m'avait dit... Et pourquoi Clare avait-elle
signalé...

Une autre partie de mon cerveau entra en action, mettant fin à ces inepties en me faisant prendre conscience
que j'avais besoin d'aller aux toilettes. Quel soulagement de
penser à une action aussi simple que le fait d'uriner ! Hale-
tant presque de plaisir, je traversai le couloir pour gagner
la salle de bains de Lewis. Après cela, j'eus peur de me
remettre à penser des inepties et je feignis de me persuader
que je suivais une sorte de jeu de piste en quête de la vérité.
Alors je me rendis dans la cuisine à la recherche d'Alice.

Pas de chance. Elle avait tout rangé et était retournée
dans son antre. J'avais envie d'aller frapper à sa porte, mais
c'était impossible. Il fallait garder ses distances, respecter
les frontières. Alice comptait beaucoup pour moi. Je ne
voulais pas semer la zizanie comme quelque faiseur de
miracles pris d'un nouvel accès d'égocentrisme destructeur.

À cet instant, pourtant, j'éprouvais le désir de voir
Alice. Rien à voir avec un désir physique. Je voulais juste
rester un moment près d'elle et me sentir enveloppé par cet
esprit si beau, si fin. Rosalind et Lewis n'auraient jamais
compris. Rosalind, reflétant la pensée de son époque, était
convaincue que toute forme d'amour entre un homme et
une femme sans rapport de parenté s'accompagnait inévitablement d'impulsions sexuelles torrides, tandis que Lewis,

reflétant quant à lui ses obsessions, pensait que la fornication nous attendait à tout moment au coin de la rue ! Alors
qu'Alice et moi savions qu'il n'en était pas ainsi. Alice comprenait bien que je ne coucherais jamais avec elle. Elle sentait que j'étais tout dévoué à Rosalind, que nous devions
garder nos distances et respecter les frontières. *Alice comprenait.* Tout était là. Et parce qu'elle acceptait sans
mélange que notre relation devait suivre certains rails, elle
ne vivait pas dans un enfer pétri de jalousie et de frustration. Je l'aurais su si elle bouillait secrètement à l'intérieur.
Mais ce n'était pas le cas. Elle était radieuse, sereine,
éblouissante. Pas étonnant que je recherche sa compagnie !
Au niveau où nos esprits se rencontraient, son amour,
altruiste, sans une once d'égoïsme, éclairait le paysage où
j'avais vécu si longtemps dans la solitude et bannissait les
ombres que j'avais commencé à redouter.

En retournant dans mon bureau, à contrecœur, je me
trouvais en train de comparer l'amour d'Alice et la fixation
névrotique de Francie. Au centre, nous avions une procédure habituelle pour traiter avec les gens obsédés par moi.
Pour commencer, Robin prenait part aux séances de thérapie. Puis Val se joignait à elle et je m'en allais. Mais ce
système ne s'appliquait que dans le cas où un patient —
homme ou femme — était extérieur au centre. Ce qui rendait Francie épouvantablement différente du cas typique,
c'était qu'elle faisait partie du personnel.

Jamais auparavant un de nos assistants n'avait perdu
la boule de cette façon, et ni Lewis ni moi n'avions besoin
d'expliciter la terrible menace que cela représentait. Contrairement à nos patients atteints d'une obsession patholo-
gique, ses antécédents psychiques et émotionnels étaient
satisfaisants. Nous la considérions comme quelqu'un de
stable. Sa crédibilité était élevée. De sorte que si nous ne
parvenions pas à dissiper sa maladie — si Lewis, Robin, Val
ou moi prenions une mauvaise initiative —, elle risquait de
disjoncter, ce qui n'irait pas sans conséquences désastreuses. Supposons qu'elle annonce à tout le monde que je
l'avais rejetée après une liaison passionnée. Je serais vraiment dans de vilains draps, victime du syndrome « pas de
fumée sans feu » selon lequel les gens persuadés que le pire
est toujours vrai croient n'importe quelle fable. Sans

compter que dans le sillage de sa maladie mentale, les démons du doute, de la suspicion et de la peur s'infiltreraient dans St Benet et anéantiraient en un rien de temps mon ministère.

C'était une pensée tellement odieuse que j'arrêtai de ruminer sur le cas de Francie et passai un moment à prier Dieu de m'accorder sa protection. Puis, au moment où je me demandais si j'étais finalement capable d'envisager l'idée de monter à l'appartement, j'eus droit à une autre diversion.

Stacy rentra de son expédition.

Sans prendre le temps de réfléchir, je me levai d'un bond et me ruai dans le couloir.

VII

Dès qu'il me vit, Stacy eut l'air d'avoir envie de courir d'une traite jusqu'à Liverpool.

— Venez ici un instant, voulez-vous ? lui dis-je brutalement, sans lui laisser le choix.

Il me suivit dans mon bureau. Je me demandais si Lewis m'avait entendu, mais, voyant qu'il ne bougeait pas, j'en conclus avec soulagement qu'il dormait.

Dès que la porte fut refermée, Stacy se tapit contre le lambris comme s'il rêvait de se fondre dans les boiseries.

D'un ton déterminé, mais gentil, je lui dis :

— Stacy, je ne peux feindre d'ignorer que vous vous comportez comme si on vous avait envoyé en enfer. Oublions l'enfer et analysons le problème. Que se passe-t-il ?

C'était une approche on ne peut plus directe, mais il était dans un tel état qu'une attaque plus oblique n'aurait fait qu'accroître son désarroi. À ce stade, j'étais convaincu que le problème en question dépassait largement son inaptitude à entretenir une amitié avec Tara Hopkirk ou la crainte d'avoir une mauvaise image aux yeux de Lewis. Tendu comme un arc, il regardait fixement le tapis d'un air terrifié.

Comme il ne parvenait manifestement pas à me répondre, j'ajoutai d'une voix douce :

— Je regrette que vous ne puissiez vous confier à moi. Cela doit être de ma faute, puisque c'est à moi qu'il incombe de maintenir les voies de communication ouvertes entre nous.

Il secoua la tête, contestant apparemment ma responsabilité, sans me livrer pour autant la moindre information. J'étais déconcerté. Il m'avait toujours parlé librement jusqu'à maintenant, même lorsqu'il s'agissait de ses antécédents sexuels. L'explication évidente de son mutisme était qu'il avait le sentiment de m'avoir fait gravement faux bond au point que j'aurais du mal à lui pardonner, mais quelle faute avait-il pu commettre qui fût si intolérable ? Inévitablement, je repensais à la question de l'homosexualité. Un incident de cette teneur n'aurait rien d'inadmissible, mais Stacy s'imaginait peut-être le contraire. Je pris une inspiration profonde avant de faire une nouvelle tentative pour communiquer avec lui.

— Eh bien, si vous souhaitez garder le silence, dis-je d'un ton égal, j'accepte votre décision, mais vous feriez bien de voir votre directeur de conscience sur-le-champ pour lui expliquer ce qui ne va pas.

— Je ne peux pas. Il était en train de paniquer. Mais ce n'est pas grave. J'ai déjà parlé à un prêtre... Ça va aller, ça va aller...

— Quel prêtre ?

— Gil Tucker.

Cette réponse me troubla. D'un côté, j'étais content qu'il ait choisi un prêtre que je respectais. De l'autre, j'étais dérouté à l'idée qu'il ait une mauvaise relation avec son directeur spirituel et que mon propre vicaire ne puisse plus se confier à moi. Que se passait-il à la fin ? Sans doute Lewis avait-il raison depuis le début. Je n'avais été qu'un libéral nébuleux, se voilant la face à grand renfort de formules en vogue relatives à la sexualité, et Stacy s'était tourné vers la communauté *gay* pour trouver la force d'admettre son homosexualité. Mais cette conclusion, aussi flagrante soit-elle, était-elle la bonne ? Mon orgueil blessé m'incitait à vouloir répondre par la négative à cette question, mais je ne trouvais pas d'autre explication plausible.

Puis je songeai, avec retard, que si Gil avait conseillé Stacy, on ne pouvait pas dire qu'il avait réussi dans son entreprise. Stacy semblait toujours aussi perturbé, au bord de la crise de nerfs.

Conscient que le mystère ne cessait de s'épaissir, je dis d'un ton prudent :

— Je suis heureux que vous ayez pu vous confier à Gil. Nous devrions peut-être lui demander d'intervenir entre nous en tant que médiateur.

Stacy se contenta de secouer vigoureusement la tête, puis il se mit à pleurer.

— Stacy, fis-je en m'efforçant d'employer un langage aussi simple que possible afin de bien me faire comprendre, si vous n'arrivez plus à me parler, nos liens sont brisés. Si tel est le cas, je suis responsable, car j'aurais dû faire en sorte que cela ne puisse pas se produire, et je dois à tout prix rectifier la situation. Aussi...

— Rien de tout cela n'est votre faute ! hurla-t-il d'un ton désespéré. Vous n'y êtes pour rien. Vous êtes le meilleur prêtre de la terre et moi le pire !

Puis, avant que je puisse lui répondre, il sortit précipitamment de mon bureau en claquant la porte et fonça dans l'escalier.

J'étais en train de demander à mon ordinateur de me fournir le numéro de téléphone de Gil quand Lewis, tout ébouriffé, furieux, fit irruption dans mon bureau pour exiger que Stacy soit renvoyé sur-le-champ pour oser faire un boucan pareil à une heure aussi indue, tel un hippopotame ivre mort.

Je lui clouai le bec en lui annonçant que Stacy était devenu un cas d'urgence.

4.

« Le deuil est un travail pénible, qui
nécessite d'être reconnu par les autres.
Toutes sortes de symptômes physiques,
psychiques et spirituels peuvent apparaître... et nous risquons de ne pas être en
mesure d'accomplir les tâches quotidiennes les plus infimes. »

Gareth Tuckwell et David Flagg
A Question of Healing

I

— Je ne vois pas pourquoi vous êtes aussi désarçonné,
s'exclama Lewis en apprenant ce qui s'était passé. L'explication est simple : le gamin est tombé sur une mauvaise
bande, il a fait la foire et maintenant il le regrette. Évidemment, il ne pouvait supporter que vous, son héros, décou-
vriez dans quel abîme il a sombré, alors il est allé se
confesser auprès de ce fanatique de l'homosexualité, Tucker, qui n'a pas manqué de lui donner l'absolution. Stacy
savait qu'il devait avouer sa faute et en obtenir la rémission
s'il voulait communier demain matin, la conscience tranquille, alors il a choisi d'aller trouver un prêtre qui pense
que faire la foire n'est pas plus grave que d'aller au cinéma.
Malheureusement, ce simulacre de confession n'a pas sou-

lagé sa conscience. C'est la raison pour laquelle il s'est décomposé tout à l'heure quand vous l'avez interrogé. Où est le mystère ?

— Je sais que c'est l'explication la plus logique, Lewis. Le seul problème, c'est que je n'y crois pas.

Lewis garda son calme.

— Vous voulez dire que vous ne le croyez pas capable d'un tel écart de conduite ?

— J'arrive à peu près à admettre qu'il puisse avoir une autre aventure homosexuelle, même si je pense qu'il serait très mal à l'aise dans ce genre de relation et qu'elle ne ferait pas long feu. Ce que je ne peux pas imaginer, c'est que Stacy aille traîner dans les toilettes publiques en quête de sexe.

— Pourquoi cela semble-t-il si invraisemblable ? Les gens qui ont des problèmes de sexualité s'adonnent souvent aux pires promiscuités. Stacy a des problèmes. Donc il en est capable... Attendez une minute. Que font le nom et l'adresse de Tucker sur votre écran ?

— Eh bien, je sais qu'il est tard, mais...

— À quoi bon lui parler ? Je doute qu'il vous révèle les secrets de la confession.

— Je sais, mais je pourrais attirer son attention sur le fait que je suis conscient de la gravité de la situation, et alors...

— Laissez ce type tranquille, Nicholas ! Il est poison ! Il vient de faire main basse sur votre vicaire, il est à l'origine de toutes les pressions que vous subissez de la part des chrétiens *gay* pour que vous me fichiez à la porte, et à mon avis, le Diable en personne se sert de lui pour saper votre ministère à St Benet !

— Bon, écoutez, si vous retourniez vous coucher ! Nous reparlerons de tout ça demain matin.

— Sûrement pas ! Demain matin, vous débranchez et filez en retraite. Et si je vous vois encore traîner par ici quand je reviens de la messe...

— Ça va. J'ai compris. Calmez-vous. Demain, je débranche.

Mais demain était un autre jour. J'attendis que la porte de sa chambre se referme, puis je pris mon téléphone et appelai Gil Tucker.

II

— Gil, c'est Nicky Darrow. Je vous réveille ?

— Non, je viens d'ouvrir une bouteille de vin rouge. J'ai toujours préféré le Médoc aux somnifères.

— Vous n'êtes pas le seul à penser que vous risquez d'avoir du mal à dormir cette nuit. Écoutez, Stacy m'a dit qu'il était venu vous rendre visite ce soir. Manifestement, il a un problème, et pas des moindres, mais quand j'ai souligné que ma relation avec lui était clairement brisée et proposé que vous interveniez comme médiateur, il a réagi comme si cela ne servirait strictement à rien. Que me suggérez-vous de faire pour regagner sa confiance ? Comme vous êtes au courant de ce qui se passe, je vous serais reconnaissant de me conseiller.

— Certainement, répondit-il sans hésiter, pourtant, dans sa voix, je perçus une note de... comment dire ? Gêne ? Angoisse ? Terreur ?

À la rapidité de sa réaction, j'en conclus qu'il était disposé à se rendre utile, mais qu'il ne savait pas trop comment s'y prendre.

— Bien sûr, je ne vous demande pas de me faire part de ses confidences, m'empressai-je d'ajouter, mais si vous pouvez m'aider de quelque manière que ce soit à trouver le moyen de sortir de cette impasse...

— Nick, la seule chose que je puisse vous conseiller, c'est de ne rien entreprendre dans les deux semaines à venir.

Je n'y comprenais rien du tout.

— Deux semaines, répétai-je d'un ton morne.

— Oui, j'espère alors que la situation actuelle sera éclaircie et que je serai en mesure de vous soutenir convenablement.

— Me soutenir ?

Je lui avais demandé un conseil. On pouvait certes imaginer que je voulais de l'aide, mais « soutenir » supposait une assistance que je n'avais pas requise.

— Si seulement j'avais une vague idée de la faute qu'il a commise ! m'exclamai-je, désespéré. Bon, j'ai peut-être mal interprété la question de sa sexualité. Stacy serait peut-être plus heureux s'il acceptait son homosexualité.

— Inutile d'user vos semelles sur cette voie-là, Nick. Vous perdez votre temps.

Je me redressai brusquement sur ma chaise.

— Vous voulez dire..

— Je veux dire que vous pouvez faire savoir à ce vieil ours blanc que vous gardez au presbytère que, non, je n'ai pas emmené Stacy faire la tournée des bars, et non, je ne passe pas mon temps à essayer de convaincre des jeunes vicaires confus des joies de l'amour *gay*, et non, je ne suis pas quelque vestige nébuleux des années soixante qui croit à l'amour libre parmi les fleurs du Népal. Lewis a dû vous dire...

— Oublions Lewis, dis-je d'un ton cassant, mais je me sentais profondément soulagé. Je parvins à ajouter : Merci, Gil. Mais êtes-vous sûr que l'on peut laisser Stacy seul pendant quinze jours ? Dans l'état où il est actuellement, j'hésite à l'abandonner ne serait-ce que trois jours. Or je suis censé partir en retraite demain matin et...

— Très bien. Partez en retraite. Je l'appellerai régulièrement et j'essaierai de l'inviter à déjeuner, mais je pense que, d'ici demain, il aura retrouvé son équilibre. Il sera à la messe, en tout cas. Je peux vous le promettre.

C'était la preuve que Stacy s'était confessé, qu'il avait reçu l'absolution et qu'il était en mesure de prendre un nouveau départ en sachant que les erreurs qu'il avait commises, quelles qu'elles soient, lui avaient été pardonnées. Je m'inquiétais néanmoins qu'il ait pu se soumettre au rituel approprié sans lui donner son véritable sens. Sa panique, son air coupable laissaient supposer qu'il ne se sentait pas libéré dans sa conscience. Je me retrouvais face à un casse-tête bien connu : celui du rituel du pardon sans réalité psychologique pour le pénitent.

À contrecœur, je m'entendis dire :

— Il m'a donné l'impression d'être sur le point de craquer.

— Ne faites pas trop attention à ça. Il a ses raisons de ne pas vouloir s'ouvrir à vous, mais d'ici votre retour, il se sera ressaisi. Dans le cas contraire, je le saurai et je m'occuperai de lui... Rosalind sera-t-elle au presbytère ce week-end ? J'ai appris qu'elle était en ville pour quelques jours.

— Les plans ont changé. Elle retourne à Butterfold demain.

— Bon, moins il y aura de monde au presbytère, mieux ce sera. Alice ne le gênera pas, évidemment, mais si vous pouviez donner quelques instructions au vieil ours pour qu'il s'abstienne de mordre ou griffer au mauvais moment...

— Laissez Lewis tranquille, voulez-vous, Gil ? Vous devez être capable de reconnaître un bon prêtre apte à défendre ce en quoi il croit ! Vous en êtes un vous-même, que je sache !

Gil rit et s'excusa avant d'ajouter :

— Je ne pense pas qu'il soit la compagnie idéale pour Stacy en ce moment. Mais laissez-moi m'occuper de lui et profitez pleinement de votre retraite. Je prierai pour vous.

La conversation s'arrêta là, mais, après avoir raccroché, je continuai à regarder fixement le téléphone. « Je prierai pour vous... » On aurait presque dit qu'il savait ! Mais non, il ne pouvait pas savoir que j'avais des sujets d'inquiétude bien au-delà de mon vicaire... « Je prierai pour vous... » C'était une promesse somme toute naturelle d'un prêtre à un autre, mais Gil et moi n'avions pas l'habitude d'échanger ce genre de civilités. Notre amitié, bien que sincère dans sa dimension professionnelle, ne se situait pas à un niveau aussi intime. Il m'arrivait de prier pour lui, de temps en temps, comme je le faisais pour tous mes collègues qui travaillaient avec moi à la City, et j'étais sûr qu'il en faisait autant. Mais je ne lui aurais jamais dit sur un ton des plus sérieux : « Je prierai pour vous », à moins de savoir qu'il avait de gros ennuis.

Il était peut-être médium. Mais non. L'explication la plus logique était que ma culpabilité vis-à-vis de Stacy me rendait paranoïaque.

Je résolus de monter me coucher.

III

À trois heures du matin, je me réveillai pour me retrouver assis à la table de la cuisine. L'horreur s'empara de moi. Il y avait des années que je n'avais pas marché dans mon sommeil. Cramponné au bord de la table comme pour me raccrocher à une réalité qui n'échappait pas à mon contrôle, je fus bientôt couvert de sueur.

Je m'appliquais à prendre de profondes respirations pour tâcher de me calmer quand la porte de la cuisine s'entrouvrit. Alice jeta un coup d'œil dans la pièce. J'avais allumé la lumière sans m'en rendre compte, ainsi que le gaz, pour je ne sais quelle raison. L'un des brûleurs jetait des éclairs bleus.

— Nicholas ?

— Ça va. Éteignez le gaz, voulez-vous ?

Je me demandai si j'avais voulu brûler quelque chose. Peut-être le feu m'était-il apparu comme un élément purificateur, propre à dissiper la souffrance qui me consumait. À moins que ce ne fût un geste irrationnel. Comment savoir ? Je restais assis à la table comme si c'était la chose la plus naturelle du monde à trois heures du matin. Finalement, je me rendis compte que j'avais froid. Je m'aperçus alors que j'étais en pyjama. Je n'avais pas mis ma robe de chambre. Peut-être avais-je allumé le gaz pour me réchauffer.

— Voudriez-vous une tasse de thé ? demanda Alice d'un ton hésitant.

— Volontiers.

Je me levai pour aller chercher un manteau dans le placard de l'entrée.

— Que faites-vous debout à cette heure-ci ? m'enquis je à mon retour.

— Je me suis réveillée en entendant des pas au-dessus de ma chambre et j'ai pensé que c'était peut-être Stacy qui s'était levé pour manger. Il a quitté la table avant le dessert.

Naturellement, elle s'abstint de me demander ce que je faisais dans la cuisine. Elle se contenta de préparer le thé. Après m'avoir servi, elle s'assit en face de moi et je me sentis enveloppé d'une tendre compassion.

— Je suis somnambule, lui dis-je. Cela m'arrive quelquefois quand je suis sous tension. Je le regrette.

Sa magnifique psyché resserra encore son étreinte et commença à me caresser. Mon propre esprit, meurtri, à bout de forces, fut immédiatement soulagé, rassuré.

— Ce n'est pas drôle d'être somnambule, ajoutai-je. Cela fait peur aux gens et c'est très déconcertant lorsqu'on se réveille. C'est assez rebutant, à vrai dire.

Alice n'était pas rebutée. Elle n'avait pas peur non plus. La seule chose qui lui importait, c'était que j'étais terriblement tendu et profondément malheureux. Elle savait à quoi s'en tenir. Je ne lui avais pas fait la moindre confidence, mais elle savait à quoi s'en tenir ! Elle versait le baume de son amour sur mes blessures, mes déchirures, pour m'aider à guérir.

— Je regrette de devoir partir en retraite demain, dis-je. Je n'ai pas l'énergie.

— N'y allez pas dans ce cas.

— Je ne peux pas faire autrement. Il faut que j'essaie d'enrayer la catastrophe qui est sur le point de se produire et...

Je m'interrompis en me souvenant qu'elle n'était au courant de rien. Pour finir, je changeai de sujet :

— Je me demande à quoi je rêvais quand j'ai allumé le gaz. Il me semble que cela avait quelque chose à voir avec un bûcher funéraire.

— Des funérailles ? De qui ?

— C'est ce que j'essaie de me rappeler. Je crois que j'étais de retour dans mon enfance, dans le village où j'ai grandi... Oui, c'est ça ! Le 5 novembre, la nuit de Guy Fawkes. Il y avait toujours un feu de joie au milieu de la place et chaque année, on allait voir Guy brûler.

— Le bûcher funéraire de votre rêve ?

— Oui, mais c'était plus compliqué que ça. Ça me revient maintenant... J'étais avec mes parents et le président du conseil paroissial m'a invité à allumer la torche pour mettre le feu au bûcher. Cela peut paraître bizarre, mais ça ne l'était pas tant que ça parce que ma mère étant propriétaire du manoir, nous étions la première famille de la paroisse. J'ai allumé la torche et puis quand j'ai levé les yeux vers l'énorme brasier où Guy était supposé être...

Je m'interrompis brusquement.

— Il n'était pas là ?

J'arrivais à peine à parler.

— Oh mon Dieu !

J'eus un haut-le-cœur.

— Il y avait quelqu'un d'autre à sa place.

— Oui. Quelqu'un d'autre. Mon ours, dis-je, mon ours en peluche. Je le croyais heureux dans sa boîte, mais j'avais tort. Il s'est échappé et il a grimpé sur le feu de joie pour s'immoler. Dès que j'ai compris ce qui se passait, je me suis élancé pour le sauver, mais mon père m'en a empêché. Il m'a retenu et m'a dit : « Il va être libre maintenant. » Et j'ai dû assister à toute la scène en sachant pertinemment que c'était *moi* qui avais détruit cet ours merveilleux que j'aimais tant. Je lui avais donné le désir de s'immoler et puis j'avais allumé le feu qui l'avait brûlé vif...

— Est-ce que vous l'avez vu mourir ?

— Non. C'était trop horrible. Je me suis réveillé. Je tremblais des pieds à la tête. Je voulais qu'il retourne dans sa boîte pour être à nouveau en sécurité. Pour que *je* sois à nouveau en sécurité. Oui, c'était ça, tout était là. Au fond de moi, ce n'était pas pour Ourson que je m'inquiétais, mais pour moi ! Comment allais-je vivre sans lui ? Je ne serais plus jamais normal. Les lutins allaient revenir. Je me désintégrerais.

Je me rendis compte tout à coup que je m'étais levé et que j'arpentais la pièce en parlant comme un dément. Alice devait se demander ce qui m'arrivait. Je ne devais pas l'effrayer. Il fallait que j'aie l'air normal. Sinon elle serait dégoûtée et s'en irait.

Je me rassis brusquement près d'elle à la table.

— Tout va bien, lui dis-je. J'étais fou dans mon rêve, mais je ne le suis plus.

Je faillis lui prendre la main, mais parvins à me retenir juste à temps. Respecter les distances. Garder Alice en sécurité.

— Vous ne pensez pas que je suis fou, n'est-ce pas, Alice ?

— Non.

— Je suis normal, n'est-ce pas ?

— Non, mais ce n'est pas grave. Vous ne seriez pas Nicholas si vous étiez normal.

— Ça ne vous gêne pas que je sois ainsi ?

— Pas du tout.

Je plongeai mon regard dans ses yeux sombres, droit dans la lumière éblouissante qui illuminait le noyau de ce magnifique esprit, et soudain, je me sentis mieux, en un seul morceau, raccommodé, prêt à affronter une nouvelle journée.

J'avais vraiment envie de lui prendre la main et de la serrer en signe de gratitude, mais je savais que ce serait une erreur.

Je me contentai donc de dire :

— Merci, Alice. Merci pour tout.

Puis je remontai dans ma chambre.

IV

Je fus dans l'incapacité de me rendormir. À cinq heures, je me rasai, m'habillai et descendis dans mon bureau. Au bout de cinq minutes, je renonçai à essayer de prier. J'aurais tout le temps pour ça plus tard. J'écrivis une courte lettre à Rosalind :

> « Chérie, je pars de bonne heure pour ma retraite. Je te souhaite un bon voyage de retour à Butterfold. Embrasse les enfants de ma part si tu les as au téléphone. Je t'appellerai dimanche soir à mon retour au presbytère. Je suis désolé, désolé, désolé pour tout ce qui s'est passé, mais nous nous sortirons de ce marasme. Je te le promets. Je t'aime. N. »

Je relus attentivement ma lettre. Elle me parut sensée, mais quand j'essayai de la relire encore une fois, les traces laissées par mon stylo me semblèrent aussi indéchiffrables que des hiéroglyphes — ou mon cauchemar tel que je m'en souvenais en plein jour. Se mettre dans un état pareil pour une vieille peluche partie en fumée ! Les freudiens diraient bien sûr que tous les rêves ont une signification. Force était de reconnaître que mon cauchemar avait sûrement une logique, mais ne signifiait-il pas simplement que je ne supportais pas de perdre mon sentiment de sécurité. Je ne voyais pas ce qu'il y avait d'original là-dedans. En me forçant à me ressaisir, je mis mon petit mot dans une enveloppe que je glissai sous la porte de la chambre de Benedict.

Puis j'allai dans ma chambre préparer mon sac tout en me demandant ce que Rosalind ferait lorsqu'elle serait de retour à Butterfold. Peut-être ressusciterait-elle son aventure avec le jeune comptable ou jetterait-elle son dévolu sur quelqu'un d'autre. Je me rendis compte avec effroi que ce genre de pensée me passerait désormais à tout moment dans la tête quand nous serions séparés. Pis, je compris que ma vie allait changer irrévocablement, que cela me plaise ou non. C'était une perspective terrifiante, insoutenable, laissant supposer une situation qui dépassait mon entendement. Je me dis que je pouvais toujours la rectifier, mais c'était un mensonge. J'entendais à nouveau le faiseur de miracles corrompu, et non plus le prêtre honnête. Si je n'avais pas essayé de remettre Rosalind d'aplomb mercredi soir... Si j'avais humblement demandé, au nom de Jésus, de l'aide et sa guérison... par la grâce de Dieu et le pouvoir du Saint-Esprit... Si je m'étais ingénié à entrer en communication avec Dieu afin que sa volonté soit faite au lieu de m'enliser dans une débauche de manipulation pour m'assurer que *ma* volonté soit faite...

Tous ces « si » ne servaient pas à grand-chose ! Ce qui était arrivé était arrivé et maintenant que je n'étais qu'un charlatan raté qui s'était fourvoyé avec sa baguette magique. Il ne me restait plus qu'à prendre le recul nécessaire pour recouvrer mon intégrité.

Seulement je n'avais aucune envie de prendre du recul. C'était tout le problème. Je voulais rester là pour arranger les choses. Remettre Stacy d'aplomb. Ainsi que Francie et tous ceux qui se trouvaient à portée de vue.

Honteux. Pour ne pas dire, malsain. Je me rendais compte à quel point j'étais malade spirituellement parlant et je voyais bien qu'il fallait à tout prix que je parte en retraite si je voulais aller mieux. Alors pourquoi est-ce que je tergiversais comme le pire des lâches ?

Parce que j'avais peur de ce que cette retraite risquait

de dévoiler. J'avais peur des pensées qui me viendraient à l'esprit quand je serais seul sans personne à remettre d'aplomb !

Mon Dieu, dans quelle galère j'étais ! J'essayai de prier pour implorer l'aide du Tout-Puissant, mais rien ne vint. J'avais l'impression d'être isolé dans une maison au milieu d'une tornade en pleine nuit, tandis que dehors, dans l'obscurité, mon ennemi, celui qui voulait ma mort, venait de couper les fils du téléphone.

J'allais jeter un coup d'œil chez Lewis. Il était en train d'enfiler sa robe de chambre. Il était six heures.

— Priez pour moi, dis-je.
— Bien sûr. Vous partez déjà ?
— Si je n'y vais pas tout de suite, je suis fichu.
— C'est si dur que ça ?
— Pire encore.
— Je suis désolé. Mais c'est la meilleure chose à faire.
— Pour l'amour du ciel, prenez des gants avec Stacy.
— Ne vous faites pas de souci. Au revoir, Nicholas.
— Si jamais Francie vient travailler...
— Je remettrai mes gants. Au revoir, Nicholas.
— Et si ça tourne mal, n'hésitez pas...
— Au revoir, Nicholas.

Je finis par m'arracher à sa compagnie.

V

Je laissai ma voiture dans la cour du presbytère et pris un taxi pour me rendre dans la demeure à la façade crème, voisine de Bayswater, où je devais m'enfermer. Les moines de l'ordre Fordite de St Benedict et de St Bernard étaient anglicans, et cette grande bâtisse avait été la résidence de leur riche fondateur au XXe siècle. L'ordre possédait aussi une maison près de Cambridge et une autre encore dans le sud-ouest du pays où ils avaient ouvert une école privée. J'y avais été élève, il y a longtemps. Ces moines faisaient partie de mon paysage familier et, en temps normal, une visite dans l'un de leurs établissements était toujours une expérience utile et positive, mais malheureusement, comme je n'en étais que trop conscient, les circonstances dans lesquelles je me trouvais actuellement étaient loin d'être normales.

J'aurais dû comprendre tout de suite que cette retraite n'aurait aucun effet, car, à peine avais-je franchi le seuil, je fus pris de claustrophobie. Même s'il m'arrivait de me méfier des ascenseurs déglingués, je n'étais pas particulièrement sujet à ce malaise. Pourtant, quand le responsable des pensionnaires me fit entrer dans une des petites chambres destinées aux visiteurs, j'avais carrément la chair de poule. Dès que je fus seul, je rouvris la porte qu'il avait fermée derrière lui et m'empressai de soulever la fenêtre à guillotine.

L'office de sept heures qui combinait les mâtines et la Prime fut suivi de la Sainte-Communion. Avec soulagement je m'échappai de ma boîte — boîte ? —, pour me rendre à la chapelle. On ne peut pas dire que je tirais grand bénéfice de ce service pour la bonne raison que je n'étais pas du tout concentré, mais il y avait quelque chose de rassurant dans la routine du rituel. Après la messe, j'allai prendre le petit déjeuner dans l'aile des visiteurs. Il y avait là plusieurs autres prêtres en retraite, mais Dieu merci, la tradition voulait que les repas aient lieu en silence. Je mangeai une demi-tranche de pain et bus deux tasses de thé, mais je pris tout mon temps pour avaler ce repas frugal parce que je n'avais pas la moindre envie de retourner dans ma cellule.

Au moment où je me levai finalement de table, on vint m'annoncer que le père supérieur attendait ma visite avec impatience. Mon ensevelissement fut à nouveau retardé. Le père supérieur, un homme rondouillard et sympathique, à peine plus âgé que moi, me dit quelque chose comme « quel plaisir de vous voir, je ne m'attendais pas du tout à votre visite, tellement soudain, rien de sérieux j'espère, mais si jamais... ». Puis il marqua une pause en attente des informations nécessaires.

— ... Un peu de fatigue, c'est tout, dis-je.

Il comprit aussitôt que j'étais totalement effondré, aussi murmura-t-il quelques platitudes supplémentaires pour me mettre à l'aise avant de me demander gentiment comment je souhaiterais que ma retraite se déroule. Voulais-je voir mon confesseur habituel ou y avait-il quelqu'un d'autre en particulier avec lequel je désirais réfléchir, parler, prier ou rester en silence ? Il était parfois bon de changer. Lui-même était on ne peut plus disposé à m'aider, bien sûr, mais je ne devais pas hésiter à lui dire si cela ne me convenait pas. Peut-être avais-je simplement envie d'être seul.

— Je ne sais pas du tout ce que je veux, avouai-je.

Subtil sous des dehors un peu balourds, il ne parut pas le moins du monde déconcerté par ma réponse. Dans ce cas, m'expliqua-t-il, il m'appartenait de trouver un coin de la maison où je me sente à l'aise parce qu'à défaut, je ne serais pas en mesure de me concentrer suffisamment pour déterminer ce dont j'avais besoin. Ma chambre me convenait-elle ?

— Elle me paraît toute petite, fis-je.

Il me suggéra d'aller m'asseoir un moment dans la chapelle. Je ne serais pas tout à fait seul, car il y avait toujours quelqu'un qui priait, mais ce serait paisible, beaucoup plus propice à la réflexion que la salle commune des visiteurs où je risquais d'être enquiquiné par les bavardages.

— Très bien, dis-je.

Il m'assura à nouveau que si j'avais besoin de compagnie plus tard, il y aurait toujours quelqu'un à ma disposition.

— Pourquoi ne passeriez-vous pas me voir après le dîner ? ajouta-t-il.

Il voulait parler du déjeuner. Dans la tradition fordite, le déjeuner était le dîner, et le dîner, le souper.

— Bon, fis-je. Parfait. Merci.

— À présent, recueillons-nous un moment en silence, dit-il avec gravité.

Alors je fermai les yeux, et la bouche, un moment pendant qu'il priait. J'essayai d'en faire autant, mais j'étais trop conscient de ses pensées grattant activement sur le parchemin de son esprit telle une plume d'oie.

La prière s'acheva. L'abbé se leva, me serra la main en me disant qu'il était désolé que je sois sous tension, mais très content que j'aie décidé de faire une retraite.

Je n'eus pas le cœur de lui dire que je ne pensais qu'à m'en aller.

VI

Je fuis dans la chapelle et me laissai tomber sur l'un des bancs dans le transept sud, réservé aux visiteurs. Je haletais et j'avais mal au cœur — mais pas à cause du père supérieur qui avait été gentil, et adroit, à sa manière. Je soupçonnais que ma nausée provenait de la conscience de plus en plus nette que j'avais que je n'allais pas être en mesure de parler librement à aucun des moines. Il semblait qu'après avoir débattu de mon problème avec Lewis et Clare, j'avais épuisé mon aptitude à me confesser.

Je tâchai de me consoler en me disant qu'à ce stade, une confession n'était pas obligatoire. Un résumé de la situation serait à coup sûr utile à tout moine chargé de m'aider à prier efficacement, mais je n'avais pas besoin de lui en dire davantage que je n'en avais avoué, ou laissé supposer, au père supérieur. Puisqu'il était évident que je souffrais de stress, on risquait de me poser des questions à propos de mon travail, mais on ne m'interrogerait pas directement sur mon mariage à moins que je précise que je souhaitais aborder le sujet.

Et je n'en avais pas la moindre envie. C'était la source de toutes mes difficultés, et pourtant j'étais incapable d'en parler. Je ne pouvais pas dire un mot sur mon couple, je le voyais clairement maintenant. Rien que d'y penser, j'avais des haut-le-cœur. Je me levai précipitamment, regagnai ma cellule en titubant et me penchai sur le siège des toilettes en attendant de vomir.

Rien ne vint. Puis, juste au moment où je me redressai, la claustrophobie me reprit et je sus qu'il me fallait quitter la pièce. Une seconde plus tard, je compris que je devais m'en aller.

Je pris mon imperméable, mais laissai mon sac encore fermé derrière moi. Je me glissai furtivement dehors et fonçai entre les rangées de maisons crème en direction de Hyde Park.

VII

En pénétrant dans le parc, je résolus de marcher jusqu'à Fulham, où Clare habitait. Un trajet de plusieurs kilomètres. Si j'avais décidé d'aller voir Clare, c'était parce que j'avais le sentiment qu'elle était la seule personne au monde capable de dissiper la tension extrême dont je souffrais. Je voulais marcher, parce que je savais que j'avais besoin de dépenser autant d'énergie physique que possible afin de parer à une explosion d'énergie psychique. Je n'étais pas le genre de médium à avoir des visions et à se mettre à parler dans quelque langue inconnue, mais d'autres phénomènes anormaux tout aussi déconcertants peuvent s'emparer d'un esprit sous tension. Je ne tenais pas à prédire des morts, à remonter dans le temps ni à déclencher un phénomène aussi banal que l'esprit frappeur. Maintenant que j'étais plus âgé, je n'éprouvais en principe aucune difficulté à contrôler ma psyché, mais l'épisode de somnambulisme et cette crise de claustrophobie inhabituelle prouvaient qu'il fallait faire quelque chose de toute urgence.

Je m'élançai dans le parc d'un bon pas.

Tout en marchant, je me demandais à quel point j'étais proche de la dépression nerveuse, ce mal nébuleux qui couvrait tant de problèmes psychiques. Même si j'avais connu un moment de claustrophobie, il n'y avait eu ni panique, ni hyperventilation. Il était également rassurant d'observer que je n'éprouvais pas le moindre soupçon d'agoraphobie en avançant dans ce grand espace vert. Ni cette apathie qui signalerait le déclenchement de la dépression. Je marchais vite. C'était bon signe. Et sans parler. Encore mieux. Je n'étais pas en train de sangloter ni de hurler sans pouvoir me contrôler. Incontestablement positif. Mieux encore, je ne m'apprêtais pas à foncer dans le bar le plus proche ni dans un sex-shop de Soho, ou à m'exhiber devant la première dame d'un certain âge venue. Tout cela prouvait que je n'avais pas encore craqué. Pourtant je vacillais, comme sonné, contre les cordes de la spiritualité et je pataugeais dans le dépotoir des phénomènes paranormaux, même si ni l'un ni l'autre de ces maux humiliants n'était pas nécessairement fatal.

J'éprouvai soudain le vif désir d'être assis tranquillement avec Lewis dans sa chambre. Lewis savait ce que c'était de se cogner contre les cordes de la spiritualité et de patauger dans le dépotoir des phénomènes paranormaux. Cela aurait été tellement réconfortant de parler de cet enfer avec lui. Ou bien de m'installer à la table de la cuisine pendant qu'Alice préparait le repas, le chat sur mes genoux ronronnant sous mes caresses...

Pour réprimer l'envie de changer de direction, je m'arrêtai un instant et embrassai le paysage du regard pour tâcher de me repérer. J'étais en plein cœur du parc. L'herbe était couverte de givre ; les arbres dépouillés se détachaient sur le ciel clair. Il faisait frais pour un mois de novembre, mais au moins nous n'aurions ni pluie ni neige aujourd'hui. J'essayai de déterminer l'itinéraire le plus rapide pour atteindre Fulham, après quoi, je décidai que je n'avais pas envie de prendre ce chemin-là. J'appréhendais trop le bruit et les odeurs qui m'assailleraient dès que j'aurais quitté le parc.

En définitive, je conclus que, puisque je me sentais mieux dans le parc, je continuerais le plus longtemps possible dans la verdure. Ensuite je prendrais un taxi. Je virai vers l'est en direction de Park Lane, et dix minutes plus tard, je me retrouvai à la lisière de Hyde Park Corner. Comment traverser cette place infernale sans me faire réduire en miettes par la circulation ? Quel soulagement ! songeai-je. Au moins je n'avais pas envie de me suicider.

En dévalant les marches de la station de métro la plus proche, je me frayai un chemin dans le dédale de tunnels souterrains jusqu'à ce que je trouve la sortie sud de Piccadilly. Quelques secondes plus tard, je pénétrai dans Green Park.

Je m'assis un moment en songeant combien il était agréable de se promener en touriste dans Londres. J'étais sûr que c'était une excellente thérapie pour moi. Il ne restait plus qu'à éviter de me faire détrousser. Je regardai prudemment autour de moi ; la personne la plus proche était vautrée sur un banc à une bonne distance. Je descendis la colline en direction de Buckingham Palace.

Une fois parvenu en haut du Mall, je m'engageai dans un troisième parc, St James, mon préféré. Je déambulai le long du lac jusqu'au pont et passai un long moment à contempler les tours et les minarets du bâtiment de la Garde à cheval, de l'autre côté de l'eau. Toujours pas d'agresseur en vue, mais divers touristes erraient dans la verdure comme écartelés entre Buckingham Palace et le palais de Westminster.

Deux Japonais tout sourire me demandèrent de les prendre en photo. Cela me fatigua tellement que je dus me reposer un moment. Comme je m'apprêtais à reprendre ma marche, un couple américain s'assit à côté de moi, et, repérant mon col, commença à me poser toutes sortes de questions sur ce que Dieu prévoyait comme avenir pour le sida, l'amour libre, les grossesses d'adolescentes, la pornographie et l'URSS. « Le sexe survivra, pas les fausses idéologies », dis-je avant de tenter une échappée en prétextant un rendez-vous à l'abbaye de Westminster, mais ils me répondirent avec joie qu'ils s'y rendaient justement et qu'ils seraient heureux de m'y accompagner. Ils étaient si polis et charmants que je me sentis obligé de leur pardonner, y compris de m'avoir interrogé sur les projets de mon patron, fondateur et président de l'Universe Inc.

Après un intervalle qui me parut interminable, nous atteignîmes l'abbaye et je me réfugiai dans la chapelle St Faith. En me souvenant de mon mensonge aux Américains, pour tenter de le justifier, je me dis que l'on pouvait toujours avoir un rendez-vous avec Dieu.

Malheureusement, je trouvai qu'une drôle d'atmosphère régnait dans la chapelle. J'attendis, redoutant une éruption psychique, mais comme rien ne venait, je me calmai. L'endroit était paisible au moins. Un bedeau faisait des allées et venues près de la porte, mais les groupes de touristes les plus audacieux étaient refoulés en troupeaux vers la partie principale de l'abbaye, et la chapelle réservée aux prières privées était celle de St George, proche de la façade ouest. Seul mon col clérical m'avait probablement valu un libre accès à St Faith.

Je décidai finalement que j'étais suffisamment reposé pour prendre un taxi jusqu'à Fulham et aller rendre visite à Clare. Je quittai la chapelle par l'autre entrée qui donnait sur l'allée voisine du chapitre et allai faire quelques pas dans le cloître. Je m'étais arrêté pour admirer la cour centrale verdoyante, quand, en levant les yeux, je vis une silhouette familière marchant d'une démarche assurée sous la colonnade.

Francie.

VIII

Je m'élançai sans réfléchir, contournai l'angle en direction de la face sud du cloître, et en détalant comme un lapin, je réussis à la rattraper dans le passage entre le cloître et Dean's Yard. Mais quand je lui effleurai le bras et qu'elle se tourna brusquement, je m'aperçus que je m'étais trompé. C'était une inconnue. Je la lâchai en m'excusant et elle poursuivit son chemin.

Je me rendis compte alors que j'avais été stupide. Il n'y avait aucune raison pour que Francie se trouve à l'abbaye de Westminster ce matin. Sans compter que l'étrangère ne lui ressemblait pour ainsi dire pas. Pour quelle raison avais-je fait une erreur aussi grossière ? En me frottant les yeux comme si cela pouvait m'éclaircir la cervelle, je fis un gros effort pour réfléchir logiquement. De toute évidence, je m'inquiétais pour Francie à un niveau inconscient, et en voyant de loin une femme à peu près de sa taille avec grosso modo la même couleur de cheveux, j'avais mis au premier plan de mes pensées le problème qu'elle représentait.

Je me réjouissais de ne pas avoir vu son double. C'est un présage de mort. Mais je m'étais comporté *comme si* j'avais vu son double. J'avais vraiment cru qu'il s'agissait de Francie. Alors...

Je coupai court à cette réflexion car elle menait droit au sujet des phénomènes paranormaux et il fallait absolument que j'évite cet embrouillamini-là. Ayant pris la ferme résolution de me ressaisir sur-le-champ, je traversai Dean's Yard en contournant encore un espace vert : la cour de récréation de la Chorale. Là, je m'assis sur les marches de la Church House, quartier-général de l'Église d'Angleterre. J'inspirai profondément en essayant de ne pas penser à Francie. Quelques personnes passèrent, mais elles n'avaient pas l'air de me trouver bizarre. Peut-être les prêtres venaient-ils souvent se percher là, tels des pigeons de retour au bercail. Je regardai fixement les tours jumelles de l'abbaye, disparaissant en ce moment sous un échafaudage. Au bout de quelques instants, je me rendis compte que j'étais incapable de prendre un taxi pour aller à Fulham. Après un laps de temps plus long, je me dis : « C'est une conclusion très inquiétante et il faut que tu te dépêches de trouver une autre solution avant de sombrer » et, comme de bien entendu, cette autre solution s'avéra n'être autre que Francie, son image ramenée de force au premier plan de mon esprit par le *doppelgänger*.

J'eus une révélation. Il me vint tout à coup à l'esprit (pourquoi n'y avais-je pas pensé plus tôt ?) que j'étais le seul à pouvoir remettre Francie d'aplomb pour la bonne raison que personne d'autre ne saurait mieux la convaincre que je ne prendrais jamais le chemin du tribunal des divorces. Rosalind et moi allions rester ensemble. Notre mariage tiendrait le coup.

Je compris qu'il fallait que je voie Francie sans délai. Il fallait que je la remette en contact avec la réalité, aussi désagréable fût-elle. Dès lors que je la traitais avec adresse, j'avais les moyens de l'orienter sur la voie de la santé et de la guérison. Étais-je capable de la traiter avec adresse ? Bien sûr. Certes, je n'étais pas au mieux de ma forme, mais mes aptitudes étaient intactes dans l'ensemble et j'avais l'habitude des entretiens ardus avec des clients perturbés. Je saurais m'en tirer. Je la remettrais d'aplomb. Un problème de moins à régler. Un succès bienvenu après cette avalanche d'échecs !

Je pris le temps d'analyser avec soin, professionnellement, le diagnostic de Lewis. En essence, il s'agissait d'un cas simple : une femme d'une sensibilité normale temporairement accablée par certains problèmes courants à son âge — des enfants grands, un mari absent, les premiers symptômes de la ménopause. En conséquence de quoi, sa détresse avait acquis une forme névrotique dans une facette spécifique de sa vie : sa relation avec moi. Il n'était pas question de possession ni de psychose. Elle n'était pas en train d'imaginer que tout le personnel de St Benet conspirait contre elle pour nous maintenir à distance, ni que son mari essayait de la tuer. Elle n'avait pas envoyé ses enfants en pension parce qu'elle avait peur de les assassiner. Elle n'entendait pas des voix de Vénusiens lui ordonnant de liquider Rosalind pour me libérer. La violence ne figurait pas au programme. Son seul problème, incontestablement, était qu'elle était obsédée par moi, assez pour débarquer au presbytère en chemise de nuit. Mais une fois qu'elle m'entendrait dire de vive voix que je n'avais pas la moindre intention de quitter Rosalind, j'étais sûr de pouvoir la manipuler délicatement afin de la placer dans un espace émotionnellement neutre où elle pourrait reconnaître l'aberration de son fantasme. L'illusion ne se dissiperait pas d'un jour à l'autre, bien sûr, mais avec l'aide de Robin, de Val et de Lewis... Oui, avec le bon traitement, elle serait vite remise. Mais il n'y avait pas de temps à perdre. Si son obsession allait en empirant, si elle se mettait à déclarer publiquement sa flamme... si les démons s'infiltraient dans St Benet par le canal de son trouble mental... Mais qu'est-ce qui me prenait de m'appesantir sur ces cauchemars ? Il fallait agir. De toute urgence. Tout de suite.

Ragaillardi à la perspective de reprendre mon travail de guérisseur, je me mis à la recherche d'une cabine téléphonique. Après avoir interrogé le libraire de la Church House, je finis par en dénicher une au coin de Great Peter Street. Une minute plus tard, je tenais ma secrétaire au bout du fil et lui demandais si Francie était venue travailler ce jour-là.

Elle était là, et, en réponse à l'appel de Joyce, elle arriva, pantelante, au téléphone.

— Nick !

— Oui, c'est moi. Il faut que je vous parle.

— Oh mon Dieu !

Elle avait l'air à la fois surprise et enchantée de m'entendre. Je la sentis choquée aussi, mais d'une manière somme toute agréable comme le sont les badauds lorsqu'ils viennent d'assister à une catastrophe. À bout de souffle, elle enchaîna :

— S'agit-il de Stacy ?

— Stacy !

Cette question me dérouta tellement qu'il me fallut au moins cinq secondes pour répondre :

— Non, bien sûr que non !

Que se passait-il ? Dans mon esprit, Stacy et Francie représentaient deux problèmes distincts sans aucun lien. Puis je me dis qu'il était peut-être arrivé quelque chose à Stacy dans la matinée pendant que je me baladais dans la nature. Instantanément, je vis Lewis l'accusant de faire la tournée des bars homos, Stacy sortant précipitamment de la maison, paniqué, perdant l'équilibre sur le perron, se fracassant le crâne sur les pavés, l'ambulance remontant le London Wall en faisant hurler sa sirène, Mrs McGovern en larmes à Liverpool...

Je refrénai mon imagination.

— A-t-il eu un accident ?

— Oh non, répondit Francie d'un ton désinvolte. Rien de tel, mais il ne se sentait pas bien ce matin, alors il est rentré chez lui. Je me suis dit que vous m'appeliez peut-être pour me demander de prendre soin de lui. Lewis vient de m'annoncer que vous étiez parti faire une retraite, et je sais que ça ne doit pas être facile pour vous d'oublier St Benet. Si vous souhaitez que j'aille rendre visite à Stacy...

— Non, je veux que vous veniez me voir. Je pense que nous devrions avoir un petit entretien le plus rapidement possible.

— Quelle bonne idée ! Faisons cela. Je ne travaille que jusqu'à midi et quart parce que ce vieux fou de Lewis m'a priée de renoncer au bénévolat aujourd'hui pour l'aider avec les patients en thérapie musicale. La séance est presque finie, après quoi, je suis libre comme l'air. Si je venais vous prendre au Q.G. des moines fordite pour vous emmener à Islington ? J'ai du vin blanc au frigidaire et une quiche délicieuse de chez Marx & Spencer.

— C'est gentil à vous, Francie, mais j'ai d'autres projets pour les heures qui viennent et je ne suis pas chez les moines, mais quelque part près du Parlement. Pourrions-nous nous retrouver à l'abbaye de Westminster pour les vêpres...

— Oh, quel bonheur ! Oui, bien sûr. Ensuite...

— Ensuite nous ferons une courte promenade dans la nef. Merci, Francie. Au fait, les vêpres commencent à cinq heures. Je réserverai des places dans les stèles. Cherchez-moi dès que vous entrerez dans le chœur.

— Merveilleux ! souffla-t-elle, pleine de ferveur avant que je raccroche.

Je trouvai une autre pièce, composai le numéro des moines fordite de tête, et laissai un message en disant que j'étais allé voir mon directeur de conscience et que je ne serais pas de retour pour le déjeuner. À peine avais-je reposé le combiné, je sus que je n'étais toujours pas en mesure de voir Clare. J'avais besoin de passer un après-midi reposant pour affronter Francie en étant en pleine forme. Je m'extirpai de la cabine, descendis à pas lents vers le petit parc de l'Embankment, voisin du Parlement, et pris place sur l'un des bancs surplombant le fleuve. Une grosse mouette s'était perchée sur le parapet. Elle avait le poitrail si blanc que je me demandais comment elle faisait pour le nettoyer. Il devait bien y avoir des endroits que son bec ne pouvait pas atteindre. Je me demandai si son compagnon l'aidait à faire sa toilette. Mais je ne voulais pas penser à l'idée de compagnon. D'ailleurs, je n'en avais nul besoin maintenant que j'avais de quoi m'occuper l'esprit avec Francie. Quand la mouette prit son envol, je me mis à préparer mentalement ma conversation avec elle.

Il me semblait que j'avais été à la fois habile et subtil. À l'évidence, c'eût été imbécile de suggérer que nous nous retrouvions chez elle ou dans un cadre où il n'y aurait pas de témoins. Un lieu public parmi une foule de gens me paraissait la solution idéale, et l'idée de se rencontrer lors d'un office constituait à mon avis un prélude on ne peut mieux adapté à notre petit entretien. Francie ne pourrait manquer de se souvenir que j'étais un prêtre indisponible pour la fornication ou l'adultère. La situation aurait pu être gênante si nous avions été obligés de nous asseoir l'un près de l'autre, mais les stèles au fond du chœur empêcheraient tout contact physique, même si nous étions côte à côte. Je me félicitai de ce plan décidément brillant.

Je me rendis compte tout à coup qu'il fallait que je mange. Je sortis du parc, longeai l'Embankment jusqu'à la Tate Gallery, repris des forces en avalant un sandwich et passai le restant de l'après-midi à contempler des toiles modernes.

C'était tout au moins l'impression que je donnais. Dans

une autre dimension, je me comportais comme un campagnol courant à toute allure en direction de la falaise la plus proche, mais malheureusement, sur le moment, cette vision ne me traversa pas l'esprit !

5.

« En un sens, le chagrin est une sorte de folie... Nous semblons incapables de faire face à quoi que ce soit. Il se peut fort bien que nous investissions nos sentiments dans d'autres êtres, ou objets. »

Gareth Tuckwell et David Flagg
A Question of Healing

I

Quand me suis-je rendu compte pour la première fois de l'erreur catastrophique que j'avais commise ? Peut-être à l'instant où Francie entra dans le chœur et tourna son regard fou, brillant, dans ma direction. Je me forçai à croire qu'elle était simplement contente de me retrouver, mais mon cœur continua à battre trop vite, comme si mon œil psychique entrevoyait la réalité que mes vrais yeux avaient trop peur de voir. À moins que ce ne soit lorsqu'elle s'assit dans la stèle à côté de moi et posa sa main un bref instant sur ma cuisse en guise de salutation ? Ce contact physique me fit l'effet d'un sac de glace sur mes parties génitales. J'eus de la peine à me retenir de faire la grimace, plus encore à bloquer la vision de cataclysme qui m'envahissait l'esprit, mais je parvins, je ne sais comment, à me persuader que ce n'était qu'un geste spontané qu'il convenait d'ignorer. Ce fut seulement quand elle se laissa tomber à genoux pour dire une prière avant l'office que la vérité fracassa mes illusions et je sentis alors non pas ses prières, mais le souffle pantelant de démons attendant avec impatience de me détruire.

En un éclair, je reconnus mon erreur et compris pourquoi je l'avais faite. Ce n'était pas Francie que je voulais convaincre qu'il n'y avait aucune chance de divorce, mais moi-même. Mes émotions chaotiques m'avaient rendu aveugle au danger et expédié dans la mauvaise direction. Incapable d'admettre qu'il était peut-être trop tard pour sauver mon mariage, j'avais vu la foi fervente de Francie en un futur divorce comme une menace à mon encontre que je devais éliminer pour réprimer mes craintes. Voilà que je recommençais à jouer les faiseurs de miracles, en dépit de toutes les recommandations que je m'étais faites à ce propos, face à la personne que je devais à tout prix éviter.

Jeu, set, mais pas tout à fait match pour le Diable !

Parlais-je le langage religieux de la métaphore et de l'analogie ? Oui. Mais pour décrire quelque chose de bien réel. Le mal existe. Ceux qui l'oublient, l'ignorent ou refutent ce fait indéniable prennent au mieux un grand risque ; au pire, ils œuvrent à leur propre destruction.

Toute création a une face cachée, obscure. C'est inévitable. Celle-ci fait partie intégrante du processus de création, comme je m'en suis aperçu moi-même lorsque je me suis essayé à l'aquarelle. Un mauvais coup de pinceau et toute la toile est menacée. Après ça, on sue sang et eau pour tenter de réparer les dommages.

Je saisis machinalement ma croix pectorale, dans mon désir intense d'entrer en contact avec mon Créateur. J'étais tellement épouvanté que je fus incapable de prononcer une prière impromptue d'aucune sorte, mais ma mémoire régurgita le texte de la Litanie implorant la délivrance. En attendant, Francie s'était radossée à sa stèle en soupirant de plaisir. J'avais la chair de poule. Je continuai à me cramponner à ma croix en m'efforçant de réfléchir d'une manière cohérente. Devais-je me sauver ou rester ? J'éprouvais une furieuse envie de prendre la fuite, mais, à cet instant, le chœur rassemblé autour de l'autel de la nef entonna l'introït, et quelques secondes plus tard, il s'avançait. Je pouvais encore foncer vers la porte, mais cela aurait été maladroit, d'autant plus que les chanteurs prenaient place dans les rangs juste en dessous de nous. Je décidai de rester et de profiter du moment pour tâcher de déterminer ce que j'allais bien pouvoir faire.

Il me semblait évident que Lewis avait sous-estimé l'état de Francie... Quoique ? Non, probablement pas. Il y avait fort à parier qu'il en avait minimisé la gravité, sachant que si j'avais été conscient de l'ampleur de la crise, j'aurais retardé ma retraite. La conversation cruciale qu'il avait eue avec elle étant confidentielle, il avait pu censurer la vérité, la conscience tranquille. Pourtant il m'avait affirmé sans détour qu'elle n'était ni psychotique ni possédée. Aurait-il menti effrontément ? Non. Cela signifiait donc...

Je me rendis compte alors que la vérité risquait d'être encore plus compliquée que je ne l'avais anticipé. Lewis avait sans doute minimisé sciemment les choses tout en sous-estimant l'état de Francie, bien qu'en toute justice, il fallût reconnaître que la maladie de Francie, quelle qu'elle soit, n'en était peut-être pas au même stade maintenant que lorsqu'il avait fait son diagnostic lundi soir. Les gens malades peuvent voir leur santé se détériorer rapidement. Les limites de la maladie mentale ne sont pas nettes et précises, et dans le flou, les caractéristiques de différents maux peuvent se mêler, fluctuer, disparaître avant de reprendre le dessus. Que savions-nous véritablement de Francie, au fond ? Nous ne la voyions qu'au Centre où elle portait le masque de bénévole. Une fois qu'elle l'enlevait, toutes sortes d'anomalies pouvaient faire surface chez elle, à Islington, mais personne n'était là pour en être témoin. Je songeai à Alice, qui lui rendait visite de temps en temps et qui m'avait dit : « Francie n'est pas vraiment l'âme simple et bienveillante que nous imaginons tous... » Plus j'y pensais, plus j'étais sûr qu'Alice, puissamment intuitive, avait dû capter les vibrations d'une profonde anormalité.

Le fait était que, pour l'heure, Francie n'avait vraiment pas un comportement normal. Elle flottait dans un monde irréel, au gré de fortes vagues d'adrénaline. J'étais persuadé maintenant que son déséquilibre ne se limitait pas à la portion de sa vie liée à moi. Son euphorie me fit penser à nouveau à une psychose maniaco-dépressive. Mais si elle n'avait plus aucun contact avec la réalité, peut-être s'agis-sait-il plutôt d'une forme de schizophrénie paranoïaque. Ou...

Je devais mettre un terme à ces spéculations. J'étais prêtre, et non pas médecin. De toute façon, même si un détachement entier de psychiatres avait été présent, rien ne prouvait qu'ils auraient été capables de se mettre d'accord sur la situation. Francie était malade, cela ne faisait aucun doute. Autre donnée irréfutable : son mal constituait une menace pour moi. Si je voulais sortir de ce cauchemar sain et sauf, il fallait que je me calme pour pouvoir déterminer précisément à quel moment m'échapper et comment.

Lorsque je parvins à cette conclusion, le service était déjà bien avancé. Je m'étais levé pour le Magnificat et Nunc Dimittis, rassis pour les lectures et agenouillé pour les Collectes. Au moment où le chœur entonna le motet, je tentai d'observer Francie à la dérobée, pour découvrir en définitive que je partageais l'avis de Lewis selon lequel elle ne montrait aucun signe de possession. En dehors de l'absence totale des symptômes les plus flagrants, elle n'avait pas l'air d'avoir peur ou de se rendre compte que quelque chose n'allait pas. Certes, sa fébrilité avait quelque chose d'anormal : ses yeux brillaient, elle avait les lèvres sèches, respirait faiblement et sa main qui tournait les pages du missel durant le psaume tremblait légèrement. Mais cela pouvait s'expliquer par le fait qu'elle était assise à côté de moi. En termes religieux, le démon du désir était certainement présent, mais rien ne prouvait qu'il eût élu domicile en elle. Dans ce cas, pourquoi étais-je convaincu que les forces du mal dominaient la situation et que je courais un terrible danger ? Je me rappelai que, bien que spirituellement affaibli pour le moment, je n'avais rien perdu de mes pouvoirs de médium. Tout au contraire. Le stress avait pour effet d'hypersensibiliser mon esprit en le rendant encore plus perceptif que d'habitude. Le problème, quand on passe par une phase d'ultra-perceptivité, c'est que l'on capte trop de choses, essentiellement des choses sans intérêt. Pourtant, je ne pensais pas que l'impression que je recevais de Francie fût sans intérêt, surtout maintenant que la brume s'était dissipée dans mon esprit et que je savais exactement pour quelle raison j'étais tombé dans un piège en lui fixant un rendez-vous. Je me méfiais toujours des pressentiments psychiques, mais en l'occurrence, c'était un vrai coup de massue sur la tête. Je me savais en péril, même si rien n'indiquait en apparence que Francie voulait me faire du tort.

L'instant d'après, une explication insolite, mais loin d'être impossible, de ce qui se passait, commença à faire son chemin dans mon esprit. Peut-être l'obsession de Francie à mon égard était-elle un moyen d'oblitérer la peur provoquée par les premiers symptômes de la possession. Peut-être se servait-elle inconsciemment de cette obsession pour se cramponner à son identité assaillie par une force étrangère. Je me rappelai qu'au Centre, elle avait toujours été pleinement maîtresse d'elle-même. Si le problème procédait d'un déséquilibre cérébral d'origine chimique, elle n'aurait pas pu ajuster ainsi son comportement. Et si ce n'était pas elle qui l'ajustait ?

Je m'aperçus tout à coup que j'étais à genoux en train de réciter les grâces qui concluaient l'office. Francie était-elle capable de prononcer « Jésus-Christ » ? Oui. Je l'avais aussi entendue débiter le Notre-Père et le Credo sans faillir. Pas de signe de possession, comme je l'avais déjà noté. Pourtant, mon front était trempé de sueur et j'avais les doigts endoloris à force de serrer ma croix. Mon esprit, captant les émotions perturbées de la femme assise à côté de moi, réagissait comme si on le rouait de coups. J'avais l'impression qu'à tout moment, je risquais d'être éliminé par un assassin invisible. Une pensée pour le moins désagréable, déclenchée peut-être par le Diable. Je fis un effort colossal pour me souvenir du pouvoir salvateur du Saint-Esprit et priai, au nom du Christ, pour ma délivrance, mais je continuais à avoir le sentiment d'être sur le point d'être liquidé par quelque effet secondaire malin du processus brutal, violent, de la Création. Je savais que mon Créateur veillait sur moi, désespéré de me sauver, mais peut-être avais-je plongé trop profondément dans le gouffre des ténèbres pour qu'Il puisse faire quoi que ce soit en dehors de redresser le mal produit par ma destruction.

Je priai à nouveau avec ferveur pour ma délivrance.

L'organiste ne jouait pas ce soir-là dans l'abbaye, aussi le chœur et les prêtres s'en allèrent-ils discrètement, en silence. Puis l'assemblée s'agenouilla un moment pour se recueillir, mais, quelques instants plus tard, toujours cramponné à ma croix, je fus dans l'obligation de me relever.

— Quelle messe magnifique ! souffla Francie, les yeux pleins d'étoiles, son bras effleurant le mien.

— Très professionnel ! fis-je, choisissant délibérément un terme pragmatique, sans que cela eût le moindre effet sur elle.

Ses yeux brillaient toujours autant. À l'évidence, elle pensait que je l'avais attirée à l'abbaye pour le plaisir de m'asseoir près d'elle et elle était intimement persuadée que nous étions à deux doigts d'avoir une liaison.

En quittant le chœur, nous nous arrêtâmes pour échanger quelques mots avec le chanoine avant de gagner l'autre côté de la nef. Je me faufilai entre les chaises alignées dans l'aile nord, Francie sur mes talons, jacassant toujours à propos de l'office. En arrivant au bout de la rangée, je soulevai la dernière chaise et la reculai au maximum, à angle droit avec sa voisine. Maintenant que je ne pouvais plus profiter de la protection offerte par les stèles, je voulais être sûr que nous ne nous retrouvions pas assis trop près l'un de l'autre.

— Asseyez-vous, lui dis-je en lui désignant la dernière chaise avant de me laisser tomber sur celle que j'avais éloignée.

— C'est tellement merveilleux de votre part, Nick ! Quelle idée divine...

— C'est toujours une bonne idée d'aller à l'église et de rester en contact avec la réalité, dis-je sèchement, c'est vrai, mais je ne vois pas ce qu'il y a de merveilleux dans ma suggestion. Cela me paraît plutôt banal de la part d'un prêtre. À présent, Francie, tâchons de rester en contact avec cette réalité renforcée par l'office, tâchons...

— Maintenant que nous sommes loin du Centre, nous pouvons vraiment parler, n'est-ce pas ?

— Non, nous ne disposons que de quelques minutes. L'abbaye ferme à six heures. Francie, je voulais juste vous dire...

— Ma voiture est garée derrière Dean's Yard. Allons-y tout de suite, voulez-vous ? Je vous emmène chez moi.

— Francie, vous savez écouter, n'est-ce pas ? Auriez-vous la gentillesse de me prêter attention un instant ?

Elle rit.

— Désolée, chéri ! C'est que tout cela est si excitant. La réalisation de tous mes rêves...

— Auriez-vous la gentillesse de m'écouter un moment ? répétai-je.

— Oh, mon Dieu. Navrée. Voilà que je recommence.

Elle me dévisagea d'un œil étincelant et se tut.

— J'ai bien peur d'avoir commis une erreur en vous proposant ce rendez-vous, dis-je d'un ton prudent. Il vaudrait mieux que nous nous voyions lundi au Centre de façon à ce que Robin puisse être présent.

— Robin ? Elle avait l'air perplexe. Je ne vois pas ce que Robin a à voir avec nous.

— Je pense qu'il serait utile de l'inclure dans une conversation relative à la viabilité de votre rôle à St Benet.

— Relative à... oh ! ma *vulnérabilité* ! L'espace d'un instant, j'ai cru que vous aviez dit viabilité. Ne vous inquiétez pas, mon chéri, je suis plus coriace que j'en ai l'air ! Je suis prête à encaisser toutes leurs vacheries quand ils sauront que vous la quittez pour moi.

Je compris que je devais abandonner le sujet.

— J'ai bien peur que vous ne puissiez pas entendre ce que je vous dis, poursuivis-je d'un ton égal, mais peu importe. Nous attendrons lundi pour reparler de tout ça. Maintenant, si vous voulez bien m'excuser, Francie...

— Bien sûr que je vous entends ! Ne soyez pas bête ! Je ne vous laisserai pas partir tant que vous ne m'aurez pas expliqué pourquoi vous avez tenu à ce que nous nous retrouvions ici !

Elle se pencha et me tapota le bras en un geste taquin.

À toute vitesse, pour éviter d'autres gestes similaires et mettre un terme à cette conversation sans délai, je dis :

— Je pensais pouvoir vous confier quelque chose à propos de Rosalind, mais le moment me paraît mal choisi...

— Rosalind ! Oh mon cher, il est inutile que vous me disiez quoi que ce soit. Je suis au courant de tout. De TOUT. Et je vous assure que, bien que je me sois efforcée de lui dire exactement ce qu'elle voulait entendre, je ne pensais qu'à vous. Pas étonnant que vous ayez dû l'hypnotiser pour pouvoir faire l'amour convenablement ! J'ai toujours su qu'elle était frigide. C'est souvent le cas des femmes aux mœurs dissolues, pas vrai ? Toujours à la recherche de l'orgasme qu'elles ne trouvent jamais...

Il y eut un silence, sans qu'il se passe grand-chose en apparence. Des silhouettes déambulaient toujours dans l'intérieur obscur de l'immense abbaye, et le vague bourdonnement de conversations se mêlait encore aux bruits de pas étouffés. La fin d'une journée comme les autres à Westminster. Personne autour de moi ne savait qu'un monde intime profondément chéri venait de s'effondrer brutalement.

Il s'était éteint en silence, doucement, sans une plainte, sans la moindre résistance. L'univers sécurisant, confortable, de mon mariage avait finalement péri non pas à cause d'aveux d'adultère, ni de querelles violentes, mais parce que j'avais appris que mon épouse avait rapporté à une femme profondément perturbée des détails qui n'auraient jamais dû être révélés à qui que ce soit, hormis à un prêtre, un médecin ou un autre professionnel qualifié, à même de nous aider. De plus, Rosalind m'avait menti pour dissimuler l'ampleur de sa trahison. Pouvais-je prétendre qu'elle l'avait fait uniquement dans le but de m'épargner trop de souffrance ? Non. Ce serait lui attribuer une profondeur d'éthique qu'elle ne possédait pas. En vérité, elle avait menti pour éviter une scène. À ses yeux, tout était bon pour s'y soustraire : mensonges, lettres cruelles, hypocrisie, n'importe quoi !

Je sus alors combien elle était superficielle, peu fiable, à quel point elle manquait d'intégrité, et il me parut étrange d'avoir pu tirer si longtemps un sentiment de sécurité d'une femme en fait incapable d'en offrir. J'avais cru en son amour et en sa loyauté, mais cela n'avait été qu'un fatras d'illusions conjurées pour satisfaire mes besoins émotionnels. J'avais projeté sur elle des qualités qui neutralisaient mes défaillances et problèmes, et sous cette projection, se cachait une femme que je connaissais à peine. J'avais été obsédé par une image alors que, durant tout ce temps-là, la vérité se trouvait ailleurs.

Ce fut à cet instant que j'endurai le choc le plus violent. Je sombrai dans la souffrance en victime crucifiée, et l'instant d'après, la vérité explosait devant mes yeux de sorte que je me vis tout à coup sous un tout autre jour.

Le mot « obsédé » qui venait de me traverser l'esprit avait tout déclenché. J'avais été *obsédé* par une image. OBSÉDÉ.

Toute ma conscience parut basculer, ployer presque jusqu'au point de rupture avant de prendre violemment une position nouvelle, insupportable. On aurait dit un tremblement de terre. Un grondement assourdissant retentit suivi de craquements sinistres tandis que la terre se fendait avant de se reformer à la vitesse de l'éclair. J'avais été obsédé, obsédé, autant que cette folle devant moi, et dans les yeux brillants de Francie, je vis finalement se refléter ma propre démence.

Le séisme gronda de nouveau, la terre s'ouvrit avec une nouvelle volée de craquements pareils à des coups de fouet, et l'abîme à mes pieds révéla alors les indescriptibles ténèbres bouillonnant tout au fond. Je reculai, mais pas avant d'avoir eu le temps d'entrevoir l'horreur que j'avais infligée à Rosalind, les exigences déraisonnables, le harcèlement brutal, l'oppression, physique et mentale. Pas étonnant qu'elle ait fini par craquer et déverser tout son désespoir et sa terreur à quelqu'un qui, en plus d'être une amie de longue date, avait appris à écouter ! J'avais brisé son intégrité. Dire qu'un instant plus tôt, je me vautrais dans mon orgueil blessé en l'accusant de superficialité et de trahison ! C'était moi, l'être superficiel, incapable de voir ma femme dans toute sa profondeur et de faire le moindre effort pour comprendre ses sentiments. C'était moi, l'expert en trahison, convaincu d'être un époux aimant alors que je l'avais laissée se débattre toute seule, gérer la maison, élever les enfants. Quand je pensais que je l'avais taxée d'égocentrique ! Que je l'avais sermonnée à propos des maux de l'individualisme et des vertus de la vie communautaire ! J'avais négligé la communauté par excellence, ma famille ! J'avais suivi mon petit bonhomme de chemin, en ne pensant qu'à moi sous le prétexte d'aider les autres. En ce terrible instant de révélation, il m'apparut qu'aucun charlatan n'aurait pu s'égarer à ce point dans son arrogance et sa vanité, ni s'exposer mieux au juste châtiment d'une fin macabre et scandaleuse.

« Nick ? » disait Francie quelque part, mais je l'entendais à peine. Dans ma tête, j'étais avec Rosalind, l'amie chérie de mon enfance avec laquelle je me sentirais toujours si profondément lié. Et je lui disais : « Ça va aller. Je comprends maintenant. Je comprends. »

— Nick ? Quelque chose ne va pas ?

Je ne répondis rien. Je n'étais plus là. J'avais échappé à mon père et je me hissais tant bien que mal au sommet du feu de joie pour sauver Ourson de l'immolation. « Il va être libre maintenant », m'avait dit mon père. Mais je ne voulais pas que mon ours trouve la liberté dans la mort. Je voulais qu'il soit libre grâce au don d'une nouvelle vie.

— La vie.

Je me rendais compte tout à coup que j'avais dit le mot à haute voix. La vie.

— Oh oui, mon chéri ! s'écria Francie, en extase, ses mots ouvrant des plaies profondes dans ma conscience. La vie, la vie avec un grand V. Rien que toi et moi, ensemble pour toujours !

Alors l'image d'Ourson en haut du feu de joie se dissipa. Mon esprit s'alignait à nouveau brutalement avec le présent et je réalisai que j'étais dans l'abbaye de Westminster avec Francie Parker qui était folle ! Puis la mémoire me revint : il fallait que je la remette d'aplomb. Mais il y avait un problème : je n'y arrivais pas. J'avais épuisé toutes mes forces. Je ne pouvais que la fixer bêtement en espérant qu'elle s'en irait.

— Vous serez un autre homme quand vous aurez quitté Rosalind ! disait-elle avec un enthousiasme exalté. Mon pauvre chéri, quelle épreuve cela a dû être pour vous d'avoir une femme frigide !

— Rosalind n'est pas frigide, répondis-je mécaniquement.

— Bien sûr que si ! Pour quelle autre raison auriez-vous eu besoin de l'hypnotiser pour coucher avec elle ?

— Vous vous fourvoyez. Sur toute la ligne !

— Que voulez-vous dire ?

— Je veux dire que vous n'avez pas la moindre idée de ce qui se passe. Je me levai. Excusez-moi, je vous prie. Je dois partir.

Elle écarquilla les yeux.

— Oh, mon pauvre Nick ! s'exclama-t-elle d'un ton passionné en se levant à son tour d'un bond. Pauvre, pauvre

Nick, c'est vous qui vous fourvoyez si vous pensez que la charité chrétienne à elle seule peut tirer votre mariage d'affaire ! Je sais que Rosalind prévoit d'avoir une nouvelle liaison afin de vous faire comprendre une fois pour toutes que votre couple ne peut plus être sauvé !

Je la dévisageai, incrédule. Elle respirait fort, ses yeux lançaient des éclairs, sa poitrine se soulevait sous l'effet d'une satisfaction presque sexuelle, ses lèvres humides de salive brillaient et tout à coup, je me sentis révolté. Je n'en avais plus rien à faire de la remettre d'aplomb. Je n'avais qu'une seule envie : l'écarter de mon chemin et prendre la fuite. À bout de patience, je lâchai d'un ton sec :

— C'est absurde. Je n'en crois pas un mot.

— Oh, chéri ! s'écria-t-elle d'une voix puissante. C'est du déni pur et simple. Écoutez, je vais vous dire ce qu'elle projette de faire. Elle va séduire Stacy !

— C'est de la foutaise, Francie. En plus, ce que vous dites est ignoble.

J'avançai tout en parlant. Pressant le pas, je commençai à m'éloigner dans la travée latérale vers l'extrémité ouest de la nef.

— C'est vrai ! C'est vrai ! C'est vrai ! Elle me courait après. Rosalind s'est rendu compte que l'unique moyen de vous forcer à voir la vérité en face, c'était de commettre un acte si horrible que vous n'auriez pas d'autre solution que de la laisser partir. Elle me l'a dit elle-même !

Je fis brusquement volte-face.

— Taisez-vous ! Taisez-vous immédiatement ! Vous mentez, vous délirez, vous...

— Elle a résolu de séduire Stacy. Je vous le dis. D'ailleurs, c'est probablement déjà fait. C'est pour ça que, lorsque vous m'avez appelée, je vous ai demandé si c'était à propos de Stacy. Je pensais que vous vouliez me parler parce qu'elle avait mis sa menace à exécution et que vous l'aviez appris !

Je compris tout à coup qu'elle disait la vérité. Et comme une onde de choc déferlait dans mon esprit, je vis les eaux des ténèbres monter vers moi en un raz de marée tourbillonnant, immonde, annihilant.

Conscient que j'allais couler d'une seconde à l'autre, je ne songeais plus qu'à sauver ma peau. Il fallait que je prenne la fuite. Tout de suite. Une seconde de plus en compagnie de cette démente risquait d'avoir des conséquences désastreuses.

Je sortis de l'abbaye au pas de course et montai à bord d'un bus qui progressait au ralenti après s'être arrêté au feu au coin de Victoria Street. La dernière chose que je vis en regardant par-dessus mon épaule fut Francie me suivant des yeux avec une adoration que mon abandon n'avait pas entamée.

Je crus même voir une lueur triomphante briller dans son regard fou.

II

Je descendis du bus quelques minutes plus tard, à la gare de Victoria, et faillis me faire écraser par un taxi en traversant la cour, tête baissée. Ce fut l'ultime choc. Je vomis dans le caniveau, et, immédiatement, tous les passants m'évitèrent comme si j'avais la peste. Pas de Samaritains dans la foule ! Puis j'entrai dans la gare et me ruai dans une cabine téléphonique.

Lewis décrocha à la troisième sonnerie.

— Presbytère.

— C'est moi, dis-je. Je suis au bout du rouleau.

— Où êtes-vous ?

— Victoria.

— Je viens vous chercher.

— Non. Je suis encore capable de prendre un taxi, mais je ne veux pas venir au presbytère. Je ne veux pas voir Stacy. Retrouvez-moi au Barbican. Devant la fenêtre près du Balcony Café.

— J'y serai.

Il raccrocha.

Je ressortis en titubant et m'insérai dans la longue file qui attendait des taxis à cette heure de pointe.

III

L'Arts Center du Barbican était bourré de monde quand j'arrivai à six heures et demie. Les gens dînaient avant que commencent spectacles et concerts. L'imposant bâtiment, plus déroutant que jamais avec ses gouffres béants et ses kilomètres d'escaliers, m'avala dès l'instant où j'émergeai du taxi. Incapable de supporter d'attendre un ascenseur ou d'être enfermé dans une petite boîte en acier, je montai péniblement les marches jusqu'au Balcony Café qui faisait face à l'église St Giles et au lac artificiel. Des sièges étaient généralement disposés le long de la paroi vitrée la plus proche de l'entrée du café, mais, en atteignant le palier, je n'en trouvai aucun. Pas trace de Lewis non plus. J'étais en train de me demander si, dans ma confusion, je ne lui avais pas indiqué le nom d'un autre restaurant quand je l'entendis m'appeler. Il avait pris place à l'une des tables proches du passage surplombant le niveau six. Juste après sa table, il y avait une large ouverture donnant sur l'étage inférieur, mais, fort heureusement, j'étais trop fatigué pour ajouter le vertige à la liste de mes malaises.

J'avais été trop fatigué aussi pour me souvenir que Lewis se débattait avec une nouvelle hanche. En voyant ses béquilles, je me sentis coupable de l'avoir forcé à sortir alors qu'il aurait dû passer une soirée tranquille au presbytère. Il s'était beaucoup trop agité ces derniers temps, entre la conférence au Sion College lundi dernier et ses déambulations entre les divers bastions de l'Église anglo-catholique la veille. Même s'il avait fait ces déplacements en taxi, j'étais sûr que cette activité n'était pas très compatible avec l'idée que son chirurgien se faisait d'une convalescence salutaire. Si la greffe échouait ? En le traînant jusqu'au Barbican ce soir, je serais au moins partiellement responsable.

— Vous devriez être à la maison, mon pauvre vieux ! Pourquoi ne pas avoir refusé catégoriquement de me retrouver ici ?

— Arrêtez vos conneries et dites-moi plutôt ce qui se passe. Vous êtes blanc comme un linge.

Je m'effondrai sur la chaise en face de lui.

— Je sais pourquoi Stacy est dans un état pareil. Je sais pourquoi il est au bord de la dépression et pourquoi il ne voulait pas se confier à moi. Il a couché avec Rosalind.

Lewis me regarda droit dans les yeux et marqua un temps comme s'il comptait jusqu'à dix en silence avant de dire finalement du ton le plus neutre qui soit :

— Je vois. Eh bien, c'est certainement une théorie intéressante.

— Ce n'est pas une théorie.

— Vous avez des preuves ?

— Non, mais cela explique tout. Rosalind... Francie... Stacy... Tout. Je parie que Francie a mis Rosalind au défi de le faire et Rosalind était trop désespérée et mal en point pour résister. Oh, et Francie est psychotique ! Il n'y a pas le moindre doute. Elle n'est pas possédée, mais atteinte d'une grave infestation démoniaque. Le Diable se sert de sa psychose pour infiltrer...

— Une seconde. Vous avez besoin de thé sucré. Vous êtes en état de choc.

— Non, ça va. Écoutez, Lewis...

— Eh bien moi, ça ne va pas. J'ai besoin d'un thé sucré. Et si je n'étais pas encombré par ces fichues béquilles, je ferais le serveur et j'irais nous chercher ce dont nous avons besoin tous les deux, mais...

— D'accord. J'y vais.

C'était le moins que je puisse faire après l'avoir traîné hors du presbytère.

— À la réflexion, lança-t-il au moment où je me levai, je préférerais un cognac.

Maintenant qu'il avait gagné la bataille et que j'avais accepté de prendre son remède anti-choc, il pouvait se permettre de changer d'avis et se faire plaisir.

Je me précipitai vers le buffet à l'autre bout de la salle et passai ma commande. C'était apaisant d'accomplir une tâche aussi banale et je commençai à me sentir moins coupé de la normalité, mais mon cœur continuait à cogner comme un métronome déréglé. Je me demandai vaguement si je risquais une crise cardiaque, mais je me dis que non. Peu de cholestérol, à peine quelques kilos de trop. Non fumeur. De retour à la table, je me laissai tomber sur ma chaise et bus. J'ai horreur du thé sucré, mais on peut difficilement espérer qu'un remède ait bon goût. En attendant, la scène autour de moi commençait à prendre une tournure légèrement différente, ressemblant non plus à une tour infernale mais à une gare futuriste construite par erreur dans un endroit où il n'y avait pas de trains.

— Je me sens mieux, dis-je après avoir avalé ma dernière goutte de thé.

Lewis engloutit le reste de son cognac.

— Dans ce cas, commençons par le commencement. Comment l'idée saugrenue que Rosalind aurait séduit Stacy vous est-elle venue ?

— J'ai vu Francie. Elle m'a dit...

— *Vous avez vu Francie ?* hurla-t-il, perdant instantanément son sang-froid.

— Je sais, je sais. J'ai vraiment déconné. Ça va de mal en pis...

— Dites-moi que vous n'êtes pas allé chez elle. Nicholas, je vous en supplie. Dites-moi que vous n'avez pas vu cette femme seul, sans témoins.

— Je ne l'ai pas vue seul ni sans témoins. Je ne suis pas allé chez elle. Je débloque peut-être un peu, mais je ne suis pas fou à lier. Enfin, pas encore...

Lewis essuya la sueur qui perlait sur son front.

— Bon, dit-il en tendant finalement la main vers son paquet de cigarettes. Je vous écoute. Allez-y.

Je lui racontai tout.

IV

— L'explication la plus plausible, dit finalement Lewis, c'est qu'il s'agit d'un fantasme de Francie, inventé à la fin de votre conversation pour maintenir votre intérêt quand elle a senti que vous alliez lui échapper. Rappelez-vous que vous n'avez pas la moindre preuve que ce qu'elle vous a dit est vrai.

— Mais cela justifie incontestablement le comportement récent de Stacy.

— Il y a une autre explication à cela qui n'a rien à voir avec Rosalind.

— Oui, mais une fois que vous admettez qu'il n'est pas homosexuel, elle ne tient plus...

— Attendez une minute, Nicholas, je n'ai pas fini. Je veux vous montrer comment Francie aurait pu fabriquer cette histoire de toutes pièces.

Je me forçai à être patient.

— Bon, allez-y. Je vous écoute.

— Parce que j'ai mis temporairement un terme à son travail de bénévolat, elle a eu plus de temps que d'habitude pour voir ce qui se passait autour d'elle au Centre ce matin. Stacy n'allait pas bien du tout et elle était là quand je lui ai dit de rentrer se reposer. Par ailleurs, le bruit courait que Rosalind était repartie à Butterfold au lieu de rester au presbytère, comme prévu, jusqu'aux vacances de Noël. Francie était donc au courant de ces deux faits sans rapport l'un avec l'autre, et au cours de son entretien avec vous, ce soir, elle aurait très bien pu les associer d'une manière fantaisiste dans l'unique but de capter votre attention. C'est souvent le cas chez les gens obsédés : ils font une fixation sur une information à laquelle ils donnent un sens qui sert leurs besoins névrotiques, puis ils enflent la vérité ainsi déformée qui devient alors un mensonge éhonté.

Je fis un gros effort pour tâcher d'être aussi rationnel que lui.

— D'accord, fis-je, je reconnais que c'est une théorie vraisemblable, seulement en définitive elle ne tient pas. Vous oubliez que Francie ignorait si la catastrophe était déjà arrivée ou non. Elle savait juste qu'elle devait avoir lieu, mais, à l'évidence, si elle avait tout inventé, elle m'aurait affirmé que le mal était fait. J'estime que son incertitude confère une certaine véracité à son histoire.

— Je vous le concède. Lewis marqua un temps pour réorganiser ses pensées. Je ne crois toujours pas un mot de ce que vous a dit Francie, mais supposons un instant que ce scénario était effectivement prévu. Qu'est-ce qui nous indique qu'il s'est déjà déroulé ?

— Le comportement de Stacy.

— Oui, mais...

— Écoutez, voici comment les événements se sont succédé. Rosalind et Francie se retrouvent hier pour déjeuner. Francie monte ce stratagème afin de bien me faire comprendre que notre mariage est fini. Rosalind rentre au presbytère. Un peu plus tard, je l'ai cherchée sans pouvoir la trouver. Vous, vous cherchiez Stacy et vous n'avez pas pu mettre la main sur lui non plus. Alice m'a bien suggéré que Rosalind et Stacy étaient ensemble dans son appartement, mais votre attention a été détournée par le coup de fil de Venetia et j'ai préféré traîner en regardant Alice cuisiner. Et quand Stacy est finalement descendu...

— Il avait l'air traumatisé. Oui, c'est vrai, mais Nicholas, il y a un énorme problème dans votre théorie. Rosalind a peut-être déclaré, dans un accès de bravoure, au milieu d'un déjeuner bien arrosé, qu'elle séduirait Stacy, mais pouvez-vous sérieusement l'imaginer s'exécutant ? Je sais qu'en matière de sexualité, tout est possible, mais le comportement pathétique et autodestructeur dont nous parlons ici serait tellement étranger à la nature de Rosalind...

— Je l'ai poussée à bout. Elle ne sait plus où elle en est. Tout est de ma faute. Tout ! Je me rends compte maintenant que j'ai été aussi obsédé que Francie.

Je me couvris le visage des deux mains.

Lewis garda un moment le silence. À la fin, il se borna à me demander :

— Est-ce vraiment ainsi que vous voyez les choses ?

— Oui, mais je ne peux pas en parler pour l'instant, c'est trop difficile.

En laissant mes mains tomber, je fixai ma tasse vide.

— Très bien, reprit Lewis après une autre pause, revenons-en à votre théorie. J'avoue que je commence à la trouver plausible, mais je ne suis toujours pas convaincu qu'elle soit juste. J'ai mis en doute l'éventualité que Rosalind puisse faire quelque chose d'aussi abject. À présent, permettez-moi de contester la possibilité de Stacy couchant avec la femme de son patron. Même s'il n'est pas pédé comme un phoque, j'imagine mal...

— S'il est le pseudo-hétérosexuel ignorant et mal dans sa peau que je le soupçonne d'être, je l'imagine trop bien !

— Vous voulez dire que s'il est dans un état d'anxiété chronique à propos de sa sexualité et désespéré de se prouver qu'il n'est pas *gay*...

— Je présume que seule une femme plus âgée et expérimentée pouvait faire face à toutes ces peurs dont il refuse systématiquement de parler avec un thérapeute.

— Oui, mais la femme dont vous parlez est *votre épouse* ! Sûrement...

— Cette femme est Rosalind. Elle savait ce qu'elle voulait et se sera mise en devoir de l'obtenir aussi efficacement que possible. Quant à Stacy, c'est Stacy — un gamin faible, confus, qui a grandi trop vite. Il n'a eu qu'une seule aventure, avec quelqu'un de beaucoup plus âgé que lui. Ce nouvel épisode n'aura fait que confirmer une tendance...

— Sans doute plus encore que vous ne le pensez ! Peut-être qu'inconsciemment, coucher avec Rosalind revenait à coucher avec vous. La situation aurait ressemblé à ces coucheries à trois où, en dépit de la présence d'une femme, l'action véritable se situe entre les deux hommes.

— D'accord, je reconnais que sur le plan émotionnel, cette sombre histoire pourrait avoir une dimension homosexuelle. Je n'ai jamais prétendu que Stacy était cent pour cent hétérosexuel. Je me suis borné à affirmer qu'il l'était suffisamment pour se sentir plus heureux en menant une vie d'hétérosexuel. Je me penchais en avant pour donner plus de poids à mon argument. Lewis, nous ne pouvons pas savoir exactement ce qui s'est passé entre Stacy et Rosalind, mais je pense que nous pouvons être sûrs qu'un incident d'ordre sexuel s'est déroulé entre eux. Pour quelle autre raison Stacy aurait-il été incapable de se confier à moi ? Pourquoi serait-il sorti précipitamment de la maison pour aller se confesser à Gil Tucker ?

— Nous n'avons aucune preuve qu'il ait vu Tucker.

— Si.

— Vous voulez dire que vous lui avez parlé hier soir ? Nicholas...

— Stacy m'a dit qu'il avait vu Gil, et Gil m'a laissé entendre qu'il s'était confessé à lui...

— Certes, il a dû avouer sa faute puisqu'il a assisté à la messe ce matin et communié, mais je pensais qu'il était allé trouver son directeur de conscience. À l'évidence, le fait qu'il ait préféré s'adresser à un activiste homosexuel...

— ... signifie simplement qu'il communique mal avec son directeur de conscience et qu'il a estimé qu'il valait mieux se confier à un prêtre plus compréhensif à son égard. Au fait, Gil m'a assuré que cette crise n'avait pas été déclenchée par le fait que Stacy ait admis son homosexualité...

— Il est normal qu'il dise ça, pas vrai ? Selon les fanatiques de son espèce, l'homosexualité ne déclenche jamais rien, hormis une indescriptible félicité !

— Lewis...

— Bon, n'insistons pas sur Tucker. Je dois admettre, bien qu'à contrecœur, que votre effroyable théorie est probablement correcte. Je suppose que cela prouve une fois de plus dans quels abîmes les êtres humains sont capables de sombrer quand le Diable s'impose et fait claquer son fouet. À propos du Diable...

— Oui, dis-je, venons-en à la question de la possession.

V

— Nous sommes au moins d'accord sur une chose, dit Lewis, alors que notre conversation changeait de vitesse. Francie n'est pas possédée.

— En l'absence de symptômes, il semble que ce soit la seule conclusion possible, mais....

J'hésitai, me rappelant mon intuition violente à l'abbaye tel un coup de massue.

— Vous n'en êtes pas certain ? s'exclama Lewis, surpris. Vous sembliez si sûr de vous tout à l'heure. Vous m'avez dit qu'elle était psychotique, victime d'une forte infestation démoniaque, mais qu'il n'était pas question de possession.

— Oui, j'ai dit ça. Je crois que je le pense encore. Mais je pourrais me tromper.

Cet aveu impressionna Lewis. Je n'étais plus le faiseur de miracles qui-sait-tout. Le guérisseur chrétien avait enfin refait surface.

— Nous ne pouvons pas nous permettre de nous tromper, dit-il, ou nous ficherons en l'air le traitement, et le psychiatre en fera autant.

Il avait parfaitement raison. Cela ne servirait à rien de

traiter par le biais de la médecine conventionnelle, une personne possédée par le Diable ; inversement, c'était pire qu'inutile d'exorciser une personne qui n'était pas possédée. Très peu de gens étaient possédés, dans le sens classique du terme, au point de nécessiter un exorcisme complet en présence de prêtres, de psychiatres et de travailleurs sociaux. Les cas d'infestation par le diable étaient beaucoup plus nombreux ; ils requéraient un bref rituel de délivrance exécuté par un prêtre, associé à des soins psychiatriques pour soigner la maladie mentale sous-jacente à l'origine de l'infestation. Le psychiatre qui nous assistait dans cette phase particulière de notre travail au Centre de guérison m'avait expliqué qu'il considérait les démons comme des bacilles spirituels capables d'envahir l'âme comme les autres bacilles envahissaient le corps. Je préférais pour ma part une approche plus holiste de ce mystère ; je voyais le corps et l'âme comme une entité qui, avec les années, en venait à former un tout : la personnalité. Celle-ci pouvait être minée par la maladie. Les maux physiques affectaient la santé spirituelle, et inversement. Le tout ne faisait qu'un. Bacilles, démons n'étaient que des termes techniques s'appliquant à différents troubles mettant l'équilibre sanitaire en péril. Chacun avait ses défaillances ; personne n'avait une santé parfaite, mais nous pouvions tous nous efforcer de devenir plus sains. C'était une tâche, une mission, un voyage, un pèlerinage. Plus nous étions en bonne santé, plus nous étions heureux et en mesure de servir Dieu en exprimant notre personnalité unique et en contribuant ainsi à son grand dessein créatif global.

— Nicholas ?

Je m'efforçai de remettre les pieds sur terre.

— Excusez-moi. Que disiez-vous ?

— Pourquoi doutez-vous à présent de votre diagnostic concernant Francie ?

Je lui fis part de mon « coup de massue » psychique et de l'idée qui m'était venue spontanément selon laquelle Francie échappait peut-être inconsciemment à son obsession pour bloquer la peur déclenchée par l'hypothèse que quelque chose essayait de faire main basse sur sa personnalité.

— Ce n'est pas impossible, reconnut Lewis, mais j'en

doute. À l'origine d'un phénomène de possession, justement, les victimes sont incapables de faire obstacle à quoi que ce soit, tout au moins dans tous les cas que j'ai rencontrés. Je suis convaincu que si Francie avait succombé à la possession, elle serait venue nous trouver, pétrifiée et convaincue que quelque chose n'allait pas du tout.

— C'est ce qu'elle a fait, non ? Elle est venue nous raconter que Harry la battait. C'était peut-être un appel au secours déguisé. Vous souvenez-vous du jour où j'ai dit qu'elle avait peut-être concocté cette histoire de femme battue parce qu'elle n'arrivait pas à parler franchement de ce qui la perturbait ?

— Oui, je m'en souviens. Lewis sombra dans le silence, prenant le temps d'analyser soigneusement cette nouvelle théorie. Ce serait déraisonnable de diagnostiquer un cas de possession alors qu'aucun des symptômes classiques n'est présent, reprit-il finalement. Je pense que nous devons agir en partant du principe qu'elle a besoin d'une aide psychiatrique et d'un rituel de délivrance, mais pas d'un exorcisme.

— Quoi qu'il en soit, nous ne pouvons pas envisager un exorcisme. Elle n'en a pas exprimé le désir.

— Elle n'a exprimé strictement aucun désir, hormis en ce qui vous concerne, n'est-ce pas ? En attendant, nous n'avons toujours pas résolu le problème de savoir comment faire pour qu'elle accepte de se faire soigner.

— La maladie évolue peut-être encore. Il se peut qu'elle craque sans tarder. Peut-être que...

— Inutile de spéculer plus avant, Nicholas. Deux choses seulement sont absolument claires : il faut que vous l'évitiez à tout prix et je dois la faire soigner. J'appellerai Robin demain chez lui pour tâcher de trouver le moyen de lui mettre le grappin dessus quand elle viendra travailler lundi matin.

— Et si elle débarquait à nouveau au presbytère ce week-end ?

— Elle ne viendra pas. Harry rentre de Hong Kong ce soir et comme tous les hommes de la vieille école, il voudra qu'elle soit là pour s'occuper de lui.

Je m'agitai nerveusement sur ma chaise.

— Il va bien s'apercevoir que quelque chose ne va pas ?

— Pas sûr. Elle a peut-être un comportement tout à fait normal avec lui.

— Mais elle est complètement dingue ! Mon Dieu, quand je pense à la manière dont elle a asticoté Rosalind. Et je suis sûr qu'elle l'a fait. Je suis convaincue que tout ce projet démoniaque vient d'elle...

— Nous avons incontestablement affaire à une grave infestation. Mais je me vois mal téléphonant à Harry en lui disant...

Je l'écoutais à peine. Le désespoir m'accablait à nouveau.

— Évidemment, si je n'avais pas mis Rosalind dans un tel état, elle n'aurait jamais prêté attention à Francie. Tout est de ma faute.

— Nicholas, tâchez de voir les choses telles qu'elles sont. Ce que vous avez fait subir à Rosalind était moralement répréhensible, cela ne fait aucun doute, mais vous ne lui avez pas défoncé le portrait pas plus que vous ne l'avez forcée à forniquer avec un chien. En d'autres termes, votre comportement n'était pas avilissant au point de la réduire à l'état d'épave nécessitant une hospitalisation. Si elle s'est pliée à la suggestion de Francie concernant Stacy, c'était sa décision, prise dans une situation de stress, certes, mais consciemment, et vous devez lui laisser une part de responsabilité pour ses actions.

— D'accord, mais...

— Je pense que vous devriez oublier Rosalind un instant. Elle est en sécurité pour l'heure, de retour à Butterfold, dans son jardin. Oubliez aussi Francie. Elle a de quoi s'occuper maintenant que Harry est de retour. La seule personne que vous ne pouvez pas laisser tomber, c'est Stacy ! Il faut trouver le moyen de le sortir de la situation infernale dans laquelle il se trouve.

— C'est juste. Je m'efforçai de penser d'une manière constructive. Mais pour l'amour du ciel, comment dois-je m'y prendre ?

— Le vrai problème, c'est d'entamer le dialogue. Après cela, vous ferez appel à un médiateur.

— Gil ?

— Oui, j'ai bien peur qu'il n'y ait pas d'autre solution, puisque Stacy a confiance en lui, mais peut-être me surprendra-t-il agréablement en opérant un miracle ! Lewis s'essuya à nouveau le front et prit une autre cigarette. Incidemment, Tucker vous a-t-il donné le moindre conseil hier soir quand vous lui avez parlé au téléphone ?

— Oui, répondis-je, m'extirpant enfin de mon désespoir, il m'a dit que je ne devais pas m'occuper de Stacy pendant quinze jours.

— *Quinze jours ?*

— C'est ce qu'il m'a dit.

— À quoi bon un intervalle aussi long ?

— Je n'en ai pas la moindre idée.

Nous nous dévisageâmes.

— Je crois qu'il a ajouté quelque chose à propos de laisser Stacy retrouver ses esprits. Il était content que je parte en retraite. Et content que Rosalind ne soit plus au presbytère, oui, je m'en souviens maintenant...

— Eh bien, tout cela me paraît logique, mais pas l'histoire des deux semaines d'attente. Nicholas, je sais que vous pensez que j'ai un parti pris irrémédiable contre Tucker, mais même s'il respirait l'hétérosexualité à plein nez, je mettrais en doute son point de vue. Il ne connaît pas vraiment Stacy, si ?

— Il le connaît maintenant, et je suis sûr que nous serions bien inspirés de lui demander de jouer les médiateurs. En attendant, je n'arrive toujours pas à imaginer ce que nous allons faire à notre retour au presbytère ce soir. Que dire à ce gamin, pour l'amour du Ciel ?

Nous nous considérâmes à nouveau un long moment tout en essayant d'imaginer l'inimaginable.

VI

— Voilà comment nous allons procéder, déclara Lewis après dix minutes de spéculations pénibles et erratiques. Nous rentrons au presbytère. Je monte annoncer à Stacy que vous avez annulé votre retraite, que vous êtes de retour et que vous voulez lui parler au sujet de Rosalind. S'il est innocent et que toutes nos déductions sont fausses, il sera surpris et ne comprendra pas. S'il est coupable, comme je le crois maintenant, il paniquera. Je le calmerai alors en lui disant que vous n'avez pas la moindre intention de le tabasser, mais que vous tenez à le voir. Je lui laisserai entendre qu'après cette conversation préliminaire, un médiateur devra être présent...

— Je commence à me dire que nous devrions sauter cet entretien préliminaire et faire venir Gil sur-le-champ.

— Non, Nicholas, je pense que ce serait une erreur sur le plan psychologique. Stacy risque de ne pas être en mesure de faire face à la présence d'une tierce personne au départ. De fait, il est possible qu'il se dérobe à l'idée même d'un médiateur. Vous ne voulez pas lui donner l'impression que vous le forcez à accepter cette démarche particulière !

— D'accord. Maintenons l'entretien préliminaire. Je dis à Stacy...

— Non, concentrez-vous plutôt sur ce que vous ne dites pas. Ne parlez pas de Francie. Gardez-la en dehors de tout ça. Évitez de vous lancer dans des explications compliquées sur la façon dont vous avez appris les faits. Dites-lui simplement que vous avez l'intention d'entreprendre tout ce qui est en votre pouvoir pour redresser cette situation catastrophique en soulageant sa détresse et en le remettant sur une voie spirituelle positive. Ne pensez qu'à votre rôle de prêtre vis-à-vis de votre vicaire. Votre objectif doit être de l'apaiser, de le convaincre que le pardon n'est pas simplement quelque château chrétien en Espagne..

— Mais il a peut-être besoin que je sois fâché contre lui ! Si je me borne à ronronner des platitudes spirituelles, je n'aurai pas l'air crédible une seconde !

— C'est un fait, mais n'oubliez pas que votre mission consiste avant tout à lui lancer une bouée de secours afin qu'il s'extirpe du marasme du désespoir et de la haine de soi. Il faut que vous lui fassiez clairement sentir que vous n'allez pas jouer les Ponce Pilate et vous désintéresser de son sort. Vous aurez certainement l'occasion de laisser libre cours à votre colère plus tard, mais cela attendra la présence du médiateur.

Tout cela paraissait logique. J'étais sûr qu'il avait raison à présent, mais le problème, c'est que j'étais tout aussi convaincu que j'avais une furieuse envie de passer un savon à Stacy, peut-être même de le battre comme fer. L'idée de me comporter comme un saint et de lui assurer que je ne demandais qu'à le remettre sur le droit chemin me semblait sans relation aucune avec la réalité.

— Nicholas, il faut agir ! Vous ne pouvez pas vous permettre de rester là à vous tâter en vous prenant pour Hamlet !

— Je me vois mieux dans le rôle d'Othello !

— Alors arrêtez de vous préoccuper de votre sort et songez au garçon ! De fait, plus je pense à Stacy, plus je me rends compte que nous devons intervenir le plus vite possible. Tucker pense peut-être que son problème peut attendre deux semaines, mais nous connaissons Stacy mieux que lui. Nous savons qu'il a atteint la phase critique où il ne peut travailler ni faire quoi que ce soit à part rester enfermé dans cet appartement...

— Il est manifestement au plus mal, mais Gil a sans doute raison quand il dit que Stacy a besoin de temps pour se ressaisir. Si nous le laissions tranquille pendant le week-end...

— Nicholas, vous divaguez ! Vous n'êtes toujours pas dans le coup.

— Mais...

— Laissez-moi vous décrire en termes précis ce à quoi cette situation infernale ressemble à cette minute aux yeux de Stacy. Il vous idolâtre — ce n'est rien de le dire —, mais par une suite d'événements bizarres qu'il n'avait certainement pas prévus et qu'il n'arrive probablement pas encore à croire, il a couché avec votre femme. Il sait qu'il a trahi ses vœux d'ordination, mais, ce qui lui paraît infiniment pire, c'est qu'il vous a trahi, vous ! Il vit désormais dans la terreur parce qu'il se rend compte qu'une fois que vous le saurez (et il est sûr que vous le saurez), tout sera fini. Je ne parle pas de ce flirt consumé avec Rosalind, mais de sa relation non consumée avec vous. Il est fou de chagrin et de remords, accablé de culpabilité, crucifié par le désespoir le plus noir...

J'avais finalement compris. Je me levai d'un bond en m'exclamant :

— Allons-y !

VII

Dès que nous arrivâmes au presbytère, je me ruai dans l'escalier de service. Ignorant mon ordre d'épargner sa hanche, Lewis monta les marches derrière moi, plus lentement. La porte de l'appartement était fermée à clé. Je commençai à donner des coups de poing sur la boiserie.

— Stacy ! hurlai-je. Stacy, tout va bien. Laissez-moi entrer.

Pas de réponse. Je redescendis à toute vitesse, croisant Lewis sur le palier du premier, et allai chercher la clé de rechange dans mon bureau. Quand j'atteignis de nouveau le dernier étage, je trouvai Lewis en train de m'attendre. Ses yeux étaient noirs comme du charbon dans son visage blême et crispé.

J'ouvris la porte en grand.

Le salon était vide. La chambre aussi. Je commençai à ouvrir les portes des autres pièces.

— La salle de bains, haleta Lewis derrière moi. La trappe qui conduit sur le toit.

— Le toit ?

— Il y a des poutres.

La corde que nous conservions au dernier étage en cas d'incendie s'y trouvait aussi.

— C'est fermé à clé.

J'avais des picotements sur tout le crâne. Je transpirais. En secouant la poignée, je hurlai : « Stacy ! Ouvrez ! Tout va bien ! » Mais ça n'allait pas bien du tout. Tout allait mal et personne ne répondait.

— Défoncez la porte à coups de pied, intervint Lewis. Je le ferais bien moi-même, mais...

— Pour l'amour du ciel, arrêtez de vous prendre pour Action Man !

Je tapai dans la porte à coups de pied et à coups de poing. Dans les films, les gens défoncent les portes en donnant un petit coup d'épaule ou de la pointe du pied. L'irréalisme est une forme de liberté poétique. Mais nous étions en pleine réalité, et il n'y avait aucune poésie là-dedans, rien que nausée, sueur et peur.

— Attendez, dit Lewis. Il doit bien y avoir quelque

chose dans la cuisine qui puisse nous servir à forcer la serrure.

Il partit voir. Je m'emparai d'une chaise en bois, dans la chambre voisine, et entrepris de briser les panneaux. Le bois finit par céder. Je passai le bras par l'ouverture, tournai la clé et bondis dans la pièce.

Il était là. Il avait attaché la corde à l'une des poutres et pendait sous la trappe ouverte.

Il était mort.

VIII

Lewis me rejoignit. Pour finir il m'entraîna loin de là et me fit asseoir dans le salon au milieu des photographies encadrées de la mère de Stacy et de ses sœurs. Celles du mariage de sa sœur Aisling se trouvaient encore sur une des dessertes. Il faisait très froid.

Au bout d'un moment, Lewis se releva et commença à déambuler dans la pièce comme s'il cherchait quelque chose.

— Que cherchez-vous ? demandai-je, mais je le savais pertinemment.

Nous trouvâmes la lettre sur la table de chevet. Elle m'était adressée ; je la décachetai. Je ne pensais pas que la police s'en offusquerait. Jusqu'à présent, nous n'avions touché à rien hormis à la porte de la salle de bains, mais je m'estimais en droit de lire cette lettre.

Stacy avait écrit :

> Cher Nick,
> Je ne peux pas continuer ainsi. Il n'y a pas d'avenir pour moi avec vous et l'Église, vous êtes le meilleur prêtre de la terre et c'est la raison pour laquelle je dois cesser de vous décevoir sans arrêt. Je n'aurais jamais dû être prêtre, je n'en suis pas digne, je n'ai plus la vocation, je me déteste trop, mais je vous en conjure, faites que ma famille ne sache jamais quelle nullité j'ai été. Cela leur briserait le cœur. De cette façon, il y a de bonnes chances pour qu'ils ne le

sachent jamais, je leur rends service, j'agis par amour pour les protéger. C'est la rédemption et même si Dieu est très fâché contre moi, je crois qu'Il comprendra que j'ai agi par amour et me pardonnera. Je suis vraiment, vraiment désolé pour TOUT. Je vous en prie, demandez à Lewis de prier pour moi, je sais que je n'ai pas le droit de vous le demander. Vous aviez foi en moi et en définitive, il s'est avéré que je n'étais qu'une merde.

Stacy

Je lus cette lettre à haute voix pour Lewis parce qu'il n'avait pas ses lunettes sur lui. À la fin, j'arrivais à peine à prononcer les mots. Après, je laissai la feuille tomber par terre et plaquai mes mains contre mes yeux douloureux.

— Descendons, dit Lewis au bout d'un long moment. Je veux mettre mes lunettes et lire cette lettre moi-même. Je crois qu'il vous a protégé, mais je veux en être sûr.

Nous descendîmes. Pendant que Lewis examinait la lettre, je fis du thé histoire de faire quelque chose. J'avais aussi besoin d'une deuxième dose de thé sucré. Le choc commençait à venir. L'engourdissement était passé et je tremblais de la tête aux pieds.

— Il faut appeler la police, dis-je en mettant une cuillérée de sucre dans nos deux tasses.

— Oui, mais pas tout de suite.

— Il est hors de question d'étouffer l'affaire, enchaînai-je automatiquement.

— Je n'avais pas vraiment l'intention de suggérer que nous larguions le corps dans la Tamise ! Mais il faut que nous réfléchissions bien, pas seulement par rapport à vous et votre ministère, mais pour l'Église. Cela pourrait faire toute la différence entre un seul paragraphe dans les journaux ou un gros titre dans l'ensemble de la presse à sensation.

Je savais qu'il avait raison, mais je n'en restais pas moins incapable d'imaginer ce qu'il convenait de faire.

— Ma cervelle est comme pétrifiée.

— Pas la mienne. Le suicide n'est plus un crime, mais le coroner pourrait tout de même nous poser quelques questions embarrassantes. Stacy vous a protégé en évitant de parler de sexe, mais vous pouvez être sûr que le sujet sera mis sur le tapis. Il faut déterminer ce que nous allons dire.

— Ce sur quoi nous allons faire l'impasse.

— Non. Nous savons ce que nous devons taire : tout ce qui peut avoir rapport de près ou de loin avec Rosalind. Si nous trouvons la bonne tactique, rien ne nous empêche de répondre aux incontournables questions par une succession de déclarations véridiques.

— Vous croyez ?

— Personne ne mentionnera le nom de Rosalind, si ? Cela veut dire qu'on ne nous interrogera pas directement sur elle, et s'il n'y a aucune question la concernant...

— Et Gil ? Il s'efforcera bien sûr de me couvrir, mais si la police va frapper à sa porte...

— Pourquoi irait-elle le trouver ? Vous et moi sommes les seules personnes à savoir qu'il est lié à ce fiasco, et je doute que Tucker brise le sceau de la confession, même si Stacy est mort. Il vous soutiendra, Nicholas.

Mais j'étais déjà en train d'explorer un autre terrain miné.

— Supposons que la presse se mette à creuser et exhume la liaison de Stacy avec cet homme à Liverpool ?

— Ce n'est pas un problème, riposta immédiatement Lewis. Cette histoire était finie bien avant que Stacy soit ordonné prêtre. Elle ne saurait constituer un scandale susceptible d'éclabousser l'Église.

— Mais une fois que ces journalistes homophobes reniflent une piste...

— Nous nous en tirerons, j'en suis sûr. Il n'y a pas la moindre preuve que Stacy ait eu une liaison homosexuelle depuis qu'il est prêtre. En revanche, ce que la presse à sensation ne doit absolument pas découvrir, c'est...

— L'épisode avec Rosalind.

— Exactement. Et ils n'ont aucun moyen de le savoir, Nicholas. Si Tucker, Rosalind, vous et moi la bouclons, personne d'autre...

Il s'interrompit brusquement. Je poussai un petit cri. Avec horreur, nous venions tous les deux de nous souvenir de Francie.

IX

— Dans les circonstances actuelles, dit finalement Lewis, Francie voudra elle aussi vous protéger. Nous nous inquiéterons d'elle plus tard. Ce qu'il faut faire maintenant, c'est définir les réponses à donner aux inévitables questions relatives au sexe. Ensuite nous appellerons la police.

— Nous devons prévenir Alice d'abord. Elle va être bouleversée. Impossible d'attendre la venue de la police pour la mettre au courant.

— Je suis d'accord avec vous. Bon, allez lui annoncer la triste nouvelle pendant que je dresse une liste de questions à prendre en considération. Nous devons agir vite... Si nous attendons trop pour rapporter...

La sonnerie du téléphone retentit. Nous sursautâmes tous les deux.

— Ne répondez pas, suggéra Lewis.

— C'est peut-être Rosalind.

Je décrochai au sixième coup.

— Presbytère.

— Nick ? Je croyais que vous étiez en retraite !

C'était Gil Tucker.

X

Je me laissai tomber contre le mur.

— J'ai annulé, dis-je.

Pour le moment, je ne pouvais pas en dire plus.

— C'est sans doute préférable. Je m'inquiétais au sujet de Stacy. Est-il là ?

— Non.

J'essayai de continuer, mais rien ne vint.

— Je l'ai appelé plusieurs fois à l'appartement, mais je n'ai pas eu de réponse. Alors j'ai pensé à vous téléphoner, ou plutôt à téléphoner à Lewis puisque je pensais que vous étiez absent, pour voir s'il avait la moindre idée de l'endroit où...

— Nous venons de le trouver.

— Ah bon ? Vous voulez dire qu'il est à l'appartement, mais ne répond pas au téléphone.

— Oui.

J'attendis qu'il réalise que ses pires craintes étaient devenues réalité avant de le lui confirmer.

— Vous voulez dire... Ce n'est pas possible...

— Oui. Il s'est suicidé.

Il y eut un long silence.

— Depuis notre dernière conversation, dis-je, j'ai découvert des tas de choses et je suis certain de savoir ce que Stacy vous a avoué hier. Je marquai un temps avant d'ajouter : Je suis sûr que cela concernait Rosalind.

Le silence revint, lourd, pétri de choc et de chagrin.

— Gil ?

— Oui. Je suis encore là. Nick, si j'avais pu penser un seul instant qu'il...

— Lewis et moi le connaissions bien mieux que vous et nous n'avons pas été capables d'intervenir à temps.

— Mais il m'avait promis, il m'a juré que ça irait, il m'a donné sa parole qu'il ne ferait rien avant que les deux semaines soient écoulées...

— Quelles deux semaines ? Qu'est-ce que c'est que cette histoire ?

La réponse de Gil ne se fit pas attendre :

— Je l'ai emmené chez mon médecin à Harley Street aujourd'hui à l'heure du déjeuner pour un rendez-vous en urgence.

— En urgence ?

— Pour le test. Mais vous savez que ça prend du temps avant qu'on ait les résultats.

— Vous voulez dire que...

Mais je savais exactement ce qu'il voulait dire. Je savais que pour un homosexuel, il n'y avait qu'un test qui ne nécessitait pas de description précise. J'étais glacé à nouveau. Encore plus que tout à l'heure. J'avais l'impression d'avoir les poumons gelés.

— Rosalind a dit à Stacy qu'elle ne couchait pas avec vous, alors j'ai su que vous n'étiez pas en danger, mais...

Je cessai d'écouter. J'avais même arrêté de penser à Stacy et à son ex-amant de Liverpool. À cet instant, je ne pouvais penser qu'à Rosalind, et en l'imaginant savourant son retour à la maison dans une ignorance bienheureuse, je compris que le désastre en pleine escalade avait finalement explosé en une catastrophe qui s'étendait à perte de vue.

Cinquième Partie

ALICE

L'ÉPREUVE DU RÉEL

« Nous avouons qu'il n'y a rien de sain en nous ; en ce faisant, nous commençons à recouvrer la santé. Fuyante, intangible, toujours prête à nous échapper, elle est notre intégrité et notre sainteté. »

Christopher Hamel Cooke
« Health and Illness, Pastoral Aspects »,
introduction au
Dictionary of Pastoral Care

1.

« Nous portons tous en nous souffrance et
"maladie" dans certains domaines de
notre vie, mais la douleur intérieure étant
moins acceptable et plus coûteuse à partager, ce sont plus facilement la souffrance
et la maladie physiques qui exigent notre
attention. Si l'on est attentif, pourtant, on
s'aperçoit que la source réelle de la
détresse et de la douleur n'est pas un mal
physique, mais bien plutôt issue de l'expérience spirituelle, sociale, psychologique
ou émotionnelle de l'individu. »

Gareth Tuckwell et David Flagg
A Question of Healing

I

Ce fut Nicholas qui m'annonça la terrible nouvelle.
J'étais en train de reprendre la ceinture de ma plus belle
jupe en écoutant la télévision. Le présentateur évoquait
d'un ton monotone les habituelles catastrophes, mais mon
petit salon était confortable et serein. Les morts violentes
concernaient toujours des gens que je n'avais jamais rencontrés, et le presbytère était une oasis de paix, à l'abri du
carnage qui faisait rage dans le désert environnant. C'est

tout au moins ce que j'avais toujours cru, jusqu'au soir où Nicholas m'apprit ce qui était arrivé à Stacy.

Je sus tout de suite qu'il s'était passé quelque chose de grave parce qu'on ne me dérangeait le soir qu'en cas d'urgence. En outre, Nicholas n'était pas censé être là ce week-end. J'avais entendu Lewis rentrer avec quelqu'un une demi-heure plus tôt, mais il ne m'était pas venu à l'idée que ce quelqu'un pût être Nicholas. Normalement, à cette heure-là, je devais être dans la cuisine en train de préparer le dîner, mais Lewis m'avait donné congé pour la soirée.

J'ouvris ma porte. Nicholas avait l'air hagard, brisé ; il était livide. Ses cheveux, d'ordinaire bien peignés, étaient hirsutes. Il avait les yeux injectés de sang.

— Alice, commença-t-il, j'ai quelque chose de très difficile et de très douloureux à vous dire, et je pensai aussitôt : Rosalind a été tuée dans un accident de voiture. Mais je crois que je savais, avant même de comprendre que cette mort violente ne concernait pas Rosalind.

— C'est Stacy, poursuivit-il. Il lui est arrivé quelque chose, quelque chose de terrible. Je suis désolé, Alice, vraiment désolé. Je sais à quel point vous étiez attachée à lui.

— Il est mort ?

— Oui, mais c'est pire que ça.

Je compris ce que cela voulait dire, mais j'étais incapable de prononcer le mot « suicide ». Je parvins tout juste à chuchoter :

— Comment ?

— Il y avait une corde. Il s'est servi d'une poutre du toit.

L'espace d'une seconde, je vis la scène, puis le noir. Je m'entendis dire d'une voix absurdement calme : « C'est de ma faute », puis l'onde de choc déferla en moi comme un raz de marée, j'eus l'impression de me noyer, emportée dans le courant par des forces primitives au-delà de tout contrôle humain.

II

Nicholas me dévisageait stupéfait.

— Votre faute ? Mais ma chère Alice...

Je commençai à lui expliquer, mais après une phrase bredouillée, il m'interrompit :

— Vous saviez ce qui se passait, n'est-ce pas ?

Et comme je hochai bêtement la tête, il se précipita sur l'interphone dans la cuisine.

— Lewis, l'entendis-je dire. Il y a un autre angle que nous avons omis d'analyser. Vous feriez mieux de nous rejoindre.

Puis il se tourna et me désigna le canapé ; nous nous assîmes tous les deux.

— J'étais sur le point d'appeler les urgences, ajouta-t-il, mais cela peut attendre. Il est essentiel que nous rassemblions toutes les informations dont nous disposons afin de déterminer précisément ce qui est arrivé.

Je hochai de nouveau la tête en essayant d'essuyer les larmes qui me brouillaient la vue. À cet instant, James entra par sa trappe en se tortillant ; il savait toujours quand Nicholas était là. Nicholas le souleva au passage et l'installa confortablement sur mes genoux. Je me mis à caresser sa fourrure rayée.

Lewis entra dans l'appartement avec difficulté, ferma la porte à l'aide d'une de ses béquilles ; il posa brièvement une main réconfortante sur mon épaule, puis s'assit brusquement sur la chaise que Nicholas avait rapprochée du canapé. Comme Nicholas, il avait l'air hagard, mais à la différence de lui, il ne semblait pas accablé par le chagrin. J'étais sûre que des émotions puissantes bouillonnaient en lui, mais il se contrôlait. Je sentis son esprit braqué sur les problèmes clés : comment protéger Nicholas, comment repousser les forces du mal qui avaient investi le presbytère et assurer notre survie. Du coup, ma peur s'apaisait quelque peu, mais ce léger soulagement ouvrit la voie à un nouvel assaut de tristesse. Je commençai à pleurer.

— Allons ! Allons ! fit Lewis, se glissant sans peine dans un rôle paternel. Vous avez eu un choc terrible. Nicholas, faites du thé.

— Ça va, dis-je. Ça va.

Mais ça n'allait pas du tout. J'étouffai mes sanglots, mais les larmes n'arrêtaient pas de couler. Quand Nicholas se leva pour aller à la cuisine, James descendit de mes genoux pour le suivre et Lewis se laissa tomber sur le canapé à côté de moi.

— Ma chère petite Alice, dit-il, je suis désolé !

Quand il parlait avec tant de douceur, on avait du mal à se souvenir de sa brusquerie chronique. D'un geste hésitant, la vue toujours brouillée par les larmes, je trouvai sa main et saisis son pouce. Je n'osai pas lui prendre toute la main de peur qu'il ait un mouvement de recul, mais il referma aussitôt ses doigts autour des miens. Son odeur habituelle mêlant whisky, cigarettes et savon Pears avait quelque chose de puissamment rassurant.

Nicholas revint avec une tasse de thé et s'assit à quelques centimètres de moi sur la chaise libérée par Lewis. Je bus une gorgée et découvris que le thé avait été bien sucré. Soulagée, j'en bus encore un peu.

— Je savais qu'il s'était passé quelque chose de très grave, dis-je finalement, mais le problème ne me semblait pas concerner Stacy au départ. J'ai pensé...

Je dus m'interrompre et faire semblant de boire du thé.

— Prenez votre temps, dit Lewis. Votre témoignage est très important. Nous ne pouvons plus rien pour Stacy maintenant, mais nous pouvons encore lutter pour sauver le ministère de Nicholas à St Benet.

Je hochai la tête, mais je l'écoutais à peine. Je réfléchissais à la semaine qui venait de s'écouler au presbytère en essayant de déterminer précisément le moment où tout avait commencé à aller de travers.

III

Dans mon souvenir, je vis Rosalind, arrivant au presbytère avec Nicholas ce mardi après-midi. Je ne dis pas que la vie était insouciante avant son arrivée — à l'évidence, nous avons tous nos problèmes, puisque nous sommes des êtres humains et non pas des robots, mais ces difficultés semblaient surmontables et nous nous en tirions plutôt bien dans l'ensemble. Après tout, on peut vivre tout à fait heureux avec plusieurs barils de dynamite, tant qu'il n'y a pas d'allumette dans les parages. Mais Rosalind était la boîte d'allumettes, et une seule flamme suffit pour allumer une mèche.

Même mes problèmes à moi étaient devenus gérables depuis que j'avais trouvé le travail approprié sous le toit qu'il me fallait. J'aimais beaucoup mon petit appartement qui donnait sur la jungle du jardin, j'étais ravie d'avoir à nouveau la compagnie d'un chat et de faire partie de l'équipe de St Benet. Mieux encore, j'adorais m'occuper de trois hommes — mon père, mon frère et mon mari adoptifs — et m'assurer qu'ils étaient bien nourris et impeccablement organisés. Ces féministes qui pensent que les femmes s'abaissent en prenant soin d'hommes de cette manière n'ont pas la moindre idée de ce qu'est la vraie vie. Je les plains quelquefois.

Bref, j'étais là, si satisfaite que j'avais perdu tout intérêt pour la glace au rhum et aux raisins, quand le malheur s'abattit sur nous et Rosalind arriva. Nicholas nous annonça qu'elle envisageait de s'installer au presbytère de façon permanente et qu'elle resterait un moment dans le but de déterminer la meilleure manière de convertir la maison en une résidence familiale. J'étais horrifiée ; sa présence était tellement maléfique. Je sentais que, sous des dehors impeccables, elle était un fatras d'émotions perturbées, toutes malheureuses. Nicholas l'adorait à l'évidence, et, au début, je me torturais en les imaginant en train de faire l'amour dans leur lit immense, mais, en l'espace de quarante-huit heures, je compris que ça ne devait pas être la béatitude. Ce n'était pas possible ; Rosalind était trop pitoyable. Il devait bien se passer quelque chose sur le plan sexuel ; Nicholas l'aimait trop, mais je sentais que leurs relations étaient assombries d'une certaine manière, comme tronquées, déformées. Et tout à coup, cette scène tragique du célèbre film *Ne vous retournez pas*, avec Donald Sutherland et Julie Christie, quand ils couchent ensemble non pour exprimer leur amour réciproque, mais en guise d'anesthésie, afin d'oublier leurs problèmes, me revint en mémoire.

Cette visite de Rosalind ne ressemblait en rien aux précédentes. Nicholas était très tendu, mal à l'aise. Quant à Rosalind, d'ordinaire si doucereuse et sûre d'elle, elle me parut irritée, sur les nerfs. J'avais déjà passé pas mal de temps à essayer de déterminer pourquoi Nicholas était si envoûté par cette femme détestable, et maintenant qu'elle l'avait manifestement contaminé avec son malheur, je considérai à nouveau cette énigme, sous un autre angle, sans qu'aucune des explications que je concoctai ne me satisfît. J'admettais que l'amour n'était pas toujours logique, mais je ne comprenais toujours pas comment il pouvait l'apprécier. Elle ne partageait pas ses intérêts. Elle ne s'était même pas donné la peine d'aller à la messe de huit heures avec lui le lendemain de son arrivée. Elle détestait clairement le presbytère et mourait d'envie de le dépouiller de toute son originalité. (D'accord, la cuisine était un peu défraîchie, mais qu'est-ce que ça pouvait faire ? Moi, ça m'était égal, mais Rosalind-la-Destructrice avait l'air de penser que tout était bon pour le dépotoir dans cette maison.) Que fichait donc Nicholas avec une créature pareille ? Je trouvais leur couple vraiment bizarre.

À la fin, j'étais tellement inquiète à l'idée qu'elle s'installe pour de bon au presbytère que j'avouai mon anxiété à Lewis, mais il se montra très rassurant.

— Ne vous inquiétez pas, ma chère, me dit-il. Ça ne marchera jamais. Elle se désintéressera vite de ce projet et retournera à son jardin, à Butterfold. Néanmoins, ajouta-t-il d'un ton ferme comme je poussais un soupir de soulagement, nous devons faire notre possible pour faciliter cette expérience. Sinon quand ils chercheront un bouc émissaire, voyant qu'elle a échoué, nous serons les premiers sur la liste.

Je compris alors qu'il détestait Rosalind autant que moi, même s'il se gardait bien de la critiquer ouvertement, et redoutait aussi l'idée qu'elle puisse venir vivre avec nous. C'était Stacy, et non pas Lewis, qui l'idéalisait.

— Elle est tellement élégante ! avait-il susurré le jour de son arrivée. Royale ! Je suis content que Nick ait une femme comme elle. Seule une créature de cette classe pouvait être digne de lui.

Ces âneries sentimentales m'agacèrent tellement que je me mis à parler comme ma tante.

— Je ne la trouve pas si distinguée que ça, ripostai-je d'un ton acerbe. Du reste, son père n'était qu'un petit avoué.

— Mais son grand-père possédait beaucoup de terres dans ce village où Nick a grandi !

— Probablement un demi-hectare de jardin, plus un paddock pour le poney !

Mais Stacy était déterminé à s'en tenir à sa vision de la Reine Rosalind, seule femme d'Angleterre qui fût à la hauteur de son héros ! Il vouait un véritable culte à Nicholas. Cela faisait partie de son anormalité. « Anormalité » peut sembler un terme cruel, mais il n'est pas normal pour un homme de vingt-cinq ans d'être gaga de son patron tel un gosse de treize ans idolâtrant une star du rock ! Stacy manquait terriblement de maturité et s'autorisait un comportement auquel il aurait dû renoncer il y a des années. Je me disais que ce dont il avait sans doute le plus besoin, c'était d'une femme dynamique capable de l'extraire brutalement de l'adolescence.

Un jour, alors que je pelais des pommes de terre (j'ai des tas d'idées ingénieuses quand je suis devant mon évier), je pensai que Francie pourrait jouer les femmes fatales avec lui. Elle avait du chien et elle était d'une gentillesse infaillible. J'étais bien placée pour le savoir. Elle pourrait s'occuper du cas de Stacy, par pure générosité, bien qu'elle fût une chrétienne pratiquante et (vraisemblablement) opposée à l'adultère. Cependant, ce plan tomba à l'eau parce que je ne tardai pas à me rendre compte que Francie ne regarderait jamais un autre homme que Nicholas. Elle était follement amoureuse de lui ! Bien sûr, elle se débrouillait magnifiquement bien pour dissimuler ses sentiments sous le couvert d'un culte du héros inoffensif, mais j'étais ultrasensible à l'adoration féminine dont Nicholas faisait l'objet, et pour finir, je réalisai que Francie n'était peut-être pas seulement folle de lui, mais folle en général ! Je n'avais aucune preuve. C'était juste mon intuition fonctionnant à plein tube, mais dès que je compris que Francie était beaucoup plus dérangée que son entourage l'imaginait, je commençai à l'observer de beaucoup plus près dans l'espoir de trouver de quoi justifier mes pressentiments.

Chaque fois que nous nous retrouvions pour prendre un café, je remarquai que son mari était toujours parti quelque part. Je savais déjà que ses enfants étaient en pension, mais je découvris bientôt, en lisant entre les lignes, que ces adolescents rebelles ne supportaient pas que leur mère vienne rôder autour d'eux quand ils étaient à la maison. En bref, sa vie était un désert. Elle n'arrêtait pas de dire qu'elle était très occupée, mais j'avais la nette impression que sa vie sociale débutait à l'instant où son mari était de retour — et consistait exclusivement à l'accompagner dans des réunions professionnelles ou à donner des dîners pour ses relations d'affaires. Elle n'avait apparemment pas d'amies proches en dehors de Rosalind, et d'après les commentaires acides que Francie faisait à son sujet, je compris vite que sous ces démonstrations d'amitié se dissimulaient jalousie et antipathie.

Je sus alors que son attitude chaleureuse, dynamique, vis-à-vis de son travail à St Benet, n'était qu'un masque. Derrière ce masque se cachait la vraie Francie, isolée, avide, bouillonnante d'émotions compliquées qui se focalisaient de plus en plus sur Nicholas. À l'évidence, elle était beaucoup trop préoccupée pour faire du charme à un adolescent attardé.

Je ruminais pour la énième fois les problèmes de Stacy quand, brusquement, sans prévenir, il se mit à disjoncter.

À vrai dire, j'ai été injuste en mettant l'accent sur le culte qu'il vouait à Nicholas et en sous-entendant qu'il était du genre ballot. Sa compagnie était très agréable. Gai comme un pinson, serviable, empressé et gentil avec tout le monde, il caracolait avec une bonne humeur que seul un rabat-joie aurait critiquée. De temps à autre, il paraissait abattu quand la réalité ne répondait pas à ses attentes joyeuses, mais il rebondissait toujours vite et repartait vaillamment sans que son optimisme en fût entamé. Je le trouvais quelquefois trop naïf, trop doux pour faire face aux dures réalités de la vie, et cela m'incitait à me demander s'il était vraiment bien adapté au ministère de la guérison qui oblige à côtoyer des gens déprimés, ravagés ou mourants. Je me demandais aussi s'il lui arrivait de se poser des questions à ce sujet et si son optimisme puéril n'était pas sa manière à lui de fermer les yeux sur des vérités qu'il trouvait trop difficile à affronter. Ce fut la raison pour laquelle je m'inquiétai aussitôt quand il commença à perdre les pédales. J'avais peur qu'il craque brusquement, réalisant qu'il ne faisait pas du tout un travail qui lui convenait et incapable d'imaginer une séparation d'avec son cher Nicholas.

Il commença à se comporter bizarrement le jeudi, deux jours après l'arrivée de Rosalind, alors que l'atmosphère au presbytère était déjà si tendue que je m'attendais à moitié à entendre des vibrations dans l'air chaque fois que je prenais une inspiration profonde. Même Shirin, notre femme de ménage, qui nous trouvait sans doute tous bizarres, me parut plus intimidée et plus agitée qu'à l'ordinaire, comme si notre mode de vie occidental avait atteint de nouveaux sommets d'excentricité.

À quatre heures de l'après-midi, longtemps après que Shirin eut regagné ses pénates à Tower Hamlets, Stacy rentra du centre plus tôt que prévu. J'étais en train de sortir la poubelle. Jadis il y avait une porte au sous-sol qu'on avait condamnée quand la cuisine avait été déménagée à l'étage de sorte que je devais emprunter l'entrée principale.

Au moment où je franchissais le seuil, mon sac plastique à la main, j'aperçus Stacy en train de bavarder avec sa petite amie. Tara était grosse, presque autant que moi quand j'étais arrivée au presbytère, et, si elle était enjouée et brave, elle n'avait strictement rien de séduisant. Je ne pouvais pas m'empêcher de me demander comment Stacy faisait pour ne pas la comparer à ses sœurs et se rendre compte qu'elle laissait beaucoup à désirer ! Ses sœurs lui manquaient. Sa mère aussi, mais ses trois sœurs encore plus. Il y en avait deux brunes et une rousse. D'après les photographies, elles étaient toutes minces, et Aisling, sa préférée, celle qui avait des cheveux noir corbeau et des yeux bleus, était ravissante. Stacy avait versé une larme en me montrant les photos de son mariage, mais j'avais fait comme si de rien n'était. Je savais que les Irlandais n'avaient pas cette tradition de feindre l'indifférence, mais j'étais gênée tout de même, comme si j'avais découvert encore un autre aspect biscornu de sa personnalité. Quelle idée de s'émouvoir à ce point pour le mariage de sa sœur ! Peut-être cela se faisait-il chez les Irlandais. Cette curieuse habitude qu'il avait de montrer ces clichés à tout le monde correspondait peut-être au summum de la normalité chez ces gens-là.

Au moment où je contournais l'angle de la maison pour aller déposer mes ordures, je fis un petit signe à Stacy et à Tara. Ils me rendirent mon salut et Tara s'écria : « Ça va, Alice ! » avec sa bonhomie coutumière. Ensuite je rentrai et j'étais en train de m'activer dans la cuisine quand Stacy apparut tout sautillant et voulant à tout prix connaître le menu du soir.

— Une tourte à la viande et aux rognons accompagnée de pommes de terre et de chou, des pommes au four avec de la crème anglaise.

— Super ! s'exclama-t-il tout joyeux et parfaitement normal.

J'en conclus qu'il avait finalement trouvé le courage de demander à Tara un autre rendez-vous. Puis il ajouta :

— Mme Darrow vient de me faire un signe depuis sa fenêtre. Je monte la voir.

Sur quoi il s'en fut en bondissant dans l'escalier principal.

Je commençai à faire ma tarte. Un peu plus tard, Nicholas fit irruption dans la cuisine à son tour, pâle et fatigué, pour m'annoncer que Rosalind et lui dîneraient finalement avec nous ce soir-là ; il regrettait les inconvénients que cela risquait de causer. Cette nouvelle me surprit car Rosalind m'avait toujours donné l'impression d'être trop « grande dame » pour prendre part à un dîner communautaire, mais je lui assurai que cela ne posait aucun problème puisque la tourte était grande et que je pouvais ajouter des légumes. Il s'assit alors à la table et me regarda travailler en silence. Il aimait bien faire ça. Il avait l'air de se relaxer ; une fois de plus, je sentis l'angoisse profonde qui le rongeait.

J'étais convaincue qu'il avait de gros ennuis avec Rosalind, sans parvenir à déterminer ce dont il pouvait s'agir. Puisqu'il l'adorait, il devait être content qu'elle ait conçu ce projet monstrueux de récupérer le presbytère ! Mais peut-être me fourvoyais-je complètement et ses problèmes n'avaient-ils strictement rien à voir avec Rosalind. Peut-être avait-il des inquiétudes d'ordre spirituel (même si je n'avais pas une idée très précise de ce que cela voulait dire). Il était allé trouver sa religieuse ce matin-là. Lewis me l'avait dit pour m'expliquer pourquoi Nicholas manquerait l'office de huit heures et le petit déjeuner communautaire.

Je savais maintenant que les prêtres n'attendaient pas d'être en état de crise pour prendre un rendez-vous avec leur directeur de conscience, mais j'étais sûre qu'en l'occurrence, il s'agissait d'une urgence. C'était la première fois que Nicholas ratait et la messe et le petit déjeuner. Je me demandais pour quelle raison il ne pouvait pas voir sa bonne sœur plus tard. La réponse était évidente : une crise avait bel et bien surgi, exigeant une initiative immédiate.

Au petit déjeuner, j'avais remarqué que Lewis avait à peine touché son assiette. Ça aussi c'était la première fois ! Tandis que je décorais ma tourte, au souvenir de son manque d'appétit, je sentis le nœud de l'angoisse se resserrer au creux de mon estomac.

Soudain, je me rendis compte que Nicholas avait repris la parole après un long silence. Il était en train de faire un petit discours émouvant disant que c'était *moi* le guérisseur du presbytère et sous-entendant que les guérisseurs officiels avaient besoin d'être soignés. Je savais que les « guérisseurs officiels » bénéficiaient eux-mêmes de l'imposition des mains lors des offices spéciaux parce qu'ils avaient besoin de soins au même titre que chacun d'entre nous dans ce monde imparfait, mais Nicholas disait cela dans un autre esprit. Je ne savais pas trop quoi lui répondre et je ne voyais vraiment pas ce qui avait pu l'inciter à me faire un compliment pareil, mais je perçus le message que cela dissimulait : il avait mal et je l'aidais d'une manière ou d'une autre par ma présence. Alors je me retins de lui rétorquer : « Vous dites n'importe quoi ! » en ayant l'air gêné. Je le remerciai aussi simplement que possible et continuai à faire ma tourte.

Il sourit. Cela voulait dire qu'il se sentait mieux. Il caressa James derrière les oreilles, et en entendant le chat ronronner, je me sentis soudain si heureuse, tellement en harmonie avec l'univers que je n'en avais plus rien à faire de son horrible femme. À cet instant, je m'aperçus que je pouvais croire en la prédiction de Lewis selon laquelle le plan de réaménager le presbytère ne donnerait rien et Rosalind retournerait pour toujours à Butterfold. Je ne m'attendais pas à ce que Nicholas cesse alors de l'adorer pour se tourner vers moi. Je n'étais pas folle comme Francie ! Mais une fois que Rosalind aurait regagné sa place dans le Surrey, au moins nous recouvrerions notre équilibre et la vie reprendrait son cours normal.

Je ne demandais rien de plus. Je savais que je ne pouvais pas espérer autre chose, mais j'avais le sentiment que, tant que je vivrais au presbytère et m'occuperais de Nicholas aussi bien que possible cinq jours sur sept, je serais satisfaite. À peu près. Bien sûr, dans mes moments de solitude, j'en aurais voulu plus, mais ce n'était pas possible et il faut savoir reconnaître ce qui est possible et ce qui ne l'est pas. Le fait était que Nicholas ne me désirerait jamais sexuellement. C'était assez clair dans mon esprit et j'étais même contente que ma laideur ne me laisse aucune chance de me berner. Si j'avais été jolie, comme Francie, j'aurais peut-être succombé à toutes sortes d'illusions pathétiques pour me retrouver en définitive aussi folle qu'elle.

Mais je n'étais pas folle. J'aimais Nicholas, mais je ne me leurrais pas. Certes, avant ma venue au presbytère, j'étais une adolescente attardée sous l'emprise d'un culte du héros, comme Stacy. J'étais amoureuse, je nourrissais un grand rêve romantique — pas un fantasme, comme Francie en vivait un actuellement ! — mais bien un rêve que je savais irréel dans le fond de mon cœur. J'étais certaine que Francie ne se rendait même plus compte que son entichement n'avait pas de réalité, mais évidemment, elle était malheureuse et pas moi. Plus maintenant. J'avais mes trois hommes qui s'étaient tous attachés à moi et j'étais respectée par les gens qui travaillaient au centre. Je faisais un travail utile, je le faisais bien, et cela me procurait une immense satisfaction. En bref, la vie réelle était tellement stimulante maintenant que les rêves romantiques avaient une moindre importance.

L'amour que j'éprouvais pour Nicholas m'enrichissait. Il donnait au monde une dimension merveilleusement gratifiante et inépuisable. Il me semblait parfois que le don que j'avais reçu était non pas l'amour, mais la vie elle-même, mais je savais que l'amour *était* la vie — ou plutôt le moteur de la vie, l'énergie qui animait non seulement notre planète, mais l'univers entier ! C'était en tout cas l'impression que j'avais quand Nicholas recherchait ma compagnie, quand il venait s'asseoir en silence à la table de la cuisine et me regardait travailler.

Oui, j'aimais Nicholas. Mais j'aimais non plus un héros parfait qui n'existait pas, mais un homme aussi faillible que n'importe quel autre être humain. Je le voyais dans la lumière de la réalité. J'étais consciente de tous ses défauts : son obsession du travail qui ne laissait pas assez de place à sa famille ; le détachement avec lequel il maintenait les gens à bout de bras, tout en prenant soin d'eux, cette nature solitaire qui faisait obstacle à une véritable intimité, l'arrogance qui se tapissait toujours dans l'ombre de son humilité au demeurant bien réelle. Il me faisait penser au chat de Kipling qui « marchait à côté de lui-même », un chat splendide, puissant et envoûtant, mais aussi dangereux qu'un tigre en maraude. Le personnel du centre avait toutes sortes d'histoires à raconter à propos de femmes tombées amoureuses de lui, réduites à un état d'asservissement sous le poids de ses soins professionnels, méticuleux, mais qui jamais, au grand jamais, ne déviaient vers l'inconvenance. Il faisait beaucoup de bien dans son ministère, mais le grand secret d'État du centre était que, sans le vouloir, dans les meilleures intentions du monde, il faisait aussi beaucoup de mal ! C'est avilissant de patauger dans la fange de l'amour non payé de retour qui peut si aisément basculer dans une pathétique toquade. Francie n'était pas la seule à s'être heurtée aux écueils émotionnels entourant Nicholas Darrow. Les épaves étaient légion dans ces eaux tumultueuses.

Je n'arrêtais pas de me demander pourquoi Nicholas ne se rendait pas compte de ce qui était en train d'arriver à Francie. Puis je compris qu'il en était probablement conscient, mais qu'il attendait le moment propice pour la faire soigner. C'était une attitude sensée, professionnelle, qui sous-entendait tout de même que chaque fois que des gens brisés montraient trop d'aspérités, il se réfugiait derrière une vitre pare-balles en laissant à d'autres le soin de faire le ménage. Il pensait peut-être que tant qu'il se pliait aux règles, en communiant chaque jour et en traitant ses patients avec ce détachement éthiquement correct, mais psychologiquement blessant, son Dieu réglerait les problèmes de toutes ces femmes barbantes qui s'amourachaient de lui et se ridiculisaient par la même occasion. Mais quelquefois je me demandais comment son Dieu jugeait cette fuite vis-à-vis des gens meurtris qui venaient le trouver dans l'espoir d'être guéris.

Personnellement, j'avais le sentiment que le Dieu, pas tout à fait le même que celui de Nicholas, mais certainement pas celui de ma tante non plus, qui avait commencé à s'insinuer dans mon esprit et donnait doucement à mes pensées confuses une forme cohérente, que Dieu, donc, aurait souhaité une plus grande coopération de la part de Nicholas pour remettre à flot ces épaves humaines. Nicholas aurait dû se rendre compte qu'à cet égard, on lui en demandait davantage. Après tout, il tenait aux gens et manifestait souvent une perception hors du commun. Certes, il devait faire attention à préserver sa réputation, mais je me demandais tout de même si ce détachement néfaste découlait simplement du désir de protéger son nom et de jouer le jeu équitablement. Je pensais parfois qu'au fond de lui, il redoutait la tentation que ces femmes représentaient, mais je finissais toujours par écarter cette théorie parce que je savais qu'il adorait Rosalind et n'éprouvait par conséquent aucun désir de commettre un adultère.

Je finis ma tourte et décidai de peler les pommes de terre tandis que Nicholas continuait à me regarder en silence.

Comme d'habitude, chaque fois que je passais un moment devant mon évier, je me mis à méditer. Si j'aimais vraiment Nicholas, j'étais à l'abri de la folie, car l'amour réel n'a rien à voir avec le désir de contrôler l'être aimé ou la colère engendrée par la frustration quand on s'aperçoit que cette mainmise n'est pas seulement une illusion, mais une impossibilité. L'amour véritable n'est pas possessif. Évidemment, j'étais un peu jalouse de Rosalind — juste un tout petit peu de temps en temps —, mais c'était naturel. Je serais inhumaine si je n'éprouvais pas à l'occasion un pincement de jalousie. Mais, ce que je voulais avant tout, c'était que tout aille pour le mieux pour Nicholas et si son bonheur passait par Rosalind, qu'il en soit ainsi !

J'offris prudemment cette conclusion à Dieu : « Je vous en supplie, aidez-moi à ne jamais faire entrave au bonheur de Nicholas, à ne jamais me montrer possessive et égoïste, et à ne jamais le détourner de sa mission consistant à vous servir aussi bien qu'il le peut. » Et dans un accès de sentimentalisme, j'ajoutai encore une autre requête qui me sembla court-circuiter mon cerveau pour venir directement du cœur : « Je vous en prie, servez-vous de moi pour aider Nicholas, servez-vous de moi », et je compris alors que cela s'était déjà produit.

Je savais bien sûr que le pouvoir de guérison par excellence venait de Dieu — ou du Christ, ou du Saint-Esprit, quel que soit le nom que l'on voulait lui donner, de sorte que je ne cédais pas à la folie des grandeurs quant à mes aptitudes curatives. Je songeai tout de même qu'en aimant Nicholas comme je l'aimais, en lui souhaitant ce qu'il y avait de mieux et en réprimant tout égoïsme et toute possessivité, j'étais le canal idéal, pur, grand ouvert, dès lors que mon minuscule pouvoir de guérison était en harmonie avec sa source divine. Peut-être qu'en aimant Nicholas de cette façon, je pouvais aider Dieu à le préserver de la face obscure de son ministère, mais aussi de sa personnalité — l'arrogance, l'obstination, le beau détachement qui lui permettaient secrètement de ne pas s'engager dans une carrière où l'engagement exigeait toutes les subtilités.

Je m'aperçus tout à coup qu'il s'était remis à parler. Coupant court à ma méditation, je m'efforçai de prêter attention à ce qu'il disait.

Il se confiait à moi indirectement en me laissant entendre qu'il se faisait du souci pour Stacy et Francie. C'était un soulagement de savoir qu'il était conscient du problème représenté par Francie même s'il ne semblait pas vraiment mesurer l'ampleur de sa folie. Lundi soir, elle avait débarqué au presbytère, trop maquillée et pas assez habillée à la recherche de l'être aimé. Comme il n'était pas là, Lewis s'était occupé d'elle, mais je n'étais pas sûr qu'il ait pu révéler grand-chose de l'entretien qui avait eu lieu alors, en particulier si Francie en avait fait une confession. Je mentionnai alors d'un ton désinvolte à Nicholas qu'elle avait des yeux fous et un décolleté jusqu'au nombril, et mes soupçons furent aussitôt confirmés. Cette information le laissa pantois ; j'eus la nette impression que, bien qu'au courant de sa visite, il n'en connaissait pas les détails. Lewis avait été superbement discret, me semblait-il, mais je n'étais pas prêtre et on ne m'avait pas fait d'aveux. Rien ne m'obligeait donc à être aussi discrète que lui. En choisissant mes mots avec soin et d'un ton neutre, étudié, je décrivis à Nicholas l'apparence de Francie d'une manière qui ne laissait aucun doute sur son piètre état mental.

J'en aurais dit davantage, mais à ce moment-là, nous fûmes interrompus. Lewis fit irruption dans la cuisine, d'une humeur de chien, en exigeant de savoir où était passé Stacy. Il était apparemment de service à l'église, mais à n'en point douter, sa rencontre fortuite avec Tara suivie de la vision de Rosalind lui faisant signe depuis sa fenêtre avait provoqué une amnésie. C'était du Stacy tout craché ; son étourderie était connue de tous. Je jugeai inutile de m'appesantir sur la question. Au lieu de ça, je fis de mon mieux pour tâcher de calmer Lewis, mais pendant qu'il fulminait encore, l'horrible Venetia Hoffenberg téléphona et il devint instantanément doux comme un agneau.

Lewis avait un comportement très bête avec Venetia. Il était pourtant assez vieux pour savoir à quoi s'en tenir. Sa bêtise m'attristait parce qu'il m'avait fait l'effet d'un prêtre génial lorsqu'il lui avait fait front au déjeuner de Lady Cynthia. Il n'en restait pas moins un prêtre génial, bien sûr, mais c'était justement pour ça que ça me faisait horreur de voir que même les meilleurs ecclésiastiques sont parfois capables de se comporter comme de vrais cornichons. Stacy, naïf comme toujours, ne s'était aperçu de rien, pas plus que ceux qui ne vivaient pas au presbytère, mais Nicholas et moi, épouvantés, prions pour que cette bizarre crise de passion sénile se consume rapidement d'elle-même. Naturellement, Nicholas et moi n'avions jamais échangé un seul mot à ce sujet, mais c'était inutile. Nous savions tous les deux ce que pensait l'autre, et ce fut la raison pour laquelle, quand Lewis fonça dans sa chambre pour prendre l'appel, nous nous contentâmes d'échanger un regard sans avoir à ouvrir la bouche.

Je retournai à mes pommes de terre en soupirant.

C'était tellement évident à mes yeux que Lewis avait besoin d'une gentille veuve, agréable, plutôt jeune et toute dévouée à l'anglo-catholicisme plutôt que cette vieille peau athée, alcoolique, et probablement incapable de cuire un œuf.

Il m'était venu à l'esprit que Stacy avait sans doute emmené Rosalind dans son appartement pour une présentation privée des photographies de mariage d'Aisling, et quand Nicholas appela finalement là-haut par l'intermédiaire de l'interphone et découvrit qu'il était bien chez lui, je compris que j'avais raison. Nicholas lui ordonna d'un ton sec de se rendre immédiatement à l'église. Il y eut un moment pénible, quelques instants plus tard, quand Stacy, se précipitant en bas, eut droit à un savon de Lewis, qui avait fini de parler avec Venetia, mais j'entendis Nicholas les séparer dans le couloir et envoyer Stacy faire ce qu'il avait à faire.

Un intervalle suivit, durant lequel je restai seule à préparer mes légumes. Nicholas disparut un petit moment dans son bureau. Quand je l'entendis monter, je supposai qu'il allait parler à Rosalind, mais il redescendit sans tarder et j'entendis la porte de la chambre de Lewis s'ouvrir et se refermer. Ce fut au cours de leur conversation, qui dura un bout de temps, que Stacy rentra furtivement après avoir fermé l'église. Ce fut la première preuve flagrante qu'il avait disjoncté, parce qu'il n'était jamais discret. Stupéfaite qu'il puisse pénétrer dans la maison sans claquer la porte, je jetai un coup d'œil dans le couloir de peur que quelque clochard eût forcé la serrure, et dès que je vis son visage, je compris qu'il était arrivé quelque chose de grave.

IV

— Stacy...

J'essayai de le retenir, mais il me passa sous le nez à toute vitesse sans s'arrêter bien que je l'entendis murmurer : « Désolé... faut que... » Il n'acheva pas sa phrase et fila comme une furie en direction de l'escalier de service.

Je n'essayai pas de le suivre, parce que j'en étais à un

moment crucial de mes préparatifs, mais surtout parce qu'à cet instant précis, Nicholas sortit de la chambre et revint à la cuisine, la mine crispée. Rosalind ne dînerait pas avec nous, en définitive, m'informa-t-il (sale bonne femme, aucune considération pour mon art culinaire !) parce qu'elle n'avait pas faim. Elle avait beaucoup mangé à midi au Fortnum avec Francie.

J'étais surprise. Je ne voyais pas pour quelle raison Francie, folle dingue de Nicholas, voudrait déjeuner avec sa femme. J'avais de la peine à croire qu'elle soit encore capable de jouer le numéro de l'amitié.

— Comment Rosalind a-t-elle trouvé Francie ? demandai-je d'un ton hésitant.

Il fallait qu'elle ait bu un sacré coup de gin pour éviter d'avoir l'air enlisée dans les ténèbres. Elle s'était déjà fait porter pâle toute la semaine à cause d'une dépression, et la perspective de voir sa grande rivale avait dû la déprimer encore plus. C'est ce qui me semblait en tout cas, mais je me trompais.

— Elle a mis un peu de temps à se mettre en train, me répondit Nicholas d'une voix blanche, mais à la fin du repas, elle était en pleine forme. « Rayonnante », selon l'expression de Rosalind.

— Ben dites donc !

Je n'y comprenais plus rien du tout. Dans le silence qui s'ensuivit, j'essayai de me souvenir de ce que j'avais lu dans la rubrique médicale du *Times* à propos de cette maladie qui pousse les gens à être suicidaires un moment et excités comme des puces l'instant d'après. Francie était peut-être encore plus dérangée que je ne l'imaginais.

Avant que j'aie le temps de m'appesantir sur la question, Nicholas décida de donner à manger au chat. Nous avions des boîtes pour James, mais je lui préparais régulièrement du poisson et ce jour-là, au menu, il y avait de la morue bouillie froide. Ignoble pour les humains, mais James adorait ça. Au moment où Nicholas posa le plat par terre, James cambra le dos, en extase, avant de pointer le nez vers la nourriture.

Je m'apprêtais à parler à Nicholas de la nouvelle pâtée enrichie aux vitamines pour laquelle j'avais vu une publicité à la télé, quand Lewis arriva pour dîner. Pas signe de

Stacy. Après avoir sorti du four ma splendide tourte, je m'approchai de l'interphone pour l'appeler.

Finalement, je l'entendis chuchoter :

— Oui ?

— Le dîner est prêt, dis-je. Est-ce que ça va ?

Mais la ligne fut coupée avant que j'eus le temps d'achever ma phrase.

Je servis les légumes et décorai le plat de pommes de terre avec un brin de persil. Lewis avait commencé à pousser des grognements de gourmandise en s'extasiant comme d'habitude. Son enthousiasme pour ma cuisine me faisait vraiment plaisir et j'avais presque cessé de concocter des petits plats français parce que Lewis et Stacy aimaient trop les grands classiques culinaires anglais. Nicholas avait toujours la courtoisie de dire qu'il aimait beaucoup cela aussi, mais il n'avait pas de passion pour la nourriture comme c'était le cas de Lewis et le mien, même si ce soir-là, trop tarabustée par une angoisse qui ne cessait de grandir, je n'avais pas faim du tout. Je ne pris qu'une seule pomme de terre, une cuillère de chou et une tranche de tourte toute fine.

Stacy finit par descendre et se glissa dans la pièce aussi furtivement qu'un fantôme. Nicholas récita le bénédicité. Nous commençâmes à manger. Stacy garda le silence, engloutit son repas, puis s'éclipsa. Quelques minutes plus tard, on entendit claquer la porte d'entrée.

Consciente que son comportement était loin d'être normal, mais désireuse de le défendre contre les inévitables commentaires désobligeants de Lewis, je fis comme si de rien n'était en décrétant qu'il avait dû filer voir Tara. Lewis riposta qu'il y avait plus de chances qu'il eût un rendez-vous avec Gilbert Tucker, le gentil prêtre *gay* qui aidait Nicholas à organiser le séminaire sur le sida. Je ne comprenais pas pourquoi Lewis sous-entendait que Stacy était homosexuel alors qu'à l'évidence il ne l'était pas, mais Lewis était très grincheux ce soir-là, épuisé et bon pour une maison de santé pour convalescents ! Si jamais je dois subir une opération de la hanche un jour (que Dieu m'en préserve !), je prendrais très au sérieux cette période de convalescence au lieu de prétendre qu'on peut s'en passer. Pourquoi les hommes donnent-ils si souvent la priorité à leur machisme au détriment du bon sens ? Je sentis que j'en voulais à Lewis de sa sottise, mais j'étais peut-être aussi tendue que lui à ce stade.

Lewis alla se coucher tout de suite après le repas (le bon sens l'emporta finalement) et Nicholas se retira dans son bureau. Je remplis le lave-vaisselle, nettoyai la cuisine, me fis une tasse de décaféiné et m'assis à la table sans penser à quoi que ce soit en particulier. Au bout d'un moment, je me rendis compte que j'attendais le retour de Stacy, mais il ne revint pas et pour finir, James et moi descendîmes l'escalier de service pour gagner mon appartement. Je songeai à regarder la télévision, mais je n'eus même pas envie d'allumer le poste. Je jetai un coup d'œil dans le frigidaire, mais n'y trouvai rien qui me fît envie.

Pour finir, je pris un bain, enfilai ma robe de chambre et commençai à lire *Cuisine pratique*, mais aucune des recettes ne m'intéressait. Je feuilletais les dernières pages en bâillant quand j'entendis claquer la porte d'entrée. Je me précipitai dans l'escalier de service et, du bout du couloir, je vis que Stacy était de retour et que Nicholas l'avait arrêté au passage. Ils disparurent dans le bureau sans me voir ni l'un ni l'autre. Je regagnai le sous-sol, enlevai ma chemise de nuit et ma robe de chambre, enfilai un soutien-gorge, un pull, une culotte et un caleçon, et montai à pas de loup jusqu'à l'appartement de Stacy par l'escalier de service.

V

Il arriva une minute plus tard. Il respirait fort après avoir gravi les marches quatre à quatre et il était manifestement au bord des larmes. Dès qu'il me vit, je lui dis :

— Écoutez, je ne veux pas me mêler de ce qui ne me regarde pas, mais je vous en prie, je vous en prie, dites-moi si je peux faire quoi que ce soit pour vous aider parce que je ne supporte pas de vous voir dans cet état.

Ses défenses tombèrent en un clin d'œil. Au début, je pensai qu'il avait dépensé tellement d'énergie afin de se maîtriser pendant sa conversation avec Nicholas qu'il n'avait plus la force nécessaire pour réprimer ses larmes, et puis je compris qu'il était touché tout bonnement par mon attitude. J'étais restée debout tard ; j'étais montée jusqu'à son appartement pour l'attendre. Je me faisais du souci pour lui. Affolé, tourmenté, il était presque muet de gratitude.

— Oh, Alice ! réussit-il à bredouiller. Je vous aime vraiment beaucoup. Vous êtes une sœur pour moi !

Puis il se laissa tomber comme une masse sur le canapé, secoué de sanglots. Ce fut à cet instant que, brusquement, dans un éclair aveuglant de lucidité, je vis clair en lui jusqu'au fond de l'âme. Son problème fondamental était qu'il ne voulait pas de petite amie ni de femme, mais une sœur. Si seulement il avait pu grandir suffisamment pour se détacher de ces trois ravissantes sirènes, Siobhan, Sinead et Aisling ! Alors il aurait pu épouser la joyeuse Tara et couler des jours heureux avec elle, mais cela ne se produirait jamais parce que Stacy s'était perdu quelque part sur le chemin de la vie d'adulte et qu'il était esclave à jamais d'un désir amoureux là où la sexualité était totalement prohibée.

— Mon cher Stacy...

Je glissai un bras autour de sa taille pour le réconforter et pris sa main dans la mienne.

Pour finir, il voulut se moucher, mais nous n'avions de mouchoir ni l'un ni l'autre. Il devait bien y avoir des Kleenex quelque part, mais il ne se souvenait plus où il avait mis la boîte et il y avait tellement de désordre dans l'appartement qu'on aurait pu chercher une demi-heure sans succès. En définitive, j'allai aux toilettes et pris tout le rouleau de papier.

À la fin, quand il fut trop épuisé pour pleurer, il chuchota :

— Alice, que savez-vous sur le sida ?

— Eh bien, je ne vis pas dans une bulle en verre en bas dans mon antre, répondis-je en frissonnant. Je ne suis pas ignorante au point de vous demander ce que cela veut dire.

Je pensai aussitôt qu'un de ses amis avait découvert qu'il était séropositif.

— Vous savez qu'on ne peut pas l'attraper en tenant les mains d'une personne malade ou en respirant son souffle ?

— Oui, je le sais, dis-je en m'efforçant de dissimuler mon impatience.

Puis je me rendis compte que je lui tenais la main et respirais le même air que lui. L'horreur me saisit.

— Mon Dieu, Stacy, vous n'êtes pas en train de me dire...

— Je crois que j'ai le sida, dit-il en se remettant à pleurer.

Je continuai à lui serrer la main et demeurai dans la même position sur le canapé. Il me fallait me concentrer pour rester immobile, mais je n'en étais pas moins consciente de pensées troublantes tourbillonnant dans mon esprit, des pensées incrédules, des interrogations, toutes difficiles à cerner. Pour finir, je me bornai à dire : « Est-ce vraiment possible ? » J'essayais de me souvenir de ce que j'avais lu à propos des contaminations par transfusions. Je ne me rappelais pas que Stacy m'eût jamais dit avoir été gravement malade au point de nécessiter une transfusion, mais cela s'était peut-être produit il y a longtemps.

— Je voudrais croire que non, dit-il, mais j'ai vu Gil Tucker hier soir et il m'a suggéré d'agir en partant de cette hypothèse. Il m'a pris un rendez-vous pour faire des analyses demain.

— Mais, Stacy, pour l'amour du ciel, pourquoi êtes-vous allé trouver Gil Tucker ? Pourquoi ne pas vous être adressé directement à Nicholas ?

Il fondit une nouvelle fois en larmes.

— Oh, Stacy... Je le pris dans mes bras et le serrai contre moi. Je ne voulais pas avoir l'air fâchée. Je suis un peu troublée, c'est tout. Je voudrais comprendre pour pouvoir compatir. Que vient faire Gil dans cette histoire ? Pardonnez ma bêtise, mais je ne vois vraiment pas...

— Gil connaissait un de mes vieux amis de Liverpool qui venait régulièrement à Londres pour prendre part au synode et s'intéressait au mouvement des chrétiens *gay*. Il m'a annoncé ce soir que cet ami venait de mourir du sida. Je l'ignorais. Nous n'étions plus en contact, bien que je pense que s'il avait vécu plus longtemps, il aurait cherché à me joindre pour me dire la vérité. Mais il est mort rapidement, d'une pneumonie, la forme foudroyante que les malades du sida attrapent et...

— Attendez une seconde, quand vous dites un vieil ami...

— Il s'appelait Gordon. J'ai dit à Gil : « Mais il devait être atteint depuis des années. Il devait le savoir. » Mais Gil m'a répondu : « « Pas nécessairement, on attrape le virus, on a des symptômes comparables à ceux de la grippe, on va mieux, on ne se fait pas faire le test, on refuse d'admettre la vérité... jusqu'au moment où l'on tombe vraiment malade.. »

— Mais Stacy...

— Il était beaucoup plus âgé que moi, mais c'était un être passionnant, si gentil...

— Vous voulez dire que... Non, ce n'est pas possible, je suis désolée, je dois vous paraître bête comme mes pieds, mais je n'y comprends rien...

Mais je comprenais parfaitement. Je me sentais vaguement écœurée, mais surtout j'étais sidérée.

— Stacy, comment avez-vous pu avoir une liaison avec un homme, alors que vous n'êtes même pas homosexuel ?

À ma grande surprise, il s'avéra que c'était exactement ce qu'il fallait dire. Il soupira de soulagement, essuya une dernière larme, serra ma main plus fort en signe de gratitude en disant :

— Vous ne pensez pas que je sois *gay*, n'est-ce pas, Alice ?

— Non, bien sûr que non. Vous êtes amoureux d'Aisling !

Je compris instantanément qu'il ne fallait pas pousser le sujet plus avant.

— Peu importe, enchaînai-je. Dites-moi plutôt pourquoi vous avez voulu coucher avec Gordon.

— Oh, ce n'est pas moi ! C'est lui qui voulait. Moi je n'y tenais pas. Je l'ai fait parce que cela semblait tellement compter pour lui. Et puis il était si bon avec moi que je me sentais redevable. Il a transformé ma vie, Alice ! Je n'étais qu'un gosse des quartiers pauvres, je ne savais rien, et il m'a fait découvrir la littérature, la musique, l'art, la religion. Un autre monde ! J'avais l'impression d'un miracle. Quel cadeau ! Un don de Dieu, comme je l'ai compris plus tard. Bien sûr, l'aspect sexuel de notre relation était mal et je ne le dis pas seulement à cause de la Bible. C'était la sensation que j'avais. Je n'ai jamais aimé ça. C'était ennuyeux, automatique, comme le fait de se raser, de se brosser les dents ou d'aller aux toilettes. Alors même si j'étais content de faire plaisir à Gordon après tout ce qu'il avait fait pour moi, j'étais impatient de m'échapper en devenant prêtre, pour mettre un terme à cette histoire. Il fallait que j'aie une bonne excuse pour arrêter, parce que je ne pouvais pas supporter l'idée de le faire souffrir, et l'ordination me donnait exactement le prétexte que je cherchais.

— Alors à partir du moment où vous êtes entré au séminaire à Mirfield...

— Dès que j'ai su que j'étais accepté à Mirfield, je lui ai dit qu'on devait rompre, que je pouvais plus le voir, qu'il ne devait même pas m'écrire. Mon Dieu, ce que j'ai pu me sentir coupable ! Pauvre Gordon ! Je lui devais tant, mais je ne pouvais pas faire autrement, Alice. Je ne pouvais plus continuer comme ça. J'en avais assez de cette sexualité-là. Je voulais passer à autre chose. Mais quand j'ai essayé, je me suis retrouvé comme paralysé, je n'avais jamais eu de fille et j'avais peur de ne plus pouvoir coucher qu'avec des garçons. Oh... j'avais si peur, et les jolies filles avaient l'air de savoir tellement de choses. Du coup, j'avais encore plus la trouille parce que moi, je ne savais presque rien. Et les filles pas terribles, eh bien, je n'arrive pas vraiment à m'y intéresser, et parfois, j'ai l'impression que je pourrais vraiment m'en passer, pour toujours, mais évidemment, ça ne se fait pas dans la société de nos jours. Il faut avoir quelqu'un, sinon on n'est qu'un pauvre type, que tout le monde méprise...

— Stacy, je suis sûre que les choses s'arrangeront...

— Pas si j'ai le sida, s'écria-t-il avant de sombrer à nouveau dans le désespoir.

VI

— Mais Stacy, dis-je en essayant de me concentrer sur les données médicales afin de lui faire oublier son chagrin, il y a des siècles que vous n'avez rien fait avec Gordon ?

— Oui, seulement les médecins pensent maintenant

que l'on peut avoir le virus pendant longtemps avant que les symptômes se manifestent. La grande question, poursuivit-il en prenant une autre feuille de papier toilette pour s'essuyer les yeux, est de savoir si Gordon a contracté le sida avant ou après notre séparation. Et c'est ce que nous ignorons.

— Mais s'il tenait tant à vous, il n'aurait pas été voir quelqu'un d'autre ?

— C'est ce que j'ai dit à Gil, mais il m'a répondu que ces choses-là arrivaient. Vous comprenez, je ne voulais pas faire certains trucs que Gordon aimait bien. Quand il l'a compris, il m'a dit : Bon, tant pis, ça n'a pas d'importance. Mais peut-être que ça en avait de l'importance. Peut-être qu'il sortait avec d'autres garçons pour un soir quand je n'étais pas là, histoire de pouvoir faire exactement ce dont il avait envie. Il n'aurait pas vu ça comme une infidélité. Il aurait pensé qu'il fallait mieux aller ailleurs plutôt que de m'enquiquiner.

— Mais vous vous en seriez aperçu puisque vous viviez avec lui...

— Oh je n'ai jamais vécu avec lui ! Stacy avait l'air horrifié. Il était bedeau et c'était un pilier de la communauté ! Et puis, imaginez que ma famille ait découvert son existence ! Si ma mère et mes sœurs l'avaient su, elles ne s'en seraient jamais remises. J'aurais préféré mourir plutôt qu'elles l'apprennent.. C'est la raison pour laquelle, si j'ai le sida, je dois tout faire pour qu'elles ne le sachent jamais.

— Honnêtement, Stacy, je continue à croire qu'il y a peu de risques que vous soyez contaminé. Si Gordon vous aimait vraiment comme vous me l'avez laissée entendre, il se serait passé des trucs particuliers pour pouvoir vous être fidèle !

— On ne peut jamais savoir qui sera fidèle et qui ne le sera pas, insista-t-il, et tout à coup, il devint si blême que je crus qu'il allait s'évanouir.

— Que voulez-vous dire ? demandai-je, le cœur battant. Pourquoi dites-vous ça ? Pourquoi êtes-vous si...

— Je suis mort de trouille. Doux Jésus, si le test est positif...

— Stacy, je pense vraiment que vous devriez parler à Nicholas, fis-je, déconcertée à présent qu'il ne trouve pas cela aussi évident que moi, mais déjà il avait replongé dans la panique.

— Je ne peux pas... je ne peux pas...

J'essayai encore de le calmer.

— Écoutez, je sais que vous l'idolâtrez et que vous ne voulez pas lui faire de peine, mais je suis sûre qu'il...

— Je ne peux pas lui dire. *Je ne peux pas*. Je ne veux même pas le voir.

J'ouvris la bouche et la refermai aussitôt. J'étais si abasourdie par ce refus catégorique que je commençais à soupçonner qu'il ne m'avait pas tout dit. Je me demandais à nouveau pourquoi il avait choisi de se confier à Gil Tucker. Évidemment, Gil était un expert en matière de sida, mais Stacy m'avait laissée entendre plus tôt qu'avant de voir Gil ce soir-là, il n'avait pas la moindre idée que Gordon était mort du sida. Je me rendais vaguement compte que la chronologie de la crise n'était pas logique.

— Attendez une minute, repris-je en détachant mes mots. Je ne comprends plus rien. Stacy, vous étiez déjà bouleversé *avant* de voir Gil Tucker ce soir et d'apprendre la mort de Gordon. Pour quelle raison vouliez-vous voir Gil au départ ? Que s'est-il passé d'autre ?

Sa pâleur ne fit que s'accroître. Il ferma les yeux et s'agrippa encore plus fort à ma main. Il était livide. Les battements de mon cœur s'accélérèrent. Je me rendis compte que j'étais terrifiée. Souvenirs, raison, intuition convergèrent dans mon esprit pour me donner la clé dont j'avais besoin pour éclaircir le mystère.

— Il s'agit de Rosalind, n'est-ce pas ?

En plein dans le mille !

Il me dévisagea d'un air épouvanté.

VII

— Vous alliez très bien lorsque vous êtes allé la voir cet après-midi, repris-je rapidement. Vous êtes entré dans la cuisine et vous m'avez demandé ce qu'il y avait pour le dîner et vous aviez un comportement absolument normal.

Vous m'avez dit que Rosalind vous avait fait un signe depuis sa fenêtre et que vous montiez la voir. Un peu plus tard, quand je sers le dîner, Rosalind refuse de descendre et vous, vous êtes un vrai zombie. Que s'est-il passé entre-temps ?

Stacy se leva subitement, traversa la pièce en deux enjambées et sortit une Bible de sa bibliothèque. En se tournant vers moi, il dit :

— Vous devez me jurer que vous ne révélerez jamais à Nick ce que je vais vous dire.

— Je le jure, dis-je, la main sur la Bible.

Il se laissa de nouveau tomber à côté de moi. La peur m'avait gagnée au point que j'avais mal au cœur. J'étais sûre que Nicholas était en péril, d'une manière ou d'une autre. Je sentais, confusément, que nous étions tous en danger, tous ceux qui vivaient au presbytère, tous ceux qui travaillaient au centre de guérison. Je voyais presque les ténèbres s'épaissir autour de nous en étouffant la lumière.

Stacy avait recommencé à parler. Il avait les yeux bouffis, injectés de sang, et sa peau blême était tachetée, comme meurtrie par le chagrin. Sa voix n'était plus qu'un murmure :

— J'ai emmené Rosalind dans mon appartement et je lui ai montré les photos du mariage d'Aisling. Puis il s'exclama violemment : Je ne veux plus jamais voir ces photos !

Il se mit à trembler des pieds à la tête.

Je me démenai pour essayer de comprendre.

— Elle les a souillées d'une certaine manière ?

— Elle a tout souillé. Elle m'a demandé de coucher avec elle.

Je perdis finalement le contrôle de moi-même, incapable de dissimuler plus longtemps ma répulsion.

VIII

J'avais réussi à admettre qu'il puisse avoir le sida. J'avais accepté qu'il ait eu jadis une relation homosexuelle avec un homme cultivé et gentil qui lui avait beaucoup apporté. Mais je ne pouvais supporter l'idée qu'il eût trahi Nicholas. Je savais que le comportement de Rosalind était bien plus ignoble que le sien, mais cela ne faisait aucune différence. Je n'avais pas vraiment été étonnée d'apprendre qu'elle fût capable d'une trahison. Mais l'attitude de Stacy, en plus de m'épouvanter, me laissait le sentiment cruel d'une terrible désillusion. Je l'avais toujours cru si innocent, si bon, si fondamentalement bon, tout dévoué à Dieu par le biais des malades. Je le voyais à présent comme une créature faible, pathétique, sans intégrité, qui n'aurait jamais dû devenir prêtre.

Mais j'avais peut-être mal compris. Peut-être, dans ma révulsion, avais-je conclu trop vite.

— Mais vous n'avez pas couché avec elle, dis-je, faisant de ma phrase une affirmation plutôt qu'une question. Vous l'avez repoussée.

— C'est ce que je voulais faire, mais je n'y suis pas arrivé.

Je perdis mon sang-froid.

— Seigneur, comment peut-on être faible à ce point-là ! Pourquoi ne pouviez-vous pas simplement dire non ?

— Eh bien, c'était comme avec Gordon. Exactement la même chose. J'étais là, un gamin des rues de Liverpool, et Rosalind était tellement bonne de s'intéresser à moi...

— Mais ça n'a rien à voir avec la bonté, imbécile ! Il s'agit de cruauté et de trahison !

— Non, elle voulait vraiment être gentille ! Elle m'a dit qu'elle voyait bien que j'avais besoin d'un peu d'aide pour savoir comment y faire avec les filles et...

— Mais c'est de la femme de Nicholas dont nous parlons. La femme de Nicholas ! Comment avez-vous pu...

— Elle m'a dit qu'ils ne couchaient plus ensemble. Que c'était fini depuis longtemps. Qu'ils étaient comme divorcés, que Nick avait été très méchant avec elle...

— Et vous l'avez crue ?

J'arrivais à peine à parler.

— Eh bien, cela expliquait en tout cas pourquoi elle se sentait libre de m'offrir ses faveurs...

— Mais vous ne comprenez donc pas qu'elle vous faisait du cinéma pour obtenir ce qu'elle voulait ? Nicholas aime Rosalind. Dieu sait pourquoi, mais il l'aime ! Ça ne fait aucun doute. Et maintenant, rien que parce que cette femme s'ennuie et qu'elle est tellement décadente qu'elle est prête à séduire le vicaire de son mari pour prendre son pied, vous détruisez tout...

— Vous ne comprenez pas. Je suis sûre que Rosalind disait la vérité quand elle m'a affirmé...

— Cette femme ne reconnaîtrait pas la vérité même si elle lui bondissait à la gorge ! C'est une menteuse née, une salope, et vous, vous n'êtes qu'un adolescent attardé qui ne comprend strictement rien aux relations entre adultes !

— Alice...

— Votre comportement est absolument ignoble !

— Mais, Alice, attendez. Une fois au lit...

— Comment osez-vous me raconter les détails sordides de cette coucherie ! Vous feriez mieux de réfléchir à ce que vous comptez dire à Nicholas quand il saura la vérité !

Stacy paniqua de nouveau.

— Mais il ne le saura jamais !

— Si vous avez le sida et si vous avez contaminé sa femme !

— Alice, si seulement vous me laissiez m'expliquer...

— Vous débloquez complètement ! Même si vous n'avez pas le sida, comment pourriez-vous continuer à travailler avec Nicholas comme si de rien n'était ! Comment pourriez-vous vivre avec un tel mensonge ? Pensez-vous sérieusement que Rosalind va garder le silence ? Elle va se vanter de ses conquêtes, cette salope... Nichola finira par le savoir, il vous jettera dehors et ça sera bien fait pour vous !

Stacy éclata en sanglots, mais cette fois-ci, je n'avais plus la force de l'aider. J'étais épuisée émotionnellement et j'avais la nausée. Je me levai péniblement et quittai la pièce.

— Alice ! cria Stacy, désespéré. Alice...

Je ne répondis pas. Nous étions coupés l'un de l'autre. Comme si un brouillard nauséabond était monté en volutes entre nous et nous emplissait les poumons.

Je dégringolai les marches en titubant jusqu'à mon appartement et me ruai aux toilettes pour vomir encore et encore.

IX

Je finis par me traîner au lit, à bout de forces, mais je dormis mal, et durant l'un de mes moments d'éveil, j'entendis des pas au-dessus de moi, dans la cuisine. J'allumai la lumière et jetai un coup d'œil à mon réveil. Il était trois heures une.

Je me levai, enfilai ma robe de chambre et montai l'escalier sur la pointe des pieds en espérant tomber sur Stacy en train de faire une razzia dans le frigidaire (je regrettais déjà la cruauté de mes paroles de tout à l'heure), mais en arrivant à la cuisine, je trouvai Nicholas. Il était en pyjama, assis, droit comme un piquet à la table. Il avait allumé un des brûleurs, mais rien ne cuisait dessus, et il avait l'air hébété comme s'il se demandait où il était et ce qu'il faisait là. Toute la scène était bizarre, mais quand il m'avoua qu'il avait marché dans son sommeil, le mystère se dissipa et je compris que l'étrangeté de cette vision provenait surtout de l'association fortuite de certains détails : le cercle de flammes, le pyjama élégant, le silence absolu, la pendule sur le mur indiquant une heure spécifique, le brillant des ongles de Nicholas qui se cramponnait à la table. Pour rétablir une mesure de normalité, j'éteignis le gaz, branchai la bouilloire électrique et fis du thé. Pendant ce temps-là, Nicholas retrouva ses esprits. Il alla chercher un manteau pour ne pas prendre froid, et quand il se réinstalla à la table, il me parut à nouveau si exceptionnellement élégant, si puissamment viril, si envoûtant, que mon désir pour lui me coupa les jambes.

Ce fut alors que la vérité se fit jour dans mon esprit. J'avais réprimandé Stacy d'avoir couché avec quelqu'un de marié, alors qu'au fond de moi, c'était exactement la faute que j'avais envie de commettre. En d'autres termes, je ne valais pas mieux que le pauvre, malheureux, pitoyable Stacy que j'avais si brutalement condamné plus tôt dans une débauche de pharisaïsme. Des remords horrifiés se substituèrent au regret qui me rongeait, mais je les étouffai. Je m'occuperais plus tard de la gabegie que j'avais provoquée chez Stacy. À cet instant, Nicholas requérait toute mon attention.

Réprimant le désir intense qu'il m'inspirait par un effort de volonté surhumain, j'essayai de rouvrir le canal de la guérison en priant Dieu de se servir des bribes d'amour altruiste et non possessif qu'il me restait pour remplir en lui le vide laissé par la trahison de Rosalind.

Et puis, brusquement, je me souvins de la confidence qu'elle avait faite à Stacy à propos de ses relations intimes avec Nicholas. Cela expliquait l'extrême tension de celui-ci et sa profonde tristesse. Je songeai aussi que seul un mariage en péril pouvait expliquer l'attitude immonde de Rosalind. J'avais beau la détester, il fallait admettre qu'en règne générale, elle donnait l'impression d'être quelqu'un d'intelligent, d'organisé, et maîtresse d'elle-même. En séduisant Stacy pourtant, elle s'était révélée stupide, tête en l'air et peut-être même aussi dérangée que Francie. J'avais été trop cynique en concluant qu'elle avait raconté des bobards à Stacy pour obtenir ce qu'elle voulait. Je voyais maintenant que je m'étais trompée. À cet égard et d'autres aussi sans doute.

Toutes sortes d'idées commencèrent à surgir dans mon esprit. J'imaginais Nicholas divorcé, libre d'épouser quelqu'un qui lui conviendrait beaucoup mieux, et cette vision me fit horreur. Je ne voyais pas comment je pourrais rester au presbytère s'il se mariait avec quelqu'un que je risquais de trouver sympathique, qui vivrait là à ses côtés, une vraie épouse et non plus une partenaire presque toujours absente. La situation serait trop intolérable pour moi. Je continuais à vouloir passionnément le meilleur sort possible pour lui, mais si Dieu exauçait mes prières et lui envoyait la meilleure compagne qui soit, je ne pourrais jamais rester là à le regarder vivre heureux avec une autre. Je ne pourrais jamais atteindre cet idéal d'amour altruiste que je m'étais fixé. Je serais folle de jalousie et pour finir, j'aurais envie de lui arracher les yeux. Était-je vraiment capable d'être altruiste ? J'avais peut-être honnêtement voulu atteindre cet idéal, mais la réalité était tout autre.

En reconnaissant à quel point j'avais désiré Nicholas, je pris conscience pour la première fois de ce qui se cachait derrière ma profonde antipathie pour Rosalind. Je n'étais pas seulement « un peu » jalouse, comme je me l'étais sereinement avoué plusieurs fois auparavant, mais terriblement jalouse. Ce sentiment avait été facile à dissimuler tant qu'elle n'avait pas été là pour me rappeler qu'elle était la femme en titre, mais dès qu'elle était arrivée au presbytère pour revendiquer ses droits, je m'étais immédiatement mise à bouillir de haine et de ressentiment. Dire que j'avais continué à m'imaginer que mon amour pour Nicholas était pur comme neige ! Je me sentais humiliée par mes pathétiques illusions romantiques.

Tandis que toutes ces révélations violentes faisaient éruption dans mon esprit, j'étais toujours assise avec Nicholas dans la cuisine, il était toujours aussi bouleversé et je m'efforçais encore de l'aider en l'enveloppant de tout l'amour, égoïste ou non, que j'avais en moi. C'est étonnant comme, même dans les pires états de désarroi, on est capable d'éprouver plusieurs choses à la fois. Remords vis-à-vis de Stacy, honte pour mes pitoyables illusions et défaillances, chagrin à la pensée de perdre l'homme que j'aimais — toutes ces émotions puissantes flottaient côte à côte avec l'inquiétude que m'inspirait Nicholas et qui m'incitait à vouloir être une présence apaisante dans la pièce.

Il était en train de parler de la retraite qu'il s'apprêtait à faire chez les moines Fordites en me disant qu'il n'avait aucune envie d'y aller. Ce n'était pas parce qu'il voulait rester auprès de Rosalind, je le savais puisqu'il avait annoncé au dîner qu'elle repartirait pour Butterfold le lendemain matin. Évidemment ! J'étais sûre que pour l'heure, elle n'avait qu'une seule envie : fuir la scène où elle avait eu un comportement si ignoble à l'égard de Stacy. Mais je doutais que Nicholas fût au courant de cet incident. Elle ne lui avait probablement rien dit. Et Stacy non plus. Quant à moi, j'en étais incapable. Tout ce que je pus faire lorsqu'il dit qu'il ne voulait pas y aller, ce fut le supplier de rester au presbytère, mais il croyait encore que ça lui servirait à quelque chose de s'enfermer trois jours avec une bande de moines et je savais qu'il aurait été inutile d'essayer de l'en dissuader. Il avait tort, bien sûr. Il avait besoin d'être aimé et dorloté sous son propre toit. C'était mon avis en tout cas, mais il est vrai que je ne comprenais rien à toutes ces histoires de retraites et d'exercices spirituels. Je comprenais simplement l'effet que ça faisait de se faire un sang d'encre à propos de l'avenir et d'être au désespoir, mais peut-être les moines avaient-ils un remède magique plus efficace que tout ce que je pouvais lui offrir pour l'aider à supporter la douleur.

— Merci, Alice, dit-il à la fin de notre conversation. Merci pour tout.

Et je compris qu'il savait le mal que je m'étais donné pour l'envelopper de mon amour et qu'il regrettait amèrement de ne pas pouvoir réagir autrement qu'avec son détachement notoire.

Je retournai me coucher et pleurai longuement à la pensée de le perdre. Submergée par cet écœurant apitoiement sur moi-même, je demandai à Dieu qu'il me donne la force de me comporter dignement quand sa nouvelle épouse arriverait.

Cela me paraît tellement monstrueux, rétrospectivement, de penser que je ne songeai même pas à prier pour Stacy.

X

Nicholas partit de bonne heure le lendemain matin, bien avant l'office de huit heures, et Stacy resta enfermé dans son appartement jusqu'à la fin du petit déjeuner communautaire. J'essayai bien de l'attraper au vol au moment où il partait travailler, mais il fut plus rapide que moi. J'avais tellement honte d'avoir saboté notre conversation de la veille que j'étais impatiente de lui présenter mes excuses.

Je ne le revis jamais vivant. J'étais au supermarché quand Lewis décida de le renvoyer à la maison, mais il semble qu'au lieu de regagner le presbytère, il se rendît chez Gil Tucker. Il alla à son rendez-vous à Harley Street et finit par rentrer sans que je m'en aperçoive. J'imagine que le lave-vaisselle devait tourner pendant que je rangeais la cuisine après le déjeuner. Normalement j'aurais dû l'entendre claquer la porte et monter l'escalier à pas lourds, mais nous étions tous à des lieues de la normalité et il dut se glisser dans la maison en silence, comme un fantôme.

Plus tard, on sonna et j'allai répondre. Ce n'était qu'un représentant de commerce que je renvoyai au centre. En retournant dans la cuisine, je vis que Stacy avait laissé un mot pour moi sur la table de l'entrée : « Alice, je suis en haut. J'ai besoin d'être seul. Je ne veux pas manger. Désolé de vous avoir bouleversée à ce point, mais ne vous faites aucun souci, je vais tout arranger. Stacy. »

Je tentai de le joindre par l'interphone, mais il ne répondit pas. Je montai même frapper chez lui. Pas de réaction. La porte était fermée à clé, ce qui était inhabituel. Finalement, résolue à respecter son besoin de solitude, je redescendis à contrecœur.

Dès que Lewis revint de son travail, je lui dis que j'étais très inquiète pour Stacy, mais Lewis était trop épuisé pour faire vraiment attention à ce que je disais. « Je lui parlerai tout à l'heure », me dit-il, après quoi il m'annonça son intention de faire une sieste. Il ajouta qu'il était trop éreinté pour dîner et que je ferais aussi bien de prendre ma soirée.

Une demi-heure plus tard environ, le téléphone sonna. J'étais sur le point de répondre quand Lewis décrocha dans sa chambre. Je présumai qu'il avait oublié d'éteindre la sonnerie avant de s'endormir et regrettait que sa sieste eût été interrompue. J'espérais qu'il était encore assez fatigué pour replonger sans encombre dans l'inconscience dès qu'il aurait fini de parler.

Dix minutes plus tard, il sortait. J'étais au sous-sol en train de me préparer des spaghetti bolognese. Je n'eus pas l'occasion de lui demander où il allait. Il devait s'agir d'une urgence. Je me remis à faire la cuisine.

Quand tout fut prêt, j'appelai de nouveau Stacy par l'interphone avec l'espoir qu'il aurait suffisamment faim pour partager mon repas. Toujours pas de réponse. En m'asseyant devant mon assiette, je m'aperçus que j'étais incapable d'avaler quoi que ce soit.

Une heure plus tard, Lewis rentra avec Nicholas, et celui-ci ne tarda pas à descendre pour m'annoncer que Stacy s'était suicidé.

La culpabilité qui m'envahit était intolérable. Le chagrin intenable. Et puis, très lentement, tandis que je prenais conscience de l'ampleur de la crise, je commençai à me rendre compte que j'étais terrorisée.

2.

« La perte est une des zones clés de la souffrance... Perte non seulement dans la mort de proches, mais aussi dans toutes les phases de la vie. Les gens trouvent souvent un soulagement simplement dans la reconnaissance par autrui de la réalité de leur perte et dans l'acceptation partagée de leur chagrin. »

Gareth Tuckwell et David Flagg
A Question of Healing

I

Toujours assise à côté de Lewis, je faisais un effort pour répéter mot pour mot ma dernière conversation avec Stacy, mais j'avais constamment des trous de mémoire. À la fin, j'en fus réduite à chuchoter :

— Je l'ai lâché. J'ai eu tort de me mettre en colère. J'aurais dû me montrer tellement plus gentille avec lui.

— Pas nécessairement, dit Lewis d'une voix acerbe avant que Nicholas puisse prendre la parole. À mon avis, vous auriez commis une grave erreur en réprimant votre répulsion et en minaudant comme quelque assistante sociale mal dégrossie. Vous auriez trahi votre intégrité. En vérité, les prêtres ont le devoir de prêcher que l'adultère est un péché et les laïques ont le droit d'attendre des hommes d'église qu'ils mettent en vigueur ce qu'ils préconisent.

Prise par un nouvel accès de larmes, je ne pus répondre.

Comme s'il venait de se rendre compte que ce jugement était par trop brutal, Lewis ajouta d'un ton plus doux :

— Les prêtres étant des humains comme tout le monde, il arrive qu'ils ne soient pas à la hauteur de leurs idéaux, mais si un laïque apprend qu'un de nous a commis une grave faute, ce dernier ne devrait pas s'étonner d'une réaction de colère. Stacy le savait et je suis certain qu'il ne vous en a pas voulu de réagir comme vous l'avez fait. Il aura compris qu'il n'aurait jamais dû s'ouvrir à vous. Il ne pouvait que se blâmer lui-même.

— Ce que Lewis veut dire, intervint Nicholas dès l'instant où Lewis s'interrompit pour reprendre son souffle, c'est que Stacy aurait dû se confier à son directeur de conscience ou à un autre prêtre. Et s'il le dit, ce n'est pas parce que les laïques ont besoin d'être protégés comme des enfants, mais parce qu'un prêtre qui sombre dans un tel marasme éthique a besoin de conseils d'expert. La situation de Stacy était un vrai cauchemar. Vous n'aviez pas les moyens d'y faire face. D'ailleurs, la scène que vous venez de décrire aurait désarçonné le plus talentueux des directeurs de conscience.

— Exactement ! s'exclama Lewis à la seconde où Nicholas achevait sa phrase. Alice, le fait que vous ayez perdu le contrôle ne veut pas dire que vous ayez été méchante ou insensible. Cela signifie simplement que vous n'aviez pas l'expérience nécessaire pour prendre les bonnes initiatives en la matière.

— ... Même si vous les avez prises — et comment savoir ce qu'il convenait de faire dans une telle situation ? — je pense que Stacy se serait supprimé de toute façon, reprit fermement Nicholas. Il avait de graves problèmes qui n'avaient strictement rien à voir avec vous et vous n'étiez pas en position de les résoudre. Vous vous reprochez de ne pas avoir été plus compréhensive à son égard, Alice, mais en fait, essayer de guérir Stacy à ce stade par des paroles bienveillantes aurait été aussi inefficace que de tenter de soigner une blessure mortelle avec un bout de sparadrap.

— Il a raison, renchérit Lewis avant que j'aie le temps d'ouvrir la bouche.

Leur discours commun était irréprochable, sans faille, la manifestation d'un talent développé au fil d'années de travail partagé. Puis, tout à coup, une note discordante vint gâcher toute cette belle harmonie. Nicholas se pencha en avant, et, en un geste de réconfort tacite, il me prit la main. Comme je tressaillai de surprise, je ressentis intensément la réprobation de Lewis qui se figea sur le canapé. Il essaya de dissimuler sa réaction en allumant une cigarette. La flamme jaillit. La fumée monta en volutes. À travers le nuage bleuté, je vis Nicholas détourner le regard en retirant ses doigts d'un air désinvolte.

Lewis reprit brusquement son discours :

— Nous ne devons pas oublier que la décision de se suicider vient de Stacy et de personne d'autre. Nous nous sentons peut-être tous responsables de ce qui s'est passé, à des degrés divers, mais nous devons lutter contre le besoin de voir cette tragédie exclusivement à travers le filtre déformé de notre culpabilité.

Il attendit que Nicholas prenne le relais, mais comme le silence se prolongeait, il ajouta d'un ton incisif :

— Alice, ma chère, cela signifie simplement que vous ne devriez pas prendre sur vous une culpabilité injustifiée. C'est facile à dire, bien sûr, et moins facile à faire pour vous, je le sais. Mais dans votre intérêt, vous devez vous y efforcer.

Je lui étais reconnaissante de ses conseils et je leur étais reconnaissante à tous les deux de me permettre d'avoir une vision plus claire de cette tragédie, mais je n'arrivais plus à parler de mes émotions. C'était trop douloureux et puis... j'étais bouleversée depuis que Nicholas avait abandonné son détachement béton en tendant la main pour saisir la mienne.

En m'évertuant à concentrer mon attention sur Stacy, je m'entendis dire :

— Y avait-il beaucoup de risques qu'il soit séropositif ?

— La seule chose qui compte, dit Lewis, c'est que c'est une possibilité que l'on ne peut pas exclure.

Dans le silence qui suivit, j'étais sûre que nous pensions tous à Rosalind.

— Le problème, c'est que les scientifiques semblent changer d'avis toutes les cinq minutes à propos du sida, reprit Lewis, comme Nicholas restait muet. Au début, on nous disait qu'il suffisait d'un rapport sexuel pour le transmettre, mais si c'est le cas, comment se fait-il qu'on n'assiste pas à une multiplication des cas parmi les hétérosexuels ?

— C'est imminent, répondit aussitôt Nicholas, finalement poussé à reprendre la parole. C'est la raison pour laquelle on parle tellement du dépistage systématique en ce moment. Dans l'espoir d'enrayer la future épidémie hétérosexuelle.

— Oui, mais le fond de l'histoire, c'est que personne n'a la moindre idée de ce qui se passe véritablement et tout le monde est désespéré de le savoir. Personnellement, je pense qu'en dehors des gens contaminés par transfusion ou par seringue, il s'agit principalement d'une maladie *gay*.

— En Afrique...

— Nous ne sommes pas en Afrique. Nous sommes en Angleterre et nous parlons indirectement, excusez-moi, Alice, ma chère, de sodomie.

— J'aimerais bien que vous cessiez de traiter Alice comme une vieille fille de l'époque victorienne ! lança Nicholas avec une surprenante brutalité.

— Je pourrais faire pire !

Je m'empressai d'intervenir :

— Si nous en revenions à...

— Oui, dit Nicholas, prenant brusquement le contrôle de la conversation. Alice, réfléchissez bien. Qu'est-ce que Stacy vous a avoué avoir fait avec Rosalind exactement ?

Lewis sursauta. Au début, je pensai qu'il était gêné pour moi une fois de plus, mais il s'exclama :

— Bien sûr ! Pourquoi n'ai-je pas pensé à poser la question moi-même ?

— Désolée, dis-je. Je suis larguée.

Lewis se tourna aussitôt vers moi.

— Alice, il a bien reconnu qu'il avait couché avec Rosalind, n'est-ce pas ?

— Oui.

J'étais incapable de regarder Nicholas en face.

— Mais a-t-il admis qu'il y avait véritablement eu un acte sexuel ?

Je compris finalement le sens de leurs questions, mais dès que je fis un effort pour essayer de me souvenir des paroles de Stacy, j'eus un nouveau trou de mémoire.

— Je ne sais pas très bien, balbutiai-je, désespérée. Je ne suis plus très sûre. J'ai peut-être cru que... Je me tus brusquement. Je me souvenais de Stacy s'efforçant à deux reprises de me dire quelque chose, mais dans ma rage je l'avais interrompu. Peut-être a-t-il essayé de me dire qu'il ne s'était rien passé en définitive, dis-je précipitamment, mais je ne voulais pas connaître les détails.

— Évidemment que non ! dit Lewis d'un ton rassurant. C'est tout à fait compréhensible. Il se tourna vers Nicholas. Le gosse était manifestement impuissant. Je suis sûr que Rosalind ne court aucun danger.

Nicholas redevint agressif.

— Lewis, pourriez-vous cesser vos réflexions homophobes, je vous en prie ? Vous commencez par sous-entendre que le sida est un fléau *gay* alors que strictement rien ne le prouve...

— Combien de milliers d'homosexuels sont-ils en train d'en mourir ?

— ... et puis vous insinuez que tout homme ayant des inclinations homosexuelles est incapable de satisfaire une femme !

— Foutaises ! Vos idées libérales vous mettent dans un tel état de fureur que vous vous méprenez sur mes propos. Je suggère simplement que l'homosexuel dont nous parlons en serait incapable parce que (a) il était d'une immaturité désespérante et (b) il était totalement inhibé par le fait que Rosalind était votre femme !

— Mais tout à l'heure au Barbican, vous m'avez affirmé qu'en couchant avec Rosalind, il aurait l'impression de coucher avec moi !

— Oui, et je continue à penser que j'ai raison, mais entre se mettre au lit avec quelqu'un et être capable d'avoir des rapports sexuels, il y a une marge. Ce qui explique que nous ayons cette conversation pénible !

— Mais si, comme je l'ai toujours soutenu, Stacy était bisexuel et non homosexuel...

— Attendez une minute, dis-je. Je ne comprends pas un mot de ce que vous racontez...

— Nicholas, si vous n'étiez pas si obnubilé par toutes ces inepties modernes à propos de la sexualité...

— Lewis, si vous cessiez de vous gargariser avec tous ces préjugés simplistes fourrés dans votre crâne par Cuthbert Darcy...

— Arrêtez ! hurlai-je.

Ils tressaillirent tous les deux et commencèrent à s'excuser en chœur, mais je les interrompis de nouveau.

— Vous avez perdu la tête l'un et l'autre, ma parole ! m'exclamai-je en m'asseyant toute droite au bord du canapé. Qu'est-ce que ces sottises à propos de l'homosexualité ou de la bisexualité de Stacy ?

— Ma chère, naturellement, nous ne pouvons pas nous attendre à ce que vous ayez une compréhension profonde de l'orientation sexuelle de Stacy, mais...

— Continuez, Alice, coupa Nicholas. Pourquoi dites-vous que nous avons perdu la tête ?

— Parce que vous faites une erreur stupide et grossière !

Ils me dévisagèrent. Je leur rendis leur regard, interloquée par leur manque de lucidité absurde, mais finalement je trouvai la force de dire d'un ton ferme :

— Stacy était hétérosexuel. Je l'ai toujours su et dans la conversation finale que nous avons eue, il me l'a confirmé. Il m'a dit clairement que les rapports sexuels homosexuels l'ennuyaient à pleurer, et si vous voulez le savoir, je vous dirai que s'il est devenu prêtre, c'est essentiellement pour se libérer de sa relation avec Gordon.

Ils continuèrent à me regarder avec des yeux ronds. J'attendis un moment, mais comme ils ne réagissaient pas, j'ajoutai rapidement :

— Il était amoureux de sa sœur Aisling. Aucune femme n'arrivait jamais à sa hauteur, c'était le problème, et même dans le cas contraire, il n'aurait jamais couché avec la personne en question pour la bonne raison qu'on ne couche pas avec sa sœur. C'est interdit. C'est pour cela qu'il se sentait plus en sécurité en restant adolescent. Il ne voulait pas grandir parce qu'il savait qu'une fois adulte, il serait obligé de se résigner à avoir une vie sexuelle. C'était tellement plus facile pour lui de s'adonner à une toquade puérile pour Nicholas et de sortir avec cette brave Tara pour laquelle il n'avait strictement aucune attirance physique.

Je m'arrêtai de parler. Il y eut un silence profond, très profond, avant que je conclue d'un ton catégorique :

— Si Rosalind est saine et sauve, ce ne sera pas parce qu'il était homosexuel, mais parce qu'il était tellement attaché à sa sœur qu'il considérait comme tabou toute relation sexuelle avec une femme.

On aurait dit que les deux hommes étaient sculptés dans la pierre. Puis, alors que Lewis s'exclamait finalement avec stupéfaction :

— Quelle leçon pour des prêtres arrogants !

Nicholas se pencha vers moi. Cette fois-ci, il serra mes deux mains dans les siennes.

II

À côté de moi, Lewis tressaillit et écrasa brutalement sa cigarette sur le bord de l'assiette qui protégeait la desserte de ma toute dernière plante verte. Je tentai aussitôt de libérer mes mains. En vain. Nicholas les tenait trop serrées. J'étais très consciente de sa peau chaude, de ses os puissants et des lignes gracieuses de ses longs doigts, quand je balbutiai avec empressement :

— Vous me croyez, n'est-ce pas ?

Je savais qu'il était essentiel de maintenir le flot de la conversation.

— Bien sûr que nous vous croyons, dit Nicholas.

Lewis ajouta, mi-figue, mi-raisin :

— Heureusement, nous sommes encore en mesure de reconnaître la vérité quand nous la voyons en face. Nicholas, je crois qu'Alice préférerait que vous lui lâchiez les mains.

— Merci, dit Nicholas, mais je suis capable d'arriver à cette conclusion moi-même.

Ses doigts s'attardèrent légèrement sur ma peau avant de se retirer.

— Ce qui est extraordinaire, dit Lewis avant qu'un silence trop lourd ne s'installe, c'est que Stacy ait pu se confier si facilement à Alice. Il n'a jamais été si franc avec nous.

— Bien sûr que non ! m'exclamai-je, exaspérée. Cela n'a rien d'extraordinaire puisqu'il avait l'habitude de se confier à des femmes ! D'ailleurs, je n'ai jamais compris pourquoi vous l'aviez envoyé chez un directeur de conscience du sexe masculin. Pourquoi ne pas lui avoir conseillé d'aller trouver votre religieuse, Nicholas ?

— Oui, Clare aurait été parfaite pour lui, je le vois maintenant.

— Mais pourquoi n'était-ce pas évident auparavant ?

— Des tas de choses n'étaient pas évidentes auparavant.

— Le fait est, ma chère, dit Lewis, qu'il est préférable de choisir un prêtre comme directeur de conscience. Et bien évidemment, tous les prêtres sont des hommes.

— Pourquoi serait-ce préférable ? demandai-je, me sentant agacée plus que de raison. Et pourquoi tous les prêtres sont-ils des hommes ?

— Ça ne sera bientôt plus le cas, intervint Nicholas.

— Si Stacy avait eu une directrice de conscience, persistai-je farouchement, un directeur de conscience qui aurait été *aussi* une femme, je suis convaincue qu'il n'aurait pas fini dans ce terrible bazar où il était tellement seul, tellement malade et si loin des siens que...

— Aucun prêtre n'aurait dû laisser Stacy dans une confusion pareille, interrompit Lewis d'un ton sec, mais je ne pense pas vraiment que notre échec soit un argument en faveur de l'ordination des femmes !

La fureur finit par l'emporter.

— Espèce de vieille brute, vous êtes horrible avec tous vos préjugés ! hurlai-je. Vous rendez-vous compte à quel point vous êtes désagréable. Vous vous comportez comme si les femmes appartenaient à une race inférieure ! Je parie que Jésus ne l'aurait pas supporté ! Il vous aurait défoncé le portrait !

Et, soulevant le chat dans mes bras, j'éclatai en sanglots et quittai la pièce sans demander mon reste.

III

Je n'allai pas très loin. Le salon de mon petit appartement jouxtait la chambre. Je claquai la porte derrière moi, m'adossai aux panneaux en serrant James contre moi et laissai couler librement les larmes tout en frissonnant sous l'effet d'émotions intenses. Le chagrin provoqué par la mort de Stacy avait eu vite fait de dissiper l'éclat de colère provoqué par Lewis.

La porte en contreplaqué bon marché fermait mal. J'entendais encore clairement leurs voix.

— Vieux imbécile ! lâcha Nicholas d'un ton exaspéré.

Et Lewis de riposter d'un ton cassant :

— J'étais distrait. Si vous aviez agi convenablement avec Alice au lieu de la tripoter comme un charlatan en train de racoler...

— Oh, pour l'amour du ciel ! Vous aussi vous l'avez touchée au début de la conversation.

— C'était un geste professionnel justifiable, tout à fait approprié dans les circonstances, et je n'aurais certainement pas songé à le répéter en lui saisissant les deux mains et en plongeant mon regard dans le sien !

— Je nie catégoriquement...

— De toute façon, je ne compte pas, hein ? Je ne suis qu'une vieille brute pleine de préjugés qui mérite qu'on lui défonce le portrait !

— Vous n'allez pas me dire que ce jugement vous a surpris !

— Si ! Cette chère petite Alice, s'exprimant comme une féministe endurcie...

— Eh bien, si vous persistez à faire des remarques idiotes à propos des femmes aux moments les plus inopportuns, qu'espérez-vous, je vous le demande ?

— Okay, okay, *okay*...

— Bon, il était sans doute plus sain qu'elle exprime la rage suscitée par la mort de Stacy contre vous plutôt que de la tourner contre elle-même. Si ça se trouve, vous avez effectué une brillante manœuvre pastorale...

— Ça m'étonnerait ! Seigneur Jésus, pourquoi faut-il toujours que je me fourvoie avec les femmes ?

— Oublions cela. Revenons-en à l'essentiel. Où en étions-nous ?

— Nous avons établi, reprit Lewis, manifestement soulagé d'être ramené au pas, que vous seriez tout à fait honnête en disant au coroner que pour le moment, Stacy ne s'intéressait qu'à une certaine mademoiselle Tara Hopkirk. Cela signifie qu'il est inutile d'entrer dans un quelconque débat avec la police sur la question de savoir s'il était homosexuel ou pas. D'un autre côté...

— D'un autre côté, si l'on s'abstient de mentionner cet aspect-là, en s'efforçant de déterminer pourquoi il s'est suicidé, la police en arrivera forcément à se demander si Tara était la seule femme dans sa vie, et...

— ... et Francie finira par ne pas résister à la tentation de tout révéler à propos de Rosalind.

— Mais si nous partons du principe que Francie est amoureuse de moi au point de vouloir me protéger du scandale...

— Elle cherchera peut-être à vous protéger pour le moment, mais continuera-t-elle à vous soutenir à l'avenir quand vous l'aurez éconduite à plusieurs reprises ? Souvenez-vous que la dynamique qui étaie la nymphomanie est non pas l'amour, mais la haine. Tout est une question de contrôle et de domination, l'objectif du patient étant d'affirmer son emprise sur l'objet de son désir.

— J'aimerais bien pouvoir être sûr que nous sommes fixés sur ce qui se passe dans la tête de Francie.

— Peu importe le diagnostic à l'heure qu'il est. La seule chose qui compte dans la situation présente, c'est qu'on ne peut pas se fier à elle, et si l'on part de l'hypothèse qu'elle risque de tout dévoiler, il serait sans doute préférable de détourner l'attention de la police en jouant la carte homosexuelle, en admettant les antécédents de Stacy à cet égard et en précisant qu'il vient de passer un test HIV. Cela nous faciliterait la tâche pour discréditer Francie plus tard et coupera court à l'enquête. Tout le monde sait que des jeunes gens se suicident quand ils ont peur d'avoir le sida. Une fois que la police connaîtra l'angle homosexuel de cette affaire, ils ne se demanderont même pas si une femme est impliquée.

— Je vous l'accorde, Lewis, seulement nous ne pouvons pas avancer cette théorie pour la bonne raison que nous savons que ce n'est pas vrai. Stacy ne s'est pas suicidé parce qu'il redoutait d'être séropositif, mais parce qu'il ne pouvait admettre les conséquences liées au fait qu'il avait couché avec ma femme.

— Mais le risque de séropositivité a dû jouer un rôle...

— Rien ne prouvait qu'il était contaminé. Il aurait attendu les résultats du test.

— Vous présumez qu'il a réagi de façon posée et rationnelle. Mais s'il a paniqué, convaincu qu'il avait le sida, et craint d'avoir contaminé Rosalind...

— Cela n'aurait pas été le cas s'il était impuissant.

— Reste le risque des rapports oraux. En cas de coupure ou lésion...

— Ce ne sont là que des spéculations, Lewis, et nous ne pouvons pas nous livrer à ce genre d'exercice maintenant. Nous n'avons pas le temps. Si nous pouvions déterminer quelle version donner à la police afin que la presse divulgue la bonne information...

— Eh bien, une chose, au moins, est certaine : nous devons faire l'impasse sur Rosalind purement et simplement. Nous nous sommes mis d'accord là-dessus au Barbican.

— Oui, mais...

— Il n'y a rien de scandaleux dans le fait qu'un jeune homme rejette un mode de vie homosexuel et entre dans les ordres sans plus jamais regarder un autre homme. Mais qu'un vicaire couche avec la femme de son patron...

— Attendez, il y a une chose que nous avons totalement négligé de prendre en considération, Lewis. Même si Francie et Gil gardent le silence et que nous réussissons à éviter de parler de Rosalind tout en faisant une succession de déclarations véridiques à la police concernant l'existence de Stacy avant la scène de séduction d'hier après-midi, il n'en reste pas moins que la police voudra interroger Alice. C'est inévitable. En tant que résidente du presbytère, elle peut leur fournir des renseignements précieux sur son état d'esprit. Or, comment faire pour demander à Alice, *Alice,* de mentir à propos de sa conversation avec lui hier soir, dites-le-moi ?

Je calai James sous mon bras, ouvris brusquement la porte et fis irruption dans la pièce pour les départager.

IV

— Vous ne pensez qu'à vous ! m'exclamai-je d'une voix forte. Et Stacy ? Et sa famille qu'il aimait tant ? Quelqu'un va-t-il les appeler ?

Comme les deux hommes se levaient d'un bond, je ravalai mes larmes et, luttant pour garder un ton ferme, j'ajoutai d'un ton solennel :

— Je crois que l'on doit être fidèle aux morts. La dernière chose que Stacy aurait voulue, c'est que Nicholas fasse la une des journaux à sensation, comme cela ne manquera pas d'arriver si cette sordide histoire avec Rosalind fait surface. Autre chose certainement contre quoi il s'élèverait : que sa famille découvre un jour qu'il a eu une relation homosexuelle. Je suppose que certains homosexuels trouveraient que c'est là une attitude pathétique, mais ça m'est égal. Je crois que nous aurions tort de faire souffrir encore plus les siens alors qu'ils vont déjà devoir faire face à l'atroce réalité de son suicide.

Je marquai une pause en attendant qu'ils me contredisent, mais comme ni l'un ni l'autre ne prenait la parole, je poursuivis, un peu plus calme :

— Dites la vérité à la police, pour l'amour du ciel, mais dites-leur la *vraie* vérité, les faits qui résident à la base de cette catastrophe. Dites que Stacy était seul, coupé de sa famille et de sa culture, que sa sœur chérie lui manquait, qu'il s'inquiétait des difficultés qu'il éprouvait à trouver une petite amie, qu'il avait des problèmes dans son travail, qu'il se demandait peut-être au fond de lui s'il ne s'était pas trompé de vocation, s'il n'était devenu prêtre pour les mauvaises raisons, qu'il avait peur d'échouer dans sa carrière et de décevoir sa famille si fière de lui et par-dessus tout qu'il avait peur de décevoir Nicholas, son héros ! Si vous dites tout ça à la police, je ne vois pas ce qu'ils auraient besoin de savoir d'autre ! Pensez-vous vraiment que Stacy se serait mis dans une situation pareille avec Rosalind s'il n'avait pas été déjà gravement déséquilibré par une multitude de problèmes auxquels il était incapable de faire face ? Dites aux policiers qu'il était affreusement déprimé, mais après cela, pour l'amour du ciel, gardez les conséquences pour vous ! La seule qu'ils ont besoin de connaître, c'est qu'il s'est retrouvé mort avec une corde autour du cou, et ça, ils peuvent le voir de leurs propres yeux !

Lewis avança vers moi, posa une de ses béquilles contre le mur, me prit James des bras, l'expédia par terre et m'étreignit. Ce fut une manœuvre rapide, exécutée avec un seul bras, mais ce n'en était pas moins, incontestablement, une étreinte. En se détournant, il dit à l'adresse de Nicholas :

— À présent, c'est à votre tour de faire la grimace à la vue d'un geste physique excessif, et quand vous aurez fini de faire la grimace, appelez la police.

Mais Nicholas écoutait à peine. Il me regarda droit dans les yeux et me dit :

— Si la police vous pose des questions à propos de Rosalind, vous devez leur dire la vérité.

— Bien sûr. Je répondrai sincèrement à toutes les questions. Mais ils ne savent pas qu'il faut poser des questions sur Rosalind, si ?

— Ce qu'Alice vient de dire concorde avec la note que Stacy a laissée, dit brusquement Lewis. C'est manifestement ce qu'il voulait que l'on dise. Comment se fait-il que nous ne l'ayons pas compris depuis le départ, Nicholas ? Pourquoi nous sommes-nous compliqué les choses ainsi ?

— La culpabilité. Tant que nous concentrions notre attention sur la question de l'homosexualité et Rosalind, nous pouvions éviter d'admettre que nous avons traité Stacy en dépit du bon sens depuis le début.

Il se laissa brusquement tomber sur le canapé avant de s'exclamer d'un ton désespéré :

— Comment allons-nous venir à bout de tout ça ?

— Bouclez-la ! dit Lewis sauvagement, à tel point que je compris que lui aussi était irrémédiablement ébranlé. Gardez ça pour plus tard. À présent appelez les fichus services d'urgence avant qu'on nous arrête tous pour tentative de dissimulation d'un cadavre.

Sans dire un mot de plus, Nicholas remonta pour aller téléphoner.

V

Dès que nous fûmes seuls, je dis à Lewis :

— Désolée de vous avoir insulté tout à l'heure.

— Je suis sûr que n'importe quelle femme dirait que je n'ai eu que ce que je méritais. Asseyez-vous, ma chère, et reposez-vous un instant. C'est le genre de situation qui peut vous mettre en pièces en moins de temps qu'il ne faut pour dire le mot « catastrophe ».

Nous nous rassîmes sur le canapé et je regardai fixement le mur devant moi, mais, finalement, je trouvai l'énergie de remarquer :

— J'ai du mal à supporter l'idée que Francie risque de se retrouver à la barre des témoins durant l'enquête.

— Sûrement pas autant que moi.

Après quoi il entreprit de me fournir le dernier rapport sur son état mental. Apparemment Nicholas lui avait donné rendez-vous plus tôt ce soir-là à l'abbaye de Westminster et il avait dû partir en courant pour lui échapper.

— Pour quelle absurde raison lui a-t-il suggéré de la retrouver là-bas ?

— C'est une longue histoire, mais en bref, il pensait qu'il lui serait plus facile de l'annihiler dans ce contexte-là.

— Je vois mal comment il a pu arriver à une conclusion pareille, Lewis, et si elle débarquait au presbytère ce soir, comme elle l'a fait lundi dernier ?

— Non, cela ne se produira pas. Harry vient de rentrer de Hong Kong. Avec un peu de chance, elle restera tranquille jusqu'à lundi.

— Et ensuite ?

— Ensuite, nous devrons la neutraliser, mais je n'ai pas la moindre idée de la manière de procéder. Je doute qu'elle consente à voir un psychiatre et tant qu'elle est capable de conserver l'apparence de la normalité, nous ne parviendrons pas à la faire embarquer.

— Embarquer ?

— Enfermer dans un hôpital psychiatrique, selon un certain article du Mental Health Act.

— Mais n'est-elle pas au bord de la dépression nerveuse ?

— Peut-être, mais pas nécessairement. Le problème, c'est que, faute du diagnostic d'un psychiatre, nous ne pouvons pas être sûrs de ce qui lui arrive. Tout cela est un véritable cauchemar.

— Nicholas aurait mieux fait de la laisser tranquille.

— Évidemment ! Seulement il est aussi déstabilisé que Rosalind en ce moment. Au fait, je voudrais vous donner un petit conseil, si vous le permettez. Ne faites pas l'erreur de blâmer Rosalind pour tout. Quand un mariage cafouille, il y a une part de responsabilité des deux côtés. Et cela me fait penser à une autre recommandation que je voulais vous faire : ne vous imaginez pas que parce que leur couple est en difficulté, les Darrow vont forcément divorcer.

— Mais seul un mariage en mauvaise passe expliquerait que Rosalind...

— Les couples résistent parfois aux pires écueils. Ce que vous ne comprenez peut-être pas, c'est que celui des Darrow est très solide. Sinon, il y a belle lurette qu'il se serait brisé.

Je parvins à dire d'un ton neutre : « Je sais qu'il l'aime », mais Lewis haussa les épaules comme si cela n'avait pas de rapport.

— Ils sont très liés, incontestablement, reprit-il, et leur relation est sans doute très réelle, mais je ne suis pas sûr que cela ait grand-chose à voir avec l'amour dans le sens romantique et conventionnel du terme. Alice, la grande question n'est pas de savoir : « S'aiment-ils ? », mais « Sont-ils capables de vivre séparés l'un de l'autre ? ». J'ai la nette impression qu'une séparation permanente s'avérerait nettement plus difficile que Rosalind n'est prête à l'admettre pour le moment.

Je m'entendis dire :

— Vous me mettez en garde, n'est-ce pas ?

— Je vous dis la vérité telle qu'elle m'apparaît. Ce que vous en faites vous regarde.

— Dites-moi la vérité à propos d'autre chose : pourquoi avez-vous fait une telle histoire quand Nicholas m'a pris la main ?

— À cause de la façon dont il l'a fait. Nous travaillons dans un ministère où certaines limites doivent impérativement être respectées et les gestes de tendresse devraient être gouvernés par des règles strictes. Nicholas devrait faire attention.

En jetant un coup d'œil sur mes mains, je vis que j'avais les poings serrés sur mes genoux.

— Je ne suis pas Francie, dis-je sans lever les yeux.

— Non. Vous êtes une remarquable jeune femme, Alice, mais vous aussi vous devriez vous méfier. Ne vous laissez pas aveugler par l'illusion juste parce que Nicholas est tellement déséquilibré en ce moment qu'il a décidé de jeter le bon sens par la fenêtre.

— Les grosses femmes banales de mon espèce n'ont pas d'illusions, rétorquai-je presque sans le vouloir, d'une voix saccadée, haut perchée, tous leurs rêves romantiques sont démolis dès le plus jeune âge. Je ne me berne pas en ce qui concerne Nicholas. Je vois bien qu'il est sens dessus dessous en ce moment. Et alors ? Cela prouve que j'aime quelqu'un de réel et ce n'est pas un crime pour moi d'aimer quelqu'un, surtout quand je sais pertinemment, et depuis le début, que je ne serai jamais aimée en retour. Les femmes de mon espèce n'espèrent pas qu'un homme les aime, surtout pas un homme séduisant. Elles n'ont pas les mêmes espoirs que les autres femmes. Elles n'espèrent pas grand-chose à vrai dire. Elles sont juste contentes de ramasser quelques miettes de temps en temps, sous forme d'amitié et de respect. Elles savent que c'est beaucoup mieux que de rien avoir à manger du tout et de mourir de faim.

Je respirai fort à la fin de mon petit discours et j'avais la nausée, comme si on m'avait obligée à me déshabiller en public. Je n'avais jamais exprimé ces choses-là auparavant. Jamais je n'avais révélé à qui que ce soit mes blessures intimes et profondes. Je songeais à quel point ma tante m'en aurait voulu d'avoir un comportement aussi embarrassant. Les larmes m'emplirent les yeux quand je pensai à elle, et en détournant brusquement la tête, je me rendis compte que moi aussi j'avais été déstabilisée par la suite d'événements terribles survenus au presbytère.

Il y eut un silence avant que Lewis dise d'une voix délibérément neutre, comme s'il savait que j'aurais interprété toute forme de gentillesse comme de la pitié et que je lui en aurais voulu :

— Ma chère, vous devriez faire la distinction entre

obèse et rondouillette. Vous n'êtes plus obèse et je vous assure qu'il y a des tas d'hommes dans le monde qui trouvent les rondeurs à leur goût. Alors il n'y a aucune raison pour que vous vous contentiez de miettes.

Sans me laisser la possibilité de répondre, il se leva.

— Et maintenant, si vous voulez bien m'excuser, dit-il, je dois aller voir comment se résoud cet embrouillamini.

La porte se referma derrière lui.

En plissant les yeux, je serrai à nouveau les poings si fort que j'eus mal aux articulations et commençai alors à me préparer à affronter la police.

3.

« ...Nous avons constaté que les heures
qui succèdent à la mort sont propices à la
guérison, individuelle et collective. »

Gareth Tuckwell et David Flagg
A Question of Healing

I

L'invasion du service des urgences dura des siècles. La
police passa des heures au dernier étage ; l'archidiacre,
représentant l'évêque, arriva suite à un coup de fil de Lewis
et passa des heures avec Nicholas dans son bureau ; Lewis
et moi nous réfugiâmes dans la cuisine (où il se rappela
finalement qu'il fallait appeler les moines de Fordite pour
leur annoncer que Nicholas avait renoncé à faire une
retraite) et passâmes des heures à boire du thé. Chaque
incident me faisait l'effet d'un cauchemar au ralenti.

Pour finir, la camionnette des pompes funèbres apparut et je me remis à pleurer lorsque la dépouille de Stacy
quitta la maison. J'avais à peine séché mes larmes quand
Nicholas et l'archidiacre pénétrèrent dans la cuisine en
compagnie de deux policiers et je compris que mon épreuve
était sur le point de commencer.

Les policiers se montrèrent d'une courtoisie très professionnelle et relativement gentils. À leur instigation, nous reconstituâmes l'emploi du temps de Stacy ce jour-là et je leur fis voir le mot qu'il m'avait laissé pour me prier de ne pas le déranger. Cette note faisait référence à notre dernière conversation, bien sûr, et la police ne tarda pas à demander à me voir seule.

J'étais étonnée de me sentir aussi calme. « Je pense que l'on doit rester fidèle aux morts », avais-je dit plus tôt, et c'était ce que je faisais vis-à-vis de Stacy en protégeant sa famille et Nicholas, comme il l'aurait souhaité et comme ses sœurs l'auraient fait si elles avaient été à ma place. Je l'avais peut-être lâché à la fin de sa vie, mais au moins maintenant, je pouvais réparer les erreurs que j'avais commises lors de cet échange atroce qui s'était avéré le dernier, et prendre soin, en son nom, de tous ceux qu'il n'aurait jamais dû abandonner.

Je me demandais si sa famille se remettrait jamais de cette tragédie et à cette pensée, la colère m'envahit. Ce moment d'emportement ne dura qu'une seconde, mais je sentis que j'avais partagé une partie de la rage qui l'avait poussé à se déchaîner contre le monde et contre lui-même en accomplissant ce terrible acte de rejet.

— ... et comment le défunt vous a-t-il paru hier soir, mademoiselle Fletcher ?

— Très déprimé. J'ai honte de le dire, mais je me suis mise en colère contre lui et nous nous sommes disputés, comme sa lettre l'implique (la première, me priant de ne pas le déranger, je veux dire, pas celle qu'il a écrite avant de se supprimer). Je n'aurais pas dû m'emporter. Pauvre Stacy, il avait tellement de problèmes.

— Quels étaient ces problèmes à votre avis ?

J'énumérai sa séparation d'avec sa famille, son isolement, ses soucis vis-à-vis de son travail, la peur de ne pas être à la hauteur des espérances de Nicholas, la difficulté pour se trouver une petite amie.

— À propos de cette ultime conversation que vous avez eue avec lui, mademoiselle Fletcher, pourriez-vous nous en dire davantage ?

— Eh bien, nous avons surtout parlé de relations, poursuivis-je d'un ton égal. D'un de ses amis, mort il y a quelques mois. De monsieur et madame Darrow. Stacy avait beaucoup d'admiration pour eux. Nous avons aussi évoqué sa sœur Aisling, celle qui vient de se marier. Ses sœurs lui manquaient tellement. J'hésitai avant d'ajouter : C'était ça le problème. Aucune jeune fille n'arrivait à leur hauteur.

Immédiatement je me demandais avec inquiétude si je n'en avais pas trop dit, mais le policier le plus âgé hocha la tête comme s'il reconnaissait une situation qu'il avait déjà rencontrée auparavant.

— Il avait dû mal à nouer des liens solides avec les jeunes filles, dites-vous ? Et cette fille avec laquelle il sortait ?

— Tara ? Je ne pense pas que ça aurait débouché sur quelque chose. Il aimait bien les filles, mais il n'était pas très à l'aise en leur compagnie.

— Il préférait celle de ses copains, hein ? intervint tout à coup son jeune collègue. Allait-il au pub avec eux quand il ne portait pas son col d'ecclésiastique ?

— Non, Stacy n'était pas un amateur de pubs et il ne buvait que modérément. Pour la bonne raison que son père, lui, buvait beaucoup et qu'il est mort lors d'une rixe dans un bar.

— Mais avait-il des amis hommes ?

— À Liverpool, oui, dis-je, mais ici il avait du mal à se lier. Ça aussi, c'était un problème. Monsieur Darrow voulait qu'il fasse plus d'efforts pour rencontrer les autres membres du clergé dans cette partie de Londres, mais Stacy n'arrivait pas vraiment à se faire des amis parmi les gens du sud.

— Quelle a été la dernière goutte qui a fait déborder le vase, à votre avis, mademoiselle Fletcher ? Ce qui la fait finalement craquer ?

— Je suppose que nous ne le saurons jamais s'il ne l'a pas expliqué précisément dans sa dernière lettre, mais je sais qu'il était très préoccupé par ses relations avec l'autre sexe et terrifié à l'idée de décevoir monsieur Darrow en anéantissant ses chances ici. Il avait encore du chemin à faire.

— Est-il possible que sa petite amie ait rompu avec lui ?

— Il faudrait le lui demander. Je ne pense pas, en tout cas, parce qu'il ne m'en a pas parlé.

— Êtes-vous sûr qu'il n'était pas homosexuel ? demanda le plus jeune des policiers, renonçant finalement aux euphémismes.

— Certaine. Il était juste coincé et très, très déprimé. Je suis désolé, je voudrais bien vous donner une réponse nette et précise à propos de ce qui l'a finalement poussé à faire le pas — je regrette de ne pas être en mesure de vous raconter plus précisément la scène, mais je ne peux pas parce que la réalité n'était pas nette du tout, mais désordonnée et déconcertante. Vous devez savoir ce que ça fait quand les gens sont affreusement déprimés. On arrive à un stade où on en a assez, où l'on ne supporte plus leurs discours pitoyables et c'est le point que j'ai atteint trop tôt durant cette dernière conversation avec Stacy. Je l'ai interrompue, je suis partie et maintenant...

Les larmes qui commencèrent à couler à ce stade étaient par trop sincères, et mes interrogateurs, décidant que je n'avais rien d'autre à leur offrir que des preuves de remords et de chagrin, mirent un terme à l'entretien.

Je me réfugiai dans le sous-sol et m'allongeai, éreintée, sur mon lit en remerciant Dieu que la police n'ait pas poussé plus avant son interrogatoire, car, bien sûr, une fois admis que Stacy s'était suicidé, il n'y avait aucune raison de poursuivre l'enquête. Le résultat de cette brève investigation relative aux motifs compléterait le rapport du pathologiste ; ensuite, il incomberait au coroner de poser toutes les questions restées en suspens afin de clore l'affaire. Je n'avais pas peur du coroner. Je me savais capable de répéter mot pour mot mes déclarations sincères. Je ne craignais pas la presse non plus. Après tout, personne ne pouvait me forcer à parler aux journalistes. La seule personne qui me terrifiait encore, c'était Francie, véritable bombe à retardement cliquetant à moins d'un kilomètre de là à Islington.

En frémissant à la pensée des ravages qu'elle était susceptible de provoquer, je m'essuyai de nouveau les yeux avant de me traîner en haut, dans la cuisine.

II

Les policiers étaient en train de partir, et Lewis, debout sur le seuil de la cuisine, pesant de tout son poids sur ses béquilles, regarda la porte d'entrée se refermer.

— Venez boire un verre, dit-il en me voyant.

— Où sont Nicholas et l'archidiacre ?

— L'archidiacre est allé voir l'évêque. Nicholas tente de joindre la mère de Stacy. Il a essayé plus tôt, mais il n'y avait personne.

En me laissant tomber sur une chaise à la table de la cuisine, j'essayai de m'imaginer l'horrible entretien qui attendait Nicholas et Mme McGovern, mais je ne pus que frissonner. En attendant, la carafe de cognac était déjà sur la table et Lewis, en équilibre précaire, cherchait à attraper un verre dans le placard.

— Je vais le prendre, m'empressai-je de dire.

Nous nous installâmes à la table, et après une première gorgée de brandy, je m'aperçus que j'étais capable de dire :

— Pensez-vous que la police était satisfaite ?

— Grâce à vous, oui... Au fait, si un journaliste appelle, contentez-vous de dire « pas de commentaire » et raccrochez. Ne vous lancez surtout pas dans une conversation...

Nicholas choisit cet instant pour émerger de son bureau.

— Je n'ai toujours pas réussi à contacter Mme McGovern, annonça-t-il d'un ton inquiet. Soit elle rentre tard, soit elle est partie quelque part. Je n'arrive pas à décider si j'attends en réessayant plus tard ou si je dois chercher le numéro de sa fille aînée dans le carnet d'adresses de Stacy et téléphoner.

— Pourquoi ne demandez-vous pas l'aide du curé de leur paroisse ? Cherchez-le dans le bottin à Crockford.

— C'est une bonne idée. Mais j'ai besoin d'un instant de répit. Il se tourna vers moi. Est-ce que ça va, Alice ?

— Je tiens le coup, dis-je en pointant l'index vers mon verre de cognac, puis j'ajoutai avec empressement, d'une voix tremblante : Je ne l'ai pas laissé tomber. En définitive, je ne l'ai pas trahi.

Je finis mon verre en fermant hermétiquement les

yeux, et quand je les rouvris, je vis que chaque muscle du visage de Nicholas était tendu sous l'effet de la compassion.

— Vous feriez bien de boire un petit verre vous aussi, Nicholas, dit brusquement Lewis, nous interrompant, mais Nicholas ne l'écoutait pas.

— Il faut informer le personnel, dit-il en traînant dans la pièce avant de s'arrêter devant l'évier. Je peux avertir le groupe de prière demain à la messe, mais les autres doivent être prévenus sur-le-champ au cas où la presse commencerait à poser des questions.

— Heureusement que nous sommes samedi demain, dit Lewis. J'ai bien peur que nous ne soyons guère aptes à travailler. D'ailleurs...

Il s'interrompit.

Nicholas se figea.

— De quoi s'agit-il ?

— Non, non, rien. Je viens de me souvenir que j'étais censé déjeuner avec Venetia, mais je vais annuler, bien sûr.

— Mais il est peut-être important pour elle que vous la voyiez, enchaîna aussitôt Nicholas.

— C'est vrai.

Lewis hésita un instant. Cela ne lui ressemblait guère. Il n'était pas du genre à se tâter, mais en l'occurrence, son désir d'épauler Nicholas et celui de voir Venetia s'opposaient en une lutte farouche pour la suprématie.

— J'aimerais bien la voir, évidemment, dit-il enfin, mais il n'est pas question que je vous laisse toute la responsabilité du soutien à apporter à Mme McGovern.

— Il y a peu de chances qu'elle arrive avant la fin de l'après-midi. D'ici à ce qu'elle se remette du choc initial et prenne des dispositions pour le voyage...

— Attendons de voir ce qui se passe quand vous l'aurez finalement jointe.

— Qui va annoncer la nouvelle à Rosalind ? dis-je tout à coup. Sans une seconde d'hésitation, Nicholas dit :

— Moi. Je partirai pour Butterfold demain matin après le petit déjeuner.

Il y eut un silence durant lequel Lewis et moi essayâmes, sans y parvenir, de trouver un commentaire approprié.

— Toutefois, ajouta Nicholas quand il se rendit

compte que la scène qu'il venait de conjurer était un cauchemar qui nous laissait sans voix, il y a un sérieux problème dans la mesure où je doute que Rosalind accepte de me parler si je suis seul avec elle.

— Je viendrai avec vous, proposa aussitôt Lewis.

— Non, ça ne marchera pas. Rosalind sait que vous me soutiendrez en toutes circonstances, et si nous débarquons tous les deux, elle sera encore plus hostile.

— Emmenez Val.

— Ça n'ira pas non plus. Je suis d'accord que je devrais emmener une femme, mais je ne peux pas demander ça à Val parce que Rosalind méprise les homosexuels.

Je me rendis compte tout à coup qu'il me regardait. Une fraction de seconde plus tard, je remarquai que Lewis s'en était aperçu lui aussi.

Des réactions muettes ricochèrent entre nous trois à une vitesse telle que, même si je sentais les émotions ainsi générées, j'étais incapable de réagir à quoi que ce soit hormis au choc.

— Si je peux vous être utile... murmurai-je d'une voix chancelante.

Mais déjà Lewis s'adressait à Nicholas :

— Je ne pense pas qu'il faille impliquer Alice dans vos problèmes conjugaux. Demandez à une diaconesse de vous accompagner.

— Mais il faudrait lui fournir toutes sortes d'explications dans ce cas ! objectai-je presque sans m'en rendre compte. Au moins si c'est moi qui y vais, il n'aura pas de comptes à rendre ! Ça ne m'ennuie pas du tout. Si je peux servir à quelque chose...

— Vous n'aurez qu'à rester assise dans la voiture, enchaîna promptement Nicholas. Rosalind et moi parlerons sur le seuil de la maison. Elle ne voudra pas me laisser rentrer, mais elle me parlera dès lors que vous êtes là pour observer la scène.

J'étais surprise par cette preuve flagrante de leur extrême discorde, mais avant que j'eusse le temps de répondre, Lewis intervint d'un ton ferme :

— Je ne saurais vous dire à quel point je réprouve cette idée. De surcroît, je suis convaincu que Rosalind verra la chose du même œil que moi. Elle sait très bien ce qu'Alice ressent à votre égard.

Nicholas se leva si brusquement que je sursautai :

— Rosalind ne comprend strictement rien à ma relation avec Alice ! dit-il d'un ton égal sans parvenir à dissimuler son courroux. Je m'étonne, Lewis, que vous choisissiez de faire une remarque aussi erronée sur une question qui, pour l'heure, ne requiert strictement aucun commentaire.

Sur ce, il sortit de la pièce d'une démarche décidée. Un instant plus tard, on entendit claquer la porte de son bureau.

— Bon sang de bonsoir ! bougonna Lewis en éclusant son verre de cognac.

— Que dois-je faire ? demandai-je mollement.

— Vous feriez mieux d'y aller. Il n'y a aucun moyen de l'en dissuader, manifestement.

— Mais je veux faire au mieux.

— Évidemment. Sacrebleu, j'aurais dû me douter que le Diable lancerait son offensive la plus virulente contre le ministère de Nicholas non pas à travers une folle comme Frankie, ce qui serait logique, mais à travers une femme qui est l'intégrité personnifiée !

Et après s'être déchargé de cette vile remarque, il se traîna hors de la pièce, fou de rage.

En pressant mes paumes contre mes joues, je restai assise comme clouée sur ma chaise.

III

Au bout d'un moment, je me mis à faire la cuisine. J'étais morte de fatigue, mais je savais que je n'arriverais jamais à dormir. Je n'avais pas faim du tout, mais j'éprouvais le besoin impérieux de m'absorber dans une tâche routinière réconfortante, et la plus réconfortante à laquelle je puisse penser à cet instant consistait à confectionner un gâteau. L'image d'un gâteau de Savoie léger comme une plume fourré à la confiture et au beurre avec un glaçage de pétales blancs ondulés me vint à l'esprit. J'y mettrais une garniture rose et dessinerais une inscription bleu roi. J'imaginai les mots ST BENET 25 NOVEMBRE 1988, regroupés autour d'une seule bougie.

Je venais de finir de remuer ma mixture gluante dans un bol quand Nicholas réapparut.

— J'ai réussi à joindre le curé de la paroisse, dit-il. Apparemment, Mme McGovern a été hospitalisée suite à une angine de poitrine, mais il partait sur-le-champ trouver la sœur aînée de Stacy... Qu'est-ce que c'est que ce truc ?

— De la pâte à gâteau.

— Mais pourquoi...

— C'est une sorte de thérapie. Je me sens très mal.

Je me mordis la lèvre pour l'empêcher de trembler et remuai mon mélange avec encore plus de vigueur.

— Je suis désolé.

Mais je ne voulais plus qu'il me plaigne. J'avais peur de ne pas pouvoir le supporter, de craquer et de me jeter dans ses bras en lui disant que je l'aimais, peur de l'embarrasser, de l'éloigner de moi et de l'inciter à croire qu'il avait grossièrement surestimé mon aptitude à endurer ce qu'il appelait l'« épreuve du réel ». Je ne voulais surtout pas l'importuner ; c'était la raison pour laquelle la dernière remarque de Lewis avait été si injuste. Je voulais le soutenir, et non pas l'affaiblir.

— Où est notre vieil ami ? dit Nicholas, conscient du chaos de mes émotions et prenant le ton désinvolte approprié pour m'aider à les garder sous contrôle.

— Parti se coucher, je l'espère. Avec un énorme effort, je parvins à me ressaisir. Avez-vous téléphoné aux gens du centre ?

— J'ai appelé Val. Elle a dit qu'elle joindrait les autres. Elle a proposé de venir, mais...

Comme il laissait sa phrase en suspens, je compris qu'il était très fatigué lui aussi, mais incapable d'affronter l'épreuve consistant à essayer de dormir. Puis il parut puiser en lui une nouvelle force.

— Ne laissez pas Lewis vous troubler, ajouta-t-il brusquement. En vérité, il est tellement inquiet pour moi qu'il voit des catastrophes partout.

— Il a commencé à parler du Diable...

— Oui, je sais à quel point il peut devenir paranoïaque

quand ses anxiétés dépassent son bon sens... Êtes-vous vraiment disposée à m'accompagner à Butterfold demain ?

— Bien sûr, mais supposez que Lewis ait raison et que Rosalind réagisse mal en me voyant ?

— Ma chère Alice, je connais Rosalind beaucoup mieux que Lewis. Sa première réaction en vous voyant sera un grand soulagement de constater que je ne suis pas seul. Ensuite, elle se félicitera que ce ne soit pas Lewis qui m'accompagne et que je sois venu avec une femme qu'elle pourra se sentir libre d'ignorer.

Je me sentais mieux. L'idée que Lewis ait pu mal interpréter les choses avait quelque chose de rassurant. Je commençai à transvaser ma mixture dans deux moules à gâteau. Elle était très lisse alors que je n'avais même pas pris la peine de me servir d'un batteur. Je l'avais touillée, touillée en une débauche de frénésie thérapeutique.

Nicholas s'écarta de moi en passant de l'autre côté de la table avant d'ajouter :

— Vous avez été merveilleuse ce soir. Vous nous avez sauvés tous les deux alors que nous nous apprêtions à perdre l'équilibre.

Je ne dis rien, m'obstinant à lisser la pâte sur la surface des deux moules. Je la lissai, lissai, la ratissai, la tapotai, et la lissai encore. Finalement, je me sentis apte à commenter :

— J'ai juste dit ce que je pensais.

— N'importe qui peut dire ce qu'il pense, mais tout le monde n'a pas les idées aussi claires que vous. Il se tut un instant avant d'ajouter brusquement : Voudriez-vous venir avec moi à la messe demain ?

Je n'en croyais pas mes oreilles. Il ne m'avait jamais demandé cela auparavant et je n'allais jamais aux offices à St Benet. À l'heure de la messe de huit heures, je préparais le petit déjeuner communautaire, et durant l'Eucharistie de midi, j'étais occupée à servir le déjeuner. Pendant le week-end, quand l'église était officiellement fermée, je n'avais jamais éprouvé l'envie de me joindre au groupe de prière qui assistait aux services officiés par Lewis. En revanche, j'avais pris l'habitude de tester les messes du dimanche dans d'autres lieux de culte.

J'avais essayé la cathédrale St Paul, mais c'était trop

grand. Je m'y sentais perdue. Pour finir, j'avais découvert St Bride dans Fleet Street ; j'y allais tranquillement le dimanche soir pour la messe des vêpres chantée. J'étais à l'aise dans cette église parce que je pouvais cacher ma masse sur l'un des bancs du fond et prier sans sentir le regard des autres peser sur moi. Je regrettais toujours que le temps alloué à la prière fût si court. J'aimais me mettre au diapason de l'assemblée recueillie et ajouter ma voix aux mélodies silencieuses élevées par la volonté collective. Je m'étais aperçue qu'une fois que je n'avais plus à endurer le son blanc ininterrompu de ma propre tristesse, je pouvais entendre des rythmes et cadences dont je n'avais jamais eu conscience auparavant.

Je me disais parfois que cela me ferait du bien de prendre part au groupe de prière de St Benet, mais comme je ne communiais pas régulièrement, j'étais sûre que je ne serais jamais à la hauteur. De temps à autre, je songeai à confier à Lewis ou Nicholas mon intérêt secret pour la prière, mais ils étaient toujours trop occupés et je ne voulais pas les embêter. Et puis j'avais l'impression que je les connaissais si bien hors de leur travail qu'il serait difficile de les approcher dans leur rôle professionnel. Raison de plus pour éviter de me mêler à la vie de St Benet quand je m'essayais à la dévotion. En outre, je ne voulais pas risquer de ressembler à ces femmes qui venaient là pour vouer un culte à Nicholas et non à Dieu.

Au début, je m'étais demandée si mon absence à l'église m'empêcherait de rencontrer la communauté au-delà du cercle restreint qui prenait part au petit déjeuner collectif, bien sûr, mais on conviait toutes sortes de gens à déjeuner pendant la semaine et tout le monde était très gentil. Le centre organisait aussi diverses manifestations, mais jusque-là, j'avais été trop intimidée pour y assister. Personne n'avait l'air de s'offusquer de mon absence à l'église pendant la semaine. Nicholas et Lewis ne m'avaient jamais imposé de m'y rendre et j'en avais conclu que cela leur était égal. Pourtant voilà que Nicholas me priait — je dis bien : priait — d'assister à l'office de communion avec lui comme si j'étais une vraie chrétienne, alors que je commençais tout juste à avoir une ou deux idées sur Dieu et que j'étais encore loin d'être sûre de ce que je pensais exactement de la chrétienté ! J'étais tellement soufflée que je ne sus quoi répondre.

— Vous n'aurez pas besoin de communier, s'empressa-t-il de dire, voyant que j'hésitais, mais si vous pouviez juste être là, au fond de l'église, si vous préférez, je trouverais votre présence réconfortante.

Je fus bouleversée par ce dernier mot. Je souhaitais lui apporter mon soutien, et voilà qu'il me spécifiait lui-même le type de soutien précis dont il avait besoin. Cependant j'hésitais encore, tant j'étais consciente de mes défaillances.

— Mais il doit bien y avoir autour de vous un expert en prières apte à faire cela beaucoup mieux que moi ?

— Je ne veux pas d'un génie mystique. Il me faut quelqu'un de concerné.

Je regardai fixement mes deux moules.

— Entendu. Je serai là.

— Merci. Il glissa distraitement son doigt le long du bord du bol et goûta la pâte à gâteau. Est-ce l'idéal anglo-catholique de la messe quotidienne qui vous déplaît ? demanda-t-il. Parce que si c'est le cas, je vous assure que nous sommes vraiment très ouverts. De fait, Lewis ronchonne en disant que de nos jours, nous ne sommes plus vraiment dignes d'être qualifiés d'anglo-catholiques.

— Ce n'est pas ça, répondis-je. Je ne supporte pas l'idée de tous ces gens braquant leur regard sur moi quand je vais communier en se disant que je suis grosse.

— Je vois. Il goûta encore un peu de ma mixture. Mais les gens qui assistent à une messe d'aussi bonne heure sont beaucoup trop préoccupés par l'office pour vous prêter attention. De plus... maintenant que vous avez minci, vous n'avez plus à vous faire tant de souci, n'est-ce pas ?

Sans attendre de réponse, il sortit de la cuisine et gagna le couloir.

Abandonnant la pâtisserie, je me retirai au sous-sol en essayant de me sentir contente qu'il ait remarqué mon amincissement. Mais je savais que je ne serais jamais aussi svelte que Rosalind.

Ma fatigue profonde finit par se manifester sous la forme d'un odieux apitoiement sur moi-même et, à ma grande honte, je m'endormis à force de pleurer.

IV

Le lendemain matin, avant la messe de huit heures, Nicholas reçut un coup de téléphone de Siobhan, l'une des sœurs de Stacy. Le prêtre de la paroisse était allé la voir ; sa mère, toujours très malade, n'avait pas encore été mise au courant de la tragédie. Siobhan espérait arriver à Londres le lendemain matin. Lewis et moi évitâmes de demander ce qu'ils s'étaient dit d'autre, et Nicholas n'ajouta aucune information. En silence, nous nous rendîmes à l'église.

Quatre membres du groupe de prière seulement étaient présents. Avant le début de l'office, Nicholas leur annonça ce qui était arrivé et nous gardâmes le silence quelques minutes. Le service qui suivit, officié par Lewis, fut bref. Je restai assise au fond en essayant d'absorber la souffrance de Nicholas et de l'envelopper de mon amour. Je m'abstins d'aller communier, non parce que je redoutais qu'on me regarde, mais je n'osais pas rompre le cercle de réconfort dont je l'entourais. Les membres du groupe de prière l'encerclaient eux aussi, je le savais, mais ils avaient tellement d'expérience qu'ils pouvaient accomplir plus d'une tâche spirituelle à la fois. Je leur enviai leur don et leurs aptitudes.

Comme on était samedi, il n'y avait pas de déjeuner communautaire. Nicholas but une tasse de thé et émietta une tranche de pain grillé, puis se retira dans son bureau au bout de cinq minutes. Lewis s'excusa alors de la dureté de son ton, la veille au soir, mais je ne voulais plus penser à ce que nous nous étions dit alors. Je me contentai donc de marmonner : « C'est pas grave », en espérant qu'il la bouclerait. Ce fut le cas, et dès qu'il eut disparu dans sa chambre, je fus enfin en mesure de me détendre, mais mon répit fut de courte durée. À neuf heures, Nicholas réapparut et nous partîmes pour Butterfold.

V

Il y avait du brouillard, mais la visibilité s'améliora à mesure que nous nous éloignions de Londres et bientôt, je fus surprise par la beauté du paysage que nous traversions. J'avais toujours pensé que le Surrey était le plus sélect des Home Counties, bourré de faubourgs luxueux, mais, en moins d'une heure, nous nous retrouvâmes parmi des collines boisées au cœur d'une profonde vallée parsemée de fermes bucoliques.

— Notre maison était une ferme jadis, dit Nicholas, prenant la parole pour la première fois depuis notre départ. Il y a des tas de fausses fermes retapées dans cette région, à l'époque où le Surrey devint riche et par conséquent abîmé.

— Je n'ai pas l'impression que ce soit si abîmé.

— C'est l'heure creuse. Normalement il y a beaucoup de circulation. La vie devait être bien agréable jadis.

— Pourquoi avez-vous choisi d'acheter une maison ici si vous n'aimez pas la région ?

— Rosalind a eu le coup de foudre. Et je ne tenais pas à faire des kilomètres chaque week-end.

Nous n'ajoutâmes rien, mais je trouvais vraiment dommage que sa résidence familiale se situe dans un endroit qui ait si peu d'attrait pour lui. Une seconde plus tard, je songeai que je plaignais Rosalind d'avoir à supporter que l'homme qu'elle aimait tînt aussi peu à la maison où ils avaient décidé de vivre. Très troublée par cet élan de sympathie envers elle, je m'agitai nerveusement sur mon siège.

Butterfold comptait une place, un pub et plusieurs cottages si pittoresques qu'ils n'avaient pas l'air vrai, comme s'il s'agissait d'un décor de film. La demeure des Darrow se trouvait à cinq cents mètres de l'église, et la première chose que je remarquai fut le jardin plus que la maison en elle-même. Bien qu'il fût tard dans l'année, il y avait encore des taillis en fleur autour de la zone pavée devant l'entrée. J'imaginai des pelouses douces et des parterres somptueux derrière l'édifice et pensai combien toute cette végétation devait être magnifique à l'apogée de l'été. Dans mon imagination, la vision des roses était si intense que je plissai même le nez comme si je sentais leur parfum.

Nicholas engagea la voiture dans l'allée de gravier et stationna devant un garage, manifestement une ancienne grange. Nous étions en face de la porte d'entrée. En éteignant le moteur, il me dit :

— Avec un peu de chance, vous n'aurez pas à intervenir.

L'instant d'après, il se glissait hors de la voiture. Je le suivis des yeux tandis qu'il approchait de la maison, tête baissée, les poings serrés dans les poches de sa veste. Un vent léger ébouriffa ses cheveux et je le vis frissonner au moment de sonner.

Tandis qu'il attendait qu'on lui ouvre, je me demandai pourquoi il n'avait pas pris sa clé et appelé sa femme. Même si Rosalind et lui étaient en si mauvais termes qu'ils ne pouvaient se parler sans témoin, je ne voyais pas pourquoi il devait sonner chez lui comme un étranger.

Il attendit, attendit. À l'instant où il s'apprêtait à appuyer de nouveau sur la sonnette, Rosalind ouvrit la porte.

Elle avait mis la chaîne et le regardait à travers l'interstice étroit.

Je compris finalement, choquée. Elle avait peur de lui. Il y avait une fenêtre sur le côté de la porte ; elle avait dû voir qui était son visiteur, mais elle avait tout de même mis la chaîne en place. Je sus alors pourquoi il avait sonné au lieu d'entrer directement. Il n'avait pas voulu la terrifier en entrant dans la maison sans prévenir ; il savait que ce serait déjà pénible pour elle de le voir à l'extérieur.

Effarée par cette nouvelle prise de conscience, je retins mon souffle et continuai à les observer. Elle essayait de fermer la porte, mais il avait calé son pied dans l'entrebâillement. Puis il désigna la voiture.

Elle me vit. Il y eut un temps d'arrêt. Ils échangèrent encore quelques mots et finalement, il retira son pied pour qu'elle puisse fermer la porte et enlever la chaîne. L'instant d'après, elle ouvrit de nouveau et le rejoignit sur le seuil. Elle avait enfilé un manteau bleu marine à boutons de cuivre. On aurait dit qu'elle allait se faire photographier pour les pages de mode de *Country Life*.

Je m'attendais à une longue conversation, mais quelques secondes plus tard, Nicholas se détournait d'elle et revint vers la voiture. Je le suivis des yeux, sidérée. Rosalind ne fit pas mine de rentrer. Elle me regardait tout comme je la regardais et j'étais sûre que mon expression était moins insondable que la sienne.

Nicholas ouvrit sa portière et se glissa dans la voiture.

— Elle refuse de me parler, dit-il, mais elle veut bien s'entretenir avec vous.

J'eus un haut-le-cœur.

— Que lui avez-vous dit ?

— Rien.

— Mais comment vais-je m'y prendre, pour l'amour du ciel ?

— Essayez de la convaincre que j'ai une nouvelle très grave et très urgente à lui annoncer et qu'il faut absolument qu'elle m'écoute.

J'étais muette.

— Elle est contente que vous soyez là, dit-il. J'avais raison. Je suis sûre qu'elle sera aimable avec vous.

— Formidable !

— Je suis désolé.

— Pourquoi a-t-elle peur de vous à ce point ?

— Je vous expliquerai ça plus tard.

— Je préférerais que vous le fassiez tout de suite, si vous n'y voyez pas d'inconvénient.

— Alice...

— Non ! Ne me dites pas que ça ne me regarde pas. C'est vous qui m'avez impliquée dans cette affaire. Je ne vous ai rien demandé.

— J'en suis conscient. Et je n'avais pas l'intention de vous dire que ça ne vous regarde pas.

— Alors qu'alliez-vous me dire, bon sang ?

Je commençais sérieusement à perdre mon sang-froid.

— J'allais juste vous dire que j'ai beaucoup de mal à aborder la question parce que j'ai profondément honte.

— Bon, mais je n'en sais pas plus. De quoi a-t-elle peur exactement ?

— Elle a peur que je la manipule de la pire des façons. Que je me serve de l'hypnose pour la priver de sa volonté et la faire agir contre son gré. Évidemment, ce serait impossible maintenant qu'elle est si hostile, mais elle croit encore...

— Attendez une minute ! Je ne vous suis pas. Que pense-t-elle que vous allez la forcer à faire ?

— Coucher avec moi. Elle pense que je vais l'hypnotiser pour qu'elle fasse l'amour avec moi afin de réparer tout le gâchis.

Je le dévisageai, interdite.

Il détourna les yeux, incapable de soutenir mon regard. Il était livide. Les articulations de ses doigts brillaient tellement il se cramponnait au volant.

Je m'entendis lui demander d'un ton impérieux :

— Pourquoi s'imagine-t-elle que vous êtes capable d'un acte aussi abominable ? Mais j'avais à peine formulé ma question que je sus la réponse. Parce que c'est ce que vous avez fait, poursuivis-je d'une voix blanche et j'ajoutai de mon ton le plus poli : Je vois.

Cette fois-ci, j'avais franchement la nausée. Je cherchai la poignée de la portière à tâtons et m'extirpai de la voiture.

— Alice, si seulement vous saviez comme je regrette...

Je claquai la portière pour lui couper la parole, resserrai ma veste autour de moi et remontai l'allée de gravier en direction de la porte d'entrée.

Après avoir attendu que nous soyons face à face, Rosalind lâcha d'un ton cassant :

— Il ne devrait pas se servir de vous comme ça. Il a tort. Je lui ai toujours dit qu'il était injuste avec vous, mais il est tellement arrogant qu'il croit tout savoir.

Elle poussa la porte avant de me lancer par-dessus son épaule :

— Venez boire un café.

Je la suivis en silence dans la somptueuse maison. Des tapis pastel, des meubles impeccablement cirés, des kilomètres de somptueuses draperies concouraient à créer une atmosphère d'élégance et de luxe sous les hauts plafonds ornés de poutres en chêne. La cuisine aussi était en chêne, une pièce immense, tous les vilains appareils ménagers cachés et les plans de travail méticuleusement propres. Tandis que je contemplais cette opulence, je compris finalement pourquoi elle détestait le presbytère désuet, tentaculaire, ingérable. Cette femme avait des normes élevées et accordait énormément d'attention aux détails. Elle aimait l'ordre et l'efficacité ; elle exigeait ce qu'il y avait de mieux.

Je compris aussi pourquoi elle ne se sentait pas impliquée dans le ministère de Nicholas. La douleur confuse de la maladie, le chaos des vies brisées et l'inertie des faibles devaient lui être insupportables. Avec un penchant aussi vif pour la perfection matérielle, elle devait avoir un seuil de tolérance très bas face aux perdants et aux pathétiques et ces gens pitoyables n'avaient strictement aucun intérêt à ses yeux. Je me rendais parfaitement compte maintenant à quel point son attitude vis-à-vis de Stacy lui ressemblait peu. En temps normal, elle aurait été beaucoup trop soucieuse de respecter les normes très strictes qu'elle s'était fixées pour se laisser aller à un comportement aussi vil et mesquin.

Je sus alors la profondeur du mal que Nicholas lui avait infligé et combien elle se sentait dépossédée en dépit du cadre exquis dans lequel elle vivait. Sa quête de la perfection n'avait pas été mise à profit. Elle qui avait passé une si grande partie de sa vie à créer et entretenir un foyer idéal, s'était vue dans l'obligation de le partager avec un mari le plus souvent absent et incapable d'apprécier ses efforts. Tant de ses créations devaient passer inaperçues aux yeux de Nicholas, de même que son amour, non payé de retour.

Ma compréhension s'intensifia à la lumière de cette souffrance entrevue. Je compris pourquoi elle ne pouvait endurer les privations affichées au centre de guérison et supportait mal l'austérité du presbytère. Sa vraie vie, sa vie intérieure, n'était que privations et austérité, mais c'était là une vérité bien trop pénible pour qu'elle la reconnaisse. Alors elle la cachait derrière ce cadre luxueux où elle pouvait feindre d'être heureuse et comblée.

— Je suis désolée, Rosalind, dis-je, vraiment désolée.

Elle haussa les épaules ne sachant pourquoi je m'apitoyais sur son sort. De fait, l'idée même que je puisse être en position de la plaindre devait lui paraître absurde ! Elle devait penser que je m'excusais simplement de faire intrusion dans sa vie privée.

— Asseyez-vous, dit-elle avec brusquerie en s'approchant du percolateur avant de sortir deux tasses et soucoupes Royal Doulton du placard au-dessus.

— Vous prenez du lait et du sucre ?

— Merci.

Je m'assis à la table de la cuisine où elle prit place elle aussi après avoir servi le café.

— J'ai une idée assez précise de la raison pour laquelle Nicholas est ici, mais vous pouvez lui dire que je ne lui parlerai pas sinon par l'intermédiaire des avocats. Il n'est pas question que j'endure une scène... Vous a-t-il dit pourquoi il voulait me parler ?

— Oui, Rosalind.

— Est-ce à propos de Stacy ?

Je ne m'attendais pas à ça. Je me bornai à hocher la tête.

— C'est bien ce que je pensais, dit-elle d'un ton las, comme si elle était trop fatiguée pour manifester une émotion normale telle que la gêne ou la honte. Je présume que le malheureux gamin n'a pu s'empêcher d'aller tout raconter à son héros, et je suppose que c'est ce que je voulais au départ. Je ne sais plus rien maintenant, si ce n'est qu'il faut que je me débarrasse de Nicky. Évidemment je regrette à présent de ne pas lui avoir parlé de Stacy moi-même. Dans une lettre, afin qu'il soit bien clair que notre mariage est fichu et qu'il était inutile de venir ici faire son numéro... Que savez-vous exactement de tout ça ? Je veux dire, Nicky s'est-il borné à vous dire qu'il voulait me parler de Stacy, ou vous a-t-il dit... enfin, bref, ça n'a pas d'importance. Je me fiche de ce que vous savez. Il y a une semaine, ça aurait compté, mais maintenant, peu importe. J'ai franchi une sorte de seuil de souffrance et je suis comme engourdie. Je ne sens plus la douleur. Je n'éprouve plus que de la peur à l'idée que Nicky fasse irruption ici. Oh ! Et puis ça aussi, on s'en fiche. Dites-lui simplement qu'il n'est pas question que je lui parle de Stacy ou de quoi que ce soit d'autre et que, s'il essaie de s'introduire ici de force, j'appelle la police. Et... et puis précisez-lui que j'ai déjà fait changer les serrures. Il ne s'en est pas aperçu puisqu'il a joué les gentlemen en sonnant tout à l'heure, mais s'il avait essayé sa clé, ça n'aurait pas marché.

— Rosalind, dis-je quand elle se tut enfin pour reprendre son souffle, je crois qu'il faudrait vraiment que vous parliez avec Nicholas à propos de Stacy. Honnêtement. C'est très important !

— Absolument pas !

Elle reposa brutalement sa tasse et serra les poings.

— Mais il y a une chose... Enfin deux choses... qu'il faut que vous sachiez. Voyez-vous, Nicholas est venu ici parce qu'il s'est produit une catastrophe. Il...

— Une *catastrophe* ?

— Oui, il est arrivé quelque chose d'épouvantable... Effroyable. Ce n'est pas à moi de vous le dire, mais...

— Seigneur ! De quoi s'agit-il ?

— Si seulement vous vouliez bien parler...

— De quoi s'agit-il ?

— Stacy s'est suicidé, dit-je, abandonnant tout espoir de l'envoyer à Nicholas, et je la vis pâlir à vue d'œil tandis que l'onde de choc se propageait dans son esprit.

VI

— Oh mon Dieu ! dit-elle. Oh, mon Dieu !

Elle était immobile, ne me voyait plus, les yeux assombris par des souvenirs devenus insoutenables.

J'essayai de lui parler de l'enquête. Je m'efforçai de bien lui faire comprendre que la police n'avait pas la moindre idée de ce qui s'était passé entre Stacy et elle, mais elle était trop choquée pour écouter. Je finis par m'interrompre quand je vis des larmes dans son regard.

— Je n'arrive pas à croire qu'il est mort, murmura-t-elle. Ce n'est pas possible.

Mais elle le croyait. Un instant plus tard, elle ajouta d'un ton farouche :

— Si j'avais pensé une seule seconde qu'il se tuerait, je n'aurais jamais...

Elle se tut, trop bouleversée pour continuer.

— Si vous parliez à Nicholas, il...

— Oh, ne me parlez plus de « Nicholas », pour l'amour du Ciel ! Sans lui, je n'aurais pas perdu la tête, et si je n'avais pas perdu la tête...

— Si vous lui parlez, il vous dira que ce qui s'est passé n'est pas votre faute.

— Bien sûr que c'est de ma faute ! Au moins, partiellement ! Merci, mais j'estime qu'il faut assumer ses responsabilités. Je ne fais pas partie de ces geignards débiles qui vont hurler chez un thérapeute dans l'espoir d'être innocentés !

— Oui, mais...

— Bouclez-la. J'ai besoin de réfléchir à tout ça. J'ai besoin de réfléchir. Sa voix fléchit, mais elle garda le contrôle d'elle-même. Bon, reprit-elle brusquement, Stacy s'est suicidé. Je suis au courant maintenant. Dites à Nicky que je lui suis reconnaissant d'avoir essayé de me le dire en personne, mais je ne tiens pas à en discuter avec lui. Je ne demande qu'une seule chose : qu'on me laisse tranquille.

— Je comprends, mais...

— Oh, Seigneur, il y a autre chose, n'est-ce pas ? Vous m'avez dit que vous aviez deux choses à me dire à propos de Stacy. Si l'une est son suicide, quelle est l'autre ?

— Hier, le jour où il est mort...

J'essayai de continuer, mais c'était trop difficile.

— Oui ? Allez-y, crachez le morceau, pour l'amour du ciel ! Je ne vais pas mourir foudroyée !

— Hier, il s'est fait faire une prise de sang, dis-je. Il y a un risque qu'il soit séropositif.

Rosalind me dévisagea. Je vis ses yeux se remplir de larmes à nouveau et sans que je puisse faire un geste, elle se leva péniblement.

Je la suivis tandis qu'elle avançait en titubant vers la porte.

— Rosalind...

Elle traversa le hall d'entrée, tendit la main vers la porte, l'ouvrit avec difficulté. Elle sortit en vacillant.

Dans l'allée, Nicholas sortit précipitamment de sa voiture. Elle courut à sa rencontre, et comme il se précipitait vers elle, elle alla se jeter dans ses bras grands ouverts.

Je les observai un instant tandis qu'elle sanglotait contre sa poitrine et qu'il la tenait serrée contre lui.

Puis je regagnai la magnifique cuisine et me servis un autre café d'une main tremblante.

4.

I

Ils parlèrent un long moment dans la voiture. Je restai
assise sur une chaise dans l'entrée et les observai par la
fenêtre. À un moment donné, le moteur se mit à tourner,
mais comme la voiture ne bougeait pas, je compris qu'ils
voulaient simplement allumer le chauffage. Cinq minutes
plus tard, le silence revint.

Je retournai à la cuisine, lavai ma tasse et ma soucoupe, les essuyai et les rangeai dans l'armoire. J'étais en
train de plier le torchon quand je les entendis entrer dans
la maison. Au bout de quelques secondes, Nicholas péné-
trait seul dans la cuisine.

— Alice. Il paraissait plus calme, comme libéré d'un
poids immense. Merci d'avoir été si forte, dit-il. Je vous suis

infiniment reconnaissant. Puis, en se détournant, il ajouta :
Je vais juste chercher quelque chose en haut.

Je me demandai si je devais lui proposer de rentrer à
Londres en train, mais avant que j'eusse le temps de formuler la question, il avait disparu. Ils étaient manifestement
sur le point de se réconcilier. À l'instant fatidique, elle
s'était tournée vers son plus vieil ami. Pas étonnant qu'il fût
plus serein ! Il avait eu ce qu'il voulait. Je songeais à ses
vieux films démodés où l'héroïne et le héros concluaient
l'histoire en s'éloignant dans le coucher de soleil.

Il s'attarda en haut un bout de temps et quand il revint,
je vis qu'il avait rapporté une petite malle noire, passablement éraflée, sur le couvercle de laquelle était écrit
N. DARROW à la peinture blanche écaillée.

— Nous pouvons y aller maintenant, dit-il.

Je fis un gros effort pour paraître aussi calme que lui.

— Si vous préférez que je rentre en train...

— En train ? Que voulez-vous dire ?

— Eh bien, si Rosalind vous a demandé de rester...

— Oh, je vois. Comme c'est gentil à vous ! Mais non,
nous nous sommes dit tout ce que nous avions à nous dire
pour le moment, et puis de toute façon, je dois retourner à
Londres afin de garder la forteresse pendant que Lewis ira
voir Venetia.

— Mais Rosalind préférerait sûrement...

— Elle va bien, dit-il en parlant avec difficulté. Elle va
bien. Prenant sur lui, il parvint à ajouter : Stacy n'a rien
fait qui ait pu la contaminer...

— Je pensais... quand elle a couru vers vous...

— C'était le choc. Je savais qu'en définitive, elle serait
contente que je sois là.

Je me souvins de la réflexion de Lewis à propos de la
solidité de leur mariage.

Nous quittâmes la maison sans que je revoie Rosalind.
Je me félicitais de ne pas avoir à assister à des adieux aussi
tendres que momentanés. En arrivant à la voiture, Nicholas
posa la petite malle avec soin sur la banquette arrière, mais
j'étais trop absorbée par mes sombres pensées pour lui
demander pourquoi elle voyageait avec nous.

Nous partîmes. Les kilomètres défilaient, et peu à peu
je sentis sa tension revenir. Ses mains se cramponnaient de

plus en plus au volant ; il s'éclaircit la gorge à plusieurs reprises comme s'il allait parler, mais n'arrivait pas à trouver les mots justes ; il fronça les sourcils, plissa le nez, fronça encore les sourcils. Enfin, incapable de supporter plus longtemps ses symptômes de stress, je demandai : « Qu'y a-t-il ? » et il rangea aussitôt la voiture sur le bas-côté de la route.

— Je veux vous parler de l'hypnose.

— Je n'ai pas besoin d'en savoir davantage.

— Mais j'ai besoin que vous sachiez à quel point je regrette maintenant ce qui s'est passé.

— Vous avez déjà reconnu que vous aviez honte.

— J'en ai longuement parlé avec mon directeur de conscience, je me suis confessé à Lewis, je me suis excusé du fond de l'âme auprès de Rosalind...

— Dans ce cas, je ne vois pas pourquoi vous voulez remettre la question sur le tapis avec moi.

— Parce que je supporte mal l'idée de vous avoir choquée et désillusionnée.

— Je ne m'inquiéterais vraiment pas de ça si j'étais vous, Nicholas. Il y a des tas d'autres femmes à St Benet qui continuent à rêver de vous voir à travers les yeux de l'amour.

— Ma chère Alice...

— Oh taisez-vous, pour l'amour du ciel, et arrêtez de vous faire du souci pour votre image !

— Mais c'est pour vous que je me fais du souci, pas pour mon image ! J'ai peur que....

— Laissez tomber. J'ai peut-être été choquée. Et alors ? Je m'en remettrai. Je ne suis pas une petite fleur délicate condamnée à se flétrir au premier gel de l'hiver, ou naïve au point de ne pas savoir que nous sommes tous capables de faire des choses abominables. Je l'ai découvert quand je m'occupais de ma tante, que je manquais de sommeil et que je me sentais au bout du rouleau. Je la regardais parfois et j'avais envie de... enfin, pas vraiment de l'assassiner, mais au moins de la frapper pour donner libre cours à mon désespoir.

— Mais vous ne l'avez jamais fait. Nous sommes peut-être tous capables de faire des choses monstrueuses, mais ça ne veut pas dire qu'on les fait.

— Ça me serait peut-être arrivé si elle avait vécu plus longtemps. Lorsque vous lui avez permis de mourir avec dignité, vous m'avez aussi épargné d'aller jusqu'au fond du gouffre. Je marquai une pause pour tâcher de voir clair en moi. Je pensais ne plus vous voir à travers des lunettes teintées de rose, dis-je, mais peut-être qu'au fond de moi, j'ai encore envie de vous croire infaillible. Pas un saint, mais quelqu'un qui ferait toujours le bien et ne serait jamais tenté de se comporter comme un.... comme un...

Je retins la pire insulte.

— Comme un charlatan, dit Nicholas.

— Oui. Vous voyez, après la mort de ma tante, quand j'ai su que j'étais moi-même terriblement faillible, je voulais que vous, vous soyez infaillible afin que vous répariez les dommages de la vie...

— Les gens attendent souvent cela des prêtres.

— Mais ce n'est pas juste, non ? Pauvres prêtres ! Ce doit être difficile pour eux de porter les espérances infondées de tant de gens ! Je comprends maintenant pourquoi vous aimez tellement Rosalind. Elle ne vous voit pas comme un héros d'une perfection impossible, mais tel que vous êtes.

— Elle n'a certainement aucune illusion à mon égard, mais...

— Je suis contente que vous ayez pu parler en définitive. Ça va aller pour vous deux maintenant, n'est-ce pas ?

— Peut-être. Par la grâce de Dieu. Oui, je l'espère.

J'essayai de me réjouir qu'ils se soient réconciliés. Au moins, je n'allais pas voir une nouvelle femme débarquer au presbytère, et si Lewis ne s'était pas trompé, Rosalind renoncerait à venir s'installer à Londres et les Darrow reprendraient leur vieille routine consistant à être séparés la semaine et mariés le week-end. Pourtant, même si je me rendais compte que c'était l'issue la plus souhaitable — celle qui me permettrait de rester au presbytère —, j'étais dévastée.

— Pourrions-nous reprendre la route, Nicholas, s'il vous plaît ?

Sans ajouter un seul mot, il lança la voiture dans le flot continu de la circulation.

II

Nous traversâmes la Tamise qui ressemblait à du métal ondulant sous le ciel blanc de l'hiver et prîmes la direction du nord, vers St Paul, puis Cheapside. Comme nous étions samedi, il n'y avait pas trop d'encombrement et nous nous engageâmes sans mal dans Egg Street et sur les pavés, jusqu'à l'Église.

Lewis était sur le point de partir ; au petit déjeuner, Nicholas avait insisté une nouvelle fois pour qu'il maintienne son rendez-vous avec Venetia. Laissant les deux hommes parler dans l'entrée, je descendis dans mon appartement pour m'arranger un peu et quand je retournai au rez-de-chaussée, après une brève crise de larmes, je trouvai Nicholas seul dans la cuisine.

— Lewis a-t-il pu repousser les assauts de la presse ? demandai-je en me tournant prestement vers le frigidaire pour cacher mes yeux rougis.

En ouvrant la porte, j'inspectai l'intérieur à la recherche de quelque chose pour faire des sandwichs.

— Il n'y a pas eu de réaction. La police a manifestement classé l'affaire comme un banal suicide. Mais je suis sûr que l'enquête ne manquera pas d'attirer l'attention des journalistes.

Je sortis du poulet froid et du fromage. Ce fut seulement en me retournant vers lui à contrecœur que je m'aperçus qu'il avait posé sur la table la petite malle noire provenant de Butterfold.

— Je voudrais vous montrer quelque chose, dit-il.

Je posai mes deux récipients en plastique.

Il ouvrit la mallette et en sortit un baluchon enveloppé dans du papier de soie qu'il posa délicatement sur la table. Avec tout autant de douceur, il écarta l'emballage et, à mon grand étonnement, je me retrouvai en face d'un vieux ours en peluche, chauve à certains endroits et vêtu d'un pull-over bleu passé. Une vague odeur de naphtaline flotta dans l'air tandis que Nicholas effleurait du bout des doigts les beaux yeux de verre de l'ours.

— Je l'avais gardé pour mes fils, dit-il, mais je ne le leur ai jamais donné. Je l'ai enfermé dans cette malle et conservé dans le grenier. Je pensais avoir fait ça parce que je l'aimais, mais je me trompais. L'amour véritable n'a rien à voir avec le désir de garder et de contrôler, et ce que j'ai pris pour de l'amour n'était qu'une obsession pour ce qu'il représentait pour moi.

Il marqua un temps pour caresser la fourrure pelée.

— Il incarnait la sécurité pour moi, reprit-il finalement. Je l'aimais parce qu'il était prévisible. Il avait toujours la même expression, ses articulations bougeaient toujours de la même façon, il était toujours là quand j'avais besoin de lui. Mes parents.... bref, je ne les ai pas beaucoup vus quand j'étais jeune. Ma mère avait sa propriété à gérer et mon père son ministère. J'avais une nounou toute dévouée, mais elle prit peur quand l'aspect psychique de ma personnalité commença à se développer. Moi aussi, j'avais peur. Quand on sait que le monde peut être envahi à tout instant par l'anormalité — la paranormalité —, on a soif de normalité, de prévisibilité, de sécurité. Lorsque j'étais enfant, j'avais mon ours. Quand j'ai grandi... Eh bien, je croyais avoir mis mon ours de côté, mais c'était faux. Je cherchais toujours désespérément les mêmes facteurs de sécurité, et je suppose que je les ai trouvés d'une certaine manière. En revanche, il y a des tas d'autres choses que j'ai cherchées en vain. Des choses auxquelles j'essayais de ne pas penser en me disant qu'elles n'étaient pas aussi importantes que la sécurité.

Il remua les articulations des bras de l'ours et lui tourna la tête de quelques centimètres, comme s'il testait la prévisibilité parfaite qui l'avait fasciné, enfant.

— Maintenant j'ai un problème, reprit-il. J'ai compris que je devais arrêter d'accaparer mon ours, mais tout le poids du passé fait pression sur moi et je continue à avoir de la peine à le lâcher. Je vais me faire du souci pour lui, c'est sûr. Si seulement je pouvais être certain que tout ira bien pour lui.... Je voudrais qu'il se retrouve dans une bonne maison... bien soigné, apprécié, chéri... Il n'est plus de la prime jeunesse, hein ? Est-il capable d'avoir une nouvelle vie, ou finira-t-il dans une poubelle après avoir été malmené par un propriétaire malveillant ?

Je pris l'ours et l'examinai. Sous le pull déteint, sa fourrure était épaisse et dorée.

— Je crois qu'on pourrait presque le remettre à neuf, dis-je d'un ton encourageant. Un peu d'eau et de savon. Peut-être une touche de produit lessive ici et là.

— En êtes-vous sûre ? Je ne veux pas que sa fourrure soit abîmée...

— Ça ira très bien, je vous le promets. Il aurait l'air d'avoir des années de moins. C'est dommage qu'il ait perdu des touffes de poil, mais je peux les couvrir en lui faisant de nouveaux habits — un petit jean peut-être et un t-shirt avec ST BENET brodé dessus. Oui, c'est ça ! Je le ferai très contemporain et il sera fin prêt à affronter les années 1990 !

— Il faudra tout de même qu'on lui trouve un nouveau toit.

— Mettez-le dans la réception une semaine et quelqu'un de fiable ne manquera pas de le trouver irrésistible. Honnêtement, je ne pense pas que ce soit un problème aussi grave que vous le dites.

— Non ?

— Non. Ayez confiance ! Et pensez à ce pauvre ours enfermé tant d'années dans une malle. Je comprends que vous ayez du mal à le lâcher, mais je suis sûre que vous prenez la bonne décision.

Tout au long de cette extraordinaire conversation, je m'efforçai de comprendre pourquoi, en ce moment de crise, Nicholas avait choisi de concentrer son attention sur un objet aussi banal et hors de propos. Bien que la réponse évidente fût que, sous l'effet de toutes ces tensions, il avait finalement craqué, je n'avais remarqué aucun autre indice prouvant qu'il avait perdu les pédales. Ce qui voulait dire que le salut et la remise en état de cet ours n'avaient rien de trivial. Quoi qu'il en soit, la signification de cette scène restait un mystère. Je me demandais alors si sa détermination à « écarter les choses de son enfance » était symbolique d'une nouvelle maturité, acquise grâce à sa réconciliation avec Rosalind. Il était difficile d'imaginer qu'il pût manquer de maturité dans ses relations personnelles, mais, Rosalind ayant été son amie d'enfance, peut-être quelque élément infantile avait-il subsisté dans leur mariage jusqu'aux bouleversements récents. Une fois son enfance derrière lui, le couple serait prêt à prendre un nouveau départ.

Pendant que j'édifiais cette explication dans mon

esprit, j'altérai la position des jambes de l'ours de manière à l'asseoir et lui donnai la place d'honneur sur le vaisselier. Je m'apprêtais à demander à Nicholas ce qu'il voulait faire de la malle quand je fus interrompue.

Quelqu'un sonna à la porte.

— Au mieux, c'est Gil Tucker, dit Nicholas, au pire, un journaliste de *News of the World*.

— Voulez-vous vous réfugier dans votre appartement ?

— Inutile. Si c'est la presse, ils ne partiront pas tant que je ne serai pas apparu en personne pour leur dire « pas de commentaire ». Si c'est Gil Tucker, je tiens à le voir. J'ai le pressentiment que c'est lui.

Il se trompait. Les médiums ne peuvent pas toujours avoir raison. Dès qu'il ouvrit la porte, j'entendis une voix féminine s'exclamer voluptueusement :

— Nick... mon chéri !

Je réalisai avec horreur que notre visiteuse n'était autre que Francie Parker.

III

Durant une seconde, ce fut la confusion totale dans mon esprit. Francie était censée nous laisser tranquilles jusqu'à lundi, préoccupée par son mari de retour de Hong Kong. Poussée par la curiosité et une inquiétude aiguë pour Nicholas, j'allai jeter un coup d'œil dans le couloir.

Francie franchit le seuil en trombe et fonça droit sur le bureau de Nicholas. Elle portait un élégant manteau noir qu'elle retira et expédia sur la chaise la plus proche, dévoilant un pull en V rouge collant et une jupe étincelante en cuir noir. Ses seins, rehaussés par quelque étonnant soutien-gorge, avaient l'air impatients de bondir hors de leur carcan. Elle avançait en faisant claquer les talons de ses bottes brillantes ; on aurait dit une mauvaise actrice hollywoodienne interprétant le rôle d'une call-girl.

Nicholas se tourna rapidement vers moi et me fit signe de me joindre à eux. Je m'élançai et ne m'arrêtai qu'en arrivant sur le seuil du bureau.

— ... et bien sûr, dès que j'ai su, j'ai sauté dans ma voiture, disait Francie. Stacy ! Un suicide ! Mon cher, je suis bouleversée !

— Comment l'avez-vous appris ?

— Rosalind vient de m'appeler.

Je vis la main gauche de Nicholas se crisper à l'instant où il se rendit compte qu'il avait oublié de mettre sa femme en garde contre la duplicité de sa meilleure amie.

— ... Rosalind était effondrée, chéri, tout bonnement effondrée. Elle m'a appelée pour me recommander de n'en parler à personne. Alice, qu'est-ce que vous faites à fouiner comme ça dans le couloir ? Vous écoutez aux portes maintenant ?

— Elle n'a pas besoin d'écouter aux portes, dit Nicholas d'un ton égal. Elle est au courant de tout et elle m'a accompagné ce matin quand je suis allé à Butterfold pour avertir Rosalind.

— Vraiment ? Quelle drôle d'idée !

Elle pivota lentement la tête pour me considérer une nouvelle fois. Son regard était brillant, fébrile, dément ! En sentant des picotements dans ma nuque, je traversai instinctivement le seuil pour me rapprocher de Nicholas.

— Vous a-t-elle dit autre chose ? demandait Nicholas, et bien qu'il conservât son calme, je savais qu'il avait peur que, sous l'effet du choc, Rosalind lui en ait trop dit.

— Oh, elle n'a pas parlé très longtemps parce qu'elle était trop secouée. Imaginez-vous, mon cher, qu'elle m'a même accusée de l'avoir poussée à séduire Stacy ! Comme si j'étais capable d'une pareille atrocité ! Mais bien sûr, je lui pardonne parce qu'elle était à l'agonie. Elle se sent tellement coupable, la pauvre chérie, qu'elle ne sait plus où elle en est.

— Que vous a-t-elle dit exactement ?

— Qu'elle avait couché avec Stacy. Je vous avais prévenu qu'elle projetait de le faire, pas vrai ? Je vous l'ai dit hier soir à l'abbaye !

— Je me souviens, oui. Vous a-t-elle dit autre chose ?

— Oh, elle m'a laissé entendre qu'il était impuissant, ce qui ne m'a pas tellement surprise, je l'avoue. Cela explique la tragédie, n'est-ce pas ? Parce que, de toute évidence, il s'est suicidé à cause de la frustration, du remords, et tout cela est la faute de Rosalind ! Honnêtement, Nick, cela me fait de la peine de vous dire ça, c'est ma meilleure amie, mais plus vite vous vous débarrasserez d'elle, mieux ce sera.

— C'est tout ce qu'elle a dit ?

Nicholas voulait manifestement être sûr que Rosalind, concentrant son attention sur la scène de séduction, n'eût pas mentionné l'éventualité de sa séropositivité. Ce serait un élément de moins dont il faudrait s'inquiéter à l'enquête.

— Que voulez-vous savoir de plus ? Oh, si elle m'a parlé du divorce ? Non, mais maintenant qu'elle a mis son abominable plan à exécution, il n'y a plus rien à ajouter, pas vrai ? À l'évidence, elle meurt d'envie de se débarrasser de vous, mais ne vous inquiétez pas, chéri, parce que je suis prête à prendre la relève. Je viens de mettre mon propre projet, fort judicieux, en vigueur !

Cinq secondes s'écoulèrent avant que Nicholas réussît à articuler :

— Quel plan ?

— Mon projet ! Mon petit projet secret, superbement inspiré et fabuleux sur lequel je travaille depuis des mois et des mois ! Je... Elle s'interrompit en reprenant conscience de ma présence. Oh, Alice, ma chère, allez-vous-en, voulez vous ! Je dois parler à Nick seule à seul. C'est bien, ma petite !

— Faites-moi plaisir, Francie, reprit Nicholas d'un ton léger en me faisant signe de rester. À l'évidence, il tenait à ce que je sois témoin de cette scène. Alice est dans la confidence, je vous l'ai déjà expliqué, et je souhaiterais qu'elle soit présente. Ça ne vous gêne pas vraiment, si ? Après tout, c'est l'une de vos plus grandes admiratrices. Elle dit toujours qu'elle n'oubliera jamais la gentillesse que vous lui avez manifestée après la mort de sa tante.

Francie se rengorgea. La fierté exsuda d'elle sous la forme d'une grande vague noire tourbillonnante.

— J'ai été merveilleuse, n'est-ce pas ?

— Merveilleuse ! répétai-je aussitôt, comprenant qu'il fallait la flatter, mais contente tout de même de pouvoir dire la vérité. Je ne sais pas comment j'aurais fait sans vous, Francie.

— Pauvre Alice ! Je serai aussi gentille avec vous que

Nick. Nick chéri, qui s'efforce de vous inclure dans tout pour vous donner l'impression d'être utile ! Quel amour !

Nicholas se déplaça vers la droite d'une démarche désinvolte afin de passer de l'autre côté de la table. Quand on se tenait sur le seuil, la petite table ronde couverte de livres et de papiers se trouvait juste devant au milieu de la pièce ; à gauche, il y avait la fenêtre donnant sur Egg Street, à droite, la cheminée, et sur le mur du fond, derrière la table, le bureau surmonté d'un crucifix. À cet instant, nous formions un triangle tous les trois. Je me trouvais entre la porte et la cheminée, Francie tournait le dos à la fenêtre et Nicholas glissait discrètement derrière la table, virant en direction du bureau.

— Quel est donc ce plan si ingénieux ? reprit-il sur le même ton.

— Mon cher, c'est tellement subtil que personne ne suspectera quoi que ce soit ! J'ai bien cru, l'espace d'un instant, que Lewis avait des doutes durant notre conversation au presbytère lundi dernier. Il m'a demandé pourquoi je me confiais toujours à vous deux à propos de la violence de Harry. Mais non, heureusement ! J'ai vite compris qu'il n'avait pas la moindre idée de ce qui se tramait. Bien sûr, je n'aurais pas dû aller au presbytère ce soir-là, mais je n'ai pas pu m'en empêcher ! Comme Harry était parti et que Lewis devait se coucher tôt sur les ordres de son médecin, j'ai pensé qu'en arrivant à dix heures et demie, je ne courais aucun risque, mais...

— Je n'étais pas là ce soir-là. Vous n'avez pas eu de chance. Mais Francie, dites-moi maintenant ce que vous n'avez pas dit à Lewis. Pourquoi est-ce que vous nous faisiez des confidences à tous les deux ?

— Parce qu'une fois que la police apprendrait que nous allions nous marier, vous seriez suspect.

Il y eut un silence avant que Nicholas répète d'une voix blanche :

— Suspect ?

— Oui, même si vous saviez à quel point mon mariage était intenable et que j'étais disponible pour vous, j'avais besoin d'un autre témoin, d'un témoin impartial de la gravité de ma situation.

Je vis les muscles du visage de Nicholas se crisper tandis qu'il luttait pour garder une expression impassible.

— Je ne suis pas sûr de comprendre, dit-il.

Mais je savais qu'il avait parfaitement compris. Moi aussi, même si je ne voulais pas y croire. Les battements de mon cœur s'étaient bizarrement accélérés.

— Eh bien, voilà ce qui s'est passé, reprit-elle, sa jupe en cuir remontant le long de ses cuisses rondes gainées de nylon noir comme elle s'asseyait sur le rebord de la fenêtre. Il y a longtemps que je sais que nous sommes faits l'un pour l'autre et j'ai très vite compris que le véritable problème n'était pas que vous soyez marié. J'étais certaine d'avoir l'occasion de vous prouver un jour que votre mariage était un échec total, et c'est bel et bien le cas, pas vrai ? Rosalind et vous passez le plus clair de votre temps séparés l'un de l'autre.

— Et une fois que je serais divorcé...

— Votre divorce engendrerait une situation délicate, j'en étais consciente, mais je savais que vous vous en tireriez si Rosalind passait pour la coupable et que vous feigniez d'essayer de sauver votre couple. Tout le monde vous plaindrait. Le vrai problème serait quand...

— ... on en serait à la phase du remariage.

— Exactement ! Je savais que les administrateurs du Centre et des tas d'autres gens s'élèveraient contre l'idée que vous épousiez une divorcée. En revanche, si vous épousiez une veuve sans reproche que son époux avait atrocement malmenée...

Elle lui sourit malicieusement en laissant sa phrase en suspens.

Le teint déjà gris de Nicholas avait tourné au blanc. J'avais reculé sans m'en rendre compte jusqu'au chambranle de la porte. J'avais l'impression que j'allais tomber dans les pommes.

— Oh, ne vous inquiétez pas, chéri ! s'exclama-t-elle, se redressant d'un bond alors qu'elle venait finalement de se rendre compte de son horreur. Je ne ferai jamais rien qui puisse mettre en péril votre ministère. C'est la raison pour laquelle j'ai décidé, dès le départ, qu'il valait mieux que je sois veuve plutôt que divorcée ! Bien sûr, il y aura un moment un peu difficile à passer quand la police m'arrêtera, mais je serai l'héroïne bafouée, n'est-ce pas, la bonne épouse chrétienne bassement martyrisée par son athée et brute de mari. Tout le monde me témoignera des trésors de compassion, de compréhension, et me pardonnera, y compris le juge et le jury ! Après tout, j'ai été brillamment plausible ! Avec quelle adresse ai-je édifié peu à peu l'image effroyable de ce mari monstrueux ! J'ai si bien interprété mon rôle de femme battue ! Il faut dire que j'ai entendu beaucoup d'histoires de ce genre au cours de mes années de bénévolat. J'ai pu mettre mon expérience à profit ! J'ai été superbe !

— Superbe ! parvint à dire Nicholas, Dieu sait comment.... Alors quand avez-vous décidé que le moment était finalement venu de...

— Tuer Harry ? Eh bien, au départ, j'avais prévu d'agir après le nouvel an, une fois que les enfants seraient de retour en pension. Je ne voulais pas gâcher leurs vacances de Noël. Mais quand j'ai déjeuné avec Rosalind cette semaine, j'ai compris que je devais intervenir sans plus attendre. Elle vous rejetait ! Vous aviez besoin de moi ! Alors quand Harry s'est réveillé abruti ce matin à cause du décalage horaire — le vol est tellement long depuis Hong Kong... Oh, c'était tellement simple ! Il était assis à la table de la cuisine dans un état de stupeur à me regarder préparer le déjeuner avec des yeux fixes. Ça m'a beaucoup facilité les choses vu que je tenais déjà un couteau à la main. Je me suis approchée de lui par derrière et je l'ai poignardé encore et encore. Pour finir, je crois que je lui ai tranché la gorge. Dès qu'il est mort, je suis vite montée me changer et je suis venue directement ici. Je n'ai pas pris la peine d'appeler la police. Ça peut attendre. C'est une affaire des plus simples. Les enquêteurs n'auront pas grand-chose à faire.. Et avec un bon avocat, je sais que je m'en sortirai indemne. Faut que je trouve un bon avocat quand même. Quel que soit le prix. Mais ce n'est pas un problème. Je suis riche maintenant que Harry est mort... Alice, ma chère, qu'est-ce que vous avez à me regarder comme ça ? D'ailleurs, qu'est-ce que vous faites là ? Vous devriez retourner à la cuisine, vous savez, au lieu de traîner ici par pure curiosité. La curiosité est un vilain défaut, ajouta-t-elle tristement. On ne vous a pas appris ça quand vous étiez petite ?

J'avais l'impression qu'on m'avait clouée à l'encadrement de la porte. Il était arrivé quelque chose à mes poumons. Je pouvais à peine respirer.

— Oubliez Alice pour l'instant, Francie, souffla Nicholas, interrompant le silence. Dites-moi ce que vous ressentez maintenant vis-à-vis de Harry.

Cette question détourna aussitôt l'attention de Francie. Après avoir avancé de plusieurs pas dans ma direction, elle se retourna vers lui et entreprit de contourner la table ronde, mais Nicholas ne l'attendit pas. Lui aussi avait commencé à tourner, de manière à maintenir la table entre eux. L'espace d'un bref instant, il fut près de moi et je me sentis en sécurité, mais Francie continuait à progresser. Il se remit en marche. Quand elle s'arrêta finalement, elle tournait le dos à la cheminée, il se tenait face à elle, à proximité de la fenêtre, et rien ne la séparait de moi à part quelques mètres de parquet ciré.

Mais elle m'avait momentanément oubliée.

— Je ressens une joie profonde ! déclara-t-elle d'un ton exalté. Je ne peux pas vous dire à quel point je détestais cet homme ! Il était si terrible avec moi. J'ai enfin triomphé de lui, hein ? La vengeance est à moi, disait le diable !

Je frémis en entendant la fameuse citation ainsi déformée, mais Nicholas se borna à dire :

— Vous avez certainement fait preuve d'une grande habileté, Francie.

Je le vis se rapprocher de son bureau, centimètre par centimètre, alors qu'elle ne bougeait plus.

— Mais vos souvenirs me semblent un peu flous. Êtes-vous sûre qu'il était mort lorsque vous êtes partie ?

— Il y avait du sang partout sur la table de la cuisine ! Mais, chéri, je savais que vous auriez peut-être du mal à croire que j'aie pu être aussi déterminée et courageuse, alors je vous ai apporté une preuve !

Elle se précipita sur son sac abandonné sur le rebord de la fenêtre et en sortit brusquement un couteau long de trente centimètres dont la lame était noire de sang.

— Tenez ! dit-elle gaiement à l'adresse de Nicholas. Prenez-le ! Je n'en ai plus besoin.... Quoique ?

Elle s'immobilisa, fronçant les sourcils d'un air songeur, le couteau toujours serré entre le pouce et l'index.

— Je viens juste de penser, chéri, qu'allons-nous faire d'Alice ? Elle ne fait pas du tout partie de mon plan.

— Si nous prenions un moment pour parler de ça en tête à tête ? répondit aussitôt Nicholas. Alice, allez dans la chambre de Lewis et dites-lui que le déjeuner sera un petit peu retardé...

Je savais qu'il s'agissait d'un moyen détourné de me dire d'appeler la police, mais avant que j'aie le temps de m'échapper, Francie modifia la position de sa main sur le couteau et m'ordonna de rester où j'étais.

— Il faut que je résolve un petit mystère, dit-elle, les sourcils de nouveau froncés, sa main droite enveloppant le manche du couteau de sorte que la lame avait l'air de sortir de son poing. Alice, ma chère...

Elle fit un pas dans ma direction. J'essayai de fuir, mais mes jambes refusaient de bouger. Du coin de l'œil, je vis Nicholas se rapprocher de son bureau, mais je ne voyais pas ce qu'il faisait. Nous étions aux deux angles opposés de la pièce à présent, mais Francie était suffisamment proche de moi pour me sauter dessus et elle brandissait toujours le couteau.

— Évidemment, je sais que vous êtes amoureuse de lui, dit-elle d'un ton songeur, mais pour quelle raison est-ce qu'il vous trimballe partout en insistant même pour que vous soyez présente aux conversations les plus intimes ?

— Je n'en ai pas la moindre idée, dit une voix.

La mienne, mais je ne la reconnus pas. Je vis tout à coup que Nicholas décrochait le crucifix suspendu au-dessus du bureau.

— Rosalind m'a mise en garde contre vous ! ajouta Francie d'un ton sec. Je me souviens maintenant. Elle m'a dit qu'il se passait quelque chose de bizarre, mais je vais vous dire une chose : si vous croyez que vous allez l'avoir, vous vous trompez !

Je réalisai brusquement avec horreur que sa voix elle aussi était presque méconnaissable. On aurait dit que la scène avait brusquement changé de vitesse.

— Je vais l'avoir, je l'aurai, il est à moi !

Ses yeux me faisaient l'effet de trous noirs, son visage ressemblait à une tête de mort. La structure osseuse familière se changeait en un masque inconnu. Elle respirait bruyamment et laissait entendre entre ses dents un sifflement saccadé.

— Francie ! s'exclama Nicholas d'une voix forte, mais elle n'entendit rien. Elle brandit le couteau encore plus haut. Francie, regardez-moi ! Francie, *au nom de Jésus-Christ...*

Elle m'oublia finalement, tourna brusquement la tête dans sa direction comme s'il avait fait claquer un fouet, et dès que le sifflement cessa, je vis Nicholas se métamorphoser à son tour. On aurait dit qu'un rideau était tombé sur son effarement, que sa tension était oubliée, sa peur pour ma sécurité envolée. En tenant le crucifix d'un air désinvolte entre ses deux mains, il parut se détendre, quoique ce fût probablement une illusion. Je sentis sa concentration fusionner tandis qu'il fixait toute son attention sur Francie. Ses beaux yeux étaient d'une magnifique limpidité.

Tout à coup, il sourit, très calme à présent. De fait, il était envoûtant, dans le sens le plus littéral du terme ; il tissait un envoûtement, telle une toile d'araignée pour prendre Francie au piège. Il l'incitait à plonger son regard dans ces yeux remarquables qui, à ce moment, n'exprimaient rien en dehors d'un intérêt particulièrement intense, et à y lire le message qu'elle choisissait d'y voir. Il l'exhortait à croire qu'il ferait tout ce qu'elle voulait si elle était prête à faire tout ce qu'*il* voulait. Une fois sous son emprise, elle serait piégée. Privée de volonté, elle ne vaudrait pas mieux qu'un robot qu'il pourrait programmer à sa guise.

L'espace d'une seconde, comme ma répulsion prenait le pas sur la fascination, je pensai être témoin de l'acte corrompu d'un faiseur de miracles, mais je compris brusquement que j'assistais en fait à une hypnose pratiquée non pour se faire valoir mais pour guérir. Nicholas se démenait pour venir à bout de terribles symptômes chez une femme terriblement atteinte. À cet instant, je pris conscience du crucifix qu'il fit passer avec souplesse dans sa main droite.

— Vous allez continuer à me regarder, Francie, n'est-ce pas ? disait-il d'une voix chaude, si belle, si sensible, que Francie redevint elle-même tout en le dévorant des yeux. Vous allez continuer à me regarder et oublier Alice, n'est-ce pas, parce que je le veux et que vous le voulez aussi.

Nous voulons l'oublier pour n'être plus que tous les deux, n'est-ce pas ?

Francie était tout excitée à présent. Ses yeux brillaient. Elle était redevenue elle-même. La présence étrange à la voix sifflante s'était volatilisée.

— Oh oui, chéri, oh oui...

— Bon, vous allez oublier qu'Alice est là et quand je claquerai des doigts, vous l'aurez oubliée, vous ne la verrez plus, elle aura disparu. Vous me croyez capable de cela, n'est-ce pas ? Bien sûr. Maintenant je vais claquer des doigts — il s'exécuta — et voilà ! Alice a disparu, vos désirs sont des ordres et elle n'est plus là. Plus besoin de vous faire du souci à son sujet. Je me suis occupé d'elle. Elle ne constitue plus une menace. Et maintenant, il ne reste plus que vous et moi, vous et moi, c'est que vous voulez, n'est-ce pas ? Bon, maintenant, Francie, il faut que vous fassiez une chose pour me faire plaisir. Je veux que vous posiez ce couteau. Je vais compter jusqu'à cinq et quand je dis « cinq », vous allez poser ce couteau sur la table. Compris ? Bon, je commence à compter. Un... deux...

Je pensais justement, immensément soulagée, que tout allait bien se passer, quand, brusquement, sans avertissement, tout tourna mal, très, très mal. L'identité de Francie recommença à se désintégrer, beaucoup plus violemment cette fois-ci. Le sifflement revint et se changea bientôt en un grognement. Elle était toujours figée sur place, mais le couteau restait logé dans son poing serré.

— Bon, s'empressa de dire Nicholas, cessant de compter, je vois que c'est trop difficile pour vous. Nous sommes en train de perdre le contact, mais n'oubliez pas que je suis de votre côté, Francie. Je me bats pour vous contre...

L'identité de Francie disparut brutalement pour de bon, comme si un nageur en train de se noyer avait finalement disparu sous la surface de la mer infestée de requins après une lutte acharnée pour survivre.

L'instant d'après, ses cordes vocales faisaient un bruit comparable au râle d'un animal auquel on serait en train de trancher la gorge.

Nicholas renonça à essayer de communiquer avec elle par l'hypnose et brandit le crucifix en criant :

— Au nom de...

Mais il fut interrompu. La voix, masculine maintenant, beugla :

— Je te hais, je te hais, je te hais... Je vais te tuer, te tuer...

— *Au nom de Jésus-Christ, Satan, je...*

Cela n'eut aucun effet. La voix hurla encore plus fort :

— Tuer, tuer, tuer...

En un éclair, Nicholas changea de tactique.

— *Esprit du meurtre, esprit de haine, de colère, de luxure...*

Aucun effet non plus.

La voix brailla à nous crever les tympans :

— TUER, TUER, TUER...

Mais Nicholas cria encore plus fort :

— Vous tous, esprits impurs, laissez cette femme, retournez d'où vous venez et AU NOM DU CHRIST, NE REVENEZ JAMAIS !

La chose qui se servait du corps de Francie brandit le couteau et s'élança en avant pour massacrer Nicholas.

IV

Tout fut fini avant que je puisse hurler de terreur.

Nicholas leva le crucifix pour parer le coup, mais l'entaille ne vint pas. Francie — la chose, les choses, quoi que ce fût — s'immobilisa brusquement comme sous l'effet d'une force colossale. Durant un long moment, elle resta paralysée, le bras brandi, le couteau en position, poing serré, la tête rejetée en arrière. Puis ses yeux roulèrent dans leurs orbites, elle poussa un long gémissement et tomba à terre prise de convulsions.

V

Les convulsions ne durèrent probablement que quelques secondes, mais elles parurent interminables. Quand finalement Francie se figea, je crus qu'elle était morte. Elle avait lâché le couteau en tombant. Nicholas jeta un coup d'œil à la longue lame maculée de sang en s'agenouillant près d'elle et me dit brusquement :

— Allez chercher un rouleau de papier et un torchon propre.

Le contraste entre cette requête prosaïque et le comportement effroyablement anormal dont je venais d'être le témoin était si saisissant qu'au début, je ne savais pas du tout où j'allais bien pouvoir trouver ça. En arrivant à la cuisine, je me demandais même ce que je faisais là. Je fermai les yeux et pris plusieurs inspirations profondes avec l'espoir que l'oxygène remettrait mon cerveau en marche.

Une odeur atroce m'accueillit quand je regagnai le bureau. Je m'aperçus que Francie s'était soulagée et avait déféqué. Immédiatement je regrettai d'avoir recouvré la mémoire.

— Merci, dit Nicholas en prenant ce que je lui avais apporté.

Il arracha une feuille de papier et s'en servit pour ramasser le couteau qu'il enveloppa ensuite dans la serviette propre. Il ne me vint pas à l'esprit jusque longtemps après que s'il avait pris autant de soin, c'était qu'il s'agissait potentiellement de l'arme du crime.

— Est-elle morte ? bredouillai-je finalement.

— Non, juste endormie. Ils dorment toujours après.

— Était-ce une crise d'épilepsie ?

— Plus ou moins.

— Plus ou bien moins ? insistai-je d'une voix chevrotante.

— Eh bien, l'épisode pourrait certainement être décrit comme tel, mais je ne pense pas que cela se reproduira.

Il se leva et rangea le couteau enveloppé dans un des tiroirs de son bureau avant de décrocher le téléphone. Pendant qu'il composait un numéro, il me dit sans me regarder :

— Je ne sais pas comment je pourrai jamais m'excuser assez de vous avoir prise comme témoin de cette scène.

— Ça va aller, dis-je mécaniquement sans savoir si c'était vraiment le cas. Mais il faut que je comprenne ce qui s'est passé. Après ça, je me sentirai moins....

— Oui... Un moment. Il tourna son attention vers le téléphone. Val, c'est moi. Écoutez, Francie vient de faire une crise de schizophrénie paranoïaque aiguë et a essayé de me tuer. Elle est dans les pommes. Pourriez-vous... Il s'interrompit, puis ajouta simplement : Merci. Elle va faire venir une ambulance, me précisa-t-il. Elle arrive tout de suite.

Il tapota quelques lettres sur son clavier d'ordinateur et dès que le numéro de Francie apparut sur l'écran, il le composa. Il attendit un long moment, mais personne ne répondit. Il raccrocha, se pencha vers Francie pour lui jeter un rapide coup d'œil, mais il ne s'était produit aucun changement. Elle était toujours profondément inconsciente au point qu'elle semblait à peine respirer.

Nicholas se redressa et se tourna vers moi :

— Bon, je vais essayer de vous expliquer un peu la situation, dit-il, mais ce n'est pas facile parce qu'en dépit de tout ce qu'on peut dire, cette maladie reste une énigme, partie intégrante des mystères de la conscience et de la personnalité. Un jour, les scientifiques découvriront les mécanismes impliqués, mais le fait de dévoiler les processus cérébraux n'expliquera pas pourquoi ces choses arrivent et ce qui les provoque. De nombreuses maladies mentales restent des zones d'ombre. La psychiatrie n'est pas aussi bien définie qu'on le pense et le diagnostic est souvent ardu. Il y a aussi un problème de langage.

— Quel langage ?

— Le langage que nous utilisons pour décrire et catégoriser les choses. Les gens prennent des symboles pour la réalité et les traitent comme la réalité elle-même, alors que l'objet du symbole est de montrer la voie de la réalité, de la rendre plus facile à saisir, faute de termes précis pour la définir. Autre problème : les mots servant à *décrire* un phénomène passent pour une explication alors qu'ils ne rendent compte de rien ; ils permettent simplement de placer le phénomène considéré dans telle ou telle catégorie.

— Je ne vous suis pas.

C'était le moins que l'on puisse dire.

— Eh bien, par exemple, la schizophrénie s'appliquait à l'origine à plusieurs symptômes, mais, aujourd'hui, quand on qualifie une personne de schizophrène, il s'agit juste d'expliquer pourquoi cette personne se comporte d'une certaine manière. Cela n'élucide strictement rien. Prenez le mot « démon », dans le sens moderne du terme. Certains individus pensent qu'un démon est en fait une petite créature avec des cornes, mais d'autres estiment qu'il s'agit du symbole visuel d'une des forces obscures de l'esprit inconscient.

— Et qui a raison ?

— Peu importe. La seule chose qui compte, c'est que le patient souffre et qu'il a besoin d'aide. Quand on œuvre au cœur même de la réalité, on n'a pas le temps de s'appesantir sur des questions de sémantique.

— Mais quand vous avez aidé Francie tout à l'heure...

— Je l'ai soignée en invoquant les démons et en les expulsant. Ceci, selon le jargon religieux. On peut changer de langage et dire dans celui de la psychologie : j'ai traité directement avec l'inconscient en court-circuitant les processus de pensée normaux et en formulant des mots qui ont déclenché la libération de certains archétypes malins...

— Attendez, attendez. Je suis de nouveau dans la confusion la plus totale et je ne comprends qu'un mot sur vingt..

— Bon, essayons autrement. Il existe divers termes médicaux pour décrire la maladie de Francie, mais je ne pense pas qu'ils constituent des explications adéquates une fois qu'elle sera guérie, ce qui ne devrait pas trop tarder.

— Vous pensez qu'elle va *guérir* ?

Cela me paraissait inconcevable.

— Elle aura besoin de soins intensifs, mais oui, je pense qu'à la fin, elle sera la même personne qu'elle était avant que cette autre personnalité s'impose à elle.

— Quand vous dites « autre personnalité », vous voulez dire...

— Un psychiatre essaiera d'avancer la théorie qu'elle a souffert d'un trouble de l'ordre de la personnalité multiple, mais vu que ce mal particulier découle en général d'une longue histoire de mauvais traitements et que dans le cas de Francie, il s'agit d'un fantasme...

— Elle était possédée, n'est-ce pas ?

— C'est une autre manière de présenter les choses. En définitive, le terme « possédée » est aussi flou que « dément ». Pour être honnête, je ne suis toujours pas vraiment au fait de ce qui s'est passé.

— Mais ce n'est pas possible. Vous étiez suffisamment sûr pour l'exorciser !

— Ce n'était pas un exorcisme au sens strict. Il faut du temps pour mettre en place un rite destiné à conjurer le Diable et le patient doit être consentant.

— Mais vous avez invoqué Satan !

— J'ai commis une erreur et échoué. Enfin, j'ai failli échouer...

— Mais Nicholas, si ce n'était pas un exorcisme, de quoi s'agissait-il, pour l'amour du Ciel ?

— D'un rite de délivrance en urgence, mais je n'aime pas beaucoup ça. Je ne suis pas un de ces brillants charismatiques qui voient des démons partout...

— Mais ça a marché !

— Par la grâce de Dieu, oui ! Quoique ? Quel est précisément le bouton que j'ai poussé pour l'apaiser ? Je ne suis pas sûr que l'on puisse être certain de quoi que ce soit en l'occurrence.

À ce stade, j'étais nettement plus troublée que je ne l'avais été au début de notre conversation.

— Nicholas, je ne comprends pas pourquoi vous pataugez comme ça ! N'êtes-vous pas censé être un exorciste patenté ?

— Oui, et c'est précisément la raison pour laquelle je patauge. J'en sais suffisamment pour me rendre compte que je ne peux être sûr de rien, ou de pas grand-chose. Je me dis parfois que le ministère de la guérison exige d'admettre le mystère plutôt que de résoudre des problèmes.

Il sourit inopinément.

— Vous voulez dire qu'en dépit de votre expérience...

— Ce cas différait de ceux dont j'ai l'habitude. En général, je n'exorcise que des lieux. C'est assez simple ; on peut s'y préparer et cela devient presque un mécanisme. Quant au rite de délivrance, j'aime le mettre sur pied longtemps à l'avance après une longue séance de prière et de conseils, et en présence d'un médecin. Mon ministère consiste à être discret et non pas à hurler à l'encontre des démons en brandissant un crucifix telle une baguette magique. Il n'est pas question non plus d'utiliser l'hypnose sans surveillance médicale... Bien sûr, il se trouvera des médecins pour dire que j'ai dominé Francie par le pouvoir de la volonté et non par le rite de délivrance.

— En définitive, vous avez abandonné l'hypnose, dis-je aussitôt. Vous avez renoncé à tout hormis le crucifix.

Il parut étonné que je m'en sois aperçue.

— C'est vrai, dit-il. C'est ce que j'ai fait. Je n'avais pas d'autre solution. L'hypnose a réussi à la calmer, mais je n'aurais pas pu hypnotiser cette autre personnalité. Elle était beaucoup trop forte.

— Êtes-vous sûr que ce n'était pas le Diable ?

— Je ne suis sûr de rien. Je suis sous le choc.

Francie gémit à cet instant, nous faisant sursauter tous les deux, mais elle n'avait pas repris connaissance.

— J'ai eu de la chance de m'en sortir, dit-il en la regardant.

Je vis qu'il frissonnait.

— Mais vous ne pouviez pas vous faire tuer. Vous avez invoqué Jésus-Christ !

Je n'étais pas trop certaine de croire à ce que je disais.

— Oui, mais pas pour qu'il me sauve. Pour qu'il sauve Francie. Et je pense qu'elle l'aurait été, même si je ne m'en étais pas tiré moi-même. Auquel cas, cela aurait été entièrement de ma faute. Je suis tellement affaibli en ce moment qu'un rite de délivrance est la dernière chose à laquelle je devrais me livrer.

Il se laissa finalement tomber sur le fauteuil pivotant et ferma les yeux, à bout de forces.

J'allai dans la cuisine préparer du thé sucré pour nous deux. Je me sentais encore très ébranlée, mais cela me fit du bien d'accomplir des gestes familiers. En retournant au bureau, je m'aperçus que Nicholas s'était repris lui aussi. Il avait disposé une couverture sur le corps de Francie et ouvert un flacon de produit de nettoyage provenant de la salle de bains de Lewis. Une forte odeur chimique couvrait à présent la puanteur émanant du corps allongé par terre.

— Pourquoi avez-vous demandé à Jésus de venir à la rescousse ? demandai-je en lui tendant sa tasse de thé. Et non à Dieu ?

— Jésus est traditionnellement la Lumière qui repousse les Ténèbres, mais ce n'est pas seulement cela. De nos jours, nous dirions que le Christ est un symbole d'harmonie. Il était le seul être humain si totalement harmonieux, ne faisant qu'un avec son Créateur, au point d'être divin, alors que Francie, à ce moment-là, était presque inhumaine, tant sa personnalité était anormalement fragmentée. En invoquant une image d'harmonie aussi puissante, j'en appelais à Dieu pour qu'Il rassemble ces fragments par le pouvoir du Saint-Esprit et éloigne les forces destructrices en train de l'annihiler.

Je bus une gorgée de thé et me retins de marmonner « Bizarre ! » entre mes dents qui claquaient encore. Puis je me demandai comment les médecins feraient face à la situation.

— Nicholas, que va-t-on lui faire à l'hôpital ?

— Oh, la placer dans un service de psychiatrie, lui faire un scanner du cerveau, la droguer à mort, mais ne vous inquiétez pas, elle s'en sortira. Je doute qu'elle se souvienne de grand-chose. Alice...

Il s'interrompit comme s'il était trop ému pour continuer.

— Qu'y a-t-il ?

— Je regrette tellement ce qui s'est passé. Je ne voulais vraiment pas que vous soyez témoin de cet aspect de mon ministère.

— Pourquoi pas ? demandai-je, étonnée

— Eh bien, je sais que les gens normaux sont totalement rebutés par...

— Quels gens normaux ? Qu'est-ce que « normal » veut dire ? Et pourquoi est-ce que vous vous mettez tout à coup à imiter Lewis et à me traiter comme une vieille fille de l'ère victorienne dont la pureté ne doit pas être souillée ? Je n'ai pas besoin qu'on m'enveloppe dans du papier de soie et qu'on me garde dans une malle comme votre ours, vous savez !

Je lui souriais toujours, savourant le fait que mes dents avaient cessé de claquer, quand la sonnette de l'entrée retentit une fois de plus.

— Ce doit être Val, dit Nicholas en se précipitant pour ouvrir, mais là encore, son intuition l'avait induit en erreur. Comme je le suivais dans l'entrée, il ouvrit la porte et je découvris que je ne connaissais pas notre visiteur. C'était un homme de haute taille, dans les quarante-cinq ans, séduisant, élégant et manifestement terrifié.

— Nick ! s'exclama-t-il, soulagé. Dieu merci, vous êtes là. Il faut que vous m'aidiez.

— Alice, dit Nicholas, je vous présente Harry Parker, le mari de Francie.

5.

« Il n'existe aucun moyen simple d'éviter
le fardeau du chagrin et de la tristesse.
Pour faciliter ce passage, il convient de
comprendre le cheminement du chagrin
et d'avoir foi en le Seigneur dont la ressur-
rection proclame que chaque Vendredi-
Saint donne lieu à une nouvelle Pâques. »

Gareth Tuckwell et David Flagg
A Question of Healing

I

Il peut paraître étrange que la tentative d'assassinat
perpétrée contre Nicholas m'eût tellement absorbée que
j'en avais oublié que Francie s'était vantée d'avoir tué
Harry. Nicholas, lui, s'en souvenait ; il avait composé le
numéro des Parker après qu'elle eut sombré dans l'inconscience, et je me rendais compte maintenant, comme la
vérité se faisait jour, qu'il avait eu des doutes à cet égard.
Francie avait été trop vague. Je compris aussi que si Harry
n'avait pas répondu à l'appel, c'était qu'il était déjà en route
pour le presbytère.

— Nous avons appelé une ambulance, lui dit Nicholas
après lui avoir montré la forme inanimée de sa femme sous
la couverture, et Val ne va pas tarder à arriver.

— Qui ?

Harry Parker, qui avait tressailli en voyant le corps, sursauta une nouvelle fois quand l'odeur d'excréments humains mêlée de produit de nettoyage atteignit ses narines.

— Le médecin qui travaille avec moi, Val Fredericks. Alice, du thé sucré pour Harry, s'il vous plaît.

— *Du thé sucré ?* hurla Harry. Seigneur, vous plaisantez ! Donnez-moi plutôt un double cognac si vous ne voulez pas vous retrouver avec un deuxième corps par terre.

Nicholas ne se donna pas la peine de lui faire un discours sur le meilleur remède contre le choc. Il se contenta de hocher la tête pour sanctionner la requête de Harry avant de lui dire :

— Vous feriez mieux de vous asseoir.

Quand je revins avec le verre de cognac, je m'aperçus que Harry s'était affalé sur une chaise, dans l'entrée, loin de l'odeur nauséabonde. Quant à Nicholas, il se tenait à proximité, à un endroit d'où il pouvait garder l'œil sur Francie tout en écoutant le monologue de son époux.

— Dieu Tout-Puissant, disait Harry d'un air hébété, Doux Jésus.

Maintenant que j'avais l'occasion de l'observer de plus près, je vis qu'il avait les yeux bleus, injectés de sang à cause de la fatigue, un teint rubicond, laissant supposer un goût prononcé pour l'alcool, et une bouche singulièrement arrondie qui conjurait des images vaguement répugnantes de gloutonnerie et de luxure. Toutefois, le choc qu'il venait de subir estompait cette impression globale de bon vivant. La bouche en cœur ne semblait plus encline à se refermer sur le bord d'un verre de vin de premier cru dans quelque grand restaurant. Ses lèvres tremblaient. Il arrivait à peine à boire son cognac et parlait d'une voix chevrotante.

— Il y a un moment déjà que je me suis rendu compte qu'elle devenait bizarre, dit-il entre deux gorgées. Je me souviens au printemps dernier, lorsque je suis rentré d'Australie, elle m'a annoncé qu'elle avait l'intention de reprendre ses études pour obtenir un diplôme de psychologie. Francie ! Étudier pour décrocher un diplôme ! Laissez-moi rigoler ! Le seul diplôme dont elle peut se prévaloir pour l'heure est un BEPC section art ! D'accord, je ne dis pas qu'elle n'a pas un certain don face aux tristes individus qui débarquent au centre de guérison, mais elle a un cerveau qui ne fonctionne vraiment pas selon le mode académique. J'ai essayé de le lui faire comprendre, mais elle s'est fichue en rogne, menaçant de se venger sur moi en allant raconter à tout le monde que j'étais cruel avec elle. Qu'est-ce que je pouvais bien faire ? Je vous le demande ! En définitive, j'ai préféré prendre la chose à la rigolade, je me suis dit que c'était un problème d'hormones en espérant que ça lui passerait.

— Mais ça n'a pas été le cas.

— Savez-vous ce qui s'est passé ensuite ? Elle m'a déclaré qu'elle allait dire à tout le monde que je la battais. *Moi !* Je ne suis même pas capable de donner une tape à un chien quand il me bouffe mes pantoufles ! Elle disait toujours que j'étais un mou. Voilà que tout à coup, elle fait de moi un macho, une brute. « Hé, mais qu'est-ce que c'est que cette histoire ? lui ai-je dit. Que se passe-t-il, pour l'amour du Ciel ? Je ne sais pas ce qui t'arrive, mais une chose est certaine : tu devrais te faire soigner. »

« D'accord, d'accord, j'aurais sans doute mieux fait de me taire. Mais bon sang j'étais sens dessus dessous et bien incapable de faire preuve de diplomatie. Vous ne devinerez jamais comment elle a réagi après que je lui eus laissé entendre qu'elle devrait consulter un médecin. Elle s'est jetée sur moi en brandissant les poings et s'est mise à hurler qu'on devrait me castrer ! Bon sang de bonsoir ! Je me retrouve avec un œil au beurre noir et tout le monde au bureau veut savoir ce qui m'arrive. Un mari qui bat sa femme ? Moi ? Ne me faites pas rire ! C'était elle qui me flanquait des coups, oui !

« Après ça, la vie est devenue un enfer. Diabolique. Franchement. C'est vrai, j'étais là à trimer toute la journée pour balayer les immondices juridiques que ma multinationale générait et le soir, je pratiquais l'autodéfense contre cette harpie qui passait son temps à me tabasser en poussant des cris et en me balançant le dîner sur les genoux. Pour l'amour du Ciel, elle m'a même envoyé mon whisky à la figure et c'était du Johnny Walker étiquette noire, en plus, et non pas quelque sous-marque d'un supermarché quelconque. C'était un vrai cauchemar, je vous jure. Et maintenant, on en est carrément au film d'horreur !

« Bref, fin septembre, j'arrive à un tel état de désespoir que je fonce chez notre médecin de famille. Salut, Rupert, je lui dis. Francie ne va pas bien du tout. Faites-la venir, voulez-vous, et bourrez-la de médicaments. Du valium, ça me paraît bien pour commencer. Mais il se borne à me parler de cette "période-là de la vie" en évitant mon regard. À ce moment-là, je me rends compte qu'elle a dû lui parler de moi comme le sadique numéro un et là, je commence vraiment à m'inquiéter. Depuis combien de temps ça dure, et auprès de combien de gens a-t-elle été colporter ces sornettes ? Du coup, je panique. "Écoute, Rupert, je hurle, en lui montrant le bleu que j'ai chopé sur le bras en me protégeant d'un coup de poêle à frire, arrêtez de me raconter des conneries et prenez une ordonnance ! Cette femme a besoin d'un bon calmant." Mais, que dalle ! Il déclare qu'il ne peut obliger Francie à avaler des pilules et ajoute que si elle ne vient pas le voir de son plein gré, il ne peut rien pour elle.

« Okay, j'essaie de convaincre Francie d'aller le consulter, mais elle me répond que le centre de guérison lui procure toute l'assistance médicale dont elle a besoin. L'idée me vient alors de venir vous voir, mais je ne mets jamais mon projet à exécution, évidemment. Grave erreur ! Le problème, c'est que je suis athée, comme vous devez le savoir. Ne m'en veuillez pas, mais je ne crois pas vraiment à toutes ces histoires de guérison, même si je suis sûr que vous faites du bon boulot à votre manière. Enfin en définitive j'en arrive à la conclusion que si Francie est tellement gaga du centre, il se pourrait que vous fassiez partie du problème vous-même et que vous l'exacerbiez même peut-être un peu.

« Je décidai finalement de ne pas venir vous voir, sachant que j'allais avoir un peu de répit : un voyage de deux semaines à Hong Kong. Mais je m'étais bien dit que si elle n'allait pas mieux d'ici le retour des enfants pour les vacances de Noël, nous aurions une sérieuse discussion, vous et moi. Normalement je ne suis pas le genre de type qui parle de ses problèmes conjugaux — j'avais déjà eu assez de mal à en toucher un mot au médecin de famille. Alors un prêtre... Mais je me rendais compte maintenant

que la situation risquait de nécessiter des mesures dracon-
niennes.

« Je fais ma grande évasion comme prévu, je travaille
comme un Turc parmi les Chinois, et puis hier soir, à peine
rentré, je m'aperçois qu'elle va carrément très mal. Elle est
complètement à côté de la plaque. Et il y a même des
moments où j'ai l'impression qu'elle n'était pas là du tout,
mentalement, je veux dire. La vache, ça m'a fait peur. On
aurait dit qu'elle était quelqu'un d'autre. Bref, je me lève ce
matin — totalement abruti par le décalage horaire, évidemment —, je descends à la cuisine et je la trouve devant un
énorme couteau et un énorme morceau de foie — des
kilos ! — et elle plante la lame devant, découpe en tranches
ces fichus viscères en parlant toute seule comme une clo-
charde. Il y a du sang partout sur la table et ailleurs. On se
serait cru dans un abattoir. J'évite de faire des commentaires, vu qu'elle a l'air prête à me découper en morceaux, et
je me contente de dire d'un ton léger : "Quoi de neuf ?"
avant de m'asseoir à la table comme si de rien n'était. Vous
savez ce qu'elle me dit ensuite ? "Rosalind Darrow a couché
avec Stacy McGovern, du coup, il s'est suicidé !"

« N'importe quoi ! Tout le monde sait que jamais, au
grand jamais, Rosalind ne s'abaisserait à avoir une liaison
avec qui que ce soit, et certainement pas le vicaire de son
mari ! Bref, quand j'ai entendu cette déclaration grotesque,
quelque chose a fait tilt dans ma tête. J'étais tellement fâché
et j'en avais tellement assez qu'oubliant toute prudence, j'ai
commencé à lui crier après : "Sale demeurée, tu ne penses
pas sérieusement que quelqu'un va croire ce bobard ignoble, si ?" Sur quoi, elle s'est mise à grogner en plongeant le
couteau dans toute l'épaisseur de la tranche de foie la plus
proche avant de filer en haut.

« Je venais juste de me faire un café — j'étais tellement
énervé que j'avais renversé de la poudre d'instantané partout —, quand elle est redescendue et a fait irruption dans
la cuisine. Elle s'était débarbouillée et habillée comme pour
aller à une partouze. "Que se passe-t-il ?" lui demandai-je,
mais elle ne faisait pas attention à ce que je disais. Elle s'est
contentée de prendre le couteau et de le fourrer dans son
sac à main avant de sortir. "Hé, attends une minute !" criai-
je, mais c'était une erreur parce que la seconde d'après, elle

faisait volte-face et revenait vers moi en produisant des sifflements entrecoupés des pires jurons qu'on puisse imaginer. Puis ça a été le point d'orgue. Pour couronner le tout, elle a achevé son numéro en me vomissant dessus. Seigneur ! J'étais dans tous mes états. Puis, à ma grande consternation, j'ai entendu la porte d'entrée claquer et quand je suis sorti de ma stupeur, je me suis rendu compte qu'elle était partie.

« Ça commençait vraiment à bien faire. Il m'a fallu un bout de temps pour me nettoyer et me changer, après ça, j'ai accouru ici pour vous demander conseil.

« Seigneur Jésus, Nick, que se passe-t-il ? Ça doit être une tumeur du cerveau, non ? Elle a complètement changé de personnalité. Comment vais-je faire pour expliquer ça aux enfants ? Je veux dire, je suis prêt à l'épauler pourvu qu'elle redevienne un jour ce qu'elle était avant, mais quel est le pronostic ? Pensez-vous qu'elle soit opérable ? Est-ce sûr qu'il s'agisse d'un cancer ou peut-on espérer que la tumeur est bénigne ? Et même si elle s'en sort, y a-t-il une chance quelconque qu'elle retrouve ses esprits ? »

Il s'arrêta enfin. Ses yeux bleus, frappés de stupeur, honnêtes, presque enfantins dans son hébétude, fixaient Nicholas avec confiance. Il s'agrippait si fort aux bras du fauteuil que je craignais qu'ils ne se brisent.

— Je pense qu'elle ne va pas tarder à aller mieux, dit Nicholas. Voudriez-vous que je vous accompagne à l'hôpital pour parler aux médecins ?

Harry hocha la tête, dans l'incapacité de parler maintenant. Avalant sa salive avec peine, il entama une série de clignements de paupières.

La sonnette retentit, annonçant l'arrivée de Val, et au moment où j'ouvris la porte d'entrée, j'entendis au loin les plaintes régulières de l'ambulance qui remontait à toute allure le London Wall dans notre direction.

II

Quand Lewis rentra à la maison, Nicholas et Harry étaient à l'hôpital et j'étais en train de reprendre des forces. Je m'étais préparé un sandwich à la banane frite surmonté d'une couche de glace aux raisins et au rhum. J'avais une furieuse envie d'au moins trois mille calories. Une manière de compenser.

— Comment va Rosalind ? demanda Lewis en entrant dans la cuisine et en se dirigeant vers le percolateur.

— Peu importe Rosalind. Elle est en vie, elle va bien et elle n'a pas le sida. Mais attendez un peu que je vous raconte...

Je me mis à débiter mon histoire à toute allure en ne m'arrêtant que de temps en temps pour grignoter. Le plus étrange, c'était que chaque fois que je prenais une bouchée de ce délice ultra-calorifique, je trouvais ça ignoble. J'avais peut-être été encore plus traumatisée que je l'imaginais.

Lewis avait sorti une cuillère du tiroir à couverts et s'était installé avec son café en face de la glace que j'avais oublié de remettre dans le congélateur.

En m'interrompant brusquement au milieu de mon récit, je lui dis d'un ton sévère :

— Cessez de piocher dans ce pot de glace à moins que vous n'ayez l'intention de le finir ! Ce n'est pas hygiénique de manger à même le récipient avec la cuillère que vous mettez dans votre bouche.

Lewis était coutumier du fait, mais que j'ose lui en faire la remarque montrait que je n'étais pas dans mon état normal.

— J'ai l'intention de la finir, me répondit-il tranquillement. La nouvelle que vous m'annoncez a provoqué chez moi une crise de gloutonnerie nerveuse. Continuez.

Je m'exécutai. Cela me soulageait de me confier ainsi à lui. Parvenue au bout de mon histoire, je me sentis mieux, mais je n'arrivais toujours pas à avaler mon sandwich à la banane frite. Je me levai et l'expédiai dans la poubelle.

— Pauvre petite Alice, s'exclama Lewis. Quel enfer pour vous ! Je suis vraiment désolée d'apprendre que Nicholas a eu la sottise de vous imposer une telle épreuve.

J'étais très surprise et profondément choquée.

— Que vouliez-vous qu'il fasse d'autre ? Il fallait bien qu'il y ait un témoin et ce n'est pas de sa faute si Francie a perdu la boule !

— Mais il aurait été totalement responsable si vous vous étiez retrouvés raides morts tous les deux ! Ma chère, il faut que vous sachiez la vérité : cette scène n'a été qu'une catastrophe du début jusqu'à la fin.

III

— Je ne tiens pas à critiquer Nicholas trop sévèrement, reprit Lewis, parce qu'il est évident qu'il est très affaibli en ce moment, mais pour vous aider à digérer tout ça, vous devez vous rendre compte qu'il s'est totalement fourvoyé.

Je me rassis brusquement.

— La première erreur qu'il a commise, poursuivit Lewis, a été de ne pas demander de l'aide sur-le-champ. Il aurait dû faire entrer Francie dans le bureau, prétendre qu'il avait besoin d'aller aux toilettes et téléphoner à Val depuis ma chambre. Il aurait également dû vous envoyer dans vos appartements en vous recommandant de vous y enfermer à double tour.

— Mais il avait besoin d'un témoin !

— Il avait surtout besoin que vous restiez en vie ! Francie n'était pas seulement une femme triste amourachée, Alice. Plus à ce moment-là.

— Mais il n'y avait aucun moyen de savoir tout de suite qu'elle était dangereuse !

— Pour vous peut-être. Vous n'avez pas l'expérience nécessaire pour détecter le danger, mais Nicholas avait déjà compris qu'elle était psychotique et nous étions convaincus l'un et l'autre qu'elle souffrait d'une grave infestation démoniaque. Il a commis une erreur terrible en vous autorisant à être présente.

— Il a sans doute pensé qu'il aurait besoin de mon soutien, comme à la communion ce matin, et avec Rosalind plus tard...

— Quelle que soit la justification invoquée, c'était la dernière chose à faire. Maintenant laissez-moi vous dire comment il aurait dû s'y prendre. Après vous avoir expédiée chez vous et appelé Val, il fallait créer une autre diversion en attendant les secours. Il aurait pu dire qu'il avait un autre coup de fil à passer ou, s'il voulait occuper Francie, il aurait même pu suggérer qu'elle fasse du thé pour eux deux. Si elle était dans son état normal en arrivant, elle aurait sans doute été ravie d'effectuer une tâche aussi banale suggérant qu'ils étaient intimes. L'essentiel était d'éviter à tout prix d'avoir une conversation sérieuse avec elle sur les motifs de sa venue au presbytère. Il aurait dû prévoir tout ce qui est arrivé.

— Mais c'était impossible ! Elle était déchaînée !

— Raison de plus pour ne pas discuter avec elle sans l'appui d'un médecin. Cependant, puisqu'il a entamé le dialogue avec elle, laissez-moi vous dire ceci : il n'aurait jamais dû la laisser arriver au point où elle vous a menacée avec un couteau de boucher. Il fallait intervenir bien avant avec le rite de délivrance ; s'il l'avait fait, il aurait pu juguler les démons avec un minimum de perturbation.

— Mais vous ne comprenez pas ! persistai-je. Une fois qu'elle a commencé à parler de son plan, il fallait bien que nous sachions ce qu'elle avait fait subir à Harry.

— Bien sûr. Les démons vous attiraient inexorablement dans leur piège. Mais tout cela aurait pu attendre. Nicholas aurait pu donner priorité au bien-être de sa patiente plutôt qu'à sa curiosité.

Très perturbée par cette interprétation d'une scène déjà tellement traumatisante, je finis par me lever pour aller me servir un petit cognac. Ce n'était pas vraiment l'heure, mais je n'en avais plus rien à faire. J'étais trop bouleversée. Et puis j'en avais assez du thé sucré.

J'entendis Lewis dire : « Je m'excuse de vous troubler encore davantage », et fis un effort sur moi-même pour lui répondre :

— Mieux vaut que je sache la vérité. Puis, après une petite gorgée, j'ajoutai : Qu'est-il arrivé à Francie exactement ? Nicholas a bien essayé de m'expliquer, mais il était très confus et n'arrêtait pas de parler de langage, de symboles, d'archétypes, jusqu'à ce que, finalement, il admette qu'il n'était sûr de rien hormis qu'il était sous le choc.

— Ça a été son ultime erreur, dit Lewis d'un ton acerbe. Les prêtres devraient garder leurs doutes et leurs décorticages théologiques pour leur directeur de conscience. Les laïques ont besoin de certitudes.

— Vraiment ?

— Bien sûr. C'est la nature humaine qui veut ça ! Quand vous consultez un spécialiste dans quelque domaine que ce soit, vous n'avez aucune envie d'entendre un verbiage confus, déconcertant. Vous voulez qu'il soit sûr de lui et qu'il vous dise précisément ce dont il retourne !

— Mais Nicholas avait l'air convaincu qu'en l'occurrence, les faits étaient empreints de mystère et d'ambiguïté !

— Le problème avec les libéraux, même les plus intelligents, dit Lewis gentiment mais d'un ton ferme, c'est qu'ils ont toujours du mal à appeler un chat un chat. Maintenant asseyez-vous avec votre brandy, ma chère, je vais vous dire exactement ce qui est arrivé à Francie Parker...

IV

Une chose est sûre, dit Lewis, Francie était malade. Son mal était à la fois physique, mental et spirituel (c'est la dimension que les médecins ont tendance à oublier). Nous savons qu'elle était physiquement malade parce qu'à la fin, elle a eu une crise et qu'il a fallu l'hospitaliser ; son cerveau, qui fait partie de son corps physique, a disjoncté et divers systèmes ont cessé de fonctionner. Nous savons qu'elle était malade mentalement parce qu'en plus de dériver de plus en plus par rapport à ce qui est manifestement la réalité, en définitive, elle a succombé à un comportement anti-social violent qui ne ressemblait pas le moins du monde à la vraie Francie. Nous savons aussi qu'outre la maladie qui affligeait son corps et son esprit, elle était spirituellement atteinte. De fait, à mon avis, c'était l'aspect le plus grave de son affliction, celui qui a engendré les autres.

En quoi consistait précisément ce mal spirituel ? Laissez-moi vous expliquer. Francie avait réussi à y faire face en apparence. Je veux dire par là qu'elle avait appris à servir Dieu en essayant d'aider les autres à sa manière, la seule manière qui lui convenait à elle, et ce service qu'elle rendait faisait d'elle une personne heureuse et comblée. Peu à peu, toutefois, ce service centré sur Dieu et tourné vers l'extérieur s'est désintégré et elle est devenue de plus en plus égocentrique en se tournant progressivement vers l'intérieur jusqu'à ce que le concept de « service » perde tout son sens. Sa vie au centre de guérison n'était plus alors qu'un simple moyen de satisfaire les exigences de son ego. Il n'y a rien de particulièrement inhabituel là-dedans, précisons-le. Nous sommes tous, à des degrés divers, consumés par l'égocentrisme, obsédés par nous-mêmes. C'est la condition humaine. Dans le langage de la religion, on appelle cela « le péché originel ». Malheureusement, cela ne nous rend pas heureux et ne conduit jamais à un épanouissement durable.

Si Dieu nous a créés pour trouver le bonheur dans l'amour et le service des autres, ce bonheur ne saurait exister dans l'amour et le service de soi à l'exclusion de tous les autres. Il y a deux sortes de « soi » : le soi égoïste et le soi altruiste. L'égocentrisme signifie que l'on se cramponne au soi égoïste. À l'inverse, ceux qui centrent leur attention sur Dieu font usage de leur « soi » altruiste, celui que Dieu a créé pour faire ce pour quoi Il nous a faits. En se délestant de son soi égoïste, on trouve sa vraie nature. Son vrai « soi ». Compris ? Bon, peu importe si ce n'est pas le cas. Il vous suffit de savoir que plus une personne est centrée sur elle-même et s'éloigne de Dieu, plus elle devient malade. Nous sommes tous affligés de ce mal à un degré ou à un autre parce que chacun d'entre nous est coupé de Dieu dans une certaine mesure. C'est la condition humaine : personne n'est parfait, donc personne n'est cent pour cent sain. Il y a une part de la Francie d'aujourd'hui en chacun de nous.

Autre facteur que vous devez assimiler et qui est très lié à la maladie de Francie : les êtres humains ont besoin d'un Dieu pour se sentir complets ; s'ils perdent le contact avec LE Dieu, le vrai DIEU, ils ne peuvent trouver le repos tant qu'ils ne l'ont pas remplacé par autre chose en l'élevant au rang de faux dieu. Le vide spirituel doit toujours être comblé. Ainsi va le monde. Encore un élément indissociable de la condition humaine. Dans le langage religieux, cela s'appelle « le péché d'idolâtrie ». En psychologie... peu importe, ne compliquons pas les choses.

On peut faire un faux dieu de n'importe quoi : l'argent, le pouvoir, la politique, le football, la science, la peinture, la mode, la célébrité, le communisme, la pornographie, la nourriture, l'alcool, le sexe, l'athéisme, etc. Cela fonctionne de la manière suivante : l'individu coupé de Dieu met le faux dieu sur un piédestal dans son esprit et lui voue un culte avec une intensité croissante, et un potentiel d'épanouissement décroissant, jusqu'à perdre le contact avec le monde réel. On pense tout de suite, bien sûr, à Adolf Hitler et au nazisme, mais en fait, la maladie spirituelle est très courante et généralement moins destructive.

Le faux dieu de Francie, sélectionné spécifiquement par elle pour un culte et une adoration absolus, n'était autre que Nicholas. Elle l'idolâtrait à tel point qu'elle ne pensait plus à servir Dieu et à développer son vrai moi, mais à servir son moi égoïste en obtenant à tout prix, par quelque moyen que ce soit, l'objet de son désir. C'était très malsain. Malade. Autodestructeur. Mais pourquoi tout cela s'est-il produit ? Francie avait pris la bonne voie plus tôt. Pourquoi les choses ont-elles dévié ? Quelle a été la genèse de cette maladie spirituelle qui a fini par contaminer son esprit et son corps et avoir raison d'elle ?

Nous savons que Francie était de plus en plus malheureuse en ménage, même si son mari ne la battait pas. Harry était souvent en voyage ; il semble qu'il la traitait comme une sorte d'objet domestique et ne manifestait aucun intérêt et pas la moindre compréhension vis-à-vis de l'existence gratifiante qu'elle s'était bâtie avec un bel esprit d'entreprise au centre. S'il l'aimait, il avait une curieuse manière de lui témoigner son amour. De plus, Francie commençait à sentir que son rôle de mère perdait de son importance parce qu'en plus d'être loin le plus clair de l'année, ses enfants grandissaient et cherchaient surtout à se libérer de l'emprise maternelle. Nous supposons qu'elle n'est proche d'aucun membre de sa famille, parce qu'en dehors de sa mère semi-invalide qui vit dans le Kent, elle ne parle jamais d'eux. Elle ne parle pas de ses amis en dehors du centre non plus. Pourquoi ? Parce qu'elle n'en a pas, sinon Rosalind, qui, nous le savons, n'est pas du tout son amie. Peut-être Francie a-t-elle commis l'erreur de se couper de ses anciennes amitiés pour concentrer son attention sur le centre, et au centre du centre (pardonnez-moi le mauvais jeu de mots), il y a Nicholas qui, comme elle en vint à le croire de plus en plus, pouvait lui apporter tout l'amour qui lui faisait si cruellement défaut ailleurs.

Francie avait un besoin dévorant d'amour. Telle est la vérité fondamentale. Et telle est la genèse de sa maladie. Quand le Christ a ordonné à ses disciples de s'aimer les uns les autres, il savait de quoi il parlait. Sans amour, on tombe malade, on se flétrit. Sans amour, on meurt. Demandez aux médecins et psychiatres qui ont eu affaire à des êtres abandonnés et sans affection. Aux travailleurs sociaux qui œuvrent dans les prisons et les hôpitaux psychiatriques. Dès que les gens ont le sentiment d'être isolés et privés d'amour, ils deviennent la proie de toutes sortes de maladies, mentales et physiques. Tout être humain est une entité unique, voyez-vous, le spirituel ne peut être séparé du physique et du mental. Et vice-versa. C'est un tout... Vous comprenez cela, n'est-ce pas, Alice ?

Je lui répondis que oui.

Bon, considérons pour finir la phase aiguë de la maladie qui s'est manifestée aujourd'hui. Jusqu'à présent, sa santé physique semblait avoir tenu le coup, mais, comme nous le savons, la maladie spirituelle a provoqué un mal mental il y a un bout de temps déjà. Elle avait acquis une fixation d'ordre névrotique sur Nicholas, et plus son affliction mentale empirait, plus le risque augmentait qu'elle tombe sous le coup d'une maladie spirituelle grave.

Ce qui est arrivé aujourd'hui est évident : Francie était mue par une force qui la rendait à la fois mauvaise et violente. Changeons de langage un instant et examinons la situation sous un angle médical. Contrairement aux idées reçues, la plupart des malades mentaux ne sont ni méchants ni violents, et les rares cas qui éprouvent des désirs de meurtre souffrent généralement d'une forme de schizophrénie relativement rare, à moins qu'il ne s'agisse de psychopathes — des sociopathes, comme on les appelle de nos jours. Les sociopathes ont un trouble de la personnalité. Si le comportement violent est d'origine schizophrène et provoqué par un déséquilibre chimique au sein du cerveau, il peut être traité par le biais de médicaments, bien que la thérapie médicamenteuse ne soit pas toujours un succès et qu'il peut y avoir des effets secondaires. Si la violence est sociopathique, induite par un désordre de la personnaité, alors la situation est plus grave parce que les sociopathes sont notoirement difficiles à soigner. La psychothérapie peut parfois aider. Mais pas toujours.

Francie n'appartenait à aucune de ces deux catégories. Elle n'était pas sociopathe, à savoir que nous n'avons pas affaire à un individu incapable d'empathie avec les autres et par conséquent susceptible de leur faire mal sans scrupules. À mon avis, elle n'est pas schizophrène non plus. Les spécialistes disent que la schizophrénie typique n'existe pas, mais certains symptômes peuvent inciter à établir un tel diagnostic, et avant le point de rupture aujourd'hui, je n'en ai vu aucun. Ce que j'ai constaté en revanche, ce sont les indices d'une fixation névrotique, seulement ce type de trouble ne devrait pas produire un désir de meurtre surgi de nulle part. Si l'on prend en compte sa maladie au cours des derniers mois, Francie aurait dû avoir une dépression nerveuse. En réalité, il s'est produit une psychose extrêmement virulente. Remarquons, il est intéressant qu'en définitive, l'assaut meurtrier se soit porté non contre vous, bien qu'elle eût senti que vous étiez sa rivale, mais contre Nicholas, l'objet de son désir. Il arrive que les obsédés tuent l'objet de leur amour, mais dans tous les cas que j'ai étudiés, on assistait d'abord à des menaces violentes. Or, d'après votre compte rendu, il semble que tant que Francie était elle-même, c'était vous qu'elle visait, mais quand sa rage s'est retournée contre Nicholas à la fin, quelqu'un d'autre agissait à sa place.

Alors quelle est l'explication ? Il paraît clair que le Diable et ses cohortes se sont servis de la maladie mentale et spirituelle présente en elle pour essayer de détruire Nicholas et son ministère. (Vous noterez que je ne fais pas d'apologie gnangnan à la libérale pour utiliser le langage religieux vigoureux et suranné afin de décrire une réalité on ne peut plus courante : les tentatives faites par les forces des ténèbres pour déjouer les puissances de la Lumière.)

Cela dit, il faut préciser sans équivoque que Francie n'était pas possédée par le Diable. Si tel avait été le cas, on aurait assisté à une plus grande variété de symptômes bizarres, une détresse bien plus profonde sur une longue période de temps et une conscience aiguë par Francie elle-même de la désintégration de sa personnalité. L'élément marquant en l'occurrence, c'est que Francie était convaincue du début jusqu'à la fin de ne rien avoir — les démons ensevelis dans sa maladie mentale et spirituelle n'étaient pas visibles à ses yeux.

Voici donc mon diagnostic : Francie n'était pas possédée par le Diable, mais infestée par ses cohortes, les démons. Diagnostic corroboré par le fait que, lorsque Nicholas s'est enfin ressaisi et les a invoqués, ils ont réagi. Maintenant, ils sont partis. En conséquence, Francie restera obsédée par Nicholas, mais elle cessera de se débattre dans une totale frénésie psychotique. Elle aura besoin d'une longue thérapie pour soigner son obsession, de beaucoup d'amour, de soins, de prières, d'un soutien affectif, pour restaurer sa santé spirituelle, mais elle se rétablira. Malheureusement, le pronostic en cas de schizophrénie paranoïaque ou de sociopathie ne serait pas aussi positif.

À ce stade, je me sentais beaucoup plus éclairée, mais ces nouvelles lumières provoquaient un chapelet de questions supplémentaires.

— Nicholas m'a dit que les exorcistes traitaient directement avec l'inconscient quand ils invoquent les démons. Êtes-vous d'accord ou...

— Oh oui, oui, oui. Je peux parler le langage de la psychologie aussi bien que lui, mais le langage religieux aussi démodé soit-il est plus précis, plus évocateur des luttes de la maladie spirituelle à la vie à la mort ! Évidemment, on peut déguiser le phénomène de délivrance dans le dernier jargon en vogue, mais nous vivons à l'ère des formules à l'emporte-pièce et la plus efficace en l'occurrence est : LE MAL ÉTAIT PRÉSENT, MAIS IL A ÉTÉ CHASSÉ !

— D'accord, mais...

D'autres questions se succédaient en cascade dans mon esprit alors que le cognac commençait à faire son effet.

— Pourrais-je être infestée moi-même si j'avais une obsession ? demandai-je. Est-il possible que les démons fas-

sent semblant de s'en aller, mais qu'ils soient encore présents en Francie ? Même s'ils sont partis, ne risquent-ils pas
de revenir ? Et que se passera-t-il si elle n'est pas normale
quand elle sortira du coma ? Et si les médecins de l'hôpital
ne croient pas en l'infestation démoniaque et considèrent
que la délivrance est de la foutaise ? Comment le pauvre
Harry va-t-il comprendre tout ce qui s'est passé ?

— Bon, dit Lewis d'un ton résolu, pas le moins du
monde déconcerté et donnant même l'impression de savourer ce déploiement de certitudes, voici les réponses à vos
questions :

1) Vous pourriez effectivement être infestée si vous
êtes prise dans une spirale de maladie mentale et spirituelle
similaire, mais rassurez-vous, il y a peu de chances que cela
vous arrive à moins que vous ne vous mêliez d'occultisme.
Si vous vous en tenez à un cheminement spirituel sain,
vous ne courez aucun danger. (Souvenez-vous qu'aucun
démon ne peut venir à bout du pouvoir du Christ.) Francie
n'a pas eu de chance dans le sens où elle était l'outil idéal
pour le Diable dans ses efforts pour liquider Nicholas. Cela
dit, nous découvrirons peut-être un de ces jours qu'elle a
donné dans les oui-ja. Les gens malheureux en quête d'espoir touchent facilement aux pratiques occultes !

2) Les démons sont incontestablement sortis de Francie quand elle a cessé de vouloir tuer Nicholas et qu'elle est
tombée dans les pommes.

3) Ils ne reviendront pas dès lors qu'elle reçoit les soins
médicaux et spirituels appropriés.

4) Elle ne sera peut-être pas normale quand elle
reprendra conscience, mais le pronostic est bon, comme je
vous l'ai expliqué.

5) ... Attendez une minute. J'ai perdu le fil. Où en étais-
je ?

— Aux médecins sceptiques.

— Ah oui ! 5) Nicholas ne va pas aller raconter dans
tout l'hôpital que Francie a souffert d'une infestation démoniaque et qu'il l'a guérie, par la grâce de Dieu, en effectuant
un rite de délivrance en urgence. Val, bien sûr, comprendra
ce qui s'est passé et elle fera la liaison avec les psychiatres
quand ils avoueront eux-mêmes leur étonnement face à une
récupération aussi rapide. Les bons docteurs sont suffisam-

ment humbles pour avoir l'esprit ouvert face aux mystères de la maladie, en particulier la maladie mentale. Ce ne sont pas des robots réductionnistes. Cependant, au bout du compte, pour sauvegarder l'image de la science, ils diront qu'elle a souffert d'un épisode psychotique grave résultant d'une dépression nerveuse et tout le monde sera content. « Dépression nerveuse » est une formule utile, passe-partout, qui donne aux laïques le sentiment de comprendre exactement ce qui s'est passé. Cela répond aussi à votre dernière question concernant Harry. Je ne pense pas que vous ayez à vous inquiéter pour lui.

— Pauvre Harry !

Je me levai pour aller jeter le pot de glace vide dans la poubelle par-dessus mon sandwich à la banane.

— Certes, commenta-t-il sèchement. Je ne pense pas qu'il faille trop le plaindre tout de même. Peut-être ne battait-il pas sa femme, mais je suppose que Francie ne se serait pas sentie aussi mal aimée s'il n'avait manqué à ce point de compréhension et de sympathie. Sur le plan émotionnel, c'est une véritable andouille.

Je me rassis en face de mon cognac.

— La seule chose positive à tirer de tout ce gâchis, dis-je, c'est que personne ne croira Francie maintenant si elle raconte que Rosalind a séduit Stacy. Nous n'avons plus à redouter qu'elle vende la mèche lors de l'enquête.

— Il faut voir le bon côté des choses. À propos... Ma chère, pour ce qui est de mon histoire, je voulais vous dire que j'ai fini de me bagarrer avec sa face obscure et je commence enfin maintenant à en reconnaître les bons côtés. J'ai bien peur que Harry Parker ne soit pas le seul à se comporter comme une andouille dans ses relations avec le sexe opposé...

Avec un pincement au cœur, je me rappelai brusquement qu'il avait déjeuné avec Venetia la Vamp. En réprimant un soupir, je pris une autre gorgée de cognac et me préparai à écouter le dernier épisode de cette absurde toquade.

V

— Comme d'habitude, mon rendez-vous avec Venetia a été des plus exaltants, commença-t-il. Elle a fait des progrès considérables et à présent, je suis sûr qu'elle est prête à mener l'existence comblée qu'elle mérite tant. Mais...

Il soupira avant de sombrer dans le silence.

— Mais ? l'encourageai-je patiemment, m'attendant à quelque plainte relative à la distance séparant Londres de Cambridge.

— Mais j'ai le sentiment qu'elle et moi devons prendre des chemins distincts, dit-il à regret.

Pour une surprise, c'était une surprise ! Refoulant toute manifestation de soulagement, je demandai d'un ton prudent :

— Pourquoi dites-vous cela ?

— Si elle a voulu me voir aujourd'hui, c'était pour me faire plaisir. Je l'ai tout de suite compris. Elle se faisait du souci parce qu'elle savait que j'étais bouleversé la dernière fois que nous nous sommes vus et elle voulait rectifier les choses.

— C'est gentil de sa part.

— Oui, n'est-ce pas ? Alors... Non, je suis désolé, je ne suis pas complètement honnête. La vérité, la vraie vérité, et j'espère que je ne suis pas lâche au point de ne pouvoir y faire face...

Il marqua une pause, le temps de rassembler son courage.

J'étais de plus en plus intriguée.

— Continuez, dis-je en m'efforçant d'avoir un ton toujours aussi encourageant.

— Bon, voilà ! La vérité c'est que, quand elle m'a vu la dernière fois avec mes béquilles, un vieux bougre pour ainsi dire en bout de course, elle a dû avoir une vision de ce qui l'attendait ! Une perspective aveuglante de ce qu'une relation avec un vieil homme risquait de signifier à long terme. Après m'avoir vu à la lumière de cette glaçante réalité, elle a décidé que je ne lui convenais pas, ni maintenant, ni plus tard. Dans le même temps, elle a suffisamment d'estime pour moi pour vouloir être gentille et c'est la raison pour laquelle elle a organisé cette ultime rencontre. Afin de nous permettre de nous quitter avec grâce et dignité. C'était un très beau geste de sa part et bien sûr, je lui en suis infiniment reconnaissant, mais... il ne fait aucun doute que je me suis senti un peu triste après.

— Lewis, vous a-t-elle précisé les choses ou bien l'avez-vous deviné ?

— C'est de la transmission de pensée, dit-il d'un air outragé, et il eut le culot de me gratifier de son plus beau sourire.

— De la transmission de pensée ? Je n'ai jamais entendu de telles balivernes ! Lewis, si Venetia vous aime vraiment, peu lui importe que vous soyez un vieux croulant dans un avenir vague et lointain !

— Je vous l'accorde, mais elle se rend manifestement compte que deux personnes de plus de cinquante ans devraient faire preuve de prudence et non de romantisme dans leurs relations. Je suis certain qu'elle considère maintenant que notre amitié ne devrait pas aller plus loin, mais je ne saurais l'en blâmer puisqu'à ma grande surprise, j'en suis venu à admettre moi-même qu'elle avait raison.

— Honnêtement ?

— Eh bien, que voulez-vous que je me dise d'autre quand je suis apparemment si vieux qu'une jolie sirène veut juste être gentille avec moi ? Ma foi, si c'est comme ça quand on a soixante-sept ans, je ferais aussi bien de réserver tout de suite une place dans une maison de retraite et de commander ma pierre tombale.

— Oh, ne soyez pas ridicule ! m'exclamai-je, exaspérée. À l'évidence, vous avez besoin qu'on vous rappelle qu'un homme de soixante-sept ans est généralement qualifié de distingué tandis qu'à cet âge, une femme est inévitablement une vieille peau ! Pourquoi ne prenez-vous pas quelques minutes pour remercier Dieu d'être un homme au lieu de nous parler en geignant de maison de retraite et de pierre tombale !

Il rit.

— Très bien, dit-il, je m'abstiendrai de m'apitoyer sur mon sort et je dirai simplement adieu à mes rêves romantiques avec Venetia. Je me suis finalement réveillé. Je suis sûr que je la trouverai toujours séduisante, mais je reconnais maintenant qu'elle n'est pas pour moi. Voilà le mauvais côté des choses.

— Et le bon côté ?

— Cette expérience m'a permis de me rendre compte que cela ne sert à rien de chercher perpétuellement la maîtresse idéale et de s'imaginer qu'elle sera l'épouse parfaite. Ce qui signifie que je dois finalement admettre que mon directeur de conscience avait raison depuis le début à propos de ma vie privée.

— Vraiment ?

— Incontestablement. Il m'a toujours dit que je devais épouser une gentille fille de la classe moyenne apte à supporter mes humeurs, à me mijoter des petits repas et à faire de ma vieillesse un paradis et non un enfer.

— Super ! Lewis, à propos de gentille fille de la classe moyenne, pourrions-nous en revenir à Francie un instant ? Je me demandais si...

— Ne m'interrompez pas. Ce que je dis est important : je n'ai plus besoin d'une grande passion à ce stade de ma vie. Il me faut quelqu'un avec lequel je puisse m'entendre, quelqu'un que je trouve attirant physiquement, bien sûr, mais surtout qui pourra supporter la tension quand je commencerai à descendre la pente...

— Oh, arrêtez avec votre âge ! Écoutez, je me demandais si je ne devrais pas aller rendre visite à Francie, plus tard, à l'hôpital. Cela pourrait être une démarche thérapeutique pour moi. Sinon je ne vais jamais réussir à me défaire de ce souvenir cauchemardesque...

— ... alors, en ayant tout cela à l'esprit, dit-il, haussant la voix pour me faire taire, il me semble évident qu'il n'y a qu'une seule femme autour de moi adaptée à cette tâche. Qu'en dites-vous ?

— De quoi ?

J'en avais déjà assez de ce nouveau fantasme d'une infirmière-esclave sexuelle issue de la classe moyenne qui lui concocterait de bons petits plats.

— Si nous nous mettions en ménage, vous et moi ? Je pourrais acheter une petite maison à Westminster. Je sais que c'est le quartier où vous vous sentez le plus à votre aise...

— Attendez une minute, dis-je, perplexe, oubliant finalement Francie. Je ne vous suis pas. Seriez-vous en train de me demander d'être votre gouvernante ?

— Doux Jésus, non ! De nos jours, deux personnes sans liens ne peuvent pas vivre sous le même toit sans que tout le monde s'imagine qu'ils partagent le même lit, et comme je suis prêtre...

— Vous voulez dire... seriez-vous en train de suggérer que...

— ... que nous nous mariions. C'est à vrai dire une idée intelligente et des plus sensées...

— Grand Dieu !

— ... et je pense que nous nous entendrons très bien. Vous n'auriez probablement pas à me supporter plus de dix ans, après quoi vous seriez une riche veuve. Je suis né en 1921 et ne croyez pas que je ne me rende pas compte à quel point ce fait en lui-même doit être dissuasif pour vous, mais je peux vous offrir la sécurité, une belle maison et (une fois ma nouvelle hanche apprivoisée) des relations sexuelles agréables et respectables de temps à autre...

— Lewis...

— Oh, vous en serez contente, je vous le promets ! J'ai toujours été un bon amant, et puis il n'y a rien de tel qu'un peu de pratique pour raviver ses talents...

— Lewis, s'il vous plaît...

— ... Et si vous voulez des enfants, eh bien, je n'y vois pas d'inconvénient tant qu'il est admis que je suis un père de la vieille école et que je ne veux rien avoir à faire avec un enfant tant qu'il n'est pas capable d'aller aux toilettes tout seul. Alors, vous voyez, tout bien considéré, même si j'ai soixante-sept ans et que je me déplace en ce moment avec l'aide de béquilles, j'ai encore beaucoup à offrir — à la femme appropriée. En fait, sans vouloir trop insister, je crois pouvoir vous offrir tout ce que vous avez toujours voulu, alors...

— Pas tout à fait, dis-je.

Nous parvînmes finalement à nous regarder dans les yeux.

VI

— Bon, reprit Lewis au bout d'un moment, je vois que l'approche pragmatique n'a rien donné, bien que ce soit celle qui compte à long terme dans un mariage. Voyons cela sous un autre angle...

— Puis-je dire quelque chose, s'il vous plaît ? Puis-je placer un mot ? Lewis, c'est très, très gentil de votre part de me demander ma main et je me rends compte bien sûr que vous me faites là le plus beau des compliments...

— On croirait entendre l'héroïne d'un roman victorien. Épargnez-moi les rebuffades à la Lily Dale, voulez-vous !

— ... et je sais que j'aurais bien tort de refuser, mais...

— Les femmes sont vraiment impossibles ! grommela-t-il en se levant péniblement. *Impossibles.*

Il fusilla sa tasse vide du regard.

— Oh mon Dieu, je m'exprime affreusement mal. Je suis désolée, mais c'est la première fois qu'on me demande en mariage et je ne m'attendais vraiment pas à ce que cela m'arrive un jour. Si vous pouviez comprendre à quel point je suis sidérée, vous n'auriez pas l'impression que j'essaie de vous blesser ou de vous insulter...

— Entendu, entendu, ne paniquez pas ! Il se rassit brutalement. Ce que je m'efforce de vous faire comprendre, dit-il, réussissant Dieu sait comment à paraître à la fois calme et rationnel, c'est que vous et moi constituons une réalité plausible tandis que Nicholas et vous n'êtes qu'un rêve romantique qui, en plus de vous détruire, détruirait Nicholas.

Mes yeux s'emplirent de larmes.

— Je n'ai pas oublié ce que vous m'avez dit hier soir, dis-je. Que le Diable se servait aussi de moi pour atteindre Nicholas. Et maintenant vous sous-entendez que je suis comme Francie, n'est-ce pas, infestée par les démons qui se dissimulent sous une obsession !

— Si vous m'aviez écouté avec attention, vous sauriez que ce ne sont que des sornettes. Vous n'êtes ni infestée ni obsédée, c'est évident ! Vous l'aimez sincèrement, ça aussi c'est évident, et aucun démon ne peut s'infiltrer dans un amour véritable puisque tout amour véritable procède de

Dieu. Mais Satan peut toujours essayer de profiter de la situation et de la détourner à ses propres fins.

J'essayai de répondre, sans succès.

Lewis se releva. Je l'entendis s'approcher du vaisselier, ouvrir un tiroir et en sortir une boîte de Kleenex à mon intention, mais brusquement il s'immobilisa. Je me retournai après m'être essuyé les yeux et je vis qu'il s'était retrouvé face à face avec l'ours de Nicholas, assis sur le meuble devant la plus belle assiette de Delft.

— Cette créature est-elle ce que je crois qu'elle est ? demanda-t-il en détachant les mots.

— Nicholas l'a récupéré ce matin à Butterfold. Il veut le donner à quelqu'un afin de se débarrasser des vestiges de son enfance parce que... Ma voix vacilla, mais je me forçai à continuer... il s'est réconcilié avec Rosalind. Leur mariage va entamer une nouvelle phase. Elle ne sera plus simplement son amie d'enfance. Elle sera sa femme, vraiment sa femme, ils vont avoir une relation d'adultes, tout l'aspect puéril de leur union disparaîtra et ils vivront heureux jusqu'à la fin de leurs jours. J'avais les joues inondées de larmes. Alors, vous voyez, vous n'avez plus à vous faire du souci pour Nicholas et moi, m'entendis-je dire en me frottant les yeux tandis qu'il restait planté là, la boîte de Kleenex à la main. Il va bien maintenant et même si ce n'était pas le cas, je sais qu'il ne sera jamais attiré par moi physiquement vu que je ne suis ni mince ni blonde comme Rosalind.

— Nicholas n'a jamais été attiré par les femmes minces et blondes, riposta froidement Lewis. Il a épousé Rosalind non pour ces qualités, mais *en dépit de* ces qualités. Et s'il approche enfin la maturité sur le plan émotionnel, il ne se contentera pas d'une réconciliation avec une femme qui n'a fait que remplacer son ours dans son cœur.

Puis, tandis que je le dévisageais à travers un rideau de larmes, il revint vers la table, me tendit la boîte de Kleenex et se rassit non pas en face de moi, mais à côté.

VII

À ce moment-là, il me demanda de lui expliquer exactement ce qui s'était passé à Butterfold le matin, mais je m'aperçus que j'avais toutes les peines du monde à forcer ma mémoire à se concentrer sur les scènes qui s'étaient déroulées à la ferme. Je réalisai que j'avais peut-être mal interprété la situation, et pourquoi j'avais été tentée de croire en cette réconciliation.

— Je me suis rendu compte à quel point j'étais jalouse de Rosalind, dis-je à Lewis, mais je suppose qu'au fond, la meilleure solution pour moi était que Nicholas et elle retrouvent leur ancien arrangement consistant à se voir le week-end. Si je ne pouvais pas l'avoir pour moi — et je savais que c'était hors de question —, alors une femme qui passait le plus clair de son temps loin de lui restait pour moi le scénario le moins pénible.

— Alice...

— S'il y avait une chose que je ne pourrais pas supporter, enchaînai-je rapidement, ce serait que Nicholas divorce et épouse une autre femme qui vivrait à plein temps au presbytère. Je serais obligée de partir, à contrecœur, évidemment. J'ai été plus heureuse ici qu'à toute autre période de mon existence.

— Il y a des moments où l'on doit continuer son chemin, reprit Lewis d'un ton égal. St Benet a été une étape très bénéfique pour vous dans votre voyage, mais qui peut dire que vous n'irez pas ailleurs ensuite pour connaître un plus grand bonheur ?

Redoutant qu'il recommence à me parler de mariage, j'abandonnai la table et m'approchai du vaisselier. L'ours me regardait de ses yeux tristes, compréhensifs. Je le saisis et le serrai contre moi avec le sentiment que je partageais dans une certaine mesure le réconfort que Nicholas avait ressenti il y a longtemps dans sa chambre d'enfant. Ce moment d'empathie avec Nicholas remit ma mémoire en action. En me souvenant de la conversation que nous avions eue plus tôt, je l'entendis me dire : « Il y a des tas de choses que je n'ai pas trouvées. Des choses auxquelles je m'efforce de ne pas penser, j'ai essayé de croire qu'elles n'avaient pas autant d'importance que la sécurité. »

— Nicholas n'a jamais eu une véritable compagne en Rosalind, n'est-ce pas ? dis-je brusquement. Leurs esprits ne se sont jamais vraiment rencontrés. Il n'a jamais trouvé la compréhension, ni une paix véritable auprès d'elle, parce qu'il n'avait que faire de son foyer et qu'il avait toujours envie d'être ailleurs. Tout ce que Rosalind et lui ont jamais eu en commun, en dehors de leurs enfants, ce sont leurs souvenirs d'enfance qu'ils partageaient.

— C'est tout ce qu'ils ont jamais eu en commun. Néanmoins...

— Ils ont grandi chacun de leur côté, poursuivis-je sans l'écouter, toute à ma réinterprétation de la scène qui s'était déroulée à Butterfold et de la signification d'Ourson. Il le sait maintenant. C'est très, très difficile pour lui de la laisser partir, mais il sait qu'il doit le faire. Il lui souhaite tout le bien possible et se rend compte qu'il ne pourra jamais lui fournir le regain de vie dont elle a besoin et qu'elle mérite... J'avais recommencé à serrer l'ours contre moi. Je n'ai pas voulu comprendre parce que je ne voulais pas admettre qu'il allait divorcer et épouser une autre femme qui rendrait mon existence intolérable, mais il vaut mieux regarder la vérité en face, n'est-ce pas ? Quand on se débat avec la réalité, on ne peut pas se permettre de se leurrer.

J'entendis la chaise grincer sur le carrelage, indiquant que Lewis s'était levé une fois de plus, mais je continuai à regarder fixement la peluche.

— Okay, dis-je, j'accepte qu'un jour viendra où je devrai quitter le presbytère et sortir de sa vie. Mais ce n'est pas pour demain, si ? Il n'est pas près de divorcer et encore moins de se remarier. En attendant, je peux rester ici, tout redeviendra normal. Nous allons reprendre la vie que nous avions avant que toutes ces choses terribles se produisent...

— J'en doute fort, dit Lewis de la voix la plus douce avant d'anéantir mes dernières illusions.

VIII

— Prédire l'avenir est une entreprise hasardeuse, dit-il, mais laissez-moi d'abord vous répéter ce que je vous ai dit : il n'est pas du tout certain que Rosalind et Nicholas soient capables de se séparer. Ils le pensent peut-être, mais il est possible qu'ils se trompent.

— Mais je suis sûre...

— Vous ne pouvez être sûre de rien. Nous faisons des prédictions qui, comme chacun sait, n'ont rien de certain. Cependant, s'ils restent ensemble, leur mariage devra être totalement restructuré, puisque la formule actuelle s'est révélée désastreuse sans espoir d'amélioration. En revanche, s'ils parviennent d'une manière ou d'une autre à se séparer, je prévois que Nicholas aura beaucoup de difficultés à s'adapter à cette rupture et il lui faudra longtemps pour reconstruire sa vie privée. Durant cette longue période, il devra faire face au problème qui consiste à mener une vie propre à un prêtre quand il n'a pas de femme et aucun don pour le célibat. Or quelle chance a-t-il à votre avis de résoudre ce problème épineux de façon satisfaisante s'il vit sous le même toit qu'une femme manifestement amoureuse de lui ?

— Mais jamais Nicholas ne...

— Se laisserait tenter ? Oh que si ! C'est peut-être un très bon prêtre, mais c'est aussi un homme ordinaire de bien des manières, et s'il n'a plus Rosalind pour le faire marcher droit, vous ne tarderez pas à être une irrésistible tentation pour lui.

— Mais Nicholas ne voudra jamais de moi de cette façon ?

— Pourquoi pas ?

— Ce n'est pas possible ! Le mariage est absolument hors de question.

— Qui vous parle de mariage ? Dieu seul sait qui Nicholas épousera. Dans quelque avenir lointain. D'ailleurs, cela risque de ne jamais se produire si Rosalind et lui s'aperçoivent qu'ils n'ont pas la force psychologique de tolérer une séparation à long terme.

— Vous voulez dire que...

— Absolument. Nicholas est un homme bien, mais ce n'est pas un saint en acier inoxydable incapable de pécher. C'est un être humain capable de faire les pires erreurs et de s'enliser dans le marasme — comme les événements des derniers jours l'ont amplement démontré.

— Oui, mais...

— À présent, laissez-moi vous dévoiler la vérité pleine et entière, Alice, et il ne s'agit plus là d'une prédiction susceptible de se réaliser ou pas, mais d'un fait ! Si Nicholas se mettait à coucher avec vous, il en serait fini de son intégrité en tant que leader spirituel. Quand une communauté religieuse se désintègre, l'effondrement commence presque systématiquement par une perte d'intégrité manifestée sous la forme d'une licence sexuelle. Le leader se sert et abuse des femmes — ou des hommes — qui l'entourent et toute l'entreprise, alimentée par une atmosphère de jalousie, de suspicion et de colère, sombre rapidement dans le chaos.

— Mais Nicholas le sait parfaitement !

— Bien sûr, et jusqu'à présent il est resté honnête, mais il s'apprête à affronter une période de stress émotionnel et il aura déjà assez de mal à conserver son équilibre moral sans avoir à faire face aux sentiments que vous avez pour lui — ou qu'il a pour vous. Comprenez-vous ce que je veux dire ? Je pense que la première chose qui vous a attirée chez Nicholas, c'est son intégrité. Vous vous trouvez à présent dans une position qui vous permet de l'anéantir et, une fois cela fait, s'il n'était plus qu'un charlatan comme les autres, disposé à dévaluer autrui pour satisfaire ses propres besoins, l'aimeriez-vous encore ? Voudriez-vous encore l'épouser ?

— Je ne peux pas imaginer la vie sans l'amour que j'ai pour lui, dis-je. Je retirai mes lunettes et entrepris de frotter les verres embués. Mais je ne pense pas qu'il voudra m'épouser un jour et en imaginant que nous couchions ensemble, je doute de pouvoir le satisfaire bien longtemps. Je remis mes lunettes, mais elles se brouillèrent presque immédiatement. Je ne pourrais pas supporter qu'il se lasse de moi, dis-je, qu'il devienne indifférent. Je préfère ne jamais coucher avec lui que de m'exposer à une souffrance aussi intense.

J'attendis qu'il me parle, mais seul le silence me répondit.

— Il y a longtemps, repris-je en nettoyant frénétiquement mes lunettes, quand j'étais toute petite, un homme m'a aimée. J'ai une photo de lui me tenant dans ses bras et il a l'air heureux et fier. Mais ça n'a pas duré longtemps. Il est parti pour ne jamais revenir et je ne sais même pas s'il est mort ou encore vivant. Je ne veux plus jamais vivre un tel rejet. Mieux vaut ne pas aimer du tout que de risquer que les gens se désintéressent de vous et cessent de tenir à vous. Mais malgré tout... en dépit de ça... je ne peux pas imaginer ma vie sans l'amour que je porte à Nicholas.

Le silence se prolongea à nouveau avant que Lewis se décide enfin à le briser :

— C'est très dur d'être rejeté par un parent.

— Mes deux parents m'ont rejetée. C'est pour ça qu'à la fin, j'étais contente d'être laide. Plus on est moche, moins on a de chances que les gens s'attachent à nous, et tant qu'il n'y a pas d'amour autour de soi, on ne risque pas d'être blessé. Enfin, c'est ce que je pensais quand je mangeais de la glace et tous ces autres trucs qui me rendaient encore plus moche...

— Ma chère Alice, dit Lewis, chère petite Alice...

— Bon, je me tais maintenant. Je suis désolée si je vous ai mis mal à l'aise...

— Je ne suis pas mal à l'aise. Je veux juste vous dire...

— Ce n'est pas grave. Je vais partir d'ici. Je comprends maintenant que c'est la seule chose à faire pour préserver la sécurité de Nicholas et mon équilibre. Vous n'avez plus à vous faire du souci pour lui.

— Je voulais juste vous dire ceci : vous n'êtes pas laide. Je ne vous rejetterai jamais. Ma demande en mariage tient toujours.

La porte d'entrée se referma au loin. Nicholas était revenu de l'hôpital.

IX

Il s'immobilisa dès qu'il eut franchi le seuil de la cuisine. J'étais en train de ramasser les mouchoirs mouillés pour aller les jeter à la poubelle. Lewis se donnait beaucoup de mal pour laver sa tasse tout en empêchant ses béquilles de tomber. Nous étions dans un tel état l'un et l'autre que nous ne pensâmes même pas à lui demander comment allait Francie.

— Que se passe-t-il ? demanda Nicholas.

Il devait être évident qu'une scène pénible venait de se dérouler.

— Oh, juste quelques vagues spéculations à propos de l'avenir ! répondit Lewis d'un ton dégagé, tandis que je marmonnai :

— Oh, quelques réminiscences à propos du passé !

Nous avions parlé tous les deux en même temps.

— Comment va Francie ? ajouta Lewis, songeant finalement à poser la bonne question.

Nicholas le laissa détourner son attention à contre-cœur. Francie avait repris conscience et n'avait gardé aucun souvenir de l'épisode violent qui s'était déroulé au presbytère. Il avait quitté l'hôpital lorsque les médecins l'avaient emmenée pour une série de tests. Val était restée pour soutenir Harry et rencontrer le psychiatre que l'on avait convoqué. Elle voulait s'assurer qu'il prendrait les bonnes dispositions.

— J'ai pensé qu'il valait mieux laisser Val auprès de Harry, conclut Nicholas, en se laissant tomber sur une chaise. En tant que médecin, elle aura moins de difficultés à lui fournir les informations précises qu'il ne cesse de réclamer avec un optimisme étonnant.

— Vous avez bien fait, dit Lewis d'un ton brusque. Vous m'avez l'air épuisé, et si vous n'avez pas encore commencé à souffrir du contrecoup, ça ne va pas tarder. Vous devriez monter vous reposer.

— Plus tard ? Comment allait Venetia ?

— Extrêmement bien.

— Dieu merci, nous n'avons pas échoué sur toute la ligne ! Il s'empara de la boîte de Kleenex. Qui s'est servi de ça ?

— Moi, répondis-je, mais ça va mieux maintenant.

— Eh bien, si vous n'avez pas l'intention d'aller vous reposer, moi j'y vais. Me pardonnerez-vous, Alice, s'il vous plaît, si je vais m'étendre un moment dans ma chambre ? Nous reparlerons plus tard.

— Bien sûr.

J'essayai de déterminer si j'allais vraiment mieux. J'avais l'impression d'avoir eu une sorte d'hémorragie émotionnelle comme si mon cerveau avait été saigné à blanc. En regardant autour de moi à la recherche d'une tâche simple à accomplir, je vis la bouilloire que j'allai aussitôt remplir. Nicholas voudrait certainement une tasse de thé. Soulagée, je branchai la bouilloire et tendis le bras pour prendre la boîte à thé. Dès que les pas de Lewis se furent éloignés dans le couloir, Nicholas me demanda :

— Le vieux bougre vous a-t-il enquiquinée ?

— Oui, mais ça n'a pas d'importance.

Je m'aperçus que la théière n'avait pas été nettoyée. Je pensais au moment où nous avions bu du thé sucré, tous les deux, après la scène avec Francie. Harry était arrivé avant que j'aie une chance de tout ranger. Plus tard, j'avais tout bonnement oublié la théière, trop occupée à préparer cet ignoble sandwich et le café que Lewis avait bu... Je me rendis compte tout à coup que Nicholas avait repris la parole.

— Si vous êtes bouleversée, cela a de l'importance à mes yeux.

Je rinçai la théière et la séchai soigneusement, incapable de le regarder en face.

— Que s'est-il passé, Alice ?

— Eh bien, en fait, dis-je, Lewis m'a demandée en mariage.

Il y eut un silence particulièrement lourd. Je me tournai finalement vers lui, m'attendant à le voir profondément surpris, mais son expression était plus difficile à déchiffrer que je m'y attendais. Il était surpris, cela ne faisait aucun doute, mais d'autres émotions se mêlaient à ce sentiment, que je n'étais pas en mesure d'identifier pour le moment.

— J'aurais dû trouver cela humiliant, dis-je, mais ça n'a pas été le cas. En définitive, c'était touchant.

— Pourquoi serait-ce humiliant ? demanda finalement Nicholas.

— Oh parce qu'il était en train de me faire un numéro de macho égocentrique en disant qu'il lui fallait une esclave issue de la classe moyenne pour s'occuper de lui jusqu'à ce qu'il devienne gaga, mais bien sûr, son objectif était tout différent. Je m'en rends compte maintenant. Il essayait de faire d'une pierre deux coups. Vous protéger tout en étant généreux et bienveillant à mon égard. Il a été très gentil et très généreux et je sais qu'il tient beaucoup à moi, mais c'est vous qu'il aime, Nicholas. Il ferait n'importe quoi pour vous préserver.

— Je suis capable de me sauver tout seul.

— Lewis n'a pas l'air de le penser.

— Parce que par le passé, il en a été incapable lui-même. Il projette son passé sur mon avenir, mais mon avenir n'est pas son passé et ça ne sera jamais le cas... Allez-vous l'épouser ?

— Non, je suis incapable d'épouser un homme que je n'aime pas. Je suppose qu'au bout du compte, c'est une question d'intégrité.

Nous restâmes un moment silencieux. Je m'étais détournée de lui une nouvelle fois pour voir si l'eau bouillait et même quand il sortit le pot de lait du frigidaire pour le poser sur le comptoir, je demeurai incapable de lever les yeux vers lui.

Finalement, je ne pus m'empêcher de lui demander :

— Vous aimez toujours Rosalind, n'est-ce pas ?

— Oui, mais je me rends compte maintenant que c'est une forme d'amour qui n'a rien à voir avec le mariage. Rosalind a toujours été plutôt la sœur que je n'ai jamais eue que la petite amie que je voulais épouser. Pas étonnant que je n'aie pas été fichu de comprendre le problème de ce pauvre Stacy ! J'étais trop occupé à réprimer la conscience de ma propre incapacité à rompre avec une relation qui remontait à mon enfance.

— Mais maintenant que vous comprenez ce qui n'allait pas...

— ... je serai en mesure de passer à autre chose ? Oui, je l'espère, mais je ne peux pas le faire avec Rosalind. Les frère et sœur finissent toujours par vivre leur vie chacun de leur côté.

— Mais ne vous étiez-vous jamais douté...

— J'étais trop obnubilé par ce qu'elle représentait pour moi pour voir notre relation telle qu'elle était. C'est elle qui, la première, a vu la vérité en face. Pas moi.

— Comment allez-vous expliquer cela à vos fils ?

— Je n'en sais rien, mais j'espère que j'aurai le courage d'être honnête avec eux. Il hésita avant d'ajouter : Je me rends compte maintenant que toutes les tensions de notre mariage se répercutaient sur eux. J'aimerais croire qu'en définitive, après le divorce, avec le temps, je serai moins une proue qui leur est étrangère à leurs yeux et davantage un père.

La bouilloire se mit à bouillir. Je fis du thé.

— J'espère qu'il en sera ainsi. Vraiment. Il faut que j'aie de l'espoir, n'est-ce pas ? Je dois pouvoir me dire que Rosalind trouvera le bonheur que je lui ai refusé durant tant d'années, que nous irons chacun de notre côté vers une vie meilleure, que, Dieu sait comment, toutes ces souffrances et ce gâchis seront rachetés, mais il n'est pas toujours facile d'espérer, surtout quand on souffre. Il est difficile quand on endure le Vendredi-Saint d'imaginer l'aube de la Pâque.

— Mais l'aube arrive toujours, n'est-ce pas ?

J'allai prendre deux tasses dans l'armoire. En songeant à l'intervalle sinistre qui s'était déroulé entre Vendredi-Saint et la Pâque, j'ajoutai :

— Je suppose que tout cela risque d'avoir un effet néfaste sur votre ministère ?

— Il y aura des retombées négatives, c'est inévitable. Je dois m'attendre à un déluge de critiques et de colère quand les gens projetteront sur moi leurs attentes déçues, mais peut-être qu'en fin de compte...

Il hésita à nouveau.

— En fin de compte ?

— Peut-être qu'au final, je pourrai compenser tout cela en devenant un prêtre meilleur. J'ai un ministère hors du commun parmi les malades, les brisés, et maintenant que c'est à mon tour d'être faible, je devrais connaître une nouvelle intimité avec ceux que j'essaie d'aider. Les faiseurs de miracles ne sont jamais malades et brisés, bien sûr. Ils ne faillissent jamais. Mais un prêtre chrétien acquiert davantage de force au travers de la faiblesse, davantage de pouvoir par le biais de la vulnérabilité, alors peut-être... enfin, comme je l'ai dit tout à l'heure, je dois espérer...

Nous sombrâmes dans le silence et je commençai à verser le thé quand il reprit :

— Le vrai problème se posera quand, et si, je me remarie. Francie s'est fourvoyée en pensant que ça ne serait pas un problème tant que j'épouse une veuve. Il y aura toujours un problème tant que je suis moi-même divorcé et non pas veuf.

— Vous risquez de perdre votre emploi ?

— Non, je ne travaille pas dans une paroisse où un prêtre divorcé et remarié est toujours une source d'embarras. Si les administrateurs du centre de guérison me soutiennent, les autorités de l'Église fermeront les yeux. S'ils ne m'apportent pas leur appui... mais je pense qu'ils le feront en définitive. Il faut que j'aie de l'espoir ! N'est-ce pas ? Il faut que j'aie de l'espoir.

— Je suppose que les plus traditionnels d'entre eux diront que les liens du mariage sont indissolubles.

— Je pense qu'ils le diront tous dès lors qu'il s'agit d'un prêtre, mais je sais déjà ce que je leur répondrai. Je dirai que je regrette profondément de ne pas avoir eu avec Rosalind une relation susceptible de résister à tout contre vents et marées, je dirai que même si je voulais par-dessus tout guérir cette relation et maintenir notre couple en vie, j'ai été forcé d'admettre qu'en définitive, aucune guérison, aucun remède, n'était possible. Je leur rappellerai que les guérisons ne se produisent pas toujours parce que Dieu n'est pas un magicien armé d'une baguette. En revanche, ce qu'il essaie de faire constamment, c'est de redresser ce qui est mal, et la guérison est dans la rédemption. C'est la raison pour laquelle je dois accepter ce qui s'est passé et en tirer la leçon. Parce qu'en définitive, la leçon en question s'inscrira dans l'acte de rédemption. Elle m'aidera à trouver la guérison en bâtissant une vie nouvelle avec quelqu'un d'autre.

Je sus que le moment était venu pour moi d'intervenir et je me préparai à lui faire part de ma décision de quitter St Benet.

X

Je me souviens de m'être sentie tellement soulagée, lorsque vint le moment de la vérité, que ma voix était ferme et mes yeux secs. Je ne cessais de penser à Lewis disant que j'avais le potentiel de détruire l'intégrité de Nicholas. Et quoi qu'il arrive, il fallait à tout prix que je fasse en sorte que cela ne se produise pas.

— Je voudrais vous dire une chose, commençai-je, et tout en parlant, je fixai résolument mon esprit sur le fait que, comme il ne m'épouserait jamais, aucun avenir avec lui n'était possible. Je comprends parfaitement que vous souhaitiez vous remarier, c'est pourquoi j'ai décidé...

— C'est gentil à vous de dire cela, m'interrompit-il, mais, bien sûr, la compréhension est une chose et l'approbation en est une autre. Vous auriez raison de penser, comme beaucoup d'autres gens, qu'un prêtre n'a pas à se remarier quand son épouse d'avant est encore en vie.

— Mais ne vous souvenez-vous pas de ce que je vous ai dit dans la voiture sur le chemin de Butterfold ? J'ai dit que c'était mal de faire peser sur les épaules d'un prêtre le fardeau d'attentes irréalistes !

— Certes. Néanmoins... le clergé est censé donner l'exemple. Vous devez encore penser que je compromettrais mon intégrité si je me remariais.

— Nicholas...

— Alice, je vais vous dire comment je vois les choses. Rien ne vous oblige à être d'accord, mais je vais vous le dire quand même.

— Je vous assure...

— Non, écoutez-moi. Je pense que je compromettrais mon intégrité si je prétendais que je suis fait pour le célibat. Si je prétendais être chaste tout en prenant une maîtresse, si je vivais un mensonge en faisant comme si mon mariage mort était vivant. La chrétienté concerne la vie et non la mort. C'est un credo d'espoir et de renouveau, non de désespoir et de déclin. Je suis peut-être au bout du rouleau en ce moment, abattu, brisé, une vraie épave, mais j'ai toujours ma foi et je vais partir du principe que les meilleures années de ma vie sont devant moi, avec l'espoir qu'à la fin, tout sera racheté, guéri, remis à neuf.

L'espace d'un instant, je fus incapable de parler parce que j'avais enfin compris ce qui s'était passé. La nouvelle de la demande en mariage de Lewis avait finalement poussé Nicholas à reconnaître des vérités dissimulées jusque-là au plus profond de lui. Quand il parlait d'un éventuel remariage, ce n'était pas avec une inconnue, c'était à moi qu'il pensait. En disant qu'il ne compromettrait jamais son intégrité en prenant une maîtresse, c'était encore à moi qu'il pensait.

Lewis avait mal interprété la situation parce qu'il ne lui était pas venu à l'esprit que Nicholas envisagerait de m'épouser. Alors qu'en réalité, jamais il ne me traiterait comme Lewis le redoutait. Il n'était pas question qu'il se serve de moi et me rejette. Il faudrait sans doute que je quitte le presbytère pour faire taire les commérages, mais je partirais en sachant que je reviendrais un jour dans des circonstances que je n'avais jamais crues possibles, même dans mes rêves les plus fous. Nicholas n'admettrait plus jamais cette existence partagée qui avait causé tant de souffrance et de maux. Je le comprenais à présent. En définitive... en définitive, tout était une question d'intégrité.

J'attendis d'être sûre que les mots viendraient. Puis je répondis :

— Vous avez dit ce que j'espérais vous entendre dire. Je savais que vous n'alliez pas me décevoir.

— Vous parlez sincèrement ? Mais je croyais...

— Vous avez mal compris.

Il y eut une pause avant que Nicholas ajoute :

— Mettons un terme à tous les malentendus.

Un autre silence absolu s'installa. Nous nous tenions debout l'un à côté de l'autre face au comptoir près des tasses de thé fumant et nous écoutions ce silence en retenant notre souffle. Finalement, j'entendis Nicholas dire d'un ton désinvolte :

— Bien sûr, les jours à venir vont être pénibles. Il faudra être patient. Mais contrairement aux craintes de Lewis, que j'imagine on ne peut plus clairement, nous nous en sortirons, n'est-ce pas, Alice ? Nous nous en sortirons.

Je retirai mes lunettes une fois de plus et essuyai mes

larmes du revers de la main. À cet instant seulement je levai les yeux vers lui. Pendant un long moment, nous restâmes immobiles, communiquant sans parole tout ce qui avait besoin d'être dit. Mais comme j'attendais, osant à peine croire qu'un tel bonheur fût possible, Nicholas glissa les bras autour de ma taille et se pencha pour m'embrasser tendrement sur la bouche.

NOTE DE L'AUTEUR

Le docteur Gareth Tuckwell et le révérend David Flagg, dont les citations tirées de son ouvrage *A Question of Healing* figurent au début de chaque chapitre, ont travaillé ensemble de 1986 à 1994 au Centre chrétien de soins médicaux et spirituels de Burrswood, à Groombridge, dans le Kent.

Le révérend Christopher Hamel Cooke, cité au commencement de chaque partie de ce livre, a été responsable de l'église St Marylebone with Holy Trinity, à Londres, de 1979 à 1989 ; il a fondé le Centre de guérison de Marylebone où, comme à Burrswood, médecins et prêtres collaborent aux soins prodigués aux malades.

Toute ressemblance entre les auteurs mentionnés ci-dessus et les personnages de ce roman ne serait que pure coïncidence.

TABLE DES MATIÈRES